LAURA WILSON

Ein kleiner Tod

Weg in die Nacht

Ein kleiner Tod

London, 1955. Drei Menschen werden in Kensington tot aufgefunden. Eines der Opfer ist eine früher weithin bekannte Schönheit und exzentrische Dame der Gesellschaft: Georgina Gresham. Als ihr Ehemann James in den Zwanzigerjahren ermordet wurde, hatte sie als Hauptverdächtige Schlagzeilen gemacht; aus Mangel an Beweisen war es jedoch nicht zu einer Verurteilung gekommen. Neben der toten Georgina findet man im Haus auch die Leiche ihres Bruders Edmund und die der Haushälterin Ada. Offensichtlich fielen sie einem Verbrechen zum Opfer, doch die Polizei findet keinerlei Spuren und kein Motiv. Die drei haben ihr Geheimnis wohl mit in den Tod genommen – ein Geheimnis, dessen Ursprung bis in das Jahr 1890 zurückreicht, als ein kleiner Junge auf dem Land der Greshams tödlich verunglückte ...

Weg in die Nacht

Als Dodie Blackstock von der Polizei erfährt, dass man die Leiche ihrer Mutter gefunden hat, hält sie das Ganze für eine Verwechslung. Denn Susan Blackstock gilt seit über zwanzig Jahren als vermisst und wurde auch längst für tot erklärt. Die Millionärsgattin war entführt worden, als ihre Tochter Dodie noch ein kleines Kind war, und obwohl die Täter gefasst wurden, fehlte seither von Susan jegliche Spur. Jetzt zeigt sich, dass Susan all die Jahre im Verborgenen gelebt haben muss, doch niemand scheint zu wissen, wo sie sich aufhielt und warum sie nie mit ihrer Familie Kontakt aufnahm. Stimmen die Gerüchte, Susan hätte mit ihren Entführern gemeinsame Sache gemacht? Auf ihrer Suche nach der Antwort stößt Dodie nicht nur auf sorgsam gehütete Familiengeheimnisse, sie schwebt auch schon bald selbst in tödlicher Gefahr ...

Autorin

Laura Wilson studierte in Oxford und London, arbeitete kurze Zeit als Lehrerin, später einige Jahre als Sachbuchlektorin, bis sie als Krimiautorin über Nacht berühmt wurde. Schon ihr erster Roman, »Ein kleiner Tod«, wurde nicht nur von der Presse, sondern auch von berühmten Kolleginnen wie Donna Leon, Ruth Rendell, Val McDermid und Frances Fyfield mit hymnischem Lob bedacht. Laura Wilson, die auch einige Geschichtsbücher für Kinder verfasst hat, lebt in North Essex.

Von Laura Wilson außerdem im Goldmann Taschenbuch lieferbar:
Ein kleiner Tod. Roman (44580/5474) · Weg in die Nacht. Roman (44844/5489) · Ein reines Herz. Roman (45144/5510) · Im Dunkel der Angst. Roman (45627)

Laura Wilson

Ein kleiner Tod
Weg in die Nacht

Zwei Romane in einem Band

Aus dem Englischen
von Caroline Einhäupl

GOLDMANN

Die Originalausgabe von »Ein kleiner Tod«
erschien unter dem Titel »A Little Death«
bei Oriel, a division of Orion Books Ltd, London

Die Originalausgabe von »Weg in die Nacht«
erschien unter dem Titel »Dying Voices«
bei Orion Books Ltd, London

Umwelthinweis:
Alle bedruckten Materialien dieses Taschenbuches
sind chlorfrei und umweltschonend.

1. Auflage
Taschenbuchausgabe Februar 2005

Ein kleiner Tod

Weg in die Nacht

Umschlaggestaltung: Design Team München
Umschlagfoto: Photonica/Rae
Druck: GGP Media GmbH, Pößneck
Verlagsnummer: 13359
BH · Herstellung: Sabine Schröder
Made in Germany
ISBN 3-442-13359-9
www.goldmann-verlag.de

Ein kleiner Tod

Für meine Eltern, June und William Wilson,
und in Erinnerung an Liz Rimmer (1970–1997)

Freitag, 11. November 1994

Todesfälle

Am 6. November starb Lady Louisa Kellway, Trägerin des Ordens des British Empire, geboren am 29. Juli 1890, im Alter von 104 Jahren, nach kurzer Krankheit.

Mit Lady Louisa Kellway starb auch die letzte Hoffnung, zwei der geheimnisvollsten Mordfälle in der britischen Kriminalgeschichte aufzuklären. Lady Kellway, im ausgehenden viktorianischen Zeitalter als Louisa Lomax geboren, gehörte einer Generation an, die glaubte, daß der Name einer Dame nur anläßlich ihrer Geburt, Hochzeit und ihres Todes in der Zeitung erscheinen sollte. Als Tochter eines Gutsherren kam sie aus einer Familie, deren Werte in der Überzeugung wurzelten, daß das Klassensystem unverrückbar sei und die Sonne über dem britischen Empire niemals untergehen werde. 1920 heiratete sie David, Lord Kellway, einen Kriegshelden und Besitzer eines stattlichen Anwesens mit einem prachtvollen italienischen Garten sowie mehrerer hundert Hektar Land in Wiltshire, das heute dem National Trust gehört. Es war eine glückliche Ehe, der eine Tochter entstammte, Caroline, geboren 1921. Lady Kellway hatte ein erfülltes Leben. Sie war Friedensrichterin und Vorsitzende des örtlichen Frauenvereins. Wie sie selbst es 1977 einmal in einem Rundfunkinterview formulierte, hatte sie alles in allem ein ›vernünftiges Leben – ohne diesen Ärger mit Scheidungen und solchen Dingen‹.

Was ihr eigenes Leben betraf, stimmte das, doch Lady Kellway wußte, was ein Skandal war. Sie war eine Cousine ersten Grades von Georgina Gresham, ohne deren Name eine Sammlung aufsehenerregender Kriminalfälle nicht vollständig wäre, und aufgrund der Verbindung zu dieser rätselhaften Frau wird man sich immer an sie erinnern. Die Aquarellzeichnung der beiden Mädchen von der Hand eines längst vergessenen Malers zeigt zwei klassische Mädchenprofile mit strahlend schönen Gesichtern und Schultern wie Alabaster in Wolken von Tüll. Das Porträt läßt nicht ahnen, daß Georgina Gresham, geborene Lomax, die wie ihre Cousine dem Landadel entstammte, sich 1928 wegen des Mordes an ihrem Ehemann, dem Millionär James Gresham, vor Gericht verantworten mußte. Ihr Freispruch erregte stürmischen Protest in der Öffentlichkeit. 1955 wurde Georginas Leiche zusammen mit der ihres Bruders, Edmund Lomax, und der ihrer Haushälterin, Ada Pepper, in ihrem Londoner Haus gefunden. Alle drei starben an Schußverletzungen, und die Polizei folgerte, daß einer der drei die beiden anderen erschossen haben mußte, ehe er Selbstmord beging. Trotz ausführlicher Nachforschungen konnte jedoch nie festgestellt werden, wer der Mörder war und warum.

Fotografien von Georgina verraten kaum mehr als das Doppelporträt. Eine aus dem Jahre 1926 zeigt sie Arm in Arm mit ihrem angeblichen Liebhaber Edward ›Teddy‹ Booth, heute Lord Tranmere, beim Autorennen in Brookland. Auf anderen, aufgenommen während der Gerichtsverhandlung, sieht man sie beim Betreten und Verlassen des Gerichtsgebäudes, und eine Fotografie zeigt sie nach dem Freispruch, einen breitkrempigen Hut tief in die Stirn gezogen, die Augen stolz, mit schweren Lidern, eine Hand am Kragen ihres Pelzmantels, den sie eng um den Hals zieht. Zur einen Seite steht ihre Cousine Louisa, zur anderen ihr Bruder Edmund, um sie herum Journalisten mit gezückten Notizbüchern und Blitzlichtern.

Das letzte Foto von Georgina wurde 1952, drei Jahre vor ihrem Tod, in der Cromwell Road in London vor dem Naturkundemuseum aufgenommen. Sie trägt offensichtlich denselben Pelzmantel, viele bunte Schals um den Hals und weiße Söckchen. Mit zweiundsechzig Jahren hat sie die pergamentartige Haut eines viel älteren Menschen, und ihre bloßen Arme und Beine, die überraschend weit aus dem räudigen Pelz herausragen, sind spindeldürr.

Die Fragen, die man sich vor beinahe siebzig Jahren stellte, als Georginas Name zum ersten Mal in den Zeitungen auftauchte, sind auch heute noch ungelöst. Ihr Mann, James Gresham, starb an einer massiven Überdosis Schlafmittel, und die Staatsanwaltschaft vertrat die Ansicht, daß Georgina ihm diese verabreicht hatte, möglicherweise mit Edward Booths Hilfe, weil Gresham sich weigerte, einer Scheidung zuzustimmen. Mit anderen Worten, es handelte sich um ein Verbrechen aus Leidenschaft, ähnlich wie im Fall Edith Thompson und Frederick Bywaters 1922, der den beiden den Tod durch den Strang einbrachte – doch es gab zwei Unterschiede: zum einen das Fehlen von Liebesbriefen oder anderen Indizien, die den Nachweis lieferten, daß Georgina und Booth ein Verhältnis hatten, zum anderen die gesellschaftliche Stellung. Mr. Booth profitierte zweifellos vom glanzvollen Namen seines Vaters, Lord Tranmere, wenigstens was den Richter, Mr. Justice Cudlip, betraf; während der Urteilsbegründung sprach er Mr. Booth in der Tat zweimal mit Lord Tranmere an. Obwohl die Zeitungen ihren Lesern den Mund wäßrig machten und Enthüllungen über den mutmaßlichen Ehebruch verhießen, gab es keinerlei Beweise. Sowohl Georgina als auch Booth behaupteten steif und fest, niemals eine anstößige Beziehung gehabt zu haben, und der Richter verweigerte der

Staatsanwaltschaft konsequent das Recht auf ein Kreuzverhör. Booths Wort als Gentleman mußte genügen, sagte der Richter und fügte absurderweise hinzu, daß »kein anständiger Mann von einer Dame erwarten würde, so etwas zuzugeben, selbst wenn es stimmte«. Möglicherweise war er von der Erscheinung Edward Booths beeinflußt. Der behäbige Vierundfünfzigjährige mit dem geröteten Gesicht schien so gar nicht der passende Liebhaber für die schöne Georgina Gresham zu sein.

Doch die Öffentlichkeit war anderer Meinung, besonders als die Geschworenen sie freisprachen. Das Gerede über ›zweierlei Recht für Reich und Arm‹ in den Wochen nach dem Prozeß erwies sich allerdings als reine Ironie, denn mit dem Tod ihres Mannes hörte Georgina Gresham abrupt auf, zu den Reichen zu gehören. Die Greshams hatten keine Kinder, und obwohl James Gresham seinem Schwager ein wenig Geld hinterließ, ging der Löwenanteil seines Vermögens nicht an seine Frau, sondern an einen entfernten Vetter, Leo Gresham, der mit dem Schiff aus Kanada kam, sein Erbe einforderte und Georgina aus dem Anwesen warf, das sie und ihr Mann bewohnt hatten.

Obwohl Lady Kellway, Edward Booth und Edmund Lomax unter Eid aussagten, daß die Greshams eine gute Ehe geführt hatten, waren Georginas Antworten auf die Fragen nach ihren Gefühlen für ihren Mann seltsam zweideutig und gefühllos. Ein Gerichtsreporter erinnerte sich an sie als eiskalt und fand sie unsympathisch. Die ganze Zeit über schien sie zu sagen: ›Ihr könnt nicht über mich urteilen.‹ Als Georgina gefragt wurde, warum ihr Mann ihrer Meinung nach Selbstmord begangen haben sollte, antwortete sie: »Es war ein Versehen.«

Der Tod von James Gresham und das Verhalten seiner Frau während des Prozesses bleiben heute wie damals ein Rätsel. Ebenso wie Georginas Tod siebenundzwanzig Jahre später.

Nachdem Leo Gresham das Anwesen in Hampstead übernommen hatte, zogen Georgina und ihr Bruder Edmund in die Thurloe Road 83, ein kleines Haus in South Kensington. Hier wurde ihre Leiche, zusammen mit der ihres Bruders und ihrer Haushälterin, von dem Milchmann Ernest Sharpe am Morgen des 16. August 1955 entdeckt. Als Ernest Sharpe keine Antwort auf sein Klopfen erhielt, spähte er durch den Briefkastenschlitz und sah die Leiche der Haushälterin, Ada Pepper. »Zuerst habe ich ihre Augen gesehen«, sagte Sharpe. »Sie waren auf derselben Höhe wie meine Augen und haben mich direkt angestarrt. Sie saß nur wenige Meter entfernt auf dem Boden, die Füße ausgestreckt und die Kittelschürze voller Blut.«

Mr. Sharpe holte die Polizei. Die Haustür war verschlossen und von innen verriegelt, deshalb schlugen die beiden Polizisten Robert Hartley und Harry Rowse eine Scheibe in der Kellertür ein, gingen den Gang entlang und die Treppe hinauf, um in den Hauptteil des Hauses zu gelangen. Ehe sie jedoch die Diele betreten konnten, mußten sie die Tür auf dem Treppenabsatz öffnen. Diese Tür ging nach innen auf, und Miss Peppers Körper lehnte dagegen. Ohne sich über den Grund für das Hemmnis im klaren zu sein, stießen die Männer die Tür auf, und der Körper der Haushälterin fiel seitlich auf den Teppich in der Diele, wo er aufgrund der Leichenstarre in einer L-förmigen, sitzenden Position verharrte. Obwohl Miss Pepper eine Kittelschürze trug, war ihr Gesicht dick gepudert, in ihren Haaren steckten Seidenblumen, und sie trug ein Paar weiße Handschuhe.

Als nächstes entdeckten die beiden Beamten die Leiche von Georginas Bruder Edmund Lomax auf der Türschwelle zu dem gemeinsamen Wohnzimmer. Mr. Lomax lag in Pyjama und Hausschuhen auf der Seite. Er hatte massive Verletzungen im Gesicht, und die Fußleisten sowie der untere Teil der Tür waren mit Blut bespritzt.

Auf dem gefliesten Boden in der Diele war überall Blut, und die Kante des Teppichs, auf dem Ada Peppers Leiche gesessen hatte, war blutgetränkt. Als die beiden Polizisten über Miss Peppers und Edmund Lomax' Leichen gestiegen waren, um endlich die Haustür zu öffnen, hatten sie den Originalspuren bereits mehrere blutige Fußabdrücke hinzugefügt, und der Sergeant, den sie hineinließen, trug ebenfalls seinen Teil dazu bei, als die drei Beamten sich in das Wohnzimmer drängten. Auf einem Sessel in der Ecke saß die Leiche von Georgina Gresham. Sie trug einen Morgenmantel aus Georgette, ein Vorkriegsmodell, und passende Handschuhe. Ihr Hinterkopf fehlte bis zum Nackenansatz, und die Wand hinter dem Sessel war mit Blut und Hirn bespritzt.

Alle drei Leichen wiesen Schußwunden auf, doch eine Waffe war nirgends zu sehen. Der einzige Gegenstand, den man als Waffe bezeichnen konnte, war ein schwerer Fleischwolf, der unter Georginas Sessel auf dem Boden lag. Obwohl er blutverschmiert war, fand sich keinerlei Beweis, daß er benutzt worden war, um jemanden zu erschlagen, so daß er als Tatwaffe ausschied.

Das Haus war in einem völlig verwahrlosten Zustand, und die meisten Räume waren so vollgestellt, daß man sie nicht betreten konnte. Man fand acht Kronleuchter, in ihre Einzelteile zerlegt und verpackt, drei Golfausrüstungen, achtunddreißig Uhren, dreiundvierzig Zigarettenetuis, einen ein Meter zwanzig hohen Tafelaufsatz in Form einer Palme aus galvanisiertem Nickel und eine riesige Kiste mit Besteck, das sie offensichtlich aus Hotels wie dem Metropole oder Grand hatten mitgehen lassen. Es gab eine Kollektion Frauenkleider von Modeschöpfern wie Mainbocher, Schiaparelli und Jean Patou und Dutzende von Schachteln mit Handschuhen, Fächern und Haarspangen sowie eine Truhe mit Leinen mit einer vollständig mumifizierten Katzenleiche obenauf. Als der Inhalt des Hauses endlich eingelagert war, summierte sich die Anzahl der Lattenkisten auf sechshundertvierzehn. Was fehlte, war irgendein Hinweis darauf, wie Georgina und Edmund Lomax und ihre Haushälterin Ada Pepper oder James Gresham siebenundzwanzig Jahre zuvor zu Tode gekommen waren. Die Polizei fand jedoch einen Revolver, der hinter einem Stapel Zeitungen unter dem Dielentisch steckte. Leider war er so mit Blut verschmiert, daß man keine Fingerabdrücke mehr feststellen konnte.

Lady Kellway wurde als Zeugin bei den Ermittlungen gehört, obwohl sie zum Zeitpunkt der Tat in ihrem Haus in Wiltshire gewesen war. Als man sie fragte, ob sie irgendeinen Grund wußte, aus dem ihre Cousine und ihr Vetter sich gegenseitig umbringen oder Selbstmord begehen könnten, antwortete sie, daß die beiden unter Depressionen litten, weil ihre Gesundheit nachließ. Von Journalisten gedrängt, sagte sie, daß sie ihrer Aussage nichts hinzuzufügen habe. Wie Edward Booth bewahrte sie Stillschweigen bis zu ihrem Tod.

Es ist natürlich möglich, daß Lady Kellway ihrer Aussage tatsächlich nichts hinzuzufügen hatte. Es ist aber auch möglich, daß diese ehrenwerte, matronenhafte Dame mit ihrem gesunden Glauben und ihrem Standesbewußtsein eine ganze Menge mehr über ihre Cousine wußte, als sie bereit war auszuplaudern. Das, was den Prozeß ausgezeichnet hatte – die nichtssagenden Aussagen der Freunde von Georgina Gresham, die Loyalität ihrer Dienstboten, die rücksichtsvolle Haltung des Richters und die Tatsache, daß die Angeklagte selbst all dies für selbstverständlich hielt –, sind die Zeichen einer anderen Zeit.

Nun ist es zu spät, die Wahrheit aufzudecken. Die Grundfesten der Klassengesellschaft kamen nicht ins Wanken. Lady Kellway hinterläßt eine Tochter, Caroline Cornford.

Erster Teil

83 Thurloe Street, SW
Juli 1955

ADA

Letzte Woche hatte ich Geburtstag. Herrliche Blumen von Master Edmund, wunderschön. Er denkt immer daran, Miss Georgina hat dagegen für solche Sachen nicht viel übrig, und ich erwarte es auch nicht. Geburtstage sind sowieso nicht mehr wichtig, wenn man in meinem Alter ist. Aber an diesem Nachmittag hörte ich sie mit dem Besen auf den Boden klopfen, bum, bum, um mich heraufzuholen. Ich sagte ihr: »So schnell kann ich nicht mehr kommen, meine Knie sind zu krank.«

Sie sagte: »Setz dich, Grau-Lieschen.« So nennt sie mich zur Zeit, aber ich habe keine Ahnung, was es bedeutet. Vor sechs Monaten nannte sie mich immer Brunhilde, und davor war es etwas anderes Blödes. Aber ich beachte es einfach nicht, es ist ihr Spiel. Ich setzte mich auf Master Edmunds Stuhl neben ihrem am Fenster, wo sie den ganzen Tag hockt und hinausschaut. Dann sagt sie: »Wirklich, Ada, du machst immer so einen Wirbel wegen jeder Kleinigkeit. Ich habe dich nicht aufgefordert, in das Tal des Todes zu reiten, ich habe dich nur gebeten heraufzukommen, weil ich ein Geschenk für dich habe«, und dann ließ sie eine Schachtel mit Schokolade auf mein schlimmes Knie fallen. Der Arzt sagt, daß ich jetzt zuckerkrank bin und keine Schokolade und Süßigkeiten mehr essen darf, und wenn sie sich die Mühe machen würde, ein bißchen mitzudenken, wüßte sie es. Aber das hat sie nie getan. Es lag mir auf der Zunge zu sagen: »Sehr nett, aber was soll ich damit«, aber ich hielt den Mund. Natürlich sagte sie dann: »Nun, verdiene ich nicht ein Dankeschön?«

»Das ist sehr nett von Ihnen, Miss Georgina, wirklich.« Typisch, mich so hinzustellen, als wäre ich undankbar.

Ich weiß nicht, was ich mit dieser vermaledeiten Schokolade machen soll. Sie mußte sofort ganz hinten im Küchenschrank verschwinden, damit ich nicht in Versuchung kam, und dabei mußte mir natürlich eine Dose mit Erbsen auf den Fuß fallen, und jetzt tut mir nicht nur das Knie weh. Ich werde mich ein wenig setzen und aus dem Fenster auf den Hof schauen. Früher hatte ich einen schönen Blick aus meiner kleinen Küche, damals, als Master Edmund mir die Blumenkübel hingestellt hat, aber die Blumen wollten nicht blühen, da draußen gibt es einfach nicht genug Licht für sie. Master Edmund nennt uns seine zwei Leibwächter. Mich und Miss Georgina meint er damit. Eine bewacht die Vorderfront, die andere den Hinterhof. Ich möchte mal wissen, was es im Keller zu bewachen gibt.

Miss Georgina geht nicht mehr vor die Tür. Schon vor langer Zeit haben die Leute aufgehört, sie anzustarren, darum geht es also nicht, aber ich glaube, sie interessiert sich nicht mehr für das, was draußen vorgeht, außer für die Zeitungen. Solange sie ein bißchen lesen und ihr Kreuzworträtsel lösen kann, ist sie zufrieden, wirklich. Das hier war natürlich nicht das Haus, in dem es passiert ist, weiß Gott nicht, aber wir sind direkt danach hierhergezogen. Die Zeitungen waren noch voll davon, und der eine oder andere Schnüffler ist hier herumgeschlichen. Keine Reporter, ganz normale Menschen. Einmal habe ich so ein Pärchen auf der Vorderveranda erwischt. Zwei Frauen. Ich kam aus der Kellertür, und als ich nach oben schaute, waren sie da. Am hellichten Tag, und eine linste durch den Briefkastenschlitz. Die andere stand hinter ihr und fragte die ganze Zeit: »Und? Siehst du was?« Aber das war gar nichts gegen die Geschichten, die vorher passierten. Die Leute haben Miss Georgina beschimpft, ihr böse Briefe geschrieben und solche Sachen. Es waren immer Frauen. Männer würden so was niemals tun, oder?

Heute ist das alles natürlich vergessen, aber damals gab es ein schreckliches Theater um alles. Das ist nicht überraschend – Mr. James war reich. Er kannte eine Menge wichtige Leute, Politiker, Geschäftsleute, solche eben. Ein *cause célèbre*, so nennt man das. Und Miss Georgina war so hübsch, die Leute konnten gar nicht genug Fotos machen. Damals dachte ich noch, wie gut, daß man nie herausgefunden hat, was mit Miss Georginas Bruder, Freddie, geschehen ist, wie er gestorben ist. Gott weiß, was für ekelhafte Dinge sie sich ausgedacht hätten. Denn es gab schon genug, die dachten, sie ist mit einem Mord davongekommen, ohne daß die alten Geschichten wieder aufgewärmt wurden. Ich dachte, es könnte vielleicht Schwierigkeiten mit den Nachbarn geben, als wir hierher zogen, aber es sind alles nette Leute, und Master Edmund ist so beliebt, daß sie jede Menge Freunde haben. Wenn Miss Georgina Menschen um sich haben will, muß Master Edmund nur zum Telefon greifen, und schon kommen sie alle zum Bridge. Ich glaube, Miss Georgina gefällt es beinahe besser, Master Edmund beim Telefonieren zuzuhören, als Gäste zu haben.

»Oh, *bitte* ruf jemanden an«, sagt sie immer. »*Bitte*, Edmund«, und dann muß die Tür offen bleiben, damit sie ihn in der Diele hören kann. Aber ich muß immer lachen, wenn er das Telefon anfaßt. Als könnte es jeden Moment explodieren. Er nimmt den Hörer ab und sagt: »Hallo, ist da jemand?« – es klingt, als riefe er in eine Höhle hinein. Manchmal, wenn sie mit ihm redet und meint, daß er ihr nicht zuhört, macht sie ihn nach und sagt: »Hallo, ist da jemand?«

Einmal in der Woche kommt Miss Louisa zu Besuch. Eigentlich heißt sie Lady Kellway, weil sie mit Lord Kellway verheiratet war, der schon tot ist. Master Edmund mag sie sehr gern – er strahlt jedesmal wie ein Weihnachtsbaum, wenn sie kommt. Miss Georgina gefällt das gar nicht, aber Miss Louisa war immer eine gute Freundin, und das weiß sie, obwohl sie es niemals zugeben würde. Auch Miss Louisas Tochter, Miss Caroline, oder Mrs. Cornford sollte ich wohl sagen, kommt manchmal zu Besuch. Ihr Mann ist die saure Gurke von *Cornford Pickles*. So nennen sie ihn immer, aber ich würde es natürlich nie Miss Caroline weitersagen. Die Leute mögen seine Gurken anscheinend, denn er hat jede Menge Geld.

Wir sind während des Krieges die ganze Zeit hiergeblieben. An diesem Fleck. Ich habe zu Miss Georgina gesagt: »Warum mieten Sie sich nicht auf dem Land ein?« Damals gab es viele, die Zimmer an Leute aus der Stadt vermietet haben. Na, sie wollte nichts davon hören. Ich sagte: »Keine Sorge, ich passe auf, daß alles hübsch ordentlich bleibt, bis Sie zurückkommen.« Sie wollte einfach nichts davon hören. Nicht ums Verrecken. Nicht daß ich überrascht war, beileibe nicht. Sie nimmt so viel Notiz von mir wie von einem Stück Kohle. »Ich werde in meinem eigenen Bett schlafen, und wenn Hitler eine Bombe auf mich werfen will, ist das seine Sache.« Das hat sie gesagt. Und Master Edmund geht natürlich dahin, wo Miss Georgina hingeht, also blieb mir nichts anderes übrig, als Nacht für Nacht unter der Treppe zu sitzen, ganz allein und krank vor Sorge. Eines Nachts gab es über uns einen lauten Rums, und die Decke kam runter, und ich dachte, das war's, hoffentlich hat Master Edmund seine Zähne drin, denn ich hätte es nicht gerne, wenn man ihn ohne Gebiß findet ... und dann hörte ich diese dünne Stimme: »Ada, Ada, wo bist du?« Ich schaute hoch, und da standen sie. Voller Staub und Putz. Sie sahen aus wie Gespenster, Master Edmund im Pyjama, mit diesem Helm aus Blech auf dem Kopf und einem Arm voller Blut, und sie in ihrem Nachthemd aus Satin und seinem alten Tweedmantel, einen Schal umgewickelt. Was für ein Anblick die beiden waren! Aber Master Edmund ist schon ein komischer Kerl. Selbst da brachte er mich zum Lachen. Ich hatte Wäsche gewaschen, und natürlich war die Leine mit einem großen Krach heruntergekommen. Master Edmund hat es sich angesehen und gesagt: »War die Wäsche schon trocken?«

Es stellte sich heraus, daß der Schaden nicht allzu groß war, das Haus hinter uns hatte das meiste abbekommen, wir hatten nur ein paar kaputte Scheiben und den Dreck, und das war schnell wieder in Ordnung gebracht. Man hatte Master Edmund und Miss Georgina oft genug gesagt, daß sie unten schlafen sollten – und diesmal sagte der Luftschutzmann ganz ernst zu Miss Georgina: »Von jetzt ab bleiben Sie unten, verstanden?«

»O ja«, sagte sie. Aber ich wußte, daß sie es nicht tun würde, und am nächsten Abend war sie wieder oben.

Ich kenne Miss Georgina, seit sie ein kleines Mädchen war. Ich? Na ja, ich war eigentlich kein kleines Mädchen mehr, denn ich war schon dreizehn, als ich meinen Dienst in der Familie antrat. Am Anfang habe ich meine Mutter so sehr vermißt, schon wenn ich an sie dachte, fing ich an zu weinen. Aber das hat sich schnell gegeben. Miss Georgina hat ihre Mutter verloren, als sie noch ganz klein war. Ich war schon da, als es passierte. Ich wußte nicht einmal, daß sie krank war. Wir waren alle in demselben Haus, aber es war eine andere Welt, in der sie lebten, und über solche Dinge sprach man nicht mit den Dienstboten.

Der Tag, an dem sie starb, war scheußlich. November. Ich war seit sechs Uhr auf und schrubbte die vordere Treppe. Ich wette, heutzutage tut das kein Mensch mehr! Aber es mußte jeden Morgen gemacht werden, und ich war diejenige, die es tun mußte, weil ich das jüngste Dienstmädchen war. So war es nun einmal. Damals konnte man nicht zu seiner Gewerkschaft gehen und sagen, ich mache das nicht, und schon gar nicht um sechs Uhr früh, weil es damals keine Gewerkschaft gab. Bestimmt habe ich deshalb die schlimmen Knie. Seit Jahren habe ich, wie meine Mutter, die Angewohnheit, »ogottogott« zu sagen, wenn mir was weh tut. Als ich klein war, habe ich meine Mutter mal gefragt: »Warum sagst du das immer?«, und sie antwortete: »Weil ich mich dann besser fühle.« Und ich weiß nicht warum, aber mir geht es genauso.

Nach der Treppe waren die Kaminfeuer dran. Das habe ich am meisten gehaßt, das Feuermachen. Wenn ich vor dem Kamin mit all der kalten Asche kniete, hatte ich immer das Gefühl, daß ich die einzige war, die nicht in einem warmen Bett lag. Nie hatte ich Zeit, das Feuer zu genießen, wenn es einmal brannte, weil ich noch fünf andere schüren mußte, ehe ich an Frühstück überhaupt denken durfte. Ich war halb fertig, als die Haushälterin kam und mir befahl, eine Kanne mit heißem Wasser nach oben zur Mistress zu bringen. Ich holte das Wasser und dachte mir nichts, bis ich auf dem Treppenabsatz vor Mrs. Lomax' Tür stand. Ich dachte, ihr Mädchen würde herauskommen und das Wasser holen, aber sie kam nicht, und ich wußte nicht, was ich machen sollte. Der Krug war schwer, und ich wollte ihn abstellen, bevor ich alles verschüttete. Ich klopfte. »Ma' am? Ma' am? Das Wasser ist da«, aber niemand antwortete, deshalb dachte ich, es wär niemand drin, und gab der Tür einen Stoß, einen ganz kleinen, und sie ging auf.

Und da lag Mrs. Lomax, in ihrem Bett, die Haare auf dem Kissen ausgebreitet. Sie hatte die Augen zu, und ihr Gesicht – ich sage Ihnen, woran es mich erinnert hat: Einmal sind mein Bruder Eddy und ich stehengeblieben und haben zugeschaut, wie die Fährmänner einen Toten aus dem Fluß gezogen haben. Sie sagten, die Leiche hat eine Woche im Wasser gelegen, und sie war weißlich grau, wie ein Fisch, und die Lippen waren ganz blau. Und als ich Mrs. Lomax noch mal ansah, dachte ich, sie ist tot ... Ich wußte nicht, was ich machen sollte. Ich stellte meinen Krug neben den Kamin, und dann rannte ich weg, so schnell ich konnte. Ich war so durcheinander, daß ich die falsche Treppe runterlief, nicht die Treppe für die Dienstboten, und stieß beinah mit der Haushälterin und dem Doktor zusammen. Jetzt bin ich dran, dachte ich, aber der Doktor sagte: »Warte!« Er wollte, daß ich lauter Sachen nach oben bringe, Wasser und Tücher, also trabte ich treppauf, treppab und tat, was man mir auftrug. Ich bin kein einziges Mal mehr in das Zimmer gegangen, habe die Sachen immer vor der Tür auf den Boden gestellt und geklopft. Dann kam er raus und holte sie. Dann sagte er zu mir: »Hol die Wanne.« Ich dachte, was will er mit der Wanne, aber ich holte sie. Auf dem Weg stieß ich gegen den Türrahmen, so daß die Farbe abblätterte, und ich hatte Angst, daß es jemand gemerkt hat, aber es war niemand zu sehen, und alle waren so mit Mrs. Lomax beschäftigt, daß sich sowieso niemand darum scherte. Später fragte ich eines der anderen Mädchen, und sie sagte, daß da ein Baby war, obwohl ich keine Ahnung habe, woher sie das wußte. Als ich davon hörte, ging es mir nicht mehr aus dem Kopf. Ich stellte mir vor, wie der Doktor das Baby in die Badewanne legte. Ich weiß nicht, warum ich das dachte, aber ich habe sogar davon geträumt; das tote Baby in der Blechwanne, und irgend jemand gibt es mir, und ich muß es mit in mein Zimmer nehmen, obwohl ich gar nicht will.

Ich weiß nicht, warum mich das alles so aufregte, schließlich hatte ich schon vorher tote Babys gesehen. Oft sogar. Meine Mutter bekam jedes Jahr ein Baby. Sie sagte immer zu uns: »Geht und besucht Tante Vida, und wenn ihr wiederkommt, habt ihr einen kleinen Bruder oder eine kleine Schwester.« Meistens starben die Babys nach ein paar Tagen, aber eines, ein wunderhübscher kleiner Junge, lebte länger – ungefähr einen Monat, glaube ich. Jeden Morgen fragte ich meine Mutter:

»Können wir es diesmal behalten?«, und sie sagte: »Nein, Ada, wahrscheinlich nicht.« Ich habe einfach nie verstanden, wie sie so grausam sein konnte. Denn lange Zeit dachte ich, meine Mutter ist diejenige, die entscheidet, ob es am Leben bleibt oder nicht, und ich wollte sie fragen, warum sie nicht dieses eine am Leben lassen konnte, aber ich dachte, wenn ich das tue, ändert sie ihre Meinung über *mich*, und dann muß ich auch weg!

Miss Georgina kann nicht älter als sechs oder sieben gewesen sein, als ihre Mutter starb, und Master Edmund war zwei Jahre älter. Sie waren süße Kinder, bildhübsch. Kamen nach ihrer Mutter: schwarze Haare, große, dunkle Augen, die in ihren Gesichtern glühten, die Haut wie Sahne. Die beiden zusammen waren wie Spiegelbilder, mit einem Mädchen auf der einen Seite und einem Jungen auf der anderen. Armer Master Alfred. Sie nannten ihn Freddie. Er war der Jüngste und so häßlich. Sah so aus, als gehörte er gar nicht in die Familie, mit seinen Haaren, die rot wie Karotten waren. Aber er war ein lieber kleiner Kerl und immer fröhlich. Ich sehe ihn noch vor mir, in Dennys – dem Landhaus der Familie Lomax –, wie er Hände voller Gras für die Pferde ausriß, obwohl die doch ein ganzes Feld voll davon hatten und er viel zu klein war, um sie damit zu füttern, selbst auf Zehenspitzen mit ausgestreckter Hand, und natürlich hat das Pferd nur einmal geniest und alles weggepustet.

Nicht daß ich sie oft gesehen habe, da noch nicht. Sie waren immer mit dem Kinderfräulein zusammen.

›Kinderfräulein‹, nicht Kindermädchen. Sie war sehr religiös – Christin, aber anders als wir. Die älteren Dienstboten waren ihr gegenüber sehr mißtrauisch, weil sie ihnen immer erklärte: »Ich würde niemals einen Tropfen anrühren, nicht mal aus einem goldenen Becher.« Ich hab nie gesehen, daß einer von den anderen was getrunken hat, aber sie hielt sich wohl für was Besseres, wegen ihrem Glauben, und das gefiel den anderen nicht. Um ehrlich zu sein, ich hatte ganz schön Angst vor ihr.

Master Edmund wurde bald nach Mrs. Lomax' Tod in ein Internat geschickt, und Miss Georgina und Master Freddie blieben ganz in Dennys. Mr. Lomax wohnte weiter in London. Das Haus in London wurde halb zugemacht, und ich hatte Angst, meine Stelle zu verlieren, aber die Haushälterin sagte, ich sollte mit ihnen nach Dennys gehen, weil man ein Paar Hände mehr zum Putzen dort gut gebrauchen könnte. Ich war so aufgeregt. Ich fuhr mit dem Zug nach Dennys. ›Dritte Klasse und Dienstboten‹. Das Kinderfräulein verschwand und ließ mich mit dem ganzen Gepäck stehen, und es war ein schrecklicher Kuddelmuddel, bis ich einen Gepäckträger fand. Aber das Haus! Ich liebte dieses Haus. Es war aus hellen Ziegeln, mit einer grünen Veranda rundherum und einem Balkon mit Blumen und einer Holzbank. An der Vorderfront gab es Verzierungen aus glänzenden Steinen mit wunderschönen Blumen und Blättern, eine Art Fries die ganze Wand hinauf, und ein herrliches buntes Glasfenster. Und es gab eine Wiese! Ich bin in der Stadt groß geworden, und ich fühlte mich, als wäre ich entkommen, nur daß ich nicht wegen der frischen Luft hier war. Ich war hier, um zu arbeiten, und ich wußte, daß ich von Glück sagen konnte, wenn ich meine Nase einmal in der Woche zur Hintertür rausstrecken konnte, von Spaziergängen ganz zu schweigen. Und trotzdem war es alles da draußen, auch wenn man es nur durchs Fenster sehen konnte.

Als ich zum ersten Mal die große Küchentür in Dennys öffnete, war ich furchtbar nervös. Drinnen war überall Dampf und Lärm, und jeder schien schrecklich beschäftigt. Ich wußte nicht, was ich tun sollte, also stand ich einfach stumm an der Wand und fragte mich, ob überhaupt jemand bemerken würde, daß ich da war. So habe ich Ellen kennengelernt. Sie kam geradewegs auf mich zu. »Hallo, ich bin Ellen.«

Ich sagte: »Ich bin Ada. Kann ich hier reinkommen?« Alle waren so beschäftigt, und ich dachte, ich würde nur im Weg sein. »Das ist schließlich die Tür, oder?« sagte sie in ihrer typisch frechen Art und griff nach meinem Koffer. »Ich soll dich in mein Zimmer bringen. Wir teilen es.« Als ich Ellen zum ersten Mal sah, wußte ich, daß ich sie mögen würde. Sie sah immer schrecklich unordentlich aus. Immer frech und immer unordentlich. Sie hatte gelbe Haare, die wirr abstanden, und große, runde blaue Augen. Ihr Häubchen saß immer auf ihrem Hinterkopf, und überall hingen Haarsträhnen heraus, und selbst wenn man ihr sagte, sie solle es richten, dauerte es keine zwei Minuten, bis es wieder genauso zerzaust war wie vorher. Also, sie nahm mich mit in ihr Zimmer, wo eine Art Feldbett aufgebaut war, weil es nicht genug Platz gab. Die Kammer war so klein, daß man nicht mal die Tür richtig aufmachen konnte, ohne gleich ins Bett zu fallen.

Aber ich war froh, eine Freundin zu haben. Das war es, was ich in dem Haus in London vermißt hatte. Da waren zwar eine Menge Leute gewesen, Dienstboten, meine ich, aber sie waren alle älter und wollten nicht mit der niedrigsten Magd befreundet sein. Zu Hause hatte ich zwei Brüder und drei Schwestern, und wir haben alle in einem Zimmer geschlafen, mit einem Vorhang in der Mitte, der die Mädchen von den Jungen trennte, und dann mußte ich aus dem Haus zur Arbeit und allein in der winzigen Dachkammer schlafen. Ich haßte es, allein zu sein.

Ellen konnte reden wie ein Wasserfall. Sie kannte so viele Geschichten. In der ersten Nacht habe ich kaum ein Auge zugetan, wir haben die ganze Zeit geschwatzt und gelacht, aber es war mir egal, ich war so glücklich. Doch am nächsten Morgen fühlte ich mich schrecklich, und Ellen und ich kletterten

Leitern rauf und runter, schleppten Eimer herum, bürsteten Tapeten ab, schrubbten die Türen, öffneten die Rolläden, und so weiter. Es ist ein Wunder, daß wir den Schornstein nicht saubermachen mußten. Wenn ich die Aufsicht über das Personal gehabt hätte, hätte ich zwei wie Ellen und mich niemals zusammen arbeiten lassen, im Leben nicht. Wenn es schnell gehen sollte, waren wir beide genau die falschen. Aber wir wurden immer zusammengesteckt, und natürlich gefiel uns das recht gut. Wir waren oben, in einem der hinteren Schlafzimmer, und Ellen plapperte die ganze Zeit, doch plötzlich faßte sie mich am Arm. »Oh, Ada, schau! Da ist William!« Ich dachte, oh-oh, denn der Name war schon öfter gefallen, und prompt wurde Ellen rot. »Ich glaube, er mag mich, Ada. Er arbeitet für Mr. Vincent.« Mr. Vincent war der Butler. Dann sagte sie: »Er bleibt immer stehen und redet mit mir, und er sieht ja so gut aus.«

Ich sagte: »Ach, hör auf«, doch sie riß mir beinahe den Arm aus.

»Schnell, Ada, komm schon, wir wechseln das Wasser, dann kannst du ihn sehen.« Mein Wasser war kein bißchen schmutzig, genau wie ihres, aber natürlich folgte ich ihr wie ein Hündchen.

Ellen schaute sich suchend nach William um, aber ich dachte, wenn ich schon unten bin, kann ich auch das Wasser wechseln, und ging zum Wasserhahn. Für einen Augenblick schloß ich die Augen, um ein bißchen die Sonne zu genießen, und als ich sie wieder aufmachte, stand dieser Mann vor mir, als wäre er vom Himmel gefallen oder so etwas, und sah mich an. Ich glaube, ich habe mich in meinem Leben noch nie so lächerlich gefühlt, weil er mich erwischt hatte, wie ich im Stehen schlief, wie ein Pferd, und er war wirklich hübsch, wie Ellen gesagt hatte, das machte es noch schlimmer. Er sah fremd aus, gar nicht englisch mit den dunklen Haaren und der braunen

Haut. Er sagte: »Guten Tag«, und streckte mir die Hand entgegen. Ich wußte vor Verlegenheit nicht, wohin mit mir. Ellen sagte: »Das ist William«, als hätte ich mir das nicht denken können, so wie sie ihn anhimmelte.

Dann sagte er zu mir: »Dein Eimer läuft über.« Überall war Wasser, und ich hatte es nicht bemerkt. Dann stand ich natürlich neben ihm, während Ellen ihren Eimer auffüllte. Er sagte: »Ellen hat mir alles über dich erzählt. Du bist richtig berühmt.«

Ich spürte, wie ich feuerrot wurde. »Das habe ich nie behauptet.«

Dann sagte er: »Ellen glaubt das anscheinend. Sie mag dich wohl sehr.« Schaut mich an, als verstünde er absolut nicht, wie man mich überhaupt mögen kann, und dann auch noch sehr. Für wen hält der sich eigentlich, dachte ich. Mit Sicherheit fand er sich schlau. Er war ungefähr neunzehn oder zwanzig, und so wie er aussah, waren bestimmt alle Mädchen verrückt nach ihm. Ich dachte, jedenfalls braucht er nicht zu glauben, daß ich mich in ihn verliebe. Aber Ellen schwatzte das Blaue vom Himmel herunter, während sie versuchte, ihren Eimer und uns gleichzeitig im Auge zu behalten.

Ich konnte nur daran denken, was wir beide für einen idiotischen Eindruck machen mußten, und war heilfroh, als William wieder an seine Arbeit ging. Doch dann fing Ellen erst richtig an: »Oh, er sieht so gut aus, findest du nicht auch, Ada?« Sie redete von nichts anderem mehr. Ihr Geschwätz wurde dümmer und dümmer – Mary und ein paar anderen erzählte sie: »Ich glaube, William hat ein Auge auf mich geworfen«, und anstatt ihr zu sagen, sie soll sich zusammenreißen, wie es ihre Pflicht gewesen wäre, waren sie ganz Ohr und zogen sie damit auf, daß sie einen jungen Mann hatte. Ja, sie wollten ihr sogar weismachen, daß er es ernst meinte. Ich dachte, hoffentlich kommt William nichts zu Ohren, er ist schon eingebildet genug – aber in Wirklichkeit wollte ich natürlich nur nicht, daß er glaubte, ich hätte irgendwas mit dem Unsinn zu tun.

Eines Tages mußten wir einen Stapel Bettwäsche durchsehen, und Ellen rührte natürlich keinen Finger, sondern klebte am Fenster, falls Sie-wissen-schon-wer vorbeikommt. Sie jammerte wie üblich vor sich hin, doch ich hörte gar nicht zu. Sie war wie ein Radiogerät, diese Ellen. Es leistet dir Gesellschaft, aber man hört beileibe nicht jedem Wort zu, das herauskommt. William erschreckte mich zu Tode, als er an die Scheibe klopfte, und natürlich konnte Ellen sich nicht bremsen. Sie hätte sich beim Fensteraufmachen den Kopf eingeschlagen, wenn ich ihr nicht geholfen hätte. William hatte dieses wunderschöne, silberne Tablett, das er aus dem Eßzimmer gemaust hatte, und stellte es so ins Fenster, daß wir die beiden prächtigen Rosen sehen konnten, die darauf lagen. Er sagte: »Guten Morgen, meine Damen«, gerade als wären wir zwei Gräfinnen, die im Salon sitzen und sticken.

Ellen stürzte sich kopfüber hinein: »Ooh, William, sind die aber schön. Sind die für mich?« Ich blieb einfach sitzen. Ich hatte nicht vor, für ihn an die Decke zu hüpfen.

Aber er hielt mir eine Blume entgegen. »Wollen Sie Ihre Rose nicht nehmen, Miss Ada?« Sie! Miss Ada! Ich dachte, ich will das blöde Ding nicht, besonders, wenn es geklaut ist, und das mußte es ja sein.

Ellen nahm die Rose und warf sie mir praktisch in den Schoß. »Na komm schon, nimm sie!« Nur damit sie mit William reden konnte. Ich hab sie nicht angerührt. Ließ sie einfach liegen und nähte weiter, aber ich konnte Williams Gesicht über Ellens Schulter sehen, und ich wußte, daß er für mich eine Schau abzog. Sie plapperte vor sich hin: »Oh, William, das ist ja so süß.«

Dann sagte er zu ihr: »Willst du mir nicht ein kleines Dankeschön dafür geben?« Ich konnte es kaum fassen. Als er das sagte, sah er mich direkt an, seine Augen lachten, aber Ellen war natürlich viel zu abgelenkt, um es zu bemerken.

Ich dachte, das ist nicht fair, selbst so ein dummes Huhn wie Ellen hat das nicht verdient, deshalb sagte ich: »Ich höre jemanden kommen«, und da kam ziemlich schnell Bewegung in ihn. Ellen zog so heftig das Fenster herunter, daß beinahe die Scheibe zerbrach, und schob die Rose in einen Sessel.

Natürlich kam niemand, und sie wurde ganz argwöhnisch. »Du hast doch gar nichts gehört, Ada, warum hast du das gesagt?«

Ich antwortete: »Ich dachte, ich hätte Mrs. Mattie gehört«, so hieß nämlich die Haushälterin.

Ellen sagte: »Hast du gar nicht. Du bist eifersüchtig, Ada. Das hätte ich nie von dir gedacht.« Ich wußte nicht, was ich sagen sollte. Die Wahrheit konnte ich nicht sagen, nämlich daß William sich keinen Pfifferling um Ellen scherte und es auch nie tun würde. Ich war froh, als es Zeit für mich war, mit dem Teetablett nach oben zu gehen, noch nie hatte ich es so eilig gehabt, aus einem Zimmer zu kommen. Ich rannte davon, so schnell ich konnte, fiel im Flur prompt über Jenny und brach mir beinahe das Genick. In großen Häusern wie Dennys gibt es immer einen armen Wurm, der die schlimmsten Arbeiten machen muß, und hier war es Jenny. Sie war nicht ganz richtig im Kopf, aber völlig harmlos. Sie war winzig, mit so einem dürren, kleinen Hals, daß es aussah, als würde ihr Kopf immer wackeln und gleich hinunterfallen, und ihre Arme waren wie zwei Stöcke. Jedesmal, wenn ich sie ansah, machte ich drei Kreuze. Sie war besser dran als die meisten ihrer Art – wenigstens bis das mit Master Freddie geschah.

Wie auch immer, ich lag am Boden und hatte alle Hände voll zu tun, wieder auf die Beine zu kommen, als ich William im Gang sah. Er bummelte herum, lehnte an der Wand und sah aus, als gehörte ihm das Haus, obwohl er gar nicht hätte hier sein dürfen. Nun, ich mußte an ihm vorbei, wenn ich in die Küche wollte, also dachte ich, na gut! Und ich ging direkt auf ihn zu: »Ich will mit dir reden.«

Er konnte es einfach nicht lassen. »Was verschafft mir die Ehre, Miss Ada?« Gerade hatte er zugeschaut, wie ich hingefallen war – ich hatte sehr wohl bemerkt, daß er mir nicht aufgeholfen hatte –, und jetzt stand er da, die Hände in den Taschen, mit einem Blick, als dächte er, er könnte mein Herz mit einem Fingerschnippen brechen. Mein Gott, dieser Blick!

Ich wurde wütend und sagte: »Warum hebst du dir das nicht für Ellen auf? Sie mag das, ich nicht. Und nenn mich nicht Miss Ada. Warum tust du das bloß alles?«

Ich dachte, das würde genügen, aber er fragte: »Was denn?«

»Ellen eine Rose schenken und dich so benehmen.«

Typisch William: »Wie benehmen?«

Ich platzte heraus: »Als wärst du ihr Liebster!« Ich wußte eigentlich gar nicht, was ein Liebster war. Ich dachte, vielleicht ist es ja etwas ganz Schreckliches, aber jetzt war es heraus; jetzt konnte ich es nicht mehr zurücknehmen.

William sagte: »Aber ich habe dir doch auch eine Rose geschenkt, oder?«

»Das hast du doch nur getan, damit du an Ellen herankommst«, sagte ich.

»Nein, habe ich nicht. Du bist zehnmal soviel wert wie Ellen, das sieht jeder.« Ich höre noch immer, wie er das sagte. Nun, ich wußte nicht, was ich denken sollte. Nein, das ist gelogen. Ich war geschmeichelt. Ich hatte ein schlechtes Gewissen, wegen Ellen, weil sie meine Freundin war, aber ich hatte ihn nie darum gebeten, so etwas zu sagen, und es war schließlich nicht meine Schuld, wenn er mich mochte, oder? Er hatte mir direkt in die Augen geschaut und es gesagt, und ich fand es wunderbar.

Ich ging zum Fenster und warf einen schnellen Blick in die spiegelnde Scheibe, um nachzusehen, ob ich mich verändert hatte. Ich weiß nicht, wen ich erwartet hatte in der Scheibe zu sehen, die Königin von Saba vielleicht, jedenfalls war ich immer noch dieselbe alte Ada. Ich habe noch nicht gesagt, wie ich damals ausgesehen habe, oder? Wie ein Fisch, so sah ich aus. Viele Menschen mit roten Haaren sehen so aus, besonders wenn sie einen großen Mund haben. Einen großen, blassen Mund und helle Augen, daran liegt es. Meine Haare waren hübsch, kastanienrot, aber von Wimpern konnte man wirklich nicht sprechen, und mein Gesicht war voller Sommersprossen. Ich sah aus, als hätte jemand einen Pinsel mit brauner Farbe vor meinem Gesicht ausgeschüttelt und vergessen, die Kleckse abzuwischen. Einen Schönheitswettbewerb würde ich bestimmt nicht gewinnen, aber nachdem William das gesagt hatte, hatte ich das Gefühl, ich könnte jede ausstechen. Wenn er gesagt hätte: »Oh, Ada, du bist wunderschön«, also, ich bin ja nicht dumm, dann hätte ich gewußt, daß es Schmeichelei war. Aber das hatte er nicht, und es war die Art, wie er mich ansah, die zählte. Und da stand ich nun und sagte mir: »Von dem laß ich mir nichts gefallen.«

Danach konnte ich es nicht ertragen, wenn Ellen mit ihrem »William hier« und »William da« anfing. Ich hörte ihr zu, all dem Unsinn, den sie redete, aber bei mir dachte ich, hör bloß auf. Am liebsten hätte ich es ihr erzählt, aber sie hätte mir nie geglaubt, und die anderen auch nicht.

Es war kurz darauf, daß der arme Master Freddie starb. Es war – nun, es war eigentlich unvorstellbar. Denn wer konnte einem kleinen Kind so etwas antun? Das ist es, was ich nie verstanden habe. Es war ein wunderschöner Sommertag, ich werde es nie vergessen. Ich arbeitete in der Spülküche, als ich den Schrei hörte. Ich wühlte mit beiden Händen bis zu den Ellbogen in schmutziger Wäsche, doch ich rannte sofort in den Korridor, um nachzusehen, wer es war. Miss Louisa und Master Roland waren in Dennys, und Miss Louisas Gouvernante kam um die Ecke geschossen und knallte peng! gegen die Wand, als wäre sie blind. Ich sehe sie vor mir, in ihrem grauen Rock und der weißen Bluse; sie stolperte durch den Gang, stieß mit den Hüften an die Wände, schlug mit den Händen dagegen, fiel beinahe hin und schrie und schrie, als wäre sie vom Teufel besessen. Ich rief: »Sind Sie verletzt? Soll ich Mrs. Mattie holen?« Aber sie schrie weiter, als wäre ich gar nicht da. Ich wußte nicht, was ich tun sollte. Ich hatte Angst, zu ihr hinzugehen, weil meine Hände von der Wäsche ganz naß waren, und ich dachte, selbst wenn sie verrückt geworden ist, wird es ihr bestimmt nicht gefallen, wenn ihre hübschen Kleider schmutzig werden. Sie rannte durch die Tür auf den Hof, und ich wollte ihr gerade folgen, falls sie sich etwas antat, als Mrs. Mattie plötzlich hinter mir auftauchte und mich am Arm packte. Sie war zwar klein wie eine Maus, aber sie hatte Kraft – ich hatte einen richtigen blauen Fleck, der Abdruck ihrer Finger war auf meinem Arm deutlich zu sehen. »Ich wollte nur nachsehen, was für ein Lärm das ist, Mrs. Mattie«, sagte ich, damit sie nicht dachte, daß ich diejenige war, die hier schrie und jammerte, aber sie wollte nichts davon hören.

Sie faßte mich an den Schultern, wirbelte mich herum und versetzte mir einen Stoß vor die Brust. »Du gehst sofort zurück in die Spülküche.« Ich starrte sie mit offenem Mund an. Da kamen Ellen und ein paar von den anderen Mädchen um die Ecke gerast, um herauszufinden, was das für ein Geschrei war; denn ehrlich, den Lärm, den Miss Louisas Gouvernante machte, konnte man noch eine Meile entfernt hören. Da standen Mrs. Mattie und ich, mitten im Gang, ungefähr fünf Schritte von der Hintertür entfernt, und Mrs. Mattie warf den Mädchen nur einen Blick zu und stellte sich vor die

Hintertür wie ein Polizist, wobei sie mich am Kragen mitzog, daß ich gar nicht anders konnte als mit ihr gehen. Ich hörte, wie mein Kittel riß, was kein Wunder war, denn sie hielt mich so fest, daß ich keine Luft mehr bekam. Die anderen blieben wie angewurzelt stehen, als sie sahen, wie wir beide die Tür blockierten. Zu jedem anderen Zeitpunkt wäre es, ehrlich gesagt, ziemlich lustig gewesen, wie sie da alle standen, in ihren braunweißen Uniformen, und uns anglotzten wie eine Kuhherde. Mrs. Mattie hielt mich vor sich, so daß ich ihr Gesicht nicht sehen konnte, aber ich spürte sehr wohl, wie ihr Blick Ellen und die anderen durchbohrte. »Halt! Geht zurück an die Arbeit. Alle. Es gibt keinen Grund für die Aufregung.«

Einen Augenblick lang starrten sie zurück, und ich dachte, sie würden auf uns losgehen, aber dann erschien plötzlich Miss Louisas Gouvernante an einem der Fenster, schrie und hämmerte gegen die Scheibe. »Hilfe, so helft mir doch!« Ellen stand direkt daneben, und sie sprang vor lauter Schreck in die Luft, und dann standen wir alle einen Augenblick lang ganz stumm da und starrten dieses schreckliche Gesicht an, das vom Schreien ganz rot war und hinter der Fensterscheibe verschwamm wie Wasserfarben im Regen. »Um Himmels willen, so helft mir doch!« Dann schlug sie mit einer Hand das Glas kaputt und sank weinend und jammernd zu Boden, bis wir nur noch ihre zehn Finger sehen konnten, die sich an der Fensterbank festhielten und von Blut und Glassplittern bedeckt waren.

Mrs. Mattie brüllte wie ein Löwe: »Geht in die Spülküche, alle. *Sofort!*« Dann ließ sie meinen Kragen los, rannte auf die Mädchen zu, scheuchte sie alle in die Spülküche und schloß die Tür hinter ihnen. Sie rannte wieder an mir vorbei, aus der Hintertür in den Hof. Ich sah alles ein bißchen verschwommen, deshalb setzte ich mich erstmal hin, legte den Kopf auf die Knie und versuchte, wieder zu Atem zu kommen.

Nach ein paar Minuten kam Ellen aus der Spülküche. »Du siehst ja schrecklich aus. Ist alles in Ordnung?«

»Ich glaube, ich werd's überleben. Was ist los?«

»Keine Ahnung. Ich dachte, du wüßtest es. Obwohl ... warte mal.« Und sie ging zu dem zerbrochenen Fenster und schaute in den Hof. »Mrs. Mattie und Miss Wie-war-ihr-Name sind hinter die Hecke gegangen, irgendwas ist da passiert ... Ada! Da ist ein Mann, einer von den Stallknechten, er hat Master Freddie auf dem Arm, er trägt ihn wie ein Baby. Master Freddie hat ein Taschentuch um den Kopf, da ist Blut ... Es muß einen Unfall gegeben haben. Master Freddie hat einen Unfall gehabt! Oh, mein Gott, sie kommen ins Haus zurück. Schnell, Ada, steh auf! Wir verschwinden lieber von hier, sonst kriegen wir es noch ab.« Im Handumdrehen waren wir wieder in der Spülküche.

Mrs. Mattie kam herein. Sie machte ein sehr ernstes Gesicht und sagte: »Ich fürchte, es hat einen Unfall gegeben, und Master Freddie ist verletzt. Ich möchte jetzt keine Aufregung, denn das hilft dem armen Master Freddie überhaupt nicht, oder? Ich möchte, daß ihr tut, was man euch sagt, und zwar so schnell wie möglich, dann wird bald alles wieder in Ordnung sein.« Dann wies sie uns an, den Boden zu schrubben und den Hof zu fegen. Wir waren nicht gerade erfreut, daß wir so harte Arbeit tun sollten, die wir normalerweise nicht machen mußten.

Jemand fragte: »Wo ist Jenny?«, weil das nämlich eigentlich ihre Arbeit war.

Aber da ging Mrs. Mattie beinahe in die Luft. »Das geht euch gar nichts an. Wenn ihr eure Stelle behalten wollt, hört auf Fragen zu stellen und fangt an zu arbeiten.«

Nun, natürlich wollten wir alle wissen, was los war – wir waren auch nur Menschen –, aber das machte uns Beine. Ellen und ich mußten den Flur schrubben, was uns nicht besonders glücklich machte, aber so erfuhren wir, daß ein Polizist geholt worden war, weil er und Mrs. Mattie draußen im Hof standen und wir sie durch die kaputte Scheibe hörten. Wir beide lagen direkt darunter auf Händen und Knien und versuchten zu verstehen, was da draußen geredet wurde. »Können Sie mir vielleicht zeigen, wo es passiert ist?« Das war der Polizist.

Ellen flüsterte: »Was will sie denn mit einem Polizisten?«

»Ich weiß nicht.« Ich hob den Kopf ein wenig, damit ich etwas sehen konnte. »Oh, es ist nur der Dorfpolizist.«

»Na, der wird nicht viel tun, er hat viel zu viel Angst vor Mr. Lomax.«

Und das stimmte, denn ich konnte wirklich nicht sehen, daß er irgendwas tat. Er sagte nur immer wieder: »Oh, das ist eine schlimme Geschichte, eine schreckliche Geschichte.« Sie verschwanden einen Augenblick hinter der Hecke, so daß wir nichts mehr hören konnten, aber als sie zurückkamen, fragte Mrs. Mattie, ob er mit dem Arzt sprechen wollte, und der Polizist sagte: »Hat er die Leiche schon untersucht?«

Ellens Augen wurden groß wie Unterteller. »Welche Leiche?« Dann hörten wir, wie die Hintertür aufging, und wir schrubbten um unser Leben, als Mrs. Mattie und der Polizist vorbeigingen. Kaum waren sie weg, ließen wir die Bürsten sinken. Ellen war kreidebleich. »Es hat einen Unfall gegeben, und Master Freddie ist tot«, sagte sie. »Oh, Ada, ist das nicht das Schrecklichste auf der ganzen Welt?«

GEORGINA

Mr. Victor Mishcon, ein Rechtsanwalt, besuchte gestern im Holloway-Gefängnis in London Mrs. Ruth Ellis, die heute für den Mord an David Blakely gehängt werden soll. Am Montag lehnte der Innenminister eine Begnadigung ab. Das überrascht mich gar nicht. Die kleine Schlampe. Wer ist noch gestorben? *Dr. Kenneth Macleod, der Volksweisen und Lieder von den Hebriden sammelte und das berühmte Lied ›Road to the Isles‹ komponierte ...* Wahrscheinlich an Langeweile eingegangen. Aber Ascot – ich wünschte, ich wäre dort. Es sieht so ... wahrscheinlich lohnt es sich heutzutage gar nicht mehr hinzugehen. Prinzessin Margaret hat einen grauenhaften Hut auf. Und die Queen hat sich in eine Blumenrabatte gewickelt. Vielleicht sind es auch Spiegeleier. Gut möglich.

Sussex, traumhafter Blick, nahe Tunbridge Wells ... Wasser- und Stromanschluß, Kanalisation, beheizter Hühnerstall. Insgesamt ungefähr ein Hektar Land. Auktionshaus Harrods, Kensington 1490. Im Herzen von Kent, Herrenhaus aus dem fünfzehnten Jahrhundert ... komplett elektrifizierte Luxusvilla ... drei Dienstbotenschlafzimmer ... Tennisplatz ... Nur 9000 Pfund ... Nur? Nicht ums Verrecken, wie Ada sagen würde. Was haben wir denn heute? Eins waagrecht: *Der Feldmarschall wendet sich an seinen General und es endet.* Also ist *es* das Wort. Wie viele Buchstaben? Später. *Was die Zungen betrifft, begann es in Babel. Erster Buchstabe V.* Das ist Verwirrung, das war leicht. *Bundesstaat nach Art von Titeln.* Was könnte das sein?

Wer geht da am Fenster vorbei? Hat Ähnlichkeit mit Vivian Wyatt. Die war völlig übergeschnappt. Hat sich eingebildet, sie hätte einen Hund, den sie immer im Park spazierenführte. Als man im Krieg alle Gitter abmontierte, regte sie sich schrecklich auf. »Mein armes Poopsie-Schätzchen wird weglaufen und sich während der Verdunklung verirren, und es hat doch so schreckliche Angst vor der Dunkelheit, mein armes, kleines Lamm.« Sie bauten die Zäune um den Park ab, aber aus unerfindlichen Gründen ließen sie die Tore stehen, und der Mann, der auf den Park aufpaßte, schloß sie weiterhin jeden Abend ab und jeden Morgen wieder auf. Er sagte zu Edmund: »Es mag Ihnen seltsam vorkommen, aber das ist meine Arbeit, und ich werde so lange weitermachen, bis mir jemand sagt, daß ich aufhören soll.«

Titel... könnten Universitätstitel sein. BA, MA. *Nach Art von – à la*... Alabama. Sehr schlau heute. Ich sollte es Edmund zeigen. Er ist nach oben gegangen, das ist wirklich äußerst ärgerlich. Normalerweise lösen wir das Kreuzworträtsel zusammen, es macht viel mehr Spaß. Er hat gesagt, er fühlt sich nicht wohl und legt sich oben ein wenig ›aufs Ohr‹. Seine Worte, nicht meine. Er hat mal wieder zu viel Zeit mit Ada verbracht, sonst würde er so etwas nicht sagen. ›Aufs Ohr legen!‹ Ich höre es Ada förmlich sagen. Und es ist gemein von ihm, denn er weiß, daß ich nicht nachkommen kann. Es dauert zu lange. Aber wenn man jemanden so mag wie ich Edmund, ist ein wenig Egoismus hie und da nicht schlimm. Weil wir unzertrennlich sind, Edmund und ich. Wir werden zusammen sterben, das ist die einzige Möglichkeit. Oh, ich habe sehr oft darüber nachgedacht. Es ist nicht gut, wenn einer von uns jahrelang allein ist. Für den, der übrig bleibt, wäre es, als schleppe er eine Leiche mit sich herum. Weiter. Darwin *segelte mit diesem Rudel*. Herrje, die *Beagle*. Wer hat sich das denn ausgedacht? Die Sekretärin?

Der Irrenarzt, der mich während des Prozesses untersucht hat, hat gesagt, ich sei moralisch primitiv. Ich war sehr gekränkt. Es klang, als wäre ich eine von diesen häßlichen afrikanischen Schnitzereien, von denen alle Künstler immer behaupten, daß sie ihnen so gut gefallen. Mein Anwalt hat den Nagel auf den Kopf getroffen – er gab mir einen Rat, den ich nie vergessen werde: »Versuchen Sie, den Eindruck zu erwecken, als besäßen Sie einen wunderschönen Garten.« Ich wußte genau, was er meinte, deshalb habe ich auch Louisa gebeten, das Kleid für mich auszusuchen. Weil selbst ein afrikanischer Holzschnitzer nur einen Blick auf Louisa werfen und sagen würde: »Sie hat bestimmt einen wunderschönen Garten.« Das heißt natürlich im Klartext, sie ist eine typische Engländerin, spießig und ohne jedes Modebewußtsein. Ich hingegen bin eher Französin. Aber jeder – inklusive der zwölf Geschworenen, diese ausgewählten Fleischer und Bäcker und Kerzenzieher – weiß, daß moralisch Primitive keine wunderschönen Gärten haben... wie die arme Ruth Ellis. Es war von Anfang an klar, daß sie sich keinen Deut um eine Blumenrabatte schert.

Seit über fünfundzwanzig Jahren leben wir jetzt in diesem Haus, Edmund, Ada und ich. Ada ist dreiundsiebzig, und wir sind nicht viel jünger. Solange wir allein zurechtkommen, ist es besser hierzubleiben, als in einem dieser Heime zu sterben, die voller schlurfender Halbtoter mit fleckigen Unterhosen sind. Ada ist uns treu ergeben. Natürlich in Edmund verknallt. Aber auch diese Spezies wird bald ausgestorben sein. Heutzutage wird alles auf den Kopf gestellt. Früher wußte man, woran man war, heute nicht mehr. Ada ist robust. Sie ist natürlich schrecklich neugierig, wie alle Dienstboten. Lauscht immer an der Tür. Sie glaubt, wir gehören ihr. Ich frage sie immer: »Genug gehört, Ada?«

»Oh, Miss Georgina, ich weiß überhaupt nicht, wovon Sie

reden.« Immer dasselbe. Wie eine von diesen Langspielplatten mit einem Sprung. Aber ich bin sicher, sie hat viel zu erzählen. Das meiste ist natürlich reine Einbildung, aber ihr Leben war wohl kaum besonders aufregend, soll sie also unseres mitleben, wenn sie will. Doch ich wünschte, sie würde nicht so ordinäre Andeutungen über meinen Bruder und meine Cousine Louisa machen. Edmund hat Louisa Davy Kellway vorgestellt, und das hätte er bestimmt nicht getan, wenn er selbst in sie verliebt gewesen wäre, oder? Alles Unsinn. Wie auch immer, Louisa sieht aus wie ein Bedlington-Terrier. Edmund kann nur *schöne* Frauen lieben. Und wenn er sie oder irgend jemand anders liebte, wüßte ich es. Aber die Wahrheit ist für Leute wie Ada nicht so wichtig wie für uns.

Meine erste klare Erinnerung ist der Tod meiner Mutter. Alle schlichen auf Zehenspitzen herum – ›kein Wort zu den Kindern‹ –, ich bin mir sicher, wenn es möglich gewesen wäre, hätten sie uns nicht einmal gesagt, daß unsere Mutter tot ist. Unser Kinderfräulein erklärte uns, sie sei jetzt bei Jesus. Edmund war neun, als sie starb, und ich war sieben. Also muß unser kleiner Bruder, Freddie, ungefähr drei gewesen sein. Das Schlimmste war die Trauerzeit. Gestern noch hatte ich reihenweise wunderbare Kleider in den schönsten Farben, und plötzlich nahmen sie mir alle weg, und es gab nur noch schwarze. Ich würde nicht sagen, daß ich meine Mutter vermißte – wenn die schwarzen Kleider nicht gewesen wären, hätte ich sie wahrscheinlich sofort vergessen.

Unser Fräulein war eine von diesen fanatisch religiösen Frauen. Ich habe immer gedacht, sie muß zu einer dieser Freikirchen gehören, und Edmund sagt, er weiß noch, daß sie eine Zeitung der Baptisten gelesen hat. Ich glaube, der Name der Kirche hatte etwas mit Schafen zu tun, Hirtengemeinde oder Jünger des Lamms Gottes oder so ähnlich. Ich stelle mir das etwa so vor wie Little Bethel in *Der Raritätenladen* von Dickens, die Stelle, wo Kit in die Kirche gehen muß, um seine Mutter herauszuholen, und alle wanden sich vor Verzückung, die Beine in der Luft, und werden errettet. Errettet werden war offensichtlich nicht das Ziel unseres Fräuleins, denn sie kam jedesmal schrecklich schlecht gelaunt aus der Kirche. Für sie war alles ein Zeichen: das Muster der Tapete, die Art, wie man die Treppe hinunterging, irgendwas gab es immer. Aber alle Zeichen bedeuteten dasselbe: »Du wirst ein böses Ende nehmen.« Immer bedeutete alles, daß ich ein böses Ende nehmen würde. Im Kinderzimmer sah es trostlos aus, nachdem meine Mutter gestorben war; alles war schwarz, das Schaukelpferd, Bilder, Puppen, alles wurde mit schwarzem Stoff umwickelt. Und es wurde noch schlimmer, als Edmund ins Internat geschickt wurde. Ich weiß noch, daß ich mich furchtbar darüber aufregte, hundertmal mehr als über den Tod meiner Mutter, weil ich niemanden mehr hatte, mit dem ich reden konnte, als Edmund weg war. Ich kannte meine Mutter eigentlich gar nicht, verstehen Sie. Ich fand sie wunderschön und liebte es, sie in ihren hübschen Kleidern zu sehen, aber sie war mehr wie ein hübscher Schmetterling oder eine Fee ... und von einer Fee erwartet man doch nicht, daß sie einen badet, oder? Ich kann mich nicht erinnern, daß sie mich je in den Arm genommen oder mit mir gespielt hat oder so etwas, nur an flüchtige Gute-Nacht-Küsse, die so sanft waren, daß man sie kaum gespürt hat.

Ich vergaß sehr schnell, wie sie ausgesehen hatte, und das machte mich traurig. Natürlich gab es Fotografien, aber darauf sah sie nie besonders hübsch aus, und ich bin mir sicher, sie war wunderschön. Wahrscheinlich hätte ich nur in den Spiegel schauen müssen, um meine Erinnerung aufzufrischen – als sie noch lebte, sagte mein Vater immer, ich sei eine Miniaturausgabe von ihr. Aber wenn ich jetzt in den Spiegel schaute, würde ich eine alte Frau sehen, und meine Mutter war niemals alt, wozu soll es also gut sein?

An Freddie erinnere ich mich sehr deutlich, was merkwürdig ist, weil ich niemals ein Foto von ihm gefunden habe. Einmal, als ich noch ganz klein war, habe ich mit meinem Vater ein Fotoalbum angeschaut. Er erzählte mir Geschichten über die Menschen auf den Bildern, und es gab ein Foto von ihm und Onkel Jack mit ihren Eltern, als sie Kinder waren. Meine Großmutter sitzt vor ihnen auf einem Stuhl mit einem Baby auf dem Schoß, und Vater und Onkel Jack und mein Großvater stehen hinter ihr. Alle machen ein schrecklich wütendes Gesicht, nur das Baby lächelt. Ich sagte: »Sieh mal, das Baby lacht.«

Mein Vater sagte: »Das Baby lacht nicht, Georgina. Es ist tot.«

Ich sah es mir noch einmal ganz genau an, aber man konnte nicht erkennen, daß es tot war, wenn man es nicht wußte. Es sah einfach glücklich aus.

Als sie all das Blut von Freddie abgewaschen und ihm frische Kleider angezogen hatten, dachte ich, vielleicht will jemand ein Foto von uns beiden und meinem Vater machen, aber es gab keinen Fotoapparat und niemanden, der damit hätte umgehen können. Edmund sagte, er kann sich kaum erinnern, wie Freddie aussah, aber das ist kein Wunder, weil er kurz nach dem Tod unserer Mutter ins Internat geschickt wurde und Freddie kaum noch sah. Die Leute haben immer gefragt, ob Edmund und ich Zwillinge sind, weil wir uns so ähnlich sehen, doch Freddie sah nicht so aus wie wir. Er war dick und hatte Sommersprossen und Unmengen steifer roter Locken, wie Sprungfedern. Je mehr ich über ihn nachdenke – und ich habe in den ganzen Jahren oft an ihn gedacht, sehr oft –, desto deutlicher sehe ich, daß er eigentlich nicht ›paßte‹. Wir sahen unserer Mutter ähnlich, aber Freddie war niemandem ähnlich, mit Sicherheit nicht meinem Vater, der als junger Mann sehr gut aussah. Ich glaube nicht, daß Freddie ein gutaussehender junger Mann geworden wäre. Er hätte verdrießlich ausgesehen, und das ist grauenhaft. Und er hatte so seltsame Augen. Sie waren verhangen und milchig, und er schien die Dinge nie direkt anzusehen. Ich glaube, er konnte nicht besonders gut sehen, weil er immer stolperte und sich dauernd irgendwo stieß – daran erinnere ich mich tatsächlich am besten, wie er auf dem Boden saß und heulte, weil er wieder einmal hingefallen war. Einmal habe ich das Fräulein deswegen gefragt, und sie sagte: »Zieh dir erst den Balken aus deinem Auge«, was für mich wie Griechisch klang. Aber Freddie war ihr Liebling, ich kam erst an zweiter Stelle.

Ich habe auch darüber nachgedacht, ob Freddie nicht das Kind von jemand anderem sein konnte. Nicht von meinem Vater, meine ich. Ich habe absolut keinen Hinweis darauf – außer dem Fehlen von Fotografien und seinem Aussehen vielleicht ... Ich behaupte nicht, daß mein Vater etwas derartiges wußte oder einen solchen Verdacht hatte, obwohl das durchaus möglich ist, aber es ist mir mehr als einmal durch den Kopf gegangen. Wegen allem, was später passiert ist ... Die Menschen sind im allgemeinen sehr dumm, sie wollen alles schwarz oder weiß haben. Dies ist gut und das ist schlecht, dies ist falsch und das ist richtig, entweder man liebt jemanden oder man haßt ihn. Aber das geht nicht, man kann seine Gefühle nicht auf- und zudrehen wie einen Wasserhahn. Man liebt weiter, auch wenn man weiß, daß es falsch ist oder der andere dich verletzt hat – man liebt weiter, weil man einfach nichts dagegen tun kann. Ich glaube nicht, daß mein Vater hätte aufhören können, meine Mutter zu lieben, was auch geschehen ist, genausowenig wie ich aufhören konnte, meinen Vater zu lieben.

Edmund meint, daß unser Vater ein Scheusal war, aber ich

bin nicht seiner Meinung. Es war einfach so, daß er meine Mutter sehr liebte, viel mehr als uns. Ich glaube, er hatte sehr starke Gefühle für sie, er vergötterte sie. Es war Pech, daß wir – Edmund und ich – ihr so ähnlich sahen, und ich glaube, das war der Grund, warum er uns wegschickte. Edmund mußte sowieso in die Schule, aber dann war immer noch ich da, und ich war ein Mädchen. Deswegen wurde ich zusammen mit Freddie nach Dennys verfrachtet. Die Dienstboten erzählten uns, daß Vater uns nie besuchen konnte, weil er hart arbeiten mußte. Aber ich glaube, die Wahrheit ist, daß er es nicht ertragen konnte, uns um sich zu haben.

Ich frage mich oft, ob alles anders gekommen wäre, wenn ich so ein glückliches Leben wie Louisa gehabt hätte. Man kann nicht umhin, diese Sicherheit zu bewundern – na ja, irgendwas muß es sein, und man kann kaum erwarten, daß ich ihre Eleganz bewundere. Aber diese Festigkeit, diese Entschlossenheit ... Das ist es, was man von uns erwartet, von Leuten wie mir, das ist es, was uns glücklich macht. Doch je mehr man weiß, oder zumindest vermutet, desto unwahrscheinlicher ist es, daß man glücklich wird. Nur Ignoranten können glücklich sein, das ist wahrscheinlich der Grund, warum ich nie mit Edmund über meine Zweifel geredet habe. Oder mit unserem Vater. Und ich habe nie mit Edmund über unseren Vater gesprochen. Ich wollte ihn nicht unglücklich machen. Außerdem ist es sinnlos, sich über all das jetzt noch Gedanken zu machen. Es ist zu spät. Viel zu spät.

Und das ist der Grund, warum ich glaube, daß die Menschen dumm sind, sie konnten es nie verstehen: Als ich klein war, war es das Wichtigste in meinem Leben, meinem Vater zu gefallen. Weil ich ihn anbetete. Meine Mutter hatte seine Liebe, und sie mußte dafür nichts anderes tun, als sie selbst zu sein; aber ich war nicht sie, konnte niemals sie werden. Mein Vater war sehr groß: kräftig, mit lauter Stimme und einem lauten Lachen. Hat die Leute immer gegrüßt, Küßchen verteilt und Hände geschüttelt. Mit schwarzen Haaren an den Handgelenken. Einmal habe ich die Innenfläche seiner Hand geküßt. Ich weiß noch wie heute, wie sie aussah: kurze Finger und eine quadratische Handfläche. Sie war arm. Er war ein exzellenter Reiter, absolut furchtlos, er wollte, daß alle seine Kinder ebenfalls gute Reiter werden. Ich genoß die Reitstunden auf dem Pony, doch Edmund haßte sie. Vater schrie ihn immer an: »Was glaubst du, wozu du Beine hast? Benutze sie!« Unser Pony merkte ziemlich genau, daß Edmund Angst vor ihm hatte; es warf ihn immer an der nächsten Hecke ab und blieb seelenruhig stehen, um alle Blätter abzufressen, bis der Stallknecht den beiden zu Hilfe kam. Und dann sagte Vater immer: »Wenn du deine Beine schon nicht zum Reiten gebrauchen kannst, benutz sie zum Laufen«, und er schickte ihn ungnädig zurück ins Haus. Aber ich liebte das Reiten. Es war eine gute Möglichkeit, sich vor dem Fräulein aus dem Staub zu machen, denn sie hatte Angst vor Pferden, und das wurde in meiner Familie als große Schwäche angesehen, Angst vor Tieren oder wenn man sie nicht anständig behandelte. Heute würde man natürlich sagen, daß das alles mit Sex zu tun hat – man liebt Pferde, weil man zu jung für einen Mann ist. Und vielleicht stimmt es ja. Vielleicht hätte ich bei den Pferden bleiben sollen. Ich kann mir nicht vorstellen, daß jemand ein Pferd umbringt, oder?

Jedenfalls nicht aus Leidenschaft. Es sei denn, es ist dein eigenes Pferd und läuft als letztes bei einem Rennen ein. Ich habe Autorennen sowieso immer vorgezogen.

Meistens fochten wir wortlose Ringkämpfe aus, das Fräulein und ich. Sie war immer grob, wenn sie mich anzog. Zog und zerrte, und alles zerknitterte, und ich war so unkooperativ, wie es nur eben ging. Teddy Booth sagte einmal zu mir: »Du bist die einzige Frau, die ich kenne, die gleichzeitig absolut unwiderstehlich und vollkommen widerspenstig sein kann.« Er hat natürlich nicht versucht, mich *an*zuziehen. Das Fräulein bürstete mir immer die Haare und band sie so streng zusammen, daß ich mich fühlte wie ein Chinese. Ich schaute unserem Kampf im Spiegel zu und hatte das Gefühl, als wäre das nicht ich in dem Spiegel, sondern eine Szene aus einem Kasperletheater, über die ich mich köstlich amüsierte. Hallo, liebe Kinder. Seid ihr alle da?

Nie redete sie mit mir, immer nur mit Freddie. »Wir gehen jetzt spazieren, Master Frederick«, sagte sie zum Beispiel, damit ich wußte, daß es Zeit für mich war, meinen Mantel zu holen. Und unser Tag war so durchorganisiert, immer das gleiche zur gleichen Zeit, Frühstück oder Baden oder was auch immer, daß man wirklich nicht viel reden mußte. Freddie war noch zu klein und konnte noch nicht richtig sprechen, aber wenn Edmund in den Ferien aus der Schule da war, redete ich mit ihm. Ich gewöhnte mir sogar an, durch Edmund mit den Menschen zu sprechen – wir streunten immer allein durch die Gegend, und wenn wir ins Dorf gingen oder auf einen der Bauernhöfe, sagte ich zum Beispiel: »Frag den Bauern, ob wir uns die Lämmer angucken dürfen«, oder was ich gerade wollte, und er tat es immer.

Manchmal gingen wir ins Dorf, aber wir waren viel zu sehr die ›aus dem großen Haus‹. Ich erinnere mich nicht daran, daß wir mit den Kindern aus dem Dorf gespielt haben; ich glaube, wir kamen gar nicht auf die Idee, daß das möglich wäre. Oder sie kamen nicht darauf. Wahrscheinlich sogar. Aber Edmund kannte viel mehr Dorfbewohner als ich. Ich vermute, er trieb sich mehr herum, weil er ein Junge war, und er interessierte sich für Cricket – jeden Sommer gab es ein großes Cricketspiel, zu dem wir gingen, wir bekamen immer die besten Plätze, und man brachte uns Limonade. Als Edmund älter war – fünfzehn, sechzehn –, spielte er selbst Cricket, doch ich habe ihn nie gesehen. Damals hatte ich schon aufgehört wegzugehen, ich ging nirgends mehr hin, weil meine Kleider so altmodisch waren und ich nicht wollte, daß die Leute mich angafften.

Immer wenn ich an Dennys denke, ist Cricketsaison. Sommer. Selbst als wir nach vielen Jahren noch einmal dort waren und das Haus eine Ruine war, konnte das meiner Erinnerung nichts anhaben. Bis heute spüre ich die Hitze der Sonne und sehe uns alle lachend im Gras sitzen. Edmund, Freddie, ich und Onkel Jacks Kinder, meine Cousine Louisa und mein Vetter Roland. Onkel Jack und mein Vater kamen irgendwie nie besonders gut miteinander aus, es hatte etwas damit zu tun, daß Onkel Jack meinte, mein Vater führte die Geschäfte nicht ordentlich. Ich vermute, Onkel Jack war einer von denen, die von sich glaubten, sie könnten die Welt perfekt regieren, wenn man sie nur ließe. Ich glaube nicht, daß er so viel Geld wie mein Vater hatte, und mit Sicherheit besaß er kein Landhaus, deshalb kamen Louisa und Roland im Sommer immer zu uns. Das heißt, bis mein Vater anfing zu trinken. Da ließ Onkel Jack sie nicht mehr in unsere Nähe, obwohl Roland und Edmund auf derselben Schule waren.

Roland und Louisa waren beide blond und hatten blaue Augen, wie Tante Sophia, aber Roland war selbst als kleiner Junge schon außergewöhnlich hübsch. Er hatte diese blendende Schönheit, die man sonst nur bei Romanhelden findet: goldenes Haar, leuchtend blaue Augen und wunderschöne, honigfarbene Haut. Er bekam in der Sonne nie ein rotes Gesicht, wie Louisa, seines bekam einen sanften braunen Schimmer. Natürlich sah Louisa auch ganz ordentlich aus, eigentlich ganz hübsch, wenn man Bedlington-Terrier mag, aber man sah sie gar nicht, man schaute immer Roland an. Er war ein Jahr älter als Edmund, und wir bewunderten ihn alle schrecklich, obwohl er gar nicht besonders lustig oder schlau war. Doch er war nett. Ich erinnere mich nicht daran, daß er je etwas Schlechtes über einen anderen Menschen gesagt hätte, und selbst als wir klein waren, dachte ich, er lebt in einer anderen Welt als ich, er war so unkompliziert, und jeder war nett zu ihm. Wie Louisa. Ich glaube nicht, daß er sich vorstellte, es könnte auch anders sein. Ich glaube, er hatte eigentlich überhaupt keine Phantasie. Er kam nicht zu meiner Hochzeit. »Viel zu schwierig« oder so ähnlich, erklärte er Edmund. Louisa kam, und sie blieb anschließend auch noch bei uns, trotz Onkel Jacks Einwänden. Das meine ich mit Entschlossenheit. Das ist das Außergewöhnliche an Louisa. Sie sieht aus und zieht sich an, als würde sie nicht mal buh zu einer Gans sagen, aber wenn sie etwas für richtig hält, bleibt sie dabei, komme was wolle. Wenn man sie nicht kennt, meint man, sie wäre der Typ Frau, die einem Mann immer zustimmt, nur weil er ein Mann ist, egal, was für blöde Bemerkungen er macht. Aber damit liegt man völlig falsch. Louisa ist dickköpfig wie ein Maulesel, wenn sie von einer Sache überzeugt ist: Man kann sagen, was man will, sie weicht keinen Millimeter von ihrer Meinung ab. Nach meinem Prozeß bestand sie darauf, mit mir durch jedes Geschäft in London zu stolzieren. Ich sagte: »Warum soll ich einkaufen gehen? Ich habe kein Geld.«

»Du darfst dich nicht verstecken, Georgie. Das ist falsch. Du hast das gleiche Recht wie jeder andere, dich frei zu bewegen.« Für sie war es kein Problem, sie war nicht das Monster. Eine Frau spuckte mich sogar an. Typische Frau aus der Mittelklasse, eine Schlampe. Ihr Pelzmantel sah aus, als stamme er von einem Ackergaul. Sie kam direkt auf mich zu und spuckte. Mitten in einem Geschäft. Louisa war außer sich. »Wie unhöflich, wie ordinär«, und so weiter. Ich konnte sie gerade noch daran hindern, der Frau nachzulaufen und sie zur Rede zu stellen. Natürlich hat jeder in dem Geschäft es gesehen.

Alle wußten, wer ich war, und lechzten förmlich nach Blut. Nur Frauen natürlich. Frustrierte alte Schachteln.

Als Louisa während des Ersten Weltkriegs bei uns wohnte, kam Roland ein paarmal, um sie zu besuchen. Natürlich stand ihm die Uniform perfekt, er sah besser aus als je zuvor. Ich stellte mir eine herrliche Liebesgeschichte zwischen uns beiden vor, doch es geschah nie etwas. Wenn ich jetzt darüber nachdenke, ist es eigentlich sehr komisch, denn es wäre viel passender gewesen, wenn Roland mein Liebhaber geworden wäre und nicht der arme alte Teddy, aber Roland war natürlich schon tot, als ich ihn brauchte. Ich verliebe mich immer in unpassende Männer. Jimmy fand das natürlich nicht, nur dieser alte Richter So-und-so. Der arme alte Teddy paßte so gar nicht in sein Bild von mir. Er war ihm zu fett. Vor allem das, aber das war nicht der einzige Grund, wenn ich jetzt darüber nachdenke. Doch ich mochte ihn. Und Jimmy auch. Beim Prozeß wurde behauptet, Jimmy wäre mir egal, aber das stimmte nicht. Sie sagten, ich hätte ihn wegen seines Geldes geheiratet, doch er war mir wichtiger als all den anderen, die nach außen hin freundlich zu ihm waren und ihn, sobald er ihnen den Rücken kehrte, einen Parvenü nannten, weil sein Vermögen nicht geerbt war. Wenn Jimmy verreist war und Teddy bei uns zu Hause Partys gab, waren sie alle da. Teddys Vater war ein Lord, also kamen sie alle, obwohl sie wußten, daß es Jimmys Haus und ich Jimmys Frau war. Sie lachten über das Haus, weil er es nach Ideen aus Geschichtsbüchern selbst entworfen hatte – »Oh meine Liebe, was für ein *göttliches* Treppenhaus, das ganze ist wirklich absolut *outré«* –, aber sie tranken alles, was sie kriegen konnten, und brannten Zigarettenlöcher in die Möbel. Jimmy war zehnmal mehr wert als jeder einzelne von ihnen. Die gute Gesellschaft ist ein riesiger Schwindel, das ist alles Quatsch, und die Mitglieder der sogenannten Gesellschaft sind Idioten. Alle außer Teddy. Teddy hat mich gerettet. Er hat uns alle gerettet. Außer den armen Jimmy natürlich.

Ich erinnere mich deutlich an Roland in Dennys – immer war es Sommer. Ich glaube, wenn man älter wird, meint man meistens, daß das Wetter früher schöner war. Wenn ich zurückdenke, ist da immer ein ganz bestimmter Sommer, in dem es glühend heiß war. Es war so eine glückliche Zeit. Am Anfang, meine ich. Am Anfang war es noch eine glückliche Zeit. Bevor es geschah. Denn es war jener Sommer. Jener Sommer, in dem Freddie umkam.

Edmund war mit ein paar Jungen aus seiner Schule auf einem Ausflug, deshalb hatte ich Roland und Louisa ganz für mich. Freddie war natürlich auch da. An Teile dieses Tages – an dem er starb – erinnere ich mich überdeutlich: An Gefühle, die Sonne, den Geruch nach Erde im Wald ... aber andere Dinge ... danach ... ich habe es immer wieder versucht, ich wollte den ganzen Tag in Erinnerung behalten, aber sie waren einfach ... verloren. Wir waren im Wald und spielten Verstecken. Freddie war eine Zeitlang dabei. Ich habe gesehen, wie er durch den Wald rannte. Ich hockte auf Knien im Gebüsch. Dann merkte ich, daß ich mir ein schlechtes Versteck ausgesucht hatte, eine enge Stelle, wo mir die Zweige ins Gesicht stachen. Ich überlegte gerade, wie ich wegkommen konnte, ohne gesehen zu werden, da rannte er plötzlich an mir vorbei. Dann stolperte er über einen Ast. Ich war wütend auf ihn, weil er anfing zu heulen und ich dachte, die anderen würden es hören und mich finden. Ich rührte mich nicht. Ich wußte, daß er mich nicht gesehen hatte. Nach einer Weile rappelte er sich auf, und ich dachte, er würde gehen und das Fräulein suchen. Das letzte, was ich von ihm gesehen habe, war der Schimmer seiner Haare zwischen den Bäumen.

Wir spielten noch eine Weile weiter, und Freddie kann nicht wieder aufgetaucht sein, denn als wir aus den Büschen herauskamen, waren da nur wir drei, Roland, Louisa und ich. Ich kann mich nicht daran erinnern, daß irgend jemand gefragt hat: »Wo ist Freddie?« oder »War Freddie nicht auch hier?« oder etwas in der Art. Ich war froh, daß die anderen nicht fragten, denn ich hatte ein schlechtes Gewissen, weil ich ihm nicht zu Hilfe gekommen war, sondern mich einfach nicht gerührt hatte, um das Spiel nicht zu verderben. Wir saßen auf dem Rasen und warteten darauf, daß uns eines der Mädchen Limonade brachte. Ich legte mich hin, schaute in den Himmel und stellte mir vor, ich wäre da oben, mitten in dem Blau, und schwebte auf Wolkenkissen dahin. Ich weiß noch, daß ich sagte: »Es ist wie Fliegen.«

Roland sagte: »Woher willst du das wissen? Du kannst nicht fliegen.«

Ich sagte: »Kann ich wohl«, und natürlich fingen wir an zu streiten. Wir legten uns alle in einer Reihe flach auf den Rücken, blinzelten in die Sonne und stritten, als plötzlich jemand schrie. Das Schreien hörte nicht auf, und ich hörte Schritte durch das Gras kommen, immer näher, und über uns erschien eine große, dunkle Gestalt, und wir konnten nichts mehr sehen, weil sie die Sonne verdeckte. Ich glaube, die anderen müssen aufgestanden sein, aber ich blieb liegen, und als ich den Kopf auf die Seite drehte, sah ich nur diese riesigen Stiefel, die auf meinen Haaren standen. Ich schrie auf und begann, an meinem Pferdeschwanz zu ziehen, aber ich konnte mich nicht befreien. Ich schrie immer weiter, aber die große Gestalt über mir rührte sich nicht von der Stelle und wedelte mit den Armen in der Luft herum wie eine Vogelscheuche und schrie so laut, daß mich niemand hören konnte. Die anderen zerrten an mir, ihre Köpfe, Hände und Knie kamen so dicht, daß ich dachte, ich würde ersticken. Sie zogen so heftig, daß ich glaubte, gleich reißt mir der Kopf ab. Ich hörte, wie Roland rief: »Runter. Geh runter!« Dann schrien wir alle durcheinander, der Lärm war ohrenbetäubend, und ich hatte keine Ahnung, wer dieser Riese war, der auf meinen Haaren stand und sich nicht von der Stelle rührte.

Ich sah einen Rocksaum, sehr schmutzig, mein Kopf steckte direkt darunter, und ich weiß noch, daß ich hochsah und dachte, es muß eine Frau sein, wie merkwürdig, daß sie keinen Unterrock anhat, und das nächste – sie muß mich getreten haben, denn plötzlich drehte sich alles um mich herum, und ich hatte das Gefühl, mich übergeben zu müssen. Ich konnte hören, wie Louisa flüsterte: »Schnell, steh auf«, und ich kam auf die Knie. Das erste, was ich sah, war Miss Childers – das war Louisas Gouvernante –, die versuchte, Jenny, das irre Dienstmädchen, festzuhalten. Jenny ruderte mit den Armen in der Luft herum wie ein Eisenbahnsignal, und Miss Childers versuchte, sie zu fassen zu kriegen. »Was denkst du dir bloß«, rief sie. »Nimm dich zusammen.« Sie wollte Jenny eine Ohrfeige versetzen, traf aber nicht. Jenny rief immer wieder: »Komm! Dusollstmitkomm! Sollstmitkomm!« Die Worte klebten aneinander wie Datteln, und aus ihren Mundwinkeln floß Speichel. Ein dicker Tropfen landete auf Miss Childers Busen, und ich weiß noch, daß ich dachte, es sieht aus wie eine kleine Brosche. Als sie mich später umarmte, sah ich einen kleinen, dunklen Fleck, wo die Spucke den Stoff durchnäßt hatte.

Mein Kopf schmerzte, und mir war schlecht. Ich schloß die Augen und hielt mir die Ohren zu, um den Lärm nicht mehr hören zu müssen, aber es half nicht viel. Dann schoß Jennys Hand wie eine Schlange auf meinen Arm zu. »Dusollstaufstehn! Sollstmitkomm!« Und sie zog mich hinter sich her durch das Gras und über den Hof. Ich stolperte und fiel auf die Steine, aber sie zerrte mich hoch und klemmte mich unter ihren Arm, und wir gingen um die Hecke herum, wo die Dienstboten ihre Toilette hatten. Es war ein kleiner mit Kletterpflanzen bewachsener Verschlag hinter einer dicken Ligusterhecke, so gebaut, daß man ihn vom Hof aus nicht sehen konnte und kein Fremder vermuten würde, daß dort eine Hütte stand. Jenny keuchte: »Schau – schau da«, und schob mich um die Ecke. Ich sah geradeaus und konnte nichts entdecken, und dann senkte ich den Blick, und da lag Freddie, mit dem Gesicht nach unten im Schlamm. Er trug einen Matrosenanzug, seine Beine waren ausgestreckt, und seine Arme lagen am Körper wie bei einem Spielzeugsoldaten – oder besser einem Matrosen. Er sah aus wie eine große Puppe, die ein Kind fallengelassen und vergessen hatte. Das war mein erster Gedanke, daß ich ihn vergessen hatte, und ich glaube, ich habe es laut gesagt. Das Blut auf seinem karottenroten Haar ließ es aussehen wie Marmelade mit klebrigen Orangenstückchen, auf dem Fliegen landeten und herumkrabbelten. Jenny ließ meinen Arm nicht los und schrie die ganze Zeit: »Schau! Schau! Schau!«, und schob mich in Freddies Richtung.

Sie schubste mich von hinten und wollte, daß ich Freddies Kopf berührte, da wo das Blut war. Ich wehrte mich, so heftig ich konnte, aber meine Finger kamen dem – *Schlamassel* – auf seinem Kopf immer näher. Ich wollte es nicht anfassen, aber ich berührte seinen Rücken, ohne es zu wollen. Ich bin mir sicher, daß Freddie zu diesem Zeitpunkt noch lebte, noch atmete … Ich berührte ihn nur eine Sekunde lang, aber ich bin sicher, ich spürte eine Bewegung … Danach kamen die anderen angerannt, und Jenny ließ mich los. Roland war der erste. Aus irgendeinem Grund hatte er einen Bambusstock aus dem Garten in der Hand und stieß damit an Freddies Kopf, so daß die Fliegen plötzlich anfingen zu summen und davonzufliegen und wir alle zurücksprangen, und dann schoß Miss Childers an uns vorbei und griff nach dem großen Kragen von Freddies Matrosenanzug und zog daran. Freddies Kopf kam hoch, und noch mehr Fliegen flogen auf, ihr ins Gesicht und in den Mund, der offen stand, und sie schrie auf, ließ Freddie los und rannte weg. Jenny fiel plötzlich hinter uns zuckend zu Boden. Aus ihrem Mund kam Blut, und sie grunzte wie ein Schwein und rollte auf der Erde hin und her. Wir starrten sie an, als ich hinter uns Leute kommen hörte, und dann sagte Mrs. Matties Stimme: »Schnell – bringt die Kinder hinein. Was glotzt ihr so? Beeilt euch.«

Ein Mann griff nach meinem Arm und zog mich zum Haus. Ich versuchte, ihn abzuschütteln, aber jemand anders faßte mich um die Taille und hob mich in die Luft. Dann weiß ich nur noch, daß man mich durch den Gang zur Küche schob und ich mich auf dem Steinboden übergab, und ich erinnere mich daran, wie ich mich schämte, weil es vor den Dienstboten geschah. Wir wurden alle auf die Holzstühle um den Küchentisch gesetzt. Louisa weinte, und auf dem Tisch standen Teller mit Marmeladenbroten. Ich sagte: »Sie sind zu groß«, weil das Brot so dick geschnitten war. Ich wollte sie nicht essen, weil es keine dünnen Scheiben waren, wie sie das Fräulein sonst für uns zum Tee machte.

Freddies Leben mußte geendet haben, während wir um den Tisch saßen. Ich weiß nicht, ob die anderen das wußten, aber ein paar von den Dienstboten müssen es gewußt haben, denn sie liefen flüsternd ständig rein und raus. Sie warteten darauf, daß er starb. Ich machte mir Sorgen wegen der Fliegen auf seinem Kopf, hatte Angst, daß sie ihn aufessen würden, oder besser gesagt aussaugen. Ich dachte, sie würden sein ganzes Blut trinken und ihn umbringen. Wir rannten alle weg, nicht nur wir Kinder, sondern alle, auch die Dienstboten. Sie hätten ihn mit einem Tuch zudecken können, wenn sie ihn nicht sehen wollten, aber sie hätten nicht einfach weglaufen dürfen und die Tür hinter sich zumachen. Wenigstens einer hätte bei ihm bleiben und ihm Gesellschaft leisten sollen, während er starb. Sie hatten alle Angst, ihm zu nahe zu kommen, dabei war er doch nur ein kleiner Junge.

ADA

Es war so schwer zu glauben, was passiert war. Master Freddie rannte immer ums Haus, und wenn ich bei der Arbeit war, dachte ich dauernd, gleich höre ich, wie er den Gang entlangkommt oder um die Ecke rennt oder lacht ... ein paarmal glaubte ich sein Lachen zu hören, aber dann fiel es mir wieder ein. Selbst als wir sahen, wie der kleine, weiße Sarg herausgetragen wurde – das Wetter paßte überhaupt nicht dazu. Eine brütende Hitze, und der Himmel war leuchtend blau und keine einzige Wolke zu sehen. Ich weiß nicht mehr, ob ich geweint habe. Ellen und die anderen waren völlig aufgelöst, aber als der Sarg weg war, mußten wir alle wieder an unsere Arbeit.

Jeder wollte wissen, was passiert war, aber alles, was wir von Mrs. Mattie erfuhren, war, daß Freddie bei einem Unfall ums Leben kam. An jenem Abend waren wir Mädchen viel zu aufgeregt, um zu reden, aber am nächsten Abend saßen Ellen und ich mit einem anderen Mädchen namens Mary in unserem Zimmer und versuchten vergeblich zu verstehen, was geschehen war. Ellen wußte am meisten, weil sie schamlos lauschte, wenn andere sich unterhielten. »William hat mir erzählt, daß Jenny mit Master Freddie draußen war, sie hatte einen Anfall und mußte in ihrem Zimmer eingesperrt werden. Deshalb war sie nicht da, als du nach ihr gefragt hast, Mary.«

»Was hat sie da draußen gemacht? Sie kann nicht diejenige gewesen sein, die den armen, kleinen Wurm gefunden hat, sie hätte es sofort Mrs. Mattie erzählt.«

Ich sagte: »Miss Louisas Gouvernante muß Master Freddie gefunden haben, ganz bestimmt.«

Ellen sagte: »Was, diese Miss Childers? Die ist ja vielleicht durchgedreht. Ich habe einen furchtbaren Schreck gekriegt, als ihre Hand plötzlich durch das Fenster kam.«

»Was glaubst du denn? Ich habe gehört, Jenny hat ihn als erste entdeckt und ihn Miss Childers gezeigt, und dann hat sie einen Anfall bekommen.«

»Wo war er?«

»Draußen beim Abtritt. Wir haben gesehen, wie sie hinter die Hecke gingen, nicht wahr, Ellen?«

»Was hat er da gemacht?«

Ellen sagte: »Ich weiß nicht. Dieses Kinderfräulein ist schuld. Sie soll schließlich auf die Kinder aufpassen und dafür sorgen, daß sie nicht herumlaufen und sich was tun.«

»Also, ich hab gehört, daß sie in ihrem Zimmer war, als Freddie umkam. Sie hat gebetet. Hat Master Freddie allerdings auch nichts genützt, oder?«

»Paß auf, was du sagst, Mary Spencer, sonst bekommst du noch Ärger.«

»Was für Ärger? Ich hab jedenfalls gehört, daß sie immer in ihrem Zimmer sitzt und Kirchenlieder singt und nicht herauskommen will. Und Miss Georgina läßt sie auch nicht raus.«

»Arme Miss Georgina«, sagte Ellen. »Sie haben Master Freddie auch gesehen, wißt ihr. Die Kinder, meine ich.«

Ich sagte: »Wo hast du das denn her«, und Mary sagte: »Niemals! Wieso?«

»Sie waren bei Miss Childers.«

»Oh, das glaub ich dir nicht.«

»Doch, es stimmt, sie haben draußen gespielt, und als Jenny Miss Childers holte, haben sie es alle gesehen. Einer der Gärtner hat es mir erzählt, er hat Miss Georgina selbst reingebracht.«

»Aber dann hätten wir sie doch gesehen?«

»Nein, hätten wir nicht. Sie sind andersrum gegangen, an der Stiefelkammer vorbei. Da waren wir alle in der Spülküche.«

»Ich kann es nicht glauben. Derjenige, der dir das erzählt hat, Ellen, wollte dich auf den Arm nehmen.«

»Wie auch immer, jedenfalls war es ein merkwürdiger Unfall, wenn ihr mich fragt. Master Freddie fällt nicht einfach in ein Loch und schlägt sich den Kopf an.«

»Vielleicht hatte er einen Krampf, wie Jenny.«

»Red keinen Unsinn.«

Aber es gab viele, die munkelten: War es wirklich ein Unfall gewesen? Und die, die es nicht sagten, dachten es. Es gab eine Menge Gerede über Miss Georgina, und auch über Master Freddies Kinderschwester, weil viele sie nicht mochten. Ich hörte, wie eine der Älteren sie eine Heuchlerin nannte, was ich ein bißchen hart fand, aber es stimmt, daß sie nach Master Freddies Tod einen gewissen Übereifer entwickelte, was ihre Religion betraf. Sie redete mit keiner Menschenseele mehr und betete die ganze Zeit. Doch es war die arme Jenny, die mir leid tat, als alle anfingen, auf ihr herumzuhacken. Ich glaube, eigentlich hat der Polizist damit angefangen. Ob Mrs. Mattie ihm einen Hinweis in der Richtung gegeben hat, weiß ich nicht, aber er entschied, daß Master Freddies Tod ihre Schuld war. Wenn ich Polizist sage, meine ich nicht den Dorfpolizisten, denn es kam ein richtiger Polizist, um eine Untersuchung einzuleiten. Als er kam, mußten wir uns alle in Reihen vor ihn setzen, wie in der Schule, und seiner Ansprache zuhören – Mrs. Mattie trug mir sogar auf, eine kleine Vase mit Blumen für ihn auf den Tisch zu stellen –, und dann mußten wir alle den Raum verlassen und einzeln hereinkommen, damit er uns Fragen stellen konnte. Natürlich sagten alle: »Wenn es ein Unfall war, was muß er dann Fragen stellen?« Es war schrecklich, wir hatten das Gefühl, als würde man uns wegen irgendwas anklagen. Ich glaube, deshalb haben einige gegen Jenny ausgesagt. Ich sage nicht, daß sie Master Freddie etwas angetan haben und die Schuld auf sie abwälzen wollten oder so, aber wenn man mit dem Polizisten allein war, stellte er immer wieder dieselben Fragen, und wenn man sagte, daß man nichts wußte, glaubte er es nicht. Ich war eine der letzten, die hinein mußte, weil sie uns nach dem Alphabet aufriefen. Er fragte mich immer wieder, ob ich jemanden im Gang gehört hatte, als ich in der Spülküche war. Ich sagte: »Natürlich habe ich das«, weil man hören konnte, wie die Leute kamen und gingen. Nicht daß ich mich darum gekümmert hätte, ich hatte genug Arbeit. Dieser Polizist sagte: »War die Tür zum Gang offen?«

»O ja, sie war die ganze Zeit auf.« Das mußte sie natürlich sein, weil doch andauernd jemand mit einem großen Tablett hereinkam oder hinaus mußte – wenn sie erst die Tür aufmachen mußten, hätten sie alles fallen lassen.

»Hast du zur Tür hin gestanden?« Es gab nämlich zwei Waschbecken, eins, von dem man die Tür sehen konnte, und eins auf der anderen Seite. Ich war an dem zur Tür hin.

»Ja.«

»Dann konntest du sehen, wer vorbeiging?«

»Wenn ich aufgeschaut hätte, hätte ich es sehen können.«

Dann sagte er: »Und hast du aufgeschaut?«

Ich sagte: »Weiß ich nicht mehr«, weil ich es tatsächlich nicht mehr wußte. Man achtet doch nicht darauf, wenn man keinen besonderen Grund hat, oder? Der Polizist fragte, ob es helfen würde, wenn er ein paar Namen nannte, und fing an: Ellen, Mary, Dora, Doris und so weiter. An die eine oder andere konnte ich mich vielleicht erinnern, und das sagte ich ihm. Dann fragte er: »Hast du Jenny gesehen?«

»Na ja«, sagte ich. »Ich weiß nicht recht.«

»Bist du sicher?«

»Ich glaube nicht, daß ich sie gesehen habe.«

»Du würdest dich an Jenny erinnern, oder? Sie ist anders als die anderen.«

»Ja, das ist sie. Aber ich weiß nicht mehr, ob ich sie gesehen habe.«

»Denk genau nach«, sagte er. »Du mußt dich nicht beeilen.«

Nun, ich war ja nicht blöd, ich merkte sehr wohl, was er wollte, nämlich, daß ich sagte, ja, ich habe sie gesehen. »Ein paar von den anderen haben gesagt, sie hätten gesehen, wie sie zur Hintertür gegangen ist«, sagte er. »Dann muß sie an dir vorbeigekommen sein.«

Ich sagte: »Kann schon sein«, weil es stimmte, es konnte sein. Die Sache war die, im Geiste sah ich Jenny deutlich den Gang entlang kommen, aber ich wußte nicht mehr, ob es an jenem Tag war oder an einem anderen, und es schien so wichtig für diesen Polizisten zu sein, daß ich keinen Fehler machen wollte. Jedenfalls fragte er immer wieder und war sich so sicher, daß ich am Ende dachte, vielleicht habe ich mich nicht richtig erinnert, also sagte ich: »Ja, wahrscheinlich muß ich sie gesehen haben.«

»Braves Mädchen«, sagte er. »Gut gemacht.« Und dann klappte er sein Notizbuch zu, und das war's.

Ellen war vor mir drin gewesen, weil ihr Nachname Corrigan ist, also redeten wir an diesem Abend darüber. Ich erzählte ihr, daß mir nicht wohl bei meiner Aussage war. Ich hatte das Gefühl, der Polizist hatte mich dazu gebracht, etwas gegen Jenny zu sagen, obwohl ich mir nicht vorstellen konnte warum, denn während ich in der Spülküche war, sind mindestens fünf oder sechs Leute vorbeigekommen, und die waren schließlich nicht alle darauf aus, dem armen Master Freddie etwas anzutun, oder? Ich sagte zu Ellen: »Ich finde diese ganze Fragerei verrückt. Wer will denn einem Kind wie Master Freddie etwas tun?« Denn das verstanden wir beide nicht. Ich sagte: »Ich mache mir solche Sorgen, daß ich Jenny mit dem, was ich gesagt habe, in Schwierigkeiten bringe.«

Ellen sagte: »Also, wenn sie irgendwas getan hat, hat sie es bestimmt nicht bös gemeint, da bin ich mir sicher.«

Arme Jenny. Als der Polizist sie mitnahm, warfen die anderen Dienstboten Steine nach der Kutsche. Ich hörte die Leute sagen, daß sie verrückt geworden war und Master Freddie umgebracht hatte und aus reiner Bosheit die anderen Kinder geholt hatte, damit sie die Leiche sahen. Bald sagten es alle, sogar Ellen. Es war mir peinlich zu widersprechen, denn wann hatte ich jemals ein freundliches Wort zu dem armen Mädchen gesagt? Ich hätte zu ihr stehen müssen, aber ich tat es nicht, weil ich dachte, dann denken die anderen, ich bin wie sie. Aber mir fiel auf, daß William dem ganzen Gerede nicht viel Aufmerksamkeit schenkte, und dafür mochte ich ihn noch mehr.

Man hat Jenny nie wegen irgendwas angeklagt. Sie nahmen sie mit und sperrten sie in ein Irrenhaus. Sie war verrückt geworden, nachdem sie die Leiche gesehen hatte. Die Polizei sagte Mrs. Mattie, das hätte sie für immer um den Verstand gebracht. Die meisten in Dennys glaubten, daß sie es getan hatte. »Warum hat man sie nicht vor Gericht gestellt?« Das haben sie gesagt. »Der Strick wäre noch zu gut für sie.« Manche meinten, man hätte sie nicht angeklagt, weil Mr. Lomax ein gutes Wort für sie eingelegt hat, aber ich habe nie verstanden, wieso er das tun sollte. Wahrscheinlich war sie so verrückt, daß sie kein vernünftiges Wort aus ihr herausgebracht haben. Wie ich schon sagte, mir steht kein Urteil darüber zu; es gab so viele Gelegenheiten, ehe Master Freddie starb, wo ich zu Jenny hingehen und ein freundliches Wort hätte sagen können, aber ich dachte, wenn die anderen sehen, daß ich mit ihr rede, werden sie denken, ich bin auch verrückt, und dann komme ich nicht mehr mit ihnen aus. Also habe ich Jenny ignoriert, genau wie die anderen. Aber wir hatten keine Ahnung, wir verstanden überhaupt nichts. Und um ehrlich zu sein, ich dachte immer, wenn jemand verrückt ist, hat er dauernd diese Anfälle, und man muß das Fleischmesser vor ihm verstecken. Doch so ist es nicht, und heute weiß ich das.

Aber ich verstand es einfach nicht. Wenn Jenny es nicht gewesen war, wer dann? Um die Wahrheit zu sagen, ich wollte nicht so viel darüber nachdenken, was geschehen war, deshalb sagte ich mir schließlich, daß es ein Unfall gewesen sein mußte. Aber eigentlich war das dumm, denn wie konnte so etwas ein Unfall sein? Selbst wenn etwas vom Himmel gefallen wäre – es standen keine großen Bäume in der Nähe, aber vielleicht war etwas vom Dach der Toilette gefallen, ein Stein oder so – und Master Freddie am Kopf getroffen hatte, warum haben sie es nicht bei ihm gefunden, was es auch immer gewesen ist? Eine Sache, die mir nicht aus dem Kopf ging, war, daß vielleicht doch etwas neben ihm gelegen hatte und Mrs. Mattie hatte es weggenommen oder saubergemacht oder so. Ich will nicht sagen, daß sie so etwas mit Absicht getan hätte, vielleicht hat sie etwas weggenommen, weil sie es nicht wußte oder ... ach, ich weiß nicht. Es ist lange her, und damals gab es keine Kommissare und Fingerabdrücke wie heutzutage. Ich weiß nicht, wie die Familie darüber dachte. Bis heute habe ich Miss Georgina nie ein Wort darüber sagen hören. Ich glaube, sie hat nie mit jemandem darüber gesprochen, nicht mal mit Master Edmund. Aber was bringt es, wenn die beiden darüber reden? Dadurch wird Master Freddie auch nicht wieder lebendig, oder?

Danach war es anders in Dennys. Es war ein glückliches Haus gewesen, doch als Master Freddie tot war, wurde es trostlos und immer schlimmer. Mr. Lomax kam am Tag danach, und wir standen alle aufgereiht in der Einfahrt, wie immer. Ich glaube, ich habe noch nie jemanden so unglücklich gesehen wie ihn an diesem Tag. Als Ellen und ich an dem Abend in unserem Zimmer waren, sagte sie: »Er hat getrunken.«

Ich war schockiert. »So etwas Schreckliches sagt man nicht.«

»Ich kann es sehen, es ist, als hätte ihn eine Hand fest im Griff.«

Ich sagte: »Wirst du wohl aufhören, dumme Bücher zu lesen«, weil das so gestelzt klang, daß ich dachte, sie mußte es aus einem Buch haben – nicht daß ich sie je habe lesen sehen. Nun, so fing unser Streit an. Wir waren den ganzen Sommer wie Hund und Katze nach dieser Geschichte. Dieser Sommer war so heiß, und wir mußten Kleider und Strümpfe und ein Korsett tragen und das schwere Haar mit großen Stahlnadeln auf dem Kopf feststecken. Alles war unbequem. Man schwitzte und klebte den ganzen Tag. Und die Kammer, in der Ellen und ich schliefen, lag direkt unter dem Dach und war glühend heiß wie das Fegefeuer. Aber Dienstmädchen zu sein war damals kein Kuraufenthalt, und das Tagwerk mußte getan werden, selbst wenn man kein Auge zutat, weil das Bett ein Backofen war.

Ich kam mir vor wie ein Biest, wenn Ellen anfing, über William zu reden, deshalb stellte ich mich meistens schlafend. Ellen sagte immer: »Ich möchte wissen, wie du das machst, Ada. Im Bett stirbt man doch einfach.« Die Hitze dauerte bis in den Oktober – vier, nein fünf Monate nach Master Freddies Tod, und langsam lief alles wieder normal. Wenn man das normal nennen kann, denn das war es nicht.

Jedenfalls gab es einen Tag Mitte Oktober, an dem wir das Porzellan und das Glas spülen mußten. Nicht das, wovon sie aßen und tranken, sondern all die hübschen Dinge aus den großen Vitrinen. Eine Menge reiche Leute hatten damals solche Sachen, und sie waren so wertvoll, daß man sie einzeln zum Abwaschen herausnehmen mußte. William mußte sie mir bringen, ich wusch sie ab, und Ellen polierte sie blank. Wir waren in der Spülküche, die Tür stand weit offen, und ich hatte meine Hände im Spülwasser – was mir gefiel, weil das Wasser kalt war –, und Ellen lief dauernd zur Hintertür und schwang sie hin und her, um uns ein wenig Luft zu verschaffen. Das Dumme war nur, daß so auch lauter Wespen hereinkamen. Irgendwo muß ein Nest gewesen sein. Das Küchenmädchen stellte überall Fallen auf, Gläser und Schüsseln mit Wasser und Honig, wo die Wespen hineinfliegen und ertrinken sollten. Ich stand da und wusch das Porzellan ab, die schrecklichen Viecher summten und starben um mich herum, und ich hielt meine Arme dicht am Körper, damit ich ihnen nicht zu nahe kam. Wir arbeiteten schnell und warteten auf William, damit er die Sachen zurückbrachte. Ellen sagte: »Hier ist kein Platz mehr, ich bringe schon mal was weg«, natürlich in der Hoffnung, William in die Arme zu laufen. Na, es war wirklich kein Platz mehr, also ging sie los.

Die Gelegenheit auf eine kleine Pause würde ich mir nicht entgehen lassen, und so stand ich da, mit geschlossenen Augen, die Hände im Wasser, als ich William hereinkommen hörte. Ich stand mit dem Rücken zur Küchentür, doch ich wußte trotzdem, wer es war. Ich wollte mich nicht umdrehen, um keinen Preis, ich schnappte mir dieses große Porzellanstück und begann, es abzuwaschen; es brauchte nur übergespült zu werden, aber ich muß es so heftig geschrubbt haben, daß fast die Farbe abging. Ich konnte *fühlen*, wie er hinter mir stand. Ich dachte: Was ist los, warum sagt er nichts? Doch er sprach kein Wort, er stellte sich einfach neben mich und lehnte sich an das Abtropfbrett. Er stand ganz dicht neben mir und sah mir immer noch schweigend direkt in die Augen. Ich erinnere mich daran, als wäre es gestern gewesen – wahrscheinlich ist meine Erinnerung heutzutage sogar besser als gestern –, aber eins kann ich sagen: In meinem ganzen Leben habe ich mich noch nie so unwohl gefühlt wie in diesem Augenblick.

Um ehrlich zu sein, hatte ich Angst, mich zu bewegen. Ich hatte diese große Porzellanvase in den Händen; soviel ich wußte, war sie ein Vermögen wert, ich mußte nur einmal gegen den Spülstein stoßen und sie wäre kaputt. Ich wollte mich auf keinen Fall in seine Richtung bewegen, aber auf der anderen Seite waren die vielen Wespen, und ich wußte nicht, was ich tun sollte. Er sagte immer noch kein Wort, aber ich spürte, wie er die Hand ausstreckte und meinen Nacken berührte, und ich machte vor Schreck einen kleinen Hüpfer. Oh! Ungefähr so. Ich wußte nicht, ob ich es mochte oder nicht, ich konnte nur daran denken, daß ich die Vase nicht fallen lassen durfte, egal, was er tat. Wenn ich nicht so dumm gewesen wäre, hätte ich sie vorsichtig abgestellt, aber ich flatterte vor Aufregung und habe mich an der Vase geradezu festgehalten. Dann küßte William meinen Nacken, gleich unter dem Haaransatz.

Ich glaubte, meine Handgelenke würden zerspringen. In meinem Kopf war nur ein Gedanke: Ich muß diese Vase abstellen, und wenn es das Letzte ist, was ich tue. Ich sagte zu ihm: »Entschuldige bitte«, aber es kam nur ein Krächzen heraus.

Er sagte: »Das mußt du nochmal probieren«, also versuchte ich es, aber viel mehr brachte ich auch diesmal nicht heraus. Dann, schnell wie der Blitz, nahm er mir die Vase aus den Händen, stellte sie neben mich und gab mir einen Kuß, einen echten Kuß auf den Mund, legte die Arme um mich und so. Ich stand einfach nur da, ohne seinen Kuß zu erwidern, ich wußte nicht, wie man das macht. Das erste Mal, daß ich im Kino gesehen habe, wie sie es machen, beugte er sie zurück, Musik spielte und all das, und sie hatte die Augen zu. Ich dachte, das habe ich falsch gemacht, ich hatte die Augen keinen Augenblick zu. Weil ich nämlich die Abtropfgitter anstarrte, auf denen immer die Teller trockneten, daran erinnere ich mich.

Dann hörten wir Ellen im Gang, deshalb ließ er mich los und schoß aus der Hintertür in den Hof. Ellen sagte: »Ich hab William nicht gesehen, war er hier?« Ich starrte sie nur an wie eine Schwachsinnige. »Ada, mach den Mund zu, sonst verschluckst du eine Fliege.«

Danach küßte mich William mehr als einmal, wenn niemand in der Nähe war. Es war erstaunlich, daß uns niemand erwischte, so wie sie uns behandelten. Wenn uns irgendwer gesehen hätte, hätten sie gesagt, ich will ihn verführen – na ja, ich hab mich allerdings auch nicht besonders heftig gewehrt. Oder nur so viel, wie es sich gehört. Wahrscheinlich hätten sie uns Mädchen eher erschossen, als zu erlauben, daß die Männer zu uns aufs Zimmer kommen. Aber ich habe ihn nicht eingeladen, glauben Sie das nicht.

Ich war nur in mein Zimmer gegangen, weil mir nicht wohl war, anscheinend hatte ich was Falsches gegessen. Bei dem Wetter wird das Essen schon vom Hinschauen schlecht, besonders Fleisch – es war mitten am Nachmittag, aber Mrs. Mattie sagte, ich solle mich hinlegen: »Na, geh schon, in dem Zustand bist du uns hier unten auch keine Hilfe.« Bis heute weiß ich nicht, woher William wußte, wo ich war – oder wenn man so will, woher er die Nerven hatte heraufzukommen –, und ich habe keinen Schimmer, woher er wußte, welches Ellens und mein Zimmer war, aber er wußte es. Später dachte ich mir, daß er vielleicht früher schon mal da oben gewesen war, nicht wegen Ellen, wegen einer anderen, meine ich. Ich glaube, so war es, aber ich habe ihn natürlich nie gefragt.

Ich habe das bis jetzt keiner Menschenseele erzählt, aber wen kümmert das heute noch. Ist es nicht seltsam, wie viel einem etwas bedeuten kann, und dann wieder hat es überhaupt keine

Bedeutung? Nun, ich hatte natürlich meine Brüder gesehen, und ich wußte, daß Jungen an bestimmten Stellen anders aussehen als Mädchen, aber ich hatte noch nie einen erwachsenen Mann gesehen, und ich hatte keine Ahnung ... ich machte blitzschnell die Augen zu. Ich hätte es auf die anständige Art herausfinden sollen, nach der Hochzeit. Aber mir kam der Gedanke, daß keine Frau heiraten würde, wenn sie wüßte, was da auf sie zukommt – deshalb ist es vielleicht sogar besser, daß sie es nicht wissen, sonst würde es keine Kinder mehr geben.

Da lag ich nun also auf meinem Bett – Ellens Bett, wenn man es genau nimmt –, als ich hörte, wie die Tür aufging. Ich konnte es nicht glauben, als ich William da stehen sah. Er hatte kein bißchen geklopft, und da stand er, wie durch Zauberei, neben dem Bett. Die Kammer war so klein, daß man praktisch ins Bett hineinfiel, wenn man die Tür aufmachte, deshalb war er mir ganz nah. Ich zog die Decke um mich und rutschte so weit wie möglich von ihm weg. »Was willst du denn hier?«

»Sei leise, sonst hört dich jemand.«

»Und ich bin meine Arbeit los. Was machst du hier?«

»Ich muß schon sagen, Miss Ada, besonders erfreut, mich zu sehen, sind Sie ja nicht gerade.«

»Das stimmt! Hat dich irgend jemand auf der Treppe gesehen?«

»Kein Mensch. Du hast ein hübsches Zimmer.« Wollte mir schön tun mit diesem Gerede. »Bietest du mir einen Stuhl an, wenn ich schon hier bin?«

Ich hatte solche Angst, daß jemand heraufkommen und uns finden könnte, daß ich gar nicht richtig denken konnte. Wie ich schon sagte, mein Leben stand sozusagen auf dem Spiel, wenn man ihn in meinem Zimmer erwischte. Wenn ich ihm gesagt hätte, er soll gehen, wäre ich wahrscheinlich ruhiger gewesen ... Vielleicht habe ich es ja gesagt, ich weiß nur noch, daß ich wie gelähmt war vor Angst, Mrs. Mattie würde heraufkommen und ihn hier finden. Aber ich habe mich ihm nie angeboten, nichts dergleichen. Ich wußte ja nicht einmal, was das bedeutet, sich einem Mann anbieten. Er setzte sich aufs Bett. Ich glaube nicht, daß er was gesagt hat, er fing einfach an, mich zu küssen. Ich war so davon besessen, ihn loszuwerden, daß ich alles getan hätte, was er wollte, die Sache ist nur die, ich wußte gar nicht, was er da tat. Jedenfalls, als er fertig war, sagte ich zu ihm: »Komm nie wieder hier herauf. Ich will das nicht noch einmal.«

Aber er hörte nicht zu, er machte sich an seinen Kleidern zu schaffen. »Ich gehe jetzt lieber, es nützt keinem was, wenn man mich hier sieht.«

Ich sagte: »Das hättest du dir überlegen müssen, bevor du hier raufgekommen bist. Wenn dich jemand sieht, sag, daß du etwas holen mußtest. Kein Wort über mich, egal was passiert.«

Als er weg war, lag ich einfach nur da – alles war so schnell gegangen, und wenn ich mich nicht so wund gefühlt hätte und die klebrigen Schenkel nicht gewesen wären, hätte ich es nicht geglaubt. Ich weiß noch, daß ich mich fragte, ob es ungehörig wäre, wenn ich mein Kleid und das Korsett ausziehen würde – ich hatte alles noch an, keiner von uns hatte irgendwas ausgezogen. Besser mit Hut als gar nicht, so sagte man doch, oder. Seltsam, aber mir kam nie der Gedanke, wie idiotisch es war, darüber nachzudenken, ob ich das Kleid ausziehen sollte, wo es doch keine fünf Minuten her war, daß ein Mann *das* mit mir getan hatte. Aber am Ende dachte ich, wenn ich nichts unternehme, ersticke ich, und zog mich bis auf den Unterrock aus, dann tupfte ich mir mit dem letzten Rest Wasser, der in der Schüssel war, das Gesicht und den Hals ab und legte mich hin. Ich lag einfach da und schaute in das Stückchen Himmel vor Ellens und meinem Fenster. Ich fühlte mich verdorben, wie ich da nur in der Unterwäsche im Bett lag. Ich dachte, jetzt bin ich ein schlechtes Mädchen. Sonst würde ich hier nicht so liegen.

EDMUND

Wie schaffen es die Fliegen nur, mit dem Kopf nach unten an der Decke zu laufen? Allerdings ist das die einzige Stelle, wo sie in diesem Haus überhaupt laufen können. Sonst ist nirgends Platz.

Die Schwestern von den anderen Jungen waren anders. Ich habe sie immer beobachtet, die Jungen und ihre Schwestern. Die meisten Mädchen waren die Schwester von irgend jemandem, so lernte man sie meistens kennen. Manchmal brachten sie ihre Brüder in Verlegenheit, wenn sie Geschichten von früher erzählten, an die sie sich nicht erinnerten oder die sie am liebsten vergessen hätten. Georgina hat das nie getan. Nein, eher das Gegenteil, wenn überhaupt. Als würde man in einen Zauberspiegel schauen und sähe sich so, wie man gerne wäre. Das war's schon. Mehr Schlaues fällt mir nicht mehr ein, ich bin nicht gut darin, Vergleiche zu finden. Bis auf den einen. Manchmal denke ich, Georginas Verstand arbeitet wie eine von Heath Robinsons Maschinen: Man zieht an einer Schnur und erwartet einen Eimer mit Kohle, statt dessen bekommt man ein gekochtes Ei oder einen Schlag auf den Kopf mit einer Schaufel. Ein Wunderwerk. All diese Teile arbeiten nach einem System, aber man weiß nie, was als nächstes kommt.

Mit Georgie auszugehen war immer ein Abenteuer. Ich weiß noch, wie wir das erste Mal in London zusammen weggegangen sind, es muß kurz nach ihrer Hochzeit gewesen sein. Wir fuhren mit der Untergrundbahn, und am Earls Court hatte man gerade eine Rolltreppe installiert, die erste, die sie je gebaut haben. Niemand hatte jemals rollende Stufen gesehen, deshalb gab es einen großen Menschenauflauf. Da war ein Mann mit einem Holzbein, der ganz allein hinauffuhr, wieder hinunterging und von neuem mit der Rolltreppe hochfuhr, und Georgie betrachtete ihn lange und sagte: »Glaubst du, sie hat sein Bein gefressen?« Und natürlich wollte danach niemand mehr damit fahren, deshalb hatten wir die Rolltreppe ganz für uns allein und fuhren ein paarmal rauf und runter, bis wir begriffen hatten, wie man es macht. Es stellte sich heraus, daß der Mann mit dem Holzbein für die Eisenbahngesellschaft arbeitete; sie dachten, die Leute würden sich vor einer rollenden Treppe fürchten, deshalb stellten sie diesen Mann ein, damit er rauf und runter fuhr und den Leuten zeigte, wie einfach es war. O Gott. Wieder der alte Spruch. Wasch mir den Pelz, aber mach mich nicht naß.

Ich habe es immer bewundert, wenn andere mutig sind, und Georgie ist sehr mutig. Ich bewundere sie deswegen immer noch, trotz allem, was geschehen ist. Nachts bete ich zu Gott, daß er mir Mut geben soll, aber jeden Morgen wache ich mit demselben Gefühl von Furcht auf, wie ein Stein liegt es in meinem Magen. Ich weiß gar nicht, warum ich überhaupt noch bete. Gewohnheit wahrscheinlich. Aber ich denke, so lange man betet, gibt man sich wenigstens noch Mühe ... doch warum um alles in der Welt sollte Gott die Gebete eines Mannes, wie ich es bin, erhören?

GEORGINA

Ist es nicht völlig unfaßbar? Es gibt einen bestimmten Typ Frau – gewöhnlich sind es Dienstboten, wie die Köchin in Dennys –, die in jeder Krisensituation zuerst einmal Tee und Sandwiches auftischt. Ada hat diese schreckliche Angewohnheit während des letzten Krieges angenommen. Es war schon ohne Adas Weißbrotberge um drei Uhr morgens schlimm genug, Nacht für Nacht von Hitler geweckt zu werden. Edmund hatte immer eine Flasche Gin unter der Bettdecke versteckt, weil Ada den scheußlichsten Tee kocht, den man sich vorstellen kann. Edmund sagt immer, daß jede Maus, die nur daran schnuppert, fünf Faden tief ersäuft, ehe sie einmal mit dem Schwanz wackeln kann.

Roland, Louisa und ich saßen stundenlang am Küchentisch und starrten diese dicken Marmeladenbrote an – vielleicht war es gar nicht so lang, aber es kam uns vor wie eine Ewigkeit. Das Küchenmädchen ließ die Rolläden herunter, so daß wir nicht sehen konnten, was draußen geschah. In dem Zwielicht sahen die Marmeladenbrote grau aus. Ich dachte, vielleicht ist es eine Art Prüfung, um herauszufinden, ob wir sie essen können oder nicht. Roland und Louisa saßen mir gegenüber, und hinter ihren Stühlen standen Dienstboten, und als ich mich umdrehte, stand auch hinter meinem Stuhl jemand. Ich hörte Louisa weinen, aber niemand sprach mit ihr. Die Dienstboten sahen uns nicht an. Sie schauten alle zu Boden, also senkte ich auch den Blick.

Das Fräulein kam zu mir, beugte sich über mich und verarztete mein aufgeschlagenes Knie. Sie hob meinen Kopf, um sich den Bluterguß in meinem Gesicht anzusehen, wo Jenny mich getreten hatte, fand aber, daß man da nichts zu tun brauchte. Dann sagte sie: »Mund auf« und gab mir etwas zu trinken. Ich wollte es nicht, weil es bitter schmeckte, und sie zwang mir mit der Hand den Kiefer auseinander wie einem Pferd, dem man Medizin einflößen will. Louisa und Roland mußten es auch schlucken. Ich glaube, es war etwas Einschläferndes, denn sie schliefen auf dem Stuhl ein, und ich glaube, ich muß auch eingeschlafen sein, weil ich mich an nichts erinnere, was danach geschehen ist.

Ich hatte einen Traum, viele, viele Male, immer denselben. Wir sitzen am Küchentisch, aber ich stehe auf und gehe raus. Die Dienstboten versuchen mich aufzuhalten – sie stellen sich mir in den Weg, doch ich kann durch sie hindurchgehen, als wären sie gar nicht da. Ich gehe hinaus zu der Toilette, nur daß es jetzt nicht mehr die Toilette ist, sondern ein anderer Teil des Gartens mit Blumen und einer Wiese, und Freddie ist da, aber es ist kein Blut an ihm. Er trägt einen weißen Anzug, wie seinen Matrosenanzug, nur ganz weiß, und sein Haar leuchtet und ist ganz sauber, und er lächelt mich an. Und ich bin glücklich. Doch dann wache ich auf, und alles ist weg.

Am nächsten Morgen fragte ich Mrs. Mattie, ob ich Freddie sehen könnte. Sie sagte, sie würde sich darum kümmern – sie ging weg, und ich mußte mich zum ersten Mal allein anziehen. Ich war nicht sicher, ob ich das konnte, also sagte ich mir: »Wenn ich meine Schnürsenkel binden kann, ist Freddie nicht tot; wenn ich alle Knöpfe zuknöpfen kann, ist Freddie nicht tot; wenn ich mein Haarband binden kann, ist er nicht tot«, und so weiter. Als ich fertig war, war ich davon überzeugt, daß es Freddie gut ging, nur eine Beule am Kopf oder so, weil ich alles so gut gemacht hatte. Aber dann kam Mrs.

Mattie zurück und sagte, ich könnte zu ihm. Sie nahm mich bei der Hand, und natürlich sah ich, daß er tot war.

Er wirkte eigentlich ganz lebendig, denn man hatte das Blut abgewaschen und ihm saubere Kleider angezogen. »Sieht er nicht glücklich aus?« fragte ich Mrs. Mattie. Ich dachte an das tote Baby auf dem Foto. »Es muß schön sein, tot zu sein. Tote sehen immer glücklich aus.«

»Du solltest jetzt in dein Zimmer gehen, Georgina.«

»Ja, aber darf ich den Fotografen sehen?«

»Fotografen?«

»Damit wir ein Bild von Freddie ins Album kleben können, zu dem anderen.«

»Es gibt keinen Fotografen, Georgina.«

»Darf ich dann Roland sehen?«

»Miss Louisa und Master Roland sind nach Haus zurückgefahren. Geh jetzt in dein Zimmer und reg dich nicht auf.«

Ich ging nicht zu Freddies Beerdigung, und Edmund auch nicht. Edmund kam den ganzen Sommer nicht nach Hause. Er erzählte mir später, daß unser Vater an die Schule geschrieben und ihn geradewegs zurückgeschickt hatte. Vater zog für immer nach Dennys, und am Anfang hoffte ich, daß er ins Kinderzimmer kommen und mich besuchen würde, aber er tat es nie, und das Fräulein ließ mich nicht hinuntergehen. Sie stellten das Essen für uns immer vor die Tür – große Mäuse mit großen Füßen, die kamen und gingen, doch ich sah sie nie. Ich weiß noch, wie ich versucht habe, Hammelfleischstückchen unter dem Rock meiner Puppe zu verstecken, aber das Fräulein merkte es immer, und natürlich wanderte das Fleisch gleich wieder auf den Teller zurück. Irgendwann stand Mrs. Mattie vor der Tür, weil die Teller nie zurück in die Küche kamen. Es war ein sehr heißer Sommer, und vielleicht hat eines der Hausmädchen ihr von dem schlechten Geruch erzählt. Sie stieß die Tür weit auf, so daß alle Teller umfielen.

Das Kinderfräulein blieb danach nicht mehr lange. Als Mrs. Mattie uns fand, wußte ich, daß das Fräulein weggeschickt werden würde, also stand ich vom Tisch auf und legte mich in meinem Zimmer aufs Bett, und sie versuchte nicht, mich daran zu hindern. Ich blieb eine Woche im Bett, und die anderen Dienstmädchen sahen nach mir, und dann kam das Fräulein herein, um mir zu sagen, daß sie gehen würde. Sie sagte, sie hätte eine ›frohe Kunde‹. Sie erzählte mir, daß sie nach Belgisch Kongo gehen würde, um als Missionarin für ihre Kirche tätig zu sein. Ich hoffe, dort waren Kannibalen und steckten sie in den Kochtopf.

Danach war ich sehr lange krank und weiß nicht mehr viel, bis auf den Traum von Freddie, der immer wieder kam. Der Arzt gab mir Schlaftabletten, die bestimmt stärker waren als die, die man heute bekommt – man schlief länger und träumte mehr. Heute träume ich fast gar nicht mehr, weil die elenden Pillen mir nur ein paar Stunden Schlaf bringen. Aber da ich sie mein ganzes Leben lang genommen habe, hat die Wirkung wahrscheinlich nachgelassen. Ich nehme eine ganze Handvoll von den Dingern, doch sie wirken nie richtig. Ich habe mal zu Edmund gesagt: »Gib mir einen Schlag mit der Kohlenzange auf den Kopf, vielleicht schlafe ich dann.« Er ging hinunter und ließ Ada eine Tasse Kakao kochen.

Aber ich habe eigentlich nichts dagegen, daß ich nicht mehr schlafen kann. Ich brauche jetzt nicht mehr viel – nicht viel Schlaf, nicht viel Essen – nur Cocktails. Einen Cocktail zum Frühstück, zum Mittagessen, zum Tee und zum Abendessen, das ist es, was ich brauche. Aber damals ... damals wollte ich schlafen. Weil ich glaubte, ich sei böse. Wenn ich wach war, war ich böse.

Ich erinnere mich sehr deutlich daran, wie Vater ankam. Aus dem Kinderzimmerfenster konnte ich eine Ecke der Kutsche und seinen Hut sehen. Ich dachte, jetzt kommt er herauf und besucht mich, aber er tat es nicht. Jeden Tag bat ich Gott, zu machen, daß er mich besucht, aber er tat es nie. Ich suchte Erklärungen dafür – in Wirklichkeit waren es Entschuldigungen. Ich versuchte, Entschuldigungen für ihn zu finden. Heute mag das anders sein, aber damals kamen Väter nicht in den Kindertrakt, nicht in Familien wie unseren. Es gab ein oder zwei Gelegenheiten, als meine Mutter noch am Leben war, doch für gewöhnlich wurden wir hinuntergebracht, um ihn zu sehen. Jahre später erzählte mir Edmund, daß Vaters Besuche im Kindertrakt ihn an Queen Victoria erinnerten, die die Abordnung einer unterentwickelten, unbedeutenden Kolonie inspiziert. Ich dachte mir alle möglichen unsinnigen Erklärungen aus – Vater kam so selten ins Kinderzimmer, daß er den Weg nicht wußte, solche Sachen. Das ging ungefähr zwei oder drei Wochen so, dann erschien er plötzlich.

Ich schlief, als er ins Zimmer kam, deshalb erinnere ich mich nicht an den Teil. Aber er stand am Fußende des Bettes und sah auf mich herab. Seine Schultern waren hochgezogen, so wie bei Engeln oder Vögeln, bevor sie losfliegen, und seine gefalteten Hände lagen auf dem Bettgestell aus Messing. Er hielt den Kopf gebeugt, als betete er. Ich mußte an das Gebet mit den Engeln denken, die um ein Kinderbett stehen, zwei zu meiner Rechten, zwei zu meiner Linken, zweie, die mich weisen, bis ins Himmelparadeisen. Ich konnte sein Gesicht nicht deutlich sehen, weil es so dunkel war, aber aus irgendeinem Grund hatte ich diese wilde, törichte Hoffnung, daß er gekommen war, um mit mir zu beten. ›Ich bin klein, mein Herz ist rein …‹ Ich nehme an, solch alberne Wunschvorstellungen hat jedes Kind.

Vater stand lange Zeit dort und sagte nichts. Dann ging er um das Bett herum und stand neben mir. Sein Gesichtsausdruck war … nun, um es offen zu sagen, er sah angewidert aus, als lägen dort Exkremente oder Erbrochenes im Bett und nicht ich. Er sagte: »Du weißt, warum ich gekommen bin.«

»Nein, ich weiß es nicht.« Ich wußte sofort, daß ich irgendwas verbrochen haben mußte, aber mir fiel absolut nicht ein, was.

»Du weißt, was du getan hast.« Seine Hände zitterten. In meinem Kopf spulten sich die Gedanken ab wie ein aufgezogenes Uhrwerk, um herauszufinden, was er meinte. Ich wußte nicht, ob er eine Antwort erwartete oder nicht. Ich glaube, er wußte es selbst nicht.

Ich fragte: »Ist es wegen dem Fräulein?«

»Versuch nicht, mich zu täuschen und die Schuld auf andere zu schieben. Du kannst die Dienstboten nicht dafür verantwortlich machen. Du bist verantwortlich.« Ich fühlte mich, als wäre ein Schloß vor meinem Mund. »Du hast zugelassen, daß das passiert ist. Du hast deinen Bruder im Stich gelassen.« Unter seinem Zorn wurde meine Brust eng, als wäre ein eisernes Band darum gespannt, und ich konnte nicht atmen. Es war wegen Freddie, es hatte irgendwas mit Freddie zu tun.

Dann sagte er: »Ich werde kein Wort mehr sagen. Ich kann nichts tun, aber ich werde nicht wiederkommen. Ich will dich nicht mehr sehen.«

Er verließ das Zimmer. Ich war unfähig, mich zu bewegen oder zu sprechen. Sein Zorn ließ die Luft im Zimmer flirren, und wieder und wieder sah ich Freddies roten Schopf zwischen den Zweigen aufblitzen, während ich stumm im Gebüsch hockte ... Ich hatte zugesehen, wie er weglief, ich konnte es nicht mehr ändern. Vater dachte, ich wollte es abstreiten, aber das stimmt nicht. Freddie war gestorben, weil ich ihm nicht nachgelaufen war, und Vater haßte mich.

Edmund kam mich natürlich besuchen. Manchmal denke ich, er ist der einzige Mensch auf der Welt, für den ich keine Enttäuschung gewesen bin. Ich habe ihm nie erzählt, was Vater gesagt hat – wie hätte ich das tun können? Ich wußte, daß

Vater ihn wollte, aber ich wollte ihn für mich allein haben. Wahrscheinlich kann man sagen, ich habe ihn gezwungen, sich zu entscheiden. Aber das war nicht schwierig, weil Edmund sicher immer ein wenig vor Vater gefürchtet hat, mit Sicherheit mehr als ich, und ich glaube nicht, daß Vater überhaupt wußte, wie ungezwungen er mit Edmund umgehen konnte. Doch wir zwei hatten wunderbare Zeiten, wenn er in den Ferien da war. Bis auf die Vormittage mit Miss Blacker – einer pensionierten Lehrerin aus dem Dorf, die mein Vater eingestellt hatte, um mich zu unterrichten, aber ich glaube nicht, daß sie eine gute Lehrerin war, nicht mal in ihren besten Zeiten, und ich habe mit Sicherheit nicht viel gelernt – verbrachten Edmund und ich jeden Augenblick miteinander. Ich brachte Ada dazu, mir zu helfen, ein paar Laken aufzuhängen, um eine Art Zelt in meinem Zimmer zu bauen, und da saßen wir drin und spielten. Ich weiß noch, daß mein Bett schrecklich ungemütlich wurde, überall lagen Brettspiele und Karten und Krümel, es wurden jedesmal mehr, wenn man die Decke umdrehte. Ada kam immer am Abend herein, um gute Nacht zu sagen und Edmund in sein Zimmer zu scheuchen, aber wenn sie weg war, schlich er immer zurück.

Am Anfang sind wir oft ins Dorf gelaufen, aber nach einer Weile hörten wir damit auf, weil dort zu viele Menschen waren. Ich mochte es lieber, wenn wir allein waren. Edmund hatte sich damals eine komische Sprache angewöhnt. Wahrscheinlich sprachen in der Schule alle so: alles war entweder kolossal lustig oder kolossal fürchterlich. Ich zog ihn immer damit auf, aber er nahm es mir nie übel. Jeden Abend um acht ging er hinunter, um mit meinem Vater im Eßzimmer zu Abend zu essen. Ich liebe die Dämmerung im Sommer – es war die Zeit, zu der ich immer an meinem Schlafzimmerfenster stand und darauf wartete, daß Edmund mit dem Essen fertig war und wieder zu mir heraufkam. Ich beobachtete, wie die Schatten auf dem Rasen immer länger und der Wald immer dunkler wurde, bis man die einzelnen Bäume nicht mehr erkennen konnte und die verschiedenen Grüntöne in der Dunkelheit zu einem Grau verschwammen. Ich muß zwar sagen, daß der Blick auf die Exhibition Road nicht *ganz* denselben Effekt hat, aber es ist immer noch meine Lieblingszeit. An Sommerabenden darf Edmund das elektrische Licht erst einschalten, wenn die Sonne ganz untergegangen ist.

Eines Abends kam Edmund nach dem Abendessen herauf und erklärte mir, daß unser Vater ein Trinker sei. Ada muß es gewußt haben, doch sie hat mir nichts gesagt. Damals war sie nicht sehr gesprächig. Und mit Recht. Wirklich, die Frau ist erst über die Jahre so schlimm geworden. Edmund wollte gerade mit dem Studium beginnen und war die ganze Woche über in London gewesen, wo er schreckliche Verhandlungen um Geld mit lauter Anwälten geführt hatte. An jenem Abend sagte er zu mir: »Du mußt hier weg.«

Ich dachte, er sei verrückt geworden. »Sei nicht dumm, wo soll ich denn hin?«

»Georgie, du kannst nicht hierbleiben. Vater trinkt. Sein Arbeitszimmer steht voller Flaschen. Deshalb hat er Ada verboten, es zu betreten. Außerdem haßt er uns.«

»Er haßt doch jeden.«

»Er mag Thomas.« Thomas war der Gärtner, der einzige Dienstbote, den wir außer Ada noch hatten.

»Warum sollte er Thomas mögen und dich nicht?«

»Das ist einfach. Ich lebe – wir leben – und Mutter und Freddie sind tot.«

»Thomas lebt auch.«

»Ja, aber er zählt nicht. Und der Kognak macht es noch schlimmer. Er wird das Trinken nie lassen, er will es gar nicht. Er vertraut Thomas. Er glaubt, daß jeder außer ihm gegen ihn ist. Und jetzt geht Thomas, und er gibt uns die Schuld daran.«

»Da hat er wahrscheinlich recht. Was mich betrifft, jedenfalls. Thomas scheint mich fast so sehr zu hassen wie Vater.«

»Deshalb mußt du hier weg. Du kannst dich hier nicht für immer einsperren lassen, sonst endest du als verrückte alte Tante.«

»Dann werde ich wohl eine verrückte alte Tante werden müssen, denn ich habe keine andere Wahl.«

»Du könntest heiraten.«

»Wie um alles in der Welt soll ich das denn anstellen?«

»Ehrlich, Georgie, du mußt nur jemanden kennenlernen. Du bist wunderschön, das sehe sogar ich.«

Ich war völlig verblüfft, als er das sagte. Ich *fühlte* mich nicht schön, und niemand hatte mir je gesagt, daß ich es sei. Wie sollten sie auch. Niemand bekam mich je zu Gesicht, meine Kleider waren das absolute Grauen. Ich weiß noch, daß ich dachte, wenn ich schön bin, dann gelingt es mir vielleicht, daß ein Mann sich in mich verliebt. Dann wird er mir hübsche Kleider kaufen und Smaragde und Diamanten, und ich werde so sein wie die Frauen in den Modemagazinen.

»Schau, Georgie, es kann nicht so schwierig sein, andere Leute schaffen es auch.«

»Ja, aber wir sind nicht wie andere Leute, Edmund. Na ja, du schon, jedenfalls fast, weil du zur Schule gehst, aber ich nicht.«

»Du kannst es lernen. Beobachte einfach die anderen Leute, merk dir, was sie tun, und mach es nach. So habe ich es in der Schule gemacht, es ist leicht. Jeder macht es so.«

»Aber selbst wenn ich es könnte, die einzigen Männer, die ich kenne, sind du und Vater. Ich kann dich nicht heiraten, wer soll also mein Mann werden?«

Natürlich wußte Edmund keine Antwort darauf, aber er hatte recht; ich mußte hier weg, und eine Heirat war die einzige Möglichkeit. Und zu meiner großen Überraschung fand ich heraus, daß es wirklich ganz leicht war.

ADA

Wenn mir vorher einer erzählt hätte, daß eine Frau *so* zu einem Baby kommt, hätte ich gesagt, der will mich auf den Arm nehmen. Wie hätte ich überhaupt darüber sprechen sollen – es gab dafür keine Worte – na ja, wahrscheinlich gab es schon welche, aber ich kannte sie nicht. Jedenfalls dachte ich, das muß der Grund für Babys sein, und natürlich fing ich an, mir Sorgen zu machen, daß ich plötzlich eins bekommen könnte. Ich schaute immer wieder in den Spiegel, um zu sehen, ob ich dicker wurde, denn das war das einzige mir bekannte Anzeichen, wie man es merkte. Ich hatte Angst, weil man in ein Heim gesteckt wurde, wenn man ein Baby, aber keinen Mann hatte. Das geschah immer wieder, und manche kamen nie mehr raus. Und wie man solche Mädchen behandelte – als wären sie Dreck –, und einige waren es auch, das gebe ich zu. Aber ich nicht. Doch hier stand ich nun, in der Schule immer eine der bravsten – das war, bevor mein Vater mich rausnahm und zur Arbeit schickte –, und hatte Angst, ein Baby zu bekommen, von einem Mann, der kein Wort davon gesagt hatte, daß er mich heiraten wollte. Ich fürchtete mich viel zu sehr, als daß ich ein Wort zu William gesagt hätte. Heute klingt das dumm, aber damals hatte ich mehr Angst vor der Peinlichkeit, es William zu sagen, als davor, das Baby zu bekommen. William verließ Dennys ein paar Wochen später. Er war wohl höflich mir gegenüber gewesen, nach der Geschichte, meine ich, aber nicht besonders nett, keine Küsse mehr, wenn niemand hinsah und so. Und ich habe ihn nicht ermuntert, auf keinen Fall!

Das war's, und ich dachte nicht mehr darüber nach. Ich war viel zu sehr damit beschäftigt, mir Sorgen wegen dem Baby zu machen. Ich dachte, es würde ungefähr sechs Monate dauern, bis das Baby kam, deshalb schaute ich immer wieder prüfend in den Spiegel, doch meine Taille wurde dünner anstatt dicker, und am Ende sagte ich mir, dann kann es nicht sein, und hörte auf, mir Sorgen zu machen. Ich hatte keine Ahnung, was die anderen Anzeichen waren, wenn ich *das* gewußt hätte, hätte mein Elend schon nach ein paar Wochen ein Ende gehabt. Heute mag das ganz lustig klingen, aber damals war es das beileibe nicht. Und William traf Vorbereitungen, eine neue Stelle anzunehmen, Baby hin oder her, so dachte ich damals. Das letzte, was er zu mir sagte, war: »Du bist ein Kumpel, Ada.« Und ich dachte, na ja, besten Dank auch.

Er ging zu der Zeit, als sie herausfanden, daß sich das Kinderfräulein gar nicht so um Miss Georgina kümmerte, wie sie sollte, deshalb wurde sie entlassen. Danach war Miss Georgina sehr krank; eine Weile glaubten sie, sie würde es nicht überleben, aber sie war immer stärker, als sie aussieht.

Ellen und ich kamen überhaupt nicht mehr miteinander aus. Sie weinte sich die Augen aus, als William wegging, doch ich versuchte nie, sie zu trösten – ich hatte selbst genug Sorgen. Sie sagte zu mir: »Dir ist es ja egal, Ada, du bist wohl froh, daß er weg ist« und: »Du warst immer eifersüchtig« und solche Sachen. Es ging mir auf die Nerven. Es gab Zeiten, da wäre ich beinahe in die Luft gegangen und hätte am liebsten etwas gesagt, aber dann besann ich mich eines Besseren und hielt mich zurück. Sie fing immer wieder davon an, und es war jeden Tag dieselbe Leier, kaum waren wir allein, begann sie, all diese Sachen zu sagen. Es reizte mich so sehr, daß ich nicht mehr wußte, was ich tun sollte, und natürlich hielt ich es eines Abends nicht mehr aus. Ich war so müde, daß ich mich kaum die Treppe hinaufschleppen konnte, und sobald ich die

Tür hinter mir schloß, fing sie wieder an. William hier und William da; die offenen Haare fielen ihr über die Schultern wie einer Königin in einer Tragödie. Da drehte ich mich um und sagte: »Red keinen Blödsinn. William hat nie etwas an dir gefunden, das hast du dir alles nur ausgedacht.« In dem Moment, in dem es heraus war, wünschte ich, ich hätte es nie gesagt, aber jetzt war es zu spät.

Sie sagte kein Wort, blies einfach die Kerze aus und stieg ins Bett. Dann sagte sie: »Ich weiß«, und ich hörte, wie sie schluckte, so als weinte sie.

Ich kam mir so schlecht vor, deshalb beugte ich mich zu ihr hinüber, tätschelte ihre Schulter und sagte: »Es tut mir leid. Ich hab's nicht so gemeint.«

Sie lag mit dem Rücken zu mir, aber sie sagte. »Nein, ich hab mir das mit William gewünscht, aber es war nicht so, also sag nicht, daß du es nicht so meinst, wenn es doch so ist. Du hast ja recht.« Ich wußte nicht, was ich noch sagen sollte, und kurz darauf sagte sie: »Geh wieder ins Bett, Ada, schlaf jetzt.« Sie sagte es nicht böse, sie klang plötzlich, als wäre sie todmüde. Natürlich habe ich kein Auge zugetan; die ganze Nacht ließ mich der Gedanke nicht schlafen, ob sie je wieder ein Wort mit mir sprechen würde.

Aber ich hätte mir keine Sorgen zu machen brauchen, am nächsten Abend hatten wir einen richtig schönen Schwatz, wie früher, den ersten seit Monaten. Ich fühlte mich schlecht, weil ich das, was ich gesagt hatte, gar nicht hätte zu sagen brauchen. Wem tat es weh, wenn sie glauben wollte, daß William sie mochte? Nur meine Eitelkeit hatte mich dazu gebracht, das zu sagen, weil ich sie wissen lassen wollte, daß William eigentlich hinter mir her war. Ihr das ins Gesicht zu sagen war ich zu feige, deshalb war ich mit dem anderen rausgeplatzt. Ellen sagte zu mir: »Ich werde nicht mehr lange hier bleiben.«

Ich wußte nicht, was sie meinte. »Warum? Wo gehst du hin?«

»Weg von hier. Meine Mutter hat geschrieben, daß es ihr schlecht geht, deshalb gehe ich nach Hause zurück, um für sie zu sorgen.«

Ich sagte: »Oh, das ist ja schrecklich.« Ich wußte nicht viel über Ellens Familie, außer daß sie eine Menge Geschwister hatte. Mehr als ich.

Sie sagte: »Ich bin froh, daß ich nicht hier bleibe.«

Ich sagte: »Wegen William?«

»Nein, wegen Mr. Lomax' Trinkerei.« Denn Ellen hatte es sofort bemerkt. Zuerst dachte ich, sie hätte sich das ausgedacht, aber als sich herausstellte, daß es stimmte, sagte sie kein einziges Mal: »Hab ich doch gesagt«, was sie leicht hätte tun können.

An diesem Abend fragte ich sie: »Woher wußtest du das über Mr. Lomax eher als alle anderen?«

Sie sagte: »Weil mein Vater ein Säufer war.« Ich war wie vom Donner gerührt – ich hatte noch nie gehört, daß jemand so etwas sagt, ein Geheimnis über sich selbst oder die Familie ausplaudert. Ich fühlte mich sehr geehrt, weil sie mir davon erzählte, denn über solche Dinge sprach man nicht. Ellen sagte: »Er kam jede Nacht sternhagelvoll nach Hause und hat meine Mutter verdroschen, und wenn eines von uns Kindern ihm in die Quere kam oder einen Mucks von sich gab, bezog es auch Prügel. Immer wenn ich meinen Lohn nach Hause geschickt habe, habe ich ihn in was anderes eingepackt, daß man nicht erkennen konnte, was drin war, denn wenn mein Vater das Geld vor meiner Mutter gefunden hätte, hätte er es direkt in den Pub getragen und sie hätte keinen Penny davon gesehen.« Dann sagte sie: »Ich hatte solche Angst, wenn er meine Mutter geschlagen hat, aber ich wußte, wenn ich irgendwas tun würde, würde er auf mich losgehen. Als er gestorben ist, war ich froh, weil er sie nicht mehr schlagen konnte. Ehrlich, Ada, ich habe genug Säufer gesehen, und ich würde nicht mal für den doppelten Lohn hierbleiben.« Und sie meinte es ernst. »Ich bin vielleicht nicht besonders viel wert, aber dafür gebe ich mich nicht her.« Bis heute erinnere ich mich deutlich an diese Worte. Weil – das mag jetzt seltsam klingen – es das erste Mal war, daß ich jemanden reden hörte, als hätte er eine *Wahl*. Ich meine, so jemand wie ich, nicht so ein bedeutender Mensch. Ich meine, Leute wie ich, na ja, Arbeiter eben, gingen dahin, wo man sie hinschickte, und auch wenn es einem nicht gefiel, mußte man in den sauren Apfel beißen. Ich weiß nicht, ob Ellen geheiratet hat und was für einen Mann, aber ich bin sicher, er war nicht so ein Säufer wie ihr Vater.

Ich sagte: »Ich werde dich vermissen.« Das meinte ich ernst. Sie war meine beste Freundin gewesen, und ich habe sie nie wieder gesehen.

Ich hatte bis jetzt nie mit Trinkern zu tun gehabt, aber es dauerte nicht lange, bis ich die ersten Erfahrungen machte. Am Anfang waren es Kleinigkeiten; daß Mr. Lomax so undeutlich sprach, die Extraflaschen Kognak und Wein jeden Abend auf dem Tablett, selbst der Dümmste konnte zwei und zwei zusammenzählen. Und dann das Abendessen. Mr. Lomax war erst ein paar Wochen zu Hause, als eins der Mädchen zu mir sagte: »Heute gehst du rein und servierst ihm das Abendessen.«

Ich sagte: »Aber ich weiß nicht, was ich da machen muß.«

»Oh, keine Angst, geh nur rein.«

Also, ich hatte noch nie beim Essen serviert, niemand hatte mir gezeigt, wie es geht. Die anderen Mädchen brachten das Geschirr und das Essen, und eines schubste mich durch die Eßzimmertür. Eigentlich hätte ich mir denken können, warum keine von den anderen da hineingehen wollte. Mr. Lomax saß allein an einem Ende des langen Tisches, und seine Augen waren glasig vom Alkohol. Das Feuer hinter ihm glomm nur noch, und ich dachte, er sieht aus wie der Teufel, wie er da auf seinem großen Stuhl wie auf einem Thron sitzt. Nur er und ich waren im Raum, sonst niemand. Ich zitterte vor Angst, etwas fallen zu lassen oder falsch zu machen, was mich natürlich nur noch mehr zittern ließ. Es war niemand da, der mir half, und Mr. Lomax sah aus, als würde er mich jeden Augenblick anbrüllen. Beinahe hätte ich mich umgedreht und wäre geradewegs wieder hinausgerannt, aber ich dachte, das kann ich nicht tun; ich wußte, daß die anderen vor der Tür warteten, und ich war mir sicher, daß sie es melden würden.

Ich stellte das Essen auf den Tisch. Ich ging auf Zehenspitzen und versuchte, nichts umzuwerfen, aber er schien mich gar nicht zu bemerken. Ehrlich gesagt, ich glaube, er hätte nicht mal bemerkt, wenn ein Elefant ihm das Essen mit dem Rüssel gereicht hätte, in so einem erbärmlichen Zustand war er, der arme Mann. Er nahm keinen Bissen zu sich, streckte nur die Hand aus – wahrscheinlich, um nach seinem Glas zu greifen, doch er stieß es um, und alles schwappte auf seinen Teller. Ich beeilte mich, den Teller abzuwischen, doch er bellte mich an: »Nein!« Dann sagte er: »Nimm es wieder mit. Ich werde nichts mehr essen. Mach schon, verschwinde!« Das Essen schwamm in Kognak, das ganze Fleisch, und er hatte nicht einen Bissen gegessen. Meine Hände zitterten so sehr, daß die Flüssigkeit vom Teller tropfte, auf die Tischdecke, auf mich, auf ihn. Ich wagte nicht ihn zu fragen, ob er etwas anderes wollte, ich dachte, dann würde er mich gleich wieder anschreien. Ich rannte aus dem Zimmer und sagte zu den anderen: »Ihr könnt machen, was ihr wollt, ich gehe da nicht wieder rein.« Sie sagten kein Wort, sie wußten, daß sie mich nicht zwingen konnten. Ich paßte auf, daß ich ihnen nicht mehr in die Quere kam, aber jeden Abend sah ich das Essen zurück in die Küche kommen, kaum angerührt, und die Flaschen waren immer leer.

Man kann die Leute nicht vom Reden abhalten, und es gab natürlich jede Menge Tratsch über Mr. Lomax im Dorf. Der eine oder andere behauptete sogar, er hätte Master Freddie selbst aus Versehen umgebracht, als er betrunken war, aber das war reine Bösartigkeit, denn Mr. Lomax war nicht einmal in Dennys, als es geschah. Manche sagten: »Oh, er sollte wieder heiraten.« Sie dachten wohl, das würde ihn vom Trinken kurieren. Doch er heiratete nie wieder. Ich weiß nicht, warum, aber er fing an, Frauen von ganzem Herzen zu hassen. Wenn er in den Zeitungen etwas gegen Frauen entdeckte, auch wenn es nur ein Witz war oder eine Karikatur mit einer bissigen Bemerkung, riß er es heraus und bewahrte es in einer großen Kiste in seinem Arbeitszimmer auf. Wahrscheinlich war es ganz harmlos, aber ich fand es nicht besonders lustig, immer diese große Kiste mit lauter Zeug über die Schlechtigkeit von Frauen zu sehen. Ich habe sie nie hochgehoben oder angerührt, sondern einfach drum herum gewischt. Er hat sowieso immer gebrüllt und geschrien, wenn man irgendwas verstellte. Weil er sich angewöhnt hatte, nichts wegzuwerfen – das hat Miss Georgina von ihm, das Horten. Niemand von uns wagte es, sein Arbeitszimmer zu betreten, wenn er da war, wir schlichen auf Zehenspitzen davor herum. »Ist er da? Kannst du ihn sehen?« So ging es die ganze Zeit. Und wenn die Luft rein war, machten wir, daß wir so schnell wie möglich fertig wurden. Es war grauenhaft.

Miss Georgina lag fünf ganze Monate krank da oben. Es ging ihr so schlecht, daß alle dachten, sie würde keinen Monat überleben, doch Mr. Lomax ging niemals auch nur in ihre Nähe. Manche von den Dienstboten sagten, er sei nur in die Flasche verliebt und scherte sich keinen Pfifferling um seine Tochter, aber das konnte ich nie glauben. Ich dachte immer, er hat seine Frau verloren, er hat sein jüngstes Kind verloren, wenn Miss Georgina stirbt, bricht es ihm das Herz. Ich dachte, daß er sie deswegen nie besuchte; er konnte es nicht ertragen, sie zu sehen, weil er dachte, sie würde sterben, aber ich weiß nicht, ob es wirklich so war. Sagen wir einfach, Mr. Lomax war ein sehr unglücklicher Mann, denn Miss Georgina ging es so schlecht, und daran besteht kein Zweifel, daß sie sowieso nicht gemerkt hätte, wer im Zimmer war. Ich habe in meinem ganzen Leben nur einmal gehört, daß sie ihren Vater erwähnt hat, und das war während einer Unterhaltung bei einem Luftangriff. Es war ein sehr heftiger Angriff, und sie und Master Edmund waren zu mir in den Keller gekommen, um zu warten, bis er vorüber war. Wir saßen in meinem kleinen Wohnzimmer, und Master Edmund hatte eine Flasche Gin mitgebracht, doch die Gläser hatte er vergessen. Er ließ mich nicht nach oben gehen, um sie zu holen, also saßen wir da unten und tranken Gin aus Teetassen. Ich weiß nicht mehr, ob der Gin oder der Bombenangriff schuld waren, auf jeden Fall begann ich, ihr von meinem Vater zu erzählen, daß er mich nie auf den Schoß oder in den Arm genommen hat, so wie ich es die anderen Väter mit ihren Kindern hatte tun sehen. Dann sah ich ihr Gesicht, und ich dachte, oh, oh, davon hätte ich nicht reden sollen. Einen Augenblick lang starrte sie in ihre Tasse, dann sagte sie: »Wenigstens hat er dir nicht das Herz gebrochen. Mein Vater hat mir das Herz gebrochen.« Und dann sagte sie noch: »Vielleicht habe ich es verdient.«

Ich sah Master Edmund an, aber er war eingeschlafen, was ein Segen war. »So etwas Schreckliches sollten Sie nicht sagen, Miss Georgina.«

Sie lachte auf. »Ich finde immer, Kinder sind wie Hunde, sie wollen die ganze Zeit gestreichelt werden. Kannst du dir etwas Langweiligeres vorstellen?« Typisch! Sie hat nie wieder ein Wort darüber verloren, jedenfalls nicht mir gegenüber. Aber ich glaube, es war sehr schwer für sie, denn als sie klein war, war sie immer sein Liebling gewesen, und als er mit dem

Trinken anfing, kümmerte er sich nicht mehr um sie. Sie hat Mr. James nur geheiratet, um von ihm wegzukommen, da bin ich mir sicher.

Wenn wir Miss Georgina das Essen brachten, mußten wir uns immer vergewissern, daß Mr. Lomax nicht in der Nähe war. Die Treppe konnte man ohne Probleme hinaufschleichen, doch dann mußte man es noch über den Flur bringen. Wir versuchten, so leise wie möglich zu sein, aber irgendeine Diele knarrte immer, und plötzlich tauchte er aus dem Nichts auf. »Wo bringst du das hin?« Man mußte eine Ausrede finden und durfte ja nicht sagen, daß es für Miss Georgina war. Niemand hat uns gesagt, daß wir das so machen sollen, wir wußten alle, daß wir es einfach tun mußten, weil Mr. Lomax nichts über Miss Georgina hören wollte. Nun, keiner wollte sich mit solch einer Behandlung abfinden, und einige begannen, darüber zu reden, sich eine andere Stelle zu suchen.

Dann beschuldigte Mr. Lomax den Butler, Mr. Vincent, ihm seinen Kognak gestohlen zu haben. Er brüllte es vor den anderen heraus, und das war zuviel für Mr. Vincent, besonders, weil seine Leute es mit anhörten. Er ging, und drei oder vier andere mit ihm, und noch ein paar verließen das Haus wenig später. Mrs. Mattie konnte nichts dagegen tun, doch sie nahm es ihnen nicht übel. Sie bekamen alle ein gutes Zeugnis, natürlich nur, wenn sie es verdienten, und innerhalb eines Jahres waren alle weg, bis auf Mrs. Mattie und mich. Wir taten unser Bestes, doch den alten Standard konnten wir nicht aufrechterhalten. Ellen fehlte mir so sehr. Ich hatte mich daran gewöhnt, jemanden um mich zu haben, mit dem ich reden konnte, selbst wenn es nur ein ›gute Nacht‹ war, und unsere Kammer war so leer ohne sie. Ich dachte, ich kann es nicht ändern, sie ist weg, also mache ich lieber das Beste daraus. Ich könnte zum Beispiel zur Abwechslung endlich einmal in einem anständigen Bett schlafen, denn ihres war viel bequemer als meines. Ich lag immer auf dem Bett, so müde, daß ich dachte, ich könnte nie wieder aufstehen, und manchmal kam mir William in den Sinn. Als ich mir Sorgen machte, ein Baby zu bekommen, habe ich nie an ihn gedacht, denn ich wollte nicht an diese unangenehme Sache denken. Aber als ich mir sicher war, daß ich kein Baby bekam, mußte ich an ihn denken. Nicht mit Absicht natürlich, er kam mir einfach in den Sinn, und es war schön, sich an sein Gesicht zu erinnern und die Dinge, die er gesagt hatte. Ich erwartete nicht, ihn je wiederzusehen.

Doch die meiste Zeit war ich viel zu beschäftigt, um an William zu denken. Ich versuchte, die Arbeit von fünf Leuten zu erledigen. Ich dachte, ich werde immer so weiterarbeiten, bis ich tot umfalle. Ich hätte einfach sagen können: »Genug ist genug«, doch das kam mir nie in den Sinn. Vielleicht, weil ich vorher in Dennys so glücklich gewesen war, daß ich mir nicht vorstellen konnte wegzugehen. Doch damals begannen mir die Knochen weh zu tun, seit damals habe ich Schmerzen, und ich war noch nicht mal zweiundzwanzig. Mrs. Mattie flehte Mr. Lomax an, mehr Personal einzustellen, und wenn es nur ein einziger war, doch er wollte keine neuen Leute im Haus haben und sagte, er könnte ihnen nicht trauen und sie müßte allein fertig werden. Wahrscheinlich blieb ich auch ihretwegen. Sie hatte sich bis zur Haushälterin hochgearbeitet, und jetzt mußte sie wieder putzen und wischen, Dinge, die sich eine Haushälterin in einem halbwegs anständigen Haus nie hätte träumen lassen, doch sie war so eine treue Seele ... Ich konnte sie nicht mit dem ganzen Haus im Stich lassen. Und man könnte sagen, sie nahm mich unter ihre Fittiche. Ich habe das Bild noch vor Augen: Mrs. Mattie steht am Küchentisch und knetet einen Teig, hinter ihr der große Herd. Draußen ist es noch nicht ganz dunkel, die Sonne ist beinahe untergegangen, doch man kann noch die Wipfel der Bäume über der

Hecke sehen, und der Raum ist ganz hell, und es duftet köstlich. Ich saß immer mit einer Tasse Tee und einem Stück Brot bei ihr. Ich will nicht sagen, sie war wie eine Mutter oder so etwas zu mir; trotz unserer seltsamen Situation war sie immer noch die Haushälterin. Aber sie redete mit mir – hauptsächlich darüber, wie man ein Haus führt und so, und ich lernte bei ihr vom Zusehen mehr übers Kochen, als ich je von meiner Mutter gelernt hatte. Im nachhinein weiß ich, daß sie mir nicht ohne Grund alles beibrachte ... Ich habe zwar gesagt, daß ich sie nicht allein lassen konnte, doch am Ende war sie es natürlich, die mich allein ließ.

Was habe ich über Ellen gesagt? Sie redete so, als hätte sie eine Wahl. Und das ist es, was ich damit meine, denn nicht ich entschied, bei Miss Georgina und ihrem Vater zu bleiben, es wurde für mich entschieden, als Mrs. Mattie in Pension ging und zu ihrer verheirateten Schwester nach Plymouth zog. Sie selbst war nicht verheiratet, aber die Haushälterin und die Köchin wurden immer mit ›Mrs.‹ angeredet. Einmal schrieb sie mir, und zwischen den Zeilen las ich, daß sie und ihre Schwester nicht besonders gut miteinander auskamen, aber es ging ihr wie mir: Sie hatte keine Wahl. Wie alt war sie – fünfundfünfzig, sechzig –, und Dennys war ihr Leben gewesen; sie hatte zum Haus gehört, seit sie ein junges Mädchen war. Eigentlich hätte sie zurückblicken und stolz darauf sein können, in einem Haus wie Dennys Haushälterin gewesen zu sein, doch wie sollte die Arme das können? Sie war nie damit einverstanden gewesen, daß Miss Georgina so wild aufwuchs und sich selbst überlassen blieb. Miss Georgina rannte immer irgendwo herum und sprang plötzlich aus irgendeiner Ecke, als wäre sie ein Kobold – vielleicht hielt sie sich ja für so etwas. Ich habe nie herausgefunden, was in ihrem Kopf vorgeht. Ich wußte es damals nicht, und ich weiß es heute nicht. Ich will es auch gar nicht wissen, wenn ich das hinzufügen darf.

Mrs. Mattie paßte immer auf Miss Georgina auf, wenn sie herumrannte, und dieser Blick! Sie preßte die Lippen aufeinander und verzog den Mund so, daß er aussah wie eine zugeschnürte Tasche, und jammerte: »Oooh ... oooh, ich weiß nicht, was aus ihr werden soll.« Zum Glück hat sie es nicht mehr erlebt, muß man sagen, denn das hätte ihr endgültig das Herz gebrochen.

Am Abend, bevor sie Dennys verließ, hatten wir es uns in der Küche bei unserem Kakao gemütlich gemacht, und Mrs. Mattie sagte zu mir: »Ich will dir was sagen, Ada. Als ich die Kinder um Master Freddie herumstehen sah und er blutend auf der Erde lag, war mein erster Gedanke, daß es bei irgendeinem Spiel passiert sein mußte. Selbst als Miss Childers mir erzählte, wie sie ihn gefunden hatte, dachte ich, sie müssen weggelaufen sein und ihn allein gelassen haben. Sie sind nur zurückgekommen, weil Jenny sie geholt hat. Ich wußte nicht, was ich tun sollte ... und dann die Dinge, die Miss Georgina zu mir gesagt hat.« Ich fragte sie, was es gewesen war, aber sie wollte es mir nicht erzählen, nur, daß Miss Georgina seltsame Sachen von sich gegeben hatte. Sie sagte: »Ich habe nie Jenny verdächtigt, bis der Polizist sagte, daß sie es gewesen sein mußte. Weil es nicht zu ihr paßte, Ada. Sie war ein liebes, kleines Ding.« Das hat sie tatsächlich gesagt. Und ich dachte bei mir, siehst du, ich war nicht die einzige.

Wie auch immer. Plötzlich war ich ganz allein und hatte den Salat, wie man so sagt. Mrs. Mattie sagte: »Du bist ein braves Mädchen, Ada, paß auf dich auf.« Sie warf einen Blick auf das Fenster des Arbeitszimmers, das gegenüberlag und wo Mr. Lomax war, und sagte: »Für ihn kann man nichts mehr tun, armer Kerl, er ist nicht mehr zu retten, aber paß auf Miss Georgina auf. Sie hatte keine Chance, das arme Kind.« Sie sprach so, als wäre es ihre eigene Familie und nicht ihr Arbeitgeber. »Du mußt dich um sie kümmern, Ada.« Wir standen mit ihrem Koffer in der Auffahrt und warteten auf den Wagen, der sie zum Bahnhof bringen sollte, und ich dachte die ganze Zeit, oh, bitte nicht weinen, bitte, bitte nicht weinen, denn sie warf einen letzten Blick auf das Haus, und ihre Augen waren ein wenig rot. Ich wußte, wenn sie anfing zu weinen, würde ich mich auch nicht mehr zurückhalten können. Als der Wagen kam, nahm sie meine Hand. »Gott schütze dich, Ada.«

Ich blinzelte, um die Tränen zu unterdrücken. »Die Sonne blendet mich«, erklärte ich.

Dann setzte sich das Pferd in Bewegung, und weg war sie. Ich blieb stehen, bis ich die Kutsche nicht mehr sehen konnte, dann schleppte ich mich zurück in die Küche. Ich setzte mich neben eine kleine Anrichte und legte den Kopf und die Arme auf die kühle Marmorplatte. Und da dachte ich: Ich werde niemals heiraten. Tief in meinem Herzen wußte ich es. Ich war erst dreiundzwanzig. Nicht daß mir viel Zeit blieb, herumzusitzen und darüber oder über irgendwas anderes nachzudenken, dazu hatte ich viel zu viel damit zu tun, mich um die beiden zu kümmern. Aber keiner soll glauben, daß ich mich aufgeopfert hätte oder so, denn es gab keinen Prinzen, der an meine Tür geklopft hätte. Es gab Tausende, die während des Ersten Weltkrieges ihre Verlobten verloren, und sie waren diejenigen, die Opfer brachten, nicht ich. Die armen Mädchen taten mir leid, doch als der Krieg ausbrach, war ich kein Mädchen mehr. Mein Bruder Charlie fiel an der Somme. Er war neunundzwanzig, und ich bin fast auf den Tag genau fünf Jahre älter als er. Für einen Mann ist das zu früh, um zu sterben, aber eine Frau, die mit dreißig noch keinen Mann hatte, gehörte zum alten Eisen und konnte mit Sicherheit davon ausgehen, daß sie keiner mehr nahm, besonders nicht in jenen Zeiten.

Wie auch immer, bloß keine sentimentalen Anwandlungen. Aber ich schwöre, man würde es nicht für möglich halten, daß zwei Menschen in ein und demselben Haus leben und sich nie treffen, doch das ist es, was mit Mr. Lomax und Miss Georgina geschah. Sie muß fünfzehn gewesen sein, als Mrs. Mattie ging, und ich sah sie oft tagelang nicht. Sie kam nie auch nur in die Nähe der Küche, deshalb brachte ich ihr das Essen immer auf einem Tablett nach oben. Doch in ihrem Zimmer war sie meistens auch nicht, deshalb ließ ich das Essen einfach dort stehen. Wenn sie gegessen hatte, stellte sie alles vor die Tür, und wenn ich mit der nächsten Ladung heraufkam, nahm ich das alte Geschirr wieder mit. Sie war wie eine Wilde, die meiste Zeit sich selbst überlassen, bis auf die Stunden, in denen eine Frau kam, die ihr ein wenig Unterricht gab. Selbst wenn Master Edmund in den Ferien zu Hause war, kam Miss Georgina nicht viel herunter. Wenn sie etwas wollte, hieß es immer: »Meine Schwester läßt fragen, ob du ihr bitte ...« Master Edmund war ein perfekter Gentleman, selbst damals schon. Er kam oft zu mir und unterhielt sich mit mir. Ich fragte ihn über seine Schule aus, und er erzählte mir Geschichten über alles, was sie tun mußten. Ich genoß es sehr. Er hatte eine sehr nette Art, ich fühlte mich niemals unbehaglich. Im Gegensatz zu seiner Schwester. Es ist eine Schande, daß man sie nicht auch zur Schule schicken konnte, aber ihr Vater verschwendete keinen Gedanken an sie, sie hätte genausogut eine Katze sein können.

Miss Georgina mußte ja auf komische Gedanken kommen, die ganze Zeit allein in Dennys, wo sie selten einen Menschen aus der Welt da draußen traf. Ich weiß noch, daß ich mich oft fragte: »Was wird wohl aus ihr werden?« Von Zeit zu Zeit kam ein Brief von Miss Louisa, aber sie sah ihre Cousine und ihren Vetter nie – ihr Vater erlaubte ihnen nicht, nach Dennys zu kommen, obwohl Master Edmund und Master Roland zusammen im Internat waren. Manchmal habe ich sogar überlegt, ob Miss Louisa die Briefe vielleicht heimlich an Miss

Georgina schickte, ohne daß ihr Vater etwas davon wußte. Ich hätte gerne ab und zu mit Miss Georgina ein Schwätzchen gehalten, wenn sie gewollt hätte. Doch wenn ich das Tablett hinauftrug, hatte ich oft das Gefühl, daß sie im Nebenzimmer stand und wartete, bis ich wieder weg war. Ich hatte keine Zeit zum Versteckspielen, deshalb habe ich nie nachgesehen, aber ich bin sicher, daß es so war.

Obwohl ich Miss Georgina beinahe ihr ganzes Leben lang kenne, würde ich nie sagen, daß ich sie *wirklich* kenne, wenn Sie wissen, was ich meine. Manche Menschen sind einfach offener. Ich meine nicht, daß sie einem alles erzählen, aber … manchmal kann man ihnen ins Herz sehen, besser kann ich es nicht sagen. Miss Louisa ist so. Jeder sieht, was für ein guter Mensch sie ist, und ich bin sicher, Master Edmund liebt sie deshalb so sehr. Aber Miss Georgina ist anders. Ich glaube, nicht einmal Master Edmund weiß, wie sie wirklich ist. In ihrem Innern, meine ich. Und Mr. James kannte sie überhaupt nicht. Weil sie alles in sich verschließt, all die Geheimnisse, die sie keinen sehen läßt. Und sie ist sehr schlau, wenn sie ihren Kopf durchsetzen will, das kann man nicht leugnen. Deshalb sollte man nicht alles glauben, was sie sagt. Sie ist schlau wie eine Horde Affen. Sie wußte, daß sie auf mich zählen konnte, lange ehe ich es selbst wußte. Sie wußte es, und sie benutzte es, warum würde ich sonst nach all den Jahren noch hier unten in diesem schäbigen Keller sitzen?

Nachdem Mrs. Mattie weg war, befahl mir Mr. Lomax, ihm ein Bett im Arbeitszimmer herzurichten, und er ging nie wieder nach oben. Er war besessen von der Idee, daß man ihn bei seinen Geschäften betrog. Er kam nie aus seinem Arbeitszimmer heraus, und natürlich gab es damals noch kein Telefon, nur Briefe, doch er brütete vor sich hin und las jede Zeitung, die er kriegen konnte. Er war sich sicher, daß in den Zeitungen irgendwas über den Betrug stehen müßte, aber das tat es nie. Er verkaufte das Haus in London, und wir hatten nie Besuch, nur Lieferanten aus dem Dorf kamen manchmal. Es gab nur ihn und Miss Georgina und Master Edmund, wenn er in den Ferien nach Hause kam. Und mich. Ich mußte für alle dasein.

Das war, als Miss Georgina anfing, ihr kleines Spiel mit den Möbeln zu spielen. Gleich nachdem Mrs. Mattie weg war. Sie muß gewußt haben, daß Mrs. Mattie es nicht geduldet hätte. Was passierte, war folgendes: Ich ging nach oben und sah einen Stuhl im Gang vor Miss Georginas Zimmer stehen. Ich dachte: »Nanu, wo kommt der denn her?« Weil er am Morgen nämlich noch nicht da gewesen war. Sie streifte einfach durch die oberen Räume, die eigentlich verschlossen waren und in denen die Möbel mit Tüchern zugedeckt waren, und alles, was ihr gefiel, schleppte sie in ihr Zimmer. Wie eine Elster hortete sie die Sachen in ihrem Zimmer. Oft genug fand ich die Türen weit offen, alle Tücher lagen auf einem Haufen auf dem Boden, und ich konnte sicher sein, daß die Kissen vom Bett fehlten. Miss Georgina liebte Kissen. Überall auf dem Boden lagen Kissen verstreut, und sie hatte jede Menge Bettüberwürfe und Schals überall drapiert. Als ich den Film *Der Scheich* mit Rudolfo Valentino gesehen habe, erinnerte er mich an Miss Georginas Zimmer, wie es damals aussah. Es war geradezu gefährlich darin, mit dem ganzen Zeug auf dem Boden. Wenn man nicht über die Schals stolperte und sich dabei den Hals brach, fiel man über einen Stapel Bücher und landete auf allen vieren. Aber ich konnte nichts dagegen tun. Zu der Zeit wurde sie eine junge Dame, und ich war nicht für sie verantwortlich – Mr. Lomax hatte nie ein Wort zu mir über sie gesagt. Mr. Lomax sagte sowieso nie ein Wort zu mir, es sei denn, er wollte irgendwas, und dann brüllte er es nur aus seinem Zimmer und erschreckte mich zu Tode.

Mr. Lomax wurde richtig schlimm, als er anfing, einen seidenen Schal über der Nase und dem Mund zu tragen – er sah aus wie ein Posträuber im Film, nur daß es solche Filme damals natürlich noch nicht gab. Als ich es das erste Mal sah, fragte ich: »Stimmt etwas nicht, Sir?«, weil ich dachte, es zieht vielleicht oder so, aber er scheuchte mich weg und rief irgendwas über Infektionen und solche Sachen. »Geh weg!« Das sagte er immer wieder. »Geh weg, ich kenne deine Tricks, ich weiß, was du vorhast – bleib mir vom Leib!« Ich hatte keine Ahnung, was er meinte, aber es hatte alles mit seinem Haß auf Frauen zu tun. Da bin ich mir sicher, und der Alkohol machte es nur schlimmer – er sah alle möglichen Dinge, die gar nicht da waren.

Wahrscheinlich dachte er, er würde irgendwelche Krankheiten aus der Luft aufschnappen, und trug deshalb den Schal. Danach hatte er ihn immer um den Hals, und sobald er mich sah, legte er ihn sich übers Gesicht. Aber ich sagte nie mehr einen Ton. Was konnte ich schon sagen?

Er ließ mich den Schal nie waschen – oh, es war das schmutzigste alte Ding, das man je gesehen hat. Man hätte nicht mal eine tote Ratte darin eingewickelt. Ich möchte mal wissen, warum er sich damit überhaupt abgab, denn die beiden waren so damit beschäftigt, sich zu verbarrikadieren, daß man kaum vom einen Ende des Hauses zum anderen kommen konnte. Überall standen Sachen herum. Das Haus sah aus wie ein großer Fluß, in dem lauter Unrat schwimmt. Durch die Zimmer, die Treppe hinunter ... beide stellten immer Sachen auf die Treppe. Einer fing auf der obersten Stufe an, der andere auf der untersten, dicht an der Wand. Bücher, Teller, Schmuck, Papiere, Flaschen, Handschuhe, Briefe, und ich durfte nichts anrühren. Ich kann Ihnen sagen, es machte mich beinahe wahnsinnig! Ich glaube, Miss Georgina fing damit an, doch dann tat es Mr. Lomax auch; ein Teil gehörte ihm und ein Teil ihr. Und irgendwann war der Stapel natürlich so groß, daß etwas wegrutschte, und alles purzelte krachend in die Halle. Deshalb sage ich, daß es wie ein Fluß war, er wurde immer größer, irgendwann mußte er ausbrechen, wie eine Flutwelle.

Für Miss Georgina war es wie ein Gesellschaftsspiel – sie holte sogar Sachen aus meinem Zimmer und fügte sie ihrer Sammlung hinzu, wenn ich nicht aufpaßte. Als Mrs. Mattie gegangen war, war ich nach unten in das Zimmer der Haushälterin gezogen, das hundertmal besser als meine alte Kammer unter dem Dach war. Das Schlechte daran war nur, daß Miss Georgina wußte, wo es war, und sich hineinschlich, während ich arbeitete. Manchmal vermißte ich meine Haarbürste oder irgendwas, und dann fand ich sie zuoberst auf irgendeinem Haufen wieder. Und wenn ich sie mir einfach wieder holte, merkte sie sofort, daß was fehlte, weiß der Teufel woher, und das gefiel ihr überhaupt nicht. Sie regte sich furchtbar auf und aß nicht mehr oder zog sich nicht mehr ordentlich an, also gewöhnte ich mir an, ihr die Bürste zu zeigen und zu fragen: »Bitte, darf ich sie wiederhaben?«, und dann war alles in Ordnung – bis zum nächsten Mal. Zum Glück hatte ich nicht viel. Aus der Küche verschwand auch dies und das, und das war schlimmer. Zum Beispiel beim Kochen – ich streckte die Hand nach einer Pfanne aus, und weg war sie. Ich wünschte, ich hätte jedesmal einen Penny bekommen, wenn ich auf die Suche nach den Töpfen ging und in der Zwischenzeit das Essen anbrannte. Nicht, daß die beiden viel gegessen hätten. Miss Georgina war nie das gewesen, was man einen guten Esser nennt, sie pickt nur ein bißchen darin herum. Das kommt bestimmt daher, weil sie niemanden hatte, der ihr beigebracht hat, daß man seinen Teller leer ißt.

Nun, ich hielt die Stellung, aber ich kann nicht sagen, daß ich glücklich war, und ich nahm die schlechte Angewohnheit an, mit mir selbst zu sprechen, weil ich so einsam war. Ich sagte mir immer wieder, jetzt reicht's, ich gehe, aber dann dachte ich, wie kann ich das tun? Was wird aus ihnen, wenn ich gehe? Dann dachte ich an die arme Mrs. Mattie und blieb. Aber wenn ich ehrlich bin, war es wahrscheinlich nur ein Traum wegzugehen, denn ich hätte gar nicht gewußt, wo ich hingehen oder was ich tun sollte. Also begann ich darum zu beten, daß Miss Georgina heiraten würde. Wir hatten nie Herrenbesuch – oder überhaupt irgendwelche Männer im Haus, wenn man es genau nimmt –, aber ich betete, daß jemand vorbeikommen würde. Als Mr. James kam, dachte ich, jetzt hat Gott meine Gebete erhört. Aber ich sage ganz ehrlich: Wenn ich gewußt hätte, was dem armen Mr. James geschieht, hätte ich die Gebete für mich behalten.

EDMUND

Die Kameraden sagten immer Plug Street. Es gab dort ein Dorf und einen Wald, und der richtige Name war Ploegsteert, keineswegs Plug Street, aber niemand konnte diese ausländischen Namen aussprechen. Es war in der Nähe von Messines bei Ypern. Heute morgen ist da eine unserer Minen hochgegangen – achtunddreißig Jahre zu spät, das muß man sich mal vorstellen! Der 7. Juni 1917. Da hätte sie hochgehen sollen. Neunundzwanzig Minenschächte, voll mit hochexplosivem Zeug, direkt unter den deutschen Linien haben sie gegraben. Hat ein Jahr gedauert. Lauter Minenarbeiter aus Durham, und die armen Teufel von der Infanterie mußten die Erde wegschaffen und wurden für ihre Mühen beschossen. Alle Minen wurden auf einmal gezündet. Man befahl uns, unsere Schützengräben zu verlassen, falls sie einstürzten. Als die Minen in die Luft gingen, gab es einen Mordskrach. Die Erde bebte und zuckte, als versuchte sie, uns abzuwerfen, und einige der Kameraden wurden durch die Wucht der Explosion umgeworfen. Der Hügel bei Messines bebte, als würde er zum Leben erwachen, er spuckte Flammen, und Erdklumpen, so groß wie kleine Häuser, flogen in die Luft. Rauchsäulen stiegen hoch, gingen auf wie Regenschirme und breiteten sich überall am Himmel aus. Dann wurde aus allen Rohren das Feuer eröffnet, und der Lärm war ohrenbetäubend. Die ganze Welt schien davon erfüllt zu sein. Ich weiß noch, wie überrascht ich war, daß die Deutschen zurückschossen, ein bißchen immerhin, doch die meisten hatten dazu gar keine Gelegenheit mehr, weil sie in der Feuersbrunst umkamen, die armen Teufel, und die, die überlebten, wurden gefangengenommen.

Damals habe ich zum ersten Mal einen Panzer gesehen. Ich hatte davon gehört und gelesen, aber ich hatte noch nie einen gesehen. Heutzutage weiß jeder, wie ein Panzer aussieht, aber für mich war es ein Wunder, so ein Ding in Aktion zu sehen. Ich fand, es sah aus wie eine riesige Schildkröte. Sie bewegte sich ein wenig vorwärts, blieb wieder stehen, dann kam der Kopf raus und sah sich um. Was mich am meisten beeindruckte, war die Art, wie der Panzer alles überrollte, was ihm im Weg war. Schlamm, Schlaglöcher, Stacheldraht, es erschien mir wie ein Wunder. Panzer waren eine großartige Erfindung, eine neue Waffe, mit der wir den Krieg gewinnen würden. Die Deutschen hatten keine, das war das Beste an den Panzern, aber im letzten Krieg hatten sie welche, da hatten sie Panzer ... Verdammter Mist, immer dasselbe. *Wasch mir den Pelz, aber mach mich nicht naß.* Ich denke eigentlich gar nicht an die Panzer. Ich denke an Roland. Roland Arthur Lomax. Immer wieder habe ich den Namen so vor mich hin gesagt. Roland Arthur Lomax. Als wäre es eine Zauberformel. Wenn ich an den ersten Krieg denke – an Roland –, natürlich denkt man dann immer an sich selbst, man kann dem nicht entkommen. Und jetzt ist so viel Zeit vergangen, und anstatt weniger darüber nachzudenken, denke ich sogar mehr daran. Ich denke über alles mehr nach.

Als wir im Internat waren, wußte er – Roland – alles über meine Familie. Man sprach nicht über die eigene Familie, das war die Regel, aber er hätte mir wirklich übel mitspielen können, wenn er den anderen über mich etwas erzählt hätte. Doch er hat nie ein Wort gesagt. Natürlich war er in der Schule viel beliebter als ich. Wenn man meine Schwester reden hört, könnte man glauben, ich hätte für England antreten können, aber ich war nie besonders gut auf dem Cricketfeld, und allein darauf kam es an; es reichte nicht, einfach nur im Unterricht gut zu sein. Doch ich hatte nie etwas gegen die Schule – man mußte da durch, und außerdem hielt sie mich in sicherer Entfernung zu meinem Vater. Wahrscheinlich war ich ein egoistisches kleines Schwein, weil ich nie daran dachte, wie es für Georgie sein mußte, die tagein, tagaus zu Hause mit ihm festsaß. Durch sie wurden die Ferien erträglich, und doch habe ich mir nie Gedanken darüber gemacht, wie sie zurechtkam, wenn ich nicht da war. Sie und mein Vater sprachen nicht miteinander, verstehen Sie, und sie durfte, auch als sie alt genug war, nicht mal zu den Mahlzeiten herunterkommen. Nicht daß sie überhaupt herunterkommen wollte – ich sehnte mich immer danach, oben im Kinderzimmer mit ihr zu essen, anstatt unten mit ihm. Jeden Abend war es eine Qual. Angefangen hat es, als ich Weihnachten nach Freddies Tod in den Ferien nach Hause kam. Ich muß zehn oder elf gewesen sein, eigentlich immer noch viel zu klein, um unten zu essen, doch er bestand darauf. Die Erleichterung, als ich aufstehen durfte, war unglaublich, doch am nächsten Morgen begann meine Angst immer größer zu werden, bis ich in der Stunde vor dem Abendessen an nichts anderes als das Treffen mit meinem Vater denken konnte. Manchmal wünschte ich mir, es würde ihm etwas zustoßen, daß er sterben würde, dann müßte ich nie wieder zu ihm hinuntergehen.

Er saß auf dem großen Stuhl an einem Ende des Tisches, und hinter ihm brannte das Feuer. Niemals erlaubte er Ada, die Gaslampen anzumachen, und in der Dunkelheit und dem Feuerschein aus dem Kamin sah er aus wie ein riesiger schwarzer Klotz. Das war er für mich; kein Mensch, im Gegenteil, ein Riese, ein Ungeheuer. »Junge«, sagte er immer zu mir. Nie nannte er mich bei meinem Namen, immer ›Junge‹. »Hast du deine Zunge verschluckt, Junge? Warum redest du nicht?« Schob den Teller weg und griff nach seinem Glas. Grabschte danach, mit diesen großen Händen mit den dicken, behaarten Fingern, wie ein Riese oder ein Dämonenkönig. »Sag was, verdammter Junge!« Ada servierte das Essen, so schnell sie konnte. Ich wußte, daß sie es genauso haßte wie ich, aber ich war jedesmal verzweifelt, wenn ich zusah, wie sie durch die Tür schlüpfte und verschwand, denn dann war ich allein. Ich saß in der Falle. Es fing immer ganz langsam an. »Was hast du heute gemacht?« Nie erwähnte er Georgina, und ich begriff, daß ich das auch nicht durfte. Ich brachte stotternd ein paar Sätze heraus, sagte ›ich‹ statt ›wir‹ und konnte höchstens von der Hälfte dessen, was wir getan hatten, erzählen, weil man die anderen Dinge nur zu zweit tun konnte und ich Angst hatte, mich zu verplappern – wenn ich die Spiele, die wir spielten, erwähnte, konnte er merken, daß es Dinge waren, die man nicht allein tun konnte, und dann würde er wütend werden. Und immer wenn ich versuchte zu sprechen, war da dieses schreckliche Gefühl, daß ich gleich anfangen würde zu weinen, und dann mußte ich aufhören und auf den Teller schauen, bis es vorüber war, und das machte ihn genauso wütend. »Hör auf zu heulen! Was ist mit dir los?« Ich fühlte mich wie ein Idiot. Tagsüber versuchte ich immer zu üben, was ich sagen wollte. Wenn ich mit Georgie im Wald war, denn wir gingen immer in den Wald, weil Georgie nicht wollte, daß die Leute sie sahen, machte ich mir einen Plan, was ich ihm erzählen würde, von Eichhörnchen und so. Manchmal erfand ich Dinge, aber es war nie genug, er wollte immer noch mehr hören. Er schien mich zu prüfen, zu beurteilen, doch ich verstand nie, was seine Maßstäbe waren.

Ich fürchtete mich vor ihm, seit ich ein kleiner Junge war, schon als meine Mutter noch lebte. Gerade wollte ich sagen, das war, ehe er anfing zu trinken, aber selbst in meinen frühesten Erinnerungen hält er immer ein Glas in der Hand. Wenn wir hinuntergebracht wurden, um ihn zu sehen, saß er mit einem Drink und einer Zigarre am Kamin, und Georgie und ich standen vor ihm stramm oder marschierten auf und ab, während er vor Lachen brüllte und Mutter auf der anderen Seite des Raumes saß, zusah und nie ein Wort sagte. Ich glaube, der Alkohol brachte sein wahres Wesen zutage.

Ich kann mich nicht erinnern, daß meine Mutter mich je berührt hat, und ich war zu schüchtern, um sie anzusehen, obwohl ich es so gern getan hätte. Ich habe nie verstanden, warum sie einen groben Mann wie meinen Vater geheiratet hat. Oft habe ich mich gefragt, ob sie von ihren Eltern gezwungen worden war, denn so etwas geschah damals viel öfter als heute. Es muß schrecklich für sie gewesen sein, seine Gesellschaft ertragen zu müssen, und sie wäre nicht gestorben, wenn er nicht im Suff über sie hergefallen wäre.

Doch ich wußte, daß ich in Georgies Zimmer sicher vor ihm war. Selbst wenn er nirgends zu sehen war, spürte man ihn in jeder Ecke, und es bestand immer die Gefahr, daß er plötzlich irgendwo auftauchte, aber nicht in ihrem Zimmer. Der gesamte Kindertrakt schien zu einem anderen Haus zu gehören. Am Ende des Flurs im Kindertrakt gab es eine Tür, die auf den Treppenabsatz führte, und es war, als überquerte man den Rubikon. Ich mußte immer an Bunyans *Des Pilgers fromme Wanderung* denken, und die Halle war das Tal der Todesschatten, doch wenn es einem gelang, es zu durchqueren, durfte man die Treppe hinaufgehen und kam durch die Tür in das Himmlische Jerusalem und war in Sicherheit. Als ich vierzehn, fünfzehn und sechzehn war, erwarteten mich wundervolle Dinge in meinem Zimmer, wenn ich nach Hause kam. Dinge, die ich nie zuvor gesehen hatte, auf die Georgie bei ihren Streifzügen durchs Haus gestoßen war. Sie war schon immer eine diebische Elster gewesen, und ich vermute, damals fing es an. Eigentlich war es alles alter Krempel, aber die Art, wie sie es dekorierte, machte es zu etwas Besonderem. Über ihrem Bett hatte sie Musselin drapiert, und überall lagen so viele weiße Kissen und Decken und Spitze, daß es aussah wie ein Zelt, das in der Luft hing. Um hineinzukommen, mußte ich immer irgendwas tun, ein kleines Kunststück, oder ich mußte ihr etwas geben, das aus einem anderen Teil des Hauses stammte, und jeden Tag hatten wir ein anderes Paßwort. Wir verbrachten Stunden auf dem Bett und spielten Spiele. Georgie las viel, und wenn irgendeine Beschreibung sie faszinierte, versuchte sie es nachzumachen. Ich weiß noch, wie ich einmal nach Hause kam, und sie hatte Lavendel gepflückt und auf dem Fußboden verteilt, weil sie gelesen hatte, daß man das im Mittelalter so machte. Ich bin nicht sicher, ob sie damals tatsächlich Lavendel benutzt haben, aber das kam der Sache wahrscheinlich am nächsten. Ein anderes Mal nahm sie einen Helm und eiserne Handschuhe von einer Ritterrüstung, die sie im Keller gefunden hatte. Ich glaube, die Rüstung stammte noch aus den Tagen unseres Großvaters, denn damals war es Mode, das Haus wie eine Ritterburg auszustaffieren. Sie legte den Helm auf mein Kopfkissen und kreuzte die Handschuhe auf der Steppdecke, steckte eine Rose zwischen die Finger eines jeden Handschuhs und legte als Minnegabe eines ihrer Taschentücher daneben, auf dem mit roter Tinte »Für meinen wahren Ritter« geschrieben stand. Die Tinte war an einigen Stellen in den Stoff gelaufen, aber man konnte es trotzdem lesen. Georgie hatte gerade alles über den Heiligen Gral gelesen, und ich glaube, die Idee faszinierte sie. Es gab ein Buch mit dem Titel *Der Brunnen am Ende der Welt*, das wir beide sehr mochten, in dem ein Prinz sich aufmacht, um den verwunschenen Brunnen zu finden. Es spielte im Mittelalter, und ich glaube kaum, daß die Leute so etwas heute noch lesen, aber als ich klein war, war es sehr beliebt. Als ich während des Krieges in Frankreich war, schickte Georgie mir eine Ausgabe davon. Ich weiß noch, wie ich es in einem schmutzigen Schützengraben sitzend zum zweiten Mal gelesen habe, das Wasser stand mir bis zu den Knien, und ich glaube, ich habe noch nie in meinem Leben ein Buch so sehr genossen wie dieses.

Georgie hatte ein Spiel, eher eine Reihe von Prüfungen, wie sie die Ritter in unseren Geschichten bestehen mußten. Nichts mit Drachen oder so, es ging mehr darum, Sachen zu finden: ein Taschentuch, eine Haarbürste, Dinge, die ihr gehörten. Sie versteckte sie immer irgendwo im Haus, dann schrieb sie eine Liste von Hinweisen, und dann mußte ich losziehen und sie finden. Ich mußte zurück sein, ehe die Uhr in der Halle eine bestimmte Stunde schlug, und wenn Vater mich sah, bedeutete das, daß ich verwundet war, aber trotzdem noch weitersuchen durfte, ich erinnere mich noch genau daran. Wenn Vater mit mir sprach, bedeutete es, daß ich tot war und die Prüfung nicht bestanden hatte. Georgie kam nie mit, aber manchmal erschien sie wie aus dem Nichts neben mir, um mir zu erklären, daß ich am falschen Ort suchte. Sie hatte diese außergewöhnliche Fähigkeit, sich völlig lautlos zu bewegen – ich hörte sie nie kommen.

Ich behielt das Taschentuch mit der Inschrift als eine Art Talisman. Irgendwann muß ich beschlossen haben, daß es kindisch war, es mit mir herumzutragen, und packte es in eine Truhe, aber kurz bevor ich nach Frankreich ging, fand ich es auf der Suche nach etwas anderem wieder und nahm es mit. Viele der Kameraden taten so etwas, ich erinnere mich an einen großen Aufruhr, als einer der Männer, ein Katholik, ein Medaillon mit einem Heiligenbild verloren hatte. Wir stellten alles auf den Kopf, bis wir es fanden, alle Männer halfen mit, und es war keiner dabei, der es nicht ernst nahm. Ich schenkte Georginas Taschentuch Roland … O Gott, nicht schon wieder, nicht denken, nicht, nicht, nicht, *wasch mir den Pelz, aber mach mich nicht naß*, oh verdammter Mist ... Man hat es bei seiner Leiche gefunden.

Diese Geschichten scheinen Georgina nicht so sehr zu beschäftigen wie mich. Sie redet über das, was heute ist, oder über die Zukunft, aber nie über die Vergangenheit. Es ist, als wäre ihr Gedächtnis eine Schiefertafel, von der sie die Namen der Menschen einfach abwischt. So hat sie es auch mit Freddie gemacht. Für zwei Menschen, die so weit voneinander entfernt waren wie Georgie und Vater, waren sie sich darin einig; sie taten so, als hätte Freddie nie existiert.

In dem Sommer, als er starb und ich im Internat bleiben mußte, nahm mich der Direktor beiseite und sagte, daß es ihm leid täte oder irgend etwas in der Art, und dann wurde nie wieder darüber gesprochen. Wochenlang wartete ich auf eine Nachricht von zu Hause, darauf, daß mir irgend jemand etwas berichtete, irgendein Wort über das, was passiert war, aber niemand schrieb mir, und ich begann mich zu fragen, ob ich mir das Ganze vielleicht nur eingebildet hatte. Ich glaube, ich erwartete halb, daß Freddie dasein würde, als ich in den Weihnachtsferien nach Hause fuhr, doch das war er natürlich nicht, und jeder benahm sich, als wäre nichts geschehen, nur daß jetzt Vater in Dennys wohnte, und sogar ich erkannte, daß er anders war. Es quälte mich tagelang. Ich konnte nur an Freddie denken. Georgie sagte freiwillig kein Wort darüber, und ich wußte nicht, wie ich das Thema zur Sprache bringen sollte. Einmal saßen wir auf dem Boden und spielten ein Spiel, da fragte ich sie: »Wo haben sie Freddie hingebracht?«

»Hingebracht?«

»Begraben dann eben. Wo haben sie ihn begraben?«

»Auf dem Friedhof im Dorf.«

»Können wir da hingehen und es uns anschauen?«

»Er wird dich holen, wenn du da hingehst.«

Ich verstand nicht, was sie damit meinte: »Er wird dich holen«, aber ich war so verängstigt, daß ich nie wieder fragte. Ich glaube, ich wollte nur wissen, wo er war, mehr nicht. Dann fragte ich sie, ob sie wegen Freddie geweint hatte, und sie sagte, ja, das hatte sie. Ich habe ihr eigentlich nicht geglaubt, doch ich wollte nicht mit ihr streiten, weil ich dachte, sie könnte wütend werden und mich aus ihrem Zimmer verbannen. Ich glaube, sie hat nur gesagt, daß sie geweint hat, weil sie dachte, ich würde es von einem Mädchen erwarten. Während des Krieges dachte ich immer, was für ein Glück die Mädchen doch haben, weil sie weinen dürfen.

Einmal habe ich das Roland gegenüber erwähnt – ich weiß nicht mehr, warum, wahrscheinlich hatte ich gehofft, daß er der gleichen Meinung ist. Ich erinnere mich so gut daran, weil es so schrecklich schwierig war, das Ganze in Worte zu fassen, es war schwer, es auszusprechen, weil man über solche Sachen normalerweise nicht sprach. Wir saßen in einem Schützengraben, den wir gerade den Deutschen abgenommen hatten, und warteten darauf, daß das Sperrfeuer aufhörte. Ich weiß nicht mehr, warum Roland da war, ich glaube, seine Einheit war auseinandergefallen, weil einige Männer in sehr schlechter Verfassung waren, nur Roland und einer der Melder waren nicht verwundet. Es war ein grauenvolles Durcheinander: unsere Verwundeten, überall gefallene Deutsche, zerstörte Gewehre, und es regnete in Strömen. Aber das erste Mal in meinem Leben hatte ich das Gefühl, etwas richtig gemacht zu haben – es war praktisch die einzige Gelegenheit während der ganzen Zeit, die ich da draußen war, daß mir das, was man mir aufgetragen hatte, gelungen war, ohne ein verdammtes Durcheinander anzurichten, denn wir hatten den Schützengraben erobert.

Nachdem wir die Verwundeten, soweit wir konnten, versorgt hatten, setzten Roland und ich uns hin und warteten.

Da hatten wir dieses seltsame Gespräch über das Weinen. Ich weiß nicht, was für eine Reaktion ich von Roland erwartet habe; ja, ich kann mir gar nicht vorstellen, was er anderes hätte sagen sollen als das, was er sagte: »Die Leute werden dich für einen Weichling halten, wenn du so daherredest.« Denn man durfte nichts tun, was die Moral der Männer schwächte oder sie beunruhigte. Wenn einer von ihnen durchdrehte, würde es sich wie ein Buschfeuer ausbreiten, und dann hatte man ein Problem. Und als Offiziere mußten wir natürlich mit gutem Beispiel vorangehen. Danach habe ich Roland Georginas Taschentuch gegeben, das, auf dem stand: ›Für meinen wahren Ritter‹. Wir schüttelten uns die Hände, und dann gab es einen grauenvollen Lärm, und Rolands Melder krachte auf uns herunter. Aus irgendeinem Grund hatte er versucht, den Schützengraben zu verlassen, und hatte eine Kugel in den Hals bekommen.

Ich wußte damals nicht, warum ich Roland unbedingt diesen Talisman geben wollte, und ich weiß es bis heute nicht. Die Menschen tun die seltsamsten Dinge unter solchen Umständen, und außerdem hätte ich nie gedacht, daß ich heute hier sitzen und versuchen würde, es mir zu erklären. Für mich war nicht die Frage, *ob* ich sterben würde, sondern *wann*. Das machte es hinterher so schwer, man konnte einfach nicht verstehen, warum man selbst am Leben geblieben war, wenn so viele andere ... Als ich Roland das Taschentuch gab, sagte er: »Danke, alter Freund«, und machte ein verwirrtes Gesicht. Er wußte genausowenig wie ich, warum ich es getan hatte. Aber er starb, weil ich es ihm gegeben hatte. Da bin ich mir sicher. Wenn ich es behalten hätte, wie es sein sollte, wie Georgina es gewollt hatte, wäre ich gestorben, aber ich wollte Roland irgend etwas geben – etwas, das mir wichtig war, denn das war eine Art auszudrücken ... nun, daß man jemanden liebte, denke ich.

Ich frage mich, was Roland sagen würde, wenn er mich jetzt hören könnte. Wahrscheinlich würde er mir sagen, daß ich nun endgültig ein Weichling geworden bin.

ADA

Das war vielleicht komisch, als ich Mr. James das erste Mal gesehen habe. In Dennys gab es einen Mann namens Thomas, der immer aus dem Dorf heraufkam, um ein bißchen im Garten zu helfen. Jemand anderen duldete Mr. Lomax nicht in seiner Nähe, aber gegen diesen Thomas hatte er seltsamerweise nichts. Ungefähr zu der Zeit ... der König – König Edward – lebte noch, daran erinnere ich mich, also muß ich wie alt gewesen sein? Achtundzwanzig? Neunundzwanzig? Und Miss Georgina war ungefähr siebzehn. Und wunderschön, daran besteht kein Zweifel. Wenn sie ausgegangen wäre, hätte sie bestimmt einen Grafen oder einen Lord heiraten können, da bin ich mir sicher, sie hätte jeden haben können, so schön war sie. Das war etwa zu der Zeit, als Mr. Lomax mir erklärte, daß er von jetzt an alle Rechnungen selbst bezahlen würde und ich ihm den Haushalt überlassen mußte, natürlich nur die Geldangelegenheiten. Ich verstand es nicht. Ich war gut zurechtgekommen, doch er bildete sich ein, daß die Leute ihn zu Hause genauso betrogen wie im Geschäft – laut Master Edmund hatte man ihm hinter seinem Rücken Geld gestohlen. Wie ich schon sagte, er bekam nur wenig Besuch, und ich glaube, von den wenigen haben ihn bestimmt ein paar betrogen, nachdem sie wußten, wie es um ihn stand. Und so fing er an, überall Diebe zu sehen, sogar ich war für ihn eine Diebin. Ich habe mir auf die Zunge gebissen. Reden ist Silber, Schweigen ist Gold, und *ich* wußte ja, daß ich nichts verbrochen hatte. Wenn alles in Ordnung gewesen wäre, hätte er meine kleinen Rechnungen nie auch nur ansehen wollen, aber ein Mann muß Herr im eigenen Haus bleiben, und wenn die paar Rechnungen ihm das Gefühl gaben, warum nicht? Nur daß er sich einbildete, es würden zu viele Lebensmittel bestellt, und es half alles nichts, wir mußten uns einschränken. Mir sagte er natürlich kein Wort davon, o nein. Er sagte es Thomas, und Thomas mußte es mir sagen, was mir gar nicht gefiel.

Jedenfalls, eines Tages kam Thomas zu mir und sagte: »Mr. Lomax will, daß du Kaninchen hältst.«

Zuerst dachte ich, ich hätte nicht richtig gehört. Kaninchen! Ich war platt. Ich sagte zu Thomas: »Woher soll ich Kaninchen nehmen? Ich weiß überhaupt nicht, wie man damit umgeht.«

»Oh, mach dir deswegen keine Sorgen, überlaß das mir.«

Und als er das nächste Mal kam, hatte er Hammer und Nägel dabei und machte sich daran, im Hof diese Käfige zu bauen. Ich sagte: »Ich dachte, wir sollen Kaninchen halten, keine Mäuse!« Weil sie so winzig waren, viel zu klein. Ich sah ihm an, daß er mich für bescheuert hielt, aber er machte aus zwei Käfigen einen und baute kleine Fenster ein, damit die armen Kreaturen ein wenig Licht hatten. Ich fragte Thomas: »Wie viele Kaninchen sollen es denn werden?«, weil er genug Käfige für einen ganzen Zoo baute. Er antwortete, ein Männchen und ein Weibchen, der Rest käme dann schon von allein – was in Null Komma nix passierte. Thomas stellte die Käfige an einer Seite der Veranda auf. Ich paßte auf, daß man sie von der Vorderseite aus nicht sah – das Haus machte sowieso schon einen schlimmen Eindruck, mit all den losen Schindeln und dem alten Anstrich; es mußte ja nicht auch noch wie auf einem Bauernhof aussehen.

Ich bin immer gerne zu den Kaninchen gegangen, habe ihr wunderbares, weiches Fell gestreichelt und mit ihnen geredet. Na ja, ich hatte sonst niemanden, und es war besser, als mit sich selbst zu reden. Miss Georgina ging nie in ihre Nähe. Sie interessierte sich offensichtlich nicht dafür – vielleicht war sie auch einfach klüger. Man will schließlich nicht mit jemandem befreundet sein, der eines Tages im Kochtopf landet, oder? Denn von Zeit zu Zeit brachte Thomas ein Kaninchen um, und ich mußte es braten, was ich haßte.

Also, das ging ein paar Monate gut. Aber eines Tages im Sommer war ich in der Halle und sah dieses Karnickel da herumhüpfen. Es war das große, das Männchen. Später entdeckte ich, daß es sich durch das Holz des Käfigs gefressen hatte, was ich nicht für möglich gehalten hatte, aber so war es. Dieser Karnickelbock genoß seine Freiheit, er sprang durch die Gegend, tanzte überall herum und ließ mich nicht in seine Nähe kommen. Ich war den Tränen nahe, weil dieses verdammte Ding sich nicht fangen ließ, und ich wußte, wenn er sich zwischen all dem Zeug auf der Treppe versteckte, würde ich ihn nie wiedersehen. Also stürzte ich mich auf ihn und packte zu. Ich lag praktisch auf ihm drauf, er zappelte und kämpfte, und ich lag flach auf dem Boden und rief: »Oh, nein, das machst du nicht!«, als ich plötzlich aus dem Augenwinkel ein Paar Männerbeine sah. Direkt an der Vordertür. Hosenbeine und glänzende Schuhe. Ich wußte sofort, daß es nicht Mr. Lomax' Beine waren. Es mußte ein fremder Herr sein, und er hatte alles gesehen! Ich wollte im Erdboden versinken, aber endlich hatte ich den wilden Meister Lampe fest im Griff, und um nichts und niemanden in der Welt würde ich ihn wieder loslassen. Also rappelte ich mich auf die Knie – es war so lächerlich, da kniete ich auf dem Fußboden und hielt dieses riesige Karnickel fest. Ich konnte nicht einmal meine Haare glattstreichen, weil ich das Tier mit beiden Händen festhalten mußte, und ich war so außer Atem, daß ich kein Wort richtig herausbrachte.

»'tschuldigen Sie, Sir, kann ich Ihnen helfen?« Der Herr

stand halb im Schatten, ich konnte sein Gesicht nicht richtig erkennen, aber ich merkte sehr wohl, daß er sich bemühte, nicht loszulachen.

Er sagte: »Du solltest das Kaninchen lieber wieder in seinen Käfig stecken.«

Und so habe ich Mr. James kennengelernt. Man konnte gleich sehen, daß er Geschäftsmann war, und zwar ein sehr wichtiger. Er war gut angezogen – hatte einen guten Schneider –, und man sah ihm an, daß er im Geld schwamm. Doch er war nicht mehr jung, schon damals nicht. Was heißt, nicht mehr jung, er war Mitte Dreißig und im Verhältnis zu Miss Georgina mit Sicherheit alt. Er war ziemlich kräftig, man könnte sagen, er war behäbig, und verglichen mit William würde man nicht sagen, daß er gut aussah, obwohl er volles Haar hatte. Aber er war ein netter Mann, und er lachte sich über den Karnickelbock kaputt. Deshalb dachte ich, daß er anders als die anderen Geschäftsleute war, die nach Dennys kamen, die, wie mir schien, nur kamen, um festzustellen, was sie aus Mr. Lomax herausholen konnten. Aber Mr. James war nicht so, das wußte ich gleich, als ich ihn das erste Mal sah.

Mir war ganz schwindelig im Kopf, aber gleichzeitig überlegte ich, wie ich es hinkriegen konnte, daß er so wenig wie möglich vom Haus sah. Ich hätte mich sonstwohin treten können, weil ich die Haustür nicht kontrolliert hatte – manchmal ging Mr. Lomax spazieren und machte sie nicht zu, und so konnte natürlich jeder hereinkommen. Es stellte sich heraus, daß Mr. James mit einem Auto gekommen war, und ich hatte nichts gehört, weil er seinem Chauffeur gesagt hatte, er solle am Tor halten, was ich ein bißchen hinterhältig fand. Und er hatte kein Telegramm geschickt, nicht mal einen Brief, um uns zu warnen, er kam einfach. Später hörte ich ihn sagen, er wäre ›zufällig vorbeigekommen‹, aber das habe ich nie geglaubt. Er hatte vor, mit Mr. Lomax Geschäfte zu machen, solange Mr. Lomax noch die Kontrolle darüber hatte, und er wollte es selbst herausfinden.

Ich schämte mich wegen dem Haus, aber ich hatte noch einen Trumpf im Ärmel: einen Raum, den ich das ›Geschäftszimmer‹ nannte. Jeder, der kam, mußte direkt dort hinein und bekam sonst nichts vom Haus zu sehen, wenn ich es verhindern konnte. Ich würde schon dafur sorgen, daß diese Schwindler nicht in der Welt herumerzählten, daß wir alle verrückt waren und das Haus nicht gepflegt war, nur um dann zurückzukommen und den armen alten Mr. Lomax zu bestehlen. Es gelang mir, dieses kleine Zimmer in einem anständigen Zustand zu halten, weil ich es immer abschloß und alle Schlüssel so versteckte, daß weder Mr. Lomax noch Miss Georgina sie finden konnten. Sonst wären sie schnell wie die Elstern da drin gewesen, und es wäre kein einziges Möbelstück mehr da.

Ich sagte: »Wollen Sie nicht hereinkommen und sich setzen, Sir, während ich Mr. Lomax hole?« Ich hielt das Kaninchen mit beiden Händen fest, es wand sich und trat mit seinen großen Pfoten, und als ich die Tür zu meinem Spezialzimmer öffnete, sprang es aus meinen Armen und verschwand unter dem Tisch.

Mr. James sagte: »Schnell, ehe es entkommt!«, scheuchte mich ins Zimmer und schloß die Tür hinter uns.

Ich sagte: »Oje, jetzt muß ich es wieder einfangen.«

»Nein«, sagte er. »Es ist meine Schuld, weil ich so unhöflich war, unangemeldet zu kommen. Ich möchte gerne mit Mr. Lomax sprechen, und während Sie mich anmelden, fange ich das Kaninchen.« Und er zog eine Karte heraus und gab sie mir, damit ich sie Mr. Lomax brachte. Ich dachte, na, das ist ja ein guter Anfang, doch ich konnte nicht widersprechen, also ging ich. Mr. Lomax schlief auf dem Sofa in seinem Arbeitszimmer, aber er wachte auf und sagte, daß er gleich käme. Ich wußte, daß er eine Weile brauchen würde, und dachte, ich muß das Karnickel da rausholen, ich hatte schreckliche Angst, daß es auf den Boden machen würde. Ich rannte in die Küche und kochte eine Kanne Tee, so schnell ich konnte, und als ich mit dem Tablett in der Hand die Tür öffnete, saß der Gentleman dort, und wer saß neben ihm und streichelte das Kaninchen, ganz kühl, wie immer? Miss Georgina.

Wie Ellen immer sagte: »Mach den Mund zu, Ada, der Bus kommt.« Ich hatte doch immer solche Angst, daß Miss Georgina sich vor Fremden zeigen könnte, weil sie so seltsame Vorstellungen von Anstand hatte. Und natürlich wußte sie immer, wenn jemand zu Besuch war. Sie mußte unsere kleine Vorstellung vom Geländer aus beobachtet haben, ohne daß wir sie gesehen hatten. Normalerweise versteckte sie sich, bis der Besuch weg war, aber diesmal nicht. Und was ihr Kleid anging, also, ich habe keine Ahnung, wo sie es gefunden hat, aber es muß ihrer Mutter gehört haben. Es war ein Ballkleid. Seit zehn Jahren aus der Mode, mindestens – nicht daß ich viel über Mode weiß, aber es war das schönste Kleid, das ich je gesehen hatte. Mr. James und ich starrten sie beide an, sie war vollkommen. Ihre Augen waren riesig, und sie hatte sich das wunderschöne schwarze Haar mit diesen Kämmen mit den Diamanten hochgesteckt – was den Effekt hatte ... na ja, es sah völlig märchenhaft aus. Ganz zu schweigen davon, daß es vier Uhr nachmittags war und sie mit nackten Schultern bei einem völlig Fremden saß, ein schwarz-weißes Kaninchen so groß wie eine Katze im Arm, das – genau wie ich befürchtet hatte – sein Geschäft auf den Boden gemacht hatte. Miss Georgina saß da, als käme jeden Nachmittag Herrenbesuch zum Tee. Ich konnte den Blick nicht von ihr wenden, und, wie ich schon sagte, ich war nicht die einzige.

Sie sagte: »Tee, wie schön. Ada, dies ist Mr. Gresham. Er ist gekommen, um meinen Vater zu besuchen. Warum bringst du

Bunny nicht weg und servierst uns den Tee auf der Veranda?« Bunny! Als wäre das Karnickel ein Schmusetier. Die Veranda! Ich war so verblüfft, daß ich kein Wort sagte. Nicht mal: »Ja, Miss Georgina« oder irgendwas ähnliches. Ich packte nur das Karnickel und ging. Der Gedanke an die Veranda jagte mir einen Schauer nach dem anderen über den Rücken. Die Gartenstühle waren schmutzig und kaputt, aber Miss Georgina führte Mr. James – damals war er für mich natürlich noch nicht Mr. James – geradewegs hinaus, und er setzte sich auf eines von diesen abscheulichen Dingern. Gott sei Dank war es warm genug, und die Kissen waren trocken, an etwas anderes konnte ich nicht denken, denn sie waren den ganzen Winter draußen gewesen – ich konnte mich schließlich nicht um alles kümmern. Und natürlich sah man vom Tisch aus die Karnickelställe in voller Größe! Ich schnüffelte, diskret, hoffe ich, doch Gott sei Dank war der Geruch nicht allzu schlimm. Miss Georgina benahm sich, als wäre sie im Buckingham Palace, und Mr. James war, wie ich später feststellte, viel zu sehr Gentleman, als daß er irgendwelche Bemerkungen gemacht hätte. Außerdem hatte er damals für nichts anderes Augen als für sie.

Er war ein Mann von Welt, doch so etwas wie Miss Georgina hatte er offensichtlich noch nie gesehen. Das muß man ihr lassen, sie ist mehr sie selbst als sonst irgend jemand, wenn Sie wissen, was ich meine. Aber sie benahm sich wie eine Dame. Sie sagte kaum etwas, machte es ganz perfekt, hörte ihm zu, stimmte zu, stellte Fragen, so daß er weiterreden konnte, war sehr höflich, schenkte Tee ein, bot Brot und Butter an, gerade so, als hätte sie ihr ganzes Leben lang nichts anderes getan. Ich blieb hinter ihrem Stuhl stehen, weil ich dachte, er fände es vielleicht seltsam, wenn ich sie mit ihm allein ließ, und ich muß sagen, ich war sehr stolz auf sie. Eine Herzogin hätte es nicht besser machen können, da bin ich mir sicher. Dann erschien Mr. Lomax, wie immer mit dem stinkenden Schal vor dem Gesicht. Er sah uns zwei an und grunzte etwas. Das sollte wahrscheinlich »raus« heißen. Ich dachte, oh, oh, das setzt dem ganzen die Krone auf, jetzt gibt es Ärger, aber Miss Georgina zuckte nicht mit der Wimper. Sie sagte: »Das ist mein Vater, Mr. Gresham. Bitte entschuldigen Sie mich«, und ging zurück ins Haus.

Mr. Lomax warf beinahe die Teekanne nach mir. »Bring noch Tee für unseren Gast. Der hier ist ja eiskalt!« Das gefiel mir nicht besonders, es sah so aus, als wäre ich faul, aber ich ging natürlich. Als ich mit dem Tee zurückkam, hing Mr. Lomax mit den Lippen an Mr. James Ohr und erzählte ihm irgendeine Geschichte über Leute, die ihn betrogen hatten. Er saß so dicht neben Mr. James, daß die Alkoholwolken, die er ausdünstete, Mr. James die Tränen in die Augen treiben mußten, doch der zuckte nicht mit der Wimper. Mr. Lomax sagte immer wieder: »Ihnen kann ich vertrauen.« Er muß es ungefähr fünfzigmal wiederholt haben. Aber als ich es hörte, riß ich die Augen auf und dachte, das muß aber jemand ganz besonderes sein, wenn er so etwas sagt. Und Mr. James saß die ganze Zeit da und nickte, ohne ihn auch nur einmal zu unterbrechen. Allerdings hätte er sowieso kein Wort dazwischengebracht, selbst wenn er gewollt hätte, Mr. Lomax redete wie ein Wasserfall. Ich schenkte den Tee ein und ging über die Veranda, um über die Außentreppe zurück zur Küche zu kommen. Kurz bevor ich um die Ecke bog, drehte ich mich noch einmal um, und plötzlich sah ich nicht Mr. Lomax, sondern den alten Mann zu Hause im Pub vor mir – eigentlich war ja Dennys mein Zuhause –, ich meine jetzt das Mietshaus, in dem ich als kleines Mädchen gewohnt habe. Daran erinnerte er mich. An einen dieser Männer, die halb betrunken an der Tür herumlungern und mit großen Fischaugen nach jemandem Ausschau halten, dem sie ihr Leid klagen können, und oft genug endete das in einer Schlägerei. Ein betrunkener Mann ist das Häßlichste, was es auf der Welt gibt. Ich konnte verstehen, warum Ellen gesagt hatte, daß sie es nicht erträgt. Doch nach diesem Nachmittag hatte ich nie wieder Angst vor Mr. Lomax.

Mr. Lomax redete gute zwei Stunden lang, dann erhob sich Mr. James, um zu gehen. Miss Georgina kam die Treppe herunter, als er ging. Ich sah, daß es Mr. Lomax nicht besonders interessierte, aber Mr. James bekam Stielaugen. Miss Georgina streckte ihm die Hand entgegen. »Ich hoffe sehr, daß Sie uns bald wieder besuchen, Mr. Gresham«, sagte sie. »Mein Vater genießt es so sehr, wenn er mit einem Mann über das Geschäft reden kann. Ich verstehe leider gar nichts davon.« Ich staunte, daß sie nicht auf der Stelle in Flammen aufging, mit solch brennenden Augen starrte Mr. Lomax sie an, doch es gelang ihm, seine Zunge im Zaume zu halten, wenigstens vor Mr. James.

Als ich Mr. James die Haustür aufhielt, fragte er mich: »Wie heißt du?«

Also, ich wurde puterrot, wegen dem Karnickel und der Veranda und so. »Ada, Sir.«

»Nun, Ada, paß auf die Kaninchen auf.« Und dann lachte er.

»Ja, Sir. Seien Sie vorsichtig auf dem Weg.« Es gab so viele Schlaglöcher, daß man im Handumdrehen auf der Nase landen konnte.

»Auf Wiedersehen, Ada.« »Auf Wiedersehen, Sir.« Ich sah ihm nach und hatte das Gefühl, plötzlich einen Freund zu haben. Es ist schwer zu erklären, wirklich, es war einfach so, als würde er uns helfen; irgendwie war er auf unserer Seite. Es wäre falsch zu sagen, er war ein Engel, aber man könnte vielleicht sagen, er war wie die gute Fee aus dem Märchen, wenn man sentimental wäre. Außer daß Cinderella nicht wegen

Mordes an ihrer guten Fee angeklagt wurde, jedenfalls nicht in der Geschichte, die ich kenne. Miss Georgina ging wieder nach oben, nachdem Mr. James gegangen war, und Mr. Lomax schrie »Jezabel« hinter ihr her, doch sie nahm keine Notiz von ihm.

Und wissen Sie was, Mr. James hat die Kaninchen nie vergessen. Noch Jahre später sagte er, wenn er mich beim Staubwischen sah oder wie ich Schränke kontrollierte: »Na, Ada, auf der Suche nach Kaninchen?« Oder: »Gibt es heute abend Kaninchenpastete?« Als ich ihm nachsah, wie er die Auffahrt in Dennys entlangging, dachte ich, wenn das Glücksspiel nicht so verrufen wäre, würde ich meinen letzten Penny darauf verwetten, daß er wiederkommt, ich war mir ganz sicher. Und ich hatte recht.

Es stellte sich heraus, daß Mr. James in das Geschäft investieren wollte, das heißt, in das, was davon übrig war. Mr. Lomax klammerte sich an ihn, bestand darauf, daß er wiederkommen mußte, um irgendwelche Angelegenheiten zu besprechen und sich einen Überblick über alles zu verschaffen – was er natürlich tat, und zwar öfter, als es nötig war, da bin ich mir sicher. Man mußte sich nicht besonders anstrengen, um den Grund dafür zu finden. Aber Miss Georgina benahm sich immer sehr gut, das kann ich sagen, auch wenn ihre Kleider immer etwas seltsam waren – von Zeit zu Zeit schickte Miss Louisa etwas, sonst hätte sie gar nichts gehabt außer den abgelegten Sachen ihrer Mutter. Ich will noch etwas über Mr. James sagen: Ich bin sicher, er zahlte Mr. Lomax mehr als er mußte, als er in das Geschäft einstieg, und zwar wegen Miss Georgina. Und dann gehörte ihm natürlich der Löwenanteil, und der, der am meisten hat, gibt den Ton an, stimmt's? Ich glaube nicht, daß das Mr. Lomax' Partnern gefallen hat, aber ich weiß, daß Mr. James sehr bald seine eigenen Leute eingesetzt hat, die taten, was er wollte. »Alles, was er anfaßt, verwandelt sich in Gold«, das sagten die Leute über Mr. James.

Aber ich staune immer wieder, daß die Menschen dieselbe Sache mit völlig verschiedenen Augen sehen können. Mr. James verliebte sich in das, was er an jenem Nachmittag sah, andere Leute hätten nur einen Blick auf uns geworfen und uns für verrückt erklärt. Aber Mr. James hatte eine romantische Ader, wenn es um Miss Georgina ging, und an der Art, wie er sie ansah, erkannte man, daß er sie vollkommen fand, gerade so wie sie war, in ihren komischen alten Kleidern, mit dem baufälligen Haus; allerdings möchte ich mal wissen, was an Kaninchengestank romantisch ist. Wie schon gesagt, ich dachte, meine Gebete wären erhört worden. Ich hatte damals wieder angefangen, in die Kirche zu gehen, und betete viel. Eigentlich war es Thomas, der mich dazu brachte. Er machte eine Menge in der Kirche, wie zum Beispiel kleine Theaterstücke für die Sonntagsschule und solche Sachen. Früher gingen natürlich alle in Dennys in die Kirche, jeden Sonntag, wir mußten gehen. Später ging ich immer mit Mrs. Mattie, sie versäumte keinen Gottesdienst, aber nachdem sie weg war, ging ich möglichst selten ins Dorf, weil die Leute über uns redeten. Wenn sie es mir ins Gesicht gesagt hätten, hätte ich ihnen eine Antwort geben können, aber das tat natürlich keiner. Sie wußten über Mr. Lomax' Trinkerei Bescheid, und ich bin mir sicher, daß der eine oder andere sich Schlimmeres dachte – nämlich daß wir beide ein unziemliches Verhältnis hatten. Kein Wort wahr, natürlich. Thomas sagte zu mir: »Komm nur mit zur Kirche. Kümmere dich nicht um das Geschwätz, denen werde ich was erzählen, wenn sie ein Wort sagen.« Denn er hätte niemals zugelassen, daß jemand was gegen Mr. Lomax sagte. Und keiner wagte es, auch nur die leiseste Andeutung zu machen, weil Thomas im Dorf so hoch angesehen war. Es war so ein schöner Spaziergang, und ich ging so gerne zur Kirche, besonders wegen der Lieder. Ich spürte jedesmal, wie sie mir das kleine bißchen extra Kraft gaben, das ich für die nächste Woche brauchte.

Anschließend besuchte ich immer Master Freddies Grab und richtete es ein wenig her. Irgendwie hatte ich, ehrlich gesagt, fast vergessen, daß er da lag, und als ich es sah, dachte ich, der arme Wurm muß schrecklich einsam sein, hier so ganz allein, denn seine Mutter ist in London begraben. Von da an nahm ich immer ein paar Blumen aus dem Garten mit und blieb eine Weile bei ihm sitzen, ehe ich nach Hause ging. Weder Mr. Lomax noch Miss Georgina gingen jemals zum Friedhof, das weiß ich genau. Vielleicht war Master Edmund manchmal da, wenn er in den Ferien zu Hause war, aber wenn er dort war, hat er nie Blumen hingelegt, das hätte ich gesehen. Ich weiß noch, wie ich einmal am Grab war und eine Frau aus dem Dorf auf mich zukam und fragte, warum die Schwester nicht neben ihrem Bruder begraben sei? Sie hatte gehört, daß Miss Georgina gestorben ist! Das meine ich, wenn ich von Gerüchten spreche.

Thomas war ein netter Kerl, nur die Art, wie er gegen manche Leute eingenommen war, gefiel mir nicht. Gegen Miss Georgina zum Beispiel. Einmal kam er in die Küche und erzählte mir, er hätte sie erwischt, wie sie im Nachthemd durch den Garten wanderte – ich muß sagen, das sieht ihr ähnlich, so etwas macht sie, ohne darüber nachzudenken, ob sie jemand sieht. Er hat sich schrecklich darüber aufgeregt. Weil sie auch diese Art hatte – wie sie sich bewegte, jemanden anschaute. Du wußtest, daß sie nicht dich meinte, sie wollte nur wissen, was man … na, wahrscheinlich, was für eine Wirkung ihr Auftritt hatte. Sie übte, wenn man so will. Armes Mädchen, dachte ich immer, denn sie war so hübsch, wenn sie ein normales Leben geführt hätte, hätte sie Scharen von Bewunderern gehabt. Sie bestand aus lauter Gegensätzen – ihre Haut war perlweiß, ihr Haar und die Wimpern tiefschwarz, und ihre Augen waren von einem so dunklen Blau, wie ich es noch nie gesehen hatte. Natürlich habe ich Miss Georgina nie gesagt, wie schön sie ist. Das wäre nicht richtig gewesen, und sie brauchte sowieso keine Ermutigung.

Thomas fing an, mir den Hof zu machen. Nur ein bißchen, aber immerhin. »Miss Ada«, nannte er mich, doch er meinte es ernst, nicht wie William, der mich nur necken wollte. Ehrlich gesagt fand ich es schwer, mit Thomas zu reden. Mit William konnte ich immer scherzen und lachen, wenn er mir auf dem Gang begegnete, wir hatten zwar nie viel Zeit, aber es war nie schwierig, ein Thema zu finden, die Worte kamen wie von selbst. Aber bei Thomas war es anders; ich wußte nie, was ich zu ihm sagen sollte, weil er so ernst war. Ich erinnere mich nicht daran, ihn je lachen gesehen zu haben. Ja, ich habe ziemlich lange gebraucht, bis ich merkte, daß Thomas mir den Hof machte, weil er es so merkwürdig anfing. Ich sagte ja schon, daß er manche Leute nicht mochte, na ja, er redete über die Frauen im Dorf, sagte, die und die sei verdorben, jene bösartig, eine andere keinen Deut besser, als sie es verdiente, und er endete immer damit, daß er sagte: »Aber Sie sind nicht so, Sie sind eine gute Frau, Miss Ada, eine respektable Frau.« Und wenn ein Mädchen aus dem Dorf in Schwierigkeiten war, sagte er: »Sie war nicht bescheiden genug, hat nicht auf sich aufgepaßt, aber Sie sind natürlich nicht so, Miss Ada, überhaupt nicht.« Ich dachte, du erzählst mir zwar immer, wie ich nicht bin, aber wie bin ich denn? Aber ich sagte es nie laut, denn er war ein gutes Stück älter als ich, und das wäre ungehörig gewesen. Deshalb meine ich, er war nicht wie William. Zu William hätte ich das gesagt, ohne darüber nachzudenken. Ich versuchte, mir einzureden, daß man – na ja, daß man sich in einer Ehe eben nicht alles sagen konnte, was einem durch den Kopf ging, das wäre nicht recht –, aber in Wirklichkeit redete ich mir etwas ein, was ich gar nicht wollte. Denn in meinem Herzen wußte ich, daß ich für Thomas nie das empfinden würde, was ich für William empfand, trotzdem redete ich gern mit ihm, weil ich dann Gesellschaft hatte, und wenn er mich gefragt hätte, hätte ich ja gesagt. Und bevor Sie sagen, das ist schlecht, weil es nichts mit Liebe zu tun hat, bedenken Sie, daß die Menschen damals anders dachten – man hatte keine andere Wahl. Thomas hatte ein kleines Haus und ein Stückchen Land, und es wäre eine gute Sache für mich gewesen, weil ich gar nichts hatte. Aber die Frage stellte sich nie, zum Glück – heute sage ich ›zum Glück‹, obwohl ich mich damals darüber aufgeregt habe. Natürlich hätte Thomas mich nie geheiratet, wenn er gewußt hätte, daß ich nicht mehr unschuldig bin, aber das wußte er ja nicht. Was ihn davon abhielt, war Miss Georgina. Sie hat ihn vertrieben, weil sie am hellichten Nachmittag in ihrem Nachthemd durchs Haus stromerte und ihn ausspionierte und solche Sachen. Von dem Tag an, als Miss Georgina Mr. James kennenlernte, änderte sich alles, und es gab keine Zwischenfälle mehr, aber da war es zu spät für Thomas. Er sagte, er würde nicht mehr kommen, solange sie da war, und kündigte bei Mr. Lomax. Kein Wort zu mir. Wahrscheinlich habe ich gehofft, daß er eines Tages wiederkommen und mich besuchen würde, aber er tat es nie. Ich glaube, er hielt so wenig von Miss Georgina, daß ich für ihn auch schlecht war, nur weil ich in einem Haus mit ihr lebte. Und er war die Sorte Mensch, der seine Meinung nicht ändert, wenn sie erst einmal feststeht.

Ich war niedergeschlagen, weil ich dachte, das war's, ich werde nie wieder die Gelegenheit haben, jemanden kennenzulernen. Ich war ein wenig traurig, aber ich würde nicht sagen, daß ich auf Miss Georgina böse war, damals nicht. Ich war viel zu erschöpft, weil ich versuchte, alles am Laufen zu halten, um wirklich darüber nachzudenken. Weil ich sparen mußte, an allem geizen – wenn ich die Leute sagen höre, daß sie es schwer hatten, weil alles rationiert war, dann ist das nichts gegen das, womit ich damals fertig werden mußte. Mr. Lomax bezahlte keine einzige Rechnung, er gab mir keinen Penny für Essen, und jedesmal, wenn ich ihn um etwas Geld bat, wurde er wütend und sagte, daß die Händler ihn betrogen oder ich das Geld in die eigene Tasche steckte, und ich kam immer mit leeren Händen heraus.

Ich tat dasselbe, was meine Mutter getan hatte, ich aß nichts mehr, damit sie genug hatten. Zu Hause hatte mein Vater immer am meisten auf dem Teller. Und zu ihr sagte er: »Ißt du denn gar nichts?«

»Oh, ich hab schon gegessen, mach dir keine Sorgen.« Wir Kinder wußten genau, daß das nicht stimmte, aber sie warf uns einen Blick zu, und wir sagten nichts. Der Gedanke daran machte mich traurig, weil ich immer dachte, wenn es mein Mann und meine Kinder wären, würde ich gerne verzichten. Ich saß in der Küche in Dennys und grübelte, aber die Küche dort war nicht der richtige Ort, um Trübsal zu blasen. Sie war schrecklich, überall verfaultes Gemüse. Thomas hatte Karotten gezogen und alles mögliche andere – wir hatten jede Menge Gemüse, das gleichzeitig geerntet werden mußte, und er mußte es tun, bevor er ging. Ich gab mir solche Mühe, die Vorräte zu strecken, und bewahrte sie viel zu lange auf, bis alles schlecht und faul war – oh, es war widerlich –, aber Thomas war weg, und ich konnte mich nicht dazu aufraffen, auch nur einen einzigen von den armen kleinen Hasen umzubringen. Das war seine Arbeit gewesen, er hatte es immer getan. Wahrscheinlich war das ein bißchen blöd, aber im nachhinein glaube ich, daß mein Verstand nicht mehr richtig arbeitete, weil ich zu wenig gegessen habe, so wie ich das verdorbene Gemüse gehortet habe und glaubte, ich könnte es noch kochen. Ich sah die Zeichen ja selbst. Ich war spindeldürr, und an meinem Arm hatte sich eine große Beule gebildet, ein Abszeß. Ich machte immer Umschläge mit Mehl und Wasser, aber das nützte überhaupt nichts. Zum Schluß konnte ich den Arm nicht mehr heben; ich mußte zum Arzt ins Dorf gehen. Ich dachte noch, jetzt verfaule ich von innen, wie das Gemüse. An dem Tag, bevor ich zum Doktor ging, muß der Abszeß in meinen Kopf gestiegen sein, denn ich ging hinaus zu den Kaninchen. Es war ein wunderschöner, sonniger Tag, und ich hatte die verrückte Idee, sie alle auf die Wiese zu lassen. Ich habe keine Ahnung, wie ich sie wieder einfangen wollte; sie taten mir einfach leid, wie sie da eingesperrt waren, und draußen war all das schöne Gras. Also, ich hatte gerade den ersten Käfig aufgemacht, und das Kaninchen hoppelte über den Rasen, als es peng! machte und das Kerlchen in die Luft flog. Auf der Veranda stand Mr. Lomax mit seinem großen Gewehr. »Laß das Karnickel drin, du blöde Gans! Fang es ein!« Er hatte das arme Ding getroffen, aber es war nicht tot, es zappelte immer noch und versuchte wegzulaufen. Schließlich mußte ich ihm mit einem Stück Holz auf den Kopf hauen, um es zu töten, und das war so schrecklich. Ich weiß noch, wie ich auf der Veranda saß, das tote Ding auf meinem Schoß, der Kopf voller Blut, alles lief auf meine Schürze, und ich weinte mir die Augen aus.

Wenn ich Mr. James gewesen wäre, hätte ich mich gefragt, ob es in der Familie irgendwelche Geisteskrankheiten gibt. Denn er war kein Narr, wie hätte er sonst so viel Geld machen können. Aber er war so verliebt in Miss Georgina, daß er blind war. Ich bezweifle, daß irgendeine Macht der Welt, geschweige denn Mr. Lomax, so sternhagelvoll, wie er immer war, ihn von ihr hätte trennen können. Und doch paßte ich auf, daß Mr. James nur das Beste vom Haus zu sehen bekam, wenn er uns besuchte, obwohl die Eßzimmerstühle auf der Veranda nicht besonders gut aussahen. Ich brachte mich beinahe um, um Miss Georginas Kleider zu waschen und hübsch zu machen, aber wenn man genau hinsah, bemerkte man die braunen Stockflecken doch. Was Mr. Lomax anging, der trug immer noch diesen schmutzigen Stoffetzen um den Hals – er ließ mich niemals nahe genug an sich ran, um ihn ihm wegzunehmen –, und seine Anzüge waren in einem so erbärmlichen Zustand, daß man ihn für einen Landstreicher halten konnte.

Und dann lernte Master Edmund Mr. James kennen, und man sah, daß sie sich auf Anhieb gut verstanden. Mr. James schickte seinen Chauffeur immer in den Pub im Dorf, dann fuhr er selbst und nahm Master Edmund und Miss Georgina mit auf Spazierfahrten durch die Gegend. Ich wußte immer, wenn sie durch das Dorf gefahren waren, denn nach der Kirche kam immer irgendwer zu mir: »Oh, wir haben letzte Woche das Auto gesehen«, weil es damals ungewöhnlich war, ein Auto zu sehen.

Nun, so wie die Dinge standen, machte Mr. James Miss Georgina einen Heiratsantrag. Ich erinnere mich daran, wie Master Edmund von der Universität nach Hause kam; sie hatte ihm die Neuigkeit geschrieben, und er rannte durch die Haustür die Treppe rauf und wirbelte sie durch die Luft, sie legte die Arme um seinen Hals, und beide schaukelten vor und zurück und lachten und lachten. Ich hörte Miss Georgina zu Master Edmund sagen: »Es ist alles arrangiert. Du kannst mitkommen und in London bei uns wohnen.«

Dann hörten sie auf zu lachen, und er fragte: »Ist es schlimm für dich zu heiraten, Georgie?«

»Was sollte sich ändern?«

»Du wirst Mrs. James Gresham sein.«

Das löste einen neuen Lachanfall bei ihr aus.

»Wir bleiben doch immer die besten Freunde, oder, Georgie?«

»Natürlich bleiben wir das. Ich möchte mal sehen, wie Mr. James Gresham das ändern will!« Nun, dachte ich, eine merkwürdige Art, über seinen Zukünftigen zu reden, aber ich freute mich wie eine Schneekönigin, weil die beiden so glücklich waren.

Mr. James hatte Mr. Lomax gerade zum rechten Zeitpunkt geschäftlich aus der Patsche geholfen. Das weiß ich zufällig, und jetzt heiratete er Miss Georgina, und sie wurde reich – jeder Vater wäre überglücklich gewesen, aber Mr. Lomax sagte nie: »Herzlichen Glückwunsch«, oder so was, er machte einfach weiter wie bisher. Aber er mochte Mr. James. Mr. James besuchte ihn auch nach der Hochzeit noch alle paar Monate und fuhr von London nach Dennys, um ihn zu sehen. Aber Miss Georgina fuhr nie mit ihm – nein, sie war nie wieder in Dennys, außer zur Beerdigung ihres Vaters.

Als Miss Georgina verlobt war, fing der Spaß an. Mr. Lomax hatte ihr erlaubt zu heiraten, also mußte sie natürlich nach London fahren, um Kleider und die Aussteuer zu kaufen, und sie brachte die wundervollsten Sachen mit. Sie ging immer mit Mr. James' Mutter einkaufen, die Französin war und natürlich immer wunderschön angezogen. Mr. James mußte alles bezahlen, was natürlich nicht in Ordnung war, aber er schien nichts dagegen zu haben. Miss Georginas Hochzeitskleid war das schönste, was ich je gesehen habe. Es war in der neuesten Mode geschneidert, mit einem engen Rock und viel Spitze, so zart, daß man meinte, Feenhände hätten es gemacht. Oh, Miss Georgina liebte es, all die Kleider auszusuchen und die großen Hüte, die man damals trug, mit den Federn. Es war, als hätte man ein Kind in einem Bonbonladen frei gelassen, und ich bin sicher, kein Mannequin konnte die Kleider besser tragen als Miss Georgina.

Ich machte mir große Sorgen wegen dem Haus, weil die Hochzeit in Dennys stattfinden sollte, doch Master Edmund sagte, ich sollte ein paar Frauen und Arbeiter aus dem Dorf holen, und es dauerte nicht lange, da war das Haus beinahe wieder so schön wie früher. Es war so schön, daß wieder Leben im Haus war. Die Fenster wurden repariert, die Schindeln kamen wieder aufs Dach und die Spinnweben herunter, und alles wurde geschrubbt und poliert. Master Edmund war überall gleichzeitig, er half den Männern sogar, die Möbel zu verrücken. Ich glaube, ich habe ihn nie so aufgeregt gesehen. Er ging ins Dorf und überredete Thomas, den Garten herzurichten, was gut war, denn dort sah es aus wie im Urwald.

Er kam geradewegs in die Küche, Thomas, meine ich. »Guten Morgen, Miss Ada.« Ich war sprachlos. Kein Wort über das, was geschehen war, und ich dachte, nun, das kann ich auch, und hielt mich zurück. Ehrlich gesagt, hatte ich ein bißchen Angst, weil ich einmal zu seinem Haus gegangen war – nur ein einziges Mal, keine Sorge –, aber ich war da, wollte nur Hallo sagen, und klopfte an die Tür, doch er war nicht zu Hause, so bin ich noch mal davongekommen. Aber eine Bauersfrau hatte gesehen, wie ich aus seinem Tor kam, und ich hatte mehr als einmal überlegt, ob ihm mein Besuch wohl zu Ohren gekommen war. Aber Reden ist Silber, und Schweigen ist Gold, so sagt man doch, und außerdem brauchte ich mir sowieso keine Sorgen mehr zu machen, weil Mr. James mich gefragt hatte, ob ich mit ihnen nach London gehen und nach ihrer Hochzeit als Haushälterin bei ihnen arbeiten wollte. Er sagte, daß Mr. Lomax bereits versorgt sei; Master Edmund hatte Thomas gebeten, nach ihm zu sehen, und Thomas hatte gesagt, er würde sein Häuschen aufgeben und ganz nach Dennys ziehen.

Ich fand das sonderbar, aber Mr. James sagte, das sei genau das, was Mr. Lomax wollte. Wie auch immer, eigentlich ging es mich sowieso nichts an. Ich fühlte mich wie befreit und war ganz aufgeregt. Immer wieder stellte ich mir vor, wie es wohl sein würde, wenn Miss Georgina verheiratet war. Mr. James war so ein guter Mann, und er hätte für sie den Mond vom Himmel geholt, wenn sie ihn darum gebeten hätte. Ich war mir sicher, daß sie viele Kinder haben würden, natürlich alle bildschön, und konnte es gar nicht erwarten, diese Kinder zu sehen. Ich hatte ein Bild vor Augen, ein richtiges Gemälde mit einem hübschen goldenen Rahmen, wie man sie früher hatte, von Miss Georgina mit vier süßen Kindern. Sie saß in der Mitte, zwei große Jungen standen neben ihr, und vor ihr saßen zwei kleine Mädchen in weißen Kleidern und rosa Schärpen. Ich spürte, daß diese Kinder nur darauf warteten, zu uns zu kommen, und wenn ich die Augen schloß, sah ich sie beinahe vor mir, wie sie ihre kleinen Hände ausstreckten. Ich wollte sie so sehr, als wären es meine eigenen. Ich hatte sogar schon über Namen nachgedacht. Mehr hatte ich vom Leben nicht zu erwarten, das wußte ich.

Ich wünschte, Mrs. Mattie hätte das Haus sehen können, so wie es am Morgen von Miss Georginas Hochzeit aussah, sie wäre stolz darauf gewesen. Mr. James hatte ein paar von seinen Dienstboten aus London kommen lassen, die überall herumrannten, und ich nutzte die Gelegenheit zu einem Spaziergang durchs Haus. Ich ging durch den Flur im Kindertrakt. Ich hatte eigentlich nicht vor, bei Miss Georginas Zimmer stehen zu bleiben, ich dachte nur, vielleicht hilft ihr ein vertrautes Gesicht unter all den Fremden, falls sie nervös ist. Jedenfalls stand die Tür zu ihrem Zimmer auf, und da saß sie ganz allein vor dem Kleiderschrank und schaute in den Spiegel. Auf ihrem Schoß lag ein Buch mit einem roten Einband, und sie rieb mit einem Streifen Seidenstoff darauf herum, um etwas Rot für ihre Wangen zu bekommen. Jede Braut ist schön, aber Miss Georgina raubte einem den Atem. In diesem Augenblick, als sie mich da im Spiegel entdeckte, war sie schöner als je zuvor.

Sie sagte: »Wie gut, daß du kommst, Ada.« Sie sagte es so, als hätte sie mich erwartet, obwohl sie mich nicht gerufen hatte. Dann sagte sie: »Liebe Ada«, und streckte die Hand nach mir aus. Ich dachte, sie hätte vielleicht ein bißchen Angst oder war nervös, aber ihre Hand war ruhig wie ein Stein, und sie sah mir direkt in die Augen, ohne mit der Wimper zu zucken. Ich kam mir vor wie in einem Traum oder wie hypnotisiert, und ich schwöre, ich bin auf Zehenspitzen über den Teppich zu ihr gegangen. Sie nahm meine Hand in ihre Hände. »Willst du mit mir nach London kommen und bei mir bleiben, Ada?«

»Oh, ja, es ist alles schon arrangiert, Miss Georgina, ich komme mit.«

»Versprichst du, daß du mich nie verläßt, Ada?« Ich schüttelte nur den Kopf, ich traute mich nicht, etwas zu sagen. »Du mußt es mir fest versprechen.«

Es klingt dumm, aber ich glaube, in dem Augenblick hätte ich alles getan, was sie von mir verlangte, also sagte ich: »Ich verspreche es.«

»Gut. Wünsch mir Glück, Ada.«

»Viel Glück, Miss Georgina.«

Und dann heiratete sie.

Was mich betraf, gab es noch eine letzte Sache, die ich erledigen wollte, ehe ich ging. Ich hatte es mir versprochen. Ich wartete auf der Veranda darauf, daß Mr. James' Chauffeur den Wagen vorfuhr, und legte meinen Hut und den Mantel ordentlich über das Geländer, damit sie nicht schmutzig wurden. Dann ging ich um die Ecke zu den Kaninchenställen und öffnete einen nach dem anderen. Ganz langsam kamen die Kaninchen raus, und ich hatte schreckliche Angst, daß Mr. Lomax aus dem Fenster schaute und entdeckte, was ich getan hatte. Sie drängelten sich alle zitternd und schnüffelnd auf der Veranda aneinander. Dann machte einer plötzlich einen Satz, und alle hoppelten die Treppe hinunter, über den Rasen in den Wald.

GEORGINA

Jimmy war nicht besonders gut im Bett, was schade war, weil ich es eigentlich genoß, nachdem ich wußte, wie es geht. Zuerst konnte ich mir gar nicht vorstellen, was Jimmy da tat. Ich dachte, er versucht, mich zu ersticken. Es wäre leichter gewesen, wenn er es mir erklärt hätte, aber das konnte er natürlich nicht. Ich habe es immer seltsam gefunden, daß Menschen so etwas Intimes miteinander tun können und nicht in der Lage sind, darüber zu sprechen. Teddy behauptete immer, daß die Herren Schwierigkeiten mit den Damen hätten, weil sie nicht üben konnten, nur mit Huren, aber ich glaube, daß Jimmy nicht mal mit Huren geübt hatte. Teddy hatte allerdings um so mehr Erfahrung. Einmal hat er mir erzählt, daß ich die einzige richtige Dame war, die er je hatte – ich war die einzige, die er nicht bezahlt hat. Aber gegen ein Geschenk vom ›Onkel‹ hätte ich nichts gehabt – vielleicht einen hübschen Pelzmantel, ein Armband, warum nicht? Jimmy war nicht mißtrauisch, aber an Jones oder Ada, meinem Mädchen, hätte ich nie etwas vorbeischmuggeln können. Frauen haben so einen schlechten Charakter, besonders Dienstboten. Ada ist furchtbar – dabei hat sie überhaupt keinen Grund dafür, wir haben immer für sie gesorgt, sie mußte sich um nichts Sorgen machen, und der Dank ist nur Mißbilligung. Sie war es, die Jimmy das mit Teddy gesagt hat, da bin ich mir sicher.

Einmal habe ich Teddy gefragt, ob er bei unserer Hochzeit war, und er sagte ja. Ich erinnere mich nicht an ihn, aber es kann gut sein, weil er damals mit Jimmy Geschäfte machte.

Alle Gäste bei unserer Hochzeit waren Jimmys Freunde, denn ich hatte keine, außer Edmund und Louisa. Ich fand es grauenhaft, all diese Leute, die mich anfaßten und küßten. Ich fühlte mich durch ihren Atem beschmutzt. Am liebsten wäre ich weggelaufen und in die Badewanne gesprungen, um alles von mir abzuwaschen, aber Jimmy führte mich durch diese entsetzliche Menge brüllender Gesichter, meinen Ellbogen immer fest umklammert. Ich hatte das Gefühl, als wäre ich von Blutergüssen übersät, so viele Leute faßten mich an. Und Dennys wirkte so fremd mit all dem Essen, ich hatte noch nie so viel Essen gesehen ...

Edmund erzählte mir später, daß Vater alle Reste für sich und den Gärtner eingesammelt hat, nachdem die Leute gegangen waren. Edmund war mein Brautführer – Vater zog sich in das Haus des Gärtners zurück und blieb dort, bis alles vorbei war. Jimmy ging hinüber, um sich von ihm zu verabschieden, ehe wir fuhren.

Es war so viel leichter, sich zu bewegen, wenn man die richtigen Kleider trug. Die Leute schauten zwar immer noch, aber weil man gut angezogen war und nicht, weil man aussah wie eine Verrückte, und das gefiel mir recht gut. Wir fuhren auf die Isle of Wight. Auf der Hochzeitsreise wurde mir klar, daß Jimmy und ich nicht viel gemeinsam hatten. Mein Bruder Edmund war eigentlich der einzige Mann, den ich außer Jimmy kannte, und uns ging der Gesprächsstoff nie aus. Wir lagen immer auf dem Bett und redeten und redeten, bis wir in unseren Kleidern einschliefen und Ada auf Zehenspitzen hereinkam, um uns zuzudecken, doch ich hatte keinerlei Erfahrung darin, wie man mit anderen Männern redete. Jimmy führte Gespräche mit mir, als wollte er einen Preis gewinnen. Er erklärte mir Dinge aus der Politik und der Wirtschaft – es war wie Unterricht, eine Reihe von Fakten, und dann fragte er mich, was ich davon hielt. Es war lächerlich – woher sollte ich eine Meinung haben? Bis zu meiner Hochzeit hatte ich nie eine Zeitung gelesen. Mein Vater bekam regelmäßig eine, aber er hätte sie mich nicht mal anfassen lassen, selbst wenn ich gewollt hätte. Jetzt wollte Jimmy mich erziehen, was sehr ermüdend war. Er wollte, daß ich mich über all diese wichtigen Themen informierte und mir eine Meinung bildete, doch eigentlich interessierte mich das alles gar nicht. Warum sollte es? Das alles schien so wenig mit mir zu tun zu haben, daß ich nicht die geringste Ahnung hatte, was ich dazu sagen sollte. Die Dinge, an die ich wirklich dachte – Dinge, die ich laut gesagt hätte, wenn ich mit Edmund zusammen gewesen wäre – über die Landschaft, Häuser und Leute, waren anscheinend nicht die Dinge, über die Jimmy reden wollte. Ich war mir sicher, daß andere Ehepaare nicht über *Themen* redeten, wie Jimmy es tat, aber ich kannte keine anderen Ehepaare, deshalb wußte ich eigentlich nicht, wie sie damit umgingen. Ich war mein ganzes Leben nirgends gewesen, hatte nichts getan, und da saßen wir, in diesem muffigen Hotel mit diesen muffigen Menschen auf dieser muffigen, kleinen Insel, und ich wußte nicht, was ich tun sollte. Ich dachte an Edmunds Rat, es den anderen Leuten nachzumachen, aber sie waren alle so stumpfsinnig, daß ich dachte, wenn ich mich so benehmen muß, sterbe ich vor Langeweile. Und dann dachte ich, warum *soll* ich tun, was andere tun? Es ist langweilig, und außerdem bin ich nicht wie diese Menschen, warum soll ich also dann so tun? Wenn ich so einen Ausdruck damals gekannt hätte, hätte ich gesagt: »Oh, scheiß drauf!« So fühlte ich mich.

Aber eine Hochzeitsreise soll dazu dienen, sich kennenzulernen. Ich hatte nicht das Gefühl, daß ich Jimmy einen Deut besser kannte als an dem Tag, an dem wir uns zum ersten Mal begegnet waren. Ich erinnere mich an einen Tag, als ich allein im Hotel war und darauf wartete, daß er von irgendwo zurückkam. Im Zimmer lag ein wunderschöner Orientteppich, und ich beschloß, mich wie Cleopatra darin einzurollen. Ich hatte gelesen, daß sie das getan hatte, damit ihre Wachen sie unbemerkt in den königlichen Palast schmuggeln und vor Cäsar ausrollen konnten. Nun, ich fand, das war eine amüsante Idee, und schminkte mir mit etwas Ruß aus dem Kamin die Augen wie die Ägypter, die man aus Filmen kennt, dann zog ich mich ganz aus, legte mich an den Rand des Teppichs und rollte mich darin ein. Nun, Jimmy kam zurück, und ich sagte: »Hallo-o!« Er sah sich im ganzen Zimmer um, ehe er mich auf dem Fußboden entdeckte, wo mein Kopf aus dem Teppich herausragte.

»Was machst du da auf dem Boden, Georgina? Hattest du einen Unfall?«

Ich sagte: »Ich bin Cleopatra, erkennst du das nicht?«

»Cleopatra?«

»Ein Geschenk für Cäsar. Du mußt den Teppich aufrollen, Jimmy.«

»Aufrollen?« Er starrte mich an, als wäre ich verrückt. »Und wenn jemand hereinkommt?« Als würde jemand einfach in unser Hotelzimmer hereinplatzen, ohne anzuklopfen.

Na gut, dachte ich, dann rolle ich mich eben selbst aus, das wird eine Überraschung für ihn. Und das tat ich. Ich lag auf dem Fußboden, splitternackt, und blies auf einer imaginären Trompete: »Ta-taah!«

»Um Himmels willen, zieh dir was an.«

Ich war richtig wütend auf ihn, deshalb sagte ich: »Wenn du nicht gleich aufhörst, so spießig zu sein, gehe ich, so wie ich bin, auf den Balkon.« Es war mitten am Nachmittag, und ich hatte die Vorhänge zugezogen, aber ich rannte durchs Zimmer und riß sie auf, ehe Jimmy mich aufhalten konnte. »Bitte! Jetzt haben sie etwas, worüber sie reden können.« Ich dachte wirklich, Jimmy trifft der Schlag. Er packte die Vorhänge und zog sie so heftig zu, daß die Stange herunterkrachte. Einer der Vorhänge landete auf seinem Kopf, wie ein Tuch auf einem Vogelkäfig. Er stolperte im Zimmer herum und stieß an die Möbel, aber ich konnte ihm nicht helfen, denn ich lag auf dem Bett und lachte Tränen. Er machte genug Lärm, um einen Toten zu erwecken, und es dauerte nicht lange, bis der Geschäftsführer an die Tür hämmerte. Jimmy riß sich den Vorhang vom Kopf, packte mich, warf mich praktisch ins Bad und schmiß meine Kleider hinterher. Als ich in den Spiegel schaute, entdeckte ich, daß der Ruß ganz verschmiert war und ich eher wie ein Schornsteinfeger als wie die Königen von Ägypten aussah – kein Wunder, daß Jimmy mich nicht erkannt hatte. Natürlich schrie ich vor Lachen. Der arme Jimmy versuchte, dem Geschäftsführer das Mißgeschick mit dem Vorhang zu erklären, und mein schallendes Gelächter im Bad war ihm dabei bestimmt keine große Hilfe.

Er war leichenblaß nach dieser Eskapade. »Ich weiß nicht, was mit dir los ist, Georgina. Du benimmst dich, als wärst du betrunken.«

Ich sagte: »Vielleicht sollte ich das mal versuchen. Das ist bestimmt amüsanter.«

Er sah so verletzt aus, daß ich ihn am liebsten geschlagen hätte. Er sagte: »Vielleicht bist du so freundlich, diese Angelegenheit in Zukunft niemals mehr zu erwähnen.« Doch als wir beim Abendessen saßen, fing er selbst damit an. »Du wirst es doch nicht Edmund erzählen, oder?«

»Was?«

»Heute nachmittag.«

»Du hast gesagt, ich soll nicht drüber reden. Und warum um alles in der Welt sollte Edmund es hören wollen?«

Jimmy sagte: »Oh, wahrscheinlich nicht.« Ich fand das seltsam von ihm, denn zwischen Edmund und mir gab es ein ungeschriebenes Gesetz, daß wir nicht über Jimmy sprachen, so wie wir nicht über Vater sprachen. Jimmy wußte das nicht, nehme ich an. Armer Jimmy. Danach habe ich nie wieder versucht, einen Scherz mit ihm zu machen. Er verstand so etwas nicht. Am Anfang dachte ich, vielleicht mußte er zu hart arbeiten für das, was er hatte, und konnte die Dinge nicht leicht nehmen ... aber langsam merkte ich, daß er überhaupt keinen Sinn für Humor hatte. Als Edmund und ich unsere Spiele wieder aufnahmen und die Wortspiele und Verballhornungen zwischen uns hin und her flogen, beobachtete er unsere Lippen, als sprächen wir eine fremde Sprache, die er verstehen wollte. Ich nannte den Ausdruck, den er dann bekam, sein »Hundegesicht«. Das kam daher, weil Edmund und ich einmal auf dem Feld einen großen Hund gesehen hatten. Er war nicht angeleint und emsig damit beschäftigt, ein Loch zu buddeln. Sein Herrchen befahl ihm immer wieder aufzuhören, und der Hund zog den Kopf aus dem Loch und sah völlig verwirrt aus – sein ganzer Instinkt sagte ihm, daß er das Kaninchen jagen mußte, und seine Erziehung sagte, man muß seinem Herrchen gehorchen. Genauso sah Jimmy aus, wenn Edmund und ich so richtig loslegten. Ich sagte dann immer: »Wer hat den Hund reingelassen?«

Dann lächelte er und machte ein Gesicht, als hätte ich ihn erwischt. »Oje, habe ich es wieder gemacht?«

Ich erinnere mich lebhaft an den Tag, als wir von unserer Hochzeitsreise zurückkamen und ich Hope House zum ersten Mal sah. Die Sonne ging unter, und wir saßen im Auto, Herbert fuhr uns, und als er um die Ecke bog, stand da dieses monströse Haus. Jimmy sah mich an und sagte: »Ich habe es für dich gebaut.«

»Oh, danke.«

Meine Stimme muß geklungen haben, als hätte die Frau Bürgermeister einen Strauß welker Veilchen in Empfang genommen, denn er fragte: »Gefällt es dir nicht?«

»Nun, es ist schrecklich groß.« Das Schreckliche war natürlich, daß es mir *nicht* gefiel, und ich hatte immer das bedrohliche Gefühl, unter der Last eines großartigen Geschenks begraben zu werden, wie im Taj Mahal, nur daß ich nicht tot war. Eigentlich hätte ich schrecklich dankbar sein müssen, aber in Wirklichkeit war ich heilfroh, als wir ausziehen mußten. Ada nicht. Sie empfand es als einen furchtbaren Abstieg, als wir hierher zogen. Darüber ließ sie mich nie im Zweifel. Seitdem war sie mir gegenüber nicht mehr die alte. Ich bin sicher, sie macht mich dafür verantwortlich, und natürlich hat sie recht, denn ich *bin* verantwortlich, wenn auch vielleicht nicht ganz so, wie sie denkt. Natürlich habe ich nie wirklich geleugnet, Jimmy umgebracht zu haben, außer vor Gericht. Aber von meiner Haushälterin kann ich ja wohl Loyalität erwarten. Als ich ein kleines Mädchen war, war es selbstverständlich, daß das Personal loyal war. Heute ist das nicht mehr so. Wenn man heutzutage Loyalität will, sollte man sich einen Spaniel kaufen, das ist mein Rat.

Bald darauf begann der Krieg. Der Erste Weltkrieg. Es war eigentlich mein Krieg, meiner und Edmunds. Das waren meine Männer, die da marschierten, mein Bruder, mein Vetter, dann Herbert, der Chauffeur, die Gärtner, jeder Mann, den ich kannte, außer meinem Mann – Jimmy war zu alt. Teddy habe ich erst nach dem Krieg richtig kennengelernt. Im letzten Krieg war eigentlich keiner, den ich kannte – na ja, Edmund spazierte zu Harrods und kaufte sich in der Besteckabteilung einen Säbel, aber die Heimwehr wollte ihn nicht haben, was gemein war. Man ließ ihn allerdings ein bißchen beim Brandschutz mitmachen.

Edmunds Briefe aus Frankreich sagten mir nie etwas. Sie waren ziemlich seltsam – immer nur Sprüche wie »Keep smiling« und »kann nicht klagen« –, er kam mir eher wie ein Schauspieler in einem Theaterstück vor als ein echter Mensch. Manchmal war es nicht einmal ein Brief, den man bekam, sondern so etwas wie ein Gepäckanhänger, auf dem gedruckte Sätze standen. »Mir geht es gut«, »Ich bin im Lazarett« und solche Sachen. Der Soldat strich die Sätze durch, die er nicht brauchte, und unterschrieb nur noch. Man nannte sie »Die letzten Heuler«. Am Anfang beneidete ich Edmund darum, daß er in Frankreich war. Er kam mir vor wie einer der Ritter, die sich ihre Sporen in den wunderbaren Abenteuern verdienten, die wir zusammen gelesen hatten, als wir klein waren. Ich schrieb ihm immer, wie sehr ich ihn um den Spaß beneidete, den er dort haben mußte. Ich liebte es, ihm Päckchen mit all den praktischen Dingen zu schicken, die man kaufen konnte ... einmal schickte ich ihm ein besonderes Teegeschirr für Offiziere mit zwei Porzellantassen in einer winzigen Lederschachtel, und ein andermal ein zusammenklappbares Miniaturregal für Bücher. Aber natürlich stellte sich heraus, daß es überhaupt kein Spaß war, sondern ein einziges Schlachten. Als Edmund auf Heimaturlaub nach Hause kam, lächelte er immer noch, wie er es in seinen Briefen geschrieben hatte, aber seine Augen waren schrecklich traurig. Es war kein Selbstmitleid, nein, der Krieg war eine schreckliche Erfahrung für ihn, und er schien unaufhörlich daran zu denken. Wir besuchten Louisa und ihre Verbände wickelnden Frauen, wir gingen essen und ins Theater, ich zeigte ihm sogar die vielen Kartoffeln, die Jimmy im Garten gepflanzt hatte, doch es gelang mir nicht, ihn aus dieser Traurigkeit herauszuholen. Ich sah, daß er sich die größte Mühe gab, fröhlich zu sein, das war das Schreckliche, aber es gelang ihm einfach nicht, die Traurigkeit abzuschütteln. Er sprach über nichts richtig und starrte belanglose Dinge an, einen Fleck auf der Tischdecke neben seinem Teller oder das Etikett auf der Weinflasche. Ich wußte, daß er die Dinge eigentlich gar nicht sah und mir nicht zuhörte, dagegen hatte ich oft das Gefühl, daß er gleich anfangen würde zu weinen, und ich wußte, daß ich das verhindern mußte. Also versuchte ich, ihn zu amüsieren, bis der Moment vorüber war. Ich weiß nicht, warum das geschah, aber es passierte relativ oft. Ich hatte immer genau gewußt, wovor Edmund Angst hatte, vor dem Pony oder dem Abendessen mit Vater. Bis jetzt hatte ich ihn immer verstanden, doch diesmal war es anders. Niemand, der nicht selber in Frankreich gewesen war, verstand es, weil es so grauenvoll war, daß die, die es erlebt hatten, nicht davon erzählten. Obwohl wir ihnen so nahe standen, war es, als wären wir für sie nicht da. Für sie waren nur noch die Schützengräben Wirklichkeit.

Edmund sprach nie über Rolands Tod. Er schrieb mir: »Wahrscheinlich hast du inzwischen schon von dem armen Roland gehört. Nun, die Besten gehen immer zuerst«, und er endete mit einem Witz: »Jeder Mann hier (und jedes Pferd) wünscht sich Frieden.« Es war der einzige Satz aus Frankreich von ihm, der tatsächlich etwas aussagte. Als Edmund da drüben war, fehlte er mir noch mehr als während seiner Internatszeit oder seinem Studium, aber am meisten fehlte er mir, wenn er zu Hause direkt neben mir saß. Der Krieg hatte ihn mir weggenommen, und ich kämpfte darum, ihn zurückzubekommen. Denn Edmund und ich gehörten zusammen. Bevor ich verheiratet war, hatte Edmund zu mir gesagt: »Ohne dich hätte ich es nicht geschafft, weißt du?«

Ich sagte: »Und ich hätte es ohne dich nicht geschafft.«

Dann fragte er: »Was wäre wohl geschehen, wenn wir zwei andere Menschen wären?«

»Wir hätten einander trotzdem gefunden.«

Deshalb werden wir zusammen sterben.

Ich träumte so oft von Edmund, als er in Frankreich war. Ich wachte immer völlig panisch auf, weil ich dachte, daß der Traum bedeutete, er sei tot. Ich träumte auch von der *Lusitania*, als wir hörten, daß sie getroffen worden war und so viele Menschen ertranken, keine Soldaten, sondern ganze Familien.

Ich träumte von den ertrunkenen Kindern, von endlosen Reihen von Särgen, deren Deckel offen standen, und aus irgendeinem Grund lief ich daran entlang und suchte nach Edmund, in der Hoffnung, ihn in einem der Särge zu finden. Die toten Kinder trugen die Kleider, in denen sie ertrunken waren, sie trockneten in der Seebrise, die ihnen die Haare ins Gesicht blies, so daß es schwer war zu erkennen, wer sie waren, aber als ich näher ging, waren sie alle mein Bruder Freddie. Alle, in unterschiedlichen Körperhaltungen und mit unterschiedlichen Kleidern, manchmal lagen zwei in einem Sarg, Arm in Arm, aber es war immer Freddie.

Wenn Edmund in Frankreich gefallen wäre, hätte ich mich umgebracht. Jedesmal, wenn ich aus einem dieser Träume erwachte, war es, als wäre mein Leben an einer Mauer zerschellt. Ich plante nichts – erschießen oder Tabletten oder so etwas –, aber ich hätte einen Weg gefunden. Natürlich, wenn ich gestorben wäre, wäre Jimmy heute vielleicht noch am Leben. Er wäre einundachtzig. Ein alter Mann. Und wenn man bedenkt, wie viele in Flandern umgekommen sind, wäre das eigentlich das Wahrscheinlichere gewesen. Ich frage mich, warum es so und nicht anders geschehen ist. Wenn Teddy hier wäre, könnte er es mir bestimmt erklären.

ADA

Hope House war Mr. James' ganzer Stolz. Einmal sagte er zu mir: »Es war immer mein Traum, für die Frau, die ich liebe, ein großes Haus zu bauen.« Ich dachte, das ist das Romantischste, was ich je gehört habe. Mr. James erzählte mir, daß er das Haus ganz deutlich vor sich sehen konnte, jedes einzelne Zimmer, er erklärte mir, daß die großen Architekten solche Visionen von Palästen und Kirchen hatten; sogar bei einer so großen Kathedrale wie St. Paul's wußten sie jede Kleinigkeit und wie sie gebaut werden sollte. Na ja, natürlich war Mr. James kein Architekt, deshalb brauchte er jemanden, der die Pläne zeichnete, aber er stand immer neben dem Mann und war erst zufrieden, wenn alles so war, wie er es sich vorstellte. Sobald er das erste große Geld verdiente, kaufte er das Land und begann mit dem Bau. Damals hatte er nie genug Geld, um es fertig zu bauen, aber er machte es Schritt für Schritt – er brauchte insgesamt zwölf Jahre, aber er schaffte es.

Hope House war viel größer als Dennys. Es sah aus wie diese Häuser, die man aus Zeitschriften kennt, in denen die großen Filmstars in Amerika leben, ja, genau so sah es aus. Als ich das erste Mal dorthin fuhr, war ich so durchgerüttelt von der Fahrt in Mr. James' Auto, daß es von mir aus auch ein Affenkäfig im Zoo hätte sein können, als wir endlich ankamen – Hauptsache, ich konnte mich endlich irgendwo hinsetzen und eine Tasse Tee trinken; aber ich liebte Hope House vom ersten Augenblick an. Es waren lauter verschiedene Ebenen, weil es am Hang lag, es war aus Ziegeln gebaut und hatte große, gemauerte Fenster und Türen wie ein Schloß, mit gußeisernen Gittern und schweren Balken. Aber das Lustige war, daß es gar nicht aussah wie ein Schloß, das Dach war mit ganz normalen Schindeln gedeckt, und die Schornsteine waren aus Ziegeln gemauert, die aussahen wie Spiralen. Mr. James erklärte mir, er hätte sie sich von Hampton Court abgeguckt, aus der Zeit von Henry VIII., und andere Dinge waren von mittelalterlichen Schlössern kopiert. Es war also kein bestimmter Stil, sondern lauter verschiedene – Mr. James sagte, er wollte von allem das Beste. Man konnte es von der Straße aus sehen – so sah ich es zum ersten Mal –, aber es lag trotzdem weitab, und das Haus stand auf einem eigenen, kleinen Hügel. Wenn man aus den vorderen Fenstern blickte, konnte man meilenweit sehen, denn es lag in Hampstead, und davor breitete sich der Park aus. Drinnen gab es große Räume mit hohen Decken und Holztäfelung. Mr. James hatte sie nach ganz bestimmten alten Mustern schnitzen lassen, und überall waren große, gemauerte Kamine, deren Sims erst unter der Decke endete. Und überall standen Statuen aus Stein und Ritterrüstungen, weil Mr. James solche Sachen so mochte. Er hatte Tiere aus Stein meißeln lassen, Löwen und Greifvögel, die am Fuße der großen Treppe saßen – ehrlich gesagt, fand ich sie immer ein bißchen albern; sie erinnerten mich an große, einfältige Hunde, die Männchen machen und betteln.

Und Hope House hatte einen wunderschönen Garten. Man betrat ihn durch große Doppeltüren mit Bleiglas, vom Salon aus. Er war in lauter Terrassen angelegt. Zuerst kam man auf eine flache, gepflasterte Terrasse mit einem Springbrunnen voller Goldfische, die so groß wie meine Hand waren. Durch die Mitte des Gartens zog sich eine Steintreppe den Hügel hinauf, an der zu beiden Seiten diese Terrassen angelegt waren, von denen sich sanft der Rasen hinunterzog und am Fuße einer jeden Terrasse in einer dicken Holunderhecke endete.

Oben auf dem Hügel stand eine herrliche Laube mit einem tiefer gelegenen Garten dahinter, und noch weiter oben gab es ein Gartenhaus mit einem Steingarten und großen Pfosten, zwischen denen Seile gespannt waren wie die Springseile eines Riesen, an denen Rosen rankten.

Die ersten Tage war ich ganz allein, aber das machte mir nichts aus, so hatte ich wunderbar viel Zeit, mir alles genau anzuschauen. Viele Dienstboten aus jener Zeit würden sagen, es war ein schreckliches Leben, und in manchen Dingen haben sie recht, obwohl sie heutzutage viel weniger Respekt haben und anscheinend glauben, sie hätten das Recht, sich über jede Kleinigkeit zu beschweren. Aber eines werde ich nie bedauern: daß ich in einem wunderschönen Haus wohnen konnte, mit den herrlichsten Dingen darin, denn das war die einzige Möglichkeit für jemand wie mich, die schönen Seiten des Lebens kennenzulernen. Auch wenn sie uns nicht gehörten, konnten wir sie doch genießen, und dafür bin ich dankbar.

Mr. James erzählte mir, daß er sich vorgenommen hatte, erst zu heiraten, wenn das Haus fertig war. Er wollte eben, daß alles perfekt war. Das wollten wir beide, Mr. James und ich, daß alles perfekt war. Aber als Mr. James mir von dem Haus erzählte, ließ mich ein Gedanke nicht mehr los, wie eine lästige Fliege summte er immer wieder durch meinen Kopf. Es war so: Man kann sich so viele Häuser erträumen und bauen, wie es Fische im Meer gibt, aber einen Menschen kann man nicht nach seinen Vorstellungen formen. Vielleicht hatte Mr. James eine Vorstellung davon, wie seine Frau sein sollte, und Miss Georgina schien sie zu erfüllen, das weiß ich nicht, aber eine Ehefrau kann man sich nicht malen, obwohl sich eine Menge Männer das bestimmt wünschen. Sie würden wahrscheinlich eine haben wollen, die keine Zunge im Mund hat oder vielleicht nur eine einzige große Lippe, damit sie den Mund nicht aufmachen kann, um zu schimpfen. Da waren wir jedenfalls, und ich dachte, ein neues Leben beginnt, ein neuer Anfang für Miss Georgina und mich, es wird uns gutgehen, aber die ganze Zeit wußte ich, daß Mr. James eigentlich keine Ahnung hatte, wie Miss Georgina wirklich war. Weil ich beobachtet hatte, wie Miss Georgina sich ihm gegenüber verhielt, wie sie ihr Wesen vor ihm versteckte. Wahrscheinlich dachte ich, sie würde sich ändern, wenn sie nicht mehr bei ihrem Vater war, obwohl sie keinen Schimmer davon hatte, wie sich eine Dame benimmt, und ich hatte Angst, daß sie beschließen könnte, es nicht lernen zu wollen. Dann würde sie es auch nicht lernen, denn ich habe nie jemanden erlebt, der so einen starken Willen wie Miss Georgina hat. Aber es ging nicht schief, weil es an Willen mangelte. Das kann ich sagen. Und eines wußte ich genau, wenn die Kinder kamen, würde sie sich ändern.

Ich dachte nie an den alten Mr. Lomax, so sehr war ich in Hope House mit Arbeit eingedeckt. Denn Mr. James hatte mich genommen, obwohl er jede hätte haben können, und ich war entschlossen, ihn nicht zu enttäuschen. Bei mir würde alles wie ein Uhrwerk laufen, und mehr als einmal bekam ich die Gelegenheit, Mrs. Mattie zu segnen für das, was sie mir alles beigebracht hatte. Ich hatte eine ganze Menge Mädchen unter mir, und ich mußte mich erst daran gewöhnen, Anweisungen zu geben, weil ich es noch nie gemacht hatte. Mr. James hatte keinen Butler, die einzigen männlichen Dienstboten außer den Gärtnern waren sein Kammerdiener und sein Chauffeur, Mr. Herbert. Wenn ich heute zurückdenke, würde ich sagen, es war im großen und ganzen eine glückliche Zeit, weil Miss Georgina die Ehe anscheinend gefiel, wenn man bedenkt, was vorher war. Sie und Mr. James kamen glücklich und lächelnd von der Hochzeitsreise zurück, und sie hatte sich schnell eingewöhnt, benahm sich wie die Königin von Saba und war am glücklichsten, wenn ihr drei oder vier Mädchen gleichzeitig zu Diensten waren. Sie hatte eine Kammerzofe eingestellt, Elspeth Jones, und sie ließ das arme Mädchen keinen Augenblick in Ruhe.

Ich weiß nicht, was Mr. James über all das dachte, aber er war so verliebt in Miss Georgina, daß es ihm völlig egal war, was sie *tat*. Er wollte nur, daß sie das Haus und den Garten genauso liebte wie er, aber sie interessierte sich eigentlich nur für Kleider. Ich weiß noch, wie sie eines Morgens beim Frühstück saßen, das heißt, Miss Georgina saß am Tisch, wunderschön angezogen wie immer, und Mr. James stand am Fenster, die Kaffeetasse in der Hand, und sah hinaus in den Garten. Ich war gerade im Eßzimmer und hörte, wie er sie fragte: »Wie wäre es, wenn wir an der Terrasse Lilien pflanzen? Würde dir das gefallen?« Und er drehte sich erwartungsvoll um. Man merkte, daß ihm ihre Meinung wichtig war. Aber sie sagte nur: »Wie du willst, James«, als würde es sie langweilen, auch nur darüber nachzudenken.

Er sagte: »Wenn dir Lilien nicht gefallen, können wir auch etwas anderes pflanzen.«

»Herrgott, James, für mich sieht das alles gleich aus. Ich kann eine Eiche nicht von einem Gänseblümchen unterscheiden.«

»Ich könnte es dir zeigen – ich habe ein Buch.«

»Oh, nein, mach dir keine Gedanken. Ich bin sicher, es wird gut aussehen, egal was du machst.«

Ich sah, wie er den Daumen gegen die Untertasse preßte, er drehte sich um und schaute wieder in den Garten und sagte kein Wort mehr. Sie merkte nicht einmal, daß er wütend war, oder wenn sie es merkte, zeigte sie es nicht. Aber das war typisch – für das Haus wollte Mr. James alles selbst aussuchen, jede Kleinigkeit; er fragte sie, wie sie dies oder jenes Muster oder einen Stoff fand, und sie sagte immer: »Oh, mach, was du willst, frag mich nicht«, oder: »Ich weiß nicht, warum fragst du nicht Edmund?« Mr. James sagte nie etwas darauf, ich habe es jedenfalls nie gehört. Wenn Master Edmund da war oder Miss Louisa zu Besuch kam, sah ich sie mit Mr. James über seine Pläne reden und seine Zeichnungen anschauen, doch er suchte immer Miss Georgina, in der Hoffnung, daß sie sich zu ihnen gesellen würde – schließlich war es ihr Zuhause, nicht irgendein Hotel, in dem sie wohnte. Ich habe nie verstanden, warum sie nicht einfach so *tun* konnte, als wurde es sie interessieren, es wäre ihm so wichtig gewesen. Aber sie scherte sich nie viel um die Gefühle anderer Menschen.

Es gab ein Gemälde von Miss Georgina und Miss Louisa. Mr. James ließ es malen. Ich weiß den Namen des Malers nicht mehr, aber ich erinnere mich daran, daß irgend jemand sagte, es wäre ein altmodisches Bild – wahrscheinlich, weil man erkennen konnte, was es sein sollte! Mr. James achtete sehr darauf, daß der Maler es auf eine bestimmte Weise malte: Die Gesichter mußten im Halbprofil zu sehen sein, beide nebeneinander, und sie mußten in die gleiche Richtung schauen, die beiden durften kein bißchen Schmuck tragen, und die Haare fielen offen über ihre Schultern, denn das war, bevor die kurzen Haare modern wurden. Das Bild hing immer in der Bibliothek in Hope House.

Bestimmt ist es abgenommen worden, als wir weggingen, aber ich weiß nicht, was damit geschehen ist. Vielleicht ist es ja hier, aber ich werde es wohl nie wieder sehen, wahrscheinlich ist es unter einem Haufen Gerümpel begraben. Doch es ist ein hübsches Bild, die eine dunkel, die andere blond. Mr. James liebte es.

Ich habe immer gehofft, daß Master Edmund und Miss Louisa heiraten würden. Ich wußte, daß sie blutsverwandt waren, aber wenn je zwei Menschen zusammen hätten glücklich werden können, dann die beiden. Master Edmund tauchte immer auf, wenn der Maler am Werk war, damit er Miss Louisa ansehen konnte, und ich weiß noch, daß ich dachte, er muß sie sehr bald fragen. Als der Erste Weltkrieg ausbrach, baten alle jungen Männer ihre Liebsten, sie zu heiraten, ehe sie in die Schlacht zogen, und jeder in Hope House glaubte, daß Master Edmund um Miss Louisas Hand anhalten würde, doch er hat es nie getan.

Ich glaube, Miss Louisa wäre gerne Krankenschwester geworden, aber ihr Vater erlaubte es nicht, deshalb arbeitete sie statt dessen bei der Krankenhausversorgung – in der Finchley Road wurde eine Abteilung eingerichtet, so daß sie in Hope House wohnte und jeden Tag dort hinging, um Verbände und Schlafanzüge für die Verwundeten zu nähen. Eine ganze Menge der großen Häuser in der Nachbarschaft wurden beschlagnahmt, um Krankenhäuser und Erholungsheime daraus zu machen, und viele der Sachen, die Miss Louisa und die anderen Frauen herstellten, kamen dorthin. Damals habe ich Miss Louisa eigentlich erst richtig kennengelernt. Jeden Nachmittag, wenn sie von der Arbeit nach Hause kam, klopfte sie erst einmal an die Tür von meinem kleinen Wohnzimmer, anstatt in den Salon zu gehen und mit Miss Georgina Tee zu trinken. In meinem Zimmer stand ein großer Schreibtisch, an dem ich meine Listen und Abrechnungen machte, aber ich achtete immer darauf, daß es hübsch bei mir war, mit Blumen und ein paar bequemen Stühlen, und ich hatte einen wunderschönen Blick auf den Park. Als Miss Louisa das erste Mal hereinkam, war ich ziemlich überrascht.

»Ist irgend etwas nicht in Ordnung, Miss?«

Aber sie sagte: »Hast du etwas dagegen, wenn ich mich setze?« Ich habe mich gefreut wie eine Schneekönigin. Sie redete ganz normal mit mir und wurde immer so aufgeregt. »Wir haben diese Woche ein neues Ziel erreicht, Ada«, und dann erzählte sie mir alles über die Verbände, die sie genäht hatten, und wer am meisten fertiggekriegt hatte. Es machte ihr großen Spaß, mehr als die anderen zu schaffen. Miss Louisa hatte ihre Verbände, aber das einzige, was Miss Georgina tat, war, daß sie Autofahren lernte. Das war vielleicht ein Schock, zu sehen, wie die Damen Auto fuhren. Manche sogar Lastwagen, und sie waren ganz begeistert von sich selbst. »Dafür kann ein Mann an die Front«, sagten sie – und die Hälfte hielt sich natürlich trotzdem noch einen Chauffeur. Doch ich liebte die Schwätzchen mit Miss Louisa. Ich kann mich nicht erinnern, daß ich dabei viel gesagt habe, ich hörte eigentlich mehr zu, aber es war immer ein Vergnügen. Ich beeilte mich mit meiner Hausarbeit, damit ich Punkt halb fünf an meinem Schreibtisch saß und irgendwelche Listen schrieb, wenn Miss Louisa hereinkam, doch in Wirklichkeit hielt ich einfach nur einen Stift in der Hand. Ich bereitete das Tablett für ihren Tee immer selbst vor und sagte zu dem Mädchen: Du bringst das um zwanzig nach fünf herein, keine Minute später. Darauf freute ich mich den ganzen Tag, auf den Tee mit Miss Louisa. Und sie kommt immer noch zu mir herunter, jedesmal, wenn sie hierher kommt. Und sie denkt an meinen Geburtstag. Als sie das letzte Mal hier war, gab sie mir ein Geschenk, eine wunderschöne Brosche. Sie ist wie eine Distel geformt, mit einem roten Stein in der Mitte und silbernen Blättern. Sie ist aus Schottland, da hat sie sie gekauft. Ich habe sie noch nicht getragen, es gab noch keine Gelegenheit. Ich hebe sie mir für einen besonderen Anlaß auf.

Miss Louisa erkundigte sich immer nach meiner Familie, wie sie zurechtkamen, aber ich erzählte ihr nicht viel – na ja, ich erzählte ihr von meiner Mutter und meinem Bruder Charlie, der in Frankreich war, und meiner Schwester Winifred, aber zuviel wollte ich nicht sagen, das hätte sie nur aufgeregt. Außerdem hatte ich auch meinen Stolz und konnte Miss Louisa nicht die ganze Wahrheit erzählen. Denn meine Familie machte sehr schlechte Zeiten durch, vielen armen Leuten ging es so. Mein Bruder Charlie wohnte 1914 immer noch bei meiner Mutter, er brachte einen recht guten Lohn nach Hause und gab das meiste davon für den Haushalt ab, deshalb war sie gut versorgt. Aber seine Firma übte großen Druck auf alle jungen Männer aus, damit sie sich freiwillig meldeten. Entweder Krieg oder arbeitslos, darauf lief es letztlich hinaus, so daß Charlie keine andere Wahl hatte. Außerdem wollte er seinen Teil beitragen, deshalb trat er in Kitcheners Armee ein und ließ sich ausbilden. Ich habe immer noch die Briefe, die er mir aus dem Ausbildungslager geschrieben hat, die komischsten Sachen mußten sie da machen. Sie haben auf dem Feld geschlafen, Charlie schrieb, »wie die Schafe«, nur daß sie ein Zelt über dem Kopf hatten und Bretter, auf denen sie liegen konnten, aber leider war die Erde naß und das Wasser kam zwischen den Brettern durch und ihre Decken waren völlig durchnäßt. Und jeden Morgen mußten sie zwei Meilen weit laufen, um eine Tasse Tee und etwas zu beißen zu bekommen! Als Charlie nach Frankreich geschickt wurde, machte ich mir zwar Sorgen, aber ich wußte nicht, was dort los war, nur, daß sie alle gehen mußten, um für den König und das Vaterland zu kämpfen. Man tat, was der König oder die Regierung oder wer auch immer einem befahl, es war unser Land, und es war richtig.

Charlie ist an der Somme gefallen, und ich weine immer noch, wenn ich an ihn denke. Ich bete, daß wir uns wiedersehen, »irgendwo da oben«, wie die Soldaten immer sagten. Als ich es erfuhr, konnte ich nur eines denken: Wie konnten sie meinen kleinen Bruder umbringen? Denn das war er für mich, auch als er schon erwachsen war und eine Soldatenuniform trug. Ich war erst fünf, als er geboren wurde, aber ich habe mich immer um ihn gekümmert. Ich habe ihn überallhin getragen, und er war beinahe so groß wie ich. Er war nach mir der nächste, weil zwei Kinder gestorben sind, bevor Charlie auf die Welt kam. Als er tot war, hatte ich immer diese furchtbaren Gedanken, wenn ich einen jungen Mann in Uniform sah, diese schreckliche Traurigkeit in mir: Oh, er wird sterben, sie werden alle sterben. Natürlich starben viele. Vorher hatte ich den Soldaten gerne zugesehen, manche absolvierten ihr Training im Park, und ich habe sie vom Fenster aus beobachtet, aber nachdem Charlie tot war, wollte ich ihnen nie wieder zusehen.

Es gab noch etwas, worüber ich oft nachdachte – William. Ich konnte nichts dagegen tun. Und auf eine seltsame Weise half es mir. Ich wußte nicht einmal, ob er im Krieg war oder nicht, ich dachte, er müßte es sein, aber mit Sicherheit wußte ich es nicht. Ich fragte mich immer, wie es wohl wäre, wenn ich seine Frau wäre und zu Hause auf ihn wartete. Ich nahm mir fest vor, nicht mehr daran zu denken, aber ich schaffte es nie. Ich sagte mir, du willst die ganze Welt auf einem silbernen Tablett, das ist es. Alles Blödsinn, was du denkst, er wird irgendein Mädchen geheiratet haben. Weil er jede haben konnte, nicht eine einzige hätte ihn abgewiesen, so wie er aussah. Und wer weiß, was in Frankreich alles passierte. Die Jungen sangen immer: »Mademoiselle aus Armentiere, vierzig Jahre kein Kuß mehr« – Daß ich nicht lache! Vierzig Sekunden vielleicht. Aber ich dachte, William muß ein Mädchen haben, ein englisches, meine ich, das ihn nicht gehen ließ wie ich. Und dann fragte ich mich, wie wohl alles geworden wäre, vielleicht wenn ich mich ihm nicht hingegeben hätte. Aber eigentlich habe ich mich ihm ja gar nicht hingegeben, jedenfalls nicht so richtig. Man denkt immer, man hätte alles anders, besser machen können, so ist der Mensch. Aber das stimmt nicht. Alles, was man tun konnte, ist das, was man getan hat, wie die armen Kerle, die im Krieg kämpften. Oh, ich will nicht sagen, daß ich gegen den Krieg war, wie manch anderer, aber es war eine schreckliche Geschichte.

Doch wer will schon etwas über mein Leben wissen? Über

mich wollen die Leute nichts hören, oder nur wegen Miss Georgina. In den Büchern ist es immer Lord Soundso oder Lady Soundso, oder es geht um Amerikaner, wie in den Filmen. Darüber wollen die Leute etwas hören, nicht über mich. Oder über Charlie. Die Leute, die über den Krieg Geschichten schreiben, sind doch nur die Gebildeten, die alles ordentlich erklären können. Charlie sammelte die Bildchen aus Zigarettenschachteln. »Die Helden des Burenkrieges«. Die Männer auf diesen Bildern waren alle Lord dies oder Sir das. Ein tapferer Mann aus der Arbeiterklasse zählt nicht wirklich – er bekommt nicht mal einen richtigen Orden, höchstens einen ganz kleinen. Aber das heißt nicht, daß er nicht genauso tapfer ist. Charlie war tapfer. In meinem Herzen weiß ich, daß er genauso gekämpft hat wie jeder einzelne von denen.

Das war meine Familie, aber wir waren nicht die einzigen, die jemanden verloren hatten. Miss Louisas Bruder fiel ein Jahr später, und zwei Gärtner aus Hope House kamen nicht zurück, und noch ein junger Bursche, der ihnen immer geholfen hat. Er mußte sich älter gemacht haben, sonst hätten sie ihn nie genommen. Doch Mr. Herbert, der Chauffeur, kam wieder. Er war immer sehr still, und ich habe nie herausgefunden, wo er während des Krieges war oder was er getan hat. Man lernte, nicht zu fragen. Es sind immer diejenigen, die nichts getan haben, die reden wollen, aber das ist meistens so, oder?

Wir bekamen Master Edmund zurück, doch er war nicht derselbe, den wir weggeschickt hatten. Er war nicht körperlich verwundet – das war etwas, an das ich mich nie gewöhnte, all diese halben oder dreiviertel Männer, denen ein Arm oder ein Bein fehlte, und ein paar arme Teufel, die gar keine Beine mehr hatten. In unserer Nähe hatten sie viele große Häuser zu Erholungsheimen gemacht, und man sah sie die ganze Zeit. Aber Master Edmunds Verwundung saß in der Seele. Ich glaube nicht, daß es der Schützengrabenschock war, denn meine Schwester Winnie hatte einen Nachbarn mit einem Schützengrabenschock, und der schlug immer mit einem Stock in die Luft und konnte nicht aufhören, mit den Armen herumzufuchteln. Master Edmund tat nichts dergleichen, er war einfach nicht mehr der alte. Wahrscheinlich war es das, was man nervenkrank nannte, keine Ahnung, aber wir – ich meine das Personal – merkten es sofort. Weil er immer so freundlich gewesen war, und dann, als er zurückkam, nichts mehr. Blieb nicht mehr stehen, um mit uns zu reden, sah uns nicht ins Gesicht, ja eigentlich sah er uns überhaupt kaum noch an. Die Mädchen erzählten mir: »Ich sagte ›Guten Morgen, Mr. Lomax‹, und er sah direkt durch mich durch, als wäre ich gar nicht da.« Ehrlich, das habe ich mindestens tausendmal gehört. Langsam fing ich an, mir darüber Gedanken zu machen, denn früher hatte Master Edmund immer den Kopf durch meine Tür gesteckt und irgendwas zu mir gesagt. »Wie geht's heute morgen?« oder »Was gibt es zum Essen?«, solche Sachen, und plötzlich war ich Luft für ihn. Mr. Herbert wußte, daß ich mir Sorgen machte, und er sagte zu mir: »Er wird schon wieder, keine Sorge. Auf einmal ist er drüber weg, und dann will er im Garten Tee trinken. Er braucht einfach Zeit, sich wieder an alles zu gewöhnen.« Also, ich hätte gedacht, daß sich jeder darüber freuen mußte, wenn er im Garten Tee trinken durfte, nachdem er drei Jahre lang auf einem schlammigen Schlachtfeld verbracht hatte, aber wenn Mr. Herbert es nicht wußte, wer dann?

Wer mich allerdings wirklich überraschte, war Miss Georgina. Wenn ich es nicht mit eigenen Augen gesehen hätte, hätte ich nie geglaubt, daß sie die Geduld haben würde, Master Edmund so zu pflegen. Florence Nightingale hätte es nicht besser machen können. Master Edmund hatte Schwierigkeiten mit dem Schlafen, und sie blieb die ganze Nacht mit ihm auf, wenn es sein mußte, und ließ nicht zu, daß sie jemand ablöste. Sie baten den Doktor um Schlaftabletten, aber sie können nicht geholfen haben, weil er so oft aufstand und nachts herumlief; die Mädchen fanden immer Gläser und Zigaretten rund ums Haus, wo er überall gewesen war, und sie war immer bei ihm. Ich schlief selbst nicht besonders gut, und ein paarmal wachte ich mitten in der Nacht auf und ging in die Küche, und dann hörte ich sie im Wohnzimmer reden. Einmal habe ich sie tanzen sehen. Es war drei Uhr früh, sie hatten keine Musik angemacht oder so, sie tanzten einen stummen Walzer. Ohne ein Wort zu sagen, sehr ernst, beide in ihren Nachtgewändern, tanzten sie Walzer.

Als ich das sah, mußte ich lächeln, aber ich paßte auf, daß sie mich nie entdeckten, sonst hätten sie vielleicht gedacht, ich spioniere ihnen nach. Weil sie sich damals so nahe waren, wie zwei Kinder, die ein Geheimnis hatten, das sie mit niemandem teilen wollten. Wenn ich zurückdenke, sehe ich die drei noch vor mir, Master Edmund, Miss Georgina und Mr. James, wie ein Gemälde, das vor mir an der Wand hängt; nach dem Abendessen, Master Edmund und Mr. James sitzen in den hohen Ohrensesseln im Wohnzimmer nebeneinander, Master Edmund raucht eine seiner Zigaretten, Mr. James mit seiner Zigarre. Miss Georgina steht hinter ihnen, über die Rückenlehnen der Sessel gebeugt, in dem langen Abendkleid in Schwarz und Silber mit der langen Schleppe, das Madame Grès geschneidert hat. Sie stützt sich mit einem Arm auf jeden Sessel und erzählt irgendeine Geschichte, sie hören ihr zu und lachen, weil es eine lustige Geschichte ist. Aber das Merkwürdige ist, *ich* weiß, daß sie nur mit Master Edmund spricht. Natürlich redet sie auch mit Mr. James, aber nur, weil er auch im Zimmer ist. Wenn er aufstünde und hinausginge, würde sie weiterreden, aber wenn Master Edmund hinausginge, würde sie warten, bis er zurückkommt. Denn ihre Aufmerksamkeit galt die ganze Zeit nur Master Edmund.

Doch ich war glücklich, daß sie sich um ihn kümmerte, weil ich dachte, das zeigt, daß sie wenigstens ein paar anständige Gefühle in sich hat, wenn sie sich so um ihren Bruder kümmert, solange es ihm schlecht geht. Miss Louisa sagte zu mir: »Ich muß sagen, Georgie leistet erstklassige Arbeit, so wie sie sich um Edmund kümmert.« Arme Miss Louisa, sie hätte nur allzu gerne dasselbe für Master Roland getan, wenn sie gekonnt hätte. Wie gesagt, ich fand es gut für Miss Georgina, eine gute Sache für eine Dame.

Auch wenn sie damals schon dreißig war, hatte ich die Hoffnung nie aufgegeben, daß sie und Mr. James mit Kindern gesegnet würden. Aber ich fand doch, daß Miss Georgina ein bißchen liebevoller zu Mr. James hätte sein können, denn eigentlich schlossen die beiden ihn aus. Na ja, ich sage die beiden, doch es war nicht Master Edmunds Schuld. Ja, ich glaube, wenn Master Edmund bei Verstand gewesen wäre, wäre es gar nicht passiert. Weil sie diese besondere Sprache hatten, er und sie. Wahrscheinlich haben sie untereinander seit Jahren so miteinander geredet, aber jetzt fingen sie an, es vor Mr. James zu tun, und da hörte ich es zum ersten Mal. Erst dachte ich, es muß irgendeine fremde Sprache sein, aber ich wußte nicht, welche, denn Master Edmund spricht französisch und Miss Georgina nicht, was war das also plötzlich für ein Kauderwelsch? Dann hörte ich das eine oder andere Wort, und mir wurde klar, daß es ganz normales Englisch war, das sie nur lustig aussprachen, rückwärts oder durcheinander, Etteragiz, wenn sie Zigarette meinten, solche Sachen. Dann hatten sie Worte, die bei ihnen etwas anderes bedeuteten als in Wirklichkeit. Und es war keine normale Sprache, in der ein Wort immer dasselbe bedeutet, nein, sie begeisterten sich für irgendein Wort, und dann benutzten sie es für alles mögliche, wie einen Joker in einem Kartenspiel. Es waren immer lustige Worte. Spelunke war lange Zeit ihr Lieblingswort, dann gab es entrinden und Schnappband und Schlabbaradap. Ich machte oft einen Abstecher in die Bibliothek, um die Wörter nachzuschlagen, aber ich glaube, ein paar haben sie einfach erfunden, weil ich sie nicht finden konnte. Sie benutzten auch Namen, fingen immer mit dem richtigen Namen an und mischten die Buchstaben dann so, daß man nichts mehr erkennen konnte. Vor ein paar Jahren war es Pandit Nehru, als so viel über Indien in der Zeitung stand, und Reg Dixon, das ist der, der im Kino die Orgel spielt. Und Stafford Cripps. Er brachte sie stundenlang zum Lachen, dieser Stafford Cripps. Ich fand, sie hätten ein bißchen mehr Respekt zeigen können, schließlich war er in der Regierung, aber das war ihnen egal. Meistens war es Miss Georgina, die damit anfing. Natürlich lieben sie beide diese Wortspiele, aber für sie ist es eine Möglichkeit, zu zeigen, daß es etwas gibt, was sie weiß und andere nicht, da fühlt sie sich dann überlegen. Ihre eigene Sprache, die nur sie und er verstehen – und manchmal nicht mal er, denn ich habe ihn mehr als einmal sagen hören: »Was soll das denn heißen?« Aber heute, hier unten, höre ich sie nicht mehr sehr oft so reden.

In den Sommermonaten des Jahres 1919, im Spätsommer, als Master Edmund langsam wieder der alte wurde, mußte ich oft an die alten Zeiten in Dennys denken, als die beiden immer in Master Edmunds Zimmer saßen und spielten. Wenn man an der Tür vorbeikam, hörte man sie oft schreien vor Lachen. Auch dieses Bild habe ich lebhaft vor mir, die beiden am Abend in seinem Zimmer, Rauchwolken umgeben sie im Lampenlicht, wie sie auf dem Bett sitzen, die Köpfe mit den genau gleichen blauschwarzen Haaren zusammengesteckt. Nie habe ich zwei Paar Augen gesehen, die sich so gleich waren, wenn sie gleichzeitig aufschauten. Sie liebten Spiele und Puzzles, und nach dem Krieg gab es viele neue Gesellschaftsspiele. Sie mußten alles ausprobieren: Mah-Jongg, Kreuzworträtsel, Monopoly, das, bei dem man sich immer an alles erinnern muß, alles mögliche. Das heißt nicht, daß Mr. James nicht auch seine Verrücktheiten hatte – oh, nein. Er baute für sein Leben gern Radios. Stundenlang saß er an einem Ende des langen Tischs im Wohnzimmer und fummelte an den Drähten herum, und Mr. Herbert half ihm. Mr. Herbert war genauso versessen darauf, Sachen auseinanderzunehmen und wieder zusammenzubauen wie Mr. James, auch wenn er nur der Chauffeur war. »Wie zwei große Schuljungen«, sagte Miss Georgina immer, und so war es. Es war lustig, Mr. James da mit all den kleinen Teilchen, die auf dem großen Tisch verstreut waren, sitzen zu sehen – das Wohnzimmer sollte wie ein Saal in einem Schloß aussehen, groß genug war es, nur die Decke war nicht so hoch, und ich habe noch nie von einem Schloß gehört, das Terrassentüren hat. Ich fand immer, daß ein Radio überhaupt nicht in das Zimmer paßte, vor allem nicht das große Monster, das Mr. James hatte, aus dem nie etwas anderes als ein Krächzen herauskam, soweit ich mich erinnern kann. Aber das Radio war nur eine von Mr. James' Maschinen, er hatte immer die neuesten Geräte, wegen seiner Geschäfte, und viele davon endeten in Hope House.

Ich weiß noch, daß er einmal einen elektrischen Herd anschleppte, der alle Köchinnen zum Wahnsinn trieb. Und dann gab es einen riesigen Kühlschrank, einen der allerersten aus Amerika. Was für ein Monster! Als ich ihn zum ersten Mal sah, wußte ich absolut nicht, was das sein sollte. Ich hatte so was noch nie gesehen, keiner von uns. Die Küchenmädchen hatten Angst vor dem Lärm, den er machte, deshalb stellten sie alles Essen wie immer in die Speisekammer. Ich glaube, Mr. James verdiente viel Geld mit Kühlschränken, aber ich habe nie verstanden, wozu man sie braucht. Das Dumme war nur, daß Mr. James immer in die Küche kam, um nach seinen Maschinen zu sehen. Ich glaube, am liebsten wäre es ihm gewesen, wenn wir immer gesagt hätten, daß sie kaputt sind, dann hätten er und Mr. Herbert ihre Jacketts ausgezogen, und innerhalb einer Minute wären die Einzelteile über den ganzen Küchenboden verstreut gewesen. Aber natürlich sagten wir immer: »O ja, sie sind sehr gut, sehr nützlich.« Wenn Mr. James unter anderen Umständen gelebt hätte, wäre er bestimmt einer von den Männern geworden, die sich ständig in einen Schuppen im Garten verziehen, mit hochgekrempelten Ärmeln und Trauerrändern unter den Fingernägeln von der Werkelei mit altem Eisen.

Doch Miss Georgina teilte diese Interessen natürlich nicht. Das waren keine Dinge für eine Dame, und Miss Georgina war nicht der Typ, der sich irgend jemandem anpaßte – es sei denn, es war Master Edmund. Sie gewöhnte sich an, für ihn zu sorgen, als er krank war, und sie kümmert sich heute noch um ihn. Miss Georgina macht sich heute noch die Mühe, sich zum Abendessen umzuziehen, wie in alten Zeiten. Sie hat nur wenig Schmuck, aber die hübschen Kleider, die Mr. James ihr gekauft hat, trägt sie immer noch – sie sind vielleicht nicht der letzte Schrei, aber man würde lange suchen müssen, um heute solche Qualität zu bekommen, da können Sie sicher sein, und ich habe in meinem ganzen Leben keinen geraderen Rücken gesehen als ihren. Jeden Abend um halb acht kommt sie wie eine Herzogin die Treppe herunter – mit dem Fleischwolf unter dem Arm! So wie sie ihn hält, könnte man meinen, es sei eine wertvolle Abendtasche und kein häßlicher Klumpen Metall. Ich habe ihr angeboten, ihn zu polieren, aber sie läßt mich die Maschine nicht mal anfassen.

Dann erscheint Master Edmund im Anzug – der Anzug ist über fünfundzwanzig Jahre alt, und er trägt ihn immer noch. Jetzt hängt er natürlich an ihm herunter, an dem armen Master Edmund. Er ist so dünn, daß der kleinste Windhauch ihn umpusten könnte, und das ist natürlich ihre Schuld, weil er sich so viel Sorgen um sie macht. Egal, dann trinken sie ihren Sherry. Um Viertel vor acht klopft sie mit dem Besenstiel auf den Boden, und ich stelle ihr Essen in den Essensaufzug und ab nach oben damit. Master Edmund hat den Aufzug vor ein paar Jahren einbauen lassen. Am Anfang war ich dagegen. Ich meine, es ist egal, wie es hier unten aussieht, aber es ist schade, daß Miss Georginas Wohnzimmer von diesem großen hölzernen Kasten verunstaltet wird. Vor dem Krieg haben sie immer im Eßzimmer zu Abend gegessen, aber jetzt ist es so voll gestopft mit allem möglichen Zeug, daß man nicht mehr hineingehen kann. Doch Master Edmund wollte kein Wort gegen seinen kostbaren Essensaufzug hören, und heute bin ich richtig froh darüber; meine Beine würden es nicht mehr schaffen, sechsmal am Tag mit dem schweren Tablett die Treppe rauf und runter zu klettern. Früher bin ich immer nach oben ins Wohnzimmer gegangen und habe den kleinen Kartentisch für sie zum Essen aufgestellt, aber nicht mal das schaffe ich mehr, nicht jeden Tag. Master Edmund war ja so freundlich, er sagte, ich soll mir keine Sorgen machen, sie können alles selbst tun, mit Tischdecke und all dem Silber und so, ich soll ihm nur zeigen, wo alles ist. Man kann sich wohl vorstellen, wie es mir dabei ging! Aber so wie es um meine Beine bestellt ist, hatte ich keine Wahl. Also stellen sie den Tisch selber auf, und Miss Georgina dreht das Essen für Master Edmund durch den Fleischwolf, bis es nur noch kleine Stückchen sind. Wegen seinen Zähnen, Sie wissen schon. Ich habe ihr gesagt, daß ich das auch hier unten machen kann, aber ich darf das verdammte Ding nicht anrühren, und ich habe keine Ahnung, wo sie es saubermacht. Wahrscheinlich in ihrem Badezimmer. Nicht sehr angenehm! Aber das macht sie, weil sie ihn liebt, also beschwere ich mich nicht.

EDMUND

Ich verstehe die Frauen nicht. Ich würde sagen, in der Beziehung war ich wie die meisten Männer. Wie dem auch sei, man wurde sowieso nicht ermutigt, solchen Dingen auf den Grund zu gehen, das wird schnell krankhaft. Aber Louisa mochte ich immer sehr. Seit ich denken kann, ist sie mein – nun ja, mein Pin-up-Girl, wenn man es modern ausdrücken will. Als Kind war es meine größte Freude, wenn sie uns besuchen kam, sie und ihr Bruder. Ich wachte morgens auf und dachte, heute kommt Louisa, und ich war glücklich und schrecklich aufgeregt. Ich fühlte mich irgendwie besonders, könnte man sagen. Etwas Besonderes würde passieren. Ich weiß nicht, warum das so ist – warum zieht ein Mann ein Mädchen dem anderen vor? Nicht mal die Wissenschaftler wissen das, wo sie doch heutzutage anscheinend alles wissen. Louisa hatte wundervoll weiche Haare und lächelte immer. Man konnte nicht sagen, daß sie elegant war oder hübsch, wie Georgie, aber sie hatte ein freundliches Gesicht, und ihr Haar war hübsch und wuschelig. Sie ist immer noch recht hübsch, nur viel älter natürlich – wie wir alle. Jeder will mit Louisa reden, weil sie zuhört und niemals über jemanden lacht oder schlaue Dinge sagt, damit die anderen dumm dastehen. Männer und Frauen unterhalten sich gleich gern mit ihr, das ist mir aufgefallen. Mit Georgie schienen die Leute nicht gern zu reden, ich glaube, sie haben Angst vor ihr. Sie behandelt Louisa schrecklich, sagt furchtbare Sachen über sie. Natürlich nie direkt ihr ins Gesicht. Louisa war immer so freundlich zu ihr, aber manchmal glaube ich, Georgie hat einen Teufel in sich, den man nicht zum Schweigen bringen kann.

Jetzt ist es sinnlos, sich so etwas zu wünschen, aber manchmal drängt sich der Gedanke auf, daß alles ganz anders gekommen wäre, wenn ich Louisa einen Heiratsantrag gemacht hätte, bevor ich nach Frankreich ging, und sie ja gesagt hätte. Natürlich hätte Louisa Davy Kellway später trotzdem kennengelernt, aber dann wäre sie meine Frau gewesen und hätte sich nicht in ihn verliebt, jedenfalls nehme ich das an. Und selbst wenn sie sich von ihm angezogen gefühlt hätte, wäre sie mit mir verheiratet gewesen.

Aber ich hatte kein Selbstvertrauen, mit Sicherheit hatte ich nie so ein Selbstvertrauen wie ein Kerl wie Dave oder Roland oder sogar Jimmy, wenn man so will. Roland leuchtete förmlich vor Selbstvertrauen. Wenn er einem Mädchen einen Heiratsantrag gemacht hätte, wäre es ihm nie in den Sinn gekommen, daß sie ablehnen könnte. Ihr wahrscheinlich auch nicht. Aber ich wußte nicht, ob Louisa ... ob sie genug für mich empfand, um mich zu heiraten. Ich habe mir immer gesagt, daß es so am besten war. Angenommen, wir wären verheiratet gewesen und ich hätte im Krieg ein Bein oder einen Arm verloren oder wäre blind geworden oder das halbe Gesicht wäre weggeschossen gewesen, was für ein Ehemann wäre ich dann noch gewesen? Das habe ich mir immer eingeredet, aber es war nicht der wahre Grund. Ich habe sie nicht gefragt, weil ich Angst hatte, daß sie nein sagt. So einfach ist das. Es war schon damals schlimm genug, als man nicht wußte, was sie empfand, aber das Wissen, daß man all die Jahre gelebt hat und einfach nur hätte fragen müssen ... das ist das Schlimmste.

Bevor ich nach Frankreich ging, habe ich meinen Vater besucht. Ich sah ihn nach vielen Jahren zum ersten Mal wieder, und ehrlich gesagt, die Aussicht, ohne Georgie nach Dennys zurückzukehren, war grauenvoll. Monatelang, jahrelang hatte ich mir immer wieder gesagt, du mußt fahren, aber ich verschob es immer wieder, und je länger ich es verschob, desto schwerer wurde es. Von Zeit zu Zeit schrieb ich ihm, aber das war alles. Ich wußte, daß dieser Thomas da war – er sollte mir Bescheid geben, wenn etwas nicht in Ordnung war –, aber als es an der Zeit war, nach Frankreich aufzubrechen, hatte ich natürlich keine Entschuldigung mehr. Ich fragte Georgie, ob sie Lust hätte mitzukommen, aber sie weigerte sich. »Warum sollte ich? Ich will ihm nicht begegnen, und er mir nicht, mehr gibt es nicht zu sagen.«

»Aber du hast ihn seit der Hochzeit nicht mehr gesehen.«

»Das war der Sinn der Sache, erinnerst du dich? Du hast es schließlich vorgeschlagen.«

Als ich ihr klarmachte, daß es fast fünf Jahre her war, seit sie Dennys verlassen hatte, wurde sie beinahe boshaft: »Du willst nur, daß ich mitkomme, weil du Angst vor ihm hast. Ich kann nicht alles für dich machen, Edmund. Herrgott nochmal, hör auf von mir zu erwarten, daß ich dein Kindermädchen spiele.«

Ehe ich fuhr, ging ich zu ihr nach oben, ich wollte Frieden schließen. Sie wollte mich nicht reinlassen. Ich sagte: »Ich will mich nur verabschieden.«

»Oh, Edmund, mach kein Theater.«

»Soll ich Vater von dir grüßen?« Ich wußte im gleichen Moment, daß ich das niemals wagen würde.

»Du kannst von mir aus den Erzbischof von Canterbury von mir grüßen, das ist mir egal.«

Ich sagte: »Bitte, laß mich dir auf Wiedersehen sagen«, denn ich wollte keine Mißstimmung zwischen uns, aber sie sagte: »Bitte, Schatz, ich kann es einfach nicht ertragen, wenn du so ein Theater machst, geh bitte.«

Doch das Unglaubliche war, daß mein Vater sich freute, mich zu sehen! Er wurde beinahe sentimental. Das war wirklich unglaublich. Ich saß im Zug und sagte mir immer wieder, daß er nie in einem Krieg gekämpft hatte, daß ich etwas Besonderes tat, was er nie getan hatte, in dem Versuch, weniger Angst vor ihm zu haben. Ich trug meine Uniform, wahrscheinlich dachte ich, wenn ich mich wie ein Soldat anzog, würde ich mich auch wie einer benehmen. Wenn ich sie nicht trug, kam ich mir in der Rolle eines Soldaten – eines Offiziers sogar, der anderen Befehle erteilte, sie zum Erfolg führte und all der Quatsch – wie ein schlechter Witz vor.

Mein Vater war kleiner als in meiner Erinnerung, zerbrechlicher – irgendwie menschlicher. Ich hatte den Abendzug genommen, weil ich mit ihm essen und am nächsten Morgen nach London zurückkehren wollte, und wir saßen uns am Kamin in seinem Arbeitszimmer gegenüber, bis es Zeit zum Essen war. Ich wartete darauf, daß er mich anschrie – darauf war ich vorbereitet –, aber er tat es nicht. Er fragte mich über mein Regiment aus, wie ich den Ausgang des Krieges sah, solche Sachen. Und dieser Thomas produzierte ein köstliches Abendessen. Ich war fassungslos, ich meine, zu Adas Zeiten war das Essen nie besonders gut, obwohl sie ihr Bestes tat, Gott segne sie. Ich machte eine Bemerkung, wie gut alles sei, und mein Vater sagte: »Thomas hat es gekocht. Es ist eins von unseren Hühnern, Thomas hält sie hinter dem Haus.« Ich machte »Aha« oder so etwas, und er sagte: »Ich habe immer noch die Kaninchen auf der Veranda. Mußte entweder Huhn oder Kaninchen sein, aber ich habe Thomas gesagt, du magst bestimmt lieber Huhn.« Eigentlich war es eine bizarre Situation. Ich stellte mir die ganze Zeit vor, wie sich die beiden darüber unterhielten, ob ich lieber Kaninchen oder Huhn mochte. Ich hätte nie geglaubt, daß mein Vater den Unterschied kennt. Er hätte sich mit Sicherheit in keiner Küche zurechtgefunden, er hätte jeden Teller zerbrochen, den er angefaßt hätte. Ich wäre allerdings auch nicht sehr viel besser gewesen, o nein; für mich ist es ein absolutes Geheimnis, wie alles so auf den Teller kommt.

Vater sagte: »Beschäftigt James immer noch diese gräßliche Frau?«

»Ada? Ja, sie ist noch bei uns.«

»Ich verstehe nicht, warum. Die Frau ist doch nicht ganz richtig im Kopf. Aber Jimmy hatte schon immer was für streunende Hunde übrig. Er hat zuviel Mitgefühl. Diese dumme Gans hat alle Kaninchen freigelassen. Hab's erst am nächsten Tag gemerkt und kein einziges wiedergefunden.«

Ich sagte: »Daran erinnere ich mich nicht. Warum, um alles in der Welt, sollte sie so etwas tun?«

»Wirr im Kopf.« Er räusperte sich, als wollte er etwas Wichtiges sagen. »Hasenhirn, könnte man sagen.« Und er lachte sich kaputt! Ich wollte ihn fragen, ob er gerne Wortspiele machte, denn das mochte ich auch sehr gern, und es wäre doch schön, wenn man etwas mit seinem Vater gemeinsam hätte, auch wenn es sonst nichts war. Aber er fing an, mir zu erzählen, daß Thomas eine Rasenfläche vor dem Haus in ein Beet für Gemüse und solche Sachen umfunktioniert hatte. Er schien alles darüber zu wissen, wie man einen Gemüsegarten anlegt. Ich erzählte ihm von Jimmys Gemüsegarten, den er wegen des Krieges angelegt hatte, und ich dachte, das wird Georgie mir nie glauben, wenn ich es ihr erzähle; hier saßen wir und unterhielten uns über Belanglosigkeiten, aber für mich war es ein Wunder. Doch ich habe es ihr natürlich niemals erzählt, weil ... na ja, es wäre wie Angeben gewesen und irgendwie nicht fair. Aber ich begann zu überlegen, ob ich Vater nicht bald wieder besuchen sollte. Ich könnte ihm vom Krieg erzählen, und er würde sich freuen, vielleicht sogar ein bißchen stolz auf mich sein ... aber dieser Thomas machte die Idee gleich wieder zunichte. Während des Essens war mir aufgefallen, daß er uns seine Anwesenheit richtig spüren ließ, hielt sich die ganze Zeit hinter Vater auf und starrte mich an, doch Vater hatte anscheinend nichts dagegen, deshalb dachte ich, so benimmt er sich wahrscheinlich immer.

Später, als ich Thomas fragte, wo ich schlafen sollte, sagte er: »Das obere Stockwerk ist ganz zu. Sie müssen im Zimmer der Haushälterin schlafen. Für eine Nacht wird das schon gehen.«

Ich konnte mir nicht vorstellen, was er meinte. »Entschuldigung, ich glaube nicht ...«

»Sie werden gleich wissen, was ich meine. Kommen Sie, folgen Sie mir.« Wir tasteten uns durch den Küchenflur, und ein paarmal hätte ich ihn beinahe angerempelt, weil es stockfinster war. Die Luft war stickig, als liefen wir durch einen Tunnel.

»Können Sie nicht die Gaslampe anmachen, Thomas?«

»Gibt kein Gas. Reine Geldverschwendung.«

»Ich bin mir sicher, daß es ...«

»In diesem Teil des Hauses hatten wir nie Gas.« Er drehte sich um und stand in der Dunkelheit vor mir. Ich konnte ihn nicht sehen, aber ich spürte seinen Atem. »Warum sollte Sie das kümmern, Mr. Lomax? Morgen früh sind Sie wieder weg.«

»Ja, aber es wäre bestimmt leichter ...«

»Wir sind seit Jahren ohne Sie und Ihre guten Ratschläge ausgekommen, oder? Ich bin sicher, wir schaffen das auch noch ein paar Jahre.«

Es stellte sich heraus, daß er mich in Adas altes Zimmer neben der Küche führte. Ich muß sagen, es roch ziemlich komisch. Ich glaube nicht, daß dort irgend jemand geschlafen hat, seit sie weg ist. Thomas hatte das Bett frisch bezogen, aber die Matratze war recht feucht, und er mußte es gewußt haben. Der Sessel war nicht ganz so schlimm, deshalb verbrachte ich die Nacht im Sessel. Als ich am nächsten Morgen aufwachte, war es immer noch stockfinster. Zuerst wußte ich nicht warum, aber dann sah ich, daß die Fenster völlig zugewachsen waren, wie die im Flur. Die Pflanzen hatten sogar den Weg durch die Fensterrahmen gefunden und krochen an den Wänden hoch. Thomas tauchte an diesem Morgen nicht mehr auf. Er hatte eine Tasse Tee und eine Schüssel mit Wasser zum Rasieren vor die Tür gestellt, beides eiskalt.

Draußen wartete ein altes Pferd vor einer altmodischen Kutsche, um mich zum Bahnhof zu bringen – alle anständigen Tiere waren schon lange tot –, und ich wollte gerade einsteigen, als mein Vater plötzlich auf der Veranda erschien. Er trug einen Schal um die Schultern und hieb mit seinem Stock auf die Schlingpflanzen ein, wie ein Eingeborener, der einen Pfad durch den Dschungel schlägt. Er beugte sich über das Geländer und sagte: »Ich will dir einen kleinen Rat geben, ehe du fährst. Ich kenne mich mit diesem Krieg nicht aus, aber wenn du durchkommst, sei vorsichtig. Laß dich nicht auf diese Frauengeschichten ein, heiraten und so. Laß die Finger davon. Ohne das ist man besser dran.« Gott weiß, was ich ihm geantwortet habe, ich weiß es nicht mehr. Dann bat er mich, Jimmy in seinem Namen zu danken.

Ich dachte, es müßte etwas mit Georgie zu tun haben, jetzt würde er doch noch etwas über Georgie sagen, deshalb fragte ich: »Wofür soll ich ihm danken?«

»Für das Geld, das er mir schickt.«

»Ich könnte dir Geld schicken.«

»Nein, Edmund, ich will dein Geld nicht. Ich habe dir nie viel gegeben, oder? Geh jetzt. Viel Glück in Frankreich.«

»Das Geld, das er mir schickt.« Ich fühlte mich schrecklich, als ich das hörte. Jimmy hatte mir Arbeit und ein Dach über dem Kopf gegeben; alles, was ich hatte, verdankte ich Jimmy, und jetzt schickte er auch noch Geld, um meinen Vater zu unterstützen. Es war mir nie in den Sinn gekommen, daß mein

Vater Geld brauchen könnte. Natürlich wußte ich, daß die Unterstützung, die ich während meines Studiums bekommen hatte, von meiner Mutter stammte, aber ich hatte einfach angenommen, daß er finanziell gesichert war ... wahrscheinlich, weil ich nicht über ihn nachdenken wollte. Und doch hatte er die Worte nicht fordernd gesagt, im Gegenteil, es hatte eher so geklungen, als verdiente er nichts von mir. Plötzlich wurde es mir klar – es war dasselbe wie bei Georgie. Diese Akzeptanz, meine ich. Als wäre es eine Art Strafe ... als bestraften sie sich gegenseitig. Und obwohl sie sich benahmen, als würde der andere nicht existieren, gab es zwischen ihnen ein Einverständnis, aus dem ich immer ausgeschlossen blieb ...

Als ich nach Hope House zurückkam, fragte ich Georgie, ob sie von dem Geld gewußt hatte, und sie sagte ja, das hatte sie. »Jimmy macht es, seit wir verheiratet sind. Er hat mich deswegen um Rat gefragt, und ich hielt es für eine gute Idee.« Ich wußte nicht, was ich sagen sollte – sie erwähnte unseren Vater niemals, und doch benahm sie sich, als wäre das ganz normal. Ich war verwirrt, es frustrierte mich, aber vor allem hatte ich das Gefühl, daß ich in einer Sackgasse steckte, daß die Dinge einfach ihren Lauf nahmen. Wahrscheinlich lag es am Krieg, man mußte gehen und seinen Beitrag leisten und – nun, alles andere sich selbst überlassen. Georgie sagte zu mir: »Jimmy kann es sich leisten. Außerdem *will* er ihm Geld schicken. Herrgott noch mal, Edmund, es spielt doch keine Rolle. Warum sollte es?« Und dann lächelte sie und redete über etwas anderes. Ich fühlte mich wie beim Blinde-Kuh-Spielen, und immer hatte ich die Augen verbunden. Nie gelang es mir, Georgie zu fangen, und heute habe ich es aufgegeben.

Die Menschen sind schnell bei der Hand mit dem Wort »Hölle«: Das Wetter ist die Hölle, der Verkehr ist die Hölle. Die ganze Zeit hört man, daß irgendwas die Hölle ist. Aber wenn man über das Schlachtfeld in Flandern gegangen ist – nun, ich glaube, näher kann man der Hölle auf dieser Welt nicht kommen. Die Schlacht bei Passchendaele hat sich tief in meine Erinnerung eingegraben, aber man kann kaum beschreiben, wie es war. Es regnete fast immer, und ich weiß noch, wie ich an völlig durchnäßten Pferden vorbeigelaufen bin und beobachtet habe, wie das Wasser an ihren Mähnen herunterlief, und das Geschirr war so rutschig, daß die Kutscher kaum die Zügel halten konnten, um die Pferde zu lenken. Wenn der Regen aufhörte, sah man, so weit das Auge reichte, eine Schlammwüste. Schlamm an sich ist ja nichts Schlimmes, niemand hat etwas gegen ein bißchen Schlamm. Aber das war nicht nur ein bißchen. Man konnte weit und breit kein Haus sehen, keinen Busch und keinen Baum, nur einen mit Schlamm gefüllten Bombenkrater neben dem anderen, alle so tief, daß man darin ertrinken konnte, und nirgends sicherer, ebener Boden, auf dem man laufen konnte, außer den Brettern, die über die Krater gelegt worden waren. Manche Krater lagen so dicht nebeneinander, daß dazwischen nur ein schmaler, rutschiger, schlammiger Grat blieb, und wenn man versuchte, ihn zu überqueren, fiel man direkt hinein. Das Wasser in diesen Löchern war so mit Gas vergiftet, daß man sich die Haut verbrannte, wenn man damit in Berührung kam. An manchen Stellen sah man vier oder fünf solche Krater, die zu einem großen See zusammengeflossen waren – und wenn man da hineinfiel, hatte man keine Chance, wieder herauszukommen, es sei denn, ein Kamerad half einem, und selbst dann war die Chance, daß er mit dir ertrank, größer als die, daß er dich herausholte. In manchen Löchern schwamm Blut auf der Oberfläche, so daß man sich vorstellen konnte, was in der Tiefe sein mußte. Und es gab Blasen, große Blasen, die platzten, wenn aus den Leichen darin die Gase ausströmten. Niemand konnte sie da rausholen, um sie zu begraben, verstehen Sie.

Man hatte genug mit den Verwundeten zu tun – die Toten blieben sich selbst überlassen. Man lief an diesen endlosen Reihen von Brettern entlang, und wo man hinsah, lagen Leichen. Die, die einfach ein Klumpen im Schlamm waren, waren nicht so schlimm, weil man ihre Gesichter oder Hände nicht sehen konnte. Außer, wenn man auf einen trat – das war ziemlich scheußlich. Wenn zwischen den Brettern eine Lücke war, mußte sie eben irgendwie ausgebessert werden, und wenn man auf eine bestimmte Konsistenz trat, wußte man sofort, daß es kein Schlamm sein konnte, der Stiefel berührte etwas Weiches, das nicht zäh war wie der Matsch, sondern etwas, das irgendwie unter den Füßen nachgab, und man wußte, das mußte der Magen eines toten Soldaten sein.

Es ist ausgesprochen schwer, über diese Dinge zu sprechen, selbst nach so vielen Jahren. Deshalb habe ich Georgie nie davon erzählt. Weil niemand so viel Böses erklären kann – denn das war es für mich, ein böser Ort. Doch nicht nur der Schlamm und der Tod machten es zu diesem Alptraum. Das alles verstärkte nur das schreckliche Gefühl, daß man nicht wußte, was eigentlich vorging. Es herrschte die totale Verwirrung, andauernd schrie einem eine Stimme Befehle ins Ohr, die überhaupt keinen Sinn ergaben. Man kämpfte sich einfach durch und tat sein Bestes, ohne jemals über seine Nasenspitze hinauszuschauen. Man schaffte sein Gewehr von hier nach da, und wenn man angefangen hätte nachzudenken, wäre man wahnsinnig geworden. Gemessen an dem, was ich darüber gelesen habe, war das die allgemeine Erfahrung. Man kannte die Strategien der Generäle nicht, man versuchte einfach durchzukommen. Das Schwerste war, niemals zu zeigen, daß man Angst hatte. Manchmal fürchtete ich mich mehr davor, meine Angst zu zeigen, als vor dem Krieg an sich.

Natürlich gab es einige Kameraden, die den Überblick hatten. Roland gehörte dazu – das sind die besten Soldaten. Und genießen es auch noch. Er trat bereits sehr früh in die Armee ein, in eines der Public School Bataillone, in dem sich die Ehemaligen aus dem Internat sammelten. Ein Bataillon, in dem ich fast alle kannte, aber 1917, als wir uns trafen, waren die meisten Kumpels tot, und man hätte seine Abteilung nie für ein Public School Bataillon gehalten, denn die meisten von denen, die jetzt dabei waren, hatten eine Privatschule noch nicht mal von weitem gesehen. Aber das war den Deutschen sowieso egal, sie töteten ohne Ansehen der Person. Wie auch immer, als Roland und ich uns zufällig trafen, war er schon gar nicht mehr in diesem Bataillon, man hatte ihn auf Grund seiner Erfahrung an eine andere Einheit ausgeliehen. Er bewahrte immer die Ruhe, verstehen Sie, drehte nie durch. Einer der Besten – er hatte einen Orden für Tapferkeit in der Schlacht bei Loos bekommen, und wahrscheinlich könnte man sagen, daß Roland für mich ein Held war.

Später fand ich heraus, daß ich nur eine viertel Meile von Roland entfernt gewesen sein muß, als er starb. Es war ein schrecklicher Tag für uns gewesen – es regnete in Strömen, und die Kanonen blieben hoffnungslos im Schlamm stecken. Jedesmal, wenn wir feuerten, wurde es schlimmer, und jedesmal mußten wir die Kanonen aus dem Schlamm ziehen, ehe wir weitermarschieren konnten. Wir sollten das Sperrfeuer für den Angriff der Infanterie bilden. Insgesamt hatten wir sechs Kanonen, die abwechselnd abgefeuert wurden, aber gegen Mittag hatten wir bereits vier verloren und mindestens die Hälfte unserer Männer, und es gab unzählige Verwundete. Das Schlachtfeld sah aus wie eine Unfallstation. Wer laufen konnte, bekam die Anweisung, zu den Verbandszelten zu gehen. Was die anderen betraf, nun, wir hatten den ganzen Tag keinen einzigen Sanitäter mit einer Bahre gesehen, und wir konnten nichts für sie tun.

In der Nähe war ein alter deutscher Unterstand, in den wir

uns für die Nacht niederließen. Ich sage niederließen, doch eigentlich war es nur eine quadratische Hütte aus Beton mit einem Loch als Tür. Es goß wie aus Eimern, und der Boden war eine einzige große, schmutzige Pfütze. Nicht, daß das etwas änderte, denn jeder Mann war bereits bis auf die Haut naß. Wie auch immer, wir waren zehn oder zwölf und paßten nicht alle auf einmal hinein, deshalb mußten wir uns abwechseln. Wir hatten keine Verpflegung und saugten an unserem trockenen Zwieback – sonst hätten wir ihn in der Pfütze eintauchen müssen, denn es war unmöglich, die Dinger zu schlucken. Wir hatten Schwein gehabt. Wir hatten alle Männer, die schwer verwundet waren, mitgenommen, aber es war unmöglich, sie durch die Tür des Unterstandes zu bekommen, und außerdem waren es acht oder zehn Männer. Sie lagen draußen auf Brettern, und der Regen prasselte auf sie herab. Wir deckten sie mit Zeltplanen zu, aber der Schlamm zog sie hinunter – sie ertranken im wahrsten Sinne des Wortes, während sie da lagen. Wir versuchten alles Mögliche, wir spießten sogar unsere Waffen unter die Planen, aber sie versanken immer wieder im Schlamm. Später habe ich mir ausgerechnet, daß ich seit sechzig Stunden wach gewesen sein mußte, als wir bei diesem Unterstand ankamen, doch ich konnte nicht schlafen. Ich werde diese Nacht nie vergessen, so lange ich lebe, wie wir an diesem verdammten Zwieback saugten und zuhörten, wie die Männer da draußen starben, die erstickten Geräusche, die sie machten, wenn der Schlamm ihnen in Mund und Nase lief. Da war ein Mann, dem eine Bombe beide Beine zerschmettert hatte. Er stöhnte oder weinte nicht, er wiederholte nur immer wieder: »Ogottogott«, ganz leise. Ich weiß nicht, ob er in einer Art Delirium oder so war, aber es kam mir so merkwürdig vor, daß er immer diese banalen Worte von sich gab – eher wie ein Pfarrer, der vom Fahrrad gefallen ist, als wie ein schwer verwundeter Soldat. Er sagte es in demselben Tonfall wie Ada, wenn sie die Treppe hinaufgeht und ihre Knie schmerzen: »Ogottogott.« Immer wenn ich sie höre, denke ich an den Soldaten. Er muß ungefähr so alt gewesen sein wie ich – damals, nicht heute. Gegen Morgen döste ich ein bißchen ein, und als ich aufwachte, hatte das Murmeln aufgehört. Er war gestorben, während ich schlief.

Ein paar Nächte später wurde ich verwundet, ein Heimatschuß in die Brust, damit war der Krieg für mich zu Ende. Ich lag im Krankenhaus, als ich das mit Roland erfuhr. Er war an einem Magendurchschuß verblutet, während er auf die Sanitäter wartete – es war nicht ihre Schuld, der Schlamm machte es ihnen genauso unmöglich wie jedem anderen auch, und unter diesen Bedingungen brauchte man doppelt so viele Männer, um eine Bahre zu tragen. Und sie hätten in jedem Fall nur die mitgenommen, die ihrer Meinung nach überleben würden, das hatten die Ärzte ihnen gesagt. Das war natürlich kein offizieller Befehl, aber es war sinnvoller, als Stunden an einen Mann zu verschwenden, der über den Jordan gehen würde, sobald er im Lazarett war. Roland war schon fast hinüber – sein Sergeant hat mir das erzählt, er war bei ihm, als er starb. Der Sergeant war ein guter Kerl, und ich hätte am liebsten gesagt: »Ich bin froh, daß jemand bei ihm war«, aber das hätte zu sehr nach den Worten einer Ehefrau oder Mutter geklungen, und ich war schließlich kein ahnungsloser Zivilist. Ich hatte genug Männer in diesem Zustand gesehen, um zu wissen, daß es keine erhabene Sterbeszene gab. Ich dachte daran, daß ich Roland Georgies Taschentuch gegeben hatte, und hatte das schreckliche Gefühl, wie ungerecht es war, wie *falsch*. Weil mein Leben nichts ist, es ist schlimmer als nichts – wenn ich gestorben wäre, wäre ich nicht mehr gewesen und man hätte mich vergessen, und meine miserable Existenz wäre beendet gewesen.

Als ich verwundet wurde, brachte mich ein Mann namens

O'Hare ins Verbandszelt. Ich weiß nicht mehr viel darüber, außer daß es eine sehr dunkle Nacht war und wir beide wie zwei Betrunkene von Bombenkrater zu Bombenkrater stolperten. Ich war überrascht, als ich mein eigenes Blut sah, wie es aus mir herausfloß, meine ich, und nicht aus jemand anderem. O'Hare hielt mich wacker aufrecht und redete die ganze Zeit mit mir, aber ich hörte eigentlich nicht, was er sagte, und verstand es auch nicht. Irgendwann fing er an zu singen, ganz leise. Wahrscheinlich um sich selbst auch Mut zu machen. Ich kann nicht mehr klar im Kopf gewesen sein, denn plötzlich sah ich Freddie auf mich zukommen. Ich hatte Angst um ihn, er wirkte so klein, und ich dachte, gleich wird er getroffen, aber es geschah nicht. Er schien ziemlich glücklich zu sein, spielte in den Bombenkratern, als wären es Pfützen in einem Park. Ich versuchte, mit O'Hare mitzusingen, weil ich plötzlich die Idee hatte, daß Freddie es hören könnte und zu uns kommen würde, aber meine Stimme wollte nicht mitmachen. Ich erinnere mich noch an den Text ... *Wenn du glaubst, du findest keine/dann erst triffst du auf die eine/die dein Herz berührt wie keine je zuvor.* Armer Freddie. Wenn er alt genug geworden wäre, um Soldat zu werden, hätte er keine Chance gehabt. Seine Haare konnte man meilenweit sehen.

ADA

Miss Louisa und Lord Kellway heirateten 1920, und es stand in allen Zeitungen. Ich war enttäuscht, weil ich wirklich geglaubt hatte, sie und Master Edmund ... aber wahrscheinlich hatte das alles mit dem Krieg zu tun. Ich bin mir sicher, daß Master Edmund sich darüber aufgeregt hat, obwohl er es natürlich nicht gezeigt hat. Als es ihm besser ging, fing er wieder an zu arbeiten. Er war sehr gewissenhaft, auch wenn es ihm nicht so im Blut lag wie Mr. James. Mr. James war meistens weg, immer auf Reisen, und manchmal begleitete ihn Master Edmund, aber für gewöhnlich ging er ins Büro in der Stadt – es sei denn, *Madam* hielt ihn zurück. Das war ihre Glanznummer, wenn Mr. James weg war. Mr. Herbert fuhr morgens mit dem Wagen vor und mußte manchmal eine halbe Stunde auf der Treppe herumstehen, während sie und Master Edmund stritten. Miss Georgina arbeitete mit allen Tricks, zerfloß vor Selbstmitleid, sagte, daß Master Edmund und Mr. James sie nicht mochten, weil sie sie allein ließen, alles mögliche. Nach sechs Monaten hatte ich es so oft gehört, daß ich es auswendig konnte, wie meine Gebete. Master Edmund sagte dann: »Georgie, ich muß arbeiten.«

»Aber was ist mit mir? Was soll ich machen?«

»Georgie, ich muß gehen. Jimmy ist verreist.«

»Jimmy ist immer verreist, und ich habe keine Ahnung, wo er steckt. Er könnte genausogut in Australien sein. Warum schmeißt ihr beide mich nicht einfach raus, dann könnt ihr so viel dumme Geschäfte machen, wie ihr wollt.«

»Ich bin nur sechs Stunden weg.«

»Und was soll ich in der Zwischenzeit machen? Ich höre doch nicht auf zu existieren, wenn du das Haus verläßt, Edmund, obwohl ich verstehe, daß dir das sehr gut passen würde.«

»Ich weiß das, Georgie, aber ich muß ein paar Dinge erledigen.«

So ging das stundenlang, und manchmal wurde es richtig unangenehm, weil Miss Georgina ganz schön wütend werden kann, wenn sie will. Einmal sagte sie: »Ich verstehe nicht, warum dich Jimmy nicht dafür bezahlt, daß du dich um mich kümmerst. Ich bin mir sicher, das könntest du viel besser als alles, was du in deinem schrecklichen Büro tust.«

Master Edmund sagte: »Wie ein Eunuch, der einen Harem bewacht, meinst du?« Sie hatte den Mund schon auf, um irgendwas Biestiges auszuspucken, aber dann sah sie mich und machte ihn wieder zu, und das war ein Segen. Die Wahrheit ist, daß Miss Georgina nichts von all dem tun wollte, was Damen sonst so tun, Tee-Einladungen und Wohltätigkeitsveranstaltungen besuchen und so, deshalb mußte sie sich natürlich langweilen, wenn niemand zu ihrer Unterhaltung da war.

Und da tauchte Mr. Booth auf. Er hatte geschäftlich mit Mr. James zu tun. Er war ein lustiger Gentleman, machte immer Späße und spielte den Clown, um die Leute zum Lachen zu bringen. »Teddy kommt, er wird dich aufheitern« – das sagte Mr. James immer zu Miss Georgina. Ich war erstaunt, daß sie so auf Mr. Booth flog, er war nicht jung und sah nicht gut aus – er war älter als Mr. James und hatte ein dickes, rotes Gesicht. Aber er lächelte immer, das zog die Leute an. Er war verrückt nach Autorennen, er fuhr überall hin, um Autorennen zu sehen, sogar nach Frankreich, und manchmal nahm er Miss Georgina mit. Autos und Partys, das gefiel ihm. Ich weiß noch, wie er das erste Mal nach Hope House kam und eine riesige Kiste Champagner in meine Küche schleppte. »Ich habe mir meine eigene Erfrischung mitgebracht!« Er hatte sie den ganzen Weg vom Auto bis in die Küche selbst getragen, der Chauffeur durfte sie nicht anfassen. »Die Bläschen sorgen dafür, daß ich glücklich bleibe«, erklärte er mir. Er glaubte, daß man alle Probleme der Welt mit einem Glas Champagner lösen konnte. Sein Chauffeur erzählte Mr. Herbert einmal, daß er sogar im Auto immer ein paar Flaschen aufbewahrte, »falls wir einen Unfall haben«.

Er war wahrscheinlich das, was man einen ›Typ‹ nennt. Am Anfang dachte ich mir überhaupt nichts dabei, daß er so oft mit Miss Georgina zusammen war – schließlich hatte Mr. James es selbst vorgeschlagen. Doch dann geschahen Dinge, die mich meine Meinung ändern ließen. Das erste war folgendes: Mr. Booth und Miss Georgina waren zusammen in einer Show gewesen, und anschließend waren sie, glaube ich, noch tanzen, weil sie so spät nach Hause kamen und lachten und sangen und einen schrecklichen Lärm machten. Es hörte sich an wie im Irrenhaus, und ich wußte gar nicht, was für ein Krach das war, deshalb ging ich nach unten und fand die beiden außer Rand und Band in der Halle. Ich stand auf dem Treppenabsatz und wollte gerade hinuntergehen, als Master Edmund mich beinahe umstieß, weil er an mir vorbeiraste. Er war vollständig angezogen und so wütend, wie ich ihn noch nie gesehen hatte. »Zum Teufel noch mal, was ist hier eigentlich los?« Genau das waren seine Worte, und er flucht nie, nur im Notfall. Dann schaute er Miss Georgina an und sagte: »Was hast du mit deinem Gesicht gemacht?«

Sie faßte sich kokett ans Haar und sagte: »Oh! Gefällt es dir nicht?«

Er sagte: »Nein, es gefällt mir nicht. Du siehst aus wie eine Prostituierte. Geh und wasch es ab.«

Sie hatte nämlich diese dunkle Schminke aufgelegt, die um

ihre Augen herum ganz verschmiert war. Und Master Edmund war nicht der einzige, der sie anstarrte, denn 1924 schmierten sich die Frauen noch keine Farbe auf die Augen – na ja, im Film vielleicht, aber ich hatte noch nie einen echten Menschen gesehen, der das tat. Es sah aus, als wären Miss Georginas Augen schwarz. Als ich klein war, hatten wir solche Frauen immer eine »irische Schönheit« genannt. Oh, sie sah damals aus wie ein Teufel, sie hatte mit Mr. Booth Champagner getrunken, und ihr Gesicht war gerötet und diese riesigen Augen glitzerten, und Master Edmund war schrecklich wütend. »Das ist mein Haus, Edmund. Ich *lebe* hier. Es tut mir schrecklich leid, wenn wir dich aufgeweckt haben. Laß es mich wiedergutmachen, mein Schatz. Gib ihm ein Glas Champagner, Teddy.«

»Ich will seinen verdammten Champagner nicht!«

Ich hatte die Hände vors Gesicht geschlagen – ich benahm mich wie ein Vogel Strauß, hoffte, daß sie mich nicht sehen würde, aber ich stand keine drei Meter von ihr entfernt, und natürlich sah sie mich. »Bring uns Gläser, Ada. Mein lieber Bruder möchte etwas trinken.«

Master Edmund schrie: »Nein!«, und zwar so laut, daß ich beinahe die Treppe hinunterfiel.

Dann sagte Miss Georgina zu mir: »Ich hoffe, du hast das auch gehört, Ada. Master Edmund hat doch keinen Durst«, und sie blickte lächelnd auf ihre Füße, als hätte sie einen geheimen Witz gemacht.

Natürlich merkte Master Edmund, daß sie ihn verspottete, und ich dachte, jetzt hat Miss Georgina gleich ein blaues Auge, denn er explodierte und schrie sie an: »Hör mir zu, du kleine Hure«, hob den Arm und wollte sie schlagen, aber Mr. Booth ging dazwischen und hielt ihn fest.

»Immer langsam«, sagte er zu Master Edmund. »Alles in Ordnung. Gehen wir nach oben und setzen uns, einverstanden?«

Master Edmund sagte: »Ich will mich nicht setzen«, aber ehe er weiterreden konnte, beugte sich Miss Georgina an Mr. Booth vorbei und griff nach Edmunds Arm.

»Hör mir zu, Edmund. Ich verreise nächstes Wochenende. Mit Teddy. Was sagst du dazu?« Sie zitterten beide wie Espenlaub, und bevor Master Edmund sich von ihr abwandte, in diesem kurzen Augenblick, als sie sich anstarrten, hätte ich schwören können, daß sie Angst hatten. Sie sahen nicht wütend aus oder triumphierend oder was man erwartet hätte, sie hatten beide Angst.

Nun, ich wußte überhaupt nicht, was das alles sollte, aber wenn ich erzähle, was dann passierte, braucht man keinen Kaffeesatz, um vorauszusagen, was die Zukunft bringen würde. Mr. Booth war anscheinend kein bißchen irritiert durch den Streit zwischen Miss Georgina und Master Edmund, jedesmal kam er mit großem Trara an, um Miss Georgina auszuführen. Einige Wochen lang sahen wir ihn jeden Tag, und ich glaube, es gab niemanden im Haus, der nicht dachte, daß da etwas im Gange war. Das heißt, außer Mr. James, aber der war die meiste Zeit sowieso nicht da. Wir waren zwar Dienstboten, aber wir waren nicht von gestern. Wie auch immer, eines Nachmittags gingen Miss Georgina und Mr. Booth im Garten spazieren, als einer der Gärtner angerannt kam und mir erzählte, daß Miss Georgina von einer Biene gestochen worden sei und ich sofort jemanden schicken sollte. Nun, der Mann erklärte mir, daß sie im Sommerhaus waren, und das war ganz oben im Garten, also ging ich mit einer Salbe direkt dort hin. Als ich ankam, war das erste, was ich sah, Miss Georgina, die ein Bein auf Mr. Booths Schoß gelegt und den Rock bis über das Knie hochgezogen hatte.

Nun, ich wußte nicht, wo ich mich verkriechen sollte, und der Gärtner muß genauso schockiert gewesen sein wie ich, denn er war blitzschnell verschwunden. Da saß Miss Georgina, das Bein praktisch entblößt, sozusagen auf Mr. Booths Schoß. Ich zeigte ihr die Salbe, und sie sagte: »Oh, das kann Teddy machen.« Ich wollte gerade erwidern: »Ich glaube nicht, daß sich das gehört, Miss Georgina«, aber sie sah nur Mr. Booth an und wiederholte: »Du kannst mein Bein einreiben, nicht wahr, Teddy?« Wenigstens hatte er so viel Anstand, ein verlegenes Gesicht zu machen. Also gab ich ihm die Salbe, und dann dachte ich: Es ist mir egal, ich werde nicht hier stehenbleiben und mir anschauen, wie das weitergeht, und machte, daß ich davonkam. Aber ich sah noch, wie Mr. Booth seine Hand auf ihr Bein legte, und das gefiel mir überhaupt nicht. Ich konnte tagelang an nichts anderes denken, die Sache mit seiner Hand auf ihrem Bein, meine ich. Es war schrecklich.

Aber das, was als nächstes passierte, war noch viel schlimmer. Eines Morgens, um zwei Uhr früh, kam Miss Georginas Zofe, Miss Jones, und weckte mich. Sie war in einem grauenhaften Zustand. »Miss Pepper, kommen Sie schnell! Mrs. Gresham stirbt!« Wir rannten hinunter, und da lag Miss Georgina auf dem Fußboden im Badezimmer und verblutete beinahe. Sobald ich sie sah, wußte ich, daß sie ein Baby bekam. Ich wußte nicht, ob es so etwas wie eine Wunde war oder was, aber ich hatte von Frauen gehört, die verbluteten, weil sie versuchten, ein Baby loszuwerden. Also, ich wußte nicht, ob sie so etwas getan hatte, aber ich wollte nicht, daß alle aufwachten und es mitkriegten, deshalb sagte ich zu Miss Jones: »Ich glaube, das müssen wir allein schaffen.« Ich wußte nur, daß wir irgendwie die Blutung zum Stillstand bringen mußten. Ich hatte keinen Schimmer, wie wir das anstellen sollten, aber ich schickte sie noch mehr Handtücher holen und setzte Miss Georgina auf, so daß sie an der Badewanne lehnte, dann holte ich das Aspirin und gab ihr ein paar Tabletten mit einem Schluck Kognak.

Und dann kam die arme Miss Jones zurück und rutschte auf

dem nassen Boden aus. »Oh, mein Handgelenk, es ist gebrochen!« Ich hatte Angst, daß sie Master Edmund geweckt hatte, weil sein Zimmer gegenüber lag, und ich war so aufgeregt, daß ich sie beinahe schlug. Aber ich konnte mich gerade noch bremsen. Ich befahl ihr, ruhig zu sein und Miss Georginas Bett frisch zu beziehen, weil die Laken voller Blut waren.

Ich hatte Angst, weil Miss Georgina immer noch blutete und ich nicht wußte, was ich tun sollte. Als ich mich hinunterbeugte und sie fragte, wie sie sich fühlte, flüsterte sie: »Verlaß mich nicht, Ada.«

Ich sagte: »Darf ich den Doktor holen?«

»Nein, geh nicht weg.«

Ich sagte: »Haben Sie sich etwas angetan?«, weil ich dachte, daß der Arzt herausfinden würde, ob sie so etwas gemacht hatte, und vielleicht wollte sie deshalb nicht, daß er kam.

Sie sagte: »Ich habe nichts getan.« Sie sah so schwach und zerbrechlich aus, daß ich dachte: Und wenn sie jetzt stirbt?

Ich sagte: »Schwören Sie, daß Sie sich nichts angetan haben?«

»Ich habe es doch gesagt. Nein.«

»Kann ich dann jetzt den Arzt holen?«

Ich dachte, sie würde wieder nein sagen, aber sie sagte: »Ja, aber laß mich nicht allein.«

Wir mußten warten, bis Miss Jones mit dem Bett fertig war, und ich hatte das Gefühl, ich würde gleich umfallen, also setzte ich mich neben Miss Georgina auf den Boden. Sie hatte ein wunderschönes Bad. Mr. James hatte es mit grünem Marmor aus Connemara auslegen lassen. Da saßen wir nebeneinander auf dem Boden; um uns herum Handtücher und Blut, und Miss Georgina sah furchtbar aus. Sie bat mich, mit ihr zu reden. Ich war in der großen Ausstellung über das Königshaus gewesen, also erzählte ich ihr davon, von Queen Marys Puppenhaus. Sie sagte: »Wie hübsch«, aber es war nur ein Murmeln, und dann war sie eine Weile still, und ich sah, daß ihr Kopf zur Seite gefallen war, und sie gab so ein schnarchendes Geräusch von sich, und ich dachte: Sie wird sterben. Dann wußte ich eigentlich nicht, was ich tun sollte, deshalb zog ich sie hoch, um sie genau anzuschauen. Sie hatte die Augen geschlossen, und ich weiß noch, wie ich ihre Lider anschaute. Sie waren lila, von winzigen Adern durchzogen, so zart, und ihr Gesicht war weiß wie die Wand, und mir kam es vor, als atmete sie kaum noch.

Was vorging in mir ... Sie tat mir leid, aber – nun, ich würde lügen, wenn ich nicht zugeben würde, daß ich eine Art Erleichterung verspürte, nicht Freude, aber irgendwie hatte ich das Gefühl, daß eine Tür, die vorher zugewesen war, sich einen Spalt weit geöffnet hatte. Es klingt vielleicht komisch, weil es schließlich meine Arbeit war, mein Leben, und was sollte ich sonst tun? Ich konnte nirgendwo anders hingehen, aber ich konnte mir ein anderes Leben vorstellen, gar nicht, wie es wäre, aber eine Art ... eine Art Freiheit vielleicht, oder Macht, ich weiß es nicht, ich konnte nicht anders, es ging mir einfach durch den Kopf. Ich sagte: »Miss Georgina, wissen Sie, was mit Freddie passiert ist?« Ich hielt ihr Kinn hoch, so daß ihr Gesicht dicht an meinem war, ich hätte ihr einen Kuß geben können. Ich sagte: »Außer mir ist niemand hier, Sie können mir erzählen, was passiert ist.«

Sie sagte: »Freddie«, jedenfalls glaube ich, daß sie das sagte, es war nur ein Flüstern.

Ich sagte: »Erzählen Sie es mir, ich werde es nicht weitersagen«, und ich gab ihrem Kinn einen kleinen Stupser. Sie fing wieder an, etwas zu murmeln. »Lauter, sprechen Sie lauter, ich kann Sie nicht verstehen«, und dann gab ich ihr eine Ohrfeige, nur einen Klaps, damit sie aufwachte.

Dann hörte ich sie etwas sagen, was wie »meine Schuld« klang.

»Was meinen Sie damit, es war Ihre Schuld?«

»Nicht meine Schuld.«

»Wovon reden Sie? Was war nicht Ihre Schuld?«

Wieder sagte sie: »Freddie«, und das war alles, denn dann hörte ich Miss Jones zurückkommen, und ich legte Miss Georgina die Hand auf den Mund, damit sie nicht weiterredete.

Zu zweit schafften wir Miss Georgina ins Bett, und ich sah, daß auf ihrem Kinn ein großer Fleck war, da, wo ich sie festgehalten hatte. Ich wollte nicht, daß Miss Jones es sah, deshalb sagte ich zu ihr: »Sagen Sie Mr. Herbert, er soll den Doktor für Miss Georgina holen, aber kein Wort mehr.«

Als sie weg war, öffnete Miss Georgina wieder die Augen. Sie starrte mich einen Augenblick an, als wüßte sie nicht, wer ich war, dann sagte sie: »Geh nicht weg, Ada, verlaß mich nicht.«

»Ich bin ja hier, Miss Georgina, machen Sie sich keine Sorgen.« Ich setzte mich zu ihr ans Bett. Ich sah sie nicht an. Das wollte ich nicht. Ich hatte mir schon so lange ein Baby für sie gewünscht, eigentlich hätte ich traurig sein müssen, aber irgendwas sagte mir, daß es nicht Mr. James' Kind war. Das Ganze kam mir falsch und schmutzig vor, und ich wollte nichts damit zu tun haben. Ich sagte: »Wußten Sie, daß Sie ein Baby bekommen?«

»Natürlich nicht.« Ich glaubte ihr nicht, sagte aber nichts.

Ich sagte: »Die Frage, ob wir Mr. James ein Telegramm schicken sollen, ist wahrscheinlich überflüssig?« Denn zu dem Zeitpunkt war er verreist, ich glaube, in Schottland, aber genau weiß ich es nicht mehr.

Miss Georgina sagte: »Sag Jimmy nichts.«

»Irgendwann wird er es erfahren müssen, Miss Georgina.«

»Ja, aber nicht jetzt, das könnte ich nicht ertragen.« Nun, dachte ich, es ist eine Schande, daß Sie nicht eher darüber nachgedacht haben, oder? Aber ich sagte es natürlich nicht.

Miss Georgina streckte die Hand nach mir aus. Ich wollte nicht, daß sie mich berührt, deshalb rückte ich mit meinem Stuhl ein wenig vom Bett ab. »Bitte, Ada.«

»Bitte was?«

»Geh nicht weg.«

»Das habe ich doch versprochen, oder? Ich werde bleiben.« Kaum hatte ich das gesagt, verflog mein kleines Freiheitsgefühl, und das war's. Alles beim alten.

Der Doktor kam und gab Miss Georgina irgendwas zum Einschlafen. Als er nach dem Bluterguß in ihrem Gesicht fragte, sagte ich, sie sei hingefallen. Er untersuchte auch Miss Jones' Handgelenk und riet ihr, am nächsten Morgen ins Krankenhaus zu gehen, um es anschauen zu lassen. Als er ging, war es geschwollen wie ein Fußball, und das arme Mädchen war kreidebleich, deshalb schickte ich sie mit einem Becher Kakao ins Bett, und dann hatte ich schrecklich viel zu tun, um all die Handtücher und Laken zu waschen und wegzuräumen, ehe die anderen Mädchen herunterkamen. Es stellte sich heraus, daß das Handgelenk gebrochen war. Ich sagte zu ihr: »Wenn Sie irgend jemand fragt, wie das passiert ist, sagen Sie, daß Sie ausgerutscht sind. Mehr brauchen Sie nicht zu sagen.« Ich schickte sie für den Rest der Woche nach Hause zu ihrer Mutter; ich wollte nicht, daß das ganze Haus kopfstand und dumme Fragen stellte.

Natürlich hatte niemand Mr. Booth Bescheid gegeben, und am nächsten Tag kam er. Miss Georgina ging es viel zu schlecht, als daß sie Besuch empfangen konnte, also schickte ich ihn weg. Aber er schickte einen Lastwagen voll Blumen, einen ganzen Blumenladen, und ich stellte sie alle in Vasen und verteilte sie in ihrem Zimmer, doch nach ein paar Tagen befahl sie mir, sie rauszuschmeißen. Bald kam Mr. Booth wieder jeden Tag mit seinen Flaschen vorbei, regelmäßig wie ein Uhrwerk. »Champagner! Das ist es, was wir brauchen!« So wie er sich benahm, hätte man nie gedacht, daß Miss Georgina krank war. Er ging nach oben in ihr Zimmer und ließ den ganzen Nachmittag das Grammophon spielen, aber mir fiel auf, daß er immer ging, bevor Master Edmund von der Arbeit nach Hause kam.

Wenn Miss Georgina sich an unsere Unterhaltung über Freddie erinnerte, was ich bezweifle, so sprach sie nicht darüber. Eigentlich war ich froh, daß sie es nicht tat, weil ich glaube, daß sie viel zu verwirrt war und gar nicht wußte, was sie sagte. Ich konnte mir jedenfalls keinen Reim darauf machen. Wie auch immer, was vorbei ist, ist vorbei, oder? Heute kann keiner von uns mehr etwas daran ändern.

Der Arzt hatte Miss Georgina erklärt, daß sie eine Weile im Bett bleiben mußte, ich habe vergessen, wie lange, aber es dauerte bestimmt ein paar Wochen, bis sie wieder auf den Beinen war. Sie war scheinbar wieder ganz die alte, doch auf einmal kamen eine Menge Leute ins Haus, die noch nie dagewesen waren, und es gab viele laute Partys. Ich glaube, viele von denen, die da kamen, waren keine besonders feinen Leute. Am Anfang dachte ich, es müßten alles Freunde von Mr. Booth sein, von den Autorennen und so, aber das stimmte nicht, es waren einfach irgendwelche Leute, die sie kennengelernt hatten, und Miss Georgina hatte sie eingeladen. Ich hatte den Eindruck, daß eine ganze Menge von ihnen Miss Georgina und Mr. Booth eigentlich gar nicht kannten, geschweige denn Mr. James, denn all diese Partys fanden statt, wenn er verreist war. Es war, als führte ich zwei verschiedene Haushalte. Als wäre Mr. Booth der Hausherr, wenn Mr. James verreist war, wobei ihn Miss Georgina natürlich anstachelte. Andauernd feierten sie Partys, und nie kündigten sie es vorher an. Sie gingen abends aus und brachten mit, wen sie finden konnten. Das Grammophon spielte unentwegt, und alle Fenster und Türen zum Garten standen offen, sie tanzten und machten Blödsinn, wie andere in den Teich schubsen und solche Sachen.

Ein Gast fiel im oberen Stockwerk aus dem Fenster. Ich habe keine Ahnung, was er da oben zu suchen hatte, und ich will es auch gar nicht wissen. Aber es war eines der Fenster, die über der Spülküche lagen, und dort war ein großes Spülbecken unter dem Fenster zum Garten, und wenn man davorstand, konnte man hinausschauen. Zwei der Mädchen wuschen Gläser ab, als sie eine Frau schreien hörten, und plötzlich fiel dieser Mann direkt vor ihrem Fenster mit einem Plumps ins Gras. Kaum zu glauben, aber auf die Füße! Er hatte so viel getrunken, daß er wie eine Lumpenpuppe vom Himmel fiel, was bestimmt nicht schlecht war, denn wenn er nüchtern gewesen wäre, hätte er sich wahrscheinlich das Genick gebrochen. Und sein Hut segelte hinter ihm her. Daran erinnere ich mich noch, weil er ihn vom Boden aufhob und damit den Mädchen zuwinkte, die sich natürlich die Seele aus dem Leib schrien, als sie das sahen. Nun, Mr. Herbert und ich gingen zu ihm hinaus, und er schwenkte die ganze Zeit seinen Hut und sagte, er wolle uns nicht belästigen. Er dachte anscheinend, Mr. Herbert wäre ein Polizist, weil er immer wieder sagte: »Machen Sie sich keine Mühe, Officer, ich komme zurecht.« Schließlich half Mr. Herbert ihm in sein Auto, und er fuhr weg. Ich habe mich wirklich gefragt, ob er heil nach Hause gekommen ist, denn wir haben ihn nie wieder gesehen. Das Mädchen, das mit ihm da oben war, rannte halb nackt die Treppe hinunter und schrie wie eine Verrückte. Sie muß ihn fallen gesehen haben, aber ich glaube nicht, daß sie überhaupt wußte, was vorging. Als sie seinen Wagen wegfahren hörte, rannte sie auf der Straße hinter ihm her, ohne Hut, ohne Schuhe. Auch sie haben wir nie wieder gesehen.

Dieses Treiben ging immer weiter, und Mr. Booth und sein Champagner waren für gewöhnlich mittendrin. Unnötig zu sagen, daß Miss Louisa und Lord Kellway nie zu diesen Partys kamen, und auch Master Edmund blieb meistens weg. Es gefiel mir nicht und Mr. Herbert auch nicht. Er sagte nie viel dazu, aber es regte ihn auf – es regte uns alle auf, denn es war respektlos gegenüber Mr. James. Und nicht nur das. Die Mädchen schimpften, weil es extra Arbeit für sie bedeutete, nicht zu reden von den Nächten, die sie aufbleiben mußten. Weil die meisten dieser sogenannten Gäste es einfach nicht besser wußten; sie führten sich wie Herzoge und Herzoginnen auf und behandelten uns wie den letzten Dreck. Einen Sommer hatten wir drei verschiedene Köchinnen, und natürlich war es jedesmal eine schreckliche Umstellung. Die letzte, Mrs. Seddon, blieb. Ich weiß nicht, was ich getan hätte, wenn sie auch gegangen wäre. Sie kochte Hausmannskost, und das war es, was Mr. James mochte, ein gutes, schlichtes Roastbeef. Sie war ein guter Mensch, sehr geduldig – das mußte sie auch sein, so lange, wie sie den Trubel ertragen hat.

Manchmal spielten sie Tennis. Mr. James hatte auf dem tiefergelegenen Stück Rasen hinten im Garten zwei Netze spannen lassen, und natürlich konnten die Mädchen mit den Tabletts nicht über die Haupttreppe mitten im Garten gehen, wo sie jeder sehen konnte, deshalb mußten sie hintenrum gehen, den Hügel hinauf, wo es glatt und matschig war und viele Bäume standen, von denen die Äste in alle Richtungen abstanden. Man mußte sich ducken und drunter durch tauchen, und das war nicht leicht, wenn es fast dunkel war und man ein Tablett voller Gläser in den Händen hatte. Andauernd kamen die Mädchen weinend zu mir, weil sie hingefallen waren, ihre Kleider zerrissen oder sich den Fuß verstaucht hatten.

Ich glaube nicht, daß Miss Georgina auch Tennis gespielt hat, und ich kann mir kaum vorstellen, daß Mr. Booth ein großer Läufer war. Sie war der Schiedsrichter. Man wußte immer, wer gewinnen würde, nicht weil es gute Spieler waren, sondern weil sie immer die bevorzugte, die am besten aussahen, besonders, wenn es Männer waren, und wenn ein gut aussehender Mann spielte, gewann er immer, auch wenn er keinen einzigen Ball traf. »Oh, Darling, du kannst heute gewinnen, du bist schrecklich gut. Du bist der Sieger. Bunny ist der Sieger, hört ihr?« Oder Boysie oder Binky oder jemand anders mit so einem albernen Spitznamen, den sie sich alle gaben. Aber alle nahmen es gutmütig hin, und außerdem tranken sie anscheinend mehr, als daß sie Tennis spielten, wenn man die Mengen bedenkt, die hinausgeschleppt werden mußten. Manche spielten mit dem Tennisschläger in der einen Hand und dem Glas in der anderen, und hinterher mußten die Gärtner immer die Scherben aufsammeln.

Wir wußten alle, daß es Mr. James gar nicht gefallen würde, wenn er es herausbekam, aber wer sollte es ihm sagen? Ich weiß, daß es Master Edmund auch nicht gefiel, und ich habe keine Ahnung, warum er Mr. James nichts sagte, aber er muß seine Gründe gehabt haben. Man weiß immer, wer im Haus die Macht hat; wir wußten, daß es bei uns Miss Georgina war, nicht Mr. James, und viele Dienstboten hatten Angst vor ihr. Die schlimmste Party, die sie und Mr. Booth gaben, endete damit, daß sie an einem Ende auf dem langen Tisch im Wohnzimmer stand. Sie hatte einen Golfschläger in der Hand und versuchte, die Bälle zu treffen und in den Kamin auf der anderen Seite des Zimmers zu schlagen. Ich glaube, sie muß schon ein paar Drinks intus gehabt haben, denn die Bälle landeten überall, nur nicht im Kamin. Sie flogen in alle Richtungen, krachten gegen die Holztäfelung und die Möbel, ja sie trafen sogar einen von Mr. James' Morlands, aber Gott sei Dank nur am Rahmen, denn es war eins seiner Lieblingsbilder. Und dann stellten sich die anderen natürlich alle an, um ebenfalls zu schlagen, und Miss Georgina lachte und feuerte sie an. Ich hatte von der Halle aus gesehen, was da vor sich ging, und hatte natürlich Angst, daß etwas kaputtgehen könnte ... aber was konnte ich schon tun? Ich konnte nicht dahineingehen und ihnen sagen, daß sie aufhören sollten. Ich war so unruhig, daß ich in den Garten hinter dem Haus ging und durch die Glastür zusah. Es gab dort einen kleinen, gepflasterten Pfad mit dichten Büschen rechts und links, und ich kroch dahinter, damit mich niemand sah. Es hatte geregnet, und es war kalt, deshalb hatten sie die Tür zugemacht. Von meinem Versteck konnte ich alles sehen, was da drinnen vorging, als ich plötzlich bemerkte, daß da ein Mann war. Er saß mit dem Rücken zu den Glastüren auf der Treppe. Er tat nichts, saß einfach nur im Dunkeln da. Ich dachte, er muß betrunken sein, ich hole ihn lieber herein, bevor er sich in der Nässe den Tod holt, also ging ich zu ihm, um ihn anzusprechen, und es war Mr. Booth. Er sagte: »Hallo, Miss Pepper, möchten Sie nicht ein Glas Champagner?«, und dann sah ich, daß eine Flasche und zwei Gläser neben ihm standen.

Ich dachte, also wirklich, das ist das Letzte, mich in ihre Kapriolen mit hineinziehen zu wollen. Ich wollte ihn wissen lassen, daß ich immer noch meinen Stolz hatte, trotz allem, und sagte: »Entschuldigen Sie mich, Mr. Booth, aber ich habe zu tun.«

Er sagte: »Wollen Sie nicht einen Augenblick bleiben, Miss Pepper?«

Irgendwas war mit ihm, seine Stimme – er hatte zwar seine Zigarre und den Champagner, wie immer, aber er war nicht der fröhliche Mr. Booth, den ich kannte. Mr. Booth trank eine Menge, aber ich muß sagen, ich habe ihn nie betrunken gesehen, nur in dieser einen Nacht, und sogar da war er nicht das, was man betrunken nennt, höchstens ein bißchen unsicher, als er aufstand. Ich sagte zu ihm: »Sie müssen mich entschuldigen«, denn ich hatte ja keinen vernünftigen Grund, da draußen zu sein, aber er bat wieder: »Bitte bleiben Sie.« Wir standen nebeneinander und sahen durch das Fenster. Ich war so traurig, als ich Miss Georgina beobachtete, wie sie all diese wunderschönen Dinge zerstörte und ich nichts tun konnte, um es zu verhindern. Es war, als gehörten sie mir, schließlich war ich die Haushälterin – nicht daß sie deshalb Respekt vor mir hatte, nein, sie behandelte mich, als wäre ich ein Nichts –, aber das Schlimmste war, daß sie das Mr. James antun konnte. Ich glaube, daß sie wirklich verrückt geworden war, und ich war so verwirrt, daß ich am liebsten nach oben gegangen wäre und mich versteckt hätte, aber ich mußte an die Mädchen denken – ich konnte sie in dem Trubel nicht sich selbst überlassen. Während ich dastand und das dachte, hörte ich Mr. Booth sagen: »Das alles tut mir leid.«

Ich war so schockiert, als ich das hörte, daß ich fragte: »Was meinen Sie, es tut Ihnen leid?«

Er sagte: »Ich kann sie nicht dazu bringen aufzuhören.« Es lag mir auf der Zunge zu fragen: »Und warum haben Sie zugelassen, daß sie damit anfängt?«, denn ich dachte, all die Partys, eine nach der anderen, als er sagte: »Ich kann ihr nicht helfen.« Es klang, als würde er mit sich selbst sprechen und nicht mit mir, deshalb sagte ich nichts darauf. Ich dachte nur, sie braucht keine Hilfe, sie braucht eine ordentliche Tracht Prügel, aber natürlich sagte ich das nicht.

Dann sagte Mr. Booth: »Ich weiß nicht, was ich tun soll.«

Er hatte sein Jackett ausgezogen, und ich sah, daß er es über einen Busch gelegt hatte, also sagte ich: »Lassen Sie mich das mit hineinnehmen und trocknen. Das Futter wird ganz feucht.«

Er sah mich an, als hätte er mich gar nicht gehört, und sagte noch einmal: »Ich weiß nicht, was ich tun soll.«

Als ich ihn das sagen hörte, faßte ich den Entschluß. Weil niemand wußte, was er tun sollte, nicht Mr. Booth, nicht Master Edmund oder irgend jemand anders, und Mr. James wußte nicht, was vor sich ging. Nun, ich dachte, es ist höchste Zeit, daß Mr. James durchgreift. Schließlich sollte er der Herr in seinem eigenen Haus sein und nicht irgendein anderer Mann. Dann sagte Mr. Booth: »Bitte, trinken Sie ein Glas Champagner mit mir, Miss Pepper.«

Natürlich lehnte ich ab.

Doch er ließ sich nicht abweisen und zwang mich förmlich, das Glas in die Hand zu nehmen. »Bitte, Miss Pepper, Sie sind der einzige vernünftige Mensch im ganzen Haus.« Also nahm ich es, ich trank ein Glas Champagner mit ihm. Warum eigentlich auch nicht? Vor Gott sind schließlich alle Menschen gleich, oder? Mr. Booth sagte: »Ich trinke auf Sie, Miss Pepper«, und hob das Glas. Und ich stand da und dachte, ja, ich trinke auch auf mich – auf dich, Ada. Ich dachte, Miss Georgina mag dich wie einen Niemand behandeln, aber du bist kein Niemand und du wirst es nicht mehr sein. Ich hob mein Glas, stieß mit Mr. Booth an, und dann trank ich Champagner.

Wahrscheinlich dachte Miss Georgina, die Heinzelmännchen würden über Nacht alles wieder aufräumen und reparieren, all die Stellen, wo die Golfbälle die Wand getroffen hatten, doch wir mußten Handwerker holen, und das kostete Geld. Ich konnte es nicht vom Haushaltsgeld abzweigen, und ich weiß nicht, was ich ihrer Meinung nach Mr. James sagen sollte. Bestimmt nicht das, was ich ihm gesagt *habe*. Er kam ein paar Tage später zurück und wollte mich sofort im Salon sehen. Ich ging hinein, und er stand bei seinem geliebten Bild von Morland und fuhr mit den Fingern über den Rahmen. Er war nicht wütend, er war ganz ruhig. Ich konnte nicht sagen, was in seinem Kopf vorging. »Willst du mir erzählen, was passiert ist, Ada?«

Ich dachte: Wer A sagt, muß auch B sagen, und erwiderte: »Es war nur ein Spiel, Sir, aber ein gefährliches, wenn ich das sagen darf. Miss Georgina hat eine Party gegeben, Sir, während Sie weg waren.«

Mr. James sagte: »Nicht die erste.«
»Nein, Sir, nicht die erste.«
»Eine von vielen?«
»Ja, Sir, eine von vielen.«
»Seit ihrer Krankheit?«
»Ja, Sir.«

Nachdem ich einmal angefangen, war es so leicht zu erzählen, wie das Vaterunser aufzusagen. Dann fragte er mich: »War Mr. Booth der – Grund – für ihre Krankheit?«

Das hat er gesagt. Ich erinnere mich an jedes Wort. Und obwohl ich Sir hier und Sir da sagte, fühlte ich mich nicht wie ein Dienstbote. Ich fühlte gar nichts. Es dauerte einen Augenblick, bis ich verstand, was er mit dem Grund für ihre Krankheit meinte, dann antwortete ich: »Ich glaube, ja, Sir.«

»Danke, Ada, du kannst gehen.«

»Danke, Sir.« Dann verließ ich den Raum. Und ich sage Ihnen etwas: Auf dieser Party hat Mr. Booth das letzte Mal seinen Fuß in Hope House gesetzt, und wir Dienstboten waren sehr froh, ihn von hinten zu sehen, das kann ich laut sagen.

Und trotzdem, mit Mr. Booth war es merkwürdig. Man könnte sagen, er war ein schlechter Mensch, aber das glaube ich nicht, nicht ganz. Ich beobachtete sein Gesicht, als er durch die Scheibe Miss Georgina betrachtete, und ich dachte: Er liebt sie wirklich, sonst würde er nicht so traurig aussehen. Ich sage nicht, daß das richtig ist, was sie getan haben, o nein, denn das war es nicht. Es war durch und durch falsch. Bei der Gerichtsverhandlung tat Mr. Booth natürlich das Richtige, weil er ein Gentleman war, nicht wie all die anderen, die in Mr. James' schönem Haus alles kaputtmachten. Ich kann nicht sagen, daß ich ihn richtig gern mochte, bei all den Champagnerflaschen und wie er sich im Haus breitmachte, als sei es seins, aber als ich ihn in jener Nacht beobachtete, wie er Miss Georgina ansah, tat er mir einfach leid. Ich weiß noch, wie er sagte: »Ich bin es nicht, den sie will.« Nur so. Einfach zu sich selbst. Ich wußte nicht, wovon er redete, denn für mich klang es wie lauter Unsinn. Miss Georgina wollte immer mehr, obwohl sie dieses wundervolle Haus hatte und mehr Kleider, als sie je anziehen konnte, und einen guten Ehemann wie Mr. James. Und wie ich schon sagte, ich sah Mr. Booth an, wie er da im Dunkeln stand, und wußte eigentlich nicht, was ich denken sollte.

GEORGINA

Es war Ada, die Jimmy von Teddy erzählt hat. Früher oder später mußte er es herausfinden. Ich dachte, ich würde es schrecklich finden, aber als es geschah, berührte es mich kaum. Das Merkwürdige war wahrscheinlich, daß Teddy kein besonders romantischer Typ war, und mit Sicherheit war er kein leidenschaftlicher Liebhaber. Mit Huren muß man wohl nicht besonders leidenschaftlich sein, und Teddy hatte viele Huren gehabt. Aber eigentlich muß man sagen, daß die herausragendste Eigenschaft seine Schüchternheit war. Und die liebenswerte Art, wie er versuchte, sie zu überspielen – was blieb ihm auch anderes übrig? Doch ich mochte Teddy sehr gern, und ich hatte mit ihm auf jeden Fall mehr Spaß im Bett als mit Jimmy. Ich sitze oft hier und denke an Teddy. Es macht mich glücklich, an ihn zu denken. Wenn ich an Jimmy denke, werde ich nur traurig.

Obwohl Teddy mir sagte, daß er bei unserer Hochzeit war, habe ich das erste Mal auf einer Party bei uns mit ihm gesprochen. Das war einige Jahre nach dem Ersten Weltkrieg, doch noch war längst nicht alles wieder beim alten, es sei denn, man hatte am Krieg Geld verdient, was Jimmy bestimmt getan hatte und Teddy natürlich auch. Wie auch immer, ich fand die Party ziemlich langweilig und überlegte gerade, wie ich mich verdrücken könnte, als Teddy zu mir kam und sagte: »Wenn Sie noch länger hier sitzen, setzen Sie Spinnweben an. Kommen Sie, wir machen eine Spazierfahrt.« Und er entführte mich zu den Ställen und zeigte mir das schönste silberne Auto, das ich je gesehen hatte. Ich weiß noch, wie er sagte: »Ich habe sechs Autos, aber das hier ist mein Lieblingswagen.« Guter Gott, dachte ich, sechs Autos! Ich war sehr beeindruckt, denn Jimmy hatte damals nur eins, und das war schwarz und sah aus wie eine Blechbüchse. Teddys Autos waren seine Freude und sein ganzer Stolz. Er sagte: »Halten Sie Ihren Hut fest«, und chauffierte mich in rasender Geschwindigkeit durch die Landschaft. Es kam ihm überhaupt nicht in den Sinn, daß ich mir vielleicht die Gegend ansehen wollte, er wollte mir nur zeigen, wie schnell sein Auto war. Plötzlich kam uns eine Schafherde entgegen, doch er fuhr kein bißchen langsamer. Der Schäfer sprang ins Gebüsch, und die Schafe schossen in alle Richtungen davon.

Das war das Lustigste, was ich je gesehen hatte. Ich sagte: »Das macht viel mehr Spaß als das ganze Gerede.«

»Nun ja, alles zu seiner Zeit, aber Sie sahen so aus, als brauchten Sie dringend ein bißchen Abwechslung.«

Ich sagte: »O ja«, beugte mich hinüber und gab ihm einen Kuß.

Ich werde nie vergessen, was er daraufhin sagte: »Guter Gott, ich glaube nicht, daß das eine gute Idee ist, Sie etwa?« Aber er lächelte dabei. Verstehen Sie, Teddy war anständig, er war – um ein altmodisches Wort zu benutzen – ehrenhaft. Er mochte Jimmy und verabscheute den Gedanken, ihn zu betrügen. Die Menschen sind so dumm, sie glauben immer, daß der Mann den Anfang macht. Ich wußte, daß Teddy mich wollte, aber ich wußte auch, daß er nie den ersten Schritt machen würde. Was sollte ich also tun? Wenn man es böse ausdrücken will, was die meisten Menschen heutzutage anscheinend wollen, würde man sagen, ich bot mich ihm auf dem silbernen Tablett an.

Es war eines Abends im Sommer, und Teddy war nach Hope House gekommen, um etwas Geschäftliches mit Jimmy zu besprechen. Es muß sehr wichtig gewesen sein, denn normalerweise erledigte Jimmy solche Sachen im Büro. Es waren noch andere Männer da, und Teddy verließ das Treffen früher, also bot ich ihm an, ihm den Garten zu zeigen. Es war nicht geplant oder so etwas, weil ich gar nicht wußte, daß Teddy kommen würde, es war einfach eine günstige Gelegenheit. Es gab ein großes Waldstück oben im Garten, in der Nähe des Gartenhauses, und ich dachte, daß dort so spät bestimmt kein Gärtner mehr sein würde, deshalb führte ich Teddy dorthin. Ich wußte, daß ich ganz direkt sein mußte, wenn ich ihn verführen wollte. Ich hatte so etwas noch nie getan, aber mir war etwas eingefallen, das bestimmt neu für ihn war, und ich war mir sicher, daß es klappen würde. Wir spazierten durch den Garten, tauschten die üblichen Höflichkeiten aus – wie friedlich es um diese Zeit doch immer ist und so weiter –, als ich dachte, jetzt oder nie. Ich sagte: »Oh, sehen Sie mal, da oben«, und zeigte in die Luft. Er sollte denken, da wäre ein seltener Vogel oder ein Eichhörnchen oder so, und während er suchend nach oben blickte, rannte ich hinter einen Baum. Ich zog alles aus, bis auf die Strümpfe und die Schuhe, und als er kam und mich suchte, trat ich einfach vor ihn … leider war es kein besonders warmer Abend, und ich muß ziemlich verfroren ausgesehen haben.

Er war so nett; das erste, was er sagte, war: »Sie sind wunderschön, aber Sie werden sich eine Lungenentzündung holen.« Und dann legte er die Arme um mich, gab mir einen Kuß und sagte: »Ich kann mir nicht vorstellen, warum du ausgerechnet mich willst. Ich bin viel zu alt und zu dick.«

»Oh, aber ich will dich unbedingt.«

Teddy sagte: »Nun, jedenfalls kann ich dich wärmen.«

Armer Teddy. Aber Jimmy war immer unterwegs, und wenn er zu Hause war, war er völlig besessen von diesen lächerlichen Gesellschaftsmodellen. Er redete nur über Robert Owen, was ich ziemlich idiotisch fand, weil Jimmy kein Sozialist war – mit all seinem Geld? Meiner Meinung nach ist das nur ein anderes Wort dafür, daß man sich in das Leben anderer Menschen einmischt. Ich fragte Jimmy immer: »Woher weißt du, daß diese Leute in deinen Häusern leben wollen? Wahrscheinlich sind sie da, wo sie sind, glücklicher als wir.« Jimmy konnte die Frage nie beantworten. Und das war der Punkt: Jimmy brauchte immer eine Vision, irgendeine Idee, die er wahr machen konnte. Ich war eine traurige Enttäuschung gewesen, also hatte er mich durch eine Reihe von Häusern mit Innentoilette ersetzt. Ich habe Jimmy deshalb nie einen Vorwurf gemacht, aber es langweilte mich zu Tode. Der arme Edmund mußte die Hauptlast tragen – er hatte immer mehr Geduld als ich, und ich hatte wirklich das Gefühl, ich würde explodieren, wenn ich noch mehr von diesem utopischen Unsinn hören würde. Jimmy hatte einen absolut riesigen Stapel von Plänen und Zeichnungen von Häusern und Fabriken und Schulen und allem möglichen. Er hatte das meiste selbst gemacht, und er sprach dauernd davon, daß er es an George Bernard Shaw schicken würde. Ich weiß nicht, was daraus geworden ist, ich glaube, er hat nie an Mr. Shaw geschrieben. Aber er hatte große Pläne für eine Art Dorf: Alle sollten ihre Wäsche zusammen in einer großen Wäscherei waschen und gemeinsam in einer großen Küche kochen, die Kinder sollten in einem Kinderhaus aufwachsen, nach der Arbeit sollten für die Männer Kurse stattfinden, damit sie sich weiterbildeten und all solche Sachen. Einmal sagte ich zu ihm: »Angenommen, diese Leute mögen sich nicht, Jimmy, was dann? Du erklärst alles zur gemeinsamen Sache, bis auf den Beischlaf.«

»Sei nicht ordinär.«

Jimmy haßte solche Themen, besonders, wenn ich sie zur Sprache brachte, aber das war mir egal. Ich hatte die Nase so voll von allem. Es ging immer nur darum oder um den Garten, oder er bastelte mit dem Chauffeur an den Radios herum. Das mochte ich so an Teddy: Er wußte, wie man das Leben genießt; Jimmy wußte das nicht.

Das war der große Unterschied zwischen den beiden. Jimmy lebte für seine Arbeit, und was auch immer er tat, er mußte es bis ins kleinste Detail verstehen. Wie diese elenden Geräte, die er immer für das Personal kaufte, um sie dann in der Küche auseinanderzunehmen. Er war wie besessen davon zu verstehen, wie ein Gerät funktionierte. Teddy interessierten die Details nicht. Wenn er eine gute Sache entdeckte, steckte er sein Geld hinein, und das Geld arbeitete für ihn, während er sich amüsierte. Er sprach natürlich nie über Geschäfte mit mir, weil ich sowieso nichts davon verstand, aber ich weiß, daß er gut verdiente. Er mochte Musik und Tanzen und Autorennen – er liebte diese Dinge. Manchmal nahm er mich mit nach Brooklands. Ich würde so gerne noch einmal dorthin fahren, aber heute ist es geschlossen. Die Autos wurden in Ställen gehalten, wie Pferde, und es gab eine Stelle, die sie den Sattelplatz nannten, wo lauter Autos standen, die darauf warteten, Rennen zu fahren. Teddy war immer so aufgeregt …

Auch wenn Ada es Jimmy nicht erzählt hätte, wäre ihm klar gewesen, daß er nicht der Vater des Kindes sein konnte, weil wir keine sexuelle Beziehung mehr hatten. Ich weiß, daß Ada dachte, ich hätte etwas getan, um die Fehlgeburt herbeizuführen – Frauen haben so einen schlechten Charakter, besonders die aus der Unterschicht –, aber so etwas Scheußliches wäre Teddy nie in den Sinn gekommen. Oder Jimmy, wenn man es so sieht. Und ich habe nicht versucht, das Baby loszuwerden, ich hätte gar nicht gewußt, wie. Ich habe immer gedacht, es wollte nicht bei mir bleiben, weil ich es nicht verdiente, ein Kind zu haben – nicht daß ich eins gewollt hätte. Die ganze Sache klingt so abscheulich mittelalterlich, und ich kann mir nicht vorstellen, warum Frauen das wollen.

Mein Verhältnis mit Teddy – das physische Verhältnis, meine ich – dauerte nur bis zu der Fehlgeburt. Er dachte, er hätte mich verletzt, glaubte, es sei seine Schuld, und das machte ihm schreckliche Angst. »Wir müssen das nicht tun, oder? Nicht noch einmal?«

Ich sagte: »Nein, das müssen wir nicht.«

»Aber wir können immer noch viel Spaß miteinander haben, oder?«

Er dachte, das wäre es, was ich brauchte, damit ich wegen des Babys nicht traurig wurde. Denn obwohl ich es nicht wollte, war es ein eigenartiges Gefühl, als ich es verlor. Und Teddy versuchte, lustig zu sein – *ich* versuchte auch, Spaß zu haben und mir keine Gedanken zu machen. Ich versuchte es wirklich, aber etwas hatte sich zwischen uns verändert, und wir fanden nicht zu unserem alten Leben zurück. Wir gingen aus und tanzten und taten alles mögliche, aber es war nicht dasselbe. Es war, als hätte Teddy Angst, mit mir allein zu sein. Er sammelte immer Leute um sich, überall, mit seinem Champagner und seinen Zigarren, er wollte, daß die Menschen sich vergnügten. Er lud völlig Fremde nach Hope House ein. Frauen, die ich noch nie in meinem Leben gesehen hatte, scharten sich um mich und sagten: »Meine Liebe, es war so süß von Ihnen, mich einzuladen.« Man konnte schlecht sagen: »Das habe ich gar nicht.« Die Männer waren die Sorte, die die absurdesten Komplimente machen. Einer erklärte mir, er sei mein Sklave. Er sagte: »Sie können mir befehlen, was Sie wollen, ich werde es tun. Ein Wort genügt.« Nun, auf die Dauer war das ziemlich anstrengend, weil er mir auf Schritt und Tritt folgte und auf irgendwelche Befehle wartete, und mir fiel nichts anderes ein, als ihm aufzutragen, mir einen Cocktail zu bringen. Er muß sich schrecklich gelangweilt haben, denn er fing an, sich mir zu Füßen zu werfen und meine Schuhe zu küssen, und das Ganze wurde ziemlich schmutzig und peinlich. Am

Ende mußte Teddy seinen Chauffeur bitten, ihn aus dem Haus zu tragen. Ich kann mich nicht mehr an seinen Namen erinnern, wenn ich ihn überhaupt je wußte. Ich kannte keinen beim Namen, und ich glaube, die Hälfte wußte auch nicht, wie ich heiße. Aber es war, als trügen Teddy und ich ein Schild, auf dem stand: »Laßt uns nicht allein.«

Ich glaube ... es lag auch an der Zeit, daß wir all diese Dinge taten. Damals war jeder ein bißchen verrückt. Mitten in der Nacht durch London fahren und Schatzsuche spielen, solche Sachen. Nichts schien wirklich wichtig zu sein ... Ich *wollte* diese Dinge nicht unbedingt tun – mit Sicherheit mochte ich die Leute nicht, ein Haufen Irrer, die mit hohen Stimmen über absolut nichts redeten –, aber irgendwas mußte man ja tun. Ich erinnere mich an eine Party im Garten von Hope House, ich lief durch eine Ansammlung von Irren, lauter Fremde, alle betrunken, ich war auch betrunken, sie bleckten die Zähne, wie Pferde auf einem Karussell, das sich an dir vorbeidreht, immer im Kreis, wieder und wieder, und nie hält es an, um dich einsteigen zu lassen ...

Aber ich brauchte sie. Teddy und ich gingen in einen Nachtclub und brachten sie mit, ganze Horden, die in ihren Autos hupend und kreischend die Auffahrt hinauffuhren, Mädchen, die in kurzen Röcken beschwipst und lachend durch den Garten rannten. Sie wollten nur Spaß haben, egal wie. Ich wollte nicht allein sein, und da waren sie.

Wahrscheinlich hatte ich gehofft, daß Teddy auf mich aufpassen würde, aber er konnte es nicht. Ich wollte, daß er mich vor Jimmy und vor mir selbst beschützt. Vor der Leere in meinem Innern, dem Wissen, daß ich in meiner Ehe versagt hatte, daß ich weder mit Jimmy noch irgend jemand anders reden konnte ... aber wie sollte Teddy mich davor beschützen? Er konnte es nicht, natürlich konnte er es nicht, und alles war falsch, und ich wußte nicht, was ich tun sollte. Ich hatte sogar Edmund vertrieben. Man konnte es ihm kaum verübeln – Was sagte der Soldat doch gleich in der berühmten Karikatur? »Wenn du ein besseres Loch kennst, nichts wie hin.«

Doch die Menschen werden immer das glauben, was sie sehen, und Ada ist da nicht anders, auch wenn sie es glaubt. Sie dachte, ich sei von Teddy schwanger, und das hat sie Jimmy gesagt. Als Jimmy mich danach fragte, sagte ich ja, Teddy sei der Vater des Kindes, und natürlich dachte Teddy das auch. Es war besser so. Und wie es sich herausstellte, hätte ich keinen lieberen, freundlicheren Menschen wählen können.

EDMUND

Wenn man einmal verwundet war, wurde man herumgereicht wie ein Paket, rein in den Zug, raus aus dem Zug, rein in ein Krankenhaus, zu neuen Ärzten und Schwestern, aber ich hatte nichts dagegen. Um die Wahrheit zu sagen, war es mir ziemlich egal, was mit mir passierte. Mir fiel nicht ein einziger triftiger Grund ein, warum ich am Leben war und Roland und Tausende anderer Männer waren tot. Was hatte ich getan, damit ich am Leben bleiben durfte? Ich habe es damals nicht verstanden, und ich verstehe es heute nicht. Als Paket war es erträglich, weil man nichts tun oder sagen mußte, aber wenn man zurückkehrte zu den Menschen, die man kannte, bedeutete es doch eine bemerkenswerte Anstrengung, wieder man selbst zu sein, das alte Selbst aus Friedenszeiten wiederzufinden.

Ich weiß, daß die Männer unterschiedlich damit umgingen. Ich wußte, Roland hätte es mit einem Achselzucken abgeschüttelt, so ist es eben, und ich versuchte, danach zu leben. Die Erinnerung an Roland würde mir helfen, zurechtzukommen, aber ich spürte – ich sage spürte, als wäre es Vergangenheit, doch es ist immer das gleiche, wasch mir den Pelz … die alte Lüge, daß man ein anständiger Mensch ist, und ich habe immer noch dieses überwältigende Gefühl der Schuld, daß ich am Leben bin und Roland ist tot. Selbst Ada gegenüber. Ich wußte, daß ihr Bruder gefallen war, und ich habe mir immer vorgestellt, sie schaut mich an und denkt: Warum hat *er* es verdient zurückzukommen und mein Bruder nicht? Ich konnte es nicht ertragen, sie anzusehen. Aber man lebte in einem ganz normalen Haus, und das Personal erwartete, daß man ihm sagte, man wollte dies oder das, daß man ihm Anweisungen gab – und ich hatte das Gefühl, als wäre ich stumm geworden. Es war wie die Abendessen mit meinem Vater, als ich ein Kind war; das Brennen in den Eingeweiden, die Kehle wie zugeschnürt, unfähig zu schlucken … Es ist seltsam, wenn ich jetzt daran denke, aber eine ganze Zeitlang konnte ich es überhaupt nicht ertragen, Louisa zu sehen. Es wurde so schlimm, daß ich sogar Georgie darum bat, ihr zu sagen, sie sollte nicht mehr zu Besuch kommen. Und als Georgie mir erzählte, daß Louisa Davy heiraten würde, war ich beinahe froh, weil ich wußte, daß ich sie nicht verdiente. Heute sind ihre Besuche das einzige, worauf ich mich freue. Ich zähle die Tage, bis sie kommt, und wenn sie da ist, versuche ich meine Freude vor Georgie zu verbergen, doch ich vermute, sie merkt es trotzdem.

Es dauerte ziemlich lange, bis die Wunde in meiner Brust heilte, denn die Kugel hatte eine ziemliche Schweinerei angerichtet, aber als es mir ein wenig besser ging, schlug der Arzt vor, ich sollte aufstehen. Am Anfang machte ich Spaziergänge, doch dann bekam ich Angst vor dem, was ich sehen würde. Es waren die Gesichter, die Gesichter der Männer. Immer wieder dachte ich, ich würde Roland sehen. Wenn ein Mann seine Größe hatte, die gleiche Haarfarbe, oder einfach nur eine Uniform trug, und wenn das Licht schlecht war, oder er zu weit weg … ein paarmal rief ich sogar seinen Namen, und einmal drehte sich ein Mann um und sagte: »Ihr Freund ist tot, nicht wahr?«

Ich sagte: »Ja.« Er erzählte mir, daß es ihm genauso ergangen war.

Ich gab die Spaziergänge auf und lief statt dessen durch den Garten, doch das Gefühl in meinem Magen wurde nicht besser, so als hätten sich meine Därme verknotet. Georgie sagte: »Wie gut, daß du kein Pferd bist.« Weil man ein Pferd mit verknoteten Därmen erschossen hätte, man hätte es tun müssen. Wenn ich bei Verstand gewesen wäre, hätte ich mich vielleicht erschossen.

Vielleicht war es all das, was dazu führte, daß ich ... daß ich tat, was dann geschah. Ich weiß es nicht. Ich mußte viel Zeit im Bett verbringen, wegen der Wunde, und ich langweilte mich schrecklich, Georgie kam zu mir ins Zimmer, und wir spielten Karten. Georgie mogelt immer, und die Tatsache, daß ich krank war, änderte das kein bißchen – sie würde auch ein sechsjähriges Kind betrügen, wenn sie glaubt, es fällt nicht auf. Ich sehe es ihren Augen an, wenn sie mogelt, doch die Bridgespieler merkten es nie, bis auf einen, und ich glaube, Georgie wußte, daß er sie beobachtete, weil er so selten eingeladen wurde. Doch heute lädt Georgie nie mehr Leute zum Bridge ein – und es ist ja auch kaum noch jemand da, sie sind alle weggezogen oder gestorben. Keiner besucht uns, außer Louisa.

Das gehört alles nicht zu dem, was ich zu sagen versuche ... aber wie soll man über das sprechen, was Georgie und ich getan haben? Was kann man sagen? Darüber zu reden macht es so unerfreulich, so schlimm, und das war es nicht. Man denkt an diese Elendsviertel, wo alle in einem Bett schlafen müssen, und dann bekommt das Mädchen ein Baby, und man weiß nicht, ist es vom Bruder oder vom Vater oder von wem. Jeder kennt solche Geschichten, aber so war es überhaupt nicht. Als es geschah, dachte ich nicht ... nun, es schadete ja keinem Dritten, was wir taten. Am Ende natürlich schon. Als werfe man einen Stein in einen stillen Teich und sieht zu, wie sich die Wellen ausbreiten. Aber es erschien uns nicht bedrohlich, im Gegenteil, am Anfang war es erstaunlich unschuldig, als wären wir wieder Kinder, und ich fühlte mich so sicher ...

wahrscheinlich klingt das unverständlich, aber es stimmt. Doch man kann es nicht erklären, ohne Entschuldigungen zu suchen, und für das, was wir taten, gibt es keine Entschuldigung.

Wer hat angefangen, wie begann es? Wahrscheinlich muß es der eine oder der andere gewesen sein, aber eigentlich war es keiner von uns. Es war nicht so, daß ... nun, natürlich hatte es in Frankreich das eine oder andere Mädchen gegeben, aber das war belanglos, hinterher dachte man nicht mehr daran, und ich glaube, für die Mädchen war es nicht anders. Es muß am frühen Abend gewesen sein, denn ich weiß noch, wie Georgie in einem wunderschönen seidenen Pyjama ins Zimmer kam. »Rutsch ein Stück«, sagte sie. »Mir ist kalt«, und sie kletterte zu mir ins Bett. Als Kinder hatten wir das oft getan, jedenfalls, wenn wir allein waren, so daß es nichts besonders Ungewöhnliches war. Wir waren allein im Haus – das Personal war natürlich da, aber ich meine, Jimmy war nicht da. Georgie stieg neben mich ins Bett, und wir fingen an, Karten zu spielen. Dann merkte ich, daß sie versuchte, mir in die Karten zu schauen, und sie merkte, daß ich es gesehen hatte, und sagte: »Du hast gemogelt«, denn Georgie schob immer dem anderen die Schuld in die Schuhe, wenn sie beim Mogeln erwischt wurde.

Normalerweise überging ich ihre Schummelei, aber diesmal sagte ich: »Du kannst damit aufhören, ich weiß, daß du gemogelt hast«, und dann hatten wir eine kleine Rauferei um die Karten, weil sie mir meine wegnehmen wollte. So fing alles an: »Laß los, das sind meine.«

»Nein, laß du los, du Dummkopf«, und sie fing an zu kichern, wie ein Schulmädchen.

Am Anfang war es nichts anderes als das, was wir als Kinder getan hatten, ohne das, was man wohl körperliches Gefühl nennen würde, aber dann kam ein Moment, in dem Georgie über meinem Schoß lag und meine Taille umklammerte; ich hatte meine Karten hinter dem Rücken versteckt, und sie versuchte, sie zu kriegen. Sie stieß kleine Drohungen aus, um an die Karten heranzukommen. »Gib-mir-die-Karten-oder-ich-zwinge-dich-Edmund«, solche Sachen. Ich blickte auf ihren Kopf hinab, und dann war da dieses Gefühl, wie warm ihr Körper war, und plötzlich merkte ich – ich merkte –, daß sie mich erregte – das, was sie tat –, und wahrscheinlich merkte sie es auch, denn sie hielt still und richtete sich auf. Ihr Arm lag immer noch um meine Taille, doch sie wurde ganz still. Sie hätte nur den Kopf herumdrehen müssen, um mich anzuschauen, aber sie tat es nicht, ihr Gesicht war abgewandt, und ich hatte die Vorstellung, daß ihre Augen geschlossen waren. Sie sagte: »Edmund.« Nicht als Frage, nicht als Vorwurf, es war mehr ein Seufzen: »Edmund.« Also schloß ich auch meine Augen und spürte, wie sie meine Wange berührte. Ich wollte nicht, daß sie ihre Hand von meinem Gesicht nahm. Ja, ich glaube, ich hätte sie festgehalten, wenn sie es versucht hätte. Sie sagte: »Ich liebe dich, Edmund. Keine Angst, niemand wird es je erfahren.« Ich weiß nicht mehr, was ich geantwortet habe. Vielleicht habe ich gar nichts gesagt. Ich weiß es nicht.

Als ich ihr zusah, wie sie ihren Pyjama auszog, denn sie kannte keine Schüchternheit oder falsche Scham oder so etwas, wurde mir klar, daß ich noch nie eine Frau ganz nackt gesehen hatte. Als Statuen oder auf Bildern schon, aber nicht in Wirklichkeit. Die Frauen in Frankreich hatten immer ein Hemd an oder irgendein Kleidungsstück, und es war mir nie in den Sinn gekommen, daß man *tatsächlich* alles ausziehen konnte. Daran, wie Georgie mich ansah, erkannte ich, daß sie sich für Jimmy nicht so auszog, und wahrscheinlich war ich ein bißchen stolz darauf. Sie kniete sich aufs Bett. Die Knie leicht auseinander, und obwohl sich die Laken um ihre Beine bauschten, konnte ich sehen, daß die Haare dazwischen gelockt waren wie meine und natürlich die gleiche Farbe hatten, Schwarz. Es wirkte so dunkel gegen ihre Haut, die blaß und weich war, und es war so schön, sie zu berühren, alles paßte so gut. Das mag seltsam klingen, aber die Mädchen in Frankreich – vielleicht lag es an den Kriegszeiten und der Lebensmittelknappheit und so weiter – sahen manchmal so aus, als hätten sie zu viel Haut für das, was darunter war, und oft hatten sie dunkle und grobe, ja manchmal sogar richtig rauhe Haut. Aber Georgies Haut war weich und paßte perfekt, wie ein Handschuh aus Ziegenleder.

Ich wollte ihr sagen, wie schön sie war, aber ich konnte nicht, ich konnte nicht sprechen, ja nicht einmal schlucken, weil sie mich so intensiv ansah. Niemand hatte mich je so angesehen. Ich wollte ihren Körper ansehen, doch ich konnte ihr nur in die Augen schauen. Die ganze Zeit. Es war wie eine Wette; wer schaut zuerst weg? Georgie bewegte ihr Gesicht immer näher auf meines zu und beugte sich vor, so daß unsere Nasen sich berührten, wie wir es als Kinder getan hatten. »Wie viele Augen?« sagte sie. »Wie viele Augen habe ich?«

Als wir es getan hatten, dachte ich, sie könnte wütend sein oder mir Vorwürfe machen, aber sie tat es nicht, sie legte sich zurück und lächelte und sagte: »Das hat dir gefallen, oder? Das hätten wir schon vor langer Zeit tun sollen.« Nun, natürlich hatte es mir gefallen, zum Teil wegen der sexuellen Seite, die Tatsache, daß man normal funktionierte, aber auch deshalb, weil ich, als es geschah, an nichts anderes dachte. Ich kann keine klugen Erklärungen geben, das konnte ich nie, aber während ich mit ihr da lag, waren die Gesichter draußen, die Gesichter der Männer, und Roland, die Angst, die Vorwürfe – der ganze verdammte Mist –, all das war nicht mehr da.

Am nächsten Abend kam Georgie wieder in mein Zimmer

und auch am nächsten, und es verlief immer nach demselben Muster: Sie kam zu mir ins Bett, und manchmal spielten wir nur Karten und redeten, aber manchmal – taten wir diese körperliche Sache miteinander. Und als ich wieder aufstehen konnte, gewöhnte ich mir an, nachmittags ein Schläfchen zu machen, und sie kam zu mir, um mir Gesellschaft zu leisten. Ich war sehr darauf bedacht, sonst nicht daran zu denken, weil ich es von allem trennen wollte, so als hätte es keine Verbindung zu meinem oder Georgies anderem Leben. Erst als Georgie das mit Teddy Booth anfing, wurde mir richtig bewußt, was ich Furchtbares getan hatte. Ich hatte meine eigene Schwester verdorben, oder warum sollte sie sonst zu einem anderen Mann gehen? Denn ich wußte verdammt genau, daß sie ihn verführt hatte und nicht er sie.

Eines Abend, als er sie von einer Party nach Hause brachte, sagte mir Georgie offen ins Gesicht, daß sie mit ihm ins Wochenende fahren würde. Plötzlich erkannte ich, wie hemmungslos sie geworden war, es machte ihr anscheinend gar nichts aus, was andere Leute dachten, sie stand da und verkündete es vor dem Personal, mit dieser scheußlichen schwarzen und weißen Schminke, die in ihrem Gesicht verschmiert war wie bei einem gewöhnlichen Straßenmädchen. Beinahe hätten wir uns geschlagen – weiß Gott, was Ada gedacht hat, denn sie war Zeuge der ganzen Sache. Nun, sie brachte Georgie nach oben ins Bett, und als die Luft rein war, ging ich auf Zehenspitzen nach oben und klopfte an ihre Tür. »Georgie, ich muß mit dir reden.« Totenstille. Ich versuchte, die Tür zu öffnen, aber es war abgeschlossen. »Georgie, du kannst nicht einfach so mit Booth wegfahren. Was ist mit Jimmy?«

Dann hörte ich ihre Stimme auf der anderen Seite, ganz leise: »Jimmy liebt mich nicht mehr. Weißt du das nicht?«

»Und was ist mit mir?« Sie antwortete nicht sofort, und ich

dachte, sie wäre weggegangen. »Georgie, sei nicht so verdammt kindisch. Was ist mit mir?«

Dann sagte sie: »Es tut mir leid, Edmund.«

»Wenn es dir leid tut, warum machst du es dann? Sag Booth einfach, es ist vorbei, das ist alles.«

»Es tut mir leid, Edmund, ich kann nicht.«

»Warum nicht? Warum kannst du nicht? Booth wird es dir nicht übelnehmen. Du glaubst doch nicht, daß er dich liebt, oder?«

»Nein, das tut er wahrscheinlich nicht.«

»Warum tust du das dann?«

»Ich habe es dir doch gesagt, ich muß. Gute Nacht, Edmund.« Das war der Beweis, verstehen Sie, sie konnte nichts dagegen tun. Wenn sie einmal einen anderen Mann als ihren eigenen gehabt hat, wird sie natürlich den nächsten wollen – welche anständige Frau würde sich einem Mann so an den Hals werfen, wie sie es bei Teddy getan hat? Ich fühlte mich, als hätte ich den Korken aus der Flasche gezogen und würde ihn nie wieder hineinbekommen, denn man kann die Unschuld nicht zurückholen, wenn sie für immer weg ist. Das gehörte alles zu dem verdammten Chaos, das ich angerichtet hatte ... es widerte mich an, alles, wie sie sich mit Teddy benahm ... wie schamlos sie geworden war. Als könnte sie einfach ... einfach ihre eigenen Regeln machen, und alle anderen blieben auf der Strecke.

GEORGINA

Ich habe Edmund nie gesagt, daß es sein Kind war. Ich dachte, es würde wie ein Zyklop aussehen oder eine Art Monster und daß der Arzt vielleicht erkennen konnte, daß das Kind aus einer verkommenen Beziehung stammte – doch Edmund und ich sind nicht verkommen, und das, was wir getan haben, war auch nicht verkommen. Aber wenn man über diese Dinge redet, werden sie grob und schlimm, was sie nicht waren. Es war perfekt.

Und es war ein Riesenspaß, ein Geheimnis zu bewahren. Zuerst hatten wir mächtig zu tun, weil wir alle Möbel in Edmunds Zimmer umstellten. Edmund wollte das Fenster nicht im Rücken haben und auch nicht an der Seite, er wollte direkt hinausschauen, also mußte das Bett umgedreht werden, und dann stand da ein Schrank mit einer Spiegeltür gegenüber vom Bett, und wenn er mitten in der Nacht aufwachte und in den Spiegel schaute, glaubte er, es sei jemand im Zimmer, deshalb mußte der Schrank weg. Es war, als wären wir wieder Kinder und spielten zusammen. Ich brachte Blumen aus dem Garten mit und stellte sie in sein Zimmer, und er brachte mir das Rauchen bei. Eigentlich tat er es nur, um sich über mich zu amüsieren, denn ich lernte es nie. Wir öffneten immer alle Fenster ganz weit, damit Ada es nicht roch, aber sie merkte es trotzdem und stöhnte und seufzte und wedelte mit den Vorhängen wie eine Wilde. Ich habe mein ganzes Leben lang nie in der Öffentlichkeit geraucht, ich konnte es nicht ausstehen, wie die Mädchen während des letzten Krieges in Hosen durch die

Straßen liefen, und immer hing eine Zigarette in ihrem Mundwinkel. All diese grauenvoll breiten Schultern und vernünftigen Schuhe und häßlichen, fettigen Haartollen, als wollten sie Männer sein. Es war so eine Erleichterung, als die Kleider und ordentliche Abendgarderobe wiederkamen und jeder wieder wie ein Mensch aussah.

Wie auch immer, Ada regte sich schrecklich über den Rauch auf, und Edmund hatte furchtbare Angst, sie zu ärgern, so daß ich schließlich sagte: »Ich weiß, wie wir das Problem lösen können, es ist unser Haus, und wir werden sie einfach nicht mehr reinlassen, dann merkt sie es gar nicht.« Und das war's. Wir sagten, wir wollten nicht, daß sie oder jemand anders vom Personal hereinkam, wir ließen sie das Tablett mit dem Abendessen vor der Tür abstellen, und wenn mich niemand sah, flitzte ich hinaus und holte Edmunds Essen herein.

Wenn ich das jetzt sage, mag es merkwürdig klingen, doch die Sache mit dem Baby war ein großer Schock für mich. Nicht nur wegen der Schmerzen, sondern ich hatte nie richtig gewußt, woher die Babys eigentlich kamen – natürlich wußte ich, daß man ein Baby nicht vom Händeschütteln bekam, schließlich war ich verheiratet, aber ich wußte absolut nicht, wie sie geboren wurden. Frauen wie Ada kannten sich in solchen Dingen wahrscheinlich aus, doch wir nicht. Ich meine, ich bezweifle, daß Louisa einen Deut mehr wußte als ich, und sie hatte immerhin ein Baby bekommen. Ich vermute, daß Jimmy keine Kinder zeugen konnte – es mußte so gewesen sein, denn ich hatte keine Ahnung, wie man es verhindert, daß ich eins bekam, und mit Teddy, nun, da war ich ja bereits schwanger. Natürlich stellte mir Teddy nie irgendwelche Fragen deswegen, aber die Männer müssen sich keine Sorgen machen, oder? Allerdings wird von Frauen auch nicht verlangt, daß sie im Krieg sterben. Oder jedenfalls war das früher so, die Luftangriffe haben das wahrscheinlich geändert. Ich fand sie ziemlich aufregend. Ich dachte immer, das wäre ein guter Tod für uns gewesen, ein direkter Treffer. Wenn Edmund dabeigewesen und es schnell gegangen wäre, hätte es mir nichts ausgemacht.

Es gibt ein Gedicht von A. E. Housman, das Edmund mir vorgelesen hat, in dem es heißt, der Name stirbt vor dem Menschen, oder so ähnlich. So ist es mir ergangen. Wenn ich sterbe, falls es überhaupt jemand bemerkt, wird man sagen: »Oh, ist das nicht die, die vor vielen Jahren ihren Mann umgebracht hat und davongekommen ist?« Die Älteren werden es sagen. Die Jüngeren werden nicht einmal mehr meinen Namen kennen.

EDMUND

Mein Vater starb im Juni 1927, ein Jahr vor Jimmy. Ich kann nicht leugnen, daß ich erleichtert war. Aber man sagt ja, daß es Charakter beweist, wenn man kein Theater macht, also hatte ich auf diesem Gebiet zum ersten Mal keine Schwierigkeiten. Es war, als hätte ich den alten Mann geschlagen, indem ich ihn überlebte, trotz des verdammten Krieges. Das scheint ein schrecklicher Gedanke zu sein, aber das war es, was ich dachte.

Jimmy ging nicht zur Beerdigung. Er sagte, er könne sein Büro nicht allein lassen. Er erklärte uns einfach, er könne nicht hinfahren, und wir widersprachen ihm nicht. Doch ich war ziemlich traurig darüber, denn Vater hatte Jimmy lieber gemocht als mich oder Georgie.

Vater wurde auf dem Friedhof im Dorf begraben. Ein paar Dorfbewohner, die älteren, waren da, aber nicht viele. Mein Vater war nicht besonders beliebt gewesen, er gehörte nicht zu den Menschen, die anderen einen guten Tag wünschen – im Gegenteil, es hatte sogar Ärger im Dorf gegeben, weil er angefangen hatte, abends herumzuschleichen, und sich ziemlich seltsam benahm – ein paar Kinder hatten sich beklagt, daß er Steine nach ihnen warf, einmal stieß er ein junges Mädchen in einen Graben, und bei einer anderen Gelegenheit traf er auf eine junge Frau, die in der Dämmerung nach Hause ging, und begann sie zu beschimpfen, weil sie allein unterwegs war. Ein Mann aus dem Ort erzählte mir, daß danach der Dorfpolizist, Constable Whatmough, mit Thomas gesprochen und ihn gebeten hatte, ein Auge auf meinen Vater zu haben, falls er wieder etwas vorhabe, und Thomas hatte geantwortet, daß das Mädchen es verdiente. Mein Freund erzählte, Thomas habe gesagt, Frauen und Kinder sollten sich nach Einbruch der Dunkelheit nicht draußen herumtreiben, sonst würden sie schon bekommen, was sie verdienten. Ziemlich merkwürdig, wenn man bedenkt, daß das arme Mädchen nur eine Gasse entlangging.

Nach der Beerdigung blieb ich noch auf dem Friedhof, betrachtete die Grabsteine und kam an einem kleinen Grab mit einem einfachen Stein vorbei, auf dem stand: *Frederick Fairbanks Lomax 1894–1899*. Es war das erste Mal, daß ich Freddies Grab sah. Mehr stand nicht drauf, nur der Name und die Jahreszahlen. Es gab keine Blumen, aber das Grab machte einen gepflegten Eindruck. Als ich Ada erzählte, daß mein Vater gestorben war, kamen wir ins Plaudern über die alten Zeiten in Dennys, und ich fragte sie über Freddies Beerdigung aus. Sie berichtete mir: »Ihr Vater wollte Freddie so bald wie möglich unter der Erde haben. Es ging alles sehr schnell, Master Edmund, sehr schnell, und niemand durfte darüber reden.« Als ich sie nach dem Grund fragte, sagte sie: »Es war zuviel für den armen Mann, so kurz nach dem Tod Ihrer Mutter. Ich glaube, er hat ihr nie verziehen, daß sie gestorben ist und ihn einfach allein gelassen hat, und dann noch Master Freddie … das war zuviel.«

Ich sagte: »Glaubst du, daß es ein Unfall war – das mit Freddie, meine ich?«

»Ich weiß es nicht, Master Edmund. Ich habe es nie verstanden, und wahrscheinlich werde ich es auch nie verstehen.« Nun, ich tappte immer noch im dunkeln, was das Warum und Wozu anging, aber es war eine Erleichterung, Ada Freddies Namen sagen zu hören, auch wenn sie es mit zusammengekniffenen Lippen tat. Denn meistens schien er wie ein unsichtbarer Geist zwischen uns zu stehen, um den man sich in der Unterhaltung herumwinden mußte und der nie Gestalt annahm, wenn Sie verstehen, was ich meine. Man mußte nur unter allen Umständen vermeiden, ihn zu berühren. Als Kind hatte ich Angst, zu lange über Freddie nachzudenken. Als wäre ich stigmatisiert und andere Menschen würden es sehen und nicht mehr mit mir sprechen. Ich versuchte das alles Ada zu erklären, aber besonders gut schien es mir nicht gelungen zu sein, denn sie sagte: »Regen Sie sich nicht auf, Master Edmund. Master Freddie hat seinen Frieden gefunden, es nützt keinem, wenn wir ihn stören.« Das war natürlich überhaupt nicht das, was ich meinte, aber es war offensichtlich hoffnungslos zu versuchen, es zu erklären, also hörte ich auf damit.

Über dem Tod meines Vaters lag kein Geheimnis, doch die Art, wie er starb, war ziemlich merkwürdig. Eine Woche lang hatte ihn niemand mehr gesehen, dann klopfte ein Mann aus dem Dorf an die Tür in Dennys, und niemand öffnete. Schließlich holte man Constable Whatmough, der in das Haus einbrach und meinen Vater und Thomas tot am Fuße der Treppe fand. Der Arzt hielt es für möglich, daß sie ausgerutscht waren und bei dem Versuch, sich gegenseitig zu helfen, zusammen die Treppe hinuntergefallen waren. Thomas hatte das Genick gebrochen – er war sofort tot –, doch mein Vater hatte beide Beine und die Hüften gebrochen, und der Arzt sagte, so konnte er durchaus noch ein paar Tage gelebt haben. Er hätte niemals selbst Hilfe holen können, weil er, abgesehen von den zerschmetterten Knochen, in sehr schlechtem körperlichem Zustand gewesen war und wahrscheinlich sehr gelitten hatte. Der Arzt erzählte mir das unter vier Augen. Ich habe es Georgie gegenüber nicht erwähnt.

Auch Thomas wurde auf dem Friedhof im Dorf begraben – wie sich herausstellte, neben meinem Vater. Ich glaube nicht, daß es mir gefallen würde, bis in alle Ewigkeit neben Thomas zu liegen, aber man kann es sich nicht aussuchen, es sei denn, man hat sich ein Grab reservieren lassen. Für Thomas war es natürlich der gegebene Ort, denn er war hier geboren und hatte sein ganzes Leben im Dorf verbracht, aber ich war doch überrascht, daß mein Vater nicht verfügt hatte, neben meiner Mutter in London beerdigt zu werden.

Im Dorf gab es einen Pub mit dem Namen *The Hand and Flower*, wo Georgie und ich übernachteten. Constable Whatmough gab mir nach der Beerdigung den Schlüssel für Dennys. Das war schrecklich, denn wir wußten, daß das Haus laut Testament mir gehörte, aber als ich Georgie fragte, was ich tun sollte, sagte sie: »Wirf den Schlüssel in den Dorfteich.«

»Ich wünschte, ich könnte es.«

»Nun, ich sehe keinen Grund, warum du es nicht können solltest. Mir ist es sowieso egal, was du tust, solange ich nie wieder einen Blick darauf werfen muß.«

Ich wußte, daß sie so dachte, deshalb war ich auch so verblüfft, als sie einverstanden war, mit zur Beerdigung zu kommen. Jimmy erklärte, sie müsse dorthin, und sie sagte: »Gut, ich fahre mit.« Sie wirkte schrecklich unbeteiligt, aber auf der Fahrt sprachen wir kein Wort, und ich sah, daß sie furchtbar nervös war. Wir beide standen auf der Veranda in Dennys und versuchten, Mut zu fassen. Die ganze Veranda war von Efeu und wildem Wein überwuchert, was sie wahrscheinlich zusammenhielt. In der Auffahrt lag ein Haufen zerbrochener Schindeln, die vom Dach gefallen waren, und die meisten Fenster waren mit Brettern vernagelt. Die Holztreppe zur Haustür war völlig verfault, und ich glaube, beim Heraustragen der Särge muß es einen Unfall gegeben haben, denn zwei Stufen waren ganz eingetreten, und überall lagen Holzstücke und Moos. Als Georgie die Löcher sah, sagte sie: »Wahrscheinlich müssen wir dankbar sein, daß er das Haus durch die Vordertür verlassen hat.« Die ganze Zeit hielt sie meine Hand und wollte nicht loslassen.

Es gelang uns, die Tür aufzubekommen, und sofort schlug uns ein abscheulicher Geruch entgegen, der einem beinahe den Atem raubte. Ich glaube wirklich, daß er schlimmer war als der Gestank in den Schützengräben, weil kein Wind die faule Luft wegblies. Der Boden in der Diele war einmal mit farbigen Fliesen ausgelegt worden, doch man konnte das Muster nicht mehr erkennen, weil der Boden mit einer dicken Schicht aus Kot und Stroh bedeckt war, so fest, daß man glauben konnte, es wäre ein Bauernhof. Die wenigen Möbel, die noch übrig waren, waren völlig hinüber. Von der Diele gingen mehrere Zimmer ab, und mir fiel auf, daß vor zwei Türen, wo der Gestank besonders stark war, unzählige Fliegen herumschwirrten. Ich ging so nah, wie es mein Magen zuließ. Die oberen Fächer in den Türen waren herausgehauen worden, so daß ich einen Blick hineinwerfen konnte. Es war ein erbarmungswürdiger Anblick. Sie hatten in den Zimmern Tiere gehalten, in dem einen Kaninchen, in dem anderen Geflügel, und durch die Löcher in den Türen mußten sie Stroh und Futter hineingeschafft haben. Die armen Viecher waren alle verhungert, überall lagen Kadaver, von Exkrementen bedeckt und von Fliegen umschwirrt. In dem Augenblick, in dem ich das sah, wußte ich, daß ich raus mußte, um mich nicht zu übergeben, doch als ich mich nach Georgie umdrehte, war sie verschwunden.

Ich glaube wirklich, ich hätte keinen Augenblick länger in diesem Haus bleiben können. Es lag nicht nur an dem Gestank, die Atmosphäre war so – wahrscheinlich war es das Wissen, daß mein Vater hier gestorben war, der Gedanke daran, daß er mit schrecklichen Schmerzen in diesem Dreck gelegen hatte.... Ich wurde das Bild nicht los, wie er neben Thomas lag und auf den Tod wartete und diese verzweifelten Tiere auf der Suche nach Futter an der Tür kratzten.

Auf der Suche nach Georgie brach ich mir auf den Verandastufen beinahe das Genick. In den Monaten, bevor mein Vater starb, hatte ich Georgie kaum gesehen – ich konnte die Fremden nicht ertragen, die lärmend durch das Haus zogen, nie herrschte Ruhe, deshalb war ich ausgezogen. Ich wollte in meinem Club bleiben, aber Louisa fand es heraus und bot mir an, bei ihr und Davy und dem Baby zu wohnen, denn damals war Caroline noch ganz klein. Am Ende blieb ich drei oder vier Monate bei ihnen. Ich bot ihnen immer wieder an auszuziehen – es war nicht fair, ihre Gastfreundschaft so lange in Anspruch zu nehmen –, aber sie wollten davon nichts hören. Louisa war immer so nett. Als ich ihr erzählte, wie sehr ich Georgies Benehmen haßte, sagte sie: »Sie ist unglücklich, weil sie das Baby verloren hat. Du solltest nicht böse auf sie sein, Edmund.« Es war mir nie in den Sinn gekommen, daß Georgie das Baby gerne gehabt hätte, bis Louisa es sagte. Ich versuchte, mir Georgie mit einem Baby vorzustellen, doch irgendwie paßte es überhaupt nicht zusammen. Aber alle Frauen wollen Babys, wahrscheinlich müssen sie es wollen, sonst würden sie nicht immer weiter welche bekommen.

Louisa wollte ihr Baby mit Sicherheit. Sie war eine wunderbare Mutter. Manchmal ging ich mit ihr ins Kinderzimmer, um Caroline anzuschauen, und Louisa nahm sie immer auf den Arm und küßte sie. Ich sagte dann: »So ein glückliches Baby, weil es eine Mutter wie dich hat«, und Louisa lachte mich aus, aber ich meinte es ernst.

Ich hätte der glücklichste Mann auf der Welt sein müssen, weil ich Louisa jeden Tag sah, und manchmal war ich es auch, solange ich den Rest vergessen konnte. Es klingt vielleicht kindisch, aber manchmal, auf dem Weg vom Büro zu ihr, stellte ich mir vor, daß Louisa meine Frau war und nicht Davys, und Caroline meine Tochter. Ich erzählte es ihr natürlich nicht, aber wir sprachen über viele andere Dinge – nun, wahrscheinlich redete ich die meiste Zeit, aber Louisa hörte immer gerne zu. Wir redeten über die Sommer in Dennys und über Roland … Ich habe mich immer gefragt, ob sie es mochte, wenn ich über ihn redete, weil es sie an ihn erinnerte. Ich hätte nichts dagegen gehabt, wenn das der Fall gewesen wäre, denn wenn ich mit ihr zusammen war, fühlte ich mich Roland auch näher. Doch wenn sie mich ansah, mir direkt ins Gesicht schaute, in ihrer ruhigen, heiteren Art, kam ich mir vor wie die niedrigste Kreatur auf Erden. Denn wie kann man vergessen, daß man den Menschen, den man am meisten auf der Welt liebt, betrogen hat, wenn er einem ins Auge sieht? Selbst wenn er nicht weiß, was man getan hat, du weißt es, und du weißt, daß du es nicht ungeschehen machen kannst.

Ich ging ums Haus und suchte nach Georgie. Ich konnte sie nirgends finden. Die Blumenbeete waren von Unkraut überwuchert, und der Hof war schrecklich schmutzig, aber die Hecke war noch da, sie war riesig geworden, und die kleine Hütte dahinter, in der die Toilette für das Personal gewesen war, stand ebenfalls noch. Als Kinder waren Georgie und ich davon fasziniert gewesen, weil es uns streng verboten war, auch nur in die Nähe der Hütte zu gehen. Man konnte den Eingang nicht mehr erkennen, nicht einmal die Umrisse, er war völlig zugewachsen – irgendein stark riechendes Gewächs mit grün-weißen Blüten, das so gewuchert hatte, daß es alle Bäume in der Nähe bedeckte, und überall wuchsen Brennesseln, die uns bis zur Taille gingen.

Ich fand Georgie im Schatten der Hütte inmitten der Brennesseln. Sie preßte ihr Taschentuch auf ihr Gesicht und sah aus, als hätte sie geweint. Sie sagte: »Hier ist Freddie gestorben.«

»Das wußte ich nicht.«

»Es stimmt. Sie sind alle ins Haus gegangen und haben gewartet, bis er tot war, dann haben sie den Polizisten geholt.« Sie rannte direkt auf mich zu und packte mich an den Armen. »Sie haben ihn sterben lassen, Edmund.«

»Georgie, du weißt nicht, was du redest.«

»O doch. Ich weiß es! Er war nicht tot, als ich ihn sah. Er hat geatmet. Aber sie haben ihn hier draußen gelassen – Mrs. Mattie und die Schwester, sie alle. Es war ihre Schuld! Sie sind weggelaufen und haben gewartet, daß er stirbt.«

Sie schluchzte. Ich hatte mir vorgenommen – hatte es mir geschworen –, daß ich sie nicht anfassen würde, aber als sie auf mich zurannte, mußte ich es tun, ich mußte sie in die Arme nehmen, bis sie aufhörte zu weinen. Mehr tat ich nicht, ich küßte sie nicht. Ich legte einfach die Arme um sie. Ich kann mich nicht erinnern, daß man mir jemals erzählt hätte, wo genau Freddies Leiche gefunden worden ist, und wahrscheinlich hätte ich etwas fühlen müssen, als ich an der Stelle stand. Aber ich konnte es mir überhaupt nicht vorstellen, da war nichts außer Georgie und Unmengen Brennesseln.

Georgie sagte: »Ich will zurück zum Auto.«

»Gut, gehen wir.« Ich hatte eine Taschenflasche bei mir und etwas zum Trinken aus dem Pub. Kognak. Das Lieblingsgetränk meines Vaters. Georgie wartete auf mich, während ich eines der Küchenfenster einschlug und über die Fensterbank sprang, um zwei Gläser zu holen.

Georgie griff danach und sagte: »Betrinken wir uns.« Sie prostete mir zu. »Auf die Familientradition!« Dann setzten wir uns ins Auto und betranken uns. Anders kann man es nicht beschreiben, denn das war es, was wir mit voller Absicht taten. Ich glaube, Georgie spürte den Effekt schneller als ich, weil sie kicherte und vor sich hinsang. Dann sagte sie plötzlich: »Edmund, ich muß einfach meine Strümpfe ausziehen.« Sie hatte sie sich in den Brennesseln zerrissen, und ihre Beine brannten. Ich wollte ihr dabei nicht zusehen, deshalb sagte ich, ich würde ein Sauerampferblatt holen, aber zu dem Zeitpunkt war ich schon nicht mehr nüchtern, und aus irgendeinem Grund, nun, hauptsächlich, weil ich nicht zurück zum Auto wollte, hatte ich schließlich nicht nur ein Sauerampferblatt, sondern einen ganzen Arm voll Gras und Blumen. Ich weiß noch, wie ich mitten in einen Busch gegriffen habe, um irgendwelche großen, weißen Rosen zu pflücken – ich bemerkte gar nicht, wie ich mir dabei ziemlich schlimm die Handgelenke zerkratzte. Ich hörte Georgie in den höchsten Tönen singen: Oh Antonio ma-ha-hein, läßt mich ganz alla-ha-hein«, und dann fing sie an zu rufen: »Edmund, komm zurück! Wo bist du? Laß mich nicht alla-ha-hein! Du liebst mich kein bißchen, Edmund, nicht ein winziges bißchen …« Ich blieb einige Minuten im Gebüsch stehen, wo sie mich nicht sehen konnte, aber sie schrie nur noch lauter. Dann hörte ich das Geräusch von splitterndem Glas, deshalb ging ich lieber nachsehen, was sie anrichtete.

Als ich kam, schüttete sie sich, die nackten Beine weit von sich gestreckt, Kognak aus der Taschenflasche in den Hals. Die Sonne ging unter, und in dem schwindenden Licht wirkten ihre Beine wie Elfenbein. Sie lachte. »Tut mir leid, Edmund, ich habe das Glas fallenlassen.« Ich wollte sie nicht ansehen. Es waren nicht ihre Beine, die mich verwirrten, sondern ihre Füße. Wahrscheinlich, weil ein Auto nicht der richtige Ort für nackte Füße war, sie sahen so unpassend aus, neben der Bremse und dem Lenkrad, und der Effekt war eher beunruhigend. Ich warf all die Rosen und das andere Grünzeug in ihren Schoß, setzte mich seitlich mit dem Rücken zu ihr auf den Fahrersitz und zündete mir eine Zigarette an. Sie sagte: »Nimm doch die Blumen, Edmund, ich brauche nur den Sauerampfer.«

Ich drehte mich nicht um. Ich sagte nur: »Dann wirf sie aus

dem Fenster.« Danach saßen wir schweigend nebeneinander, ich mit dem Rücken zu ihr, und reichten die Flasche zwischen uns hin und her. Nach einer Weile drehte ich mich um und sah, daß sie die Blumen zu einer Art Girlande zusammengeflochten und sie sich auf den Kopf gesetzt hatte. Ich mußte lächeln, und ich glaube, ich habe mich vorgebeugt, um sie zu berühren. »Flora.«

Sie sagte: »Wenn Jimmy hier wäre, würden wir das nicht tun.« Als wären wir zwei Kinder, die Dummheiten machten. Dann sagte sie: »Ich habe keine Angst. Ich glaubte, ich würde Angst haben, aber das habe ich nicht.« Ich wußte nicht, was sie meinte, ich dachte, sie muß die Angst vor der Dunkelheit meinen, weil es inzwischen ganz finster war.

Ich sagte: »Du hast nie Angst.«

Sie lachte. »Nein, nie.«

Als die Flasche leer war, griff sie danach und sprang aus dem Auto. Sie rannte barfuß auf das Haus zu, tanzte und machte Luftsprünge, schwenkte die Flasche und wirbelte sie durch die Luft. Sie trug ein schwarzes Kleid, und alles, was ich in der Dunkelheit sehen konnte, war das Aufblitzen ihres weißen Gesichts und ihrer Beine. Ihre Augen waren wie Schlitze, schwarze Schlitze. Dann hörte sie plötzlich auf zu tanzen und warf die Flasche mit aller Kraft gegen das Haus. Es war zu dunkel, um zu sehen, wo sie aufkam, aber ich hörte ein Fenster zerbrechen. »Ich hoffe, es verrottet, ich hoffe, es brennt nieder.« Dann rannte sie zurück und kauerte sich auf den Beifahrersitz. »Fahr los! Jetzt! Fahr sofort los.« Ich fummelte in der Dunkelheit so heftig am Gashebel, daß ich mir beinahe den Daumen brach. Georgie hatte die Girlande in den Fingern und zerriß sie in kleine Stücke. »Bring mich hier weg«, sagte sie immer wieder. »Bring mich hier weg.«

Wir kamen bis zum Haupttor, aber ich war noch keine hundert Meter die Straße entlanggefahren, als sie mich am Arm packte und uns beinahe in einen Graben beförderte. »Edmund, halt. Ich kann es nicht ertragen, halt an. Halt sofort an!« Sie war weiß wie die Wand, zitterte und weinte – so hatte ich sie noch nie gesehen, und es machte mir angst. Als ich endlich wieder die Kontrolle über den Wagen hatte und anhielt, verbarg sie ihren Kopf an meiner Weste und schluchzte wie ein Kind. Bei dem Gedanken, nach Dennys zurückzufahren, sank mir das Herz in die Hose, aber ich sagte: »Soll ich zurückfahren?«, denn ich dachte, das mußte es sein.

Sie sagte: »Wir werden nie zurückkehren, Edmund. Es ist mir egal, was passiert. Wir werden nie mehr zurückkehren.« Ich strich ihr über den Kopf. Ich sah, daß an ihrem Kleid und auf ihrem Kopf immer noch Blumenreste waren, und ich begann, sie abzuzupfen. Ich weiß nicht, ob sie es mißverstand oder vielleicht auch ich, aber nach einer Weile küßte sie mich ... man darf nicht vergessen, daß wir eine ganze Menge getrunken hatten und unter welchen Umständen wir hier waren. Als Georgie mich küßte, hatte ich Louisa vor Augen. Ich wünschte mir von ganzem Herzen, daß sie Louisa wäre.

Es war stockfinster, niemand konnte uns sehen, wir konnten uns nicht mal gegenseitig sehen. Lange Zeit saßen wir im Dunkeln und hielten uns an den Händen. Georgie sagte: »Wirst du jetzt wieder zurück nach Hope House kommen? Für immer?«

»Ja.«

»Du brauchst keine Angst zu haben. Jetzt gibt es nur noch uns, nicht wahr? Ich liebe dich, Edmund.«

Und dann sagte ich das Dümmste, was ich sagen konnte. Wenn ich halbwegs nüchtern gewesen wäre, wenn ich gedacht hätte, ehe ich etwas sagte, wären mir die Worte nie über die Lippen gekommen. Weil ich sie nicht sehen konnte, war ich weniger ... nun, wahrscheinlich dachte ich, sie könnte mich nicht hören. Und ich sagte: »Ich liebe dich auch.«

ADA

In dem Frühling nach Mr. Lomax' Tod traf ich William wieder. Wirklich! Ich ging die Straße in Finchley entlang – es war mein freier Nachmittag, und ich hatte nichts Besonderes vor –, als ich plötzlich seine Stimme hörte: »Guten Tag.« Und da stand er.

»William Ferguson!«

»Ada Pepper!«

Ich sagte: »Woher weißt du, daß ich noch Pepper heiße?« Ich wollte meine Hände hinter dem Rücken verstecken, aber William war schneller – ich trug keine Handschuhe, zum Glück, könnte man sagen.

Er sagte: »Heißt du denn anders?« Natürlich mußte ich das verneinen.

Ich kann mich an jedes einzelne Wort unserer Unterhaltung erinnern. In dem Augenblick, in dem ich aufsah und William ins Gesicht blickte, war ich verloren. Er sah immer noch sehr gut aus und hatte diese Ausstrahlung; ich bemerkte, daß ihm sogar die jungen Mädchen Blicke zuwarfen, als er an ihnen vorbeiging. Ich war böse auf ihn gewesen, aber von all dem, was ich ihm hatte an den Kopf werfen wollen, sagte ich kein Wort. In dem Moment, in dem ich ihn erblickte, war alles wie weggeblasen. Er sagte: »Du hast also auf mich gewartet?« Typisch! Dann fragte er: »Hast du einen Freund?«, wie die jungen Leute es damals einfach so sagten. Ich mußte lachen. Er sagte: »Du kommst jetzt mit, ich passe schon auf dich auf.« Und ehe ich wußte, wie mir geschah, lud er mich zu einer Tasse Tee und einem Stück Kuchen ein. Da ging ich also an seinem Arm die Straße entlang, und wenn meine Füße das Pflaster berührten, also – ich habe nichts davon gemerkt.

Es war das schmutzigste und schrecklichste Café, in dem ich je gewesen bin, die Kellnerin hatte Fingernägel so schwarz wie meine Schuhe, aber ich war nie glücklicher im Leben. Das Mädchen kam in ihrer schmutzigen Schürze an unseren Tisch geschlurft. »Was darf's sein?«

Nachdem wir bestellt hatten, flüsterte William mir zu: »Glaubst du, daß sie jetzt auf dem Hinterhof nach dem Kuchen gräbt?«, und ich mußte mich schrecklich bemühen, nicht loszulachen, solange die Kellnerin noch in der Nähe war. Sie knallte die Teekanne auf den Tisch, so daß der Tee auf die Tischdecke schwappte, und dann kamen die Teller, krach!, rums!, alles drehte sich. Sie hatte einfach Margarine auf die Brote geknallt – ehrlich, sogar meine Schwester Winnie ist sorgfältiger, wenn sie Brote für ihre Kinder macht.

Ich schenkte uns Tee ein, und wir aßen unsere Brote, als die Kellnerin wieder an den Tisch kam und vor uns stand. »Kuchen oder Torte?«

William sah mich ganz ernst an. »Oh, ich glaube, die Gelegenheit schreit nach Torte, oder, Miss Pepper?«

Ich wußte, daß ich ihn nicht anschauen durfte, sonst wäre ich in ernsthafte Schwierigkeiten geraten, aber ich hatte nicht mal Zeit, Luft zu holen, weil das Mädchen mit einer Stimme, die man bis nach Yorkshire hören konnte, bellte: »Der Herr will Torte.« Dann stapfte sie davon und kam mit einem Teller wieder. Krach! knallte sie ihn auf den Tisch. »Torte kostet extra.« Und weiter: »Drei Stück. Für jeden eins. Dann müssen Sie losen.« Die Tortenstücke hatten mit Sicherheit schon bessere Tage gesehen, und eines sah aus, als hätte sie darauf rumgetrampelt. Wenn ich allein gewesen wäre, hätte ich sie zurückgehen lassen, aber als ich den Teller betrachtete, fand ich den Gedanken, daß dieses Zeug extra kostete, so aberwitzig, daß ich wieder lachen mußte. Ich warf William schnell einen Blick zu, doch ihm ging es auch nicht besser. Ich hörte, wie er »Danke« zu der Kellnerin sagte, aber ich traute mich nicht, ihn anzuschauen. Ich senkte den Blick, um mich wieder unter Kontrolle zu bekommen, und natürlich ist mir die Serviette runtergefallen. Wir beugten uns beide hinunter, um sie aufzuheben, und stießen beinahe mit den Köpfen zusammen.

Unter dem Tisch krabbelte ein riesiger schwarzer Käfer, und William sagte: »Oh, sieh mal, Lon Chaney ist auch da und wartet darauf, daß Miss Charme und Anmut mit ihrer Schicht fertig ist.« Das gab mir den Rest; ich platzte beinahe. Tränen liefen mir die Wangen hinunter. William sagte zu mir: »Du warst schon immer eine schreckliche Kicherliese.« Und das stimmt. Das war ich. Ellen und ich hatten immer gelacht, ich hatte es nur vergessen.

Wie soll ich erklären, wie das ist, wenn die Jahre einfach von einem abfallen. Ich hatte das Gefühl, wieder siebzehn zu sein, und als ich William anschaute, spürte ich, wie mir das Herz in der Brust schwoll, so glücklich war ich. Als er das Geld für die Rechnung abzählte, flüsterte er: »Torte kostet extra«, und natürlich platzte ich wieder los, und wir stürzten aus dem Café die Straße hinunter, falls uns jemand gesehen hatte.

Ich weiß, daß wir eine Weile herumgelaufen sind, aber ich könnte nicht mehr sagen, wo wir waren. Wir liefen herum und lachten die ganze Zeit, als mich eine schreckliche Angst ergriff. Wenn William nun eine Frau und Kinder hatte – er hatte zwar mich gefragt, ob ich verheiratet war, aber ich hatte nicht daran gedacht, ihn zu fragen. Denn wenn Sie ihn gesehen hätten, wären Sie nie auf den Gedanken gekommen, daß ihn noch kein Mädchen eingefangen hat. Ich zitterte innerlich, als ich ihn fragte. Ich gebe es gerne zu, aber ich mußte es wissen. Also fragte ich ihn ganz direkt: »Bist du verheiratet?«

Ich werde nie vergessen, wie er mich ansah, als er antwortete: »Nein.« Dann sagte er: »Wir haben viel zu besprechen, nicht wahr, Ada?« Ich verstand sehr wohl, was er meinte, und wurde blutrot. Das ist bestimmt sehr liebenswert, wenn man ein Schulmädchen ist, aber wenn man auf die Fünfzig zugeht, ist es lächerlich. Ich sah beiseite, um mich wieder zu fangen – da war ein Blumenstand, den schaute ich an. William sagte: »Wir können auch das nächste Mal darüber sprechen.« Ich traute mich immer noch nicht, ich starrte einfach weiter auf die dummen Veilchen oder Rosen oder was es waren. Dann sagte William: »Wird es ein nächstes Mal geben, Ada?«

»Oh, ja, gerne.«

Also verabredeten wir uns, und dann mußte ich zu meinem Bus. William sagte: »Warte einen Augenblick«, und kaufte mir einen Rosenstrauß an dem Blumenstand. Als er sie mir entgegenstreckte, sagte er: »Ehrlich gekauft und bezahlt«, und ich wußte, er spielte auf damals an, als er mir und Ellen die Rosen geschenkt hatte. Ich war platt wie eine Briefmarke, denn wie lange war das her? Ich hätte nie gedacht, daß *ein Mann* sich an so etwas erinnern würde, aber er tat es.

Noch nie hatte ein Mann mir Blumen geschenkt, und beinahe hätte ich geweint, aber es wären Freudentränen gewesen. Es waren rote Rosen, und ich hielt sie auf dem ganzen Heimweg im Bus fest umklammert. Ich ging gerade die Straße zu Hope House entlang, als ich Miss Georgina und Master Edmund im Wagen aus dem Haupttor kommen sah. Master Edmund hielt an, um mit mir zu reden. »Was für schöne Blumen, Ada, ein Geschenk von einem Verehrer?«

Nun, wenn *Madam* nicht ihren Vers aufgesagt hätte, hätte ich es ihm vielleicht erzählt. »So ein Unsinn, Edmund, Ada hat keine Verehrer, oder, Ada?« Ich sagte kein Wort, ich war viel zu wütend. Ich sagte bereits, daß ich mit meinem Gesicht keine Preise gewinnen konnte, aber das wäre nicht nötig gewesen. Dann fuhren sie weiter, und ich stand da mit meinen Blumen und dachte, was weißt du schon darüber.

Denn Miss Georgina denkt immer, sie sei diejenige, die Geheimnisse hat, doch diesmal gab es etwas, das sie nicht wußte. Wie diese komische Sprache, die sie immer mit Master Edmund sprach. Ich habe William davon erzählt – denn ich habe ihn danach wieder getroffen, und nicht nur einmal –, und er fragte: »Wie klingt es?« Also erzählte ich ihm, wie sie die Worte verdrehten und all das, und er sagte: »Oh, das machen die Männer auf dem Markt auch.« Ich fragte ihn, was er meinte, und er erklärte mir, daß die Fleischer und Gemüsehändler, eigentlich alle, bestimmte Worte rückwärts sprachen, wie eine Art Geheimsprache, und wenn sie schnell sprachen, konnte man sich keinen Reim darauf machen. Ich lachte mich kaputt, als ich das hörte. Da glaubt Miss Georgina, sie sei etwas Besonderes, und dabei ist sie so gewöhnlich wie die Markthändler. Wenn Master Edmund und ich etwas ohne sie machten, sagten wir immer: »Das wird Miss Georgina gar nicht gefallen.« Es war im letzten Krieg, ehe Master Edmund das Radio für mich kaufte und die Drähte unten in meinem Wohnzimmer für mich anbrachte. Wir saßen immer bei mir und hörten ITMA und all die Unterhaltungsprogramme – sie sagte, es sei ordinär, aber manche Sachen, die sie im Radio brachten, konnten selbst eine Katze zum Lachen bringen. Ich steckte immer den Kopf zur Tür hinaus und sagte zu Master Edmund: »Kann ich Sie jetzt helfen, Sir?« wie Miss Mop aus dem Radio, und Miss Georgina sah mich an, als wollte sie mich umbringen.

Und jetzt war William *mein* Geheimnis. Seine Haare waren ein bißchen grau geworden, um die Mitte herum war er ein wenig schwerer, und sein Gesicht hatte ein paar Falten, aber ich würde sagen, er hatte sich mehr im Wesen als im Aussehen verändert. Als junger Mann war William sehr eitel gewesen, doch das war verschwunden, und das Beste war, daß ich nicht mehr das Gefühl hatte, er lachte mich aus, so wie früher. Ich dachte, er muß mich mögen, wenigstens ein kleines bißchen. Aber Frauen werden früher alt als Männer, stimmt es nicht? An dem Abend sah ich mein Spiegelbild im Busfenster und dachte: »Was sieht William in mir?« Ich hatte noch alle Zähne – habe sie immer noch, ob man's glaubt oder nicht –, und mein Haar war immer noch hübsch, aber wie ich schon sagte, ich war keine Schönheit, nicht mal als junges Mädchen. Niemand drehte sich auf der Straße nach mir um, außer William. Ich werde nie verstehen, warum, aber er tat es.

Das nächste Mal verabredete ich mich mit William am Bahnhof in Hampstead, und wir machten einen Spaziergang durch den Park und tranken Tee. Ich sagte, ich würde für mich selbst bezahlen oder nicht mitkommen. William gefiel das kein bißchen, aber er konnte mich nicht daran hindern. Wir redeten über diese Geschichte damals – nicht beim Tee natürlich, sondern beim Spazierengehen. Ich sagte zu ihm: »Ich hätte ein Baby bekommen können, weißt du das?«

Er sagte: »Nein, hättest du nicht. Ich habe aufgepaßt.«

Ich sagte: »Was soll das heißen, du hast aufgepaßt?« Er merkte, daß ich es nicht verstand, also erklärte er es mir. Ich dachte, ich sterbe vor Verlegenheit! Er meinte das mit meinen Beinen, die so naß gewesen waren. Na ja, damals hatte ich nicht gewußt, was es war, aber als ich ihn diese Worte sagen hörte, traute ich meinen Ohren nicht. Es war schockierend, wie William über die Tatsachen des Lebens reden konnte, als wäre es etwas, worüber man so einfach plauderte. Ich erfuhr etwas, das ich vorher nicht gewußt hatte, aber es war merkwürdig, es von einem Mann zu erfahren! Aber was man auch sagt, *ich* sage, es ist eine Schande, daß ich mit beinahe fünfzig Jahren immer noch so gut wie nichts über bestimmte Dinge wußte. Man stelle sich vor, jemand hätte uns gehört!

William regte sich schrecklich über sich selbst auf, deshalb sagte ich: »Ach, es war vor so langer Zeit, jetzt soll es uns keinen Kummer mehr machen«, weil ich dachte, es wäre an der Zeit, das Thema zu wechseln.

Aber er sagte: »Mein Gott, Ada, es tut mir so leid. Der Gedanke, ein Baby zu bekommen, muß die Hölle für dich gewesen sein.« Er schüttelte die ganze Zeit den Kopf. »Es war meine Schuld. Es hätte nicht passieren dürfen.«

Das war nicht fair, und ich sagte: »Es gehören immer zwei dazu.«

Er sagte: »Aber du kannst mir nicht erzählen, daß es dir gefallen hat, Ada.« Als wenn ich nicht so schon puterrot gewesen wäre – *gefallen*! Ich wagte es nicht, irgendwas dazu zu sagen, es hätte nur zu Gott weiß wie peinlichem Gerede geführt. »Egal, was ich sage, du wirst anscheinend immer rot.« Das hat William gesagt. »Rote Backen stehen dir.«

Dann legte er seine Hände auf meine Schultern und gab mir einen Kuß. Nur auf die Wange, mehr war es nie, er nahm sich nie irgendwelche Freiheiten heraus, bis auf das eine Mal, als wir jung waren. Er sagte: »Ich bin froh, daß du dir die Haare nicht hast abschneiden lassen. Es ist, als schaue man ins Feuer.« Hat er das nicht hübsch gesagt? Es fing damals gerade an, grau zu werden, aber man sah immer noch genug von der ursprünglichen Farbe.

Ich sagte: »Man muß das Beste draus machen, solange es noch da ist.«

Und William sagte: »Es würde mir auch nichts ausmachen, wenn es grün wäre.«

Danach gingen wir alle zwei Wochen miteinander aus. Manchmal gingen wir ins Kino, aber am besten gefiel es mir, wenn es warm war und wir ein bißchen Obst kauften und es im Park aßen. Einmal, als wir dort allein waren, fragte ich William: »Erinnerst du dich an Master Freddie, der umgekommen ist?«

»Das war eine schlimme Geschichte. Wie könnte ich so etwas vergessen.«

»Erinnerst du dich an das Mädchen, das sie weggebracht haben, die die Fallsucht hatte?«

»Jenny? Ich weiß noch, daß ich mit dir auf dem Hof saß, an dem Tag, als sie kamen, um sie abzuholen. Es herrschte eine ganz schöne Aufregung, nicht wahr?«

»Ich habe nie geglaubt, daß sie es getan hat.«

»Was meinst du? Natürlich war sie es.« Ich war ein bißchen entsetzt, als William das sagte.

»Oh«, sagte ich, »Ich dachte immer, du glaubst auch nicht, daß sie es war.«

»Nun, wenn sie es nicht war, wer soll es sonst gewesen sein? Es war niemand anders da.«

»Also, ich habe immer gedacht, es war ein Landstreicher oder so. Wie auch immer, es waren andere Leute da, die Gouvernante zum Beispiel, sie war mit den Kindern draußen.«

»Ja, aber warum sollte sie eines der Kinder auf den Kopf schlagen? Dafür hatte sie überhaupt keinen Grund. Dazu muß man entweder verrückt sein oder verblödet. Und erinnerst du dich nicht mehr, daß Jenny einen Anfall hatte? Ich habe geholfen, sie ins Haus zu tragen, und auf ihrem Kleid und ihrer Schürze war Blut.«

»Sie ist doch gefallen? Vielleicht hat sie sich dabei im Blut gewälzt.«

»Für mich sah das nicht so aus. Eher, als wäre es auf ihre Schürze gespritzt. Ich hab's gesehen, Ada.«

»Aber sie kann doch versucht haben, Master Freddie hochzuheben oder so.«

»Du mochtest Jenny, nicht wahr?«

»Ja, deshalb fand ich es so ungerecht, auf der Schwächsten herumzuhacken, nur weil sie sich nicht wehren konnte.«

»Hör zu, Ada. Als ich in der Armee war, hatten wir einen,

der war genau wie Jenny. Bert Morris hieß er. Ein dicker Junge. Wenn einer von den anderen ein Paket mit Essen von zu Hause bekam und nicht darauf aufpaßte, hat Bert Morris es geklaut und aufgefuttert. Es gab jedesmal Streit, und jedesmal hat Bert versprochen, es nicht wieder zu tun, aber er tat es doch. Er hatte Hunger, und sein Verstand erlaubte es ihm nicht, weiter als bis dahin zu denken. Jenny war genauso – sie konnte einfach nicht so weit denken.«

»Aber jeder weiß doch, was passiert, wenn man ein fünfjähriges Kind auf den Kopf schlägt!«

»Sie muß es gewesen sein, Ada. Anders ergibt es keinen Sinn.«

Er sagte es so sanft, und wahrscheinlich hatte ich das Gefühl, daß ich ein bißchen dumm war, weil ich geglaubt hatte, Jenny sei unschuldig. Ich meine, William hatte das Blut an ihrem Kleid gesehen, und was er sagte, klang so vernünftig, daß ich dachte, dann habe ich mich wohl die ganze Zeit getäuscht. Aber ich hatte immer dieses starke Gefühl, daß das, was mit Jenny geschehen war, nicht richtig war. Eigentlich ist es komisch, denn ich habe nicht viel Phantasie, nicht so wie Ellen. Und trotzdem, ich kann mir nicht helfen. Albern, aber so ist es.

Unsere Nachmittage im Park gefielen uns so gut, daß ich mir angewöhnte, Sandwiches einzupacken und mitzunehmen, damit wir nicht in ein Café gehen mußten. Dann saßen wir auf einer Bank, und William erzählte mir von seiner Arbeit. Er hätte gut in Stellung bleiben können, da bin ich mir sicher, aber als er sich zur Armee meldete, bekam er Arbeit als Fahrer und wurde Mechaniker. Es gefiel ihm, deshalb begann er nach dem Krieg in dieser Branche zu arbeiten, und inzwischen hatte er eine eigene Werkstatt, ganz in der Nähe von der Straße, wo ich ihn in Finchley getroffen hatte, und er hatte sogar einen Angestellten. Er erzählte mir das alles, und dann sagte er: »Ich war so ein Idiot!« Ich fragte ihn, was er meinte, und er sagte: »Oh, ich dachte, ich wäre etwas Besonderes, ich dachte, ich wäre der Traum aller Mädchen.« Mir war, als wollte mir das Herz aus der Brust springen. Ich starrte das Sandwich an, das ich gerade aß, und dachte, das halte ich nicht aus. Fragen Sie mich nicht, woher ich wußte, was er sagen würde, ich wußte es einfach. Und er sagte es: »Glaubst du, wir könnten es miteinander versuchen?«

Erinnern Sie sich, daß ich Ihnen erzählt habe, daß Cornford's Pickles mir nicht bekommen? Damals habe ich es herausgefunden. Ich war mir nicht sicher, was herauskommen würde, wenn ich den Mund aufmachte, sonst hätte ich sofort ja gesagt. Doch William sah, daß ich zögerte, und sagte: »Warum denkst du nicht darüber nach?« Und ich dachte, ja, vielleicht ist das das Richtige, ich werde eine Woche darüber nachdenken und dann ja sagen. Also nahm ich seinen Vorschlag an. Und ich war froh, daß ich nicht gleich an Ort und Stelle ja gesagt hatte, denn es wäre vielleicht ... nun, voreilig gewesen. Besonders nach dem, was geschehen war. Ich bin sicher, für jemanden, der es gewohnt ist, von Männern umschwärmt zu werden und viele Anträge zu bekommen und all das, klingt das seltsam, aber für mich war es neu; alles, was ich darüber wußte, kannte ich aus Büchern.

Das war die glücklichste Woche in meinem ganzen Leben. Wenn ich daran dachte, wie ich es William sagen würde – nicht, daß ich irgendwas Phantastisches sagen wollte, einfach nur ›ja‹ –, mir vorzustellen, wie es sein würde, wenn wir verheiratet waren – oh, ich war hin und weg in dieser Woche. Ich dachte, ich habe mein ganzes Leben hart gearbeitet; wenn ich verheiratet bin, wird es wie Ferien sein. Denn das ist keine Arbeit, dachte ich, für William zu sorgen in unserem eigenen Haus. Ich würde gerne sagen, ich ließ es mir nicht zu Kopf steigen, aber die Wahrheit ist, ich lebte für die Nachmittage mit William und schenkte anderen Dingen nicht so viel Aufmerksamkeit, wie ich sollte. Doch es war nicht nur William, der mich ablenkte, auch meine Schwester Winnie beschäftigte mich. Zu der Zeit wurde das Leben für viele Leute schwer. Nicht für Menschen wie Miss Georgina und Master Edmund, sondern für einfache Leute und ihre Familien.

Meine Schwester Winnie heiratete 1920 wieder, nachdem ihr erster Mann im Krieg gefallen war. Der zweite hieß Frank Peel. Er hatte eine gute Arbeit als Vormann in einer Fabrik gehabt, in der Schuhe und Stiefel gemacht wurden, doch jetzt hatte man alle entlassen, und er konnte keine neue Arbeit finden. Er war groß und kräftig, doch er wurde so niedergeschlagen, daß er den ganzen Tag nur dasaß und in den Kamin starrte, jeden Tag, man stelle sich das vor. Es ging Winnie schrecklich auf die Nerven zuzusehen, wie er vor sich hin brütete und nichts nach Hause brachte, aber was sollte sie tun? Arme Winnie. Sie war vierzig, als Frank sie heiratete, und erwartete nicht, noch Kinder zu bekommen, aber sie bekam sie. Zwillinge! Sie hießen Frankie und Peter, aber sie gingen natürlich noch zur Schule und verdienten höchstens mal ein paar Pennies ab und zu. Leute, denen es besser ging, sagten, die Kinder bekämen nicht genug zu essen, weil die Mutter nicht haushalten konnte, aber so war es nicht – ich würde gerne mal sehen, wie diese Leute mit nichts zurechtkommen, dann wüßten sie, wie es ist. Winnie war sehr krank gewesen, nachdem die Zwillinge zur Welt kamen, und ich glaube, sie wurde nie wieder ganz die alte. Ich sage nicht, daß Frank nicht gut für sie gesorgt hat, solange er Arbeit hatte, aber er war immer schon selbstsüchtig.

Wenn es nicht genug Fleisch gab, was meistens der Fall war, mußte es natürlich auf seinem Teller landen. Jeder gönnte es ihm, nur die Art, wie er es forderte, war schlimm. Er saß am Tisch, seine Augen schossen hin und her, und wenn er glaubte, eines der Kinder hätte mehr bekommen als er, hieß es: »Das kriege ich«, und das Essen wanderte auf der Stelle auf seinen Teller. Er fand, weil er das Geld nach Hause brachte, verdiente er das Beste. Nur gerecht. Aber dann, als er kein Geld mehr nach Hause brachte, war es schrecklich für ihn. Weil Männer eben das Gefühl brauchen, Herr im Haus zu sein, oder? Und wenn sie ihre Arbeit verlieren, verlieren sie alles. Es machte Winnie wahnsinnig, wie er immer hinter ihr herzog. »Gib mir ein Stück Brot, ich will ein Stück Brot.« Wie ein Baby. Und es kam der Tag, an dem nichts zu essen im Haus war, und Frank wußte es ebensogut wie alle anderen, aber er hörte nicht auf, Winnie zu quälen: »Gib mir ein bißchen Brot«, und am Ende griff sie nach ihrem großen Messer und ging auf ihn los. Die Zwillinge mußten sie von ihm wegzerren, sonst hätte sie ihn umgebracht. Er war bewußtlos. Sie mußten eine Nachbarin holen und Frank in einem Handkarren eine Meile weit bis ins Krankenhaus schieben, was für zwei kleine Jungen und eine alte Frau nicht leicht gewesen sein kann, denn Winnie sagte: »Ich komme nicht mit, es ist mir egal, wenn er abkratzt« – und Frank wog bestimmt hundert Kilo.

Ich bekam eine Nachricht, daß es bei Winnie einen Unfall gegeben hatte und jemand bei ihr sein sollte. Mr. James hätte nicht freundlicher sein können, er sagte sofort: »Keine Frage. Du mußt sofort hinfahren und über Nacht bei deiner Schwester bleiben.«

Ich hatte keine Ahnung, was mich bei Winnie erwartete, aber ihre Nachbarin, Mrs. Elliot, fing mich draußen ab. »Oh«, sagte sie. »Es war furchtbar. Die Zwillinge kamen hier hereingerast, und ich dachte, das Haus steht in Flammen, weil ich kein vernünftiges Wort aus ihnen herausbrachte. Also bin ich rübergegangen, und da stand Winnie, ganz ruhig, und Frank lag auf dem Boden, und alles war voller Blut.« Im Krankenhaus nähten sie Franks Gesicht und seine Brust mit so vielen

Stichen zu, daß er als Reisetasche hätte gehen können, und die Narben blieben ihm bis zu dem Tag, an dem er starb, aber das Komische war, er wollte nie zugeben, daß Winnie es getan hatte. Man stelle sich das mal vor! Im Krankenhaus erzählte er, daß ein Mann ihn angegriffen hätte, er wäre hinter seinem Geld her gewesen. Natürlich hat die Nachbarin in der ganzen Straße rumerzählt, daß es Winnie war, aber kein Mensch traute sich, Frank das ins Gesicht zu sagen, denn sie wußten, dann hätte er denjenigen umgebracht. Und eine von den Narben, die sie ihm verpaßt hatte, ging quer durch sein Gesicht, von der Augenbraue bis zum Mundwinkel, und die ließ ihn so furchterregend aussehen, daß niemand es wagte, ihm in die Quere zu kommen.

Jedenfalls habe ich eine Nacht bei Winnie geschlafen. Wie ich schon sagte, sie war ganz ruhig, und nachdem wir Frank im Krankenhaus besucht hatten und ich das Haus aufgeräumt und etwas zum Essen besorgt hatte, fuhr ich wieder nach Hause. Im Bus, auf dem Heimweg, dachte ich die ganze Zeit, Gott sei Dank heirate ich nicht so einen Mann.

Es war ungefähr elf, als ich nach Hope House zurückkam. Mrs. Seddon wartete in der Küche auf mich. Ich sagte: »Oh, das hätten Sie nicht tun müssen«, weil ich es so nett von ihr fand.

Aber sie sagte: »Sie sollen sofort zu Mr. Lomax kommen. Ich warte hier.« Ich dachte, ich hätte etwas falsch gemacht, warum sollte Master Edmund mich sonst zu sich bestellen? Denn sonst kam er immer zu mir, wenn er etwas wollte, wie schon als kleiner Junge.

Also ging ich ins Wohnzimmer, und da stand Master Edmund am Kamin. Ich werde nie vergessen, wie ich durch das Zimmer gegangen bin. Master Edmund blickte auf seine Schuhe. Als ich näher kam, wandte er mir den Rücken zu und tat so, als machte er sich am Kamin zu schaffen, obwohl kein

Feuer brannte, denn es war Sommer. Er sagte: »Bitte, setz dich, Ada«, aber er drehte sich nicht um. Ich sehe ihn genau vor mir, wie eine Fotografie; ich konnte sein Gesicht von der Seite sehen, den gesenkten Kopf mit den ersten grauen Strähnen im Haar. Er wischte sich mit dem Handrücken über den Mund, mit dem schwarzen Ärmel und den weißen Manschetten, und der goldene Ring an seinem kleinen Finger glänzte. »Ich fürchte, Mr. Gresham ist tot.«

Man sollte doch meinen, ich hätte *irgendwas* gesagt. Eine Frage gestellt, irgendwas. Aber ich tat es nicht. Es war Mrs. Seddon, die mir die Einzelheiten erzählte, nicht Master Edmund. Die einzigen Worte, die er zu mir sagte, waren, daß Mr. James tot war. Er sah mich nicht einmal richtig an, hustete nur ein wenig und lief aus dem Zimmer. Es gab zwei Türen, auf jeder Seite des Kamins eine, und er schoß durch eine davon, wie eine Katze bei einem Unwetter. Er ließ mich einfach da sitzen, auf dem großen mit Samt bezogenen Sessel, und ich hörte, wie seine Schritte den Gang hinunter verschwanden. Master Edmund hatte mich aufgefordert, mich zu setzen, und weil es keinen Stuhl gab, mußte ich mich auf den Sessel setzen. Dann dachte ich: Ich kann nicht die ganze Nacht hier sitzenbleiben, also ging ich zurück in die Küche. Mrs. Seddon wartete auf mich, und wir gingen in mein eigenes kleines Zimmer neben der Küche. Sie hatte ein Tablett mit Tee zurechtgemacht, und ich glaube, es gab auch ein paar Kekse oder Kuchen. Ich setzte mich an meinen Schreibtisch. Meine Bücher lagen vor mir, und beinahe hätte ich nach einem Stift gegriffen, als müßte ich die Bestellungen für die nächste Woche durchgehen, denn mir kam es so unwirklich vor, was Master Edmund da gesagt hatte. Mrs. Seddon berichtete, was sie wußte, doch ich konnte ihr nicht folgen. Wer mich hörte, mußte denken, ich sei nicht ganz richtig im Kopf, denn ich stellte immer wieder dieselbe Frage, ich verstand es einfach nicht.

Ich fragte sie: »Wo ist er?« Ich meinte, wo ist Mr. James' Leiche, weil ich dachte, er hätte geschäftlich in Manchester zu tun gehabt. Ich verstand nicht, warum Mrs. Seddon sagte, man hätte ihn oben gefunden, und ich war um so verwirrter, als sie sagte, man hätte ihn zu einer Untersuchung weggebracht. »Was soll denn das für eine Untersuchung sein?«

Sie sagte. »Nun, ich weiß auch nicht recht, die Polizei hat gesagt, man will herausfinden, ob er Tabletten genommen hat.«

»Was für Tabletten?«

»Ich weiß nicht, aber sie sagten, vielleicht hat er Tabletten genommen und ist daran gestorben.«

»War es Gift?«

»Irgendeine Medizin, sagten sie, glaube ich.«

»Aber soweit ich weiß, nimmt er keine Medizin.«

»Na ja, sie sagten, der Arzt hat sie ihm gegeben, und Mr. James hätte vielleicht mehr genommen, als er sollte.«

Ich sagte: »Also ich weiß nicht, was das für eine Medizin sein soll«, denn ich hatte Mr. James noch nicht einmal ein Riechwasser benutzen sehen. Sein Arzt war Dr. Durrant, derselbe, den Miss Georgina hatte. Er war oft in Hope House gewesen, um Miss Georgina zu besuchen, als es ihr schlecht ging, aber ich konnte mich nicht erinnern, daß er je zu Mr. James gerufen wurde. Ich sagte: »Ich kann es nicht glauben.« Ich konnte einfach nicht klar denken, und alles, was Mrs. Seddon mir erzählte, ergab überhaupt keinen Sinn für mich.

»Master Edmund hat ihn gefunden. Um halb sechs in der Früh. Mr. James war in seinem Ankleidezimmer. Mr. Edmund folgte einem menschlichen Bedürfnis, und als er an der Tür vorbeikam, stand sie offen, deshalb schaute er hinein, und da war Mr. James, er saß aufrecht auf dem Stuhl, vollständig angezogen, mit einer Rose im Knopfloch und mausetot.«

»Was hat er um halb sechs mit einer Rose im Knopfloch gemacht?« Mr. James ging im Sommer jeden Morgen in den

Garten und schnitt eine Blume für sich, aber immer erst nach dem Frühstück.

»Ich weiß es nicht, aber eines der Mädchen hat einen Rosenstrauß auf dem Boden gefunden, ziemlich frisch, also muß irgend jemand sie gepflückt haben, aber wenn es Mr. James war, hat es niemand gesehen.«

»Wie kommt es, daß er auf dem Stuhl saß?«

»Nun, Mr. Herbert sagte, er war irgendwie unter dem Tisch eingeklemmt, da wo er seine Haarbürste aufbewahrt.«

»Er muß in den Garten geschaut haben.« Denn dieses Zimmer hatte einen wunderschönen Blick, und im Sommer war der Garten mit all den Blumen wie ein Gemälde. »Weiß es Miss Georgina schon?«

»O ja, aber machen Sie sich keine Sorgen, Miss Pepper, der Arzt hat ihr etwas gegeben.«

»Nun«, sagte ich, »vielleicht ist es ein Segen«, und dann dachte ich, oje, das klang nicht besonders respektvoll, so wie ich es gesagt habe, aber es kam heraus, ehe ich mich zurückhalten konnte. Ich fragte Mrs. Seddon, wann die Polizei ein Ergebnis ihrer Untersuchung haben würde, aber sie wußte es nicht. Wie ich schon sagte, ich nahm gar nicht richtig auf, was sie erzählte. Ich wußte nur, daß Mr. James quietschfidel war, als ich zu meiner Schwester Winnie fuhr. Ich hatte es selbst gesehen, hatte mit ihm geredet, und es ging ihm gut. Und jetzt kam Master Edmund, sagte, er wäre tot, und niemand wußte, warum. Ich sagte zu Mrs. Seddon: »Ich gehe zu Bett.« Ich hatte genug gehört, und ehrlich gesagt, wollte ich allein sein. Ich sagte: »Kümmern Sie sich nicht um das Geschirr, ich räume es morgen früh weg«, und sie machte kein Theater, sondern ließ mich einfach in Ruhe.

Doch ich machte kein Auge zu. Die ganze Nacht ging mir alles mögliche im Kopf herum. Ich wußte die Hälfte der Zeit nicht einmal, *was* ich dachte, es waren Dinge, die ich nicht denken wollte, und alles ganz wirr. Und dann dachte ich an William – was sollte ich ihm sagen? Ich dachte, ich muß ihm einen Brief schreiben, ich muß es ihm erzählen, und dann lag ich da und versuchte, mir zu überlegen, was ich schreiben sollte, doch ich fing einen Satz an und konnte ihn nicht zu Ende denken, weil ich immer Mr. James vor mir sah, wie er tot auf diesem Stuhl klemmte und mit weit offenen Augen in den Garten starrte; ich weiß nicht, ob das stimmt, aber ich glaube, man legt Pennies auf die Lider ... Lauter solche Sachen, wieder und wieder gingen sie mir durch den Kopf, also stand ich auf, zog mich an und ging in Mr. James' Ankleidezimmer. Es war abgeschlossen, aber ich hatte einen Schlüssel und ging hinein. Das erste, was ich sah, waren die Rosen. Niemand hatte daran gedacht, sie ins Wasser zu stellen, sie lagen einfach auf dem Boden. Es wäre eine Schande gewesen, sie verwelken zu lassen, deshalb legte ich sie in das Becken in Miss Georginas Badezimmer, setzte mich auf den Rand der Badewanne und starrte die Rosen an. Ich muß drei oder vier Stunden so dagesessen haben, doch sie richteten sich nicht mehr auf, also nahm ich sie mit nach unten und warf sie weg. Ich kann nicht sagen, was ich mir dabei dachte – doch, etwas weiß ich noch. Ich dachte an die Kinder. An die Kinder, die sie nicht hatten. Ich hätte Kinder geliebt. Die armen kleinen Dinger. Und Mr. James, der arme Mr. James.

Ich denke nicht gern daran, aber nach Mr. James' Tod ging es mir nicht gut. Ich hatte keine Gelegenheit, mit Miss Georgina oder Master Edmund zu sprechen – sie schlossen sich die meiste Zeit in ihren Zimmern ein, besonders Miss Georgina. Ich glaube, sie ist drei Wochen lang nicht einmal heruntergekommen. Wir mußten das Essen auf einem Tablett nach oben bringen und auf dem Flur stehen lassen. Niemand durfte in ihre Zimmer – wenn sie gegessen hatten, stellten sie das Tablett wieder vor die Tür, wie sie es als Kinder getan hatten, genau so. Wenn sie etwas wollten, schrieben sie es auf einen Zettel und schoben ihn unter der Tür durch. Tu dies, bring das. Nicht mal eine Unterschrift.

Master Edmund ging an den meisten Tagen ins Büro – er mußte eine Menge geschäftliche Dinge regeln –, doch wenn er zurückkam, war er so schnell nach oben verschwunden, daß man es kaum mitbekam. Sie hatten eine Reihe von Zimmern, wie eine Art Suite, er und Miss Georgina und Mr. James, und dicke Türen trennten sie von der Haupttreppe. Dahinter gab es einen kleinen privaten Flur. Wie auch immer, Master Edmund rannte nach oben, und wir sahen ihn erst am nächsten Morgen wieder, und auch dann kam er nur vorbei, um seinen Mantel und seinen Hut zu holen. Ich weiß noch, wie ich einmal aus Mr. James' Arbeitszimmer kam, das genau gegenüber von ihrem Trakt lag, und Master Edmund gerade die große Treppe heraufkam. Ich weiß, daß er mich gesehen hat, aber er sagte kein Wort, sondern schoß davon wie ein aufgescheuchtes Kaninchen. Es erinnerte mich daran, wie er als kleiner Junge gewesen war. Wenn er etwas ausgefressen hatte, was selten vorkam, aber niemand ist vollkommen, oder? Doch wenn er Unsinn gemacht oder etwas ausgefressen hatte – und das meistens, weil *Madam* es ihm befohlen hatte –, kam er tagelang nicht in meine Nähe. Er war immer ein wenig ängstlich, Master Edmund. Mochte keinen Streit. *Sie* tat immer so, als hätte sie nichts verbrochen, starrte einem direkt ins Gesicht, die Augen hart wie Marmor, aber Master Edmund lief immer davon. Ich werde nie vergessen, wie unglücklich er aussah, als ich ihn an dem Tag sah.

Ich habe nie verstanden, wie Mr. James so einen Fehler mit den Tabletten machen konnte. Vielleicht dachte er, es wäre etwas anderes, obwohl er doch nur das Etikett lesen mußte – und Mr. James war der Typ, der immer das Etikett las. Natürlich war er böse, wegen Miss Georgina und Mr. Booth, und das war auch etwas, worüber ich nachdachte, denn Mr. James wollte immer alles perfekt haben. Und noch schlimmer muß es für ihn gewesen sein, daß das ganze Personal Bescheid wußte.

Die Aufdringlichkeit der Polizei war auch etwas, das ich nicht fassen konnte, die Art, wie sie überall herumschnüffelten und Fragen stellten. Sie brachten alles in Aufruhr, redeten mit den Mädchen – ich habe schon aufgepaßt, daß keine etwas Falsches sagte, das kam ja gar nicht in Frage, in einem anständigen Haus herumzuspionieren und Fragen zu Dingen zu stellen, die sie nichts angingen. Als sie mich nach Miss Georgina und Mr. Booth fragten, erklärte ich ihnen, ich wüßte von gar nichts. Es war der Ältere, der mich danach fragte, nicht der andere, ein junger Schnösel, dem hätte ich den Mund mit Seife ausgewaschen. Mr. James war noch nicht einmal unter der Erde, und sie stellten solche Fragen. Und es war sowieso fraglich, wann er endlich beerdigt werden konnte, so lange wie sie ihn untersuchten.

Die Polizei kam um sechs Uhr früh. Ich zog mich gerade an. Sobald ich das Auto hörte, ging ich ans Fenster. Ich konnte nur den Kies sehen und einen Fuß auf der Treppe, aber ich wußte, wer es war. Kaum hatte ich mein Zimmer verlassen, kam eines der Mädchen zu mir gerannt: »Oh, Miss Pepper, die Polizei ist da! Sie fragen, ob sie reinkommen dürfen!«

Ich sagte zu dem Mädchen: »Laß sie ins Haus, bevor sie jemand sieht.« Und sie rannte davon – nicht, daß es viel nützen würde, denn das Auto stand direkt vor dem Haus, wo es jeder sehen konnte. Später erfuhr ich, daß die Polizei die Anweisung hatte, die Verhaftung so unauffällig wie möglich vorzunehmen, weil es in allen Zeitungen stand, daß Mr. James unter verdächtigen Umständen ums Leben gekommen war. Wahrscheinlich meinten sie es gut, obwohl ihr Vorgesetzter ihnen ruhig hätte sagen können, daß sie den Dienstboteneingang nehmen sollen, wenn es schon sein mußte.

Nachdem das Mädchen wieder weg war, setzte ich mich einen Augenblick hin, um mich zu sammeln. Ich wußte, daß die Polizei wegen etwas Wichtigem gekommen sein mußte, und man sollte meinen, daß mir das Herz bis zum Halse schlug, aber das tat es nicht. Meine Hände zitterten nicht, und als ich mich im Spiegel sah, war mein Gesicht reglos wie ein Stein. Ich wußte, ich würde nichts verraten, was auch geschah. Ich ging hinunter, und da standen die Polizisten, am Fuß der Haupttreppe. Es waren vier, drei Männer und eine Frau, alle in Uniform, bis auf einen der Männer. Als ich die Polizistin sah, dachte ich, sie sind gekommen, um Miss Georgina abzuholen. Und wie sich diese Frau umschaute, als wäre sie auf einer Besichtigungstour, wo es zum Schluß Tee und Gebäck gibt. Ich stand oben an der Treppe und sagte: »Mein Name ist Pepper, ich bin die Haushälterin. Kann ich Ihnen helfen?«

Den Mann in Zivil hatte ich schon mal gesehen, er hieß Mr. Black und leitete die Untersuchung. Die anderen sagten mir ihre Namen, aber ich weiß sie nicht mehr. Dieser Mr. Black oder Inspector Black sagte: »Ist Mrs. Gresham zu Hause? Mrs. Georgina Gresham?«

»Mrs. Gresham schläft.«

»Bitte wecken Sie sie, Miss Pepper. Ich habe einen Haftbefehl gegen sie.« Obwohl ich es vermutet hatte, war ich wie betäubt, als ich diese Worte hörte.

Ich sagte zu ihm, was Polizisten immer im Film sagen: »Ich glaube, Sie kommen besser mit.« Es klang wie ein schlechter Witz.

Ich führte sie in mein kleines Zimmer, sie standen alle in einer Reihe, mit ihren großen, schmutzigen Stiefeln auf meinem hübschen, blauen Teppich. Ich machte die Tür fest zu, ging in die Küche und sagte zu Mrs. Seddon: »Ich gehe hinauf und wecke Miss Georgina. Wenn diese Polizisten anfangen herumzuschnüffeln, schicken Sie ein Mädchen rauf.« Dann ging ich nach oben. Ich kann nicht leugnen, daß mein Herz jetzt schneller schlug; ja, ich glaube, wenn ich mich nicht am Geländer festgehalten hätte, wäre ich die Treppe hinuntergefallen. Ich nahm ein Tablett mit Frühstück mit, weil ich dachte, ich müßte sie wecken, aber ich fand die beiden am Fenster in Master Edmunds Zimmer, wo sie hinunter auf das Polizeiauto blickten. Ich weiß noch, daß ich überrascht war, weil Master Edmund bereits angezogen war, obwohl es noch so früh war. Miss Georgina trug einen seidenen Morgenrock. Wenn sie mich kommen hörten, ließen sie es sich nicht anmerken. Ihre Hände lagen auf der Fensterbank, ihre auf seiner – ihr Ehering blitzte in der Sonne.

Einen Augenblick lang dachte ich, sie verstehen es nicht, sie denken, daß die Polizei Master Edmund holen will, doch dann sagte Miss Georgina: »Keine Angst, Ada, ich werde hinuntergehen.« Ich dachte, sie hat es erwartet.

Als ich wieder hinunterkam, saßen die Polizisten da und tranken Tee, als wären sie hier zu Hause. Ich sagte ihnen, daß Mrs. Gresham sich anzog und herunterkommen würde, wenn sie fertig war. Inspector Black war der Meinung, daß man die Polizistin nach oben schicken sollte, aber ich erklärte ihm, daß das nicht nötig sei, und er besaß genug Anstand, nicht darauf zu bestehen. Ich merkte, daß die Frau enttäuscht war. Hatte wohl gedacht, sie könnte in Miss Georginas Ankleidezimmer herumschnüffeln.

So wie Miss Georgina sich benahm, hätte man meinen können, sie gehe zu einer Gartenparty, und nicht, daß sie unter Mordverdacht stand. Sie sagte zu mir: »Hol mir mein schwarzes Cape.« Ich wußte genau, welches sie meinte, es war ein Umhang aus Crêpe de Chine, sehr dünn und luftig, mit einer blaßrosa Schärpe in der Taille und an den Schultern gerafft, mit passendem Hut und Handschuhen. Er war wunderschön, aber ganz und gar unpassend für eine schmutzige

Polizeistation. Wahrscheinlich dachte sie, es würden Fotografen dasein – irgendwo liegt ein Schnappschuß von ihr herum, wie sie in die Polizeistation hineingeht, und sie sieht bildschön darauf aus. Wenn die Polizistin nicht an ihrer Seite gewesen wäre, hätte man meinen können, sie geht in den Buckingham Palace.

Die arme Miss Jones stand vor der Tür und weinte sich die Augen aus dem Kopf, aber Miss Georgina ließ sich dreimal die Haare von ihr frisieren, ehe sie zufrieden war. Dann rückte Miss Georgina ihren Hut zurecht, drehte sich zu mir um und sagte: »Erinnerst du dich an dein Versprechen, Ada?« Ich dachte an William, als sie das sagte, aber ich sagte trotzdem ja. Obwohl ich mit William zusammensein wollte, hatte ich Miss Georgina mein Wort gegeben, sie nie allein zu lassen, und wenn man sein Wort gegeben hat, darf man es nicht brechen.

Dann sagte Miss Georgina zu mir: »Du kannst ihnen sagen, daß ich jetzt fertig bin. Sag bitte Edmund, er soll hereinkommen, ehe du hinuntergehst, ja?« Als ich das Zimmer verließ, sprühte sie sich mit Parfum ein. Die Polizisten waren schon ganz unruhig. Mr. Black sagte, sie würden in der Halle warten, und sie stürmten aus meinem Zimmer, ohne das kleinste Dankeschön. Ich ging lieber mit, denn ich würde ihm und seinen fröhlichen Männern nicht erlauben, durchs Haus zu toben. Doch sie gingen direkt zur Haustür und stellten sich dort in einer Reihe auf. Ich sah die Frau an, die dreinblickte, als wartete sie darauf, daß gleich der Film losging. Ich dachte, sie kann es kaum erwarten, nach Hause zu kommen und ihren Leuten alles zu erzählen.

Und als Miss Georgina herunterkam, war es wie im Film. Miss Georgina und Master Edmund kamen zusammen die Treppe herunter, Arm in Arm. Ich hörte einen der Polizisten nach Luft schnappen. »Aah …«, so ungefähr. Miss Georgina streckte Mr. Black die Hand entgegen und sagte: »Guten Morgen. Zu so früher Stunde!« Ich dachte, vielleicht dürfen sie das ja gar nicht; ihr die Hand geben, meine ich, weil er so aussah, als wollte er sie nicht nehmen, aber als Master Edmund die Hand ausstreckte, nahm er sie. So wie Miss Georgina und Master Edmund die Polizisten begrüßten, hätte man sie für Herzog und Herzogin halten können, und Mr. Black guckte sehr argwöhnisch. Ich bin mir sicher, er wäre am liebsten auf der Stelle tot umgefallen, um nicht diese Kriminalworte zu ihr sagen zu müssen, doch er mußte es tun. Kürzlich habe ich gehört, daß er ein Buch über seine Zeit bei der Polizei geschrieben hat, über all die berühmten Mörder, die er verhaftet hat. Ich weiß nicht, ob Miss Georgina darin vorkommt – wenn, dann hat er sich bestimmt zum Helden gemacht, aber ich war dabei, und ich kann Ihnen sagen, er sah eher wie ein kleiner Junge aus, den man mit einem gestohlenen Apfel in der Hosentasche erwischt hat.

Miss Georgina sagte zu ihnen: »Nun, meine Herren, sollen wir gehen?«, und schließlich gelang es Mr. Black, seinen kleinen Vers aufzusagen. »Ich verhafte Sie unter dem Verdacht, Mr. James Gresham ermordet zu haben«, und so weiter. Dann nahmen sie sie im Auto mit. Ich stand auf der Treppe und sah ihnen nach. Miss Georgina drehte sich um und winkte, ich dachte, es galt Master Edmund, denn er hatte direkt hinter mir gestanden, als wir zum Wagen gingen, aber als ich mich umdrehte, war er verschwunden, deshalb nehme ich an, daß sie mir gewunken hat.

An diesem Abend schrieb ich an William. Ich erklärte ihm, daß ich Miss Georgina in ihren Schwierigkeiten nicht allein lassen konnte, wie auch immer es ausging – was ich natürlich nicht wußte, als ich den Brief schrieb. Ich wußte nicht, was passieren würde. Ich erklärte ihm, daß ich sehr gerne ja gesagt hätte, wenn die Dinge anders stehen würden, und dann schrieb ich, daß es wohl das beste wäre, wenn wir uns nicht wiedersehen würden. Doch das, was ich zum Schluß schrieb – ›ich liebe dich und werde immer an dich denken‹ –, meinte ich von ganzem Herzen.

Ich fing um zehn Uhr abends an zu schreiben und wurde nicht vor drei Uhr morgens fertig. Es war nur ein kurzer Brief, und ich wage zu behaupten, daß jemand mit ein bißchen mehr Bildung es in der Hälfte der Zeit geschafft hätte, aber selbst für einen klugen Menschen muß es schwierig sein, die richtigen Worte für so einen Brief zu finden, und ich hatte keinen Brief mehr geschrieben seit der Zeit, als ich noch an Mutter und Charlie schrieb. Aber ich dachte, es ist nicht fair, William im dunkeln zu lassen, ich muß das hier fertigbekommen und abschicken.

Ich hab immer noch den Brief, den William mir als Antwort schrieb. Ich bewahre ihn in meiner Geldbörse auf. Nicht mit einem Band oder so, nur ordentlich zusammengefaltet. Nach über zwanzig Jahren ist er ein bißchen verblaßt – ich traue mich kaum, ihn zu öffnen, damit er nicht auseinanderfällt. Aber ich muß ihn gar nicht lesen – ich weiß auswendig, was drin steht:

Liebe Ada,
ich stimme dir zu, daß es das beste ist, wenn wir uns nicht wiedersehen. Es genügt mir nicht, wenn wir nur Freunde bleiben, ohne Hoffnung auf mehr. Ich liebe dich mehr, als ich je eine Frau geliebt habe. Jetzt ist es heraus. Was auch geschieht, du wirst immer in meinem Herzen sein. Du bist gut, Ada, nicht nur weil du Mrs. Gresham und ihrem Bruder treu bist. Auch weil du mir verziehen hast, was ich vor so vielen Jahren getan habe, obwohl du es nicht wolltest, und du warst ein Pfundskerl, als du sagtest, du könntest es noch einmal versuchen, wenn diese schreckliche Sache nicht gewesen wäre. Wenn sich

die Dinge für dich je ändern, komm zu mir, denn ich schwöre dir, ich werde nie eine andere heiraten.

Gott segne dich, Ada.

William Ferguson.

Ich wäre ihm eine gute Frau gewesen, das weiß ich.

EDMUND

Jimmy hätte eigentlich in Manchester sein sollen. Er hatte ein Hotelzimmer für die Nacht reserviert, das hat die Polizei überprüft. Georgie hätte es nie gewagt, wenn sie gewußt hätte, daß er nach Hause kommt. Niemand wußte, daß er einen Schlüssel für die Hintertür hatte. Mrs. Seddon sagte, er hätte ihr aufgetragen, die Tür nicht zu verriegeln, falls Ada spät nach Hause kam. »Er war extra gekommen, um mir das zu sagen«, erklärte sie vor Gericht. Die Haustür war immer verriegelt, natürlich, und Ada war zu ihrer Familie gefahren … Doch die Geschichte mit dem Hotelzimmer war seltsam. Weil es ein kleines Hotel war, nicht eines, in dem er sonst logierte. Und er hätte nicht leichtfertig eine Buchung mißachtet, schließlich rechnete der Besitzer mit den Einnahmen. Ich habe mich gefragt, ob er dem Hotel vielleicht Geld für das Zimmer geschickt hat, aber der Besitzer hat geschworen, das sei nicht der Fall gewesen. Das ist es, was ich nicht verstehe, denn es paßte überhaupt nicht zu ihm. Und es war ein Geheimnis, wie er zurückgekommen war, denn Herbert hatte ihn nicht gefahren, und niemand hat gesehen, daß er den Zug genommen hat oder vom Bahnhof aus mit dem Taxi gefahren ist. Es steht außer Frage, daß er in Manchester gewesen ist, weil er dort an einer Sitzung teilgenommen hat. Keiner der Männer, mit denen er dort gesprochen hat, fand etwas Auffälliges an seinem Benehmen. Vielleicht hat ihn jemand mit zurück nach London genommen – er könnte auch selbst gefahren sein, aber wenn er ein Auto geliehen hatte, kam das nie ans Licht.

Es muß ungefähr ein Uhr nachts gewesen sein, vielleicht halb zwei, ich weiß es nicht mehr. Ich hatte noch nicht lange geschlafen. Jimmys Schritte auf dem Gang vor dem Zimmer weckten mich. Als er die Tür zu meinem Zimmer öffnete, hörte ich ihn mehr als daß ich ihn sah, aber ich wußte, daß er es war. Es war stockfinster im Zimmer, dann machte er die Tür auf und stand nur für eine Sekunde im Lichtschein – ein flüchtiger Blick –, ich hörte ihn einmal atmen, dann zog er die Tür wieder zu, und die Schritte entfernten sich. Ich bewegte mich nicht, ging ihm nicht nach, bat nicht um Verzeihung ... Ich lag zwei Stunden lang da und bewegte mich keinen Zentimeter. Und Georgie lag nackt neben mir, hatte die Decke abgeschüttelt, die Haut auf ihrem Rücken leuchtete weiß wie eine Perle, und sie schlief fest.

Georgie war den ganzen Tag schon schwierig gewesen – sie sagte zwar nichts, aber sie vermißte Teddy, vermißte die Dinge, die sie zusammen gemacht hatten. Mag sein, daß sie ihn nicht mehr wollte, aber ohne ihn langweilte sie sich. Sie war so ruhelos, ich brachte sie nach oben – wir waren in meinem Schlafzimmer, wie immer, aber dann wollte sie bleiben. »Ich *will* nicht in mein Zimmer gehen, Edmund.«

Wie ein Kind. »Ich will hier bleiben, bei dir, wie früher.« Ich erklärte ihr, daß das nicht ging, aber sie wollte nicht hören, wollte, daß ich ihr vorlese, also tat ich es. Ich fing an zu lesen, und sie schlief beinahe sofort ein. Ich stand auf und setzte mich in einen Sessel. Ich las, bis ich das Buch durch hatte, und dann wußte ich nicht, was ich noch tun sollte, also ging ich wieder ins Bett und versuchte zu schlafen, was mir allerdings nicht gelang. Ich mochte es nicht, daß Georgie da war. Ich konnte es nie ertragen, danach in ihrer Nähe zu sein.

Ich versuchte so zu tun, als hätte ich Jimmy nicht gesehen, als gehörte er zu einem Traum, aber ich wußte, daß es nicht stimmte. Mein Magen revoltierte, am liebsten wäre ich aufgestanden, um mich zu übergeben, aber ich konnte nicht. *Ich konnte mich nicht bewegen.* Ich konnte mir nicht mal die Decke über den Kopf ziehen, und das wollte ich am allermeisten – mich verstecken. Mich verstecken und nie wieder auftauchen.

Wäre es anders gekommen, wenn wir zusammen zu Jimmy gegangen wären, wir beide? Ich stellte es mir vor, wir nackt wie Adam und Eva, und er betrachtet uns in Hut und Mantel. Aus irgendeinem Grund stellte ich mir vor, er würde uns auf die Füße treten und sie mit seinen Schuhen brechen, und das erschreckte mich. Ich hörte ihn ins Badezimmer gehen, nicht in Georgies, es gab noch ein zweites Bad, das er und ich teilten. Ich hörte, wie er sich übergab ... Das war eine merkwürdige Sache – Georgies Anwalt, Osbert Spencer, sagte zu uns: »Erwähnen Sie nicht, daß es *zwei* Badezimmer gibt, man wird denken, mit Ihnen stimmt etwas nicht, weil Sie sich so oft waschen und baden. Nennen Sie es immer *das* Bad.« Ich erzählte Spencer nichts davon, daß ich Jimmy im Bad gehört hatte, weil ich ihm nicht erklären konnte, warum Jimmy schlecht war. Ich sagte, ich hätte nichts gehört und nichts gesehen. Am Anfang war ich dafür, ihm alles zu erzählen, aber Georgie wollte nichts davon hören, und nach einer Weile sah ich ein, daß es zu gefährlich war, zu belastend. Sie sagte: »Sie werden nie glauben, daß ich Jimmy nicht umgebracht habe, wenn du die Wahrheit sagst«, und sie hatte recht.

Jimmy blieb lange im Badezimmer. Ich weiß nicht, ob ich eingenickt bin oder wie hypnotisiert war, aber als ich seine Schritte im Flur hörte, war ich plötzlich wieder hellwach und erinnerte mich daran, was ich getan hatte und was Georgie getan hatte. Ich hörte, wie Jimmy die Tür zum Treppenhaus öffnete und hinaustrat, und ich wußte nicht, was er vorhatte, aber ich dachte: Jetzt. Jetzt muß ich mich vorbereiten. Ich werde mich anziehen und mir überlegen, was ich ihm sagen soll.

Aber ich tat es nicht. Ich lag im Bett und wimmerte wie ein geprügeltes Kind. Ich brachte es nicht fertig.

Ich überlegte, ob Jimmy das Haus verlassen hatte, wo er hingegangen sein könnte und ob er zurückkommen würde. Wahrscheinlich dachte ich, daß er zurückkommen würde, weil ich mich innerlich darauf vorbereitete, mit ihm zu reden, und irgendwann kam er wieder – ich hörte, wie er in sein Ankleidezimmer ging und die Tür hinter sich schloß. Es wurde langsam hell, und ich stand auf, ging zum Fenster und rauchte. Ich wußte nicht, ob Georgie nur so tat, als schliefe sie, vielleicht, aber ich versuchte nicht, es herauszufinden. Später sagte sie, daß sie wirklich geschlafen hatte, und wir stritten uns, aber ich habe ihr nicht geglaubt, bis Spencer sie nach Schlafmitteln fragte und sich herausstellte, daß sie drei- oder viermal so viel genommen hatte, wie Dr. Durrant ihr verschrieben hatte. Spencer fragte sie, ob ihr klar wäre, daß das eine ungewöhnlich hohe Dosis sei, und sie antwortete: »Für mich war es eine normale Dosis, ich habe jeden Abend so viel genommen.« Der alte Durrant muß sich gewundert haben, daß sie ständig Nachschub brauchte, aber er war kein besonders guter Arzt, und Georgie konnte ihn so fest um ihren kleinen Finger wickeln, daß er ihr eine Opiumpfeife gegeben hätte, wenn sie darauf aus gewesen wäre.

Wahrscheinlich habe ich geahnt, was Jimmy vorhatte. Er muß in Georgies Badezimmer gegangen sein, um die Tropfen zu holen, aber ich habe ihn nicht gehört. Ich stand am Fenster, weit weg von der Tür, auf der anderen Seite des Zimmers. Aber es war so still – das Haus, der Garten, die Straße vor dem Haus, alles war so still, so still. Und Jimmy ... Warum habe ich nicht versucht, ihn aufzuhalten? Warum habe ich nicht mit ihm geredet, gesagt, daß ich weggehen würde, ins Ausland, daß ich sie nie wiedersehen würde, daß es meine Schuld war – warum habe ich nichts gesagt, irgendwas, nur um ihn aufzuhalten. Jeden Tag habe ich seitdem darüber nachgedacht. Aber ich weiß die Antwort nicht, *ich weiß sie immer noch nicht.* Damals konnte ich nur denken, daß das alles nicht geschehen wäre, wenn ich an Rolands Stelle gestorben wäre, weil ich das Leben anderer zerstörte und alles kaputtmachte, was ich anfaßte … und während ich mit mir haderte, starb im Nebenzimmer ein Mann, und ich hatte nichts getan, um es zu verhindern.

Irgendwann hörte ich eine Art Aufprall aus Jimmys Ankleidezimmer. Ich dachte, Georgie muß es auch gehört haben, weil es ziemlich laut war – und nach ein paar Minuten dachte ich, es ist besser, wenn ich nachsehe, was es war.

Ich glaube, Jimmy war schon tot, als ich ihn fand. Ich meine, ich glaube nicht, daß noch irgendeine Hoffnung bestand, ihn wiederzubeleben. Wahrscheinlich habe ich darüber nicht viel nachgedacht, denn wenn er überlebt hätte und geistig behindert gewesen wäre oder einen anderen Schaden gehabt hätte … In so einem Zustand würde man nicht leben wollen, vor allem nicht ein Mann wie Jimmy. Und er wußte es wahrscheinlich. Das über Georgie und mich. Eigentlich gibt es da keinen Zweifel. Ich mußte immer daran denken, daß er es wußte. Es ging mir nicht aus dem Kopf, solange ich in diesem Zimmer war und darauf wartete, daß irgendwas passierte. Aber das war nicht alles – denn ich muß ehrlicherweise zugeben, daß ich nicht an Georgie gedacht habe. Eigentlich dachte ich gar nichts; ich wünschte, da wäre etwas gewesen, dann hätte ich vielleicht das Gefühl, nach einem Prinzip gehandelt zu haben und nicht wie ein aufgescheuchtes Huhn herumgerannt zu sein, denn nichts anderes habe ich getan.

Jimmy lag auf dem Boden mitten im Zimmer. Ich sah sofort, daß er im Garten gewesen sein mußte, weil sein Hosensaum naß war und Gras unter seinen Schuhen klebte. Es gab einen Tisch, auf dem er immer ein Tablett mit Whisky stehen hatte – er trank gerne einen Whisky mit Wasser, wenn er sich zum Abendessen umzog – und da war eine Karaffe und ein Krug mit Wasser ... unter dem Tisch lag ein Brief und sein Stift. Beides muß ihm beim Sturz aus der Hand gefallen sein. Ich glaube, ich ging zuerst zu ihm, ich sah ihn an oder berührte ihn, ich weiß es nicht mehr, ehe ich den Brief las.

Ganz oben stand ›Edmund‹, und dann:

Ich habe immer geglaubt, daß ich mein Bestes getan habe, ohne den Vorteil eines Namens oder Vermögens, aber das reicht nicht. Ich habe mich geirrt. Ich habe Dich falsch eingeschätzt, weil ich Dich für einen ehrenhaften Mann hielt, doch Du und sie habt jedes Gesetz von Mensch und Natur gebrochen. Ich ertrage es nicht, daran zu denken, was ihr getan habt. Wenn es nur Teddy Booth gewesen wäre, könnte ich es entschuldigen, aber dies niemals. Ich habe sieben Gramm Veronal genommen. Wenn ich den Brief beendet habe, werde ich Chloralhydrat nehmen, um der Sache ein Ende zu bereiten. Ich fühle mich jetzt, als wäre ich ein bißchen betrunken, aber es ist kein unangenehmes Gefühl. Ich habe keine Angst. Möge Gott Gnade über euch walten lassen.

Er hatte mit seinem vollen Namen unterschrieben, James Arthur Gresham. Es folgte noch ein Postscriptum, in dem er mich bat, mich um einige geschäftliche Dinge zu kümmern – er hatte sein Wort gegeben und wollte es halten. Und am Schluß hatte er geschrieben: *Es wird Menschen geben, die sagen werden, ich hätte ihr Unheil gebracht, aber was habe ich Dir getan?*

Ich steckte den Brief und den Stift in die Tasche meines Morgenmantels, und dann dachte ich, niemand darf das Zimmer so sehen, deshalb nahm ich das Tablett mit dem Whisky und trug es ins Badezimmer. In dem Glas, das darauf stand, war irgendein pulvriges, weißes Zeug, das mußte das Veronal sein, es hat sich nicht ganz aufgelöst, deshalb spülte ich es aus und trocknete es mit einem der Handtücher ab, und anschließend spülte ich die Karaffe aus und trocknete sie ebenfalls ab. Ich brachte das Tablett zurück, und plötzlich wurde mir klar, daß es verdächtig wirken könnte, wenn irgend jemand merkte, daß ich etwas verändert hatte, also holte ich Handschuhe aus der Kommode im Flur und zog sie an. Ich dachte nicht besonders klar. Ich hatte keine Ahnung, was für Schlüsse Dr. Durrant ziehen würde, vielleicht, daß Jimmy ein schrecklicher Irrtum unterlaufen war, oder war das nur meine Hoffnung? Ich hatte Angst, daß das Personal kommen und Jimmy finden würde, daß sie mich finden würden und alles mögliche *denken* und *sagen* würden – und was mich am meisten entsetzte, war der Gedanke, daß irgend jemand den Brief lesen könnte.

Als mein Blick wieder auf Jimmy fiel, hatte ich das Gefühl, ich konnte ihn nicht so auf dem Boden liegen lassen – es war einfach so ... grauenvoll entwürdigend, nach allem, was geschehen war ... deshalb versuchte ich, ihn hochzuheben, doch er war so schwer, daß ich ihn beinahe fallen ließ. Das war etwas, worum der alte Osbert Spencer vor Gericht ein schreckliches Theater machte, weil es offensichtlich war, daß irgend jemand Jimmy auf den Stuhl gesetzt haben mußte. Ich meine, ich habe mein Bestes getan, aber sein Anzug rutschte nach oben, als ich ihn über den Teppich zog, und Spencer argumentierte, daß Georgie ihn unmöglich hatte bewegen können, weil er so groß und schwer war und sie ihn nie hätte hochheben können. Nun, ich *weiß*, daß sie es nicht gekonnt hätte, selbst wenn es mit der verrückten Kraft der Leidenschaft oder mit der leidenschaftlichen Kraft der Verzweiflung, oder was auch immer die Anklage ihr anzuhängen versuchte, geschehen wäre – Jimmy war fast zwei Meter groß und wog mindestens hundert Kilo; nur weil ich wußte, daß es einen schrecklichen Lärm machen würde, wenn ich ihn fallen ließ, schaffte ich es, ihn überhaupt zu bewegen. Ich beugte mich über ihn und schob meine Arme unter seine Achseln, so daß er mit dem Rücken zu mir in eine Art sitzende Position kam und an meinen Knien lehnte. Es gab nur einen Stuhl in Jimmys Ankleidezimmer, und ich zog ihn rückwärts dorthin, meine Arme um seine Brust geschlungen, was ganz schön schwierig war, weil er so eine große, breite Brust hatte. Als ich ihn dort hatte, klemmte ich mich zwischen Wand und Stuhl und versuchte, ihn hochzuziehen, aber ich bekam ihn nicht richtig zu fassen, so daß Jimmy immer wieder gegen den Stuhl fiel und der Stuhl gegen meine Beine. Die Schultern seines Jacketts rutschten immer höher, bis über seine Ohren, und blieben am Sitz hängen. Schließlich packte ich ihn von vorn und wuchtete ihn auf den Stuhl. Ich beugte mich über ihn und versuchte, seinen Anzug zu richten, als sein Kopf, der *ganze Kopf*, auf mich zurollte – er schwang herum, und Jimmy sah mir direkt ins Gesicht. Seine Augäpfel waren riesig und viel runder als im Leben, wie zwei Eier im Wasserglas ... Ich wollte ihm die Augen zumachen, aber ich konnte mir nicht vorstellen, wie die Lider über die Augäpfel passen sollten ... Ich konnte mich nicht überwinden, seine Augen oder sein Gesicht anzufassen. Ich versuchte es, indem ich meine eigenen Augen schloß, aber es war noch schlimmer, so dicht bei ihm zu stehen und nichts sehen zu können. Dann, als ich die Hand ausstreckte, in die Richtung, in der ich seine Augen vermutete, bewegte sich sein Kopf plötzlich wieder, er stieß gegen meinen Arm, und ich mußte einfach aufhören – nicht zuletzt deshalb hatte ich ihn von hinten bewegen wollen. Ich dachte, der Stuhl könnte nach hinten rutschen und die Wand zerkratzen und irgend jemand könnte etwas ahnen ... aber mehr noch, nun, eigentlich *nur* deshalb, weil ich – ich wollte ihm einfach nicht ins Gesicht sehen. Als ich mich zu ihm hinunterbeugte, hatte ich zwar irgendwie bemerkt, daß seine Augen offen waren, aber mehr von der Seite, da konnte ich sein Gesicht nicht richtig sehen. Ich hatte Angst, daß er vom Stuhl fallen würde, deshalb zog ich den Stuhl quer durchs Zimmer und klemmte ihn unter den Frisiertisch. Die Armlehnen waren zu hoch und paßten nicht unter den Tisch, ich mußte den Stuhl ein bißchen kippen, damit die Lehnen auf dem Tisch lagen. Darum klemmte der Stuhl so fest unter dem Tisch, und Jimmys Bauch sorgte dafür, daß es hielt – ich dachte, sonst würde er herunterrutschen, aber wenn sein Bauch an der Tischkante lehnte – na ja, so konnte nichts mehr passieren.

Ich hatte mich gerade wieder erholt, als ich die abgeschnittenen Blumen auf der Fensterbank entdeckte. Jimmy trug immer eine Blume im Knopfloch, jeden Tag. Er ging hinaus und suchte sich selbst eine aus. Er pflückte immer nur eine, aber an dem Tag hatte er fünf oder sechs genommen. Als hätte er sich nicht entscheiden können. Ich dachte darüber nach, als der Punkt vor Gericht erwähnt wurde – vielleicht war Jimmy in den Garten gegangen, weil er etwas gesehen hatte, das nicht wahr sein konnte. Vielleicht wollte er etwas ganz Normales tun, etwas, das er jeden Tag machte, und wenn er zurück ins Haus kam, würde er herausfinden, daß er sich getäuscht hatte. Doch für gewöhnlich pflückte er nur eine Blume, und mit jeder Blume, die er noch pflückte, mußte er gewußt haben, daß es doch wahr war, daß es kein Entkommen gab.

Wahrscheinlich klingt das wie Schmalspurpsychologie, aber manchmal ist es leichter, sich etwas vorzumachen. Dann muß man der Sache nicht ins Gesicht sehen oder sich streiten oder etwas tun. Wahrscheinlich habe ich die Rose in Jimmys Knopfloch gesteckt, weil ich annahm, daß er es so gewollt hätte.

Ich wollte gerade die Tür öffnen, um Jimmys Zimmer zu

verlassen, da drehte ich mich noch einmal um – vielleicht, um mich zu vergewissern, daß er noch da war. Ich sah seinen Hinterkopf und die Schultern vor dem Fenster mit dem Rhombenmuster aus Bleiglas, die ersten Sonnenstrahlen fielen herein, und als ich die Tür schloß, sah ich plötzlich Jimmys Bild im Spiegel. Er schien mir direkt ins Gesicht zu starren. Als ich wieder in meinem Zimmer war, den Morgenmantel auszog und mich hinlegte, gingen mir seine Augen nicht aus dem Kopf, und ich dachte ununterbrochen: Wenn er sich nun bewegt, oder runterrutscht, oder wenn er gar nicht tot ist, wenn er jetzt kommt? Ich muß mich bewegt haben, denn Georgie drehte sich um und machte die Augen auf. »Was ist los, Jimmy?«

Ich rüttelte an ihrer Schulter, um sie aufzuwecken. »Wach auf, Georgie, wach auf.«

»Oh, Jimmy, laß mich.«

»Jimmy hatte einen Unfall, Georgie.«

Sie murmelte etwas vor sich hin, sie war noch nicht richtig bei Bewußtsein.

»Jimmy ist tot, Georgie.«

»Manchester, nicht tot.«

Ich wiederholte es immer wieder, schüttelte sie, aber sie konnte anscheinend nicht richtig wach werden. Nach einer Weile verstand ich, was sie sagte, doch es war nur dummes Zeug, wie man denken konnte, jemand sei tot, wenn er doch in Manchester war. Nun, da verlor ich den Kopf – ich schüttelte sie, ich schlug sie, ich warf sogar ein Glas Wasser nach ihr. Sie war natürlich noch halb betäubt, aber zu dem Zeitpunkt dachte ich, sie wollte mich nur ärgern, deshalb machte ich so lange weiter, bis sie sich endlich hinsetzte und versuchte, sich gegen mich zu wehren.

»Jimmy ist wirklich tot, Georgie. Wir müssen etwas tun.«

»Hast du versucht, mit ihm zu reden?«

Ich sagte: »Natürlich habe ich das«, obwohl es gar nicht stimmte, das war überhaupt nicht mehr nötig, aber plötzlich wurde mir klar, daß das Personal bald heraufkommen würde, und ich wollte Georgie unbedingt ins Bild setzen und alles ordnen.

Sie wiederholte ständig: »Nein, er kann nicht tot sein.«

Bis ich schließlich sagte: »Ich werde es dir zeigen.« Sie wollte nicht mitkommen, wollte es nicht sehen, und ich mußte ganz schön kämpfen, bis ich sie so weit hatte, aber zum Schluß kam sie wenigstens mit auf den Flur. Eine lange Zeit standen wir vor der Tür zu Jimmys Ankleidezimmer und stritten uns flüsternd.

»Das ist völlig absurd. Er ist doch gar nicht zu Hause.«

»Er ist da drin.«

»Er ist in Manchester, Edmund.«

»Georgie, das ist kein Spiel.«

»Nein, es ist lächerlich.«

»Wenn es so lächerlich ist, wovor hast du dann Angst? Warum machst du nicht einfach die Tür auf?«

»Ich habe keine Angst. Ich will einfach nicht. Hör auf, mich anzuschreien, Edmund. Ich will wieder ins Bett.«

»Ich schreie nicht. Du wirst jetzt verdammt noch mal diese Tür aufmachen.«

Sie weigerte sich, bis ich schließlich ihre Hand packte, sie auf den Türknauf legte und sie zwang, mit mir zusammen die Tür zu öffnen. Das tat ihr weh, und sie stieß einen kleinen Schrei aus, eigentlich eher ein Aufjaulen, dann gab ich ihr einen Schubs, und wir fielen sozusagen ins Zimmer. Der Verstand spielt einem merkwürdige Streiche, und ich erwartete aus irgendeinem Grund, daß Jimmy mit dem Stuhl uns zugewandt sitzen würde, mit weit offenen Augen, die Arme und Beine am Stuhl festgebunden, wie auf dem elektrischen Stuhl. Ich sagte zu Georgie: »Egal, was du tust, faß nichts an.«

Sie stand mitten im Zimmer hinter Jimmy. Sie war sehr ruhig; ich meine, sie ging nicht zu ihm oder berührte ihn oder so etwas, sie starrte einfach seinen Hinterkopf an, und dann sagte sie: »Er ist tot, nicht wahr?«

»Ja. Ich glaube, es war dein Schlafmittel.«

Sie fragte mich nicht, woher ich das wußte, sie sagte nur: »Laß uns hier rausgehen.«

Als wir wieder in meinem Zimmer waren, sagte sie: »Er hat es herausgefunden, oder?«

»Ja.« Ich zeigte ihr Jimmys Brief.

»Verbrenn ihn.«

»Meinst du wirklich?« Ich weiß nicht, warum ich das sagte. Natürlich wußte ich, daß wir ihn sofort loswerden mußten, aber ich konnte einfach nicht richtig denken.

»Verbrenn ihn! Oder willst du ihn dem alten Durrant zeigen?«

Ich sagte: »Dein Name steht nicht drin.«

»Herrgott noch mal, Edmund, das muß er auch nicht. Wer sollte sonst gemeint sein? Elspeth? Durrant wird nur einen Blick darauf werfen und auf der Stelle zur Polizei gehen. Glaubst du, daß Jimmy das wollte? Daß es jeder weiß? Du Idiot, glaubst du, er wollte, daß jeder weiß, warum er sich umgebracht hat?«

Ich sagte zu ihr: »Sprich nicht so mit mir, sag nicht Idiot zu mir«, aber sie riß mir einfach Jimmys Brief aus der Hand.

Mein Feuerzeug lag auf dem Kaminsims, sie griff danach und zündete den Brief an. Dann fragte sie: »Wo sind die Flaschen mit der Medizin?« Als ich ihr erklärte, daß ich in Jimmys Ankleidezimmer keine Flaschen gesehen hatte, sagte sie: »Dann sieh verdammt noch mal im Bad nach.« Ich hatte sie noch nie fluchen hören, und ich war schockiert. Nicht so sehr darüber, daß sie das Wort kannte – denn das hörte man überall –, mehr darüber, mit welcher Selbstverständlichkeit sie es benutzte, als hätte sie es schon oft gesagt oder gedacht. Doch gleichzeitig war ich, um die Wahrheit zu sagen, ziemlich ... nun, ziemlich *erleichtert*, daß sie das Ruder übernahm. Sie handelte wie eine ältere Schwester, nicht wie eine jüngere. Als ich mich nicht von der Stelle rührte, ging sie selbst in ihr Badezimmer und kam mit zwei leeren Flaschen und einer leeren Dose, in der das Veronalpulver aufbewahrt wurde, zurück. Ich hatte sie nicht gesehen, denn ich hatte das andere Bad benutzt, als ich den Krug und das Glas ausspülte. Sie sagte: »Ich nehme sie mit in mein Zimmer und werfe sie in den Papierkorb unter meinem Frisiertisch.« Die Polizei fand sie später, und natürlich waren sowohl Georgies als auch Jimmys Fingerabdrücke darauf, und das gab auch ein großes Theater vor Gericht, weil wir die Veronalpäckchen vergessen hatten – der Apotheker wickelte eine bestimmte Menge in ein Papierbriefchen, die einer Dosis entsprach –, und die lagen noch in dem Papierkorb im anderen Badezimmer. Wahrscheinlich muß ich sie gesehen haben, als ich das Glas und die Karaffe ausspülte, es kam mir nur nicht in den Sinn, daß sie wichtig waren. Osbert Spencer fand die Erklärung, daß Jimmy das Pulver und das Schlafmittel mit ins Bad genommen hatte, dann in Georgies Bad gegangen war und dort die leeren Flaschen und die Dose in ihren Papierkorb geworfen hatte, und weil sie *selbst* ein Schlafmittel genommen hatte, hatte sie ihn nicht gehört. Wie auch immer, Spencer war hocherfreut über die Reaktion, die seine Erklärung hervorrief, denn so war der Staatsanwalt in die Ecke gedrängt und behauptete daraufhin, Georgie habe gewußt, daß Jimmy das Schlafmittel genommen hatte, und hätte nichts dagegen unternommen, doch der Richter erklärte, das wäre eine abscheuliche und unchristliche Unterstellung oder so etwas Ähnliches, und natürlich ließen sie von der Sache ab.

Die Zeitungen hatten ihren großen Tag, als Georgie sagte, sie glaubte, Jimmy hätte das Zeug aus Versehen genommen.

Die Karikaturisten bauschten die Geschichte mit den Schlafmitteln schrecklich auf und machten Witze darüber, wie man eine perfekte Ehe führen konnte, wenn man die ganze Zeit schlief. Aber Georgie hatte es schwer, diese Erklärung auch für das Chloralhydrat geltend zu machen, denn selbst in dem Pfefferminzsirup, mit dem sie es nahm, schmeckte es noch ziemlich scheußlich, und kein Mensch würde es freiwillig schlucken, so daß es praktisch unmöglich war, es zu verwechseln. Sogar Georgie bejahte, daß das Zeug schrecklich schmeckte, und sie war den Geschmack gewohnt. Dann behauptete der Vertreter der Anklage, Staatsanwalt Keeble-Price, Georgie habe Jimmy gesagt, es handle sich um eine Art Mundwasser, und ihn so dazu gebracht, es zu trinken, doch bevor Georgie es abstreiten konnte, fiel ihm der Richter ins Wort und befahl dem Staatsanwalt, den Mund zu halten.

Nachdem Georgie die Flaschen in den Papierkorb geworfen hatte, sagte sie: »Sollen wir es den Dienstboten überlassen, Jimmy zu finden?« Ich wußte nicht, was ich ihr antworten sollte. Ich hatte keine Ahnung, was wir tun sollten. Georgie schaute ständig auf die Uhr und sagte: »Entweder du oder die Mädchen, Edmund.«

Ich sagte: »Was ist mit dir? Warum kannst du nicht diejenige sein, die ihn findet?«

»Sei nicht so dumm, Edmund.«

»Er ist dein Mann, Georgie, nicht meiner.«

Sie sagte: »Deshalb darf ich überhaupt nicht in der Nähe sein, wenn er gefunden wird, du Idiot!« Mir gefiel das nicht, daß sie mich einen Idioten nannte, besonders, weil sie es einen Augenblick zuvor schon einmal getan hatte, und ich widersprach ihr, und es ging hin und her, bis ich plötzlich dachte, mein Gott, wir keifen uns an wie zwei gräßliche Bälger. Meine Hände hörten nicht auf zu zittern, ich zündete mir eine Zigarette nach der anderen an, aber es half nichts. Schließlich sagte ich, ich würde Jimmy finden, weil es den Mädchen gegenüber nicht fair wäre.

Georgie sagte: »Ich nehme noch eine Portion.« Sie meinte das Veronal, sie hatte es überall versteckt, wie ein Eichhörnchen seine Nüsse. Sie sagte: »Nimm eins von den Päckchen, schütte es in den Ausguß und laß das Papier neben deinem Bett liegen, dann kannst du sagen, du hättest auch eins genommen. Sag, du konntest nicht schlafen. Du wirst Durrant anrufen müssen, und er könnte dich fragen, ob du was gehört hast. Du kannst ihm erzählen, du konntest nicht schlafen, das alte Problem, und daß du deshalb etwas eingenommen hast.« Sie meinte das alte Problem aus dem Krieg, denn Durrant wußte davon. Ich fühlte mich miserabel, weil ich Durrant und die Polizei anlügen sollte. Kleine Lügen sind immer die schlimmsten. Ich weiß auch nicht warum. Man schluckt das Kamel, aber die Fliege bekommt man nicht hinunter.

Georgie machte das Bett, so daß es aussah, als hätte ich allein darin geschlafen, und ging in ihr Zimmer. Ich legte die Handschuhe zurück in die Kommode, zog mich an und wartete auf dem Flur, bis das Mädchen herunterkam. In dem Augenblick, in dem sie mich sah, wußte sie, daß etwas passiert war, und ich befahl ihr, niemanden in unsere Zimmer gehen zu lassen, bis ich mit dem Arzt gesprochen hatte. Mehr sagte ich nicht. Dann rief ich Durrant an und sagte ihm, daß es einen Unfall gegeben hatte. Es war grauenvoll, mit ihm zu sprechen, aber es war weit weniger schlimm, als ich es mir vorgestellt hatte. Ich erzählte ihm, ich hätte Jimmy gerade erst gefunden. Als er mich nach Georgie fragte, sagte ich, sie schliefe noch und daß ich sie nicht wecken wollte, falls ich mich wegen Jimmy getäuscht hatte. Und das war wohl ein Fehler gewesen. Wenn Georgie da gewesen wäre, wach, und Durrant sie hätte weinen sehen und all das, hätte er den Totenschein bestimmt ohne nachzufragen unterschrieben.

Durrant fragte mich, ob er nach Georgie sehen dürfte – das war noch, bevor er Jimmys Leiche gesehen hatte –, und ich fand das ein bißchen seltsam, aber ich konnte ihn wohl kaum daran hindern. Er ging in ihr Zimmer, und als er zurückkam, sagte er, es wäre das beste, wenn wir sie schlafen ließen. Eigentlich hätte ich überrascht sein müssen, weil Durrant nicht mehr um Georgie besorgt war, schließlich hätte sie auch eine Überdosis genommen haben können, aber ich konnte nicht klar denken, und während der Verhandlung stellte sich heraus, daß er dieses Pulver wie Zigaretten an seine Patienten verteilt hatte, ohne die geringste Ahnung, wie stark es war. Nach dem Prozeß setzte er sich zur Ruhe – ich glaube, man legte es ihm nahe, aber er muß beinahe siebzig gewesen sein, und wahrscheinlich war es kein sehr schwerer Schlag für ihn. Ich hatte gedacht, er würde einfach Herzversagen in den Todesschein schreiben, und das war's, aber er weigerte sich, das verfluchte Ding zu unterschreiben. Er wiederholte die ganze Zeit, daß er Jimmy lange nicht untersucht hatte, und stellte alle möglichen Fragen über Symptome, auf die ich ihm keine Antwort geben konnte. Ich versuchte, ihn in Richtung Selbstmord zu drängen, mit dem Hintergedanken, daß er so viel Anstand besaß, es nicht zu melden, aber das stürzte ihn in große Verwirrung, und er bestand darauf, daß ich die Polizei anrief, sonst müßte er sie selbst holen. Er wiederholte ein ums andere Mal, daß er nicht nur auf seinen eigenen, sondern auch auf Georgies Ruf Rücksicht nehmen mußte, ganz zu schweigen von dem Skandal und dem Buchstaben des Gesetzes – nachdem ihn die Anwälte vor Gericht in Stücke gerissen hatten, hat er sich bestimmt gewünscht, er hätte einfach den Mund gehalten und unterschrieben, aber er hatte natürlich nie geglaubt, daß es so weit kommen würde. Niemand von uns hatte das geglaubt.

Zwei Polizisten kamen, und Durrant eilte nach unten und

erklärte ihnen, daß Georgie schlief und sie im Salon warten mußten. Sie hatten eine absolut lächerliche Unterhaltung – wenn ich es nicht selbst gehört hätte, hätte ich es nicht geglaubt, und wenn ich nicht in diesem Schockzustand gewesen wäre, hätte ich gelacht. Da hatte Durrant so einen Aufstand gemacht, daß die Polizei geholt werden mußte, und jetzt erklärte er ihnen, sie dürften die Leiche nicht sehen.

»Wir müssen den Herrn sehen, Sir, wenn er verstorben ist. Sie erwähnten jemanden, der schläft, Sir, wer ist das?«

»Mrs. Gresham, die Frau des Verstorbenen.« Das war Durrant.

»Nun, sollte man ihr nicht lieber Bescheid sagen?«

»Nein, ich wünsche nicht, daß sie gestört wird.«

»Hat das einen medizinischen Grund, Sir?«

»Ich will nicht, daß sie sich aufregt.«

»Nun, Sir, früher oder später wird sie es erfahren müssen.«

Und das gab Durrant den Rest. »Sie werden erlauben, daß ich das am besten beurteilen kann«, bellte er und ließ sich nicht erweichen.

Die Polizisten müssen ihn für ziemlich verrückt gehalten haben. Sie nahmen mich beiseite und fragten: »Ist hier jemand gestorben, Sir, oder nicht?«

»O ja, oben, genau wie der Doktor sagt.«

»Wir müssen es selbst sehen, Sir, wenn Sie nichts dagegen haben.«

Ich dachte, Durrant würde versuchen, sie mit Gewalt daran zu hindern, nach oben zu gehen, aber er mußte es sich anders überlegt haben.

Georgie blieb in ihrem Zimmer, solange die Polizisten oben waren. Sie erklärten mir, daß es eine gerichtsmedizinische Untersuchung geben würde, und veranlaßten, daß die Leiche weggebracht wurde. Sie sammelten ziemlich viele Sachen in Jimmys Ankleidezimmer und seinem Arbeitszimmer ein und nahmen sie mit. Als ich sah, wie sie das Ankleidezimmer durchsuchten, fiel mir plötzlich ein, daß der Türgriff mit Georgies Fingerabdrücken übersät war. Der Staatsanwalt, Anthony Keeble-Price, behauptete, sie hätte vergessen, sie abzuwischen, denn es gab natürlich auch ein furchtbares Hin und Her wegen der Whiskys. Sie verstanden einfach nicht, warum die Karaffe leer war, weil sie Jimmys Mageninhalt analysiert hatten und weder dort noch in dem Erbrochenen irgendwelcher Alkohol gefunden worden war, und eines der Mädchen hatte ausgesagt, daß sie untertags die Karaffe aufgefüllt habe. Deshalb nahmen sie an, daß irgend jemand den Whisky getrunken haben mußte. Keeble-Price sagte, daß Georgie mit Jimmy in seinem Ankleidezimmer gewesen sei und daß *sie* den Whisky getrunken habe und anschließend das Glas und alles andere abgespült habe, damit niemand es merkte. Es kam ihm nicht in den Sinn, daß jemand so verrückt sein konnte, einen guten, alten Scotch in den Ausguß zu kippen, aber das war natürlich meine eigene Dummheit gewesen. An diesem Punkt brachte Spencer mich ganz schön zum Lachen – er erklärte dem Gericht, daß Georgies Fingerabdrücke auf dem Türknauf sein *mußten*, denn »jene von Ihnen, die sich einer glücklichen Ehe erfreuen, werden es nur natürlich finden, daß eine Frau das Ankleidezimmer ihres Mannes betritt, wenn dessen Diener nicht anwesend ist.« Unbezahlbar! Das haute die Geschworenen um – man konnte sehen, daß sie erstmal keine Ahnung hatten, wovon er redete.

Schließlich gelang es der Polizei, Durrant loszuwerden, und sie gingen wieder in den Salon und warteten, bis Georgie herunterkam. Es dauerte ziemlich lange, bis sie erschien, über eine Stunde. Durrant hatte etwas für Georgie dagelassen, das sie ein wenig aufmuntern sollte – Gott weiß, was es war, aber ihre Augen glänzten unnatürlich, sie zappelte auf ihrem Stuhl herum und plapperte mit den Polizisten, als wären es alte Bekannte. Sie war nicht sie selbst, obwohl die Polizisten das nicht wissen sollten, und ich glaube, ihr Benehmen ließ sie Verdacht schöpfen, weil sie sich scheinbar kein bißchen über Jimmy aufregte.

Die Woche vor Georgies Verhaftung war grauenhaft. Ich wußte nicht, was ich den Leuten im Büro sagen sollte. Ich konnte ihnen nicht mal sagen, wann die Beerdigung sein würde, weil die Polizei Jimmys Leiche nicht freigab. Georgie und ich wußten sehr gut, wie die Ergebnisse der Autopsie ausfallen würden, aber ich glaube, wir hofften immer noch auf ein Wunder – vielleicht fanden sie heraus, daß er einen Herzinfarkt hatte oder sonst irgendwas. Doch es gab keinen Zweifel über die Todesursache. Chloralhydrat hat offensichtlich einen besonderen Geruch, selbst wenn es sich im Magen befindet, und man kann es nicht verwechseln. Ich weiß nicht, ob es an Durrants Aufputschpillen lag, aber Georgie benahm sich in dieser Zeit sehr seltsam. Nicht wie eine Verrückte, sie führte keine Selbstgespräche oder so, aber sie bestand darauf, jede einzelne Zeitung zu bekommen, und verbrachte den ganzen Tag lesend auf dem Bett, suchte nach allem, was über James darin stand, und schnitt es mit ihrer Nagelschere aus. Wenn sie eine Zeitung fand, die nichts über James brachte, ließ sie sie von Jones zurückbringen und verlangte das Geld zurück. Wenn ich abends nach Hause kam, las sie mir die Zeitungsausschnitte vor, aber es war, als lese sie eine Klatschspalte vor und nicht die Berichte über den Mann, mit dem sie beinahe zwanzig Jahre verheiratet gewesen war.

Das Personal brachte das Essen auf einem Tablett herauf, doch Georgie aß keinen Bissen. Ich sagte, sie müsse essen, aber sie nahm nicht einmal Messer und Gabel in die Hand. Sie sagte: »Ach nein, Liebling. Ich rauche lieber eine Zigarette.« Sie hatte nie gerne geraucht, doch jetzt nahm sie sich eine Zigarette aus der Schachtel, und ich gab ihr Feuer, dann drückte sie sie sofort wieder aus und bat fünf Minuten später um eine neue. Ich glaube, es war ihr fast egal, was passierte, so lange sie nur im Pyjama auf ihrem Bett liegen konnte, die Zeitungen um sich ausgebreitet, überall lagen Kleider herum, standen Sherrygläser, Aschenbecher, ein ziemliches Chaos – sie war in ihrem Element. Ich flehte sie an, Jones hereinzulassen, oder wenigstens Ada, um ein bißchen aufzuräumen, doch sie lehnte es kategorisch ab. Sie wollte nicht mal mit den beiden reden.

Einmal fragte ich Georgie: »Hast du Jimmy geliebt?«

Sie wollte mir keine richtige Antwort geben. »Sei nicht langweilig, Edmund.«

Ich war mir nicht sicher, wie ich das verstehen sollte, deshalb fragte ich: »Warum hast du Jimmy geheiratet?«

Sie lachte und sagte: »Dich konnte ich eben nicht heiraten, oder?«

An dem Abend, bevor die Polizei kam, sagte sie: »Kann ich zu dir kommen, Edmund? Jetzt ist es doch egal.«

Wir wußten beide, daß es nur noch eine Sache von ein oder zwei Tagen war, und ich fragte sie: »Und wenn sie uns zusammen finden?«

»Keine Sorge, Schatz. Ich werde wach sein, wenn sie kommen.« Also ließ ich sie zu mir kommen. Ich glaube nicht, daß wir viel geschlafen haben, wir saßen einfach nur da und hielten uns an den Händen.

Manchmal geschehen seltsame Dinge. Als sie kamen und sie mitnahmen, sagten sie, ich dürfe sie erst am nächsten Tag besuchen, und ich wußte einfach nicht, was ich machen sollte. Es hätte der schlimmste Tag meines Lebens sein sollen, und irgendwie war es das auch, besonders tagsüber. Aber am Abend geschah etwas Wundervolles. Ich war im Eßzimmer – ich hatte das Essen fast ganz aufgegeben und rauchte statt dessen eine Zigarette nach der anderen –, als die Tür aufging und Louisa hereinkam. Draußen regnete es in Strömen, und sie war völlig durchnäßt, aber sie war trotzdem wunderschön. Sie sagte: »Ich habe Ada nicht erlaubt, dir Bescheid zu sagen, daß ich da bin, ich dachte, du willst mich bestimmt nicht sehen, wenn sie mich anmeldet.« Mir fiel absolut nichts ein, was ich darauf sagen konnte – ich meine, es gab tausend Dinge, die ich ihr sagen wollte. Ich wollte sie in den Arm nehmen und küssen, aber das konnte ich natürlich nicht tun, deshalb legte ich ihr mein Jackett über die Schultern, und sie trocknete sich die Haare mit einem Handtuch ab und sah mich nur an. Sie sagte kein Wort, aber ihre Haare waren da, wo sie sie schon getrocknet hatte, ganz durcheinander, und plötzlich hörte ich auf, an Georgie und all die *Trümmer* zu denken, und hatte nur noch den einen Gedanken, was für ein Wunder es war, daß sie da war.

Ich sagte: »Weiß Davy, daß du hier bist?«

Sie sagte: »Davy ist in Schottland. Niemand außer dir weiß, daß ich hier bin.«

Wir gingen in den Salon, sie streifte ihre Schuhe ab, setzte sich auf eines der Sofas und trank einen Kognak. »Edmund, ich weiß nicht, was ich sagen soll. Was für ein schrecklicher Irrtum. Ich bin sicher, es wird sich alles klären, aber wie schrecklich für Georgie ...« Dann begegnete sie meinem Blick und sagte: »Es ist doch ein Irrtum, oder?«

»Ja, ich verstehe nicht, wie es passieren konnte.«

»Wahrscheinlich muß die Polizei in solchen Fällen jemanden anklagen. Die Leute wollen doch immer einen Schuldigen sehen, nicht wahr? Sie können anscheinend nicht glauben, daß es auch Unfälle geben kann ... Ich bin froh, daß ich nicht so denke, du nicht auch?«

»Wahrscheinlich. Louisa, darf ich dich was fragen?«

»Was immer du willst. Wenn du allerdings wissen willst, wer nächstes Jahr das Derby gewinnt, muß ich dich enttäuschen.«

»Würdest du mit mir über Freddie reden?«

»Deinen Bruder Freddie?«

»Langsam fange ich an zu denken, ich bilde mir nur ein, einen Bruder gehabt zu haben, weil kein Mensch ihn je erwähnt.«

Ich dachte, Louisa würde das Thema wechseln, aber sie sagte: »Wir nannten ihn immer Georgies Schatten. Er folgte ihr auf Schritt und Tritt und plapperte ihr alles nach.«

»Ich erinnere mich nicht daran ... Louisa, was geschah an dem Tag, als er starb?«

»Nun, mein Vater hat uns erzählt, daß eines der Dienstmädchen ihn umgebracht hat, ein junges Mädchen. Er sagte, sie war geistig behindert. Ich weiß noch, daß ich gedacht habe, es muß das Mädchen gewesen sein, das uns zu Freddie gebracht hat, weil sie so geschrien und gespuckt hat und offensichtlich ziemlich verrückt war. Sie kam zu uns, packte Georgie und zog sie mit sich. Wir liefen alle hinterher, sie rannte um eine Ecke, und da lag der arme Freddie im Gras, mit dem Gesicht nach unten. Ich habe ihn nicht richtig gesehen. Ich sah das Blut, und danach konnte ich einfach nicht mehr hinschauen. Ich habe die ganze Zeit Georgies Gesicht angestarrt, weil ich Freddie nicht ansehen wollte, und sie wandte den Blick nicht von ihm. Sie starrte ihn nur an, zuckte nicht einmal mit der Wimper. Sie muß die schrecklichsten Alpträume gehabt haben.«

»Hattest du Alpträume?«

»Ja, ein bißchen. Wir hatten Verstecken gespielt, und ich träumte immer davon, daß ich Freddie finden mußte, und wußte, daß ich schnell machen mußte, weil sonst etwas Schreckliches passieren würde, und dann fand ich ihn hinter der Hecke. Aber ich bin darüber hinweggekommen. Kinder können das. Sie vergessen die Dinge. Roland und ich sprachen nie darüber. Vater sagte, wir sollten nicht darüber reden, und ich glaube, es ist uns beiden nicht in den Sinn gekommen, daß wir es *trotzdem* hätten tun können.«

»Aber jetzt reden wir darüber, nicht wahr?«

»Ja, das tun wir wohl. Weißt du, Edmund, ich habe mich oft gefragt – als Erwachsene, meine ich, nicht als Kind –, ob dein Vater Georgie die Schuld an Freddies Tod gab.«

»Du meinst, sie hat ihn umgebracht?«

»Nein, das nicht, aber weil ... weil sie nicht auf ihn aufgepaßt hat. Weil sie nicht darauf geachtet hat, daß er bei uns blieb.«

»Das kann er nicht gedacht haben. Das war die Aufgabe des Kindermädchens, nicht Georgies.«

»Ich dachte einfach, euer Vater hätte etwas in der Richtung zu ihr gesagt, und sie hat es sich zu sehr zu Herzen genommen. Schließlich war sie erst acht Jahre alt.«

»Hat Georgie dir das alles erzählt?«

»Natürlich nicht! Würdest du das irgend jemandem erzählen?«

»Na ja, dir vielleicht, weil ich dir vertraue.«

»Ja, aber Georgie vertraut mir nicht. Ich glaube, sie traut niemandem. Edmund, ich *rate* nur, und wahrscheinlich ist das alles Unsinn, aber hast du nie gedacht, daß es einen Grund dafür geben muß, daß dein Vater und sie sich so spinnefeind sind? So etwas geschieht nicht per Zufall. Georgie und dein Vater waren beide gleich schlimm. Wenn sich in ihren Köpfen etwas festgesetzt hatte, konnten sie beide nicht davon ablassen, und wenn irgendwas passierte, was ihr Urteil widerlegte, taten sie einfach so, als würde es nicht existieren. Vergiß nicht, daß Georgie schrecklich isoliert war, und wenn man zu viel Zeit zum Nachdenken hat, wird man furchtbar empfindlich und krank.«

Dann fragte ich sie, was ich Georgie gefragt hatte: »Warum hast du Davy geheiratet?«

Es war ziemlich komisch, denn sie gab mir beinahe dieselbe Antwort wie Georgie. »Das war nicht ernst gemeint, oder?« Erst dachte ich, es sollte ein Witz sein, und fing an zu lachen, aber dann merkte ich, daß sie ganz und gar nicht lachte, und hörte auf. Sie sagte: »Ich hatte immer gehofft, du würdest mich fragen, aber ich habe nie geglaubt, daß du es tun würdest.«

»Warum nicht?«

»Weil du und Georgie mir immer so außergewöhnlich vorkamt ... so ... selten, wie Orchideen, die man nicht der frischen Luft aussetzen darf, weil sie dann sterben. Ich kam mir immer so gewöhnlich vor, ich konnte mir einfach nicht vorstellen, warum du ausgerechnet mich heiraten solltest.«

»Wenn ich dich gefragt hätte, hättest du ja gesagt?«

»Ja.«

Wir waren wie zwei Statuen, sie sitzend, ich stehend. Ich konnte sie nicht ansehen, und ich hatte das Gefühl, sie mich auch nicht. Dann sagte sie: »Als Davy und ich heirateten, habe ich ihn nicht so geliebt wie dich. Aber ich wußte, daß ich ihn lieben konnte, und ich dachte, ich werde mein Bestes geben, um Davy glücklich zu machen – um eine gute Ehe zu führen – und das habe ich getan.«

»Bist du froh, daß du Davy geheiratet hast?«

Einen Augenblick lang dachte ich, sie würde nicht antworten, dachte, sie wäre wütend auf mich, aber dann sagte sie: »Ja, wir waren sehr glücklich.« Dann schlug sie die Augen nieder und sagte: »Ich liebe dich immer noch, Edmund.«

»Und ich liebe dich.«

Als ich sie ansah, ähnelte ihr Blick so sehr Rolands, daß ich am liebsten geweint hätte. Ich tat es nicht, aber ich glaube, ich habe die Hände vors Gesicht geschlagen, denn Louisa setzte sich neben mich und legte mir den Arm um die Schultern. »Lieber Edmund«, sagte sie, »ich habe versprochen, dir alles zu sagen, und das habe ich getan. Aber du verstehst es doch, oder? Wir müssen so weitermachen, als hätte dieses Gespräch nie stattgefunden, wir dürfen nie wieder darüber reden, und nach einer Weile können wir vielleicht denken, wir hätten uns alles nur eingebildet.« Ich frage mich, ob sie das wirklich glaubt, denn sie hat die Geschichte nie wieder erwähnt und ich auch nicht. Vielleicht glaubt sie, ich hätte es vergessen, aber ich wollte sie schon viele, viele Male daran erinnern. Wir redeten über Freddie und andere Dinge, und die Worte, die sie sagte ... sie kann nicht so tun, als wäre nichts gewesen, denn so war es nicht, *so war es nicht*. Sie hat gesagt, daß sie mich liebt, und das werde ich nie vergessen.

Ich erinnere mich daran, daß sie meine Stirn gestreichelt hat. Ich muß auf dem Sofa eingeschlafen sein, denn als ich aufwachte, war ich mit einer Decke zugedeckt, und sie war verschwunden.

GEORGINA

Verhaftet zu werden kam mir äußerst merkwürdig vor. Die Polizisten waren so hölzern. Ich hatte das Gefühl, irgend jemand mußte die Unterhaltung in Gang halten, oder wir würden alle versteinern, aber es war sehr schwierig. Ich weiß noch, daß mir ein Gerät an einer der Uniformen auffiel, eine Art Pfeife, und ich sagte: »Das ist bestimmt sehr nützlich, nicht wahr?« Wir wurden alle in diesem lächerlichen Auto durchgeschüttelt, und ich bestritt die gesamte Unterhaltung. Sie saßen nur da und starrten auf ihre großen, blauen Knie. Insgeheim fragte ich mich, worüber ich *überhaupt* mit ihnen reden konnte, denn allzu viel haben wir mit Polizisten schließlich nicht gemeinsam, und dann fielen mir die Karikaturen im *Punch* ein, die mit den Köchinnen und den Polizisten, in denen die Köchinnen angeblich immer hinter den Polizisten her sind und sie auf eine Tasse Tee hereinbitten. Wahrscheinlich ist das alles Unsinn, aber ich dachte plötzlich, wäre es nicht lustig für Ada, wenn sie in ihrer Küche ab und zu Besuch von einem netten Polizisten bekäme – die Regel ›kein Herrenbesuch‹ galt für die jungen Mädchen, damit sie nicht davonliefen und alle fünf Minuten einen anderen heirateten, aber wohl kaum für Ada –, also sagte ich zu dem Polizisten neben mir: »Haben Sie Ada gesehen? Sie ist meine Haushälterin.« Ich betonte, wie gut sie für uns sorgte. Ich sagte sogar, sie sei eine gute Köchin – möge Gott mir verzeihen –, aber er machte sich nicht einmal die Mühe zu antworten. Ich erwartete nicht, daß er sagte: »Bin schon unterwegs«, aber dieser Dummkopf saß da wie ein Holzklotz.

Ich hatte den Eindruck, daß auf der Polizeistation niemand recht wußte, was er mit mir anfangen sollte, und nach einigem Hin und Her steckten sie mich in einen häßlichen kleinen Raum, zusammen mit der Polizistin, ich nehme jedenfalls an, daß es eine war – ich hatte keine Ahnung, daß es so etwas überhaupt gab, bis ich sie kennenlernte. Ich versuchte, mit ihr zu reden, aber sie war genau wie die Männer. Es ist ein komischer Beruf für Frauen, aber vielleicht hat sie keinen Mann abbekommen. Kein Wunder, wenn sie bei den Männern genausowenig Geist an den Tag legte wie bei mir, schließlich wollen die Männer gerne wissen, ob man bei Bewußtsein ist – und sei es, um sich nur zu unterhalten. Außer Jimmy. Ich glaube, ich ging ihm auf die Nerven, wenn ich wach war. Trotzdem dachte ich, diese Polizeifrau hätte doch einen Polizisten heiraten können. Sie könnten einen Polizeihund haben, den sie zusammen ausführen, und auf Polizeipferden ausreiten, und das Ganze wäre eine glanzvolle Parade aus blauem Uniformstoff und silbernem Pferdegeschirr, der Kinderwagen würde in dieser Ausstattung großartig aussehen. Und am Abend könnten Herr und Frau Polizist Seite an Seite sitzen, die großen müden Füße in einem Senfbad lindern, zusammen mit allen vier Hundepfoten. Und die Vorstellung von den dreien in einer Reihe erschien mir so lustig, daß ich anfing zu lachen, und die bedauernswerte Frau sagte: »Na, na«, und bestand darauf, daß ich eine Tasse von ihrem grauenhaften Tee trank. Aber so schlimm war sie wahrscheinlich gar nicht, abgesehen davon, daß eine Frau, die bereit war, so eine scheußliche Uniform zu tragen, natürlich absolut kein Modebewußtsein haben konnte.

Wie die Wärterin im Gefängnis. Wir spielten immer Karten, einfache Spiele wie Rommé. Sie kannte keine anderen, und natürlich war kein Geld im Spiel. Ich habe immer gewonnen. Ich habe gemogelt. Ich glaube, sie hat es gemerkt, sagte aber nichts – vielleicht dachte sie, das macht mich glücklich. Was wahrscheinlich in gewisser Weise auch stimmte. Mit ihr Karten zu spielen war jedenfalls viel besser, als mit den verdammten Anwälten zu reden, die andauernd versuchen, einen in die Falle zu locken. Ich pflegte zu ihnen zu sagen: »Sie sollten auf meiner Seite stehen.« Fragen über Fragen, immer wieder, nie zufrieden ... sie tun so, als wollen sie die Wahrheit wissen, aber in Wirklichkeit sind sie nur impertinent. Mein Anwalt war trotzdem gut. Er sagte zu mir: »Was auch geschieht, Sie müssen jede Verbindung mit Mr. Booth leugnen. Wenn Sie das zugeben, können Sie gleich sagen, daß Sie Ihren Mann umgebracht haben.« Er meinte, die Geschworenen seien lauter Menschen mit schmutziger Phantasie. Und das stimmte, ich sah es an ihren Gesichtern. Ich habe diesen Ausdruck oft genug gesehen, meistens auf Adas Gesicht. In letzter Zeit immer öfter. Ada kann nichts dafür, daß sie eine schmutzige Phantasie hat, und natürlich wird es immer schlimmer, je älter sie wird. Sie ist eine alte Jungfer, und das macht es natürlich nicht besser. Ada ist genau der Typ, der glaubt, daß eine Frau, die Ehebruch begangen hat, automatisch eine Mörderin ist. Ja, wahrscheinlich glaubt sie das tatsächlich.

Ehrlich, ich hasse Ada; selbst wenn sie unten in ihrer Küche ist und man sie nicht sieht, gelingt es ihr, sich in voller Breite in meine Gedanken zu drängen. Doch es war so schön, Teddy wiederzusehen, obwohl ich mir, offen gestanden, glücklichere Umstände dafür gewünscht hätte. Als ich ihn im Zeugenstand sah, wäre ich am liebsten zu ihm hingerannt und hätte ihn geküßt. Natürlich war er *großartig*, der perfekte Gentleman. Ich wußte, daß er das sein würde. Kein Gentleman würde je den Namen einer Dame in der Öffentlichkeit erwähnen, so wie sie es von Teddy verlangten – und der Richter verstand das natürlich. Schließlich war es ja nicht so, daß Teddy eine Affäre mit einer kleinen Schuhverkäuferin hatte. Als er im

Zeugenstand war, sah ich immer seine Hände an und dachte daran, wie sie mich berührten, dann brauchte ich all die dummen Fragen nicht hören, die sie ihm stellten ... Teddy beugte sich immer über mich und machte einen Schmollmund, wie ein kleines Kind, kniff die Augen ganz fest zu und fragte: »Küßchen?« Sein Atem roch so süß, trotz der Zigarren. Wahrscheinlich lag es an dem vielen Champagner, den er immer trank. Der liebe Teddy. Es ist hübsch, ihn sich im Himmel vorzustellen, wenn es den überhaupt gibt. Teddys Himmel muß aus unzähligen Champagnerbläschen bestehen, aus Rennautos und vielen prachtvollen Huren, bei denen man sich keine Krankheiten holt, und er verdient jeden Augenblick dort oben.

Doch das Ganze war eine unglückselige Geschichte. Die meisten Details habe ich vergessen, aber so viel will ich sagen: Ich habe *keinen einzigen Augenblick* geglaubt, daß ich etwas falsch gemacht habe. Und ich habe nie geglaubt, daß ich irgendetwas zu verbergen habe, nur die Gesellschaft glaubte das. Es hat mich immer geärgert, daß ich wegen engstirniger Menschen, die nicht wissen, was Liebe ist, meine wahren Gefühle verstecken mußte. Sie zwangen mich, meine Gefühle für Edmund zu verbergen, als wäre ich eine Kriminelle und sexuell pervers. Aber das bin ich nicht. Denn *ich* weiß es. Ich weiß, was Liebe ist.

EDMUND

Es war eine Freude zu wissen, daß meine Liebe erwidert wurde, doch die Trauer darüber, daß ich seit vielen Jahren mit Louisa verheiratet sein könnte, wenn ich sie nur gefragt hätte, war furchtbar. Aber man darf über solche Dinge nicht nachdenken, besser gesagt, man versucht es nicht zu tun. Am Anfang war ich in heller Aufregung, ich konnte nur an Louisa denken, trotz Georgie und der Verhandlung. Doch dann trat eine gewisse Akzeptanz ein, und das war eher eine Erleichterung. Denn man kann nicht ständig grübeln und träumen ... Davy Kellway ist letztes Jahr gestorben, und wahrscheinlich würde jeder denken, »warum nicht?«. Aber er war ein guter, anständiger Mensch, und Louisa war jahrelang mit ihm verheiratet. Man kann sich nicht einfach rücksichtslos dazwischendrängen; das wäre, als tanze man auf dem Grab des armen Knaben herum. Das heißt nicht, daß ich nicht sehr gerne ... aber es ist zu spät, viel zu spät. Was soll das jetzt noch?

Ich habe daran gedacht, die Schuld auf mich zu nehmen, um Georgie zu retten – das hatte alles mit Louisa zu tun, glaube ich, eine Art Heldentum überkam mich –, aber ich wußte nie recht, wie ich es anstellen sollte. In meinem Kopf herrschte ein richtiges Durcheinander, was geschähe, wenn ich die Tat gestehen würde, denn dann würde Louisa glauben, daß ich Jimmy wirklich umgebracht hätte, und wie sollte ich der Polizei das alles erklären, ohne daß sie mich für verrückt hielten ... Stundenlang gingen mir diese Dinge durch den Kopf, aber es war lächerlich. Wenn ich die Wahrheit gesagt hätte,

hätte ich Georgie mit mir in den Abgrund gezogen, und das hätte es für alle Beteiligten nur noch viel schlimmer gemacht. Denn dann hätte Louisa die ganze Wahrheit erfahren müssen. Es lief immer wieder darauf hinaus, daß ich es nicht hätte ertragen können, wenn sie die Wahrheit herausfand – denn dann hätte es überhaupt keine Hoffnung mehr gegeben.

Georgie war so ruhig geblieben, als Jimmy starb, hatte den Brief verbrannt und all das, aber als sie bis zum Prozeß eingesperrt war, schien sie durchzudrehen. Ich nehme natürlich nicht einen einzigen Augenblick an, daß es ein Vergnügen ist, im Gefängnis zu sitzen – würde man nicht erwarten, daß jeder, der in Georgies Situation steckte, alles Menschenmögliche getan hätte, um da *heraus*zukommen? Aber sie benahm sich, als könne sie es kaum erwarten, daß man ihr den Strick um den Hals legte. Sie trieb die Anwälte zum Wahnsinn – erzählte jeden Tag eine andere Geschichte. Sie sagte etwas, widerrief es, und wenn die Anwälte einwandten: »Aber Sie haben doch gerade eine Aussage unterschrieben, die das Gegenteil besagt«, erwiderte sie: »Sie können sie doch zerreißen, oder?« Auch ich konnte kein vernünftiges Wort aus ihr herausbringen.

Sie hat immer Verniedlichungen benutzt, Worte rückwärts gesprochen und verdreht und solche Sachen, sie liebt es, diese Dinge in unsere Unterhaltung einzuflechten. Es hat mich nie geärgert, aber als sie im Gefängnis war, machte sie es die ganze Zeit, beinahe als spräche sie eine fremde Sprache. Es war frustrierend, denn oft genug konnte man sich keinen Reim auf das machen, was sie sagte. Ich dachte, sie will bestimmt, daß ich sie verstehe, aber sie drückte sich einfach nicht klar aus. Einige Male war Mr. Gannon, ihr Rechtsbeistand, da, und sie beugte sich fortwährend zu mir herüber und flüsterte mir lauter Kauderwelsch ins Ohr. Wahrscheinlich war es besser so, als es laut zu sagen, aber sie behandelte Mr. Gannon, als wäre er ihr Wildhüter oder so etwas – wenn sie ihn nicht völlig ignorierte. Es kam mir durchaus in den Sinn, daß sie dabei war überzuschnappen. Einmal fragte ich sie: »Was bedeuten all die Worte, die du die ganze Zeit zu mir sagst?«, und sie antwortete: »Das, was sie gerade bedeuten sollen.« Ich glaube, Gannon und Spencer hielten sie auch für übergeschnappt, weil sie ihr ständig sagten, sie dürfe auf keinen Fall in den Zeugenstand treten. Sie baten mich, sie davon zu überzeugen, aber sie sagte: »Unsinn. Ich werde ihnen einfach alles *erzählen.*«

»Das ist ja gut und schön«, sagte ich, »aber *was* wirst du ihnen erzählen?«

»Mal überlegen ... also, Euer Ehren, ich lag mit meinem Bruder Edmund im Bett, und wir taten die unaussprechlichsten Dinge, die Euer Ehren niemals tun würde, selbst wenn einen Monat lang jeden Tag Sonntag wäre ...«

»Um Himmels willen, sprich leise. Du mußt dir darüber klar werden, was du sagen wirst.«

»Mach dir keine Sorgen, Edmund, ich werde dich nicht mit hineinziehen.«

»Georgie, sie können dich hängen. Willst du das?«

»Nein, natürlich nicht. Und jetzt halt den Mund, du langweilst mich.«

Sie bestand darauf, vor Gericht auszusagen, und am Ende konnten sie es nicht verhindern. Was gut war, wie sich herausstellte, weil der Richter sehr von ihr eingenommen war. Doch ich konnte recht gut verstehen, warum ihre Anwälte glaubten, es würde ein Desaster werden. Sie hatte die beiden Gabel und Schere getauft und sang immer in ihrem Beisein *Messer Gabel Schere Licht* ... und zwar ziemlich laut. Ich muß sagen, sie wirkte wirklich übergeschnappt, wenn sie das sang, weil sie nie den richtigen Ton trifft und eine schreckliche Stimme hat.

Spencers Hauptarbeit vor Gericht bestand darin, die Leute einzuschüchtern, und ich war, ehrlich gesagt, erstaunt, daß der

Richter ihm das durchgehen ließ. Zimmermädchen, Barkeeper, solche Leute haben wenig Bildung, und der alte Spencer brachte sie in null Komma nichts so weit, daß sie sich im Kreis drehten. Ein paar jüngere Männer spielten sich ziemlich auf – mein Vater hätte gesagt: Der Apfel fällt nicht weit vom Stamm –, aber sobald die Fragen auf sie einprasselten, ließen sie das Getue. Ein armes, kleines Ding, ich glaube, es war eine Kellnerin aus einem der Hotels am Meer, sagte: »Oh, Sir, können Sie nicht aufhören, Fragen zu stellen? Ich weiß schon nicht mehr, wo hinten und vorne ist.« Das rief großes Gelächter hervor, und ich glaube, es stand sogar in den Zeitungen. Aber der alte Spencer hatte mir zu verstehen gegeben – nun, er hatte es mir eigentlich ausdrücklich gesagt –, daß Georgie gehängt werden würde, wenn der Ehebruch bewiesen werden konnte. So dachte man damals, verstehen Sie? Wahrscheinlich ganz normal. Doch es war merkwürdig, denn der Richter wollte es anscheinend auch nicht glauben – ich meine, die andere Seite brachte all diese Leute aus den Hotels und Restaurants, die aussagten, sie hätten Georgie und Booth zusammen gesehen, und der gesunde Menschenverstand sagt einem doch, daß sie nicht alle so kurzsichtig sein konnten oder sich täuschten. Spencer ließ es natürlich so aussehen, als wären sie es, und ich kenne mich mit dem Gesetz nicht aus, aber für mich sah es so aus, als täte der Richter sein Bestes, um ihm zu helfen.

Als ich in den Zeugenstand trat, um meinen Vers aufzusagen, war ich nervös wie der Teufel, aber es ging ganz leicht. Ich kam mir ein bißchen idiotisch vor, als der Richter mir einen Stuhl anbot – ich erklärte ihm, ich könnte sehr gut stehen, aber irgendwie regte ihn das mehr auf als alles andere. Später hörte ich, daß er nicht im Krieg gewesen war – Plattfüße oder so etwas – und eine Neurose hatte, weniger wert zu sein als die Kameraden, die gedient hatten. Sie riefen auch Louisa als Zeugin auf, aber ich habe sie nicht gehört. Ich hatte sie seit jenem Abend nicht gesehen, und das erste Mal sollte es nicht sein, wenn sie vor all diesen Leuten stand und Fragen beantworten mußte. Denn jeden Tag bildeten sich lange Schlangen vor dem Gerichtsgebäude, die Leute kämpften darum hineinzukommen, überall Männer von der Presse … Ich habe sogar das Gerücht gehört, daß jemand versucht hat, eine Kamera hineinzuschmuggeln, unter dem Mantel oder dem Hut versteckt, und ein Vermögen damit machen wollte, daß er die Fotos an die Zeitungen verkaufte. Ich habe allerdings nie ein Bild gesehen, doch so etwas war typisch, so aufgeheizt, wie die Stimmung war.

Ich traf Louisa, nachdem sie ihre Aussage gemacht hatte, und wir gingen in irgendein kleines Café. Sie war sehr indigniert über die Fragen, die man ihr gestellt hatte; sie fand es wirklich schrecklich ungerecht, daß man all diese intimen Dinge zur Sprache bringen durfte. Ich weiß noch, wie sie sagte: »Warum denken sich die Menschen nur so schreckliche Geschichten aus, Edmund? Sie haben immer wieder gefragt, ob Georgie eine Affäre mit Edward Booth hatte – als hätte ich irgendwas gesehen oder gehört. Wie kann man nur erlauben, daß die Menschen solche Dinge sagen?« Louisa war so *außer sich*, so wütend darüber, daß man Georgie einer so abscheulichen Sache beschuldigte – ich schämte mich zu sehr, um ihr zu sagen, daß es die Wahrheit war. Doch dann sah sie etwas in meinem Gesicht, irgendeinen Ausdruck … ich konnte es nicht verhindern. Immer dasselbe. Ich wußte, ich hatte die Katze aus dem Sack gelassen, weil sie plötzlich innehielt und mit einer ganz anderen Stimme sagte: »Ich weiß, daß ich mich glücklich schätzen darf, weil ich so eine harmonische Ehe führe, Edmund.« Sie sagte es so sanft. Sie wollte mir zu verstehen geben, daß sie Bescheid wußte. Und dann sagte sie: »Aber das ändert nichts daran.«

»Ihr Anwalt glaubt, daß sie schuldig gesprochen wird, wenn

sie den Ehebruch zugibt. Er sagt, die Geschworenen machen da keinen Unterschied.«

»Ja. Ja, das sehe ich auch so.« Dann sagte sie: »Vielleicht ist das Feigheit, Edmund, aber ich bin froh, daß du mir das nicht vorher erzählt hast. Ich hätte ungern eine Falschaussage gemacht.«

Als alles vorbei war, fand Louisa einen Ort weit weg von London, wo Georgie unterschlüpfen konnte, bis sich die Aufregung gelegt hatte. Georgie fuhr sofort, nachdem der Prozeß beendet war, dorthin, und ich folgte ihr ein paar Tage später. Ich war – nun, wahrscheinlich könnte man sagen, erleichtert, aber das Ganze hatte das unangenehme Gefühl hinterlassen, daß man gerade so davongekommen war. Ich kann es nicht leugnen. »Du sollst dich nicht erwischen lassen« – sagen die Leute nicht immer, das sei das elfte Gebot? Doch wie oft ich mir auch sagte, daß Georgie unschuldig war, daß ich unschuldig war, es blieb das Gefühl, daß wir es nicht waren, und all die Menschen im Gerichtssaal wußten das irgendwie.

Als Georgie nach dem Urteil den Saal verließ, war die Menge so aufgebracht, daß ich dachte, die Leute würden sich durch die Polizisten drängen, um uns drei – Georgie, Louisa und mich – in Stücke zu reißen. Es müssen auch Männer dabeigewesen sein, aber ich erinnere mich nur an die Frauen. Wie Furien wollten sie auf uns losgehen, schrien »Hure!« und »Mörderin!«. Louisa stand mittendrin, und sie und Spencer halfen Georgie in den Wagen. Ich war unmittelbar hinter ihnen. Beim Einsteigen stolperte ich, und eine der Frauen bekam meinen Ärmel zu fassen. Ich sah ihr Gesicht nur einen Augenblick lang – eine Reihe falscher Zähne hatte sich vom Oberkiefer gelöst, und ihr Hut war über ein Auge gerutscht –, dann stellte ein Polizist mich wieder auf die Beine und half mir ins Auto, wo wir dichtgedrängt auf dem Rücksitz saßen und kein Wort sagten, während der Fahrer sich einen Weg durch die Menge bahnte ... Und ich hatte nur den einen Gedanken: *Sie wissen es*. Irgendwie wissen sie es.

Es war nicht vorbei, das war das Schlimme. Es war nicht zu Ende. Jimmy verdiente etwas Besseres als lauter Lügen. Diese Menschen hatten ihn nicht gekannt, aber sie wußten, daß vor Gericht nicht Recht gesprochen worden war. Einen Tag, ehe ich nach Suffolk fuhr, ging ich in Jimmys alten Club, um einige Briefe und ein paar Kleinigkeiten abzuholen, und stieß mit Teddy Booth zusammen. Es war in der Halle, und ich stand so, daß ich ihn sah, bevor er mich entdeckte. Er schaute beim Portier die Post durch, und als er mich rufen hörte, hob er den Kopf, um herauszufinden, wer es war. Als er mich erkannte, veränderte sich sein Gesicht – sein Ausdruck – völlig. Er hatte sich beinahe sofort wieder unter Kontrolle, doch obwohl er absolut zivilisiert war, als er sprach, spürte ich tiefe Abscheu – ja, das war es, tiefe Abscheu –, und ich wußte, daß er über uns Bescheid wußte.

Ich dankte ihm für das, was er vor Gericht gesagt hatte, und er murmelte irgendeine Antwort. Vielleicht hat er mich gefragt, wie es mir geht oder wie es Georgie geht, ich weiß es nicht mehr. Ich erkannte, daß es keinen Sinn hatte, irgend etwas vorzutäuschen, deshalb sagte ich: »Was werden Sie tun?«

»Nichts.«

»Werden Sie es jemandem erzählen?«

»Nein. Das hilft Jimmy auch nicht mehr. Der arme Teufel.«

Ich hatte ein Gefühl, als hätte man mich in Eiswasser getaucht. Ich versuchte zu sprechen, ich wußte nicht, was ich redete, Unsinn wahrscheinlich, doch er schnitt mir das Wort ab. Er packte mich am Arm und zog mich nach draußen. Zuerst verstand ich ihn kaum, so schnell spuckte er die Worte aus. »Jimmy hat mir einen Brief geschrieben. Eine Woche vorher. Keine Angst, Lomax, ich habe ihn verbrannt. Er berichtete mir, daß er einen Verdacht hatte und sich, egal was geschehen würde, Gewißheit verschaffen müßte. Er bat mich, Georgie zu schützen, und schrieb, ich sollte wissen, daß er mir keinen Vorwurf macht. Aber ich will Ihnen was sagen, Edmund, nichts für ungut. Jimmy brauchte mir keinen Vorwurf zu machen – das tue ich selbst.« Ich wollte etwas sagen, nicht um mich zu verteidigen – wie könnte ich? Ich glaube, ich versuchte, ihm noch einmal zu danken, aber er sagte: »Das reicht.« Er ließ meinen Arm los und ging zurück in den Club.

Am nächsten Tag fuhr ich nach Suffolk – ich hatte die Briefe nicht bekommen und hatte telegrafiert, daß man sie nachsenden sollte. Teddys Worte gingen mir nicht mehr aus dem Kopf. Ich hatte keine Angst, daß er irgend jemandem erzählen würde, was er wußte, ich war mir sicher, daß er das nicht tun würde. Es war die Erfahrung, uns mit seinen Augen zu sehen, die so grauenvoll war. Jedesmal, wenn ich an seinen Gesichtsausdruck dachte, mußte ich mich beinahe übergeben. Denn jetzt begriff ich es: Was auch immer zwischen Georgie und Teddy Booth gewesen war, er war ein anständiger und guter Mensch, und ich wußte, daß das, was wir getan hatten, uns für Menschen wie ihn, wie Louisa, zu Ausgestoßenen machte.

Louisa hatte ein großes, schönes Haus in Suffolk für uns gefunden und ein paar Frauen aus dem Ort eingestellt, die uns versorgten. Es hatte einen langgestreckten Garten mit Blick auf eine Flußmündung. Ohne Boote, dafür wuchs zu viel Schilf dort. Das Haus stand direkt neben einer hübschen, kleinen Kirche – weiß gekalkte Wände, Holzbalken, ganz einfach, aber ruhig, mit einem Kirchhof voller Blumen. Wenn kein Gottesdienst war, saß ich oft auf einer Bank dort. Man konnte die ganze Flußmündung überblicken – kaum ein Haus oder eine Scheune versperrten die Sicht, meilenweit nichts als Wasser und Schilf. Ich stellte mir vor, daß Louisa mit mir in dem Haus wohnte, gleich würde sie herauskommen und sich neben mich setzen, als wäre es nie anders gewesen. Solange ich mir das einbildete, konnte ich so tun, als wäre das alles nie geschehen, doch ich schaffte es nie sehr lange.

Georgie blieb die meiste Zeit im Bett. Sie schien ganz zufrieden. Wir spielten Karten und lösten Kreuzworträtsel, lachten über Bücher und taten all die Dinge, die wir immer getan hatten, die Dinge, die ihr gefielen. Sie wollte Zeitungen, das Grammophon, das Louisa uns mitgebracht hatte, ganz gewöhnliche Dinge, und so lange sie die bekam, war sie zufrieden. Ich weiß noch, wie sie witzelte, wie schockiert die Leute sein würden, wenn sie ihre Memoiren schreiben würde, aber sie erwähnte weder Jimmy noch den Prozeß. Doch sie sprach über Booth und wie sehr sie ihn mochte. Mag sein, daß sie ihm geschrieben hat, aber er antwortete nie. Ich erzählte ihr nicht, daß wir uns getroffen hatten.

Ich kannte einen Mann namens William Strauss. Wir waren zusammen im Internat gewesen, und er wohnte in einem Dorf in der Nähe unseres Hauses in Suffolk, aber ich hatte ihn seit Jahren nicht gesehen. Ein Bekannter hatte mir berichtet, daß Strauss ein Einsiedler geworden war, doch er schickte uns eine Einladung zum Tee. Ich dachte, daß Georgie ablehnen würde, aber sie sagte, daß sie zugesagt habe. Es stellte sich heraus, daß er in der Nachbarschaft sehr gut angesehen war, und weil er Junggeselle war, wollten sich alle Damen im Ort um ihn kümmern. Ich glaube, er muß der einzige Mensch in England gewesen sein, der nicht von dem Prozeß gehört hatte. Am Anfang dachte ich, er sei einfach nur höflich, aber sehr bald wurde deutlich, daß ihn Zeitungen und Radio nicht interessierten. Er hatte nur sein Hobby im Kopf, und das war das Ausstopfen von Tieren.

Wir saßen in seinem Arbeitszimmer, das vollgestopft mit den unterschiedlichsten präparierten Tieren war – es gab alles, vom Lama mit einem Affen auf dem Rücken bis zu einem Glaskasten voller Spatzen – und hatten einen wunderbaren

Nachmittag, es war wie früher die Besuche in den Elternhäusern von Mitschülern. Ich glaube, ich habe noch nie so viele verschiedene Kuchen auf einem Tisch gesehen – und alle von diesen Damen gebacken. Ich erinnerte mich von der Schule her noch recht gut an Strauss – dünn und ziemlich schüchtern, der Typ, der immer kränkelt und Medizin schlucken muß. Inzwischen war er recht stattlich geworden – zuviel Kuchen, nehme ich an. Er aß ihn mit den Fingern und forderte uns immer wieder auf, noch ein Stück zu nehmen. Anschließend führte er uns durchs Haus und zeigte uns all die Tiere, die er ausgestopft hatte. Sie waren alle sehr gut gearbeitet, besonders eine Löwin, die so plaziert war, daß ihr Kopf hinter einer Tür hervorschaute und sie aussah, als wäre sie auf dem Sprung. Strauss erzählte, daß er sie vor elf Jahren gemacht hatte und seine Haushälterin immer Angst davor hatte. Ich weiß noch, daß er eine Menge über einen Präparator namens Potter sprach, der Tableaux mit kleinen Tieren gestaltet hatte, denen er lustige Hüte aufsetzte. Strauss zeigte uns eines, das er nachbaute: Meerschweinchen, die Cricket spielten. Er hatte Schläger und Knieschützer für sie gemacht, und die Hälfte der Frauen im Dorf hatte fleißig gestreifte Miniaturtrikots und Kappen mit winzigen Abzeichen darauf genäht.

Auf dem Heimweg war Georgie in Hochstimmung. Strauss hatte angeboten, uns mit seinem Wagen nach Hause zu fahren, aber zu meiner großen Überraschung hatte Georgie darauf bestanden, zu Fuß zu gehen. Sie läuft nie, wenn sie es irgend vermeiden kann, dazu fährt sie viel zu gerne Auto. Sobald wir außer Hörweite waren, fing sie an schallend zu lachen. »Meerschweinchen! Ist das nicht das Lustigste, was du je in deinem Leben gesehen hast?«

Ich wußte nicht recht, worauf sie hinauswollte, deshalb sagte ich: »Na ja, es ist doch schön, wenn man so ein Hobby hat.«

»Aber diese kleinen Hemden und Mützen. Waren die nicht zum Schießen, Edmund?«

Der Klang ihrer Stimme gefiel mir nicht, ich wußte, wenn sie einmal in dieser Stimmung war, konnte das Tage anhalten, deshalb versuchte ich sie zu beruhigen, aber sie wollte nichts davon hören. »Oh, Darling, ich bin so glücklich, ich könnte für immer hier bleiben. War es nicht nett von Louisa, daß sie so ein perfektes, kleines Haus für uns gefunden hat? Findest du das alles nicht auch wunderbar, Edmund?«

»Ja, sehr schön. Können wir jetzt nach Hause gehen?«

»Warte, ich will ein paar Blumen pflücken. Für dich, soll ich? Wiesenblumen? Würde dir das gefallen, Edmund?«

»Laß uns nach Hause gehen, Georgie.«

»Schon gut, du Langweiler. Bitte sehr.« Sie versuchte, einen großen Strauß Blumen in mein Knopfloch zu zwängen. »Ab jetzt werden wir immer zusammenbleiben, nicht wahr, Edmund?«

Die Gräser und Blumen machten Flecken auf mein Jackett. Ich fühlte mich, als hätte mir jemand Blei in den Magen gegossen. »Laß das, Georgie.«

»Verstehst du das denn nicht, es sollte so sein.«

»Nein, ich fürchte, das verstehe ich nicht.«

»Es sollte alles so kommen. Ich habe Jimmy geliebt, aber allzu traurig kann ich gar nicht sein, Liebling, weil ich jetzt mit dir hier bin.«

»Ich finde, du darfst nicht so über Jimmy reden, Georgie. Komm schon, gehen wir nach Hause.«

»Gut, Edmund, wenn du willst, gehen wir nach Hause. Aber das mußt du verstehen, Liebling. Wir können beide nichts tun, um es zu ändern.«

An diesem Abend saß ich auf meiner Bank auf dem Kirchhof und beobachtete den Sonnenuntergang über dem Fluß. Ich dachte über das nach, was Georgie gesagt hatte – »Wir können beide nichts tun, um es zu ändern« –, und mir kam es so vor, als wäre das das ganze Problem. Denn mein ganzes Leben lang, seit ich ein Kind war, ist um mich herum nur Nebel, eine dicke Suppe. Ich kann nicht sehen, wohin ich gehe – kann nichts tun – kann nichts ändern. Schon immer. Ich habe in der Armee versagt, in meinem Beruf, in allem. Nutzlos, durch und durch nutzlos. Ich glaube, als ich da auf der Bank saß, war ich einsamer als je in meinem Leben. Es gab niemanden, mit dem ich reden konnte – selbst Louisa hätte es nicht verstanden. Wenn ich zu ihr gegangen wäre und gesagt hätte: »Ich bin nutzlos«, hätte sie mich angelogen, sogar Louisa; sie hätte gesagt, daß es nicht stimmt. Weil man das doch sagen muß, oder?

Ich wollte eine Zigarette rauchen, aber als ich in meine Manteltasche griff, um das Zigarettenetui herauszuholen, stieß ich auf etwas Klobiges. Ich fischte es heraus – es war eines der Meerschweinchen im Cricketanzug aus dem Bild. Georgie hatte es genommen. Sie hatte ein gottverdammtes *ausgestopftes Meerschweinchen* gestohlen. Wahrscheinlich finden manche Leute das lustig – vielleicht war es ja lustig –, aber für mich war es plötzlich das Tüpfelchen auf dem i. Ich stand auf, ging ans Wasser und warf das Ding so weit weg, wie ich konnte. Dann dachte ich, ich gehe hinterher. Ich gehe da raus, und das Wasser wird mich verschlucken, und das ist das Ende vom Lied. Ich fühlte mich so einsam ... so abgeschnitten vom Rest der Welt, irgendwie, als wäre ich schon tot, hermetisch eingeschlossen in einer Kammer, und um mich herum der Nebel.

Ich weiß nicht, warum ich stehenblieb. Ich glaube, es lag am Schilf, das sich um meine Beine verfing. Ich schaute hinunter und sah, daß meine Hose völlig durchnäßt war und der Saum meines Mantels im Wasser schwamm. Da kam ich irgendwie wieder zu mir, Louisa fiel mir ein, was würde sie denken ... und ich ging zurück zum Haus.

ADA

Ich ging nicht ein einziges Mal zu dem Prozeß. Ich wollte nicht hören, wie Miss Georginas und Mr. James' Privatangelegenheiten vor Hinz und Kunz ausgeplaudert wurden. Mrs. Seddon mußte als Zeugin aussagen, aber es ging nur darum, wer im Haus war und was Mr. James' Anweisungen wegen der Türen gewesen waren. Sie sagte, man habe sie respektvoll behandelt, man höre und staune. Sie erzählte mir, daß die Galerie gestopft voll mit Reportern und Neugierigen war, die nichts Besseres zu tun hatten, als ihre Nase in die Angelegenheiten anderer Leute zu stecken.

Der junge Mr. Gresham, der das Haus erbte, Mr. Leo, hat es nicht lange behalten. Er hat nie dort gewohnt, sondern bot es gleich zum Verkauf an, mit allem Drum und Dran. Konnte nicht erwarten, es loszuwerden, doch es gab nicht viele Leute, die so ein großes Haus wollten – auch wenn der Name nicht in allen Zeitungen gestanden hätte –, allerdings bezweifle ich nicht, daß es genug gab, die einen Blick hineinwerfen wollten, weil sie so viel darüber gelesen hatten. Ich vermißte die Weiträumigkeit, als wir hierher zogen, und am meisten fehlte mir das Licht. Als ich zum ersten Mal hierher kam, ging ich hinunter in das Untergeschoß, und es kam mir so dunkel und eng vor – ich dachte, also hier wirst du den Rest deiner Tage verbringen, Ada, und ich kann Ihnen sagen, ich fühlte mich so elend, ich hätte weinen können. Doch mit der Zeit gewöhnt man sich an alles, und wenigstens wurden wir nicht ausgebombt wie einige andere arme Teufel.

Hope House wurde schließlich an eine Schule verkauft, und soweit ich weiß, gibt es sie immer noch. Ich dachte, Miss Georgina würde sich schrecklich aufregen, weil man sie aus ihrem Heim hinauswarf, aber sie schien nichts dagegen zu haben und Master Edmund auch nicht. Der Abend, an dem die Polizisten kamen, war der letzte Abend, den Miss Georgina in Hope House verbracht hat. Mr. Leo verbot ihr, es je wieder zu betreten. Und Miss Louisa hatte sowieso für sie und Master Edmund ein Haus auf dem Land gefunden, wo sie sich ausruhen konnten. Mr. Leo bezahlte das ganze Personal und entließ es, bis auf Miss Jones und mich, und ich kann Ihnen sagen, wir hatten alle Hände voll zu tun, alles auszusortieren. Miss Jones mußten wir auch gehen lassen, weil Miss Georgina und Master Edmund kaum genug hatten, um meinen Lohn zu bezahlen, geschweige denn den für eine weitere Person. Seit dem Krieg reicht es nicht mal mehr für mich, aber man muß nehmen, was man kriegt, oder? Und ich habe mir über die Jahre ein bißchen zusammengespart, so daß wir noch nicht ins Armenhaus müssen.

Miss Georgina kam doch noch einmal nach Hope House, als Miss Jones ihre Kleider einpackte. Sie mischte sich immer wieder ein, zog die Sachen aus den Kisten und ließ sie dann herumliegen, sagte, sie wollte sie nicht, dann wollte sie sie doch, dann wollte sie sie erst anprobieren, um ganz sicherzugehen … Ich war schrecklich in Sorge, es gab so viel zu tun, aber Miss Jones war so geduldig, es war ein Wunder. Als sie endlich fertig war, rief Miss Georgina uns mit großem Getue zu sich und sagte zu ihr: »Ich möchte dir etwas schenken, das ich für dich aufbewahrt habe.« Dann schaute sie sich um, sah, daß alles eingepackt war, und ging zur nächstbesten Kiste, fing an, die Sachen wieder herauszuziehen, fand nicht, was sie suchte, ging zur nächsten und zur nächsten … Ich weiß nicht, wie Miss Jones es ertragen hat zuzusehen, wie ihre ganze Arbeit zunichte gemacht wurde. Schließlich förderte Miss Georgina diesen alten Fuchspelz zutage. Es war das räudigste Stück Pelz, was man je gesehen hat, mit großen blanken Stellen, ehrlich, man hätte es nicht mal hergenommen, um einen Katzenkorb damit auszulegen – er war nur noch da, weil sie nie etwas wegwarf. Und den wollte sie Miss Jones schenken, die beinahe siebzehn Jahre lang ihre Zofe gewesen war. Ich sagte: »Sie wollen das doch nicht Jones schenken, oder, Miss Georgina?«

Sie sagte: »Warum denn nicht?« Als wäre ich diejenige, die geizig war. Sie hielt ihn Miss Jones hin, als wären es die Kronjuwelen.

Miss Jones sagte: »Danke, Madam.« Wie sie es schaffte, ein ernstes Gesicht zu machen, werde ich nie verstehen, und Miss Georgina sah sie an, als erwartete sie einen Knicks von ihr.

Kaum war sie weg, *brüllten* wir vor Lachen. Das Zimmer sah aus wie nach einem Erdbeben, Miss Jones hatte diesen widerlichen, alten Fuchs um den Hals geschlungen, und wir beide mußten uns aneinander festhalten, um vor Lachen nicht hinzufallen. Ich sagte: »Ich helfe Ihnen lieber, alles wieder einzupacken.«

Sie hielt mir den Fuchs entgegen und sagte: »Damit können Sie anfangen. Es wäre mir gar nicht recht, wenn Mrs. Gresham ihn vermißt.« Ich platzte fast vor Lachen. Miss Jones packte den alten Fuchs wieder ein, und Miss Georgina muß ihn im Schrank in der Thurloe Street gesehen haben, aber sie sagte kein Wort. Deshalb war ich so überrascht, als Miss Georgina mir alles schenkte, was sie vor Gericht getragen hatte. Das ist allerdings eine Geschichte für sich. Ich war mir sicher, daß Miss Georgina für den Prozeß ihre besten Kleider haben wollte, aber so war es nicht. Statt dessen bat sie Miss Louisa, etwas zum Anziehen für sie auszusuchen, und Miss Louisa mußte bei ihrer Schneiderin etwas nähen lassen. Ich war ganz schön überrascht, weil Miss Georgina normalerweise so eigen mit ihren Kleidern war, alles mußte aus Paris kommen, bis hin zur Unterwäsche, und sie machte immer bissige Bemerkungen über Miss Louisas Geschmack. Nun ja, wie ich schon sagte, es war zwar nicht mit Miss Georginas üblichen Sachen zu vergleichen, aber es waren gute, solide Kleider. Wenn sie mir passen würden, würde ich sie heute noch tragen, aber Miss Georgina war immer gertenschlank. Sie nehmen allen Platz in meinem Schrank ein, viel mehr als die Kleider, die ich jeden Tag trage, aber ich halte sie in Ordnung.

Sie haben mich nie gefragt, ob ich mit ihnen in die Thurloe Street ziehen will, sie erwarteten es einfach, und wahrscheinlich ging es mir genauso. Außer den Kleidern und ein paar Möbeln und dem Teppich nahm Miss Georgina aus Hope House nicht mehr mit, als sie mitgebracht hatte. Natürlich paßte das alles überhaupt nicht hier rein, die Möbel waren viel zu groß für das kleine Haus, aber was blieb uns anderes übrig? Es war kein Geld da, um neue Möbel zu kaufen, und außerdem kriegt man heute sowieso nur Schund, keine Qualität mehr wie früher. Und es war schrecklich mühsam, die Teppiche zu schneiden. Das Mittelstück von dem, der in Hope House im Eßzimmer lag, liegt jetzt in Miss Georginas Zimmer, und der Rest wurde in Streifen geschnitten und liegt auf der Treppe. Es war eine Schande, den guten Teppich zu zerstören, aber wir hatten keine Wahl. Mr. Herbert hat es gemacht. Er war genauso gekündigt worden wie alle anderen, doch er sagte, er würde bleiben und beim Umzug helfen, Master Edmund zuliebe und umsonst. Ich weiß nicht, was ich ohne ihn und Miss Jones getan hätte, allein hätte ich es nie geschafft. Doch ich hatte keine Zeit zum Grübeln. Mit dem ganzen Umzug und allem hatte ich genug zu tun. Ich mußte wieder kochen und eine Frau fürs Grobe finden. Es dauerte drei Monate, bis ich jemanden fand, der halbwegs anständig war. Sie ist natürlich schon lange nicht mehr da, kein Geld, um sie zu bezahlen.

Bald nachdem wir eingezogen waren, schrieb mir Miss Jones einen Brief, daß sie und Mr. Herbert heiraten würden. Ich dachte, wie gut sie es geheimgehalten haben, denn ich hatte gar nicht mitbekommen, daß sie miteinander ausgingen. Wenn ich ehrlich bin, war ich wahrscheinlich ein bißchen eifersüchtig. Es war komisch, Miss Jones war für mich immer jung, weil ich sie kennenlernte, als sie erst zwanzig war. Aber jetzt ging sie auf die Vierzig zu und heiratete Mr. Herbert, den besten Mann, den man sich erhoffen konnte.

Als der Krieg ausbrach, war Master Edmund ganz begeistert. Ich ging los, um den Stoff für die Verdunklung einzukaufen, und er kam mit, und dann bestand er darauf, auf alle Möbel zu klettern, um ihn anzubringen. Als die Luftangriffe begannen, nahm er immer alle Flaschen vom Tisch – den Gin und den Whisky – und stellte sie entlang der Fußbodenleiste auf. Er sagte, dort wären sie sicher, wenn das Haus getroffen würde. Aber er und Miss Georgina wären nicht sicher gewesen, denn sie beharrten darauf, weiterhin oben zu schlafen. Das kam natürlich von *ihr*. Sie genoß jede einzelne Minute. Am liebsten ging sie aus, um sich die zerbombten Häuser anzuschauen und den Feuerwehrleuten zuzusehen ... und sie brachte *Sachen* mit nach Hause – einen Schildpattkamm, einen Löffel mit einem Heiligen, einen Schal, der wunderschön war, nachdem er gewaschen war ... Es waren kleine Dinge, wie Kieselsteine, die man am Strand findet. Ich nehme an, sie waren gestohlen, aber wenn ein Haus völlig zerstört war und alles ringsum verstreut lag, war das wahrscheinlich was anderes. Einmal fand sie einen schönen Spiegel mit einem silbernen Rahmen. Ich weiß nicht, warum er nicht zerbrochen war, ich konnte es mir nur so erklären, daß die Bombe nicht richtig getroffen hatte. Aber es machte sie glücklich, all diese Dinge zu finden, und sie bewahrte sie in einer Schachtel unter ihrem Bett auf. Sie hatte nie Verwendung dafür, sie wollte sie nur haben. Wenn ich es mir recht überlege, müssen sie eigentlich noch da sein.

Das war, ehe meine Schwester Winnie starb, als ich noch Kontakt mit meiner Familie hatte. Winnie wurde ausgebombt, und sie und ihre zweite Tochter Edna mit ihren drei Kindern wurden evakuiert. Das Jüngste konnte nicht älter als sechs Monate gewesen sein. Edna erzählte, es war furchtbar, die lange Reise mit dem Zug, nichts zu essen, und als sie da waren, wußte keiner, was man mit ihnen anfangen sollte. Edna ist immer meine Lieblingsnichte gewesen, aber ich habe sie aus den Augen verloren, seit Winnie tot ist. Ich kann sie nicht hierher einladen. Dieses Haus ist kein Ort für junge Leute.

Aber es ist wirklich schade, denn in meinem Alter wollen Sie Anschluß an die junge Generation, und Ednas Familie ist alles, was ich noch habe. Mehr habe ich nicht zu sagen, das ist alles, worauf ich zurückblicken kann. Manch einer würde wahrscheinlich sagen, es war ein aufregendes Leben, mit den Zeitungen und all dem, nicht viele Leute hatten so ein Leben, aber man kann es wohl kaum mit einer Ehe und Kindern vergleichen, oder? Und Enkelkinder hätte ich jetzt auch, wenn ich geheiratet hätte. Ich könnte helfen, auf sie aufpassen. Das ist es, was ich in meinem Alter tun sollte, meine Enkelkinder genießen, statt dessen sitze ich hier unten fest und habe gar nichts. Ich hätte genausogut als Hund geboren werden können, so wie Miss Georgina mit mir umspringt. »Apport, Ada!« Ja das bin ich, ein Hund. Es ist nicht die Arbeit, ich hatte nie etwas dagegen zu arbeiten. Für meine eigene Familie hätte ich mir die Finger blutig gearbeitet, aber ich hatte einfach nie die Möglichkeit.

Ich habe nie geglaubt, daß ich etwas Besseres verdiene, aber ich wollte eine Familie, wie jede normale Frau. Es ist nur natürlich, und da war William, er wollte mich heiraten, aber Miss Georgina hätte es nie zugelassen – nicht daß es ihr je in den Sinn gekommen wäre, daß mich jemand heiraten will. Menschen wie Miss Georgina glauben, daß ihnen die ganze Welt zu Diensten ist, sie können tun und lassen, was ihnen gefällt, und verschwenden keinen Gedanken an andere Menschen. Aber ich habe ihr kleines Spiel schon einmal zunichte gemacht, als ich Mr. James von Mr. Booth erzählt habe, und sie weiß ganz genau, daß ich es war. Ich habe ihr schon einmal Einhalt geboten, und ich würde es wieder tun. Glauben Sie mir, wenn es sein muß, *werde* ich es wieder tun – und das könnte passieren. Weil ich in den letzten Wochen über vieles nachgedacht habe – ich mag alt sein, aber mein Verstand arbeitet immer noch sehr gut ... und ich habe mir einen kleinen Plan ausgedacht.

Seltsam, wie man durchs Leben geht und bestimmte Dinge einfach hinnimmt: Du sollst das tun, du darfst dies nicht tun. Es ist fast wie ein Glaube, den man fraglos akzeptiert. Und eines Tages findet man heraus, daß man gar nicht daran glaubt, daß alles nur eine Gewohnheit ist. Natürlich gibt es gute und schlechte Gewohnheiten, das streite ich nicht ab, und normalerweise wäre ich die erste, die sagt, schlafende Hunde soll man nicht wecken, aber ich will verdammt sein, wenn ich diesen nicht zum Bellen bringen kann. Schließlich bin ich eine alte Frau und werde noch lange genug unter der Erde liegen, so viel steht fest. Alles läuft auf das hinaus, was meine Freundin Ellen vor vielen Jahren gesagt hat: ob man eine Wahl hat oder nicht. Ich hatte nie eine Wahl. Und am Ende bin auch ich ein Mensch, genau wie sie, und ich finde, jetzt habe ich sie. Die Wahl.

Zweiter Teil

83 Thurloe Street, SW
August 1995

GEORGINA

Ich werde mir heute abend selbst einen Drink einschenken. Sonst schenkt Edmund ihn ein, aber heute tue ich es selbst. Und einen für Edmund. Ich werde mein schönstes Abendkleid tragen, in meinem Lieblingssessel sitzen, ich bin soweit. Dieses war immer meine vorteilhaftere Seite. Auf Fotografien, auf Bildern war es immer diese Seite. Porträt einer Dame. Porträt einer Mörderin. Porträt einer alten Frau, die Gin trinkt.

Wie seltsam, daß alles mit Roland angefangen hat. Dem dummen, hübschen Roland. Ich frage mich, ob er gewußt hat, daß Edmund in ihn verliebt war? Roland könnte wohl homosexuell gewesen sein, denn er war mit Sicherheit viel zu hübsch für einen Ehemann. Ob er und Edmund Analverkehr hatten? Denn so machen sie es doch, die Homosexuellen, oder? Aber in Kriegszeiten geht immer alles so durcheinander, und niemand weiß, wer er wirklich ist.

Wenn man jemanden liebt, will man doch alles wissen. Alles über den geliebten Menschen. Und jetzt weiß ich es. Wahrscheinlich sollte ich Louisa wirklich dankbar sein. Das Thema kam rein zufällig zur Sprache, als sie gestern hier war. Sie war gekommen, um Edmund schöne Augen zu machen, wie immer. Ich muß sagen, das Lustigste an der ganzen Geschichte ist, daß Louisa dachte, *ich* wäre diejenige gewesen, die Roland das elende Taschentuch geschickt hat. Ich gebe zu, daß ich einen Moment lang verwirrt war, als sie erwähnte, daß sie es bei Rolands Sachen gefunden hatte, als sie aus Frankreich zurückgeschickt wurden, aber sobald sie sagte, daß auf dem Taschentuch etwas geschrieben stand, wußte ich genau, was sie meinte. »Für meinen wahren Ritter.« Arme alte Louisa. Ich mußte beinahe lachen, als ich den Ausdruck von Mitleid und Eifer auf ihrem Gesicht sah – die zerfurchte Stirn, der vielsagende Blick –, wie ein Hund, der deine Hand ablecken will. Es war so bemitleidenswert leicht, sich vorzustellen, was für ein lächerliches Märchen sie sich vor all den Jahren zusammengereimt hat ... Ich sei in Roland verliebt ... ich hätte Jimmy geheiratet, weil Roland mich nicht wollte ... wie ich meinen Kummer verstecken mußte, als er fiel ... Ich fing beinahe an zu lachen, aber dann wurde mir klar, was wirklich geschehen sein mußte – was wirklich geschehen war: Edmund und Roland. Zusammen.

Ich mußte Louisa die Wahrheit sagen. Unter anderen Umständen hätte ich vielleicht geschwiegen, aber sie wollte mir Edmund wegnehmen, und das konnte ich nicht zulassen. Außerdem habe ich ihre Gefühle lange genug geschont, wozu jetzt noch? Seit einem Jahr wartet sie auf den richtigen Zeitpunkt, seit Davy tot ist. ... das soll der Mensch nicht scheiden. Nur daß es eigentlich allein die Frauen sind, die man im Auge behalten muß, nicht die Männer. Aber ich bin viel zu schlau für sie. Außerdem bin ich diesen Weg nicht so weit gegangen, um Edmund an eine Frau zu verlieren, die wie die schlechte Imitation eines französischen Pudels aussieht.

Jetzt ist sie jedenfalls weg, und ich glaube nicht, daß sie noch mal wiederkommt. Für Frauen wie Louisa ist Verständnis ein Fetisch, dabei verstehen sie gar nichts. Das stumme Mitgefühl, Gutes tun, gefallen wollen, geliebt werden wollen – aber mit all ihrer Liebe und ihrem Mitgefühl konnte sie Edmund und Roland doch nicht verstehen. Doch ich kann es. Weil es mit Edmund und mir genauso ist. Wie könnten wir je getrennt sein? Ich kann ihm Roland vergeben, weil ich ihn verstehe. Ihm zu vergeben ist das Einfachste auf der Welt.

Noch ein kleiner Drink schadet keinem. Ich will nicht, daß wir in einem Grab liegen und faulen wie der arme kleine Freddie. Verstreut unsere Asche im Wind, und laßt es gut sein.

Mehr werde ich nicht sagen. Alles andere müssen Sie sich selbst ausdenken.

Chin-Chin.

ADA

Zum Abendessen gibt es heute nur kaltes Fleisch. Ich wünschte, es wär was Besseres, aber ich habe mir vor ein paar Wochen den Arm am Herd verbrannt, es gab eine große Blase, und seitdem habe ich Angst, den Herd zu benutzen. Aber egal, was auf den Tisch kommt, Miss Georgina holt immer das Silber heraus. Auch wenn man heute wahrscheinlich gar nicht mehr erkennt, daß es Silber ist, so angelaufen, wie es ist.

Ich glaube, ich genehmige mir ein Gläschen Sherry. Nur ein kleines, das schadet nicht, und außerdem habe ich etwas zu feiern. Vorher werde ich mir noch die Haare kämmen. Vielleicht werfe ich sogar mal einen Blick in den Spiegel, weil es ein besonderer Anlaß ist. Habe seit einer Ewigkeit nicht mehr in den Spiegel geschaut. Könnte eine Überraschung für mich werden. Habe in letzter Zeit viel gemacht, was ich mir gar nicht zugetraut hätte. Und für einige Menschen wird es auch eine Überraschung werden, wenn sie hören, was ich vorhabe. Denn wissen Sie, was ich getan habe? Ich habe einen Brief geschrieben. Nicht an irgend jemanden, sondern an eine bestimmte Person. Können Sie erraten, wen ich meine? Nicht die Queen oder Mr. Churchill, sondern jemanden, der mir wichtig ist, sehr wichtig – ach, ich kann es schließlich nicht ewig für mich behalten, eigentlich nicht eine Minute länger, ja, ich habe an William Ferguson geschrieben. Ich erwäge das bereits seit einiger Zeit – ein bißchen was habe ich schon im Kopf –, aber was mir Sorgen gemacht hat, war, daß man das nicht tut, man schreibt nicht an einen Mann. Meine liebe Mutter hätte gesagt, daß nur leichte Mädchen so etwas tun – nicht daß sie mehr als ihren Namen schreiben konnte –, aber die Zeiten ändern sich, und seit dem Krieg machen Mädchen alles mögliche, nicht wahr? Und wenn ich jetzt nicht alt genug bin, um zu wissen, was ich will, dann werde ich es niemals sein, das ist meine Meinung.

Es war kein Liebesbrief oder so etwas Ähnliches. Es war eigentlich nur ein kurzer Brief: *Du bist bestimmt überrascht, nach so vielen Jahren von mir zu hören, aber seit meinem letzten Brief haben sich die Umstände für mich geändert. Wenn du nichts dagegen hast, würde ich mich über ein Treffen sehr freuen.* William muß an dem Tag, an dem er den Brief erhalten hat, geantwortet haben, denn Master Edmund brachte mir seinen Brief zwei Tage, nachdem ich meinen abgeschickt hatte, herunter. Er schrieb, daß er sich freut, von mir zu hören, und ob ich immer noch gerne im Park spazierengehe – ich werde ihm sagen müssen, daß meine Beine nicht mehr mitmachen, aber das tut nichts, weil er auch schreibt, daß er ein eigenes Auto hat, man stelle sich das vor!

Ich darf mich nicht zu sehr freuen. In meinem Alter gehört sich das nicht. Aber jetzt weiß ich, daß ich auch mal etwas für mich haben kann, wenn mir noch ein paar Jahre bleiben. Denn warum würde William meinen Brief beantworten, wenn es nicht so sein soll? Und ich sage Ihnen noch etwas – wenn er mich diesmal fragt, sage ich sofort ja. Ich werde ihm von den sauren Gurken erzählen, die mich nicht gehen lassen wollten. Beinahe hätte ich es ihm schon geschrieben, aber dann dachte ich, so etwas kann man nicht in einem Brief schreiben. Aber ich werde ihm erzählen, daß ich deshalb das letzte Mal nicht sofort ja gesagt habe, nicht, weil ich nicht wollte. Das sind die Dinge, die man über jemanden wissen muß, wenn man heiraten will – daß saure Gurken einem nicht bekommen …

Jetzt weiß ich – ich werde einen von Miss Georginas Schokoladenkeksen zum Sherry essen. Nur einen. Das kann nicht schaden, Diabetes hin oder her. Die Schachtel war mal rosa, aber das erkennt man kaum noch. Stand zu lange in der Sonne. Das hab ich schon gedacht, als sie sie mir schenkte. Und wahrscheinlich ist die Schokolade geschmolzen. Sie muß sie vor ein paar Jahren selbst geschenkt bekommen haben. Aber ich bin nicht nachtragend, und heute ist das alles vergessen. Doch soviel will ich sagen: Miss Georgina hat mich einmal daran gehindert zu tun, was ich tun sollte, aber sie wird mich nicht noch einmal hindern. Ich werde ihr keine Gelegenheit geben. Weil William und ich füreinander *bestimmt* sind, wie ich schon sagte. Andere müssen darüber urteilen, ob das, was ich heute abend getan habe, gut oder schlecht ist. Aber eins sage ich Ihnen: Wenn ich gehe und Miss Georgina verlasse, wird sie eine andere arme Seele finden, die sie quälen kann, so wie sie mich gequält hat, so wie sie wahrscheinlich ihren eigenen Bruder gequält hat. Wenn ich »quälen« sage, meine ich nicht den Teufel mit seiner alten Gabel, mit dem sie uns immer in der Kirche gedroht haben – obwohl Miss Georgina dem Teufel bestimmt noch das eine oder andere beibringen könnte, wenn sie wollte, da bin ich mir sicher.

Und ich denke dabei nicht nur an mich. Auch an Master Edmund und Miss Louisa, denn sie ist jetzt Witwe, Lord Kellway ist letztes Jahr gestorben. Man kann nicht zulassen, daß einer allein das Glück von vier Menschen zerstört, das ist nicht richtig. Sagen Sie jetzt nicht, ich sei verrückt geworden. Ich denke schon seit mehreren Wochen darüber nach, und ich sage, ein fairer Tausch ist kein Diebstahl. Denn was hat Miss Georgina von mir gehabt? Mein Leben, sie hat mein ganzes Leben gehabt. Das mag manch einem nicht viel erscheinen, aber es ist mein einziges Leben, noch eins werde ich nicht haben, wenn man es so sieht.

Es geht eigentlich ganz leicht. Mit den Pillen, die ich gegen den Zucker nehme. Der Doktor hat mir neue verschrieben. Er sagte: »Nehmen Sie nicht zuviel davon, Miss Pepper, sonst schlafen Sie ein und wachen nie wieder auf.« Ich habe ihm erzählt, ich hätte sie verloren. Die ganze Schachtel. Habe gesagt, sie wären mir in einen Gully gefallen, was natürlich nicht stimmt. Sie liegen sicher in meiner Tasche. Sie sind geschmacklos, und seit der Zucker nicht mehr rationiert ist, habe ich viel mehr in Miss Georginas Kakao getan. Das erste Mal war es aus Versehen. Da habe ich zwei Löffel anstatt einen hineingetan, aber dann dachte ich, das ist eine Idee, und löffelte so viel Zucker rein, bis der Kakao dick wie Sirup war, und die Tasse kommt immer noch leer wieder runter in dem alten Essensaufzug. In der Tüte ist noch genug Zucker für eine letzte Tasse. Ich habe die Tabletten zerbröselt. Habe sie in Papier eingewickelt und mit dem Nudelholz bearbeitet. Die Hände taten mir weh, ich mußte sie unter kaltes Wasser halten, bis es besser wurde. Und jetzt stelle ich den Kakao in den Aufzug und schicke ihn nach oben ... Hinauf damit!

Sehen Sie, ich bin nicht verrückt. Ich habe mir alles ganz genau überlegt. Es wird ganz friedlich werden, sie wird einfach einschlafen, und dann – nun, vielleicht stecke ich die Brosche an, die Miss Louisa mir geschenkt hat. Eigentlich wollte ich sie für William aufbewahren, aber ich kann sie genausogut jetzt schon tragen. Ich hebe sie in einer Keksdose auf. Ein Einbrecher würde da nicht suchen. Und meine weißen Handschuhe, ich wußte, ich würde sie irgendwann brauchen ... Das wird eine richtige Feier. Eigentlich schade, daß niemand da ist, der mit mir feiert. Ich werde William natürlich nichts von all dem erzählen, wo denken Sie hin. Er war ein bißchen eingebildet, und ich will nicht, daß er auf dumme Gedanken kommt ...

Es ist schon seltsam, wie das Gedächtnis funktioniert, oder liegt es vielleicht am Sherry, aber auf einmal erinnere ich mich an etwas, das Charlie und ich vor vielen Jahren gesagt haben, ich hatte ganz vergessen, daß ich mich daran erinnere. Oder erinnere ich mich jetzt daran, daß ich es vergessen hatte? Eins von beidem. Es war, als wir noch ziemlich klein waren. Wir saßen irgendwo auf einer Mauer – eigentlich war das ganz ungewöhnlich, wenn ich es mir jetzt überlege, denn Charlie spielte normalerweise immer mit den anderen Jungs. Aber an dem Tag waren wir zusammen, und er fragte mich: »Was würdest du am liebsten auf der Welt einmal sehen?« Mir ist überhaupt nichts eingefallen, deshalb sagte ich, die Queen – Queen Victoria, meine ich –, ich sagte, sie würde ich gerne einmal sehen. Natürlich habe ich das nie. Aber vielleicht sehe ich die neue Queen. Das würde mir gefallen, weil sie so schön ist, Queen Elizabeth, wirklich wunderschön. Vielleicht gehe ich mit William hin. Wir werden uns zusammen die Queen anschauen. »Eure Hoheit, darf ich Ihnen Mr. und Mrs. William Ferguson vorstellen. Einfache Leute, aber Sie werden in ganz England keine treueren Menschen finden.«

Was war das? Dieser laute Knall? Hat mich beinahe umgeworfen. Ehrlich, wenn sie nicht ein bißchen vorsichtiger sind, kommt der Putz von der Decke. Was machen die denn da oben mitten in der Nacht für einen Krach? Ich werde nachsehen müssen. Ein Bus kann es nicht gewesen sein, es sei denn, er ist von der Straße abgekommen und mitten ins Haus gefahren. Oh, das wäre furchtbar. Ich hoffe nicht, daß es das ist. Je schneller ich nach oben gehe, desto eher weiß ich es. Na kommt schon, Beine, bringt mich – noch – einmal – nach – oben –, damit – wir – sehen – können – was – los – ist. Kleine Pause. Durchatmen. Mir ist schwindelig – das muß der Sherry sein. *Mit Likör auf den Lippen soll man nicht küssen.* Ohgottogott. Nun, ich hoffe, Miss Georgina findet Frieden. Den hat sie in diesem Leben nicht gefunden, das weiß ich. Nicht bei sich und nicht bei anderen. Weiter geht's, Beine, wir sind fast da. Einmal noch Luft holen und dann – blöder alter

Türknauf, komm schon, geh auf ... Na also, wir werden schon sehen, was der Lärm soll. Wie? Was soll das? Ich verstehe nicht – was machen Sie da? Oh, nein, nein, ich ... William, oh, William. Aah ...

EDMUND

Georgie goß eine Tasse Kakao in die Blumentöpfe, als ich hereinkam. Dieses breite Lächeln. »Ich wollte nicht, daß du es siehst, Darling. Es war so süß von dir, daran zu denken, aber ich habe Kakao eigentlich noch nie gemocht. Ich weiß nicht, was Ada damit macht, er sieht jeden Tag mehr wie braune Farbe aus. Weißt du, welche ich meine? Diese ganz einfache Farbe, mit der sie Mauern streichen?«

Für sie ist alles nur ein Spiel. Nichts ist wichtiger als ein verdammtes Kreuzworträtsel. Nichts bedeutet mehr etwas außer dem Wort, das sie gerade sucht. »Leimfarbe.«

»Genau die.«

Sie war nicht überrascht, als sie mich mit dem Revolver in der Hand sah. »Du hast es gehört, Edmund, nicht wahr? Was ich zu Louisa gesagt habe.«

Ich habe jedes Wort gehört. Ich stand direkt vor der Wohnzimmertür. Habe sozusagen gelauscht. Ich wollte gerade hineingehen – um Louisa zu sehen, denn ich war oben, als sie kam –, doch dann hörte ich sie über Roland reden, darüber, wie er starb. Louisa sagte: »Aber es muß viel schlimmer für dich gewesen sein, als Freddie starb.«

»Ich war ein Kind. Ich erinnere mich kaum an Freddie.«

»Ich meine, Rolands Tod war nicht sinnlos. Er hätte es nicht anders gewollt.«

»Nein, wahrscheinlich nicht.«

Dann hörte ich Louisa sagen: »Es tut mir leid, Georgie. Das

war gedankenlos von mir. Tut es immer noch weh, an Roland zu denken?« Georgie antwortete nicht, und Louisa fuhr fort: »Ich weiß es, Georgie, ich wußte es, seit ich das Taschentuch gefunden habe, das du ihm geschickt hast. Ich habe die Handschrift erkannt. Ich fand dich so tapfer. Du mußt schrecklich unglücklich und verzweifelt gewesen sein, und doch hast du nie ein Wort gesagt. Oh, keine Sorge, ich habe es keiner Menschenseele erzählt. Als ich es herausfand, wollte ich so gerne mit dir darüber reden. Edmund sagte, es hätte an ihm gelegen, aber ich verstehe, warum du mich nicht sehen wolltest ...«

Georgina fing an zu lachen. »Du denkst, ich war in *Roland* verliebt?«

»Erst als ich das Taschentuch fand, habe ich es begriffen. Es war bei seinen Sachen. Ich habe immer wieder versucht, dir einen Brief zu schreiben, aber ich wußte nicht, wie ich mich ausdrücken sollte, und ich hatte Angst, James könnte ihn lesen, und es würde schrecklichen –«

»Was für ein Taschentuch?«

»Bestimmt erinnerst du dich daran. ›Für meinen wahren Ritter‹ stand darauf. Mit roter Tinte. Du hast es geschrieben.«

Bis zu diesem Augenblick hatte ich keine Ahnung, worüber Louisa redete, aber als sie das sagte, wußte ich, daß es um Georgies Geschenk ging, und mir war klar, daß Georgie es auch wissen würde, und dann würde sie alles erzählen – denn ich war es gewesen, nicht Georgie, *ich* hatte Roland Georgies Geschenk gegeben – »Für meinen wahren Ritter« ... Georgie würde alles erraten, sie ist schlau, und sie weiß alles, sie wird mich hassen und mich bestrafen wollen, sie wird es Louisa erzählen und ... Ich stand da, vor der Tür, und all das war mir plötzlich ganz klar, wie ein Blitz traf mich die Erkenntnis, wie Schläge prasselte es auf mich ein. Ich wußte, daß ich vor der Tür verschwinden mußte, ehe Louisa herauskam, aber ich war wie gelähmt. Ich konnte Georgina reden hören, aber ich verstand die Worte nicht. Ich hörte sie etwas über Roland sagen, und dann – dann sagte sie: »Verstehst du denn nicht, Louisa? Edmund und ich sind seit dem Krieg ein Liebespaar.«

Schritte kamen auf die Tür zu, sie waren zu schnell, ich konnte nicht mehr weglaufen, kam nicht rechtzeitig zur Treppe. Louisa sah mich dort in dem dunklen Flur stehen wie eine Art Schwerverbrecher. Ich ging auf sie zu, ich wußte nicht, was ich tat, aber plötzlich stand ich vor ihr. Wahrscheinlich wollte ich es irgendwie erklären. Ich wollte mit ihr reden, aber die Worte schienen in mir festzustecken. Dann versuchte ich, meine Hände zu bewegen, um sie zu berühren, aber irgendwie ging es nicht – ich klemmte, wie ein billiges mechanisches Spielzeug. Louisa kam sehr schnell auf mich zu, mit gesenktem Kopf, so daß ich sah, sie würde nicht stehenbleiben, also versuchte ich wieder, mich zu bewegen, diesmal, damit sie vorbeigehen konnte, aber es ging nicht. Es war, als klebten all meine Muskeln zusammen; ich hatte keine Kraft, um meine Beine zum Laufen zu bringen, und ich stand zwischen Louisa und der Haustür. Ich versuchte, ihren Namen zu sagen, aber es kam nur ein heiseres Krächzen heraus. Sie sah nicht auf, sie wollte mich mit den Händen beiseite schieben, um vorbeizukommen, und plötzlich gab sie mir einen Schubs, so daß ich seitlich auf den Tisch in der Diele fiel. Als ich mich wieder aufgerichtet hatte, war sie verschwunden.

Ich weiß nicht mehr, wie lange ich da stand und mich an der Tischkante festhielt. Ich weiß, daß ich einmal versuchte, mich zu bewegen, aber meine Beine wollten einfach nicht mitmachen, und es endete damit, daß ein Stapel Zeitungen vom Tisch auf den Boden rutschte, so daß ich mich lieber noch eine Weile festhielt.

Irgendwann wurde es wieder besser, was auch immer es war, und es gelang mir, nach oben zu gehen. Ich holte die Waffe. Ich hatte sie an dem Tag, an dem wir einzogen, unter der

Kommode versteckt. Georgie wußte nichts davon. Es ist ein Revolver. Für sechs Kugeln. Wahrscheinlich, um mir den Kopf wegzupusten. Saß eine Weile auf dem Bett, hielt ihn fest ... *Wasch mir den Pelz, aber mach mich nicht naß*. Jetzt nicht mehr. Könnte den Gedanken nicht ertragen – ohne Louisa. Kann nicht zulassen, daß Georgie mir Louisa wegnimmt. Kann viel ertragen, aber das nicht. Niemals. Hoffnung. Das ist es. Kameraden brauchen Hoffnung. Keine Hoffnung ohne Louisa. Dann kann man mich gleich auf den Müll schmeißen.

Beschloß, mit dem Revolver hinunterzugehen. Nicht wütend, ganz ruhig. Arme und Beine arbeiten wieder, alles ganz normal. Aus dem Mund kommen Geräusche. Habe vor dem Spiegel ein bißchen geübt: »Hallo, ich bin Edmund Lomax und spreche Englisch.«

Ich wollte sie umbringen, aber als ich sie den Kakao in die Blumen gießen sah und über Leimfarbe reden hörte, kam ich durcheinander. Sie gab mir einen Drink. Gin. Einen starken. Sagte, ich bräuchte ihn. Ich brauchte ihn nicht – trank ihn nur ihr zuliebe. Mehr nicht. Habe immer alles ihr zuliebe getan, um ihr zu gefallen. Was sie wollte. Aber nicht ihr Ritter. Niemandes Ritter. Wollte Louisas Ritter sein, aber war nicht gut genug. Nie gut genug.

Georgie wollte, daß ich sie umbringe, verstehen Sie. Daß ich sie erschieße. Sie sagte: »Ich wußte, daß du irgendwo eine Waffe hast. Hast du Munition oder Kugeln, oder wie man das nennt?«

Ich sagte: »Ohne Kugeln ist eine Waffe ziemlich nutzlos, oder?«

Sie sagte: »Also, ist sie geladen?« Sie hatte überhaupt keine Angst, war eher gespannt, als wäre es ein Abenteuer. »Du bist der Mann in der Familie, Edmund. Du hast die Verantwortung.« Ich fragte sie, was um alles in der Welt sie damit meinte, und sie bedeutete mir, mich hinzusetzen. Da tranken wir den Gin, während sie redete. Ich weiß nicht, ob es am Gin lag, aber alles begann sich von mir zu lösen. Ich bekam meine Gedanken nicht mehr zu fassen ... Als ich ins Zimmer kam, wollte ich sie umbringen, aber dann verwirrte sie mich so, daß ich nicht mehr denken konnte. Ich wollte es nicht, ich wollte den Revolver weglegen und nur noch ... oh, ich weiß nicht, was ich wollte, ich weiß es nicht. Aber dann sagte Georgie: »Ich wollte dir das nicht sagen, Edmund, aber ich habe Freddie getötet.«

»Das hast du nicht. Ein Fremder hat ihn getötet, ein Verrückter.«

»Ich habe Freddie umgebracht, Edmund. Er war zu laut. Ist immer hinter mir hergelaufen. Hat ›Dordir, Dordir‹ gerufen, in seiner dummen, kindischen Art. Hat Krach gemacht. ›Kleine Jungen dürfen Krach machen, Miss Georgina. Kleine Mädchen müssen leise sein.‹«

»Nein, es war ein Fremder. Jemand, der zufällig da war. Der hat ihn umgebracht. Es war ein Unfall. Sie haben ihn aus Versehen umgebracht, und dann sind sie weggelaufen.«

»Ich habe ihn mit einem Stein erschlagen.«

Immer wieder sagte sie, daß sie Freddie umgebracht hat. Ich wußte nicht, ob das mit dem Unfall stimmte, ich habe es immer gedacht, weil ich nicht glauben konnte ...

Aber sie bestand darauf. Sie sagte es mir wieder und wieder. »Ich habe den Stein hinterher in den Abtritt geworfen. Ich habe ihn getötet, Edmund.«

»Nein.«

»Ich war es, Edmund. Du weißt, daß ich es war. Hast du es nicht immer gewußt?«

Habe ich es immer gewußt? Ich kann mich nicht erinnern. Ich *glaube* nicht, daß ich es immer gewußt habe, aber vielleicht täusche ich mich. An so etwas würde man sich doch erinnern, egal, ob man es weiß oder nicht, oder?

Georgie sagte: »Ich habe deinen Bruder getötet, Edmund. Verdiene ich es nicht, zu sterben?« Verdiene ich es nicht, zu sterben ... Ich weiß nicht, ob sie es verdient. Ich weiß nicht mal, ob sie die Wahrheit sagt. Sie hat gesagt, ich habe die Verantwortung, aber woher soll ich wissen, was ich tun soll? Sie hat mir immer gesagt, was ich tun soll. Sie könnte es sich ausgedacht haben – ich weiß es nicht, ich kann mich an nichts erinnern. Georgie sagte: »Sei vorsichtig, Edmund, verdirb mein Kleid nicht, Madame Tussaud wird es haben wollen.« Dann: »Leb wohl, Edmund. Ich liebe dich. Küß mich. Ich will mit einem Kuß auf den Lippen sterben.« Also küßte ich sie, und sie zwang mich – sie griff nach dem Revolver und steckte ihn sich in den Mund, und dann fing sie an zu würgen und zu husten, also zog ich ihn wieder heraus, aber sie zwang mich, ihn wieder hineinzustecken – sie schaute mich starr an, zwang mich, es zu tun. Immer, immer sagt sie mir, was ich tun soll ... Und ich habe es getan, *ich habe es getan*.

Ada muß ich ganz vergessen haben. Sie hat offenbar den Schuß gehört und kam herauf, um nachzusehen ... Aber sie hat mich erschreckt, als sie völlig unerwartet den Kopf durch die Tür steckte. Ich wollte sie nicht erschießen, es war nur eine Reaktion, ein ... Reflex. Arme Ada. Man kann wohl sagen, daß sie beinahe ihr ganzes Leben mit uns verbracht hat, so oder so. Wo sollte sie hingehen, wenn wir sie nicht mehr brauchten? Was würde aus ihr werden? Vielleicht war es so am besten, wirklich, sie konnte sowieso nicht mehr viel tun. Eine Belohnung kann man das wohl nicht nennen, dafür, daß sie ihr ganzes Leben lang bei uns in Stellung war, oder? Aber wenigstens muß sie jetzt nicht hier heraufkommen und uns finden, armes, altes Mädchen. Wenigstens das habe ich dir erspart.

Viel zu müde, um stehen zu bleiben. Muß an der Wand herunterrutschen – so – auf dem Boden ist es leichter. Klemme den Revolver zwischen meine Knie … Wie hübsch, hier an der Tür zwischen Georgina und Ada zu sitzen. Meine beiden Leibwächter. Ich dachte, ich würde in Passchendaele sterben. Hätte dort sterben sollen. Wahrscheinlich sollte man dankbar sein, aber ich habe so ein Chaos aus allem gemacht. Man hinterläßt einen Brief, nicht wahr? Jimmy hat es getan. Nicht daß hier unten Papier wäre, außer den alten Zeitungen … hab nichts zu schreiben. Muß sitzen bleiben. Das reimt sich. Hab nichts zu schreiben, muß sitzen bleiben. Jetzt werde ich nie wieder aufstehen. Wem sollte ich auch schreiben? Nicht Louisa, jetzt nicht mehr. »Es tut mir leid.« Das schreiben sie doch immer, oder? Selbstmörder? Aber es tut mir nicht leid. Ich bin froh. Ich habe lange darauf gewartet. So lange …

Danksagung

Ich danke Judith Amanthis, Paula Breslich, Harriet Brittain, Tony Colwell, Claire Foster, Jane Gregory, Lisanne Radice, Janet Ravenscroft, Michael Rimmer, Paul Sidey, Selina Walker, Jane Wood, Catriona Woodburn und Cathy Woodman für ihre Ermutigung, ihren Rat und ihre Unterstützung.

Weg in die Nacht

Für Michael,
den Helden dieses Buches,
und das in mehrfacher Hinsicht

Prolog

Es geschah, als ich auf dem Weg zur Arbeit war. Es war ein ganz gewöhnlicher Tag. Ich ging die Straße entlang, und alles war wie immer. Ich dachte an nichts Besonderes, nur an Entscheidungen und Termine und was ich als Erstes erledigen müsste, als ich plötzlich die Stimme einer Frau hörte: »Ich liebe dich, Dodie.« Das ist meine Mutter, dachte ich. Ganz beiläufig. Das ist meine Mutter, die mir sagt, dass sie mich liebt.

Ich blieb stehen. Ich weiß nicht mehr, ob ich mich tatsächlich umdrehte oder nicht, aber ich sah – nein, ich sah es nicht, ich spürte es irgendwie … Es hat keinen Sinn, ich kann es nicht genau beschreiben, aber ich hatte dieses ungeheuer starke Gefühl – nein, mehr als das, ich *wusste* es. Sie war neben mir. Eine schöne, junge Frau stand da und lächelte. »Oh, Dodie«, sagte sie, »ich habe dich wirklich lieb.« Es war ein wundervolles Gefühl. Glücklich, stolz, erhaben … Ich sagte: »Ich hab dich auch lieb.«

Dann klickte es sozusagen in meinem Kopf, und alles war wieder beim Alten. Ich dachte, das kann nicht passiert sein. Ich glaube nicht an Gespenster, und meine Mutter lebt nicht mehr. Sie ist seit zwanzig Jahren tot. Sie wurde entführt, als ich acht Jahre alt war, und ihre Leiche wurde nie gefunden.

I

Mein Name ist Dodie Blackstock. Na ja, eigentlich heiße ich Dorothy, aber den Namen verabscheue ich. Und ja, *die* Blackstocks. Wolf Blackstock war mein Vater. Ich bin diejenige, die das ganze Geld geerbt hat. Meine Mutter war seine dritte Frau. Die, die entführt wurde.

Ich hasse es, den Leuten davon zu erzählen. Manchmal – nein, oft – lüge ich. Denn wenn sie mich fragen, ob ich mit ihm verwandt bin, erwarten sie, dass ich in etwa antworte: »Nein, aber ich wünschte, ich hätte sein Geld«, und dann können wir über die Entführung reden und wie seltsam es ist, dass ihre Leiche nie gefunden wurde, und das bringt uns auf den Sommer 1976 und darauf, wie heiß es damals war. Wenn Sie ungefähr so alt sind wie ich – ich bin neunundzwanzig –, weiß ich jetzt schon, dass es die schönsten Sommerferien während Ihrer ganzen Schulzeit waren und Sie jeden Tag im Schwimmbad waren und abends mit dem Gefühl nach Hause kamen, als wäre die Sonne in Ihnen drin.

Wenn ich die Wahrheit sage, bereue ich es gewöhnlich sofort. Denn wenn ich jemandem erzähle, dass Wolf Blackstock mein Vater war und meine Mutter von ihren Entführern umgebracht wurde, kann ich gleich dazusagen: »Ach und übrigens, ich hab 'nen ziemlichen Knall«, denn was anderes können sich die Leute gar nicht vorstellen. Ich habe schon alle möglichen Reaktionen erlebt, von völligem Unglauben bis hin zu einem Grad von Mitleid, wo sich die Leute meinetwegen beinahe umbringen wollten, obwohl sie mich erst seit fünf Minuten kannten. Aber die schlimmsten sind die netten Leute, die, die einfach sagen: »Mein Gott, das muss ja schrecklich gewesen sein.« Ich antworte einfach: »Na ja, schon …«, und wechsle das Thema, aber ich fühle mich immer unwohl. Als hätten die Leute ein schlechtes Gewissen, weil sie gefragt oder einen Witz darüber gemacht haben. Und natürlich, weil sie fasziniert von dem Geld sind.

Die Leute haben immer wieder gefragt. Eine Weile habe ich mir überlegt, ob ich nicht Flugblätter mit meiner Lebensgeschichte verteilen sollte, um Zeit zu sparen: Vater reich, Mutter entführt, Leiche wurde nie gefunden; Universitätsstudium. Ich arbeite tatsächlich, um mir meinen Lebensunterhalt zu verdienen, anstatt meine eigene Bademode zu entwerfen oder in Galerien herumzustreunen oder was auch immer für reiche Mädchen als Job durchgeht. Wie auch immer, die Idee mit den Flugblättern trat ein wenig in den Hintergrund, weil die Leute jünger wurden – natürlich nicht wirklich, aber Sie wissen schon, was ich meine – und sich nicht mehr erinnern, weil sie entweder zu dem Zeitpunkt noch nicht auf der Welt waren oder noch nicht Zeitung lesen konnten. Doch letztes Jahr, als mein Vater starb, wurde in den Nachrufen und Illustrierten und einer Fernsehsendung alles wieder aufgerührt, und jetzt ist die Geschichte wieder in aller Munde.

Ich war acht, als Mum entführt wurde. Im Januar 1976. Die Entführer wollten zehn Millionen Pfund, aber mein Vater weigerte sich zu bezahlen. Sie gingen auf neun Millionen runter, dann, drei Monate später, auf acht, dann auf sieben und schließlich, zwei Monate nach diesem Angebot, wollten sie noch sechs Millionen. Da war er zum ersten Mal zu Verhandlungen bereit. Sie kennen doch diese Nachrichtenvideos, die jedes Jahr rauskommen? Nun, wenn Sie sich das von 1976 anschauen, können Sie sehen, was passiert ist. Es kommt im

Juni, nach dem Teil über den Kabeljau-Krieg. Man sieht einen Mann mit struppigen Koteletten und einem bügelfreien Hemd mit einem langen, spitzen Kragen, der vor einem Busch im Gras hockt. Die Kamera wackelt ein wenig, und manchmal kommt hinter ihm ein Stück von einem Strohdach ins Bild.

> »Um zehn Uhr heute Abend stürmte bewaffnete Polizei das Haus, in dem man die Bande vermutete, die Susan Blackstock, Frau des Multimillionärs und Immobilienhais Wolf Blackstock, gefangen hält, die im Januar dieses Jahres aus ihrem Auto entführt worden war. Mr. Blackstock, einer der reichsten Männer Großbritanniens, wurde aufgefordert, zehn Millionen Pfund zu bezahlen, wenn er seine Frau lebend wieder sehen will. Die Entführer, denen politische Motive unterstellt werden, haben bis jetzt kein Geld erhalten. In einer geheimen Operation kreisten Scharfschützen das abgelegene Häuschen in Suffolk ein, doch als sie sich dem Gebäude näherten, schossen die Entführer auf sie. Die Polizei erwiderte das Feuer, und in dem folgenden Schusswechsel wurden zwei Polizisten verwundet und ein Mann getötet, der für den Anführer der Gruppe gehalten wurde. Einer der Beamten, P. C. Timothy Corrigan, erlag seinen Verletzungen im Krankenhaus. Susan Blackstock war nicht in dem Haus, und bis jetzt wurde keine Spur von ihr gefunden.«

Dann berichtet eine Stimme aus dem Off, dass das dritte Mitglied der Gruppe in einem Haus in Cricklewood verhaftet wurde, wo man Frauenkleider entdeckt hat, aber dass die Leiche meiner Mutter trotz einer landesweiten Suche nie aufgetaucht ist. Darauf folgt ein Bericht über die schlimmsten Verkehrsstaus auf dem Weg an die britische Küste und über Dennis Howell, der der »Minister der Trockenheit« genannt wurde.

Danach muss die Hälfte aller Journalisten des Landes in dieses Dorf in Suffolk gefahren sein. Einer der Dorfbewohner erzählte, es sei wie in dem Film *Zwei rechnen ab* gewesen, und eine Frau berichtete, sie habe die Polizei gerufen, als sie die Schüsse hörte, doch der Sergeant habe gesagt, sie solle sich keine Sorgen machen, es wäre die Polizei, die da schießt. Die andere Hälfte der Journalisten kampierte auf unserer Schwelle, jedenfalls sah es so aus. Wir waren in Camoys Hall. Das war das Landhaus meines Vaters, wo er sich meistens aufhielt und wo ich wohnte, wenn ich nicht im Internat war. Vor dem Haus gibt es ein großzügiges, mit Kies bedecktes Rondell, das noch aus der Zeit stammt, als das Haus gebaut wurde, damit die Kutschen nicht wenden mussten. Ich weiß noch, dass ich aus einem Fenster im oberen Stockwerk darauf hinunterblickte und keinen einzigen Kieselstein mehr sehen konnte, nur die Köpfe der Journalisten. Ich habe hinuntergespuckt, aber niemand hat hochgeschaut.

Offen gesagt, es wäre ein Kinderspiel gewesen, Mum aus Camoys Hall zu entführen, aber sie wurde in London aus ihrem Auto entführt. Mein Vater wollte keine Hunde oder Wachleute, er sagte, er wolle doch nicht Gefangener im eigenen Haus sein, also gab es ganz gewöhnliche Gatter an der Einfahrt statt elektrischer Tore. Es gab zwar ein Schild, auf dem PRIVATBESITZ stand, aber normalerweise waren die Tore offen, und jeder konnte hindurchfahren. Diese Journalisten müssen gedacht haben, sie wären im Himmel. Nur dass mein Vater sich weigerte, mit ihnen zu reden, und sie warteten drei volle Wochen lang tagtäglich umsonst vor dem Haus, während die Suche nach Mums Leiche fortdauerte. Die Journalisten hatten die volle Ausrüstung herangeschafft, Lastwagen, Scheinwerfer, alles. Am Ende gab es sogar Decken und Liegestühle. Die meisten Männer trugen Sonnenhüte, und einige Frauen lagen auf dem verbrannten Rasen vor dem Haus mit hochgerollten T-Shirts in der Sonne. Eine Zeitung veröffentlichte ein Bild von ihnen, wie sie um ein Picknick herumsitzen und Karten spielen. Als sie endlich gingen, verließen Joan, unsere Haushälterin – eigentlich war sie ein bisschen mehr als das, aber darauf komme ich später noch –, und ich auf Zehenspitzen das Haus, um uns umzusehen, und der Garten sah aus wie nach einer Gartenparty. Allerdings nicht wie nach einer im Buckingham Palace. Im folgenden Frühling schnitt unser Koch einen Kohlkopf aus dem Küchengarten auf und fand ein benutztes Kondom darin.

Ich habe ein Foto von der Pressekonferenz, die mein Vater gab. Wir stehen alle vor dem Säulenportal in Camoys Hall. Mein Vater steht vorne, mit Angela, seiner Geliebten – sie war sozusagen pensioniert worden, als er Mum heiratete, aber sie wohnte noch in Camoys Hall –, und dahinter Des, Irene des Voeux, Joan und ich. Irene des Voeux war die Frau, die meine Mutter übers Wochenende besuchen wollte, als sie gekidnappt wurde. Des ist Desmond Haigh-Wood. Er ist inzwischen pensioniert, aber damals war er der Finanzdirektor in der Firma meines Vaters und wahrscheinlich so etwas wie ein Freund. Er hatte seine eigene Suite in Camoys Hall, weil er so oft dort war. Des war immer nett zu mir. Ich weiß noch, wie ich geübt habe, »Dodie Haigh-Wood« zu schreiben, und mir wünschte, dass er mein Vater wäre.

Ich glaube, das Foto muss direkt nach der offiziellen Aufnahme entstanden sein. Keiner schaut mehr in die Kamera, jeder redet mit seinem Nachbarn, und ich soll offensichtlich gar nicht dort sein – die Männer tragen Anzüge, aber ich habe Shorts und ein T-Shirt an, und Joan hält mich am Oberarm fest und versucht, mich ins Haus zu bugsieren. Man kann gerade noch mein Schielen hinter der Brille erkennen, die völlig schief auf meiner Nase sitzt, und meine Haare sind total strubbelig – ganz was Neues –, es sieht aus, als wäre Joan meinen Fransen mit ihrer Nagelschere zu Leibe gerückt.

Da hat die Polizei noch nach meiner Mutter gesucht. Ich konnte mir nicht vorstellen, dass sie tot war. Ich war sicher, sie würden sie finden. Ich dachte, es würde ihr bestimmt gelingen wegzulaufen, und dann würde sie mich holen, und wir würden irgendwo hingehen, wo es schön war und wo wir zusammen leben konnten. Ich war fest davon überzeugt, dass sie mich nicht mit meinem Vater allein lassen würde. Drei Jahre lang habe ich das geglaubt und auch danach noch phasenweise, bis ich fünfzehn war. Ich konnte es niemandem erzählen. Ich wusste, dass alle verständnisvoll sein würden, aber auch mitleidig, weil sie selbst nicht daran glaubten, dass sie zurückkommen würde. Mit Angela redete ich sowieso nur, wenn es sich nicht vermeiden ließ, und der Gedanke daran, mit Joan darüber zu sprechen, war sogar noch schlimmer, weil ich sie mochte. Wahrscheinlich hätte ich mit Des sprechen können, aber ich hatte Angst, dass er dasselbe wie die anderen sagen würde, und dann hätte ich ihn nicht mehr lieb haben können. Und mit meinem Vater redete ich eigentlich gar nicht. Ich meine, ich konnte nicht einfach in sein Arbeitszimmer platzen, es sei denn, er ließ mich rufen. Niemand tat das, nicht einmal Des.

Schließlich musste Mum offiziell für tot erklärt werden. Ihre Leiche wurde nie gefunden. Bis gestern Abend, heißt das. Dem 14. Juni 1996. Man fand die Leiche auf einem Grundstück in Hackney, wo Wohnblocks abgerissen wurden.

Sie war noch keine achtundvierzig Stunden tot.

2

Des hat mir einmal eine Geschichte über Soldaten im Zweiten Weltkrieg erzählt. Sie kämpfen in Malaya oder sonst wo, und ihr Kommandant – ein Mann, der nicht unbedingt für sein Taktgefühl berühmt ist –, bekommt ein Telegramm, in dem steht, dass die Mutter eines Soldaten gestorben ist. Er lässt antreten und sagt: »Alle Männer, die noch eine Mutter haben, einen Schritt vortreten – wo wollen Sie denn hin, Smith?« Der Polizist, der mir das mit meiner Mutter mitteilte, war so ähnlich. Ich erklärte ihm, dass meine Mutter schon tot sei, und er sagte: »Sie sind doch Dorothy Jane Blackstock, oder?« Als ich bejahte, sagte er: »Nun, dann haben Sie absolut Recht, Ihre Mutter ist gestern gestorben. Wir haben gerade ihre Leiche gefunden.« Dann fragte er mich, ob ich »sie sehen wollte«, und meinte natürlich, ob ich bitte mit ins Leichenschauhaus kommen würde, um sie zu identifizieren.

Im Auto wartete ein zweiter Polizist. Beide wirkten noch nicht mal alt genug zum Rasieren, sie konnten sich also bestimmt nicht an die Entführung erinnern, und es war offensichtlich, dass ihnen niemand davon erzählt hatte, oder vielleicht dachten sie auch, es täte nichts zur Sache. Da lag diese Frau im Leichenschauhaus auf der Bahre, mit einem Tuch zugedeckt, und sie behaupteten, das sei meine Mutter. Ich sah mich nach jemandem um, der vielleicht älter war, jemand, der sich daran erinnerte, was damals geschehen war, ein Arzt oder irgendjemand, mit dem ich reden konnte.

Dann kam jemand in einem weißen Kittel und zog das Tuch ein wenig zurück, und einer der Polizisten fragte: »Erkennen Sie sie?«

Ich sagte: »Tut mir Leid, nein.«

»Wollen Sie sagen, das ist nicht Ihre Mutter?«

»Ich weiß es nicht. Tut mir Leid.« Woher sollte ich es wissen? Sie kam mir ein bisschen bekannt vor, aber selbst wenn ich dasselbe Gesicht in einer Menschenmenge gesehen hätte, lebendig – denn sie war nicht verstümmelt oder so was –, hätte ich nicht laut gerufen: »Das ist meine Mutter!« Mein Bild von meiner Mutter – der schönen, jungen Frau, deren Stimme ich noch vor zwei Tagen so deutlich zu hören glaubte –, und diese Frau passten einfach nicht zusammen. Das Gesicht dieser Frau sah einfach so ... nichts sagend aus. Eben *tot*, wahrscheinlich.

Ich sagte: »Ich habe sie seit zwanzig Jahren nicht gesehen. Ich kann nicht sagen, ob sie es ist.« Einer der beiden Polizisten warf mir einen seltsamen Blick zu, aber sie deckten sie wieder zu. Als wir draußen waren, fragte ich: »Warum glauben Sie, dass das meine Mutter ist?«, und sie sagten, dass sie ein Adressbuch bei sich hatte, in dem ihr Name stand: Susan Carrington. Dann fragte ich sie, wie sie mich gefunden hätten, und sie erklärten, dass mein Name in dem Adressbuch stand. Unter der Rubrik, wo man reinschreibt, wen man in einem Notfall benachrichtigen soll, hätte mein Name gestanden. Sie hatte »Tochter« daneben geschrieben. Deswegen nannten sie mich die ganze Zeit *Mrs.* Blackstock – sie dachten, ich wäre verheiratet und Blackstock der Name meines Mannes.

Sie brachten mich in ein kleines Büro mit Aktenschränken und einem ekligen grauen Teppich. Ich schaute nach einem Namen an der Tür, um zu wissen, woran ich war, aber ich fand keinen. Einer der beiden fragte mich: »Sind Sie schon sehr früh von zu Hause weggegangen?« Ich sagte: »Nein, so war es nicht.« Wahrscheinlich hätte ich es erklären müssen, aber das war mir zu dumm. Ich war sauer, weil sie nicht Bescheid wussten, obwohl sie es eigentlich müssten. Ich meine, sie müssen doch Computer oder Akten oder irgendwas haben, wo sie nachsehen können – warum sollte ich ihre Arbeit tun? Und wenn es Mum *war*, warum haben sie dann nicht 1976 ihre Arbeit getan und sie gefunden, als sie noch am Leben war? Ich war nicht nur sauer, ich konnte es einfach nicht ertragen, dass sie noch einmal all diese dummen, kranken Fragen stellten und ... ich weiß auch nicht, auf allem herumtrampelten. Ich wollte nur noch nach Hause.

Ich wollte gerade fragen, ob ich gehen könne, als ein älterer Mann den Kopf zur Tür hereinsteckte und einen der beiden uniformierten Beamten auf den Flur winkte. Ich hörte sie reden – obwohl ich nicht verstand, worum es ging –, dann schaute der ältere Mann wieder herein und wies den anderen Beamten an, mir eine Tasse Tee zu holen.

»Die werden auch immer jünger, nicht wahr?« Er kam herein, setzte sich und stellte sich als Inspector Halstead vor ich glaube, die anderen hatten sich gar nicht vorgestellt, oder ich habe es vergessen. Er sagte: »Das muss ein schrecklicher Schock für Sie gewesen sein. Miss Draycott hat offensichtlich nicht mit Ihnen gesprochen.«

Ich wollte gerade fragen, wer Miss Draycott war, aber dann fiel mir ein, dass er Joan meinte. Sie lebt immer noch in Camoys Hall.

»Sie haben mit ihr gesprochen?«

»In Miss Carringtons Adressbuch stand bei Ihrem Namen auch die Adresse in Cambridgeshire. Ich habe mit Miss Draycott telefoniert, und sie sagte mir, wo ich Sie finden kann.«

»Wann war das?«

»Heute Morgen. Sie sagte, sie würde Sie sofort anrufen. Sie wollte es Ihnen selbst sagen.«

»Nun, das hat sie nicht getan. Ich war die ganze Zeit zu Hause, bis Ihre Leute kamen.«

Er saß mir gegenüber, die Beine ordentlich unter dem Tisch. Der Uniformierte, der mich gefragt hatte, ob ich von zu Hause weggelaufen war, hatte seinen Hintern auf der Tischkante geparkt, als nähme er nur so lange mit mir vorlieb, bis jemand Interessanteres daherkam.

»Wissen Sie Bescheid?«, fragte ich.

»Sie meinen, über die Entführung? Ja.«

»Die anderen nicht. Sie hatten keine Ahnung. Warum sind Sie so sicher, dass sie es ist? Könnte es nicht auch eine Art Falschmcldung scin?« Ich weiß nicht, was ich mir darunter vorstellte – wahrscheinlich, dass jemand nur behauptete, meine Mutter zu sein, wie diese Frau in Amerika, die behauptete, die Tochter des Zaren zu sein. Die Frau im Leichenschauhaus hatte rote Haare, aber sie waren dunkler als Mums, und die Haare färben kann sich schließlich jeder. Ich wusste nicht, ob ich wollte, dass die Frau Mum war, aber ich wollte auf keinen Fall, dass es Minnie Bloggs war, die man gerade erst aus der Irrenanstalt entlassen hatte und die rumlief und jedem erzählte, sie sei Susan Carrington.

»Nun, wir sind uns nicht sicher. Wir glauben, dass sie obdachlos gewesen sein könnte. Zwei Obdachlosenheime haben den Namen und die Beschreibung erkannt, wussten allerdings nicht viel über sie. Beide beschrieben sie als ruhig – keine große Rednerin. Sie glaubten nicht, dass sie jemand Besonderes war. Sie ist nicht rumgelaufen und hat erzählt, sie sei entführt worden – und es gibt ein Menge Leute dort, die so was erzählen, eine mehr fällt da gar nicht auf.«

»Die Leute behaupten, entführt worden zu sein?«

»Sie wissen schon, von Außerirdischen oder so. Die Verrückten.«

»Haben sie gesagt, dass sie verrückt war?«

»Um Himmels willen, nein. Überhaupt nicht. Tut mir Leid, so habe ich das nicht gemeint.«

»Nein, nein, schon okay. Können wir ... einen Moment still sein? Ich muss nachdenken.«

Er ging zu einem der Aktenschränke und zupfte an einer sterbenden Grünlilie, während ich dasaß und versuchte, das alles zu begreifen. Erinnern Sie sich an die Zauberzeichner? Man dreht an den Knöpfen und versucht, ein Haus oder irgendwas zu zeichnen, und bringt nur einen Haufen gezackter Linien zu Stande. So ging es mir jetzt – nichts passte zusammen oder ergab irgendeinen Sinn. Wenn es meine Mutter war, war sie obdachlos gewesen. Ich hätte auf der Straße an ihr vorbeilaufen können, ohne sie zu erkennen. Sie hätte mich um Geld bitten können, und ich hätte es ihr nicht gegeben.

»Wissen die Leute in den Obdachlosenheimen, für wen Sie sie halten? Könnten sie es der Presse erzählen? Ich meine, die Zeitungen müssen doch nichts erfahren, wenn es eine Frau war, die nur *dachte,* sie wäre meine Mutter.«

»Machen Sie sich deswegen keine Sorgen. Dort ist man an solche Dinge gewöhnt. So was geschieht oft. Für die war sie eine ganz normale Kundin.«

»Aber wenn sie es ist, muss man es der Presse mitteilen, oder?« Oh Gott, warum habe ich überhaupt gefragt? Es würde ein Festtag für die Journalisten werden. Das wussten wir beide.

»Ja, wir müssen die Information weitergeben. Da ist noch etwas: Sie hatte zwei Plastiktüten mit Kleidern bei sich. In einer waren ein paar Fotos. Wollen Sie sie sehen?«

Ich wollte nicht, aber ich musste wohl.

Inspector Halstead verließ den Raum und kam mit drei sehr kleinen, durchsichtigen Plastikhüllen zurück, in jeder steckte ein Foto. Er legte sie in einer Reihe verkehrt herum vor mir auf den Tisch. Ich wollte sie nicht umdrehen. Nachdem Inspector Halstead gesagt hatte, dass sie obdachlos gewesen war, wollte ich nicht, dass sie es ist. Plötzlich wollte ich nur noch nach Hause und das alles vergessen.

Die Fotos mussten an vielen Wänden gehangen haben,

denn die Ecken waren ausgefranst und mit vielen kleinen Löchern gespickt. Inspector Halstead drehte eines um und zeigte darauf. »Erkennen Sie das?«

Scheiße. Es war ein Foto von mir als kleines Mädchen. Ich stehe neben dem Planschbecken in Camoys Hall, in einem blauen Badeanzug mit einem weißen Röckchen, und winke mit einer kleinen, roten Schaufel.

»Das bin ich. Da war ich ungefähr zwei. Joan – Miss Draycott – hat das gleiche Bild.«

»Und das hier?«

Das zweite war eine Schwarzweißaufnahme. Meine Eltern. Es sah aus wie eins dieser Portraits, die mein Vater immer für die Weihnachtskarten machen ließ. Meine Mutter sitzt, und mein Vater steht hinter ihr, eine Hand auf ihrer Schulter. Sie lächelt, aber es wirkt unnatürlich, und ihre Beine stehen so komisch unter dem Stuhl, mit gekreuzten Knöcheln, als hätte sie jemand so angeordnet. Sie trägt einen hellen Mantel mit dicken, schwarzen Knöpfen und um den Hals einen schwarzen Pelzkragen, in dem sie aussieht wie ein Harlekin in einem altmodischen Varieté. Er hat einen dunklen Anzug an, ein gut aussehender, schillernder Mann. Mein Vater war wie Marilyn Monroe. Er konnte sein Lächeln an- und abstellen, ganz nach Belieben.

»Das habe ich noch nie gesehen, aber es sind meine Eltern.«

»Und das?« Er drehte das dritte Foto um.

Es war eine Aufnahme von mir, mitten in einer Gruppe von Menschen auf einer Party. Nicht mit meiner Kamera aufgenommen, weil ich keine besitze. Normalerweise gehe ich, wenn die Leute anfangen, mit ihren Fotoapparaten herumzuwedeln, teilweise, weil man nie weiß, wo die Negative landen, und teilweise, weil ich nicht verstehe, warum die Leute immer panisch alles fotografieren müssen, so als wäre es nicht wirklich geschehen, wenn nicht stapelweise Fotos da wären, die in irgendeinem Album vergammeln. Ich erinnere mich daran, wie das Foto gemacht wurde, weil ich normalerweise eine Kamera auf fünfzig Schritte Entfernung rieche, und das war eine der wenigen Gelegenheiten, wo ich es nicht gemerkt hatte, bis es zu spät war. Es ist verwackelt, und meine Augen sind zwei rote Punkte. Wer auch immer das Foto gemacht hat, muss ziemlich besoffen gewesen sein.

»Das war letzte Weihnachten. Wenn die Frau da drin wirklich meine Mutter ist, verstehe ich nicht, wie sie an das Foto gekommen ist.«

»Wissen Sie noch, wer es gemacht hat?«

»Irgendjemand auf einer Party. Ich kannte ihn nicht.«

»Wer hat die Party gegeben?«

»Ein Freund von mir. Tony Hepworth. Aber ich verstehe nicht –«

»Sind Sie sicher, dass Ihre Mutter – oder jemand, der sich Ihre Mutter nannte – nie versucht hat, Kontakt mit Ihnen aufzunehmen?«

»Ja. Wir dachten alle, sie sei tot. Das wissen Sie doch. Jeder dachte, sie sei tot. Auch die Polizei hielt sie für tot. Es gab eine Trauerfeier. In der Kirche in Camoys Hall hängt eine Gedenktafel für sie. Mein Vater hat wieder geheiratet, Herrgott noch mal. Oh Gott, sie ist es, oder?« Ich spürte, wie mir der Tee hochkam, und einen Augenblick lang dachte ich, ich müsste mich übergeben, aber es gelang mir, den Brechreiz zu unterdrücken.

»Ich muss sie mir wohl noch mal ansehen, oder?«

»Würden Sie das tun?«

Er schrie seine Begeisterung zwar nicht heraus, aber ich sah ihm an, dass er zufrieden war, obwohl er versuchte, es sich nicht anmerken zu lassen.

»Ich konnte ihre Augen nicht sehen. Sie hatte einen braunen Fleck in einem Auge. Eigentlich sind sie grün, aber eines hatte einen kleinen braunen Fleck. Wir haben immer Zyklop gespielt – Sie wissen schon, dieses Spiel, wo man sich mit den Gesichtern immer näher kommt, bis man nur noch ein Auge sieht –, und da habe ich den Fleck jedes Mal gesehen. Sie nannte es immer ihr Muttermal. Wenn ich den sehe, weiß ich, dass sie es ist.«

Inspector Halstead sagte, er würde sehen, was er tun könne, und ließ mich mit einem der Beamten zurück. Mir war wieder schlecht. Ich schaute auf den Zuckerrest in der Teetasse und versuchte, nicht daran zu denken, dass sie ihr die Augen aufmachen mussten. Immer wieder sah ich dieses Bild vor mir, wie der Pathologe mit Zangen oder Klemmen ihre Lider auseinander reißt. Inspector Halstead kam zurück und holte mich. Die Augen schienen mich direkt anzuschauen. Die gallertartige Oberfläche – keine Ahnung, wie man das nennt – war irgendwie erstarrt. Die Augen waren stumpf und glänzten gleichzeitig, wie halb fertiges Gelee. Aber der braune Fleck war da. Ich würde ihn überall erkennen.

»Ja«, sagte ich. »Das ist meine Mutter.«

3

Zu Hause setzte ich mich erst mal eine Weile aufs Sofa. Dann legte ich einen Film ein, *Grease.* Ich wollte ihn gar nicht ansehen – ja, ich wusste nicht einmal, dass ich ihn besaß. Es war einfach der Erstbeste, der mir in die Hände fiel, als ich den Schrank aufmachte. Mum war achtundvierzig, als sie starb. Ich habe es ausgerechnet. Ich bin jetzt so alt, wie sie war, als sie entführt wurde. Als alle dachten, sie sei tot. Als ich achtundzwanzig wurde, dachte ich, wenn ich neunundzwanzig werde, bin ich älter, als sie je war. Aber so ist es nicht mehr. Weil sie noch zwanzig Jahre gelebt hat, ohne es mir zu sagen.

Die beiden Uniformierten brachten mich nach Hause. Sie fragten mich, ob es jemanden gebe, der bei mir sein könne, aber ich erklärte ihnen, dass ich allein sein wolle. Ich fragte Inspector Halstead, wie meine Mutter gestorben war, doch er sagte, sie müssten erst ein paar Tests machen und würden mich benachrichtigen, wenn sie mehr wüssten. Ich bat ihn, mich zu warnen, bevor er die Presse informierte. Ich wollte nur vierundzwanzig Stunden, mehr nicht. Um vor ihnen in Camoys Hall zu sein. Ich musste mit Joan sprechen. Was ist nur los bei ihr?, dachte ich. Warum hat sie mich nicht angerufen?

Ich beschloss, nicht darüber nachzudenken. Ich spulte den Film zurück und sah ihn noch einmal von vorne an, weil ich überhaupt nicht aufgepasst hatte, aber das zweite Mal war auch nicht besser. Wenn jemand stirbt, dann gibt man doch die Kleider an Wohltätigkeitsorganisationen. Das haben wir jedenfalls nach Angelas Tod getan. Sie hatte Krebs. Mein Vater hat die Krankenhauskosten bezahlt, sie aber nie besucht. Er hasste kranke Menschen. Kranke und Verrückte machten ihm Angst. Er fürchtete immer, sich anzustecken. Angela besaß Unmengen luftige, fließende Kaftane und Djellabas, und Joan gab sie alle in die Wäscherei oder Reinigung und packte sie anschließend mit Seidenpapier in Koffer. Eines Abends brachten wir sie nach Cambridge und stellten sie vor die Tür des Sue-Ryder-Shops, weil Joan sich nicht traute, hineinzugehen und sie persönlich abzugeben. Joan schenkte ihnen sogar Angelas Pelzmantel. Es war einer dieser Geschlitzten von Fendi. Wenn Mum mir nur gesagt hätte, wo sie ist, hätte ich ihr den Mantel schicken können. Oder das Geld, um einen Mantel zu kaufen. Sie hätte bei mir wohnen können. Als sie im Leichenschauhaus lag, hatte sie ein blaues T-Shirt an, von dem ich nur die obere Hälfte sehen konnte. Ich weiß nicht, was für Kleider sie noch hatte. Inspector Halstead sagte, ich könne die

Tüten mit ihren Sachen haben, wenn das Labor sie nicht mehr braucht, dann werde ich es wissen. Ich hätte ihr helfen können. Wenn sie zu mir gekommen wäre, hätte ich ihr geholfen.

Sie liebte Kleider. Ich habe viele Fotos von ihr aus der Zeit, als sie als Model gearbeitet hat, aber mein Lieblingsfoto stammt aus einem Artikel in *Harper's. English Roses* hieß er. Das Foto war eine Woche vor der Hochzeit mit meinem Vater gemacht worden – es ist das letzte Foto von ihr als Model. Sie sieht ein bisschen so aus wie die Mädchen in dieser Serie über das Jet-Set in *Country Life,* nur dass diese Mädchen schön sind. Es ist eine riesige Nahaufnahme vom Gesicht meiner Mutter über eine ganze Doppelseite.

Alles an ihr strahlt – das lange, glatte rotblonde Haar, die hohen Wangenknochen, die Pfirsichhaut mit einem winzigen Anflug von zimtfarbenen Sommersprossen auf der Nase. Ihre Augen sind riesig, mandelförmig und stehen leicht schräg. Sie sind leuchtend grün, bis auf den braunen Fleck. Man sieht nicht, dass er braun ist, weil sie ihr Gesicht so ausgeleuchtet haben, dass er golden wirkt.

Jeder sagte, dass Mum schön war, sogar Angela, aber sie selbst fand das nicht. Wenn sie mit meinem Vater am Abend ausgehen sollte, saß sie stundenlang an ihrem Frisiertisch und schminkte sich. Ich habe ihr immer zugeschaut. Wenn sie fertig war – umwerfend schön –, legte sie ihren Schmuck an, drehte sich zu mir um und fragte: »Wie sehe ich aus?« Ich wusste nie, was ich sagen sollte – ich saß da und hätte sie *ewig* anschauen können. Jedes Mal versicherte ich ihr, dass sie wunderschön aussähe, aber sie ging geradewegs zurück zum Spiegel und begann, sich die Augen mit Cold Cream abzureiben, damit sie wieder von vorne anfangen konnte. Sie machte das fünf- oder sechsmal, ehe sie zufrieden war. Meistens verließ sie den Frisiertisch nur, weil mein Vater jemanden heraufschickte, um sie zu holen. Ich dachte immer, sie schminke sich noch mal, weil ich nicht das Richtige gesagt hatte, aber das war es nicht. Es schien fast so, als sähe sie etwas Hässliches, wenn sie in den Spiegel schaute.

Irgendjemand hat mir mal gesagt, dass Rothaarige eine dünnere Haut als andere Menschen haben. Das stimmt nicht, aber wenn Sie meine Mutter gesehen hätten, hätten Sie es geglaubt. Das war zum Teil das Problem, als ich ihre Leiche sah – ihr Gesicht war nicht hässlich oder verunstaltet, obwohl es nicht so aussah wie in meiner Erinnerung, nein – ihre *Haut* war so anders. Sie sah so teigig und dick aus. Vielleicht sieht die Haut von Toten immer so grob aus, keine Ahnung, ich habe vorher noch nie eine Leiche gesehen. Ich weiß, das klingt schrecklich, aber ihre Haut war eher wie meine. Ich habe zwar ihre Haare, die Sommersprossen und die schlanke Figur von ihr geerbt, aber meine Haut sieht immer stumpf aus, so als würde ich mich nicht genug waschen. Und ich habe Pickel. Mum hatte wahrscheinlich in ihrem ganzen Leben keinen einzigen Pickel, aber ich kriege immer noch welche, obwohl ich fast dreißig bin. Nicht so kleine Krusten, wie auf einer dünnen Pizza, einfach große, dicke Dinger. Ich habe schon ein Vermögen für Hautcremes ausgegeben, aber mit diesen Pickeln und meinen ungelenken Armen und Beinen sehe ich sowieso immer aus, als wäre ich ein Opfer der Beulenpest.

Oh Gott … Ich schaltete den Fernseher ab und rollte mich mit dem Gesicht zur Wand auf dem Sofa zusammen. Warum hatte sie keinen Kontakt zu mir aufgenommen? Mein Name stand in ihrem Adressbuch. Sie hatte sogar dazugeschrieben, dass ich ihre Tochter bin. Sie hätte doch einen Brief schreiben können. Herrgott noch mal, so schwer konnte das nicht gewesen sein. Sogar die Adresse von Camoys Hall stand in dem Buch – es hätte sie nicht umgebracht, einen Brief zu schreiben. Aber sie hat es nicht einmal *versucht.* Sie ist einfach gegangen, um ihr eigenes Leben zu führen, und hat mich mit *ihm* allein gelassen. Sie muss Freunde gehabt haben. Verdammt, da draußen läuft wahrscheinlich eine Horde besoffener Penner herum, die mehr über meine Mutter weiß als ich. Die Polizei weiß mehr als ich. Jeder weiß mehr als ich. Warum konnte sie nicht einfach all die Jahre tot gewesen sein, so wie wir alle dachten?

Ich wusste nicht, was ich von der ganzen Geschichte halten sollte. Verdammt, was würden Sie davon halten? Versuchen Sie gar nicht erst, das zu beantworten, weil man es nicht kann. Ich kann es jedenfalls nicht. Doch – ich kann es. Ich kann genau sagen, wie ich mich gefühlt habe. Ich hasste sie. Ich hasste sie *wirklich.* Ich war durcheinander, aber mehr noch ... ich war einfach schrecklich *wütend,* nicht nur auf meine Mutter, auch auf mich selbst ... auf jeden. Weil es passiert war.

4

Joan ging nicht ans Telefon, deshalb beschloss ich, nach Camoys Hall zu fahren. Ich rief zuerst im Büro an, um ein paar Tage frei zu nehmen. Ich bin Redakteurin – na ja, so nennt man das zwar, aber eigentlich bin ich mehr Stylistin. Bei einem Magazin für Inneneinrichtung. Mein Freund Tony glaubt, dass ich den ganzen Tag nur Stoffe über irgendwelche Sachen drapiere und mit Kissen um mich werfe. Ein bisschen mehr tue ich schon – nicht viel, aber ein bisschen. Mir gefällt es jedenfalls. Und ich bin gut. Ich meine, ich habe den Job bekommen, weil ich gut bin, nicht wegen meines Namens. Na schön, es hat nur ein paar Monate gedauert, bis Mark zwei und zwei zusammengezählt hatte, aber er hat *mich* zuerst kennen gelernt, Sie verstehen, was ich meine. Mark war verärgert, weil ich ihn zu Hause anrief, und stocksauer, als ich ihm sagte, dass ich Urlaub brauchte.

»Eine Familienangelegenheit?«

»Ich fürchte, ja. Es tut mir wirklich Leid, aber ich muss mich darum kümmern.«

»Wir kommen schon zurecht, aber ruf mich an, wenn du mehr Zeit brauchst, okay? Ich wüsste es lieber heute als morgen.«

»Danke, Mark.«

»Schon in Ordnung. Aber ruf mich an, ja?«

»Versprochen. Tschüs.«

Auf der Fahrt versuchte ich, mir die ganze Zeit vorzugaukeln, dass ich den Job behalten würde, wenn die Presse von der Geschichte mit meiner Mutter Wind bekam, aber ich wusste, dass das nicht stimmte. Sie würden es mir unmöglich machen, mein Leben zu leben – ich würde meine Wohnung nicht verlassen können, sie würden mich im Büro belästigen ... Was sollte ich tun? Ausgerechnet jetzt musste das passieren, wo ich anfing, mir ein eigenes Leben aufzubauen. Es bedeutet mir so viel, mein eigenes Geld zu verdienen. Es bedeutet, dass ich auf eigenen Füßen stehen kann, mein eigener Herr bin. Und ich hatte es beinahe geschafft, beinahe ...

Was für eine Ironie, dass meine Mutter und ich beide versuchten, unser eigenes Leben zu leben. Dachte sie auch, sie wäre frei gewesen? Wollte sie auch alles aus eigener Kraft schaffen? Nur dass auf ihr Konto nicht all die Jahre Geld von meinem Vater floss, um dafür zu sorgen, dass sie niemals unabhängig wäre.

Plötzlich ertappte ich mich dabei, wie ich an etwas dachte, das mir große Sorgen bereitet hatte, als ich klein war – obwohl ich schließlich aufhörte, darüber nachzudenken, weil es mir so unwahrscheinlich erschien. Es war Folgendes: Ich dachte immer, ich hätte die Kidnapper mal gesehen. Ehe sie meine Mutter entführten, natürlich. Es muss ungefähr ein

Jahr davor gewesen sein, als ich sieben war. Es klingt absurd, aber ich bin mir sicher, dass Mum und ich in ihrem Haus waren. Ich durfte nicht zu dem Prozess gehen, deshalb habe ich die Entführer nie leibhaftig gesehen, aber die Zeitungen veröffentlichten hinterher Fotos, und darauf sahen sie aus wie diese Leute, nur mit anderen Frisuren.

Ich habe das nie irgendjemandem erzählt. Es schien so lächerlich zu glauben, dass sie die Kidnapper sein könnten, zumal sie die einzigen wie Studenten aussehenden Leute waren, die ich je getroffen hatte – und man muss zugeben, dass die Studenten in den siebziger Jahren sich alle ziemlich ähnelten. Und aus meiner Sicht erst recht, mit meinen kurzsichtigen Augen, vor denen selbst in der Nähe alles verschwamm. Als Kind durfte ich nie eine Brille tragen, weil Mum irgendwo gelesen hatte, dass die Augen dann faul werden, also hatte ich immer Kopfschmerzen, weil ich ständig blinzeln musste, um etwas zu erkennen. Mein Vater weigerte sich einfach, das Problem überhaupt wahrzunehmen. Jedes Mal, wenn er mich sah, sagte er nur: »Mach nicht so ein blödes Gesicht.«

Nach einer Weile entschied ich bei mir, dass die Studenten nicht die Kidnapper sein konnten, dass ich es mir ausgedacht oder geträumt hatte. Dann fuhr ich vor ein paar Monaten zufällig an der Straße vorbei, in der meiner Meinung nach ihr Haus gewesen war. Es ist im Norden Londons, in der Nähe von Muswell Hill. Ich erinnerte mich an ein viktorianisches freistehendes Haus, an dem die Farbe abblätterte. Ein paar Stufen führten zur Haustür hinauf, und es gab einen großen Vorgarten voller Unkraut. Die Häuser hier waren zwar viktorianisch, aber es waren Reihenhäuser, und zwar ziemlich kleine – ohne Stufen oder Vorgärten. Wahrscheinlich war es die falsche Straße.

Ich versuchte, mich daran zu erinnern, warum Mum und ich in diesem Teil der Stadt gewesen waren, und das Einzige, was mir einfiel, war die Sehschule. Wegen meines Schielens. Jedes Mal, wenn wir in unserem Londoner Haus waren, ging Mum mit mir zu dieser älteren Frau, die in Muswell Hill wohnte und die nach der so genannten Bates-Methode arbeitete. Ich musste immer auf den Fußballen hin und her schaukeln und einem Stock mit bunten Nägeln zuzwinkern. Ich weiß nicht mehr, wie lange ich diese Stunden besucht habe, aber genützt haben sie nichts.

Wir haben die Entführer wegen einer Katze kennen gelernt. Mum fuhr die Hauptstraße entlang, und sie rannte direkt vor uns über die Straße. Wir hörten nichts, aber das Auto muss sie getroffen haben, denn als wir anhielten, lag sie am Straßenrand, als wäre sie durch den Aufprall dorthin geschleudert worden. Mum und ich beugten uns über das Tier, um herauszufinden, ob es noch lebte, als ein Mann neben uns auftauchte. Er kam nicht aus dem Haus, er kam vorbei und sah uns. Mum hatte ihn nicht gerufen oder ihm zugewunken, aber er überquerte die Straße und hockte sich neben die Katze.

»Es tut mir Leid, gehört sie Ihnen?«, fragte Mum.

»Hab sie noch nie gesehen.«

»Haben Sie ein Telefon? Ich muss einen Tierarzt anrufen.«

»Ja. Gut.«

Er sah ganz normal aus. Er hatte schwarze, schulterlange Haare und trug eine schmutzige Jeans und ein braunes Polohemd. Ich glaube, er könnte derjenige gewesen sein, den sie Steven Moody nannten.

Die Katze war total verängstigt. Sie rührte sich nicht, aber ihre Flanken hoben und senkten sich, und sie hechelte mit offenem Mund wie ein Hund.

»Glauben Sie, wir dürfen sie bewegen?«, fragte Mum.

»Oh, ja«, sagte er. »Sie können sie doch nicht einfach hier liegen lassen.«

Das weiß ich noch, weil Mum ja gar nicht gesagt hatte, dass wir abhauen und die Katze da liegen lassen wollten, sie hatte nur gefragt, ob wir sie bewegen dürften, doch jetzt klang es, als hätten wir vor, sie im Stich zu lassen. Es war, als hätte er plötzlich das Sagen, und Mum fand sich damit ab. Das tat sie oft – sich anderen Menschen unterordnen.

»Na dann los«, sagte der Mann und hob die Katze hoch.

Wir folgten ihm die Straße hinunter in das Haus. Die Entführer wohnten im ersten Stock. Der Treppenabsatz war ihr Flur. Ich dachte, es gäbe auf jeder Seite ein Zimmer, aber als ich das Haus wieder sah, wirkte es dafür zu klein. Im Flur stand eine Schaufensterpuppe. Sie hatte eine Soldatenuniform an und einen Helm auf dem Kopf. Auf dem Boden, zu Füßen der Puppe, stapelten sich Telefonbücher, und der Mann, Steven Moody, setzte die Katze auf den Boden und begann eins davon nach dem nächsten Tierarzt durchzublättern.

Ich muss irgendwas über die Schaufensterpuppe geäußert haben, denn er sagte: »Wir brauchen sie für ein Theaterstück.«

Alle Türen waren zu, bis auf eine, und wir konnten einen Haufen Leute – Studenten, dachte ich damals – sehen, die auf Knautschsäcken, Stühlen und allem Möglichen rumsaßen. Sie sahen uns reinkommen, aber keiner rührte sich oder sagte was, bis Steven Moody den Kopf zur Tür reinsteckte und einen von ihnen bat, eine Decke für die Katze zu holen. Sie hatte wohl nur einen Schock und keine Verletzung, denn als Mum sie mit der Decke, die man ihr brachte, zudecken wollte, sprang sie hoch und schoss ins Wohnzimmer. Mum und der Mann liefen ihr nach. Sie griffen den Leuten durch die Beine, doch keiner nahm Notiz von ihnen, nicht einmal, als die Katze hinters Sofa schiss.

Ich weiß noch, wie ich durch die Tür schaute und Mum inmitten all dieser Leute stand und bat, die Sauerei wegmachen zu dürfen. Doch sie sagten immer wieder: »Lass doch, ist doch egal«, und: »Kein Problem«, aber Mum sagte: »Nein, bitte, Sie müssen es mir erlauben«, und: »Aber wir können es doch nicht da liegen lassen.« Ich verstand, dass sie Recht hatte, aber ich schämte mich für sie, weil die Leute sie nur anstarrten, als wäre sie nicht ganz richtig im Kopf, weil sie so viel Aufhebens darum machte. Der Katze ging es offensichtlich gut, denn sie rannte hinter dem Sofa hervor zum Fenster und sprang hinaus.

Schließlich gab Mum nach und kam wieder in den Flur, aber ich merkte, dass es sie wirklich ärgerte.

Einer der Männer stand auf und kam hinterher. Er sagte: »Machen Sie sich keine Gedanken, das ist eine ganz natürliche Reaktion auf den Schock.« Er holte einen Lappen aus der Küche, und wir folgten ihm – wahrscheinlich um zu helfen.

Dann kam ein Mädchen in die Küche und fragte: »Wollen Sie einen Tee?« Ich merkte, dass sie uns nicht mochte. Ich weiß noch, dass ich gedacht habe, sie fragt nicht freiwillig. Einer der anderen muss sie geschickt haben.

Mum sagte: »Nein danke, im Moment nicht.«

»Ich wollte sowieso gerade welchen machen.« Das Mädchen schien verärgert. »Kein Problem.« Mum war nicht unfreundlich gewesen, aber die Küche war schmutzig, und ich sah, dass sie davor zurückschreckte. Sie warf mir immer wieder Blicke zu, damit ich nichts sagte.

Das Mädchen wandte sich an mich: »Und du? Willst du eine Orangenlimo?«

»Nein danke.«

»Sicher? Es ist keine große Sache.«

Mum antwortete für mich: »Nein, wirklich nicht, aber trotzdem vielen Dank.«

Das Mädchen zuckte die Achseln. »Wie Sie wollen.«

Ich weiß nicht mehr, wie der Mann mit dem Lappen aussah, aber ich erinnere mich an jedes Detail bei dem Mädchen. Maggie Hill. In den Zeitungen stand, dass sie Cello studierte und ein Stipendium an der Musikhochschule hatte. Sie trug einen braunen Hosenanzug aus Samt. Die Jacke hatte breite Revers und die Hose Schlag. An manchen Stellen war der Stoff so dünn, dass er beinahe Löcher hatte, und eine der Taschen war zerrissen. Sie trug braune Stiefel mit Plateausohlen, um die sie breite Gummibänder gewickelt hatte, damit Sohle und Schuh nicht auseinander fielen. Ihre Haare waren ganz kraus, beinahe wie bei einer Afrikanerin, nur dass sie blond war. Für ihr schmales, blasses Gesicht waren es viel zu viele Haare. In der einen Hand hatte sie einen Bleistift und kratzte sich die ganze Zeit mit dem spitzen Ende am Kopf.

Auf den Bildern in den Zeitungen sah Maggie Hill durchscheinend aus, wie ein Gespenst. Sie war diejenige, über die ich am meisten nachgedacht habe, weil sie eine Frau war. Ich habe mich gefragt, ob sie nett zu Mum war, als die Bande sie in ihrer Gewalt hatte. Wahrscheinlich nicht, wenn ich an das Zusammentreffen in der Küche denke. In den Zeitungen stand, dass Maggie Hill die Freundin von Mick Martin war. Martin war der Anführer, derjenige, der bei der Schießerei ums Leben kam. Auf dem Foto in der Zeitung sah er aus wie Jim Morrison. Ich weiß, dass ich ihn nicht gesehen habe, weil ich mich an jemanden, der so aussah, erinnert hätte.

Später, als ich siebzehn oder achtzehn war, hatte ich diese schrecklichen Gedanken daran, dass sie Mum vielleicht ... etwas angetan hätten. Sie vergewaltigt hätten. Aber ich konnte es mir nie bildlich vorstellen. Ich sah sie in einem kleinen Raum, einer Art Zelle, dunkel und schmutzig, mit einem grauenhaften Mann, der sich drohend über sie beugt. Als ich sieben oder acht war, ging ich zwei Jahre lang in die Dorfschule, und einmal kam eine Polizistin und zeigte uns einen Film, in dem es darum ging, keine Süßigkeiten von Fremden anzunehmen und nicht in anderer Leute Autos einzusteigen, es sei denn, man wusste, wer sie waren. In einer Szene sah man ein verängstigtes, kleines Mädchen in der Ecke eines Zimmers in einem Sessel kauern, und ein riesiger Mann stand dicht vor ihr und verdeckte mit seinem Körper das Licht. Ich hatte keine Ahnung, was der Mann mit ihr vorhatte, aber ich wusste, es war etwas Schreckliches. Das hatte ich vor Augen, wenn ich an Mum dachte. Ich konnte mir einfach kein genaueres Bild vorstellen. Aber ich habe mich oft gefragt, was Maggie Hill getan hätte, wenn die Männer irgendwas versucht hätten. Hätte sie versucht, sie daran zu hindern, oder hätte sie gelacht und sie angefeuert und sich gefreut, nur weil Mum schön und reich war und sie nicht? Wenn ich sie mir vorstellte, wie sie da in der schmierigen Küche stand, sich mit dem abgekauten Bleistift am Kopf kratzte und mich fragte, ob ich Orangenlimo wollte, konnte ich mich nie entscheiden.

Ich habe immer überlegt, was sie mit Mum gemacht haben. War sie eingesperrt oder gefesselt? Nachdem die Kidnapper verhaftet waren und die Polizei meine Mutter suchte, war es noch schlimmer. Ich hatte von dem Fall Lesley Whittle gehört; ihre Entführer hatten sie in einem Kanal versteckt, und ich sah Mum irgendwo in einer Höhle unter der Erde vor mir, und oben liefen die Leute drüber, ohne zu wissen, dass sie da unten war. Ich hatte immer diesen Albtraum, dass ich in der Höhle war. Ich schrie, aber niemand kam, um mir zu helfen, die Höhle wurde immer kleiner, ich schlug um mich und glaubte zu ersticken. Beim Essen stellte ich mir vor, wie Mum in einem Zimmer eingesperrt war und verhungerte. Wenn ich ihr doch nur mein Essen geben könnte, dachte ich immer …

Beim Prozess sagten die Entführer, sie wüssten nicht, wo Mum ist. Die Staatsanwaltschaft behauptete, sie hätten sie längst umgebracht; das dachten die meisten Leute. Jeder in Camoys Hall dachte es, obwohl es nie jemand deutlich aussprach. Außer mir. Ich glaubte es nicht, erst als ich achtzehn war, fing ich auch langsam an zu glauben, dass sie sie umgebracht haben mussten, wenn sie nach zehn Jahren immer noch nicht wieder aufgetaucht war. Ohne die Leiche, die bewiesen hätte, dass sie definitiv tot war, fiel es mir ziemlich schwer. Und am Ende stimmte es ja auch gar nicht. Denn sie lebte noch.

Ich weiß nicht mehr, was geschah, nachdem Mum den Tee abgelehnt hatte. Wahrscheinlich sind wir gegangen. Ich kann mich nicht erinnern, ob Mum ihnen ihren Namen gesagt hat oder ihre Telefonnummer, aber vielleicht hat sie es getan, falls die Katze ernsthaft verletzt war. Und sie mussten begriffen haben, dass Mum reich war, weil sie so ... na ja, so gepflegt aussah; ihre Kleidung, ihr Haar, alles. Maggie Hill sah nicht so aus. Sie hatte bestimmt noch nie in ihrem Leben eine Flasche mit Haarfestiger gesehen. Und Mum fuhr keine alte Klapperkiste. Sie hatte einen Sportwagen, einen Mercedes 280SL. Er war rot mit einem Stich ins Rosa, die Farbe hieß Russisch Rot, und die Sitze waren mit cremefarbenem Leder bezogen. Wenn nicht viel Verkehr war, bat ich sie immer: »Fahr, so schnell du kannst«, und sie tat es. Einmal fuhr sie mit hundert Meilen in der Stunde die Royal Hospital Road in Chelsea entlang, und sie und Irene des Voeux lieferten sich auf der Autobahn nach Camoys Hall Rennen, und dann fuhren sie *richtig* schnell. Heute geht das nicht mehr, weil es zu viele Autos gibt. Schade. Aber ich würde es auch machen. Wenn ich jemanden hätte, mit dem ich Rennen fahren könnte, würde ich es tun.

Eigentlich war es zu heiß, aber ich hatte mit Absicht eine Jeans angezogen. Wenn ich in Jeans nach Camoys Hall kam, als mein Vater noch lebte, hatte Joan mich immer über die Hintertreppe nach oben gescheucht, damit ich mich umzog, »bevor Wolfie das sieht«. Er *hasste* Frauen in Hosen, selbst wenn sie seine

Gäste waren. Ich erinnere mich an eine Szene, als ich ungefähr sechzehn war: Irene des Voeux kam in einem wunderschönen Hosenanzug von Thierry Mugler zum Essen herunter. Mein Vater wartete, bis alle saßen – es müssen acht oder zehn Gäste da gewesen sein –, dann lehnte er sich zurück und sah Irene an, ohne ein Wort zu sagen. Ein schrecklich langes Schweigen entstand, und jeder überlegte, was nicht stimmen könnte und warum man nichts zu essen bekam. Es war Joan, die es schließlich kapierte. Sie ging um den Tisch, flüsterte Irene etwas ins Ohr, und Irene verließ den Raum und kam in einem Kleid wieder. Ich habe mich ihm nie widersetzt. Ich wünschte, ich könnte sagen, ich wäre einmal in Jeans zum Essen gekommen, aber ich tat es nie. Weil einfach alle taten, was er sagte. Wir gingen ihm aus dem Weg. Aber er war allgegenwärtig. Wir waren wie Kinder, die glauben, Gott sieht sie überall, sogar wenn sie auf dem Klo sind. Na ja, ganz so war es nicht, aber er war immer gegenwärtig. Er *durchdrang* einfach alles.

Als ich älter war – ehe ich für immer aufhörte, nach Camoys Hall zu fahren, heißt das –, hatte ich ein Auto und fuhr für gewöhnlich Freitagabend nach dem College nach Hause. Ich kam immer zu spät, weil ich es bis zur letzten Minute rausschob. Ich raste über die Autobahn, um rechtzeitig zum Abendessen da zu sein, und das letzte Stück bestand aus kurvigen, schmalen Landstraßen, auf denen man nicht überholen konnte. Ich fuhr wie der Teufel, wobei ich immer abwechselnd mit einer Hand lenkte, während ich mich mit der anderen umzog. Ein guter Rat: Versuchen Sie das nicht, wenn Sie irgendwas anhaben, was man über den Kopf ziehen muss, vor allem, wenn Sie, wie ich, keinen BH tragen, das erschreckt die Leute, und es wäre ein Hammer, wenn Sie einen Unfall bauen würden; Sie hätten auf jeden Fall Schuld.

Ich schwor mir, den Wagen direkt vor dem Portal abzustellen. (»Ich wünschte, du würdest das nicht tun, Dodie. Fahr um Himmels willen das Auto weg, bevor Wolfie es sieht. Du müsstest den Kies selber harken, alle Männer sind schon nach Hause gegangen.«)

Ich verließ die Autobahn und fuhr über die Landstraßen, an Feldern voller Schafe und Schweineställen aus Wellblech vorbei. Das Dorf Camoy ist ein Mischmasch aus allein stehenden, mittelalterlichen Häusern, einem Pub, einem Kriegsdenkmal in der Mitte und Nachkriegsbauten am Dorfrand. Die Bäume, die die lange Auffahrt nach Camoys Hall säumen, werfen streifige Schatten auf den Weg. Es gab mehr Schlaglöcher als je zuvor, und das Haus am Ende des Wegs sah verfallener aus, als ich es in Erinnerung hatte. Eigentlich wollte ich mit Schwung direkt vor der Tür zum Stehen kommen, aber der riesige Schatten des Hauses nahm mir den Wind aus den Segeln. Ich hielt an, stieg aus und schaute am Haus hoch. Der Himmel war immer noch blau, aber die honigfarbenen Mauern wirkten grau im Schatten, und bei allen Fenstern, die nach vorn rausgingen, waren die Fensterläden geschlossen. An den Fensterrahmen im Erdgeschoss blätterte die Farbe ab, und zwischen den Säulen wuchs Gras. Es war nicht richtig verfallen, aber es sah vernachlässigt aus. Ungeliebt. Ich fragte mich, wie viel Geld mein Vater Joan hinterlassen hatte, um es in Schuss zu halten.

Sie hatte meine Anrufe nicht beantwortet. Ich wollte nicht hineingehen. Ich blickte an dem kalten, verschlossenen Haus empor und wünschte, Des wäre hier.

5

Die Haustür war abgeschlossen, ich musste hintenrum gehen. So viel zu einem großen Empfang. Die Hintertür bei der Kapelle war ebenfalls abgeschlossen, aber dafür habe ich einen Schlüssel. Es ist der ältere Teil des Hauses, in dem sich auch die Küche befindet. Ich stand im Korridor und rief, aber niemand antwortete. Ich versuchte, meinen Ärger über Joan zu unterdrücken. Warum hatte sie mich nicht angerufen, um mir das mit Mum zu sagen, und warum war sie nicht da, als ich anrief? Ich meine, wo sollte sie denn sonst sein, Herrgott noch mal? Sie geht nie aus.

Früher kam ich mir in der Küche von Camoys Hall immer vor wie *Arietty* aus dem Film *Ein Fall für die Borger,* Sie wissen schon, winzig, weil die Küche so *riesig* war. Sie ist eine merkwürdige Mischung aus alter, viktorianischer Einrichtung, mit Anrichten und Abtropfschränken aus Holz, und einer dieser Großküchen, in denen man das Essen für Schulen kocht – mit großen Herden aus Stahl und weitläufigen Arbeitsflächen. Aber es ist kein Industrie*design*, sie hat eher etwas von einer Fabrikhalle in Russland. Die Hälfte der Geräte funktioniert wahrscheinlich sowieso nicht mehr, weil sie seit zehn Jahren kein Mensch benutzt hat. Nachdem Virginia gegangen war – sie war die Frau meines Vaters nach meiner Mutter –, hatte er keine Gäste mehr, und Joan hat danach alles weggegeben. Sie kaufte sich von irgendjemandem im Dorf einen gebrauchten Campingherd und kochte selbst. Der arme, kleine Campingkocher sah so traurig aus, neben all den großen Eisentöpfen. Joan hatte eine Tasse und eine Untertasse auf dem großen Holztisch in der Mitte stehen lassen, und auch das war traurig; die Vorstellung, wie sie da saß, ganz allein ihren Tee trank und an meinen Vater dachte.

Unter der Untertasse auf dem Tisch lag eine ihrer Listen. Joans Listen sind berühmt. Sie macht sich jeden Tag eine, und sie fangen immer gleich an: *Aufstehen, baden, anziehen …* Wenn sie etwas erledigt hat, hakt sie es ab. Mein Vater sagte immer, dass Joans Listen eine Zusammenfassung ihrer Gedanken seien und er hoffe, dass er auch irgendwo darin vorkäme, was ziemlich gemein war, weil mindestens die Hälfte aller Punkte Dinge waren, die sie für ihn erledigen musste, eher mehr, wahrscheinlich. Und natürlich gab Angela immer ihren Senf dazu – sie nutzte jede Gelegenheit, sich gegen Joan und auf die Seite meines Vaters zu stellen. Dann sagte sie Dinge wie: »Ja, die liebe Joan, mühsam ernährt sich das Eichhörnchen.«

Ich warf einen Blick auf den Zettel: *Friseurtermin, Fr. 16 Uhr, Mrs. Williams anrufen, Blumen bestellen, Milchrechnung, Obst und Gemüse, Woolite, Pastete …* Pastete? Darüber, dass sie ausgehen wollte, stand nichts da. Oder dass sie mich anrufen wollte. Ich stopfte die Liste in meine Tasche und wollte gerade nachsehen, ob Joan in einem der sechs Kühlschränke in der Spülküche irgendwas zu trinken hatte, als ein Riese hinter mir durch die Tür stürmte, mit einem Hackmesser herumwedelte und bellte: »Keine Bewegung, du verdammter Bastard!«

Ich erstarrte. Jetzt verstehe ich, warum Opfer von Vergewaltigungen sagen, dass sie nichts getan haben – nicht geschrien oder sich gewehrt haben –, weil ich stocksteif stehen blieb wie der Zinnmann in *Der Zauber von Oz.* Ich wollte sagen: »Bitte, bringen Sie mich nicht um«, oder so was, aber ich brachte kein Wort heraus. Plötzlich flog er durch die Luft auf mich zu. Ich schlug die Hände vors Gesicht und dachte, *Oh, Scheiße,* und dann dachte ich, ich will nicht, dass mein letzter Gedanke auf Erden *Oh, Scheiße* ist, dann gab es einen irren Knall, und er war verschwunden. Ich glaube, er muss mit der Hüfte am Tisch aufgekommen und dann gegen den großen Ofen geflogen sein, der über die gesamte Wand läuft und so stabil ist, dass er einem nuklearen Angriff Stand hält. Das Nächste, an das ich mich erinnere, ist, dass er das Hackmesser fallen ließ, meine Füße umklammerte wie ein Rugbyspieler und wir uns am Boden wälzten. Ich versuchte, auf Händen und Knien von ihm wegzukrabbeln, und er hing an meinen Knöcheln.

»Halt, ich muss mit Ihnen reden«, keuchte er.

Ich versuchte, ihn zu treten, aber es klappte nicht. Wie ein Betonklotz hing er an meinen Füßen.

»Lassen Sie mich los!«

»Ich will doch nur mit Ihnen reden, Herrgott noch mal.« Er klang empört, als wäre ich diejenige, die unvernünftig war.

»Lassen Sie einfach los, okay?«

»Dodie, bitte.«

Dodie? »Woher wissen Sie, wie ich heiße?«

Sein Griff lockerte sich gerade so, dass ich meine Beine wegziehen und mich aufsetzen konnte, während ich versuchte, wieder zu Atem zu kommen. Er lag mit dem Gesicht nach unten auf dem Boden, alle viere von sich gestreckt, keine dreißig Zentimeter von mir entfernt. Er war wirklich ein Riese und hatte schwarze Locken. Er trug ein weißes T-Shirt und diese karierten Hosen, die Köche bei der Arbeit anhaben. Dann hat er wenigstens einen Grund, warum er ein Hackmesser, so groß wie eine Machete, mit sich rumträgt, dachte ich völlig idiotisch.

Er hob den Kopf und stöhnte. Seine dunkelblauen, fast schwarzen Augen blickten eher verwirrt als wütend. »Das hat verdammt wehgetan.« Er setzte sich auf und rieb sich sein Knie.

»Ich habe gefragt, woher Sie wissen, wie ich heiße?«

»Joan hat es mir gesagt. Sie hat mir ein Foto gezeigt. Ich muss mit Ihnen reden.«

»Unsinn. Wie sind Sie überhaupt reingekommen?«

»Joan hat mir die Schlüssel gegeben. Hören Sie, ich tue Ihnen nichts – ich mache Ihnen ein Schinkensandwich.«

»Ich will kein Schinkensandwich.«

»Dann eine Tasse Tee. Ich mache Ihnen eine Tasse Tee, und

wenn Sie wollen, können Sie so lange das Messer halten.« Er hob es vom Boden auf und streckte es mir entgegen. »Okay? Ich gebe es Ihnen. Sie können es haben. So lange Sie wollen. Hören Sie mir nur zu. Bitte. Eine Minute.«

Ich nahm das Messer. Es wog mindestens eine Tonne, und meine Hände brannten von meinem Sturz, als ich mich vor ihm retten wollte, aber ich nahm es lieber, ehe er es sich anders überlegte.

Der Mann stand auf, klopfte sich den Staub von den Hosen und sah auf mich herab. »Ich muss wirklich mit Ihnen reden.«

»Worüber?«

»Erst der Tee. Versprechen Sie, dass Sie nicht weglaufen?« Er ging in die Spülküche, um den Kessel zu füllen. Wahrscheinlich hätte ich versuchen können, zum Auto zu rennen – ich dachte sogar, dass man mich vor Gericht fragen würde, warum ich es nicht getan hatte, solange sich noch die Gelegenheit dazu bot –, aber ich tat es nicht. Ich blieb einfach sitzen. Zum einen, weil ich ihm glaubte, dass Joan ihm die Schlüssel gegeben hatte, zum anderen, weil ich ihn nicht wütend machen wollte und außerdem, na ja, in Gedanken sah ich mich durchaus zu meinem Auto rennen, aber ich konnte einfach nicht aufstehen und es tun. Fragen Sie mich nicht, warum.

»Ich bin gekommen, um die Katze zu füttern«, rief er beiläufig.

»Welche Katze?«

»Shaanti. Eine graue Katze. Orangefarbene Nase. Erinnern Sie sich nicht?«

»Ich dachte, sie wäre gestorben.«

Shaanti war Angelas Katze gewesen. Sie hat sie während ihrer kurzen indischen Phase auf einem Parkplatz gefunden, daher der Name, Sanskrit für Liebe oder Frieden oder so was. Joan hat sie immer Shanty genannt, um Angela zu ärgern. Joan hatte einen Hund, einen Jack Russel namens Malcolm, der vor einem Jahr gestorben ist. Typisch, dachte ich, dass Angelas Katze noch lebt, eine bleibende Erinnerung.

»Woher kennen Sie sie?«

»Joan?« Er kam mit einem Tablett zurück, auf dem Becher und Gläser und eine Flasche standen. »Meine Mutter kannte sie. Wir haben im Dorf gewohnt. Als ich wieder in die Gegend zog, habe ich sie besucht. Eigentlich wegen meiner Mutter. Dann lud sie mich ein, wiederzukommen, und das tat ich.« Er setzte sich neben mich auf den Boden. »Tee?«

»Danke.«

»Kann ich mein Messer wiederhaben?«

»Sie haben gesagt, ich kann es behalten.«

»Können Sie auch, wenn Sie wollen. Aber morgen brauche ich es.«

»Wozu?«

»Für die Arbeit. Ich arbeite in einem Restaurant.«

»Haben Sie mir deswegen ein Sandwich angeboten?«

»Wahrscheinlich. Blöd von mir, aber es war das Erste, was mir einfiel. Übrigens hat noch nie jemand mein Schinkensandwich abgelehnt. Außer Ihnen.« Er schenkte zwei Gläser Kognak ein und reichte mir eins. »Bitte sehr.«

»Ich will eigentlich keinen.«

»Herrje! Sagen Sie nicht immer, dass Sie nichts wollen. Sie hatten einen Schock. Trinken Sie.«

Ich stellte den Tee ab und nahm einen Schluck Kognak, dann stellte ich das Glas auf die andere Seite neben mich auf den Boden, wo er es nicht sehen konnte. Er kümmerte sich nicht darum, was ich tat, sondern trank seinen Kognak. Er hatte hübsche, muskulöse Arme und einen muskulösen Brustkorb. Allerdings keinen Waschbrettbauch. Er war nicht dick, nur ein bisschen rundlich. Er war behaart, aber nicht zu stark. Und er war warm. Er berührte mich nicht, aber ich konnte es spüren. Er lehnte am Ofen, die karierten Beine von sich gestreckt. Schmutzige rosa Espandrillos an den Füßen. Plötzlich wollte ich, dass er mich mochte. Das ist nichts Ungewöhnliches – ich will, dass jeder mich mag. Nur dass das Gefühl diesmal ziemlich stark war. Sagt man das nicht immer über die Opfer von Entführungen? Sie wollen ihren Entführern gefallen, damit die ihnen nicht wehtun oder sie umbringen. Ich habe mich oft gefragt, ob es zwischen Mum und den Männern so war. Hatte sie … Ich warf dem Mann neben mir einen Blick aus dem Augenwinkel zu, dann schaute ich auf das Messer in meinem Schoß. Plötzlich fiel mir auf, dass praktisch jeder Gegenstand in einer Küche tödlich sein kann: Messer, Gabeln, Käsehobel, die verdammte Kochplatte. Ich trank von dem Kognak. Hör auf, sagte mein Verstand. Rede mit ihm. Mach, dass er dich mag. *Rede mit ihm.*

»… ziemlich schlecht, und man musste sie ins Krankenhaus bringen. Ich wollte sie nachher besuchen.«

»Wen, Joan?«

»Ja.« Er sah mich besorgt an. »Haben Sie zugehört?«

»Tut mir Leid. Können Sie das alles noch mal sagen?«

»Sie ist ins Krankenhaus gebracht worden. Heute Morgen ist hier eingebrochen worden. Sie kam hier herein und stieß auf den Einbrecher. Sie hatte einen Schock. Es ging ihr sehr schlecht – ich meine, sie konnte noch reden, aber sie glauben, sie hatte einen Herzinfarkt.«

Joan. Einbruch. Herzinfarkt. Krankenhaus. *Oh Gott, das ist nicht fair, das ist nicht fair …*

»Sie?«

»Die Sanitäter.«

»Aber es ging ihr gut – als sie gingen, meine ich? Haben sie gesagt, wie ernst es ist? Ob sie wieder gesund wird?«

»Sie konnten es nicht sagen. Sie musste schnellstens ins Krankenhaus.«

»Welches Krankenhaus? Wo haben sie sie hingebracht?«

»Nach Addenbrookes. Ich wäre ja mitgefahren, aber dann dachte ich, ich kümmere mich lieber um das Fenster.«

»Welches Fenster?«

»Das im Durchgang, unter dem der Tisch steht. Er hat es eingeschlagen, um hereinzukommen. Ich habe versucht, Sie anzurufen, nachdem ich es repariert hatte, aber Sie müssen schon auf dem Weg hierher gewesen sein. Sie wusste nicht, dass Sie kommen, oder?«

»Nein. Haben Sie die Polizei verständigt?«

»Keine Sorge, sie war hier.« Er schaute mich an, als hätte ich ihm einen Vorwurf gemacht. »Sie waren drauf und dran, mich abzuführen, aber Joan hat es nicht zugelassen.«

Ich hatte das Gefühl, ich müsste mich entschuldigen, deshalb sagte ich: »Wie gut, dass Sie da waren, sonst ...« Ich rappelte mich auf. »Ich muss sie besuchen.«

»Das von vorhin tut mir Leid. Mit dem Messer und so. Als ich Sie hörte, dachte ich, der Einbrecher ist zurückgekommen.«

»Schon gut. Und danke, dass Sie mir das mit Joan erzählt haben.«

»Ist mit Ihnen alles in Ordnung? Soll ich Sie ins Krankenhaus fahren?« Er saß immer noch auf dem Boden, und er sah immer noch hübsch aus, aber wenn er nun doch log und Joan war oben, gefesselt und mit einem Knebel im Mund? Ich musste die ganze Zeit an den verdammten Film denken; geh nicht mit Fremden mit, wenn sie vor der Schule auftauchen und dir Süßigkeiten anbieten und sagen, deine Mum ist krank und du musst mitkommen.

»Wie heißen Sie?«

»Henessey, Jimmy Henessey.« Er senkte ganz leicht die Stimme, fast wie Sean Connery als James Bond. Ich bin sicher, er war drauf und dran, es zu tun, aber er hielt sich zurück. Ich musste beinahe lachen.

»Was ist mit Ihrer Arbeit?«

»Die kommen schon zurecht. Ich wollte Joan sowieso besuchen, sobald ich die Katze gefüttert habe.«

»Glauben Sie, dass sie irgendwas braucht?«

»Ich habe Blumen gekauft. Sie sind im Wagen. Wenn Sie wollen, können Sie sie haben.«

»Das ist sehr nett von Ihnen, aber vielen Dank. Ich dachte eher an ein … Nachthemd oder so was. Vielleicht sollte ich ein paar Sachen für sie zusammensuchen. Ich bin gleich wieder da.«

Er versuchte nicht, mich aufzuhalten, als ich aus der Küche rannte und die schmale Dienstbotentreppe in Joans Zimmer hinaufeilte, das zum Friedhof hinausging.

Es war alles wie immer: Rosenholzmöbel mit gestickten Deckchen darauf, Alte-Damen-Blumen in Kristallvasen, eine Flasche Sherry auf einem kleinen Tisch am Fenster, Sessel mit Schonern und der einzige Fernseher in Camoys Hall, ein tragbares Schwarzweißgerät mit einer kleinen runden Antenne. Mein Vater hasste das Fernsehen, und Mum passte sich ihm an, doch sie wusste, dass Joan einen hatte. Sie hat es meinem Vater nie erzählt, aber ich habe mich oft gefragt, ob er es nicht sowieso wusste und nur nicht wütend wurde, weil es Joans war. Manchmal, wenn Mum nicht da war, holte Joan mich von der Schule ab, und wir schauten zusammen Fernsehen.

Ich war die ganze Zeit darauf gefasst, dass Joan hereinspazierte. Ihre Schubladen waren voll mit schön gebügelten und zusammengefalteten Kleidungsstücken, kleinen Säckchen mit Lavendel und ordentlich zusammengerollter Unterwäsche. Ich packte eins ihrer Nachthemden in eine Reisetasche und ein Paar Strumpfhosen, falls sie entlassen wurde. *Pretty Polly.* Wahrscheinlich gab es den Farbton *American Tan* nicht mehr.

Eine Schublade war mit Joans alten Listen angefüllt. Hunderte – wahrscheinlich Tausende – kleine Zettel, sauber beschrieben, auf denen alle Punkte abgehakt waren. Alles, was Joan in ihrem Leben getan hat, muss auf diesen Listen verewigt sein. Ein bisschen wie Tagebücher, nur ohne Gedanken und Gefühle, nur Dinge, die erledigt werden mussten. Manches waren sicherlich historische Daten, wie das fünfundzwanzigjährige Jubiläum oder der Tag, an dem sie meinen Vater geheiratet hat. Sie haben 1950 geheiratet. Sie hat es mir nie erzählt, ich habe es in seinem Nachruf gelesen. Natürlich wusste ich, dass sie verheiratet waren, es war kein Geheimnis, aber ich wusste nicht, wann, und ich habe nie ein Foto gesehen. Vor Joan hatte es schon eine Frau gegeben, Betty Carroll, von der ich gar nichts wusste. Die Ehe kann allerdings höchstens eine Nanosekunde gedauert haben, wenn man von den Daten ausgeht. Joan hat mir nie über die Zeit erzählt, als sie mit meinem Vater verheiratet war. Vielleicht fand sie es meiner Mutter gegenüber nicht fair. Manchmal fragen mich die Leute: »War das nicht komisch, mit der Ex-Frau und der Ex-Geliebten deines Vaters unter einem Dach zu leben?«, aber als Kind akzeptiert man das einfach. Es dauerte Jahre – eigentlich, bis ich erwachsen war und von zu Hause wegging –, bis ich wirklich begriff, wie anders mein Leben war. Wie auch immer, ohne Joan wären meine Eltern verloren gewesen. Sie organisierte ihr Leben. Und meins. Und wenn sie nun stirbt? dachte ich. Ich konnte mir Camoys Hall nicht ohne sie vorstellen. Sie darf nicht sterben, sagte ich mir. Sie ist immer da gewesen, und ich habe so viele Fragen an sie. Und – es mag vielleicht dumm klingen – ich dachte, Joan liebt mich. Sie hat es nie gesagt, aber ich weiß es. Nur Joan. Auf ihre zuverlässige, altmodische, Listen schreibende Art.

In der Schublade darunter war ein Bündel Bleistifte, von einem Gummiband zusammengehalten. Auf einem saß so ein kleiner Troll mit roten Haaren. Der musste mal mir gehört haben. Plötzlich stieg eine Welle von Gefühlen in mir auf. Nicht weil Joan ihn meinetwegen aufgehoben hatte – ich wusste, dass das nicht so war. Einfach, weil das ihre Art war; sie kann nichts wegwerfen. Sie sammelt Gummibänder und braune Papiertüten, die sie ordentlich zusammenfaltet. Sogar ihre Listen sind ökonomisch; wenn sie alle Dinge auf der Liste eines Tages erledigt hat, dreht sie sie um und benutzt die andere Seite für den nächsten Tag. Sie hat mir einmal erzählt, dass sie das tut, weil sie im Krieg aufgewachsen ist und sich nie abgewöhnen konnte, alles zu sammeln, selbst als die Rationierungen ein Ende hatten und es alles in Hülle und Fülle gab.

Ich weinte nicht. Ich rieb die Haare des Trolls unter meiner Nase, so dass es kitzelte, und legte das Bündel mit Stiften zurück in die Schublade. Ich weinte fast nie, weil Joan es gehasst hatte. Mum weinte manchmal, und Joan wurde immer ganz panisch, wenn sie es sah, und sagte: »Jetzt hör schon auf, Susan. Hör sofort auf!« Sie wusste nicht, ob sie Mum in den Arm nehmen oder schütteln sollte. Ich glaube, es lag zum Teil daran, dass sie fürchtete, mein Vater könnte herausfinden, dass Mum geweint hatte, oder dass Mum es ihm erzählen könnte und er ihr, Joan, die Schuld daran geben würde. Denn alle wetteiferten um seine Gunst, alle wollten einen Stein bei ihm im Brett haben. Joan, Angela, Irene des Voeux, wenn sie da war, sogar Mum, und sie war seine Frau. Wie die Kinder erfanden sie Geschichten über einander. Und über mich. Vor allem Angela. Sie versuchte immer, ihn abzupassen und heimlich mit ihm zu schwatzen, sagte, sie sei ja *so* besorgt um mein Wohlergehen, während sie in Wirklichkeit nur Punkte sammeln wollte. Alte Hexe. Ich holte Joans Liste vom Küchentisch aus meiner Tasche, um sie in die Schublade zu den anderen zu legen, aber dann überlegte ich, dass sie vielleicht gerne wüsste, was sie noch zu tun hatte, und packte sie stattdessen in die Reisetasche.

Als ich wieder runterkam, wartete Jimmy im Korridor auf mich. »Können wir los? Mein Wagen steht draußen.«

Ich wusste nicht, was ich tun sollte. Ich meine, ich war sozusagen damit einverstanden gewesen, dass wir zusammen fuhren, aber ich war mir nicht sicher, ob ich mit ihm fahren wollte und ob ich überhaupt wollte, dass er die ganze Zeit da war. Ich sagte: »Ich glaube, ich fahre lieber mit meinem eigenen Auto.« So konnte ich wenigstens so tun, als hätte ich alles unter Kontrolle.

»Soll ich mit Ihnen fahren?«

»Macht es Ihnen etwas aus?«

»Überhaupt nicht. Ich hole nur die Blumen. Wo steht Ihr Wagen?«

»Vor dem Haus.«

Er öffnete die Hintertür. Es wurde dunkel, aber ich sah einen zerkratzten weißen Lieferwagen. Er sagte: »Ich wette, Ihrer ist bequemer. Ich habe ihn vor ein paar Jahren meinem Bruder abgekauft. Eigentlich nur für die Arbeit. Davor hatte ich immer Motorräder. Das erste mit achtzehn, eine 500CC Norton. Ich kam mir vor wie ... ich weiß auch nicht ...«

»Evel Knievel?«

»Ja genau, mit den Lederklamotten und so. Ich fand mich richtig cool, aber jedes Mal, wenn ich durchs Dorf fuhr, schrien die Kids: ›Absteigen und melken!‹« Wir gingen ums Haus. »Das ist Ihr Wagen?«, fragte er, als er meinen alten VW Polo sah.

»Überrascht Sie das?« Schon als ich es sagte, wusste ich, dass es unfair war. Die Leute erwarten immer, dass ich ein super Auto habe, Designerklamotten trage und in einer Villa wohne und all das, und sie sind total verwirrt, dass es nicht so ist. Ich spürte den vertrauten Anflug von Wut, weil ich immer alles erklären musste. »Steigen Sie ein. Es ist offen.«

»Ich dachte, Sie hätten ein –« Jimmy hielt verlegen inne und legte übereifrig den Gurt an.

Ich ließ den Wagen an. »Was Besseres kann ich mir nicht leisten.« Mehr würde ich nicht dazu sagen – vorerst jedenfalls.

»Entschuldigung, es geht mich nichts an.«

Zeit, das Thema zu wechseln, dachte ich. »Wo haben Sie im Dorf gewohnt?«

»In derselben Straße wie die Curtis'.«

»Die Schweinebauern? Ich kenne Carol und Jackie.«

»Ja, Mr. Curtis' Ferkel sind immer ausgebrochen und haben unseren Garten verwüstet. Mein Vater ist jedes Mal durchgedreht.«

Pond Lane. Graue Häuser aus den fünfziger Jahren hinter dichten, undurchdringlichen Hecken. Wir fuhren gerade daran vorbei.

»Haben Sie Joan gefunden?«

»Ja.«

»War der Einbrecher noch da?«

»Er war weg. Oder sie. Ich habe mich umgesehen, aber es war niemand mehr da.«

»Stand kein Lieferwagen oder Auto vor dem Haus? Er brauchte doch irgendwas, um die Beute wegzuschaffen.«

»Kommt drauf an, worauf er aus war. Wenn es Kleinkram war, Schmuck zum Beispiel, konnte er sich auf dem Grundstück verstecken und über eine Mauer abhauen.«

Das stimmte. Es sind über vierzig Hektar, und abgesehen vom Dorf, ist das nächste Haus mindestens fünf Meilen entfernt. »Ganz schön weit, es sei denn, jemand hat auf ihn gewartet. Die Busse fahren nicht gerade häufig.«

»Sie fahren überhaupt nicht mehr. Die Linie wurde eingestellt.«

»Dann musste er – oder sie – es geplant haben.«

Jimmy schnaubte. »Sie meinen, manche Leute brechen aus Versehen ein?«

»Ich meine, es war kein Gelegenheitsdiebstahl.«

»Irgendein Schurke, der zufällig vorbeikommt, oder ein Jugendlicher auf der Suche nach Autoradios, die er verscherbeln kann, um sich Drogen zu kaufen? Sie waren zu lange in London. Camoys Hall ist keine Doppelhaushälfte. Man muss von der Hauptstraße abbiegen und eine ellenlange Auffahrt hinunterlaufen, bevor man daran vorbeikommt. Und sagt man nicht, dass die Leute, die in große Häuser einbrechen, auf Bestellung klauen? Gemälde, Statuen und solche Sachen.«

»Und wo war dann der Lieferwagen? Das sind große Gegenstände. Wie auch immer, die richtig wertvollen Sachen wurden sowieso eingelagert, als mein Vater starb. Joan wollte sich damit nicht rumärgern.« *Joan.* »Ging es ihr sehr schlecht?«

»Ziemlich.«

»Hat er sie angegriffen?«

»Ich glaube, dazu hatte er keine Zeit. Alles, was sie gesagt hat, war, dass sie jemanden gesehen hat, und dann bekam sie die Schmerzen in der Brust. Wussten Sie, dass sie vor kurzem einen kleinen Herzinfarkt hatte? Allerdings legt sie Wert darauf, dass es nur eine Art Anfall war – aber für mich klingt es wie ein Infarkt.«

»Das wusste ich nicht.«

»Wirklich nicht?« Jimmy schien überrascht. »Vielleicht wollte sie Sie nicht beunruhigen. Sie wiederholte immer wieder, dass es belanglos war, aber sie musste eine ganze Weile im Krankenhaus bleiben.«

»Das hat sie mir nicht erzählt. Wir hatten allerdings nicht so viel Kontakt. Sie hat mir nur manchmal geschrieben.«

»Ja, so ist sie. Immer tapfer. Wahrscheinlich dachte sie, es würde zu viel Aufhebens darum gemacht, wenn sie es erwähnt.«

»Wahrscheinlich.« Sie hatte es mir nicht erzählt. Ich spürte, wie mir die Tränen in die Augen stiegen, und wechselte wieder das Thema. »Hat man das Grundstück abgesucht?«

»Die Polizei? Ja, ein paar waren draußen. Ich glaube nicht, dass sie großartig gesucht haben, es hat höchstens zehn Minuten gedauert. Sie sind auch durchs Haus gegangen. Jedenfalls durch den hinteren Teil. Sie hält die Verbindungstüren zum vorderen Teil verschlossen, wissen Sie?«

»Nein, das wusste ich nicht.« Klasse, dachte ich. Ein Fremder weiß mehr über mein Leben als ich. Jedenfalls über mein Haus. Mein Haus – wenn Joan etwas zustieß, würde es wirklich mir gehören. Oh Gott, *bitte* mach, dass es ihr gut geht.

»Die Polizei wollte sich auch im vorderen Teil umschauen, aber ich habe ihnen erklärt, dass sie nie dort ist, er ist immer abgeschlossen. Ich weiß sowieso nicht, wo sie die Schlüssel aufbewahrt, und sie war bereits auf dem Weg ins Krankenhaus.«

»Was ist mit Fingerabdrücken?«

»Deswegen wollten sie noch mal wiederkommen. Ich sollte anrufen, um einen Termin zu vereinbaren, aber jetzt sind Sie ja da …« Er zuckte die Achseln. »Sie wollen von Joan eine Beschreibung haben, sobald sie vernehmungsfähig ist. Aber ich würde mir an Ihrer Stelle nicht allzu große Hoffnungen machen. Die Polizei kann nicht viel tun. Sie glauben nicht, dass etwas gestohlen wurde. Wahrscheinlich hat Joan den Einbrecher gestört, als er durch das Fenster kam. Da habe ich sie gefunden, auf dem Boden unter dem Fenster im Korridor.«

»Da war sie bei vollem Bewusstsein, oder?«

»Es sah so aus. Ich meine, sie hat einigermaßen zusammenhängend geredet. Sie hatte Schmerzen in der Brust. Sie hatte sich das Bein angeschlagen, es blutete, und darüber regte sie sich mehr auf als über die Schmerzen. Und sie war verwirrt wegen all der Menschen, ihr Haar war eine Katastrophe, ihr Rock war hochgerutscht, und sie wollte nicht, dass die Sanitäter sie so sehen. Während wir warteten, überredete sie mich, ihr ihre Handtasche zu holen, damit sie sich die Nase pudern konnte.«

»Sind Sie sicher, dass er sie nicht angegriffen hat?«

»Nicht hundertprozentig, aber ich hatte den Eindruck, als hätte sie ihn durchs Fenster kommen sehen. Dann muss sie den Schmerz gespürt haben und fand sich plötzlich auf dem Boden wieder. Die Polizei glaubt auch, dass sie ihn verschreckt hat. Sie sagen, Profis wollen niemanden verletzen, weil sie dann nicht so lange in den Knast müssen, falls sie erwischt werden. Sonst stehen sie wegen Körperverletzung vor Gericht, besonders, wenn sie ein Messer oder so was bei sich haben.«

»Sie haben doch gesagt, dass Sie dachten, ich sei der Einbrecher?«

»Ja?«

»Und woher wussten Sie dann, wer ich bin? Hat Joan Ihnen wirklich Fotos gezeigt?«

»Ein oder zwei. Und Sie sehen aus wie Ihre Mutter.«

»Vor allen Dingen.« Ich spürte, wie er mich ansah. Wie gut, dass es dunkel war.

»Es fehlte nichts, und es war auch nichts durchwühlt – jedenfalls so weit ich das beurteilen kann. Bei mir wurde einmal eingebrochen. Ich lebte damals mit jemandem zusammen, und als wir nach Hause kamen, war die Wohnung total auf den Kopf gestellt. Die Unterwäsche meiner Freundin war überall verstreut.«

»War das ein Perverser?«

»Die Polizei sagt, sie waren auf Geld und Pässe und so was aus. Lisa fand *die Polizisten* pervers. Die hatten nämlich einen Mordsspaß, als sie in ihren Unterhosen wühlten. Sie war fuchsteufelswild.«

»Und was ist draus geworden?«

»Nichts. Wir haben nie wieder was gehört.«

»Was wurde geklaut?«

»Nicht viel. Eigentlich nichts richtig Wertvolles. Mussten wir da hinten nicht rechts abbiegen?«

Als wir auf die Station kamen, war Joan tot. Später wurde mir klar, dass sie gestorben sein musste, während wir in der Empfangshalle des Krankenhauses standen und einem freundlichen, aber völlig unfähigen Angestellten zusahen, wie er versuchte, Joans Daten in den Computer einzugeben. Er sagte immer wieder, dass sie nicht aufgenommen worden sei, und wir widersprachen ihm immer wieder, und als er sie endlich gefunden hatte – und ungefähr hundert Mal erklärt hatte, dass es nicht sein Fehler gewesen sei – und wir endlich unterwegs waren, hatte sie einen zweiten Infarkt, und diesmal war er tödlich.

6

Ich hob den Kopf. Wo war ich? Langsam nahm Joans Wohnzimmer vor meinen Augen Konturen an. Schlafsäcke auf dem Boden. Deren Reißverschlüsse nicht zugezogen. Laken. Decken. Der Kopf auf einem Kissen. So was Dummes. Dieses Haus hatte genug Betten – so viele, dass man sie nicht mehr zählen konnte, würde Des sagen. Mir fiel ein, dass ich zu Jimmy gesagt hatte, ich wollte in diesem Haus in keinem Bett schlafen.

Er war bei mir geblieben. Er hatte uns in meinem Auto zurückgefahren. Er war mit reingekommen ... Auf dem Kaminsims stand eine leere Kognakflasche. Halt, dachte ich, wieso kann ich sehen? Ich blinzelte. Erst mit einem Auge, dann mit dem anderen. Ich hatte meine Kontaktlinsen noch drin. Jedenfalls eine. Jetzt sehe ich und jetzt nicht. Und trotzdem verschwimmt alles vor meinen Augen. Ich muss den Kognak ausgetrunken haben. Dafür geht's mir gar nicht mal so schlecht. Wahrscheinlich bin ich noch nicht lange genug wach, um die vollen Konsequenzen zu spüren. Jimmy muss schon weg sein. Ich wette, er ist einer von denen, die nie einen Kater bekommen.

Ich sah mich ein wenig genauer um. Aschenbecher? Ja. Er raucht Selbstgedrehte. Uhrzeit: 8.20 Uhr. Nicht schlecht. Wir müssen so gegen elf zurückgekommen sein und noch eine Weile geredet haben. Dann hat er das Bettzeug zusammengesucht. Ich weiß noch, dass ich dachte, wie gut, dass er da ist, weil ich nicht gewusst hätte, wo es aufbewahrt wird. Danach muss ich eingeschlafen sein. Über einer Stuhllehne lag ordentlich gefaltet eine Jeans. Es war meine. Ich musste sie irgendwann ausgezogen haben. Und meine Socken ... *und meine Unterhose.* Oh, nein, das darf nicht wahr sein. Es *kann* nicht sein. Ich meine, ich hatte keine Schlaftablette oder so was genommen, also wäre ich doch aufgewacht, oder? Da war allerdings der Kognak. Wir hatten eine ganze Menge getrunken ... Ich konnte keine Beweise entdecken. Weder an mir noch an meinem Schlafsack. Es lagen weder Kondome noch verdächtig aussehende Papiertaschentücher herum. Er könnte sie natürlich mitgenommen haben. Ich erinnerte mich nicht, dass er mich geküsst hatte, aber das musste er auch nicht. Nicht, wenn ich so weggetreten war. Ich starrte an die Decke, hoffte, dass all das nicht wahr wäre, und stellte mir dabei einen Psychotest in der *Cosmopolitan* vor.

Bist du eine alte Schlampe? Mit unserem Multiple-Choice-Quiz findest du es heraus. Du erhoffst dir Großes, als der Mann deiner Träume mit zu dir kommt, aber du trinkst zu viel Kognak und schläfst auf dem Sofa ein. Als du aufwachst, ist er verschwunden. Jetzt willst du wissen, was passiert ist. Du

a) nimmst an, ja, es ist etwas passiert, und denkst: »Wahnsinn, ich hab's geschafft.«
b) verklagst ihn, weil du nicht mindestens drei multiple Orgasmen hattest, was in der post-feministischen Ära das Minimum ist.
c) schickst ihm sofort eine E-Mail, um es herauszufinden.

Antwort: Egal, ob du a), b) oder c) angekreuzt hast, du bist und bleibst eine alte Schlampe, und deine Chancen, eine bedeutungsvolle und haltbare Beziehung mit einem Mann aufzubauen, sind gleich NULL.

Ich hatte nicht mal seine Telefonnummer, geschweige denn seine E-Mail-Adresse. Wahrscheinlich spricht er nie wieder mit mir, dachte ich. Das kommt davon, wenn ich auch nur für den Bruchteil einer Sekunde versuche, mir vorzumachen, dass ein Mann mich anziehend findet und nicht die Tochter von Wolf Blackstock. Die hab ich auch mal flachgelegt, sie war 'ne Katastrophe. Warum erwarte ich etwas anderes? So ist es immer gewesen, seit ich das erste Mal mit einem Mann namens Andrew Collins in ein Hotel gegangen bin. Es war am Meer, irgendwo in der Nähe von Chichester. Ich sollte zu Hause bleiben und fürs Abitur lernen, aber ich erklärte Joan, ich müsste in der Schulbibliothek arbeiten. Ich hatte den Mann bei einer Hochzeit kennen gelernt und mich einverstanden erklärt, das Wochenende mit ihm zu verbringen. Keine Ahnung, warum. Ich hatte höchstens zehn Minuten mit ihm geredet, und er gefiel mir nicht mal besonders. Wahrscheinlich wollte ich es meinem Vater zeigen, obwohl ich schreckliche Angst hatte, dass er es herausfinden könnte. Ich glaube, ich wollte einfach einmal was für mich allein machen.

Wie auch immer, es war ein Desaster. Andrew Collins glänzte lediglich an der Oberfläche, wie ein Sportwagen mit einem zu schwachen Motor, und er war älter als ich – dreißig vielleicht oder fünfunddreißig? Er hätte genauso gut hundert sein können, so jung und dumm kam ich mir vor. Er redete über seine Arbeit, er war Börsenmakler. Mir fiel nichts ein, was ich hätte sagen können. Ich konnte an nichts anderes als an meine Bücherliste fürs Abitur denken, und was geschehen würde, wenn irgendjemand herausfand, wo ich war. Das Hotel war eines dieser großen, von einer Familie geführten viktorianischen Häuser mit Flachdachanbauten, die aussahen wie öffentliche Toiletten. Wir aßen im Speisesaal. Am Nachbartisch saß eine Gruppe betrunkener leitender Angestellter mit ihren Sekretärinnen. Sie wiederholten die ganze Zeit denselben Satz »Alle Hühner picken«, immer wieder, nur dass sie dabei mit zwei Fingern die Mundwinkel auseinander zogen und es als »Alle Hühner ficken« rauskam, was natürlich der Sinn der Übung war. Die Frauen wurden jedes Mal hysterisch. Die Kellner versuchten immer wieder, sie zur Ruhe zu mahnen, aber die Leute waren viel zu betrunken. Andrew und mir gelang es, in einer halben Stunde sämtliche Gesprächsthemen abzuhandeln, und als die Gäste am Nebentisch in voller Fahrt waren, hatten wir keine Chance mehr. Wenn wir darüber hätten lachen können, wäre es nicht so schlimm gewesen, aber wir konnten es nicht. Ich merkte, dass Andrew versuchte, als Mann von Welt aufzutreten, der so was schon tausendmal gemacht hatte, aber er war eben kein Mann von Welt und hatte überhaupt keine Erfahrung mit solchen Situationen – sonst hätte er niemals so ein Hotel ausgesucht –, und ich wusste nicht, was ich tun sollte. Ich konnte nicht mal was Nettes über das Essen und den Wein sagen, weil ihm auch klar sein musste, wie ekelhaft beides war, und ich war so unsicher, dass ich kaum einen Bissen hinunterbekam. Wir ließen den Nachtisch und den Kaffee in stillschweigender Übereinstimmung ausfallen und gingen auf unser Zimmer. Ich machte uns einen Nescafé und nahm meine Tasse mit ans Fenster, um nicht auf dem Bett sitzen zu müssen. Das Zimmer lag zum Parkplatz, und gerade als Andrew sich hinter mich stellte und einen Arm um meine Taille legte, torkelte eine der Sekretärinnen über den Asphalt und kotzte in einen Busch.

Ich war noch Jungfrau, Überraschung, Überraschung. Wir zogen uns aus – na ja, ich kroch halb angezogen ins Bett, zappelte unter der Decke herum und warf ein Teil nach dem anderen aus dem Bett, damit Andrew mich nicht sah –, und dann lag ich einfach nur da und wartete, dass es passierte. Ich wollte ihn nicht anfassen, und eigentlich wollte ich auch nicht, dass er mich anfasste, aber ich dachte, dann hätte ich es wenigstens getan. Ich würde wissen, wie es war. Am Anfang war es ganz enthusiastisch, und im Dunkeln dachte ich einen Augenblick lang sogar, ich könnte es genießen, aber dann machte ich irgendwie total zu. Zuerst war Andrew noch nett zu mir, aber dann, als er sah, dass er nicht weiterkam, wurde er wütend. »Was ist los mit dir?«, fragte er immer wieder. Am Anfang versuchte ich noch zu antworten, doch dann gab ich auf, weil ich mir dieselbe Frage stellte.

Andrew machte noch einen Versuch, aber nach einer Weile resignierte er, und wir lagen schweigend nebeneinander. Das Hotel teilte anscheinend den Parkplatz mit dem benachbarten Rugbyclub, denn ungefähr eine Stunde später kamen lauter Leute raus und grölten draußen herum: »Ficken, ficken, bis es kracht, Arsch und Titten, Samstagnacht, wer heute keine Nummer schiebt, der hat auch sonst total versiebt.«

Ich weiß nicht, ob Andrew noch wach war, aber ich lag da und dachte, genau mein Steckbrief.

Ich habe es nie jemandem erzählt. Stattdessen lernte ich weiter für mein Abitur und verbannte die ganze Affäre aus meinem Kopf. Doch es passierte mir immer wieder – nicht das Körperliche, aber ich hatte immer wieder das Gefühl, dass die Männer mich als eine Art *Eintrittskarte* betrachteten. Selbst wenn sie es nicht von Anfang an wussten, irgendwann fanden sie es heraus. Und es nützte gar nichts, wenn ich ihnen erklärte, dass ich nicht so ein Leben führte.

Ich stöhnte. Warum musste alles immer so verdammt schwierig sein? Ja, gut, ich wollte, dass Jimmy mich mochte. War das wirklich zu viel verlangt? Ich zog mein T-Shirt und den BH aus und stellte mich auf einen der Sessel, um mich in dem Spiegel über dem Kamin zu betrachten. Einen Teil von mir. Den mittleren Teil. Ehrlich, es ist kein Wunder, dass ich sexuell eine Niete bin. Jemand, der es schafft, gleichzeitig dünn *und schwabbelig* zu sein. Meine Haut ist leichenblass, mein Bauch steht raus, und meine Brüste sind winzig. Mückenstiche. Früher gab es im Dorf einen alten Mann, Albert. Inzwischen ist er wahrscheinlich tot. Er war Schweinehirte bei den Curtis'. Er stank, hatte kaputte, braune Zähne und trug zerschlissene Kordhosen, die von einem orangefarbenen Strick zusammengehalten wurden. Und er machte sich immer an die jungen Mädchen ran, um ihre Brüste zu betatschen. Die Leute im Dorf beschimpften ihn zwar immer: »Du alter Drecksack«, aber eigentlich scherte sich niemand drum, weil er harmlos war. Als ich fünfzehn war, machte er es bei mir. Es war wie ein Ritual, sich von Albert die Brüste befingern zu lassen, doch ich war so verblüfft, dass ich einfach nur dastand und zuließ, dass er seine Hand unter mein T-Shirt steckte. Nach einer Weile sagte er: »Sehr hübsch, meine Liebe«, und zog seine Hand heraus. Ich wusste, dass er nur höflich war. Er hat es nie wieder versucht. Ich konnte es ihm nicht verübeln; Mr. Curtis' Töchter, Jackie und Carol, hätten Samantha Fox den Rang ablaufen können.

Um mich ein bisschen aufzuheitern, kletterte ich auf die Sessellehne, damit ich meine Beine sehen konnte. Dünne Oberschenkel. Wenigstens etwas. Und – Wahnsinn – ein riesiger blauer Fleck, den ich mir bei dem Kampf mit Jimmy geholt haben musste. Dann bemerkte ich, dass hinter dem Spiegel ein Zettel klemmte. Eine Nachricht! Ich brach mir beinahe den Fuß, als ich vom Sessel sprang.

> Hoffe, ich habe dich nicht geweckt. Ich komme heute Nachmittag vorbei. Mal sehen, wie es dir geht. Meine Handynummer ist 0140 9770398, falls du mich erreichen willst. Jimmy.
>
> P. S. Ich bringe Kognak mit, deiner ist alle.
>
> P. P. S. Es ist nichts passiert.

Es ist doch idiotisch, dass man weinen muss, wenn jemand nett zu einem ist. Ich las Jimmys Nachricht und brach sofort in Tränen aus. Nicht wegen dem, was er geschrieben hatte, wegen allem – wegen Joan, Mum, dem bedauernswerten kleinen Mädchen, das ich mit acht Jahren gewesen war. Als ich den Kopf hob, erhaschte ich einen Blick auf mein Gesicht im Spiegel, zwei rote Augen und Sturzbäche von nasser Wimperntusche.

Joan wäre entsetzt, dachte ich. Als man mich schließlich zu ihr ließ, legte ich ihr ihre letzte Liste in die Hände. Es erschien mir so ungerecht, dass sie nicht mehr alles erledigen und abhaken konnte.

Eine Flutwelle von Trauer, Leid und Einsamkeit überrollte mich. Nackt, den aufgeweichten Zettel an mich gepresst, kauerte ich auf dem Teppich und schluchzte.

7

Es war ein Schock, Joans Handtasche auf dem Küchentisch stehen zu sehen, so als würde sie jeden Augenblick aus der Spülküche hereinkommen, ihren Mantel anziehen und den Schal umbinden. Aber ich war es gewesen, die die Tasche dorthin gestellt hatte, nicht Joan. Eine Weile saß ich mit der Tasche auf dem Schoß am Tisch. In den letzten vierundzwanzig Stunden war meine Welt auf den Kopf gestellt worden. Ich konnte mir nicht einmal mehr vormachen, dass ich meinen Job behalten würde. Das stand außer Frage, denn jetzt gehörte das Geld mir: das Blackstock-Vermögen – das Geld, die Aktien, der Besitz – und damit auch die Verantwortung. Mein Vater hat mir alles hinterlassen, mit Joan als Treuhänderin. Nach ihrem Tod sollte alles in meine Hände übergehen. »Warum musstest du sterben, Joan«, fragte ich laut. »Warum gerade *jetzt,* verdammt noch mal?«

In Joans Wohnzimmer klingelte das Telefon. Ich dachte, es wäre für sie, aber es war der Arzt aus dem Krankenhaus, der mir sagte, dass er den Gerichtsmediziner informieren müsse und wissen wolle, ob Joan sich im Falle ihres Todes für eine Erd- oder eine Feuerbestattung ausgesprochen hätte. Ich erklärte ihm, dass sie auf unserem Friedhof neben meinem Vater begraben werden würde. Meine Mutter konnte auf der anderen Seite liegen, wenn sie ihre Leiche je freigaben. Als Angela starb, erlaubte mein Vater nicht, dass sie auf dem Friedhof beerdigt wurde. Auf meine Frage nach dem Grund sagte Joan, Angela sei Jüdin gewesen, was ich nicht gewusst hatte. Der Arzt erklärte mir, dass das Beerdigungsinstitut Joans Leiche noch nicht haben könne, falls der Gerichtsmediziner eine Obduktion anordnete, aber man würde mich rechtzeitig benachrichtigen.

Ich rief den Pfarrer an und verabredete einen Termin wegen des Gottesdienstes mit ihm. Er berichtete mir, dass die Kirche in Camoys Hall schon seit einer Ewigkeit nicht mehr benutzt worden war, und bot seine freiwillige Putztruppe an, die aus lauter neunzigjährigen Damen bestand. Ich musste wohl eine professionelle Reinigungsfirma beauftragen. Die Damen des Pfarrers würden von der Leiter fallen und sich den Hals brechen, und dann hätte ich für den Rest meines Lebens mit ihren Familien vor Gericht zu tun. Zuerst einmal musste ich allerdings den Schlüssel zur Kirche finden. Ich muss mir einen Plan machen, dachte ich. Ja, ich musste mir wirklich eine Liste machen.

Immer wenn Des Joan mit einer Liste in der Hand sah, sang er: »Sie hat eine kleine Liste, sie hat eine kleine Liste«, wie der Chor der königlichen Scharfrichter in *Mikado.* Dann neckte er sie: »Wer wird heute geschlachtet, Joanie?«, und sie lachte und sagte, er solle nicht so einen Unsinn reden. Joan und Des waren alte Freunde, schon seit der Zeit, als mein Vater mit ihr verheiratet war. Sie machte immer schrecklich viel Aufhebens um Des, kommandierte ihn herum und schalt ihn und lachte, wenn er zum hundertsten Mal den gleichen dummen Witz oder anzüglichen Scherz machte. Oh Gott, *Des.* Ich hätte es ihm gestern Abend sagen müssen.

Ich brauchte ungefähr fünf Anläufe, um seine Nummer zu wählen, weil ich immer wieder mittendrin auflegte, aufstand, hin und her lief und mit irgendwelchen Sachen spielte. Das Schlimmste, was mir passieren kann, ist, dass er mich zum Teufel jagt, sagte ich mir die ganze Zeit, aber das half nicht viel. Ich hatte Des seit der Beerdigung meines Vaters nicht mehr gesehen, und da hatte ich keine drei Worte mit ihm gewechselt, weil ich unmittelbar nach der Beerdigung gegangen bin. Der Anblick von Virginia war daran schuld gewesen. Mein Vater hatte sie 1980 geheiratet, und fünf Jahre vor seinem Tod, sie litt bereits an einer schweren Anorexie, hatten sie sich getrennt. Bei seiner Beerdigung tauchte sie auf wie ein Skelett in fleischfarbener Folie. Ihr Begleiter musste sie in die Kirche tragen. Ich sah sie an und dachte, das hat mein Vater getan, und jeder hier wird die nächsten drei Stunden damit verbringen, seinen Namen und sein Leben zu preisen und zu sagen, wie großartig er war. Mir war speiübel.

Ich lauschte dem Klingeln am anderen Ende der Leitung und betete, dass Des zu Hause war, denn ich glaubte nicht, dass ich den Mut aufbringen würde, es noch einmal zu versuchen. Dann hob er ab.

»Des? Hier ist Dorothy«, sagte ich.

»Dodie?« Er klang richtig erfreut. »Wie geht es dir? Warte einen Augenblick, ich hole mir einen Stuhl. Die alten Beine sind auch nicht mehr das, was sie einmal waren.« Er legte den Hörer ab.

Ich sah ihn vor mir, wie er in seinem Nadelstreifenanzug einen Stuhl über den Teppich zog. Ich kenne Des, seit ich ein kleines Baby war, und habe ihn nie etwas anderes als einen Anzug tragen sehen. Wahrscheinlich schläft er im Anzug. Seine Hemden sind immer gestärkt und weiß, seine Haare und Fingernägel perfekt gepflegt, doch was einem eigentlich auffällt, ist sein Gesicht. Es ist so asymmetrisch, beinahe kubistisch. Sogar seine Augenbrauen sind schief – eine ist nach oben, die andere nach unten geschwungen, seine Nase schlängelt sich durch die Mitte, und die unteren Zähne stehen kreuz und quer. Das klingt, als wäre er Frankensteins Monster, aber das ist er nicht. Er hat die freundlichsten Augen und das süßeste Lächeln, das ich kenne.

Plötzlich wurde mir klar, wie dumm es gewesen war, Des in den ganzen Ärger über meinen Vater reinzuziehen. Als ich die heimlichen Zahlungen auf mein Konto entdeckte und meinem Vater einen Brief schrieb, schickte er Des vor, also hatte ich den Streit mit ihm, was natürlich idiotisch war, weil er gar nichts damit zu tun hatte. Und der Streit war natürlich völlig überflüssig, denn mein Vater fuhr fort, mir jeden Monat Geld zu überweisen. Doch die Wut hatte alle guten Erinnerungen an Des überschattet, und ich hatte völlig vergessen, wie lieb er ist. Ich versuchte mir zu überlegen, wie ich ihm das mit Joan und Mum sagen sollte. Ich hatte das Gefühl, als hätte ich meine Zunge verschluckt.

»Jetzt sitze ich ganz gemütlich. Du darfst anfangen.«

»Oh, Des –« Ich fing wieder an zu weinen. Verdammte Scheiße.

»Dodie? Meine alte Liebe, was ist mit dir?«

»Ich –« Ich brachte die Worte nicht heraus.

»Beruhige dich. Wir haben alle Zeit der Welt. Hast du ein Taschentuch?«

»Ja.«

»Gut. Putz dir die Nase. Na los, kräftig. Und jetzt erzähl mir, was los ist.«

»Joan ist tot«, platzte ich heraus. So viel dazu, es ihm schonend beizubringen. Des schwieg. »Sie hatte einen Herzinfarkt.«

Wieder Schweigen, und dann sagte er: »Oje.«

»Da war ein Einbrecher, der sie erschreckt hat, und dann hatte sie einen Herzinfarkt. Sie haben sie ins Krankenhaus gebracht, und dort hatte sie noch einen Infarkt, und ich war nicht da. Ich hab's nicht rechtzeitig geschafft und konnte sie nicht mehr sehen, bevor sie starb. Ich …« Ich schluchzte so heftig, dass ich kaum Luft bekam, geschweige denn sprechen konnte. Ich hatte das Gefühl, ich könnte nie mehr aufhören. Das Taschentuch in meiner Hand war ein durchnässtes Knäuel.

»Oh Gott.«

»Des … es tut mir Leid …, aber da ist noch was.«

»Erzähl.«

»Es ist wegen Mum. Die Polizei hat eine Leiche gefunden, und da war lauter Zeug dabei mit ihrem Namen, ein Kalender oder so was, und sie haben mich gebeten, sie zu identifizieren – die Leiche. Ich wusste nicht, ob sie es ist oder nicht, aber ich glaube schon, weil sie diesen Fleck im Auge hatte, und ich habe mit dem Dienst habenden Polizisten gesprochen, und er hat mir –«

»Halt! Langsam. Wir Alten sind nicht so schnell wie ihr Jungen, weißt du. Willst du sagen, die Polizei hat Susans Leiche gefunden?«

»Ja.«

»Was hast du da über die Augen gesagt ... ein Fleck?«

»Ihr Muttermal, sie hatte ein Muttermal –«

»Tut mir Leid, Dodie, ich verstehe nicht ganz. Willst du sagen, dass die Leiche, die sie gefunden haben ... *frisch* war?«

»Ja. Sie ist vor ein paar Tagen gestorben.«

»Aber sicherlich ... Wo hat man sie gefunden?«

»Im Osten Londons. Bauarbeiter haben sie entdeckt, als sie Wohnblocks abgerissen haben.«

»Und wann hat die Polizei mit dir Kontakt aufgenommen?«

»Am Samstag. Dann bin ich hierher gekommen, um Joan zu besuchen, und da habe ich von dem Einbruch und dem Herzinfarkt und all dem erfahren.«

»Ich verstehe.«

»Und jetzt werden die Zeitungen und die Journalisten hier auftauchen und alles Mögliche wissen wollen, und ich kann ihnen nichts sagen, weil ich nichts weiß! Und kein Mensch wird mir glauben, weil sich alles gegen einen verschwört, sobald jemand reich oder berühmt ist oder einen Titel hat. Jeder muss ja etwas zu verbergen haben, und es ist von öffentlichem Interesse, das herauszukriegen. Sie werden mich nie in

Frieden lassen, ich werde meine Arbeit aufgeben müssen, und dann das ganze Geld, und ich bin ganz allein und –« Da brach ich wieder zusammen.

Des sagte die nächsten Minuten nicht viel, außer: »Immer langsam mit den jungen Pferden«, während ich nach Papiertaschentüchern fischte und versuchte, aufzuhören zu heulen. Dann fragte er: »Wo bist du?«

»In Camoys Hall.«

»Du wirst irgendwann Benny aufsuchen müssen – je eher, je besser. Soll ich etwas ausmachen?« Benny ist Mr. Bennington, unser Anwalt.

»Kommst du mit?«

»Wenn du willst. Ich werde für morgen Vormittag einen Termin machen, und anschließend können wir essen gehen. Das heißt, nur wenn du willst, natürlich.«

»Das wäre schön. Wenn du nichts dagegen hast.«

»Natürlich nicht. Um ehrlich zu sein, Dodie, ich bin einfach nur dankbar, dass du noch mit mir reden willst.«

Ich machte mich auf die Suche nach Joans Adressbuch, es gab bestimmt ein Dutzend Menschen, die ich anrufen musste. Und ich sollte nach Hause fahren, um ein paar Kleider zu holen, ehe Des und ich zu Benny gingen. Und mein Faxgerät. Und dann konnte ich auch gleich meinen Fernseher mitnehmen. Ich hatte gar nichts in Camoys Hall. In dem Augenblick, in dem ich das Haus verlassen hatte, hatte Joan mein Zimmer zu einem Abstellraum umfunktioniert. Aber ich hätte sowieso nicht darin schlafen wollen. Ich beschloss, mir eins der großen Zimmer auszusuchen, in dem nie jemand geschlafen hatte, und zu versuchen, ein Doppelbett dort hineinzustellen.

Ich ging nach oben in Joans Schlafzimmer, dachte, ich sollte ein paar Kleider für sie zusammensuchen, doch ich lief nur im Zimmer herum und sah mir ihre Sachen an. Ich wusste nicht mehr, welches ihr Lieblingskleid war. Sie trug immer Sachen, die nicht mal in den siebziger Jahren modern gewesen waren: Firmen wie Jacqmar und Windsmoor, Schals mit Schwindel erregenden Mustern und Kostüme aus Katalogen mit Namen wie »Traum in Pfirsich«. Sie wurden entweder von Barkers aus London geschickt – Angela nannte den Laden immer das Harrods der kleinen Leute, um Joan zu ärgern – oder von Pearson & Sheldrake's in Cambridge. Ihre neuesten Kleider waren von M & S, weil Pearson & Sheldrake's vor fünf Jahren zugemacht hatte. Ich war immer so gerne mit ihr in dieses Geschäft gegangen. In der Kinderabteilung gab es ein richtiges Schaukelpferd, und sie hatten ein kaltes Lunchbuffet mit Smørgasbord. Als ich zum ersten Mal echtes Smørgasbord gegessen habe, war ich richtig enttäuscht, weil es ganz anders schmeckte als das bei Pearson & Sheldrake's.

Ich öffnete den Schrank, in dem Joan ihre Wolljacken aufbewahrte, und überlegte, ob Leute tatsächlich in so haarigen Jacken begraben wurden. Es müsste natürlich eine neue sein, nicht eine von denen, die sie jahrelang aufbewahrt und zigmal an den Ellbogen gestopft hatte. Bei einer ihrer ständigen Schlachten mit Angela ging es ums Heizen. Im Winter stapfte Joan in schweren Tweedröcken und dicken Wollstrümpfen herum, während Angela lange, exotische Baumwollkleider trug und sich ständig beklagte, dass sie fror. Dann sagte Angela zu Joan: »Ich verstehe gar nicht, wie du *denken* kannst, so wie du eingepackt bist. Ich könnte es nicht ertragen«, und »kein Wunder, dass du niedergeschlagen bist, Joan. Bei all den Schichten, die du unbedingt anziehen willst.« Aber in Wirklichkeit wollte Angela keine Strumpfhosen und so was tragen, weil sie ihre Bräune zur Schau stellen wollte. Es gelang ihr immer, ihre Beine aus den Schlitzen ihrer weiten Kleider zu stecken und den Leuten damit unter der Nase herumzuwedeln, bis sie einen Kommentar über ihre Bräune abgaben. »Ich bin Löwe. Ein Kind der Sonne. Ich kann einfach nicht ohne Sonne leben. Wolfgang sagt immer, es ist eine Schande, dass wir nicht im Ausland leben können, aber er hat natürlich so schrecklich viele *Verpflichtungen.«* Sie überredete meinen Vater, ihr eine Sonnenbank zu kaufen, und ließ sich stundenlang darauf grillen. Am Ende sah ihr Gesicht aus wie ein Sattel.

Auf der Suche nach Joans Adressbuch fand ich eine Packung Katzenzungen. Früher nahm Joan mich immer mit in ihr Zimmer und gab mir eine, wenn mein Vater mich angeschrien hatte. Deshalb habe ich wahrscheinlich heute noch Pickel – Hunderte von Katzenzungen bahnen sich ihren Weg aus meinem Organismus. Sie tat es, weil sie nicht wollte, dass ich weinte. Ich biss in eine hinein. Sie schmeckte ein bisschen alt, aber der Geschmack von Schokolade und salzigen Träumen war mir entsetzlich vertraut.

Am Boden der Schachtel fand ich eine meiner Fantasiespeisekarten. Mit rosa Filzstift geschrieben und so verblasst, dass man es beinahe nicht mehr lesen konnte, stand dort: *Fischstäbchen, weise bonen, Absen.* Ein Datum stand nicht drauf, aber ich wusste, dass ich es in dem Sommer vor Mums Entführung geschrieben haben musste, als sie plötzlich so seltsam mit dem Essen wurde und darauf bestand, eine eigene Küche zu haben, in der sie nur für uns beide kochen konnte. Es war eins der wenigen Male, wo Mum sehr bestimmt war. Normalerweise hatte sie keine Meinung, sie stimmte einfach den anderen zu, besonders, wenn es Joan oder mein Vater waren. Aber bei dieser Essensgeschichte war es, als hätte sie plötzlich einen eigenen Kopf. In Wirklichkeit hatte sie allerdings einen Nervenzusammenbruch, den mein Vater so geheim hielt, dass selbst die adleräugigen Reporter dieser Klatschsendungen im Fernsehen nichts mitkriegten.

Ich weiß noch, dass Joan gegen diese Küchenidee war.

»Wolfie, sie ist nicht sie selbst. Und außerdem bezweifle ich, dass sie in ihrem Leben je irgendwas gekocht hat!« Aber mein Vater hörte nicht auf sie. Er war auf der Stelle einverstanden. Ich nehme an, er dachte, es würde helfen, Mum zu isolieren und zu verhindern, dass ihre Verrücktheit ihn ansteckte, deshalb ließ er ihr im oberen Stockwerk eine eigene Küche bauen. Die Sache war nur, dass Mum aus unerfindlichen Gründen bei sich beschlossen hatte, dass manche Lebensmittel rein und gut waren und manche nicht, und die unreinen, koste es, was es wolle, aus unserem Speiseplan eliminiert werden müssten. Ich sehe sie noch, wie ein Schulmädchen an ihrem Kugelschreiber kauend, am Küchentisch sitzen, ohne Makeup, mit abgeplatztem rosa Nagellack, wie sie sich ihre wundervollen Haare raufte, während sie Joans Kochbücher wälzte und alles, was sie für ungesund hielt, durchstrich, Fleisch, Fisch, Schweineschmalz, Salz, Zucker, weißes Mehl – ja, eigentlich alles. Wenn es ein Rezept für etwas richtig Übles war, wie Würstchen im Schlafrock oder Nierenpastete, kritzelte sie so lange drüber, bis die Seite wie eine schwarze Wolke in einem Cartoon aussah.

Als sie das erste Mal verkündete, sie würde etwas kochen, war ich fasziniert. Ich wuselte den ganzen Vormittag vor der Küchentür herum und versuchte, hineinzuspähen. »Kann ich reinkommen? Darf ich jetzt rein? Wann ist es fertig?«

»Jetzt nicht, Dorothy, ich habe zu tun.«

Doch sie schien die ganze Zeit am Küchentisch zu sitzen und irgendwas in eines der Kochbücher zu kritzeln. Als ich sie endlich dabei erwischte, wie sie in einem Topf rührte, hätte ich vor Aufregung schreien können. Das war es, was andere Mütter taten. Sie trugen Schürzen und kochten Essen in kleinen Küchen! Wie die lächelnde Mutter im Twinset, mit den glänzenden Haaren auf dem Umschlag von Joans *Family Cookbook* von Marguerite Patten, die, über einen blauen Resopaltisch gebeugt, leuchtend gelben Pudding an ihre Lieben verteilt. So sollte das Leben sein. Als ich meine Mutter da am Herd stehen sah, dachte ich plötzlich, wir würden wie andere Leute sein. Ich wusste nicht, wie es geschehen würde – ich dachte einfach, dass all die Streitereien, die Speichelleckerei, die heimlichen Zusammenkünfte, das ständige Flüstern, das plötzliche Geschrei, die beleidigten Gesichter und das Weinen hinter verschlossenen Türen aufhören würden und meine Mutter und ich uns irgendwie in das Bild auf Marguerite Pattens Kochbuch verwandelten und für immer glücklich wären.

Dieser wunderbare Zustand der Euphorie dauerte genau bis zu dem Augenblick an, bis wir beide uns zum Mittagessen an den Küchentisch setzten. Mum machte »Ta – Ta!«, wie eine Trompete, und hob stolz den Deckel der Terrine. Und, ta-ta, da hatten wir's: Kressebüschel in warmem Wasser.

»Was ist das?«, fragte ich.

»Kressesuppe.«

»Es sieht aber nicht so aus.«

»Komm schon, gib mir deinen Teller.«

»Mum, das ist keine Kressesuppe.«

»Doch.«

»Ist das Rezept da draus?« Ich nahm das Buch und las die Liste der Zutaten. Ein großes oder zwei kleine Bündel Kresse. Durch dickes blaues Kugelschreibergekritzel entzifferte ich: *1 Pfund Kartoffeln, geschält und gewürfelt, 2 1/2 Liter Hühnerbrühe, 1 kleine Zwiebel, Butter, Salz, geriebene Muskatnuss, Pfeffer, 2–3 Teelöffel Sahne.* Auf der gegenüberliegenden Seite war ein Foto von einer blauweiß gestreiften Schüssel mit einer dicken, grünen Flüssigkeit. »So muss es aussehen. Du hast nicht alles reingetan, oder?«

Mum drehte das Buch zu sich. »Ich konnte nicht alles reintun. Da steht Hühnerbrühe. Igitt! Ich tue doch keine Hühnerbrühe in ein Essen.«

»Aber warum keine Kartoffeln?«

»Viel zu grob. Tiere essen Kartoffeln.«

»Sahne?«

»Man kann Sahne nicht mit Kresse mischen.«

»Salz?«

»Salz ist schlecht für dich. Aber ich habe etwas Pfeffer hineingetan.«

»Aha, das geht also, wie?«

»Sprich nicht so mit mir, Dorothy. Sie schmeckt bestimmt gut. Jetzt gib mir deinen Teller, bevor die Suppe kalt wird.«

Als ich Joan von der Suppe erzählte, sagte sie: »Das kann nicht wahr sein, Liebes«, aber ein paar Wochen später ging sie in Mums Küche, weil sie etwas suchte, und entdeckte ihr Käseexperiment auf der Fensterbank; zehn Milchflaschen in unterschiedlichen Stadien der Fäulnis. Wenn Mum den richtigen Zeitpunkt erwischte, würde sie die getrennte Milch durch ein Musselintuch gießen und einen wabbeligen, blauweißen, geronnenen Käse erhalten, bei dessen Anblick mir schon schlecht wurde. Die restlichen Flaschen ließ sie stehen. Tag für Tag der Sonne ausgesetzt, wurde der Inhalt erst gelb, dann grün und schließlich schwarz. Joan entdeckte auch die Getreidekäfer in der Speisekammer und den steinharten Kanten eines grobkörnigen, grauen Brotes im Brotkasten. Dann machte sie mit mir einen Spaziergang durch den Garten und fragte mich, was ich in den letzten drei Monaten zu essen bekommen hatte. Schock, Entsetzen. »Aber du brauchst *Eiweiß!* Du sieht wirklich ein bisschen spitz aus. Wie sollst du ordentlich wachsen, wenn du kein Fleisch isst?« Das war natürlich Musik in meinen Ohren, und da fing die Geschichte mit den Fantasiespeisekarten an. Wir hatten eine besondere Vereinbarung. Jeden Morgen sollte ich auf einen Zettel schreiben, was ich gerne zum Mittagessen haben wollte, und ihn unter Joans Tür durchschieben. Nachdem ich mich durch

Mums Essen gequält hatte, trottete ich über den Flur in Joans Zimmer und bekam ein köstliches zweites Essen, ganz nach meinen Wünschen. *Fischstäbchen, weise bonen und Absen.* Mein Gott, meine Rechtschreibung. *Weise bonen* mussten gebackene weiße Bohnen in Tomatensoße sein. Was Joan wohl aus den *Absen* gemacht hat. Erbsen aus der Dose wahrscheinlich. Ich hatte Fischstäbchen bis dahin nur zweimal bei den Curtis' gegessen, aber für mich war es der Himmel auf Erden, und ich dachte wohl, dass gebackene Bohnen und Erbsen dazugehören. Ehrlich gesagt bin ich nicht sicher, ob Fischstäbchen und gebackene Bohnen besser für mich waren als Mums Kressesuppe, aber sie schmeckten hundertmal besser. Und es gab *Paradiescreme* aus dem Laden im Dorf. Joan und ich hatten einen Code für Paradiescreme. Wir nannten es »Heiliger Vogel«, weil ich irgendwo etwas über Paradiesvögel gelesen hatte. Am Ende wurde daraus ein Ausruf für alle Gelegenheiten. Jedes Mal, wenn Angela anfing, von ihrer neuesten spirituellen Macke zu schwärmen, sagten wir: »Heiliger Vogel«, und verdrehten die Augen. Angela tat immer so, als bemerke sie es nicht, aber es machte sie wahnsinnig.

Ein pessimistischer Polizist kam wegen der Fingerabdrücke und bestäubte lauter Sachen im Korridor, und eine halbe Stunde später trafen Jimmy und der Glaser ein. Der Glaser ging an die Arbeit, ich kochte Tee für uns alle, und dann machten Jimmy und ich einen Rundgang durch den vorderen Teil des Hauses. Ich hatte den Schlüssel in Joans Handtasche gefunden, hatte aber auf Jimmy gewartet, weil ich nicht allein gehen wollte, doch das sagte ich ihm nicht.

Als ich die Verbindungstür aufschloss, sagte er: »Hier bin ich nie gewesen. ich glaube nicht, dass Joan oft hierher gekommen ist.«

»Musste sie eigentlich auch nicht. Ihr Zimmer war im hinteren Teil, und sie hat nie, wie mein Vater, großartig Gäste eingeladen.« Ich öffnete die Tür zum Esszimmer. »Früher gab er hier immer richtige Bankette.« Die Fensterläden waren zu, und nur wenige Sonnenstrahlen fielen auf den riesigen, dunkel glänzenden Tisch.

»Da haben ja leicht fünfzig Personen Platz.« Ich konnte sein Gesicht in dem dämmrigen Licht nicht sehen, aber er klang beeindruckt.

»In welchem Restaurant arbeitest du?«

»In der ›Artischocke‹.«

»Das ist ja ein richtig gutes!« Ich war ein paar Mal mit Des dort gewesen.

»Das klingt überrascht?«

»Das wollte ich nicht. Tut mir Leid. Aber es ist ein sehr gutes Restaurant.«

»Ja, es ist nicht schlecht. Ich hätte allerdings lieber mein eigenes.«

Oh, super, dachte ich. Er glaubt, ich werde ihm ein Restaurant kaufen, deshalb ist er so nett zu mir. Deshalb hat er sich wahrscheinlich auch bei Joan lieb Kind gemacht, und jetzt, wo sie nicht mehr da ist, versucht er es bei mir.

»In ein paar Jahren bin ich so weit. Was ist da drin?«

»Das Billardzimmer. Müsste offen sein.«

Vielleicht sollte es ja doch keine Anspielung sein. Wenn schon mein Freund Tony Hepworth, dessen Ex-Freund letztes Jahr seine sämtlichen sexuellen Geheimnisse der *Sun* verkauft hat, meint, ich sei paranoid, dann bin ich es vielleicht wirklich. Tony ist der Erbe des Manifold-Imperiums. Autozubehör. Vor einer Woche rief er an, um mir zu erzählen, dass man ihm den Führerschein abgenommen hat, was, wenn man es recht bedenkt, ganz schön komisch ist. Aber Des hat mich schon vor Jahren vor Abstaubern gewarnt. Er erzählte mir von einem Code, den die Funker früher benutzten, ARPUK, eine willkürliche Aneinanderreihung von Buchstaben, die so viel heißen sollte wie: Diese Person ist ein Abenteurer, lass dich nicht mit ihm ein. Er sagte: »Wenn du groß bist, wirst du eine Menge Abenteurer kennen lernen, Dodie.«

Wir gingen durch das Billardzimmer in die Halle. Sämtliche Möbel waren mit Schonbezügen verhüllt.

»Können wir die Fensterläden aufmachen?«, fragte Jimmy.

»Wenn du willst. Wir müssen sie allerdings nachher wieder zumachen.«

»Wirklich schade, dass alles verschlossen sein muss.«

»Weil das Licht die Farben ausbleicht, aber ein paar Minuten dürften nichts schaden.«

Die Fensterläden waren mit Vorhängeschlössern gesichert, und ich konnte den richtigen Schlüssel nicht finden. Jimmy trat hinter mich: »Brauchst du Hilfe?«

Ich reichte ihm den Schlüsselbund. »Ich habe keine Ahnung, wofür die alle sind.« Gott, er war so *warm.* Ich konnte es spüren. Er trug wieder die Kochhosen, dazu eins von diesen modischen zweifarbigen T-Shirts mit V-Ausschnitt. Man sieht sie immer an diesen dürren Typen wie in *Trainspotting*, und er war wirklich zu muskulös dafür, aber es sah klasse aus.

Jimmy öffnete die Fensterläden.

Ich muss schon sagen, die Halle war wirklich beeindruckend, trotz der Schonbezüge. Sie ist weitläufig mit einem Marmorboden und drei wunderschönen Marmorsäulen an jedem Ende, mit blassgelben Wänden und weiß gestrichenen halb runden Nischen für kleine Statuen.

»Es ist wie ein Eisstadion oder so was. Hier sollten Leute in prächtigen Scarlett-O'Hara-Kostümen Walzer tanzen«, sagte er.

»Willst du?« Das hatte ich nicht sagen wollen. Es war mir herausgerutscht.

»Was?«

»Walzer tanzen?«

»Ich weiß nicht, wie es geht.«

»Ich aber. Na ja, bis zur Drehung bin ich nicht gekommen, aber ich kann Walzer geradeaus tanzen. Wir müssen nur in einer Ecke anfangen, mehr nicht. Komm mit.« Wir gingen in eine Ecke, dann fiel mir etwas ein. »Es geht nicht, weil ich der Mann sein müsste, sonst klappt es nicht.«

Jimmy zuckte die Achseln. »Ich habe nichts dagegen.«

»Gut. Leg einen Arm um meine Taille und den anderen auf meine Schulter, und ich mache dasselbe. Und jetzt machst du mir einfach alles nach, nur rückwärts, okay?«

»Klingt kompliziert.«

»Ist es aber nicht, ehrlich. Es ist viel leichter, die Frau zu sein. Jetzt bewege ich mein Bein gegen deins, und du musst dein Bein rückwärts bewegen – nein, das andere –, damit ich dir nicht auf den Fuß trete.«

»Ich wette, deine Tanzlehrerin hat es nicht so erklärt.«

»Nein, aber sie war eine alte Vogelscheuche, und so ist es verständlicher. Komm schon. EINS, ZWEI, DREI, eins, zwei, drei, eins, zwei, drei ...«

Es klappte richtig gut, so dass wir es gleich noch mal versuchten, und dann probierten wir es mit Jimmy als Mann, was auch ganz gut ging, nur dass er die ganze Zeit um meine Füße herumgehen wollte, anstatt darauf zu. Dann hörten wir auf und standen einen Augenblick lang in der Ecke, die Hände immer noch in Position. Er zog mich kurz an sich, versuchte aber nicht, mich zu küssen. Plötzlich dachte ich, Tanzen ist wie ein Vorspiel zum Sex, und wahrscheinlich meinte er jetzt, ich sei eine von den Frauen, die im Bett die ganze Zeit Befehle bellen.

»Willst du das obere Stockwerk sehen?«

»Geht das?«

»Warum nicht? Komm, wir gehen über die Haupttreppe.« Ich öffnete die Flügeltür zum Treppenhaus, das eine eigene Halle hatte. Sie ist kleiner als die Eingangshalle, aber immer noch ganz schön groß.

Jimmy betrachtete die Portraits von dümmlichen Zeitgenossen König Georgs, die an den Wänden verteilt waren. »Sind das alles deine Vorfahren?«

»Nicht meine. Keine Ahnung, wessen Ahnen das sind. Mein Vater hat sie in den sechziger Jahren gekauft. Der da ist allerdings ein Verwandter – der da oben.« Wenn man um den Treppenabsatz biegt, steht man einem wirklich beeindruckenden Portrait eines Mannes in Uniform gegenüber, der einem über den Treppenabsatz hinweg direkt in die Augen schaut. »Das ist mein Onkel Lawrence. Es ist von Graham Sutherland.«

»Was war er? Ein Feldmarschall oder so was? Orden hat er jedenfalls genug.«

»Ich glaube nicht, dass er so einen hohen Rang hatte. Die Orden sind für Spionage und so weiter. Du weißt schon, hinter den feindlichen Linien. Im Dienst des Vaterlandes.«

»Schön für ihn. Ich habe diese Comics geliebt – *Nimm dies, Fritz, Gott im Himmel, Hände hoch, aiiee, ba-ba-ba-ba-ba-ba-bam.«* Jimmy lehnte sich ans Geländer und feuerte aus einem imaginären Maschinengewehr auf die Portraits.

»Ich glaube, ich war acht, als ich begriff, dass der Krieg längst vorbei war: Ich war schrecklich enttäuscht.«

»Komisch, dass es solche Sachen immer noch gab, als wir klein waren. Wie alt bist du, Jimmy?«

»Vierunddreißig. Fast fünfunddreißig.«

»Wow, richtig alt. Ich bin neunundzwanzig. Als ich klein war, hatte ich einen Bauernhof aus Plastik mit Kühen und Traktor und allem, was dazugehört. Und einem Landmädel. So stand es auf dem Schild im Geschäft. ›Landmädel‹. Ich musste Joan fragen, was das ist.« Ich sah zu Onkel Lawrence auf. »Sein richtiger Name war Ludwig. Nach Beethoven.«

»Kein Wunder, dass er ihn in Lawrence geändert hat.«

»Ja. Mein Vater kürzte seinen einfach zu Wolf ab. Von Wolfgang. Wolfang Amadeus Blackstock. Das mit dem Amadeus habe ich erst aus seinem Nachruf erfahren.«

»Mochten deine Großeltern zufällig deutsche Musik?«

»Müssen sie wohl. Meine Großmutter war zur Hälfte Deutsche, aber mein Großvater war Engländer. Sie starben beide vor meiner Geburt, und ich weiß nicht viel über sie. Ich glaube, sie war ziemlich dominant. Mein Vater hatte wahrscheinlich keine besonders glückliche Kindheit.« Ich stieß die Flügeltür zum Ballsaal auf.

Jimmy wich einen Schritt zurück. »Wahnsinn, der ist ja irre!«

Er war hübscher, als ich ihn in Erinnerung hatte, obwohl eine dicke Staubschicht den riesigen Kronleuchter wie ein Pelz bedeckte und vor den beiden großen steinernen Kaminen Ruß lag. Auch hier waren die Möbel zugedeckt. Was eine immense Verbesserung war. Der Ballsaal hat eine Reihe Fenster zum Vorplatz des Hauses, gekrönt von einem riesigen Fenster in der Mitte, das in einem von Säulen eingerahmten Erker liegt. Früher habe ich mir immer vorgestellt, dass der leicht zerkratzte Soldat von der Quality-Street-Dose, in der Joan ihre Haarnadeln aufbewahrte, mit seiner Dame durch den Saal wirbelt und mit ihr dort stehen bleibt, Angesicht zu Angesicht, während die Musik langsam endet.

Ich ging zum Erker und zog das Leinentuch von dem Brokatsofa. »Setzen wir uns hierher?«

»Gut.« Jimmy ließ sich neben mich fallen. »Wie war er, dein Vater?«

»Oh … Fordernd, ein sehr guter Geschäftsmann, hochintelligent. Er hat sein Geld nicht geerbt. Er hat alles selbst verdient – hauptsächlich mit Immobilien. Billige ausgebombte Häuser, Büroblocks im Zentrum Londons, Klötze in der City und im Westend, solche Sachen. Er war nicht nett und fröhlich – er war am Abriss des Euston Railway Arch und des Coal Exchange und wahrscheinlich noch ein paar anderer architektonischer Meisterwerke beteiligt –, aber er hat keine krummen Geschäfte gemacht. Man könnte sagen, er war zu drei Viertel ein mächtiger Bonze und zu einem Viertel der Zauberer von Oz.«

»Was meinst du damit?«

»Genau das. Ich glaube, er hatte was von einem Scharlatan. Erinnerst du dich an die Stelle, wo Toto hinter den Vorhang kommt und man plötzlich diesen Typ sieht, der an den Fäden zieht, wie im Marionettentheater? Na ja, manchmal dachte ich, wenn ich hinter *seinen* Vorhang gucken könnte, würde ich sehen, wie er wirklich ist. Aber es war kein Vorhang, hinter dem er sich verbarg, es war eher die chinesische Mauer, und ich wusste nicht, wie … ich sie umschiffen sollte.« Ups, dachte ich, jetzt bin ich irgendwie neben der Spur, und er hat keinen Schimmer, wovon ich rede. »Ging es dir mit deinem Vater auch so?«

Jimmy machte ein überraschtes Gesicht. »Eigentlich nicht. Mein Vater war ein guter Kerl. Nachdem er tot war, habe ich mir gewünscht, ich hätte ihn gefragt, wie es war, im Krieg aufzuwachsen, aber ich wollte nicht … neugierig sein … du weißt schon. Wir haben nicht viel geredet, aber wir kamen miteinander aus. Und er war vernünftig. Als ich sagte, ich wollte in einem Restaurant arbeiten, spotteten meine Brüder, und ich dachte, mein Vater würde die Wände hochgehen, aber das tat er nicht. Er dachte eine Weile nach, und dann sagte er, alle berühmten Köche sind Männer, und wenn ich das werden wollte, dann los.«

»Hast du je für ihn gekocht?«

»Manchmal. Es musste allerdings einfach sein. Er wollte immer Fleisch und Kartoffeln. Doch selbst wenn er mein Essen nicht mochte, aß er auf, und ich wusste immer, wann es ihm richtig schmeckt, weil er dann einen Nachschlag haben wollte.« Er blickte auf den Schlüsselbund in seinen Händen und spielte damit. Dann sagte er: »Mein Vater ... Wenn er nicht mein Vater gewesen wäre, ich meine, wenn ich ihn in einem Pub getroffen hätte, hätte ich ihn auch gemocht.«

»Das hast du schön gesagt. Ich wünschte, ich könnte das über meinen Vater auch sagen.«

»Das ist was anderes«, sagte Jimmy. »Dein Vater war viel älter, oder? Schon deswegen muss es schwieriger gewesen sein. Und mein Vater hat nach seinem Tod auch keine Fernsehsendung bekommen.« Er spielte ein wenig heftiger mit dem Schlüsselbund. »Stimmt das, was sie in dieser Sendung gesagt haben?«

»Manches.« Man hatte mich auch gefragt, ob ich dafür interviewt werden wollte. »Eine Gelegenheit, Ihre Seite der Geschichte zu erzählen«, hatten sie gesagt, aber ich hatte abgelehnt. Nur meinetwegen – ich hätte ihm eins auswischen können, doch das wollte ich nicht. Ich wollte nicht, dass jeder weiß, wer ich bin, und ich wollte nicht riskieren, dass ich mich aufregte und mich vor der Kamera lächerlich machte. Als ich mir die Sendung ansah, bereute ich meine Entscheidung nicht. Wie auch immer, das Problem bei solchen Sachen ist, dass die Leute, die wirklich was zu erzählen hätten, nie etwas ausplaudern. Joan und Des hätten etwas sagen können, wenn sie gewollt hätten, aber sie waren auch nicht dabei. Doch Irene des Voeux war da. »Wolfgang und ich hatten eine ganz besondere Beziehung.« Aus ihrem Munde klang das, als wären sie so was wie Ronald Reagan und Margaret Thatcher gewesen. Aber so besonders war die Beziehung nicht, denn sie wurde nicht die vierte Mrs. Blackstock. Der Preis ging an eine Grace-Kelley-Puppe namens Virginia French, die zehn Jahre jünger als Irene war. Ich wette, für meinen Vater war es ein echter Kick, Irene zu erzählen, dass er Virginia heiraten würde. Sie zu behandeln wie Angela und Mum, sie zu locken und dann, *peng*! Aber im Fernsehen sagte Irene, dass er sie gebeten hatte, nach Camoys Hall zu ziehen. »Ich glaube, er hat mir nie verziehen, dass ich sein Angebot abgelehnt habe. Und als ich ihn anrief, um ihm zu erzählen, dass ich mich mit einem anderen verlobt hatte, sagte er: ›Ich verstehe‹, und legte auf. Er war ein sehr maskuliner Mann, sehr besitzergreifend.« Blubber, blubber.

»Also was von all dem stimmte?«

»Er war ein Diktator. Sie haben für die Sendung einen Mann interviewt, der mal für ihn gearbeitet hat, und er zitierte sinngemäß einen Vers von Auden: ›Wenn er um einen Bleistift gebeten hätte, hätten sie einen ganzen Wald für ihn abgeholzt.‹ Das stimmte. Aber die Geschichte, dass er mit so vielen Frauen zusammenlebt und das Männliche schlechthin verkörpert, war Quatsch. Dieses Klischee, dass mächtige Männer eine übersteigerte Libido haben, ich meine – Lloyd George, Kennedy, Clinton, okay. Aber mein Vater war nicht so.«

»Die Leute im Dorf dachten das schon. ›Für den, der es mag‹, haben sie immer gesagt. Oder ›Wer hat, der hat …‹ Du weißt schon.«

»Aber er nicht. Es gab eine Art sexuelle Rivalität, ja, so könnte man es wahrscheinlich nennen, zwischen Joan und Angela und meiner Mutter, und dann war da noch Irene des Voeux, ja, sogar seine Sekretärinnen rivalisierten ein bisschen, aber es ging nicht um *Sex,* wenn du verstehst, was ich meine.«

»Nicht ganz.«

»Er hat nicht mit ihnen geschlafen. Nur mit meiner Mutter, glaube ich.«

»Warst du nicht noch ein bisschen zu jung, um das zu wissen?«

»Ich glaube, ich hätte es gemerkt. Angelas und Joans Zimmer waren nicht weit von meinem entfernt. Wenn da nachts ein Kommen und Gehen gewesen wäre, hätte ich es mitbekommen.«

Jimmy schnaubte.

»Tut mir Leid, da habe ich mich schlecht ausgedrückt. Aber in diesem Haus gibt es keine Doppelbetten, weißt du. Kein einziges. Überall. Ich weiß, das beweist gar nichts, aber ... Eigentlich ertrage ich es nicht. Ich werde mir ein Doppelbett besorgen. Vielleicht stelle ich es hier rein.« Jimmy schwieg dazu. »Jedenfalls ging es bei meinem Vater nicht um Sex, es ging nur um Macht. Die Frauen zankten sich um ihn, um seine Gunst, manchmal waren es richtige Grabenkämpfe, aber ihm war es egal. Es gefiel ihm, Entscheidungen zu treffen, dass die Leute auf jeden Wink von ihm reagierten. Verstehst du, was ich meine?«

»Ungefähr. Aber warum ist Joan geblieben, wenn er so war? Wenn er sich wegen deiner Mutter von ihr hat scheiden lassen? War das nicht schrecklich erniedrigend für sie?«

»Sie hat ihn geliebt.«

»Aber das macht es doch nur noch schlimmer.«

»Ich weiß, was du meinst, aber ich glaube, er hatte Mum noch nicht kennen gelernt, als er sich von Joan scheiden ließ. Da war eine ziemlich große Lücke, weil er mindestens drei Jahre lang mit Angela zusammen war. Ich glaube, für Joans Generation war es anders. Der Krieg und so. Ich glaube, sie haben nicht so viel vom Leben erwartet wie wir. Die meisten Frauen machten damals keine Karriere, und Joan und mein Vater waren irgendwie aneinander gewöhnt. Er konnte grässlich zu ihr sein, richtig gemeine Sachen sagen, aber es schien ihr nichts auszumachen. So wie sie miteinander umgingen, konnte man meinen, sie wären noch miteinander verheiratet. Ein altes Ehepaar, das seit einer Ewigkeit zusammen war …«

»Alles in Ordnung? Du musst nicht über Joan reden, wenn du nicht willst.«

»Das macht nichts. Wenn ich über sie rede, denke ich wenigstens nicht über sie nach.« Oder über Mum. »Siehst du den Flügel da drüben, unter dem Schonbezug?« In einer Ecke des Ballsaals stand ein abgedeckter Konzertflügel, nur die Beine schauten heraus, wie bei einem Hund, der ein Mäntelchen trägt. »Meine Eltern haben immer vierhändig gespielt. Abends. Er im Smoking und sie in einem langen, schwarzen Samtrock und einer weißen, hochgeschlossenen Spitzenbluse, wie echte Musiker. Alle sind hier zusammengekommen, um zuzuhören.«

»Sehr vornehm.«

»Es war überhaupt nicht vornehm. Eher wie ein Stierkampf. Mein Vater spielte seit Jahren, und er hatte Talent. Aber meine Mutter war Anfängerin. Ich meine, sie übte die ganze Zeit und tat ihr Bestes. Sie konnte zwar der Musik folgen, sie schaffte es nur nicht, im richtigen Tempo die richtigen Noten zu spielen. Er hielt immer das Tempo, und sie fingen zusammen an, doch dann wurde sie langsamer, weil sie sich so konzentrierte, und fiel erst einen, dann zwei, dann drei Takte zurück. Und zum Schluss war sie so hinterher, dass er umblättern musste und sie nicht mehr sehen konnte, was sie spielen musste. So war es immer. Schließlich hörte er auf, dann hörte sie auf und sah ihn an, und er sagte: ›Du solltest lieber weiterspielen, damit du aufholst.‹ Also spielte sie weiter, und sie fingen wieder zusammen an, ein paar Minuten lang ging alles gut, und dann … dasselbe von vorn. Nach einer Weile sah ich, dass ihre Hände anfingen zu zittern, sie begann, Fehler zu machen, und er wurde wütend und sagte:

›Herrgott noch mal, pass doch auf.‹ Dann zitterte ihre Unterlippe, und sie atmete tief ein und aus, und ich wusste, dass sie alles daransetzte, nicht in Tränen auszubrechen. Aber es gelang ihr nie, und das Ganze endete immer damit, dass er den Deckel auf die Tasten knallte und sie in Tränen aufgelöst aus dem Saal rannte. Nie ist ihr jemand nachgegangen. Doch, Des tat es, wenn er da war, aber keine von den Frauen. Sie waren viel zu sehr damit beschäftigt, nicht die Gunst meines Vaters zu verspielen. Ich wollte ihr jedes Mal hinterherlaufen, aber ich hatte zu viel Angst.«

»Was für ein Schwein.«

»Ich habe immer gebetet, dass Mum das Tempo hält. Einmal habe ich mich so sehr darauf konzentriert, dass meine Handflächen bluteten, weil ich die Nägel darin vergraben hatte. Doch Angela und Irene des Voeux liebten es, du weißt schon, wie lange wird sie diesmal durchhalten? Irene war angeblich Mums beste Freundin, aber sie war jedes Mal gespannt, wie es ausgehen würde.« Im Geiste sah ich das Bild vor mir: Mum, die eine sommersprossige, zitternde Hand hebt, um eine Strähne hinters Ohr zu streichen, mit riesigen, glänzenden Augen versucht, die Tränen zurückzuhalten, und stirnrunzelnd auf die Tasten starrt. Angela, die sich vorbeugt und aufmerksam zuschaut. Eine grinsende Irene, und hinter ihnen Joan mit niedergeschlagenem Gesicht. Ich spürte, wie Jimmy meinen Arm berührte.

»Herrje, Dodie.«

Ich machte eine Handbewegung, um das Bild zu verscheuchen. »Schon gut.«

»Hör mal, ich könnte heute Abend für dich kochen, wenn du willst. Ich habe frei. Diesmal ganz offiziell.«

»Du musst nicht.«

»Ich will aber.«

»Die Idee gefällt mir. Danke, Jimmy.«

»Dann gehe ich wohl mal einkaufen, Joans Vorratsschränke sind nicht gerade mit Delikatessen gefüllt, so weit ich mich erinnere.«

»Soll ich dir Geld geben? Ich meine, wenn du viel einkaufen musst …«

»Schon gut.« Er stand auf. »Gibt es etwas, das du überhaupt nicht magst? Nur für alle Fälle.«

»Ich bin nicht gerade verrückt auf Kressesuppe, aber das ist alles.«

Als er weg war, ging ich in Joans Zimmer. Ich weinte nicht, ich saß einfach nur auf ihrem Bett, bis mir einfiel, dass sie es nicht gemocht hatte, wenn man auf dem Bett saß, also setzte ich mich in einen Sessel. Dann dachte ich an den zweiten Code, den Des mich gelehrt hatte. PTYUO. Er bedeutete: Kollision mit einem Eisberg.

8

Jimmy kochte ein erstaunliches Abendessen. Ich fragte ihn, ob er Hilfe brauche, aber er lehnte ab, also setzte ich mich an den Küchentisch und sah ihm zu, und wir unterhielten uns ein wenig. Er verbreitete keine Hektik oder besonderen Enthusiasmus, er kochte einfach vor sich hin. Er brauchte nicht mal ein Kochbuch, hatte alles im Kopf. Schwer vorstellbar, dass das derselbe Mann war, der versucht hatte, mich mit einem Hackmesser zu zerfleischen.

Ich holte das gute Geschirr heraus und deckte am Kopfende des Tisches im Esszimmer für uns, mit Servietten und Silber und Kerzen, und es sah wunderschön aus. Wenn ich ein Kleid dabeigehabt hätte, hätte ich mich sogar umgezogen. Ich werde mich nie mit einem selbst gekochten Essen revanchieren können, dachte ich, aber vielleicht kann ich ihn ja zum Essen ausführen. Das Restaurant müsste allerdings er aussuchen.

Jimmy hatte als Vorspeise Chicorée mit Roquefort und Walnüssen gemacht, dann gab es Huhn mit Knoblauch, Oliven und Rosmarin und zum Nachtisch Vanilleeis, das mit heißem Espresso übergossen war, und dazu Katzenzungen. Diese Art, das Eis zu servieren, nennt man offensichtlich *affogato.*

»Ich habe es so zubereitet, weil ich vergessen habe, normalen Kaffee zu kaufen«, sagte Jimmy.

»Ist in der Küche keiner?«

»Joan trinkt – trank – immer Ersatzkaffee. Im Laden im Dorf hatten sie ihn immer extra für sie auf Vorrat.«

»Oh, dann lassen wir es lieber. Das war köstlich.«

»Dodie ...«

»Hhmm?« Ich schaute in meine Schüssel und überlegte, ob ich sie auslecken durfte.

»Ein paar Leute im Dorf haben mich gefragt, wann Joans Beerdigung ist.«

»Was hast du geantwortet?«

»Dass ich es nicht weiß.«

»Ich kann erst einen Termin festsetzen, wenn die Todesursache feststeht, aber es wird irgendwann in den nächsten zehn Tagen sein, vorausgesetzt, der Gerichtsmediziner ist mit seiner Arbeit fertig. Der Pfarrer hat gesagt, er würde den Gottesdienst hier abhalten, aber die Kapelle ist in einem schrecklichen Zustand ... Ehrlich gesagt, ich weiß nicht, wo ich anfangen soll.«

»Ich bin sicher, sie werden dir helfen. Wenn du sie fragst.«

»Wer?«

»Mrs. Bright, Mrs. Curtis, Mrs. Halstead, alle. Sie würden liebend gern helfen, wenn du sie lässt.« Mrs. Halstead. Der gleiche Name wie der Inspector, mit dem ich gesprochen hatte. Warum hatte er mich nicht angerufen? »Wer ist Mrs. Halstead?«

»Sid Halstead hatte die Gärtnerei, erinnerst du dich?«

»Vage.«

»Mrs. Bright gehörte der Dorfladen, bis sie ihn schließen musste. Und die Curtis' kennst du, oder? Die Schweinezüchter.«

»Natürlich. Das ist sehr nett von ihnen. Aber warum tun sie das?«

»Joan hatte viele Freunde im Dorf, Dodie. Sie hat den Leuten immer geholfen. Sie hat Mrs. Brights Hüftoperation bezahlt – in einer Privatklinik. Das alte Mädchen wäre gestorben, bis der National Health Service in die Hufe kommt. Und als meine Mutter Krebs bekam, sollte sie ins Krankenhaus, aber sie wollte nicht. Joan hat eine Krankenschwester bezahlt, damit sie zu Hause bei Dad bleiben konnte. Sie tat es nicht aus Eigennutz oder so was, sie kehrte nicht die feine Dame raus, die Almosen an die Armen verteilt, sie tat es wirklich für die Menschen. Ich habe sie einmal gefragt – warum sie es getan hat –, und sie sagte, ihre Mutter hätte ihr beigebracht, immer ein wenig Geld in der Hinterhand zu haben, falls jemand Hilfe brauchte. Tut mir Leid, das klingt ... So hat sie es jedenfalls gesagt. Aber du solltest die Frauen besuchen.«

»Das wusste ich nicht.« Ich wollte nicht darüber nachdenken, dass Joan solche Dinge getan hatte. Dann musste ich nur weinen. Ich sah den Ofenschirm vor dem Kamin an. »Schade, dass nicht Winter ist. Wir hätten ein Feuer machen können.«

»Ich glaube nicht, dass in letzter Zeit der Schornsteinfeger da war.«

»Vielleicht sollte ich die Kamine mal sauber machen lassen.«

»Alle auf einmal? Das kostet dich die Haare vom Kopf.

Dieses Haus zu führen muss in seinen Hochzeiten ein ganz schönes Unternehmen gewesen sein.«

»Wahrscheinlich. Joan war brillant darin. Es gab Köche und Dienstmädchen, Personal für alles Mögliche, aber ihre Stärke war die Organisation. Man merkte es gar nicht, es lief immer wie ein Uhrwerk.«

Jimmy grinste. »Diese Listen, die sie immer gemacht hat. Nach dem Tod deines Vaters waren sie wahrscheinlich viel kürzer.«

»Joan war bestimmt ein bisschen verloren, als sie nicht mehr für ihn sorgen musste.«

»Sie war einsam.«

»Ich weiß. Ich wollte sie besuchen, aber –«

»Hey!« Er legte über den Tisch hinweg seine Hand auf meinen Arm. »Das sollte keine Kritik sein.«

»Nein, aber ich hätte es tun sollen. Es wurde einfach immer schwieriger, hierher zurückzukommen. Um ehrlich zu sein, ich habe mich nie gut mit meinem Vater vertragen. Er hat nicht viel getan, du weißt schon, diese väterlichen Sachen, und nachdem meine Mutter verschwunden war, wurde es nur schlimmer. Ich war die meiste Zeit im Internat, aber wenn ich nach Hause kam – na ja, es war einfach schrecklich. Entweder ignorierte er mich oder er kritisierte mich, und Joan und Angela stritten die ganze Zeit. Du weißt von Angela, oder?«

Jimmy nickte.

»Wie auch immer, dann ging ich auf die Universität, aber er war immer da und zog an meinen Fäden. Er sagte mir, was für Fächer ich im Abitur nehmen sollte, erlaubte nicht, dass ich auf eine Kunstschule gehe. Ich hasste die Universität. Ich sollte Wirtschaftswissenschaften studieren, obwohl ich viel lieber Malerei und Design machen wollte, deshalb verbrachte ich die meiste Zeit in Galerien. Ich habe eine Drei bis Vier im Examen gemacht, was ein Wunder war, bei dem minimalen Aufwand, den ich betrieben habe. Aber mein Vater sah es natürlich nicht so. Er war außer sich. Er sagte, ich wäre nicht daran interessiert, einen anständigen Job zu bekommen, und würde sowieso den erstbesten Mann heiraten, der mir über den Weg läuft, ich hätte genauso gut Sekretärin werden können, und er wüsste gar nicht, warum er sich die Mühe gemacht hatte, mich zur Uni zu schicken, weil alle Frauen gleich wären … Er hatte mich schon hundertmal angeschrien, und ich hatte einfach nur dagesessen und es erduldet, weil ihm niemals jemand widersprach, aber diesmal dachte ich, dieser Mann kontrolliert *mein ganzes Leben.* Und ich machte den Mund auf und schrie ihn an. Ich glaube, er war genauso verblüfft wie ich. Ich weiß nicht mehr genau, was ich gesagt habe – jedenfalls nicht jedes Wort –, aber ich erklärte ihm, ich sei keine Marionette und brauche sein Geld nicht, er müsse mir nicht alle fünf Minuten sagen, was ich zu tun habe und … na ja, das war so ungefähr das Wesentliche. Ich weiß noch, dass Joan irgendwann hereinkam, mich am Arm packte und versuchte, mich aus dem Zimmer zu ziehen, und ich ihn anschrie: ›Du Schwein, ich hasse dich, ich hasse dich, es ist alles deine Schuld.‹ Da redete ich nicht mehr von mir, ich meinte Mum, er war an ihrem Verschwinden schuld. Ich weiß, dass er wusste, was ich meinte, weil ich sein Gesicht sah, er war richtig schockiert. Einen Augenblick lang sah ich … Weißt du noch, was ich über den *Zauberer von Oz* gesagt habe, darüber, dass ich hinter den Vorhang schauen wollte?«

»Heute Nachmittag? Ja.«

»Ich habe einen alten Mann gesehen. Er hätte irgendein Rentner im Bus sein können.«

»Was ist dann passiert?«

»Das klingt alles sehr edel, nicht wahr? Ich sagte, ich brauche sein Geld nicht, und machte mich auf, ein neues Leben zu beginnen, aber ich war so naiv. Wo sollte ich hingehen? Ich hatte keinen blassen Schimmer. Mein Vater mochte ja viel gewesen sein, aber geizig war er nicht. Während meines Studiums überwies er mir regelmäßig Geld auf mein Konto. Er hatte mir in London eine Wohnung gekauft, ein Auto. Ich hatte in meinem ganzen Leben noch nie einen Kontoauszug angesehen.« Ich hielt inne. »Ich weiß, wie das für dich klingen muss, Jimmy.« Mein Gesicht glühte. »Du denkst wahrscheinlich, ich bin ein verwöhntes Biest, und ich würde es dir nicht mal übel nehmen –«

»Ich denke gar nichts. Erzähl mir den Rest auch noch.«

»Ich konnte nicht wieder in die Wohnung gehen, die er mir gekauft hatte, also blieb ich eine Weile bei einer Freundin und suchte mir den Job bei der Zeitschrift. Ich war verzweifelt. Ich konnte nicht Schreibmaschine schreiben, konnte nicht für mich sorgen, mein Gehalt war lächerlich, und ich hatte keine Ahnung, was das Leben kostete – Miete, ein Laib Brot, ein Liter Milch, ein Fahrschein für den Bus.« Jimmy fing an zu lachen. »Das ist nicht witzig! Ich wollte unabhängig sein und mein eigenes Leben führen und … und … Du wirst nicht glauben, was jetzt kommt.« Es klang so lächerlich, dass ich beinahe selber lachen musste. »Ich verdiente wirklich nicht viel Geld, aber ich kaufte Kleider und alles und fand, dass ich wirklich gut zurechtkam, weil der Bankdirektor mir keine bösen Briefe schrieb, und dann – ich glaube, es war sechs Monate später – bekam ich bei der Arbeit eine Unterhaltung mit, dass man seine Kontoauszüge kontrollieren solle, und ich dachte, stimmt, das sollte ich auch mal tun. Aber als ich sie sah, war da diese Extrasumme, die jeden Monat auf meinem Konto einging, ungefähr zehnmal so viel wie mein Gehalt. Natürlich von meinem Vater. Und ich hatte gedacht, ich käme *so gut* zurecht.«

»Es tut mir Leid«, sagte Jimmy, »aber die meisten Menschen –«

»Ich weiß. Willkommen im richtigen Leben. Das ist so blöd. Als ich das herausgefunden hatte, schrieb ich meinem Vater einen Brief, dass ich sein Geld nicht wolle. Ich hatte geschrieben, dass ich ihn nicht sehen wolle, also schickte er einen seiner Partner, jemanden, den ich kenne, der mir erzählte, mein Vater wolle nur mein Bestes. Ich widersprach, sagte, er will mich nur kontrollieren, und wir hatten einen lächerlichen Streit, weil das Ganze gar nichts mit dem Mann zu tun hatte, es war eine Sache zwischen meinem Vater und mir. Das Geld floss weiter auf mein Konto, nur dass ich es jetzt wusste und versuchte, es nicht anzurühren, was allerdings nicht funktionierte, weil mein Gehalt so niedrig war. Ich nahm es für die Miete, und natürlich dachte ich ab und zu, was soll's, und kaufte mir Kleider oder irgendwas anderes davon. Schließlich eröffnete ich ein Konto bei einer anderen Bank und ließ mir mein Gehalt dorthin überweisen, damit ich nur noch davon lebte. Ich hatte keine Ahnung. Ich versuchte, abends zu arbeiten, kellnerte, arbeitete in Bars. Ich wollte sein Geld nicht ausgeben, aber es war da. Ich hasste mich selbst dafür, denn inzwischen wusste ich, wie es war. Ich weiß schon. Für mich ist es leicht, das zu sagen, oder?« Ich sah Jimmy an. Jetzt lachte er nicht mehr, nicht mal mit den Augen.

»Erzähl weiter«, sagte er ruhig.

»Mit der Zeit brauchte ich sein Geld immer weniger. Ich hatte gelernt, was das Leben kostet. Ich machte keine Ferien, ich zerschnitt meine Kreditkarten. Ich schrieb mich in einen Kurs für Design ein und bekam einen besseren Job, ich wurde befördert und wieder befördert, und dann machten mir andere Firmen Angebote, was super war, weil sie nicht wussten, wer mein Vater ist, und das hieß, man behandelte mich wie jeden anderen Menschen auch. Dann konnte ich einen

Kredit aufnehmen und mir ein Auto kaufen, und in den letzten zwei Jahren war ich … unabhängig.« Für mich war es so ein Triumph gewesen, aber hier, vor Jimmy, klang es erbärmlich. Als wollte ich einen Orden haben für das, was jeder normale Mensch tut. »Hör mal, Jimmy, es tut mir Leid«, sagte ich. »Ich bin … ich glaube, ich kann nicht mehr. Vielleicht solltest du besser gehen.«

»Wenn du willst.« Ich konnte nicht erkennen, ob er sauer war. »Entschuldige mich einen Moment.« Ich rannte auf eins der unteren Klos, setzte mich auf den Deckel und starrte die Wand an. Blasse Flecken bedeckten die Wände, da wo Bilder gehangen hatten. Onkel Lawrences Sammlung Moderner Kunst, die mein Vater geerbt hatte. Mein Vater wollte sie in seinen Räumen nicht haben, deshalb ließ er sie hier unten aufhängen. Eins der Bilder, das hier hing, mochte ich sehr gern, ein kleiner John Minton, *Friedhof auf Korsika.* Ich könnte es raussuchen und irgendwo aufhängen, dachte ich.

Der Gedanke an das Bild beruhigte mich ein wenig, und ich wusch mir das Gesicht mit kaltem Wasser und kehrte ins Esszimmer zurück. Jimmy hatte abgeräumt und rauchte eine selbst gedrehte Zigarette. Sie sah aus, als wäre sie unter einen Lastwagen gekommen.

»Rauchst du nie richtige Zigaretten?«, fragte ich.

»Manchmal. Sie schmecken mir nicht besonders. Und die hier sind billiger. Willst du einen Kognak? Ich habe neuen besorgt.«

»Danke. Und danke, dass du nicht gegangen bist.«

»Du solltest schlafen gehen. Ich werde aufräumen. Keine Angst, ich sorge dafür, dass alles gut abgeschlossen ist, wenn ich gehe.«

Ich war froh, dass er nicht angeboten hatte zu bleiben. Ich fühlte mich erschöpft.

»Dodie?«

»Ja.«

»Willst du, dass ich wiederkomme? Nach dir schaue?«

»Ja, bitte. Wenn es dir keine Mühe macht, meine ich. Hast du nicht schrecklich viel zu tun? In dem Restaurant, meine ich.«

»Manchmal bekomme ich Ausgang.«

»Morgen muss ich nach London und ein paar Sachen regeln, aber übermorgen bin ich wieder da. Ich weiß noch nicht genau, wann ...«

»Ich rufe dich vom Restaurant aus an.« Er schenkte noch etwas Kognak in einen Kognakschwenker und reichte mir das Glas. »Warum nimmst du es nicht mit?«

»Gute Idee.«

»Schlaf gut, ja?« Als ich an ihm vorbeiging, griff er nach meiner freien Hand und gab ihr einen kleinen Kuss.

»Gute Nacht, Jimmy. Und danke für das Essen. Ich habe es genossen.«

Ich ging in Joans Wohnzimmer und legte mich in das Durcheinander von Laken, Decken und Kissen auf dem Boden, aber ich konnte nicht schlafen. Ich hörte, wie Jimmy die Hintertür abschloss und wegfuhr, und mir fiel ein, dass ich vergessen hatte, ihn nach dem Schlüssel zu fragen. Ich zog einen Bademantel an, den ich in einem der oberen Schränke gefunden hatte, und ging mit dem leeren Kognakglas in der Hand den Flur entlang zurück ins Esszimmer. Die Flasche stand noch auf dem Tisch. Ich nahm sie mit in die Halle, machte alle Lichter an und die Türen weit auf. Ich hatte vergessen, wie still es in Camoys Hall nachts ist. Ich hockte mich auf den Sockel einer der Säulen, die das Portal trugen. Sie war mit Flechten bewachsen und noch warm von der Sonne. Manchmal hatte ich mit Des an den Sommerabenden hier draußen gestanden, wenn er nach dem Essen seine Zigarre rauchte. Joan erlaubte nicht, dass er sie im Haus rauchte. »Kommst du mit, Dodie?«, sagte er immer. Wir schauten über den Rasen, wie hinter dem Zaun die Kühe in den Stall getrieben wurden, und sangen »Goodnight Ladies« zu der Melodie von »Einer geht noch«. Am Schluss war das immer ziemlich schwierig, weil man die Worte so zusammenquetschen musste.

Seltsam, aber ich wollte Jimmy alles Mögliche erzählen. Allerdings nichts über Mum, das wäre, als würde ich um Mitleid heischen. Und ein Journalist mit einem fetten Scheckbuch genügt, um dein ganzes Leben zu zerstören. Wie bei meinem Freund Tony. Sein Vater drehte total durch – Tony hatte noch nicht mal ihm gesagt, dass er schwul ist. Aber als wir im Ballsaal waren, hätte ich Jimmy beinahe etwas erzählt.

Es geschah ein paar Monate, bevor Mum entführt wurde. Wir waren in unserem Haus in Knightsbridge. Es muss Winter gewesen sein, weil ich meine neuen, kniehohen Lederstiefel mit Lammfellfutter trug. Ich weiß nicht mehr, wo wir gewesen sind, aber anschließend gingen wir in einen U-Bahnhof, was so etwas wie ein Abenteuer war, weil wir normalerweise mit dem Auto oder dem Taxi fuhren. Es war ein großer U-Bahnhof irgendwo im Zentrum Londons. Ich erinnere mich daran, dass es ziemlich dunkel war, als wir dort hinliefen, sehe noch die verschwommenen Lichtkegel von Straßenlaternen und Autos und Geschäften und die vielen Menschen vor mir, die nach der Arbeit nach Hause eilten. Ich war so aufgeregt, als wir die Rolltreppe hinunterfuhren und ich all die Plakate für Werbung und Filme sah, auf denen gut aussehende Männer mit Waffen und Cocktails in der Hand abgebildet waren und wunderschöne Frauen in Bikinis. Überall waren Menschen, ich habe noch den Geruch in der Nase und die leuchtenden Farben vor Augen.

Ich dachte, Mum würde stehen bleiben und auf den Stadtplan schauen, aber das tat sie nicht, vielleicht habe ich auch geträumt, jedenfalls war sie gerade noch auf der Rolltreppe neben mir gewesen, und dann eilte sie durch einen der Gänge, die zu den Bahnsteigen führten, davon, und alles, was ich von ihr sah, war ihr Hinterkopf. Zwischen uns war eine dichte Menschenmenge, die sich ihren Weg zu den Zügen bahnte. Ich sagte: »Entschuldigung, entschuldigen Sie bitte«, und versuchte, eine Lücke zwischen all den dicken Mänteln zu finden, aber die Leute sagten immer wieder: »Hör auf zu drängeln« und »Wir haben es alle eilig« und ließen mich nicht durch. Ich verlor sie aus den Augen und rief: »Mum! Mum!«, aber sie hörte mich nicht. Ich senkte den Kopf und schob mich vorwärts, und dann sah ich plötzlich, dass die Menschen vor mir für etwas Platz machten und dass es Mum war. Sie stand einfach da und sah in meine Richtung. Menschen schoben sich an ihr vorbei, um auf den Bahnsteig zu kommen, so dass sie sich dagegenstemmen musste, aber sie blieb einfach stehen und schaute stur geradeaus. Ich hakte mich bei ihr unter und hielt mich an ihrem Arm fest. Eine Frau trat mir auf den Fuß, und ein Mann stieß mit seiner Aktentasche gegen mein Bein. »Mum, was machst du? Haben wir uns verlaufen?«, fragte ich. Sie schien gar nicht zu bemerken, dass ich da war.

Dann lichtete sich die Menge ein wenig, und ich sah, dass Mum eine riesige Ledertasche dabeihatte. Es war ein bisschen wie ein Traum. Ich hatte nicht gemerkt, dass sie sie trug. Es schien so, als hätte sie sich plötzlich materialisiert. Einen Moment lang dachte ich, dass jemand sie im Gedränge fallen gelassen hatte, aber dann sah ich, dass sie sicher zwischen Mums Füßen klemmte. Ich sagte: »Bitte, lass uns auf dem Stadtplan nachschauen, wo wir sind, damit wir nach Hause gehen können«, aber sie hockte sich vor der Tasche auf die

Fersen, zog den Reißverschluss auf und fing an, Sachen herauszuholen. Kleider. Ihre und meine. Die Tasche war voll davon: Blusen und Röcke, sogar Unterwäsche war dabei. Ich rüttelte sie an der Schulter und fragte: »Was machst du da?«, aber sie schob meine Hand weg.

Ein paar Menschen kamen näher, und sie richtete sich auf und hielt ein paar Sachen in die Luft. »Möchten Sie das haben? Es ist so gut wie neu.« Aber die Leute ignorierten sie und eilten weiter. Dann trat sie vor einen älteren Geschäftsmann und zeigte ihm ein wunderschönes Spitzenhemd. »Nehmen Sie das für Ihre Frau.«

Der Mann schob es zurück. *»Entschuldigen Sie.«*

Sie hielt ihn von hinten fest. »Nehmen Sie es für Ihre Frau.«

»Ich habe keine Frau.« Er ging weiter.

Mum folgte ihm. »Dann für Ihre Freundin. Ich bin sicher, es wird ihr gefallen.«

Er blieb stehen. »Ich habe kein Geld dabei.«

»Ich will kein Geld. Bitte nehmen Sie es.«

»Na gut.« Er nahm es. »Sind Sie sicher, dass Sie kein Geld wollen?«

»Ja, ehrlich. Sie können es haben.«

»Na dann, danke.« Er machte ein verlegenes Gesicht und schob es schnell in seine Aktentasche.

Sie wandte sich von ihm ab und bot einer gewichtigen, großmütterlich aussehenden Frau eine Bluse aus schwerer, cremefarbener Seide an. Die Frau betastete den Stoff mit Daumen und Zeigefinger und sagte: »Nur zu, nur zu.« Sie hielt uns einen geflochtenen Plastikkorb hin, als erwartete sie ein Pfund Kartoffeln. Weiß Gott, was sie mit dieser Bluse anfangen wollte, denn Mum trug Größe 36.

Andere Menschen kamen vorbei, und Mum gab auch ihnen Kleider, und dann kamen zwei Sekretärinnen – jedenfalls sahen sie aus wie Sekretärinnen –, bekamen mit, was da vorging, und begannen, in der Tasche zu Mums Füßen herumzuwühlen, Sachen herauszufischen und die Schilder zu prüfen, als wären sie bei einem Ausverkauf. Mum sah hinunter. »Bedienen Sie sich«, sagte sie. »Nehmen Sie sich, was Sie wollen.«

Pendler blieben stehen und umringten uns, um herauszufinden, was da los war, der Kreis schloss sich immer enger um uns, als die Leute hinter ihnen vorbeidrängten, bis sie beinahe über uns drüberfielen. Mum verteilte Kleidungsstücke an jeden, der sie haben wollte. Ich erhaschte immer wieder einen Blick auf die verschenkten Stücke: ein Kleid von Frank Usher aus handbemalter Seide, ein schwarzes Balmain-Kostüm, ein dunkelblaues Teil von Jean Muir, ein beiges Stück von Kenzo. Eine der Sekretärinnen zu Mums Füßen, ein dünnes Mädchen mit einer dicken, schwarzen Brille, zog Mums luftiges, weißes Ossie-Clark-Kleid aus der Tasche. Ich war dabei gewesen, als sie es gekauft hatte, und es war mein Lieblingskleid. Ich kniete mich hin und versuchte, es zu fassen zu kriegen, aber die Sekretärin hielt es mit einer Hand fest und schob mich mit der anderen beiseite. »Lass los«, sagte sie. »Das will ich.« Ihr schlechter Atem war zwischen einem Dutzend Beinpaaren gefangen.

Aus dem Augenwinkel sah ich meinen rosa Rock auf dem grauen, schmutzigen Boden liegen, zerknittert und mit Füßen getreten, zerrissen und besudelt. Ich ließ das Kleid los und streckte mich zwischen den mahlenden Stiefeln und Schuhen, um ihn zu retten, doch ich kam nicht nahe genug heran. Ich kroch auf Händen und Füßen vorwärts, und irgendjemand trat mir auf die Hand. Als ich endlich bei meinem Rock angekommen war, schleppte die Menge durch den Tunnel eine Spur von Kleidungsstücken mit sich. Ein Mädchen blieb mit dem hohen Absatz ihres Stiefels in einem Top von Yves St. Laurent hängen und knickte mit dem Fuß um.

Ich hörte, wie sie sagte: »Autsch. Verdammter Mist«, und sah, wie der Stoff zerriss, als sie ihn von ihrem Fuß zerrte und auf den Boden warf. Die beiden Sekretärinnen standen auf und liefen kichernd weg, die Taschen zum Bersten mit Mums Kleidern vollgestopft. Ich weiß nicht, was die Sachen damals gekostet haben, aber heute wären sie vier- oder fünftausend Pfund wert. Sie haben nicht einmal Danke gesagt.

Meine Hand fühlte sich an, als wäre sie gebrochen. Ich presste sie mit dem anderen Arm gegen meine Brust, damit sie aufhörte, wehzutun. Über meinen Kopf hinweg reichte Mum ein Bündel T-Shirts an eine plumpe, mütterliche Frau. Ich warf einen Blick in die Tasche. Es war nur noch ein Stück darin. Kennen Sie das, wenn man als Kind ein absolutes Lieblingskleidungsstück hat? Das man immer anziehen will, egal, wie alt oder abgetragen oder schmutzig es ist? Ich hatte eine rosa-weiß gestreifte Jacke. Des hatte sie mir aus Paris mitgebracht, als ich sieben war, und langsam wurde sie mir zu klein, aber sie war wirklich etwas Besonderes, und ich liebte sie mehr, als ich je etwas in meinem Kleiderschrank geliebt hatte, davor und danach. Sie war das letzte Stück in der Tasche.

Ich sah zu Mum auf. »Kann ich die behalten?« Ich hielt die Jacke hoch, damit Mum sie sehen konnte. »Es ist meine Lieblingsjacke. Bitte, darf ich?«

Inzwischen kamen nur noch wenige Pendler, und wir hatten einen freien Blick durch den Gang. Ein paar von den Kleidern waren bis ans andere Ende des Gangs geweht, und der Fahrtwind der Züge ließ sie im Wind flattern. Von weitem sahen sie aus wie Müll. Eine Frau mit einem Mädchen in meinem Alter kam vorbei. Ich packte Mum am Arm, aber es war zu spät. Sie hatte die Jacke schon in der Hand.

»Ich glaube, die würde Ihrer Tochter gut stehen«, sagte sie. »Möchten Sie sie haben?« Sie wandte sich an das Mädchen.

»Möchtest du sie haben? Wenn du willst, kannst du sie behalten.«

»Mum«, flüsterte ich. »Die anderen Sachen sind mir egal, aber lass mich die Jacke behalten.«

Die Mutter sah ihre Tochter an. »Die Dame fragt, ob du sie haben willst, Sandra.« Sie nahm die Jacke und hielt sie dem Mädchen an die Brust und lehnte sich ein wenig zurück, um sie zu betrachten. »Sieht wirklich hübsch aus. Was meinst du, Sandra?«

»Bitte«, wisperte ich.

Die Tochter hörte mich und grinste. Sie trug eine große Zahnspange aus Metall. »Danke, ich finde sie toll.« Ich sah zu, wie die Mutter die Jacke zusammenfaltete und in ihre Tasche stopfte. Die Tochter starrte mich an und wartete darauf, dass ich anfing zu weinen.

Wir sahen ihnen nach. »Warum hast du das gemacht? Ich habe dich gebeten, es nicht zu tun. Ich habe dich *angefleht.*«

»Es ist nur eine Jacke.«

»Es war meine Lieblingsjacke. Aus Paris.«

»Es spielt keine Rolle, woher sie war. Es war nur ein Haufen Wolle, mehr nicht. Völlig unwichtig.«

»Gar nicht unwichtig. Es war *meine* Jacke.«

»Gut, wenn du mir nicht glaubst, hat es keinen Sinn, es dir zu erklären.« Sie zog den Reißverschluss der Tasche wieder zu und lehnte sich in der Hocke an ein Werbeplakat, das auf der gewölbten Wand des Gangs klebte.

»Ich hasse dich.«

»Nein, das tust du nicht, Dorothy. Natürlich tust du das nicht.«

Ein U-Bahn-Angestellter kam und fragte Mum, was sie da mache. Wahrscheinlich hatte sich jemand über uns beschwert. Mum wehrte sich nicht. Wir folgten dem Mann in einen kleinen, grauen Raum und warteten, bis die Polizei kam. Der Mann bot mir eine Cola an. Ich dachte, Mum würde es mir verbieten, aber sie sagte nichts. Auf einem meiner Lederstiefel war ein schwarzer Fleck, den ich zu verstecken versuchte, indem ich den anderen Fuß daraufstellte. Die Polizei verhaftete Mum nicht, und sie bekam auch keine Anzeige, sie brachten uns einfach nach Hause.

Joan muss Bescheid gewusst haben, weil sie in unserem Haus in Knightsbridge war, als man uns zurückbrachte, aber ich glaube nicht, dass sie es jemandem erzählt hat. Sie kann es nicht weitererzählt haben, denn es wäre unweigerlich bei meinem Vater gelandet, und der hätte Mum wahrscheinlich auf der Stelle für geisteskrank erklärt. Joan entfernte den Fleck auf meinem Stiefel mit Wildlederreiniger und ging mit mir zu Harrods, um neue Garderobe für mich zu kaufen, obwohl sie nie ein Wort darüber verlor, warum ich sie brauchte. Sie versuchte sogar, einen Ersatz für die rosa-weiß gestreifte Jacke zu finden, doch keine war auch nur annähernd so gut.

Ich weiß nicht, warum ich dachte, Jimmy würde auch nur ein Wort von all dem verstehen. Ich verstehe es selbst nicht, und er ist Gott sei Dank Koch und kein Psychiater. Das ist sowieso alles Scheiße. Meine Freundin Coralie Markham war bei einem Psychiater, nachdem ihr dritter Mann sie verlassen hatte. Es funktionierte – irgendwas dabei funktionierte –, aber sie fing plötzlich an, sich die ganze Zeit zwanghaft zu analysieren. Ehrlich, es war so langweilig, dass man sich wünschte, sie hätte nicht aufgehört, die Pillen zu nehmen.

Ich überlegte gerade, ob ich Coralie wegen der Beerdigung anrufen sollte – sie hat sich immer gut mit Joan verstanden –, als ich das Geräusch hörte. Das Licht aus der Halle beleuchtete die Säulen und die Steinfliesen, aber jenseits davon war alles schwarz. Etwas oder jemand bewegte sich in der Dunkelheit. Füße auf dem Rasen. Blätterrascheln. Kiesknirschen. Zu schwer für einen Fuchs. Ein Mann.

»Hallo? Ist da wer? Hallo?«

Wieder Knirschen. Und dann Atmen. Ganz nah. Nah genug, um das Atmen zu hören.

Da draußen war jemand.

9

Es dauerte zehn Minuten, bis ich genug Mut hatte, in Joans Wohnzimmer zurückzugehen. Die Fenster im vorderen Teil des Hauses sind in Ordnung, weil sie Fensterläden haben, aber die im rückwärtigen Teil haben keine. Die Fenster im Flur haben nicht mal Vorhänge. Ich dachte die ganze Zeit, ich würde ein Gesicht sehen, das mich anstarrte.

Am nächsten Morgen weckte mich das Telefon. Es war der Verwaltungsbeamte aus dem Krankenhaus, der mir mitteilte, dass der Gerichtsmediziner bei Miss Draycott keine Obduktion angeordnet hatte, so dass man die Entlassungspapiere ausstellen könne. Ich legte den Hörer auf und rieb mir die Augen. Entlassungspapiere. Man sollte wirklich meinen, inzwischen gäbe es einen besseren Euphemismus dafür. Reg dich nicht auf, sagte ich mir. Beruhige dich. Denk nicht darüber nach, was du tust. Ich rief das Bestattungsunternehmen an, um Joans Transport aus dem Krankenhaus zu organisieren, dann hinterließ ich dem Pfarrer eine Nachricht mit der Frage, ob er den Trauergottesdienst am Samstag, dem 29. halten konnte und hinterließ meine Londoner Nummer. Ich warf einen Blick auf den Kalender. Elf Tage. Zeit genug.

Auf dem Weg nach London schaute ich bei Mrs. Curtis rein. Die Curtis' wohnen in einem großen, grob verputzten Nachkriegshaus am Rand des Dorfes. Ich stand auf dem grauen Betonweg zwischen Reihen von Bambusstäben, an die blaue Plastikschnipsel gebunden waren, um die Vögel von Mrs. Curtis' Gemüse zu vertreiben, und drückte auf die Klingel. Niemand kam. Ich wollte gerade wieder gehen, als eines der Seitenfenster aufging und eine der Zwillingsschwestern den Kopf herausstreckte.

»Carol?«, rief ich. Es sind eineiige Zwillinge, mit babyblauen Augen und einem Wust unkämmbarer, kurzer Locken, die aussehen wie ein Teller *Fusilli,* aber ich kann sie eigentlich immer unterscheiden.

»Ja«, rief sie. »Entschuldige, aber ich war auf dem Klo. Komm hinten rum.«

Ich folgte dem Betonpfad ums Haus, vorbei an einem Haufen Mülltonnen. Die Küchenfenster waren beschlagen, und als ich die Tür öffnete, schlug mir in Kopfhöhe eine Reihe dampfender, grauer Küchentücher entgegen, die auf einem Trockengestell von der Decke hingen.

Carol war hinter der Wäsche. »Ich habe gerade Mittag gegessen. Du musst drunter durchkriechen. Man kann sie nicht höher hängen, der Zug klemmt.« Sie saß neben der hellen Arbeitsplatte aus Resopal. Ihre Nägel hatten Trauerränder, und ihre Finger hinterließen graue Abdrücke auf dem weichen, weißen Sandwich. Sie trug keine Strumpfhosen, und der Reißverschluss ihres Rocks wurde oben von einer Sicherheitsnadel gehalten und gab den Blick auf ein Stückchen einer ehemals weißen Unterhose frei.

»Eine Tasse Tee?«, fragte sie. »Ich bin im Moment zum Essen reingekommen. Ich arbeite jetzt auf der Farm, darum esse ich lieber hier als zu Hause.« Ich wollte mich gerade setzen, als sie sagte: »Kannst du bitte Wasser aufstellen? Ich bin schon den ganzen Morgen auf den Beinen.«

Was ich an Carol und Jackie liebe, ist, dass das Geld zwischen uns keine Rolle spielt. Ich bin jünger als sie, deshalb kommandieren sie mich herum, und ihr Haus oder ihr Lebensstandard war ihnen nie peinlich. Ich tue ihnen Leid, weil ich nicht verheiratet bin.

Ich steckte den elektrischen Kessel ein und öffnete ein paar Schränke auf der fruchtlosen Suche nach sauberen Bechern.

»Das mit Joan tut mir so Leid, Doe. Mum hat sich schon gefragt, ob du vorbeikommst.«

»Ist sie da?«

»Mit Dad in die Stadt gefahren.«

»Könntest du sie bitten, mich wegen der Beerdigung anzurufen?«

»Klar. Weißt du schon, wann sie ist?«

»Der Pfarrer hat mich noch nicht zurückgerufen. Es ist wegen der Kapelle. Jimmy meinte, deine Mum würde mir helfen, sie sauber zu machen.«

»Jimmy Henessey?«

»Kennst du ihn?«

»Natürlich kenne ich ihn.« Sie beugte sich vor. »Läuft da irgendwas? Zwischen euch?«

»Nein, er hat nur Joan manchmal besucht, das ist alles.«

Carol zündete sich eine Zigarette an. »Schieb mal den Unterteller rüber, Doe.« Sie zeigte auf einen angeschlagenen, grünen Teller, auf dem zwei ausgequetschte Teebeutel lagen. »Und? Lebst du in London mit jemandem zusammen?«

»Nein.«

»Gibt's jemanden?«

»Im Moment nicht.«

»Niemand da, den du magst?«

»Eigentlich nicht.«

Carol grinste. »Sei vorsichtig mit Jimmy«, sagte sie, als könnte sie meine Gedanken lesen. »Er ist klasse, ich weiß. Aber er hat sich hier einen Namen gemacht. Sei einfach vorsichtig, mehr nicht.« Sie tippte sich an die Nase. »Tu nichts, was ich auch nicht tun würde, okay?« Sie stopfte den letzten

Bissen ihres Sandwiches in den Mund. »Hab ich dir eigentlich schon mal meine Hochzeitsfotos gezeigt?«

Carol hat vor fünf Jahren geheiratet. Sie hatte mich eingeladen, aber ich war nicht da gewesen, weil ich meinen Vater nicht treffen wollte.

»Warte, ich hole das Album. Mum hebt es hier für mich auf, damit die Kinder es nicht in ihre klebrigen Finger kriegen.« Sie sprang auf und kam mit einem Fotoalbum in einem abgegriffenen, weißen Satineinband zurück. Auf der Vorderseite stand *Unsere Hochzeit*, umgeben von flatternden Bändern und schwingenden Glocken. »Es war ein wunderschöner Tag«, sagte sie und zeigte mir ein Foto von sich in Weiß, wie sie vor der Kirche in die Sonne blinzelte.

»Ich wusste gar nicht, dass du in Camoys Hall geheiratet hast.«

»Ich wäre auch nicht darauf gekommen, aber Joan hat es uns angeboten. Sie ließ die Kapelle herrichten, hat die Blumen bezahlt und alles. Ich wollte immer in einer Kirche heiraten. Jackie war nur auf dem Standesamt, das ist überhaupt nicht dasselbe.« Sie holte ein zerknittertes Polaroidfoto aus einer Einstecktasche auf der letzten Seite des Albums. »Schau, sie trägt ein ganz gewöhnliches Kostüm. Patrick hat ihr nur einen ganz kleinen Hochzeitsstrauß geschenkt. Ich fand, das war ein bisschen gemein. So eine Hochzeit wollte ich nicht. Sieh mal«, sagte sie und blätterte zu den Bildern ihrer eigenen Hochzeit zurück. »Dave in seiner Uniform. Sieht er nicht gut aus?« Carols Mann, Dave, hatte die Army ein Jahr nach der Hochzeit verlassen. »Und da ist Tommy in seinem kleinen Anzug. Ist er nicht süß? Er war so brav, ich konnte es kaum glauben.« Carol zeigte auf ein Foto ihres ältesten Sohnes. »Mum hat auf ihn aufgepasst, als wir auf Hochzeitsreise waren. Da haben wir Jason gezeugt.« Sie lachte. »Mir reichen zwei. Jackie hat inzwischen vier.«

»Wie geht's Jackie?«

»Ach, ganz gut. Immer noch mit Patrick zusammen.«

»Und wie geht's Dave?«

»Hab ich dir das nicht erzählt? Wir haben uns getrennt. Ich liebe ihn immer noch, aber ich bin jetzt mit jemand anders zusammen.«

»Und die Kinder?«

»Denen geht's gut. Dave gibt mir allerdings keinen Penny für sie.«

»Zahlt die Sozialhilfe nicht?«

Carol lachte. »Die springt nur ein, wenn die Männer einen Job haben, Doe. Dave ist für sie uninteressant. Willst du eine?« Sie schob eine Schachtel mit Geleefrüchten über den Tisch.

»Nein danke.«

»Auf Diät? Du solltest ein bisschen zulegen, nicht abnehmen.« Sie befingerte die oberste Lage der Süßigkeiten, fand nichts, was ihr gefiel, und suchte in der unteren Lage weiter. »Jackie nennt ihn Catweazle.«

»Wen?«

»Meinen neuen Freund.«

Ich muss ein ziemlich verständnisloses Gesicht gemacht haben, denn sie sagte: »Erinnerst du dich nicht an die Fernsehserie? Ach nein, ihr hattet ja keinen Fernseher, oder?« Sie sah mich mitleidig an. »Catweazle war dieser Typ in der einen Kinderserie. Er hatte strubbelige Haare und einen Bart wie ein Zauberer. Vielleicht war er auch ein Zauberer, wenn ich es mir recht überlege. Greg – so heißt er – ist ein bisschen älter als ich, deshalb hat er mehr Falten, und mit dem Bart und so ... Jackie sagt, er sieht aus wie Catweazle.«

»Wohnt er in der Nähe?«

»In einem Wohnwagen. Ich war noch nie dort. Es ist ihm peinlich. Seine Frau hat ihn rausgeworfen, als sie sich getrennt haben, und er wusste nicht, wohin. Er war auch in der Army wie Dave. Er kommt immer zu mir. Du solltest abends mal vorbeikommen. Er wird dir gefallen.«

»Das wäre klasse. Hör mal, Carol, ich muss los. Soll ich dir meine Telefonnummer in London dalassen, falls deine Mutter mich anrufen will? Ich bin wahrscheinlich morgen wieder hier, aber für alle Fälle …«

Carol bot mir ihre Zigarettenschachtel und einen abgesplitterten Bleistiftstummel an. »Schreib's hier drauf. Keine Sorge, Doe, ich gebe sie ihr.«

Ich fand einen Stapel Briefe und sieben Nachrichten auf meinem Anrufbeantworter, als ich in meine Wohnung in London kam. Tony Hepworth wollte wissen, warum ich ihn nicht angerufen hatte; eine war von Des: »Wir haben morgen um fünf einen Termin bei Benny, ich hole dich um halb fünf ab und reserviere hinterher irgendwo einen Tisch, bis dann.« Jemand namens Alex: »Das Stück hat schon angefangen, ich steh vor dem Theater, wenn du das hörst, ruf mich auf meinem Handy an.« Dann wieder Alex: »Es ist jetzt zwanzig nach acht, offensichtlich hast du meine Nachricht nicht erhalten, wo bist du? Wenn du in den nächsten zehn Minuten deinen Anrufbeantworter abhörst, ruf mich an.« Und schließlich: »Jetzt ist es Viertel vor neun, und ich gehe nach Hause, du kannst mich später dort anrufen. Ich hoffe, es geht dir gut.« Ich dachte, jemand müsse sich verwählt haben, bis ich in meinem Terminkalender nachschaute und entdeckte, dass ein Mann namens Alex Henshall am Montagabend mit mir in *Fräulein Julie* im Nationaltheater gehen sollte. Gut, dass ich es vergessen hatte. Ich hätte mich wahrscheinlich umgebracht, wenn ich einen Strindberg hätte durchhalten müssen. Am besten sagte ich meine gesellschaftlichen Termine für die nächsten zwei Wochen ab, um ganz sicherzugehen. Dann kam eine Nachricht von dem Pfarrer aus Camoys, in der er mir mitteilte, dass ihm Samstag, der 29. recht war, wie wäre es um elf? Die letzte Nachricht war von Inspector Halstead. Nur eine Telefonnummer.

Ich zog die Jalousien hoch, spulte den Anrufbeantworter zurück und zog mich mit meinem Handy und einem großen Gin Tonic in mein Arbeitszimmer zurück. Ich spielte eine halbe Stunde am Computer herum, dann leerte ich den Gin Tonic mit einem Zug und rief Inspector Halstead an.

Er war selbst dran, was mich überraschte. »Danke, dass Sie zurückrufen, Miss Blackstock.«

»Gibt es was Neues?«

»Wir haben die Zähne mit den Zahnarztunterlagen verglichen, und die Dame, die wir hier haben, ist Ihre Mutter, wie Sie gedacht haben.«

»Zahnarztunterlagen? Werden die nicht vernichtet?«

»Normalerweise schon. Bei Privatpatienten heben sie sie manchmal länger auf, aber ich muss zugeben, so lange selten. Wir dachten, es ist einen Versuch wert, und wir hatten Glück.«

»Und alles passt zusammen?«

»Ja.«

»Danke.« *Danke?* Ich hatte mich innerlich bereits damit abgefunden, dass es Mum war, aber es war etwas anderes, es offiziell oder wissenschaftlich bestätigt zu bekommen. Mein Kopf schien plötzlich leer zu sein. Ich brachte kein vernünftiges Wort heraus. Ich fragte mich, ob Inspector Halstead mich atmen hörte. »Warum … Ich meine, können Sie mir sagen … Was war die Todesursache? Wissen Sie es?«

»Wir werden es Ihnen sagen können, wenn die Testergebnisse da sind, das wird vermutlich morgen sein, aber ich rufe Sie an, sobald ich etwas weiß.«

»Sie werden mir zuerst Bescheid geben, ja? Sie werden der Presse nichts sagen, ehe Sie es mir gesagt haben.«

»Natürlich nicht. Das würden wir nie tun.« Er sprach aufmunternd, als hätte ich etwas Lächerliches gesagt.

»So was kommt vor. Eine Freundin erfuhr erst vom Tod ihres Stiefvaters, als sie die Überschrift in der *Sun* sah.«

»Ich gebe Ihnen mein Wort, dass so etwas diesmal nicht passiert.«

»Ich muss es zuerst wissen. Vor allen anderen. Es ist wirklich wichtig.« Ich gab ihm meine Handynummer und die Nummer in Camoys Hall. Dann mixte ich mir noch einen Gin Tonic und holte Joans altes, zerfleddertes Adressbuch aus meiner Tasche, um eine Liste der Leute zu machen, die zu ihrer Beerdigung eingeladen werden mussten. Doch ich konnte mich nicht konzentrieren. Schließlich entschied ich, dass Des vielleicht mehr Namen kannte als ich, und stopfte alles in meine Tasche, um es nachher mitzunehmen, dann ging ich ins Bad und versuchte, mich ein wenig passabel herzurichten. Bis ich meine ersten Kontaktlinsen bekam, wusste ich nie, wie mein Gesicht ohne Brille aussah, so kurzsichtig bin ich. Da muss ich ungefähr fünfzehn gewesen sein. Ich war zwar über das Alter hinaus, auf eine wunderschöne Prinzessin aus dem Märchen zu hoffen, aber das erste Mal war trotzdem eine Enttäuschung. Weil ich irgendwie gedacht oder gehofft hatte, meiner Mutter ähnlich zu sehen. Die Leute sagen mir immer wieder, dass ich ihr ähnlich bin, aber das liegt nur an den roten Haaren. In Wirklichkeit wollte ich in den Spiegel schauen und staunend ihr Gesicht mit einem wunderschönen Nebel drumherum sehen. Doch das passierte nicht.

Einige Jahre später stieß ich zufällig auf ein Gedicht. Ich weiß nicht, wer es geschrieben hat, aber ich habe die Worte nie vergessen:

Dies Gesicht
Diese Miene, die du trägst,

Du hast sie dir nicht ausgesucht, nicht wahr?
Jemand sagte: Da hast du, sieh zu, was du damit anfängst.

In meinem Fall war nicht viel drin.

Als Des durch die Tür kam, breitete er die Arme aus, und wir hielten uns eine Ewigkeit fest, ohne ein Wort zu sagen. Er hatte weniger Haare, als ich in Erinnerung hatte, aber er wirkte fit und war sonnengebräunt. Er betrachtete mich kritisch. »Du bist ja spindeldürr. Du machst doch nicht etwa irgendeine törichte Diät?«

»Bestimmt nicht. Du siehst aber ziemlich gut aus.«

»Ich war in einem dieser gesunden Badeorte. Dort wickeln sie dich in Unmengen von Tüchern, misshandeln dich und zwingen dich, eine Woche lang nur verdammte Karotten zu essen. Natürlich schleicht man sich hinaus, um eine Zigarre zu rauchen, aber sie riechen es aus einer Meile Entfernung, und man kriecht mit eingezogenem Schwanz zurück, und alle schauen einen vorwurfsvoll an.« Er schnitt ein Gesicht. »Keine Ahnung, ob das gesund ist, aber man fühlt sich so *rein.* Vielleicht solltest du es auch mal versuchen. Sie könnten dich ein wenig aufpäppeln.«

»Als Nächstes wirst du Feuchtigkeitscreme benutzen, Des.«

»Nein, das werde ich nicht. Außerdem gibt es so was für Männer nicht.«

»Heutzutage schon.«

»Oh Gott! Wohin soll das noch führen? Als ich jung war, war man ein Schwächling, wenn man bei Regen einen Schirm aufspannte, geschweige denn sich so einen Dreck ins Gesicht schmierte.«

»Bist du in diesem Badeort so braun geworden?«

Des machte ein unsicheres Gesicht. »Ich war in Südfrankreich. In den Ferien. Hab mir da unten ein Haus gekauft. Da wimmelt es von Grauen Panthern.« Er grinste. »Einige sind sogar älter als ich, wenn du dir das überhaupt vorstellen kannst. Du musst mich dort mal besuchen kommen. Ein bisschen Leben ins Haus bringen. Lassen wir das ganze Gesundheitszeug, der Wagen steht draußen.«

»Hast du immer noch den Bentley?«

»Natürlich. Jetzt mach dich fertig, sonst kommen wir zu spät.« Des' altes, cremefarbenes Monster parkte vor der Tür. Ein paar Minuten lang fuhren wir schweigend. Dann sagte Des: »Du weißt, was das alles bedeutet, oder?«

Ich nickte. »Joan ist tot, also gehört das Geld jetzt mir.«

»Ja. Ich weiß, dass du … nun ja, dass du möglicherweise nicht nur glücklich darüber bist, aber ich fürchte, du kannst nichts dagegen tun.«

»Ich nehme an, ich kann es jederzeit irgendeiner Wohltätigkeitsorganisation spenden.«

»Ganz so einfach ist es nicht, und das weißt du sehr gut.« Des klang leicht verärgert. »Bringen wir es hinter uns, damit Benny seine Arbeit tun kann.« Er hielt inne. »Du wirst die Mehrheit der Anteile haben, verstehst du?«

»Das weiß ich, Des.«

»Natürlich. Entschuldige. Mir geht etwas anderes, was du am Telefon gesagt hast, nicht aus dem Kopf; diese Arbeit, die du hast …«

»Was ist damit?«

»Also, ich fürchte, du musst sie aufgeben. Das weißt du doch, oder?«

»Wahrscheinlich, obwohl ich mich frage –«

»Dodie, sei realistisch. Es ist eine Frage der Verantwortung.«

»Ich *weiß*. Du brauchst mich nicht zu belehren, Des. Bitte.«

»So schlimm ist es gar nicht. Einen Full-Time-Job wirst du bei Blackstock nicht haben. Niemand wird erwarten, dass du jeden Morgen ab neun Gewehr bei Fuß hinter einem Schreibtisch sitzt, aber du musst viel aufholen, und das wird Zeit kosten. Rom wurde auch nicht an einem Tag erbaut.«

»Nein, aber Pompeji wurde in einer halben Stunde zerstört.«

Des seufzte. »Bis jetzt habe ich mich um alles gekümmert, aber du wirst dich ziemlich gut einarbeiten müssen. Ich kann dir alles zeigen, doch ich werde nicht ewig da sein. Ich weiß nicht, was für eine Kündigungsfrist du hast, ich bin sicher, Benny kann sich mit deiner Zeitschrift einigen. Es tut mir Leid, Kleines, ich weiß, dass du das alles nicht willst, aber du hast mehr oder weniger keine Wahl, fürchte ich.«

»Ich weiß. Darf ich dich etwas fragen, Des?«

»Schieß los.«

»Hast du erwartet, dass mein Vater mir irgendwas vererbt? Über Joan, meine ich?«

Des machte ein überraschtes Gesicht. »Nun, ja. Ja. Ich habe immer angenommen, dass er das tut.«

»Obwohl wir Streit hatten?«

»Es war immer klar, Dodie. Eigentlich wurde nie darüber diskutiert – um ehrlich zu sein. Ich glaube nicht, dass dein Vater sich Blackstock ohne sich selbst im Cockpit vorstellen konnte – aber immerhin bist du seine Tochter. Außerdem kannst du diesen Job nicht ewig machen. Du hast dein Bestes getan, aber so ganz hat es doch nicht hingehauen, oder?«

»Eigentlich verdiene ich ziemlich gut – verglichen mit den meisten Leuten jedenfalls.«

»Ja, gut, aber sieh es von der sonnigen Seite. Jetzt kannst du dir eine anständige Wohnung leisten. Und ein ordentliches Auto statt der alten Klapperkiste.«

»Ich weiß nicht, warum ich überhaupt versucht habe, mir

ein eigenes Leben aufzubauen. Wozu das Ganze? Acht, neun Jahre Arbeit, und in nicht mal fünf Sekunden ist alles hin.«

»Ich weiß, dass Wolf nicht besonders glücklich darüber war, aber ich habe immer gedacht, es tut dir gut, dich allein durchzukämpfen.« Er tätschelte mein Knie. »Weißt du, ich bin wirklich stolz auf dich.«

Als wir nach dem Termin bei Benny wieder im Wagen saßen, sagte Des: »Kommen wir also zu den ernsteren Dingen. Ich dachte, wir könnten vielleicht den neuen Japaner ausprobieren, von dem ich schon so viel gehört habe. Wenn mir vor zwanzig Jahren jemand gesagt hätte, dass ich rohen Fisch essen würde, hätte ich ihn für verrückt erklärt, aber ich mag es. Ich habe bestimmt schon ganze Schwärme vertilgt. Was hältst du davon?«

»Ich möchte am liebsten nach Hause.«

Er sah mich scharf an. »Was ist los, Dodie? Für die meisten Menschen würde es nicht das Ende der Welt bedeuten, wenn sie ein Vermögen erben, weißt du.«

»Ja. Aber als wir da drin waren und Mr. Bennington alles erklärte, hatte ich das Gefühl, als ... als wäre ich lebendig begraben oder so was. Ich weiß seit über sechs Monaten, dass es unvermeidlich ist, aber wahrscheinlich – vielleicht weil ich es nicht wahrhaben wollte – glaubte ich, es würde nicht *geschehen.* Macht es dir etwas aus, wenn wir nicht darüber reden?«

»Überhaupt nicht. Aber ich habe mich so darauf gefreut, dich zum Essen auszuführen. Ich mache dir einen Vorschlag, warum kommst du nicht mit zu mir, und Angelina kümmert sich um eine Mahlzeit für uns?«

Also taten wir das. Des und seine Haushälterin Angelina wohnen in einem der wunderschönen Nash-Häuser, die auf den Regent's Park blicken. Er kaufte es für einen Spottpreis in den siebziger Jahren, was typisch für Des' Scharfsinn ist.

Es stimmt, dass mein Vater ein begnadeter Geschäftsmann war, aber ohne Des' Hilfe wäre Blackstock nicht halb so groß, wie es heute ist, und das wusste er. Offiziell hat sich Des vor zehn Jahren zur Ruhe gesetzt, aber er ist immer noch die graue Eminenz bei Blackstock – abgesehen von allem anderen besitzt er beinahe zehn Prozent der Anteile – und hat bei allem ein Mitspracherecht.

Des hat einen fantastischen Garten, an den Wänden klettern Glyzinien, und es gibt einen riesigen Torbogen, um den sich weiße Rosen ranken. Dort saßen wir auf einer geschnitzten Holzbank. »Und jetzt will ich alles, was du am Telefon gesagt hast, noch einmal hören, und diesmal ganz langsam. Von Anfang bis Ende.« Er drohte mir mit dem Zeigefinger. »Und keine Abschweifungen, klar?«

Also erzählte ich ihm noch einmal von Joan und Mum und all dem anderen, bis auf den Teil mit Jimmy und dem Messer. Es dauerte ungefähr eine halbe Stunde, die ganze Geschichte zu erzählen, wobei Des kaum etwas sagte, außer: »Und dann?«, oder: »Oh Gott.« Als ich fertig war, legte er den Arm um mich und tätschelte mehrmals unbeholfen meine Schulter. »Du armes Ding. Da hast du ganz schön was durchgemacht, was? Wie kann ich dir helfen?«

Ich fischte Joans Adressbuch und die Gästeliste aus meiner Tasche. »Du könntest mir dabei helfen. Ich kenne die Hälfte der Leute überhaupt nicht.«

Des blätterte das Adressbuch durch. »Ich kenne einige.« Er zog ein Notizbuch in einer silbernen Hülle und einen Miniaturstift aus seinem Jackett. »Wann soll die Beerdigung sein?«

»Am neunundzwanzigsten. Das ist ein Samstag. Der Pfarrer meinte, um elf, ich dachte, dass wir anschließend einen Lunch anbieten.«

»Gut. Ich schreibe mir die Namen ab und fange an zu telefonieren. Dann lasse ich dich wissen, wer alles kommt. Das beschleunigt das Ganze doch ein bisschen, oder?«

»Danke.«

»Hast du eine Anzeige für die Zeitung aufgesetzt?«

»Nein.« Daran hatte ich gar nicht gedacht.

»Dann übernehme ich das. Wie willst du all die Menschen satt kriegen?«

»Ich dachte, ich rufe ein paar von diesen Leuten an.« Ich zeigte Des die Liste am Ende des Adressbuchs, mit den Namen von allen Caterern, Floristen, Weinhändlern, Dekorateuren und Musikern, die Joan für die Feste meines Vaters beschäftigt hatte, als er noch am Leben war.

»Dann kann ja nichts schief gehen. Sie werden sich alle an sie erinnern.«

»Es ist ein paar Jahre her, seit sie das letzte Mal gebraucht wurden.«

»Macht nichts. Sie hat ihnen eine Menge Aufträge eingebracht. Daran werden sie sich erinnern. Und die Leute mochten Joan. Sie hatte viele Freunde.«

»Ja, das hatte sie.« Ich dachte daran, was Jimmy über die Leute im Dorf gesagt hatte. »Was für Lieder sollen wir in der Kirche singen, Des?«

»Also, ›Der Herr ist mein Hirte‹, das war immer ihr Lieblingslied. ›Ein feste Burg ist unser Gott‹ und äh … ›Lobet den Herren‹. Am liebsten mochte sie die Version von Grace Fields. Und wie wär's mit ›Jerusalem‹? Ich finde, das ist immer ein passendes Lied.«

Ich notierte mir die Lieder auf der Rückseite der Gästeliste. »Das ging schnell. Ich finde die Wahl gut, aber bist du sicher, dass sie diese Lieder auch ausgesucht hätte?«

Des machte ein hilfloses Gesicht. »Sie hat es mir mal gesagt. Weiß Gott, wie wir darauf zu sprechen gekommen sind, aber sie sagte, dass ›Ein feste Burg ist unser Gott‹ sie immer zum Lachen brachte, weil die Leute sich so durchstöhnten. Dann sagte sie, dass sie es gerne auf ihrer Beerdigung hätte, und ich fragte sie, welche Lieder sie noch gerne hätte, und dann fragte sie mich …« Einen Augenblick lang schwiegen wir. »Wenn alles vorbei ist – die Vorbereitungen und das alles –, hättest du etwas dagegen, wenn ich das da behalte?« Er zeigte auf Joans Adressbuch.

»Natürlich nicht. Aber willst du denn nicht etwas Persönlicheres haben?«

Des schaute das Adressbuch an. »Ich habe es ihr geschenkt. Vor vielen Jahren.«

»Ich verstehe. Ja, natürlich kannst du es haben.«

Wieder waren wir einen Moment still, dann sagte er: »Wirst du Benny einladen?«

»Darauf wäre ich jetzt nicht gekommen.«

»Du solltest es tun. Er ist schrecklich beleidigt, wenn man ihn vergisst. Soll ich ihn anrufen? Er mochte Joan sehr gern, weißt du.«

»Ja, wenn du meinst. Gibt es noch jemanden, den ich nicht vergessen darf? Ich meine, der nicht in ihrem Adressbuch steht?«

»Da wäre noch Joans Schwester.«

»Ich wusste gar nicht, dass Joan eine Schwester hat.«

»Sie ist ein paar Jahre älter. Sie standen sich nicht sehr nahe.«

»Wie heißt sie?«

»Madeleine. Madeleine Draycott. War nie verheiratet. Früher wohnte sie in Bournemouth. Es dürfte nicht allzu schwer sein, sie aufzutreiben, vorausgesetzt, sie lebt noch.«

»Vielleicht steht sie nicht in Joans Buch, weil sie tot ist. Aber dann wäre ihr Name durchgestrichen, oder?« Ich sah erst unter D nach, dann unter M. Nichts. »Waren sie zerstritten?« Warum gab es so viel, das ich nicht wusste?

»Ich glaube, sie und dein Vater waren nicht einer Meinung.« Er stand auf und streckte seine Beine. »Du kennst doch die Regeln, Dodie.« Er klang wütend.

»Auch wenn sie nicht kommen will, müssen wir sie benachrichtigen. Hast du sie je kennen gelernt?«

»Vor vielen Jahren. Als wir alle noch jung und schön waren und unsere Kniegelenke uns nicht geärgert haben.« Er beugte sich hinunter und massierte sie. »Was machen wir wegen des Essens?«

»Chinesisch?«

»Gute Idee. Hier in der Nähe ist einer, der liefert. Soll ich Angelina bitten, uns was zu bestellen? Sie trifft immer eine gute Wahl.«

Er ging hinein, und ich wanderte herum, schnupperte an den Blumen und dachte an Joan. Es war schwer, sich vorzustellen, dass sie mal jung gewesen war, aber ich hatte Fotos gesehen, und sie war sehr hübsch gewesen, eine strenge Schönheit mit aufgesteckten Haaren. Wann sie und Des sich wohl über Kirchenlieder unterhalten hatten? Ich wette, mein Vater hätte nicht gewusst, welche Lieder Joan gefallen hätten, und er war mit ihr verheiratet gewesen. Des wusste immer, wie viele Kinder jemand hatte, in welche Schule sie gingen und wie ihre Hunde hießen. Ich nehme an, er verkörpert das Menschliche bei Blackstock P. L. C. Bei offiziellen Anlässen schicken sie ihn heute noch vor.

Angelina brachte uns das chinesische Essen in den Garten, und wir aßen es unter dem Rosenspalier. Wir redeten noch ein bisschen über die Organisation der Beerdigung, doch ich konnte mich nicht konzentrieren und schüttete am Ende schwarze Bohnen auf meine Liste. Des gab mir sein Taschentuch, um sie abzuwischen. Als wir fertig waren, entstand eine Pause, während Des seine Zigarre rauchte und wir zusahen, wie hinter den Fenstern der Häuser die Lichter angingen. Ich dachte, er wäre meilenweit entfernt, aber plötzlich sagte er: »Was ist los, Dodie?«

»Nichts.«

»Doch. Du bist gleich durchs Papier durch.«

Ich schaute auf das Taschentuch. »Entschuldige. Ich werde es für dich waschen.«

»Mach dir deswegen keine Gedanken. Was ist los? Abgesehen vom Offensichtlichen: Joan, deine Mutter, das Erbe.«

»Es ist schwer zu erklären.«

»Versuch es.«

»All diese Dinge, die ich nicht weiß. Würdest du mir Sachen erzählen, wenn ich dich frage, Des?«

»Was für Sachen?«

»Aus der Vergangenheit. Wie es war, was geschehen ist. Einfach ... Sachen eben.«

»Über Susan?«

»Ja, aber eigentlich über alles. Ich habe das Gefühl, ich verstehe gar nichts ... Entschuldige, ich schweife ab. Aber du hast gefragt.«

»Wo bist du im Moment hauptsächlich? In Cambridgeshire?«

»Ja. Ich bin nur heute Nachmittag zu dem Termin gekommen.«

»Was hältst du davon, wenn ich dich da draußen besuchen komme und wir zusammen essen gehen? Nächste Woche?«

»Ja, wenn du willst.«

»Ich hätte nichts dagegen, ein paar Tage in der ›Fetten Henne‹ zu logieren, es sei denn, sie haben den Gutshof kaputt renoviert. Ich könnte dir beim Aussortieren helfen.« Er stand auf. »Du siehst ein bisschen spitz aus. Schlaf dich mal wieder aus. Ich rufe dir ein Taxi.«

Des begleitete mich zum Taxi und beugte sich durchs Fenster, um mich auf die Stirn zu küssen. »Ich rufe dich an. Versuch, dir keine Sorgen zu machen, Dodie. Schlaf gut und träum was Süßes.« *Schlaf gut und träum was Süßes.* Das hatte er immer zu mir gesagt, als ich klein war.

Es war erst halb zehn, als ich vor meiner Wohnung aus dem Taxi stieg, deshalb begann ich, ein paar Leute anzurufen. Ich hinterließ Nachrichten für Tony, Coralie Markham und Alex Henshall, dann sah ich mir die Liste an, die ich gemacht hatte. Des hatte mindestens die Hälfte der Namen abgehakt, für mich blieben noch ungefähr fünfundsiebzig übrig. Ohne einen besonderen Grund fing ich am Ende an. Mrs. Williams. Die Frau auf Joans letzter Liste. Wahrscheinlich eine alte Bekannte aus dem Women's Institute, doch es war eine Londoner Nummer. Vielleicht leitet sie das Institut. Ich wählte.

»Hallo?«

»Hallo, ist da Mrs. Williams?«

»Am Apparat.«

»Ich rufe wegen Joan Draycott an. Ich fürchte, ich habe schlechte Nachrichten.«

»Schlechte Nachrichten? Wer ist da?«

»Mein Name ist Dorothy Blackstock. Ich fürchte, Joan ist ... sie ist tot. Sie hatte einen Herzinfarkt. Ich bereite die Beerdigung vor und wollte wissen –«

»Haben Sie gesagt, Ihr Name ist Dorothy Blackstock? *Dodie* Blackstock?«

»Ja. Ich bin – war – sozusagen ihre Stieftochter.«

»Ich weiß, wer Sie sind. Wissen Sie, wer ich bin?«

»Also, ich habe das Adressbuch durchgeschaut, wissen Sie, um herauszufinden –«

»Früher hieß ich Hill.«

»Entschuldigung, ich –«

»Maggie Hill.«

Ich ließ beinahe das Telefon fallen. »Haben Sie mir die Orangenlimonade angeboten?«

»Wie bitte?«

»Orangenlimonade. In der Küche. Als die Katze überfahren wurde.«

»Ja, das war ich.« Dann stimmte es also. Der braune Hosenanzug aus Samt, das krause Haar. Ich hatte es nicht geträumt oder erfunden. »Ich bin überrascht, dass Sie sich daran erinnern.«

»Ich verstehe das nicht. Warum steht Ihr Name in Joans Adressbuch?«

»Wir standen seit einiger Zeit in Kontakt. Sie hat mir allerdings kein Geld gegeben, wenn Sie das denken.«

»Nein. Warum sollte ich –«

»Ich hätte es den Zeitungen erzählen können. Ich hatte Angebote. Aber ich habe nie mit einem von denen geredet.«

»Hören Sie, Mag – Mrs. Williams –«

»Ich habe zwar kein Geld, verstehen Sie. Ich bin meistens total abgebrannt. Aber ich habe nie auch nur mit einer einzigen Zeitung geredet.«

Total abgebrannt. Diese Schuhe damals, die mit Gummibändern zusammengehalten wurden. »Ich will Sie treffen.«

»Mich treffen?«

»Ja. Kann ich Sie besuchen?«

»Also, ich weiß nicht recht –«

»Um zu reden. Hören Sie, ich werde Sie dafür bezahlen.«

»Ich will Ihr Geld nicht.«

»Ich muss mit Ihnen reden. Bitte, Mrs. Williams.«

»Ich weiß nicht, was Sie sich davon erwarten, aber wenn Sie wollen –«

»Ich will. Wie wär's nächste Woche? Dienstagabend? Haben Sie da Zeit?«

»Wenn Sie wollen, können Sie auch nachmittags kommen. Ich gehe nie aus.«

»Gut. Nächsten Dienstag um zwei. Wo wohnen Sie?«

Sie nannte eine Adresse in Tower Hamlets. »Keine schöne Gegend. Lassen Sie Ihr Auto zu Hause. Und tragen Sie keinen Schmuck oder Designerklamotten und so was, solche Sachen sind Sie nämlich gleich los.«

»In Ordnung. Danke.«

»Auf Wiedersehen.« Sie legte auf.

Es dauerte zehn Minuten, bis ich aufhörte zu zittern. Ich ging in die Küche und versuchte, mir noch einen Gin Tonic zu mixen, doch ich schnitt mir in den Daumenballen, statt in die Zitrone. Es brannte, wenn auch nicht sehr schlimm. Einen Augenblick lang sah ich zu, wie das Blut in den Zitronensaft auf dem Brettchen tropfte, dann tauchte ich den Zeigefinger der anderen Hand in die Flüssigkeit und zog kleine Kreise auf der hölzernen Oberfläche. Nach einer Weile konnte ich wieder denken. So wie Maggie Hill über Geld geredet hatte, hätte sie Joan erpressen können, wenn sie gewollt hätte. Entweder du zahlst, oder ich verkaufe meine Geschichte an die Zeitungen. Bloß welche Geschichte? Die Neuigkeit, dass meine Mutter noch am Leben war? Maggie Hill war für sieben Jahre ins Gefängnis gegangen, also musste sie Ende 1983 rausgekommen sein ... Bei guter Führung könnte es auch früher gewesen sein. Sie konnte es Joan nicht erzählt haben, solange sie im Gefängnis war, jedenfalls nicht in den ersten zwei oder drei Jahren, weil Joan es meinem Vater erzählt hätte, und dann wäre Mum zu uns zurückgekommen, und er hätte nicht Virginia heiraten können und ... Wie auch immer, was war mit dem Foto, das Mum bei sich hatte, das von mir auf Tonys Party? Denn was ich wirklich nicht verstand, war, warum Mum nicht von selbst zurückgekommen war. Es sei denn, sie hätte ihr Gedächtnis verloren. Ich meine, sie hatte einen Nervenzusammenbruch, bevor sie entführt wurde, und eine Entführung würde reichen, jeden in den Irrsinn zu treiben. Aber warum standen dann unsere Namen in ihrem Adressbuch?

Ich muss beinahe eine Stunde so dagestanden haben. Nur ich, mein verletzter Daumen und mein Gin Tonic. Der warm war, weil ich die Eiswürfelschale fallen gelassen hatte und alle Eiswürfel herausgesprungen und unter den Schränken verschwunden waren. Na schön, dachte ich, Zeit, ins Bett zu gehen.

Als ich um drei Uhr immer noch nicht eingeschlafen war, stand ich auf und begann, Sachen einzupacken, die ich mit nach Camoys Hall nehmen wollte. Ich stopfte meinen Laptop in seine Tasche, zog den Stecker des Faxgerätes heraus und steckte es in eine Plastiktüte. Ich war gerade dabei, die ungeöffnete Post in meine Handtasche zu packen, als das Telefon klingelte. Tony. Er kommt immer spät von seinen Partys nach Hause und ruft mich dann an, um mir zu erzählen, was ich verpasst habe.

Ich ging an das Telefon im Flur. »Du hast Glück. Ich habe noch nicht geschlafen.«

Stille.

»Tony?«

»Sei ruhig und hör mir zu.« Eine Männerstimme. Mit Sicherheit nicht Tonys.

»Was –«

»Hast du nicht gehört, du reiche Schlampe. Halt's Maul und hör zu. Du denkst, du bist in Sicherheit, was?«

»Wer ist da?«

»Halt dein verdammtes Maul. Das ganze Geld hat deiner Mutter nichts genützt, oder? Und dir wird es auch nichts nützen, weil ich weiß, wo du wohnst.«

10

Ich knallte den Hörer auf die Gabel, dann nahm ich ihn wieder ab. Tony, ich würde Tony anrufen. Er würde wissen, was zu tun ist. Ich wählte. Besetzt. Ich wählte wieder. Immer noch besetzt. Das konnte Stunden dauern. Ich musste meine Hände dazu bringen, aufzuhören zu zittern. In diesem Zustand konnte ich gar nichts tun … *Herrje.* Des. Das war's, Des anrufen. Okay, drück die Tasten, null – eins – sieben – eins – Nein. Warte. Wenn der Anrufer über meine Mutter Bescheid wusste, wusste er vielleicht auch, wo Des wohnte. *Ich weiß, wo du wohnst.* Er konnte schon auf dem Weg sein, auf dem Weg zu mir. Er würde mich holen, und ich konnte nichts dagegen tun. Ich wirbelte herum und starrte die Haustür an. Ich konnte beinahe sehen, wie der Knauf sich zu drehen begann. Denk nach, Dodie, denk nach. Inspector Halstead anrufen? Nein. Was konnte er schon tun? Ich musste hier raus. Ich musste in mein Auto kommen und eine möglichst große Entfernung zwischen mich und meine Wohnung legen. Camoys Hall. Niemand wusste, dass ich dort gewesen war. Ich hatte nicht einmal meinem Chef gesagt, wo ich hinfuhr, nur Des. Und Jimmy. Ich musste zurück nach Camoys Hall.

Ich packte alles ins Auto, verschloss die Wohnung und fuhr so schnell ich konnte durch die leeren Straßen. Erst als ich die halbe Strecke auf der Autobahn hinter mir hatte, fiel mir der Herumtreiber wieder ein. Dieses Atmen, so *nah.* Ich zuckte zusammen, trat auf die Bremse – Gott sei Dank war niemand hinter mir – und schlingerte auf die Standspur.

Ich wusste nicht, was ich tun sollte. Ich saß eine Ewigkeit da, und jeder vorbeifahrende Lastwagen schaukelte mein kleines Auto hin und her. Ich rief von meinem Handy aus Des an. *Netz überlastet. Bitte versuchen Sie es später noch einmal.*

Vielleicht hatte es gar keinen Herumtreiber gegeben. Es konnte alles Mögliche gewesen sein – Kids aus dem Dorf, ein Fuchs, die Katze … Shaanti. Ich hatte ihr kein Futter dagelassen. Sie würde Hunger haben. Aber was auch immer das da draußen in Camoys Hall gewesen sein mochte, der Anruf in meiner Wohnung war *echt.* Ich konnte Des anrufen, wenn ich da war und die Katze gefüttert hatte.

Shaanti freute sich wenigstens, mich zu sehen, als ich endlich in Camoys Hall ankam. Schnurrend rieb sie sich an meinen Beinen, während ich in den Küchenschränken nach einer Dose Katzenfutter suchte, sie öffnete und den Inhalt mit einer Gabel in ihre Schüssel kratzte, wobei mir von dem Geruch beinahe schlecht wurde. So etwas Normales zu tun, wie eine Katze zu füttern, beruhigte mich irgendwie. Ich schüttete etwas Milch für sie in eine Untertasse und ging in Joans Wohnzimmer, um Des anzurufen. »Wahrscheinlich ist es irgendein Irrer, aber es ist besser, wir gehen auf Nummer sicher«, sagte er. »Du brauchst da oben sowieso eine Alarmanlage. Das habe ich Joan auch immer gesagt, aber sie war genauso schlimm wie dein Vater. Ich habe ihr erklärt, dass heutzutage alles viel schlechter geworden ist, aber sie wollte nicht hören.«

»Hast du sie denn oft gesehen? Nach dem Tod meines Vaters?«

»Hin und wieder. ›Oft‹ würde ich nicht sagen. Wie auch immer, wegen der Alarmanlage – ich kenne da eine gute Firma. Ich werde sie anrufen, soll ich? Ich bezweifle zwar, dass sie heute noch kommen können, aber ich glaube, du brauchst dir wirklich keine Sorgen zu machen, Dodie. Ich weiß, es ist ziemlich unheimlich, wenn man mitten in der Nacht angerufen und bedroht wird, aber diese Leute *tun* einem selten etwas. Du stehst nicht im Telefonbuch, oder?«

»Um Gottes willen, nein.«

»Sehr vernünftig. Und was die andere Geschichte angeht – dass da draußen jemand war –, das waren wahrscheinlich nur irgendwelche Jugendlichen, die sich dort rumgetrieben haben.«

»Ich dachte, es könnte vielleicht ein Tier gewesen sein.«

»Sehr gut möglich. Seltsam, wie sich solche Dinge in der Fantasie festsetzen. Ich erinnere mich an eine Weihnachten – es muss vor zwölf oder fünfzehn Jahren gewesen sein –, als dein Vater und ich in Wales waren, um uns ein Haus anzuschauen. Als wir zum Wagen zurückkamen, sprang er nicht an, und weißt du, was wir gefunden haben, als wir unter die Motorhaube geguckt haben? Eine vollständige Mahlzeit. Kartoffeln, Truthahn, Rosenkohl, alles! Es war ein bisschen ölig, aber hübsch angerichtet, so als wollte es jemand gleich verspeisen. Wir haben nie herausgefunden, wie das Essen dahingekommen ist. Dein Vater meinte, es wären walisische Nationalisten gewesen. Egal, das zeigt mal wieder … Aber was ich sagen wollte, ist, dass seltsame Dinge passieren können. Wenn du meinen Rat hören willst, mach einfach weiter mit den Vorbereitungen für die Beerdigung. Lenk dich ab. Es ist immer besser, einfach so weiterzumachen wie bisher.«

»Wahrscheinlich hast du Recht. Danke, Des.«

»Denk dir nichts dabei, mein Kind. Ich rufe dich an, wenn ich mit den Sicherheitsleuten gesprochen habe.«

Es stimmte, was Des gesagt hatte. Man musste sich beschäftigen. Denn immer wenn ich aufhörte, etwas zu tun, fing ich an nachzudenken, und dann fing ich an zu weinen, bekam Angst oder wurde depressiv. Ich räumte Joans Schreibtisch in ihrem Wohnzimmer komplett leer und fing an zu arbeiten. Es stimmte auch, dass sich die Leute an Joan erinnerten, wie Des gesagt hatte. Alle erinnerten sich an sie und waren tief betroffen, wenn ich ihnen erzählte, dass sie gestorben war. Sie wussten, was für Essen sie immer bestellt hatte, welche Blumen wohin kamen, einfach alles. Ich verbrachte praktisch den ganzen Vormittag am Telefon, und es gelang mir, Dekorateure, eine Reinigungsfirma, Personal und so weiter zu organisieren. Und ich weiß, dass das ein bisschen verrückt klingt, aber während ich all das tat, stellte ich mir vor, ich wäre Joan. Ich imitierte nicht ihre Stimme oder so etwas, ich versuchte einfach, das zu tun, was sie getan hätte. Weil sie solche Sachen immer für meinen Vater organisiert hatte – keine Beerdigungen, aber große Feste mit vier- bis fünfhundert Gästen. Ich hatte keine Ahnung, wie viel Arbeit es war, bis ich damit anfing. Mein Vater gab beinahe jede Woche ein Essen oder einen Empfang, und niemand hat Joan je bei den Vorbereitungen geholfen. Es gibt Firmen, die all das organisieren, und ich hätte eine davon nehmen können, aber ich wollte es selbst tun. Wenn du mich sehen könntest, Joan, wärst du hoffentlich beeindruckt, dachte ich.

Am späten Vormittag machte ich mir aus Joans Zichorienpulver einen Kaffee. Ich spuckte das meiste davon wieder aus und nahm mir vor, eine Kaffeemaschine zu kaufen. In meine Wohnung konnte ich nicht noch einmal fahren, also musste ich einkaufen gehen. Dann rief ich bei Habitat in Cambridge an und bestellte das größte Doppelbett, das sie vorrätig hatten, aber pronto. Auf eine seltsame Art genoss ich es beinahe.

Ich war gerade dabei, meine Einkaufsliste neben die sechs anderen zu hängen, die ich an Joans Korkbrett gepinnt hatte, als Jimmy anrief.

»Wie geht's?«, fragte er.

»Langsam. Es ist so viel zu tun.«

»Brauchst du Hilfe? Wenn du willst, kann ich morgen vorbeikommen.«

»Wirklich?«

»Klar, warum nicht? Ich habe mit Mrs. Curtis gesprochen. Sie hat gesagt, sie kommt irgendwann im Laufe des Vormittags zu dir.«

»Super. Jimmy, ich habe mir überlegt …«

»Was?«

»Der Caterer faxt mir heute Nachmittag ein paar Menüvorschläge für den Empfang nach der Beerdigung. Hättest du Lust, sie dir anzusehen?«

»Kein Problem. Dann komme ich so gegen elf.«

Als ich auflegte, dachte ich plötzlich: *Mum.* Für sie würde ich das alles auch tun müssen.

Dann dachte ich darüber nach, ob ich sie im nächsten Leben wohl jemals wiedersehen würde. Vorausgesetzt natürlich, es gab ein nächstes Leben. Ich will Mum wirklich wiedersehen. Komisch, als Angela starb, habe ich nie an solche Sachen gedacht. Ich war viel zu sehr damit beschäftigt, mich schuldig zu fühlen, weil ich sie nicht gemocht hatte. Oder als Virginia starb. Sie war sozusagen meine Stiefmutter gewesen, aber ich kannte sie kaum. Als ich sie auf der Beerdigung meines Vaters sah, bis aufs Skelett abgemagert, dachte ich, wenn sie ein Tier wäre, würde sie den Killerinstinkt im Menschen wecken, und die würden sich gratulieren, weil sie sie so gnädig von ihrem Elend erlösten. Ungefähr drei Monate später gelang es Virginia schließlich, sich zu Tode zu hungern. Und als mein Vater starb, kam ich auch nicht auf den Gedanken, ihn in einem nächsten Leben wiedersehen zu wollen. Ich war nicht froh, dass er tot war, ich war nur so *erleichtert.* Als könnte ich mich zum ersten Mal in meinem Leben entspannen. Doch als ich von seinem Testament erfuhr, war es, als wäre er immer noch da und kontrollierte alles. Der einzige Unterschied war nur, dass wir ihn nicht mehr sehen konnten.

Ich holte die Post aus meiner Handtasche und guckte, ob irgendwas Interessantes dabei war. Bis auf einen dicken braunen Umschlag mit einer aufgedruckten Adresse schienen es nur Rechnungen und Rundschreiben zu sein. Ich öffnete den Umschlag und griff hinein, in der Erwartung, meinen Vorrat an Einmalkontaktlinsen für den nächsten Monat herauszuziehen. Meine Fingerspitzen berührten etwas Weiches. Beinahe Pelziges. Ich schaute hinein. Der Umschlag war voller Haare.

Als ich ihn ausschüttelte, fiel ein dickes, blassrotes, sauber zusammengerolltes Büschel Haare in meinen Schoß. Rotblond. Genau wie meine. Genau wie die meiner Mutter. *Oh Gott*! Ich sprang auf, und die Haare flogen von meinem Schoß. Als sie auf dem Teppich landeten, wanden sie sich einen Augenblick wie ein Fisch.

Ich rannte ohne nachzudenken aus dem Zimmer, aus dem Haus und über den Rasen. Ich krabbelte durch den Grenzgraben und rannte zwischen den Bäumen hindurch auf das Feld. Ich bin nicht besonders trainiert. Kurz bevor meine Lungen explodierten, blieb ich stehen, krümmte mich, die Hände auf die Knie gestützt, und rang nach Luft. Sonnenschein. Heller, sicherer Sonnenschein.

Er weiß nicht, dass ich hier bin, sagte ich mir. Er kennt nur meine Adresse in London. Und es konnten irgendwelche Haare sein. Man brauchte nur ein Foto meiner Mutter anzuschauen, dann wusste man, was für eine Haarfarbe sie hatte. Fotos von ihr gab es genug … Bloß, dass es keine gewöhnliche Haarfarbe war. Und das Haar in dem Umschlag war nicht gefärbt. Bei gefärbten Haaren sind alle Strähnen gleich, und bei diesen war jede ein bisschen anders. Aber es kann auch ein Spinner gewesen sein, dachte ich. Ein schlechter Witz. Oder nicht?

Ich sah auf und merkte, dass ich nicht wusste, wo ich war. Früher kannte ich das Gelände ziemlich gut, aber inzwischen war viel mehr Land an Bauern verpachtet. Da wo früher nie etwas war, grasten Schafe und Kühe und wuchs Getreide, und Bäume und Hecken schienen verschwunden zu sein. Joan hatte das Land verwaltet, nicht ich. Vielleicht hatten sie die Hecken entfernt, ohne es ihr zu sagen. Ich konnte mir nicht vorstellen, dass sie damit einverstanden gewesen wäre, aber vielleicht ja doch. Sie hätte mich allerdings nie angerufen, um es mit mir zu besprechen. Vielleicht dachte sie ja, ich würde sie zum Teufel schicken. Vielleicht hätte ich das auch getan.

Nach einer halben Stunde Fußmarsch kam ich an die Grenze des Besitzes. Dort begann das Dorf Camoys Hall. Nur ein Holzzaun trennt das Feld von der Straße und einem Fußweg. Ich lief auf das Dorf zu, und nach zehn Minuten war mir die Landschaft wieder vertrauter. Ich kletterte über den Zaun, lief durch ein Wäldchen, und da war der alte Unterstand aus dem Krieg, umgeben von zwei Reihen Stacheldraht. Es war lange darüber diskutiert worden, ob man ihn abreißen sollte, aber er war aus massivem Beton und zu groß, um ihn zu sprengen.

Als Kind war ich nie gerne hineingegangen. Es hatte etwas mit der Atmosphäre zu tun. Ich fürchtete mich nicht davor, dass irgendein längst toter Soldat mir auf die Schulter klopfen konnte, aber es roch nach Urin, und die rauen, grauen Wände waren voller Graffiti. Ich kannte die Kids aus dem Dorf, die die Sachen geschrieben hatten. Hier gibt es kein Kino oder sonst etwas in der Nähe, und wenn man noch keinen Führerschein hat, um in den Pub zu fahren und den Samstagabend nicht mit den Eltern vor dem Fernseher verbringen will, ist das hier die Alternative: fröstelnd in einem muffigen, düsteren Betonbunker herumhängen, angeben, rumknutschen und Obszönitäten an die Wand sprühen. Selbst wenn ich es gedurft hätte, hätte ich nicht mitmachen wollen.

Als ich durch den Stacheldraht kroch, dachte ich, der Bunker ist Geschichte. Die werde ich nicht mehr los. Ich las die Graffitis. Die Initialen *NF* mit einem Hakenkreuz waren mehrmals da. *Mark war hier. Tracey war hier. Carol liebt Pete. Jackie und Pete für immer zusammen.* Beide Zwillinge. Glücklicher Pete. Plötzlich fragte ich mich, ob Jimmy früher auch hier war. Ich wanderte um den Bunker herum und suchte nach seinem Namen, dann blieb ich vor dem Eingang stehen und schnüffelte. Es roch nicht nach Urin, sondern nach etwas anderem. Bleichmittel? Desinfektionsmittel? Die Kids aus dem Dorf würden hier wohl kaum sauber machen. Und die Graffitis waren alt. Vielleicht hatten sie einen besseren Ort zum Rumhängen gefunden. Ich spähte durch den Eingang. Bis auf einen blassen Lichtstreifen, der durch die Schießscharte fiel, konnte ich nichts erkennen. Doch auf dem Boden waren Spuren zu sehen und ein Teil eines Fußabdrucks. Von einem Menschen, nicht von einem Tier. Ein ziemlich großer. Zu groß für Joans Fuß. Warum sollte sie auch hierher gekommen sein? Sie hat den Bunker früher nicht desinfiziert, warum sollte sie es also jetzt getan haben?

So weit ich sehen konnte, war da nichts. Ich wollte nicht über die Schwelle treten. Das Dach war zu niedrig, die Wände zu dick. Es gab zwar keine Tür, die jemand hätte zuschlagen können, um mich einzusperren, aber trotzdem … In einer Ecke konnte ich einen Schatten erkennen, dunkler als die anderen Schatten in der Umgebung. Mit kleinen Schritten und angehaltenem Atem begann ich, darauf zuzugehen.

Er war grau und weich … ein schmutziges, weißes Handtuch. Ich warf einen Blick über die Schulter, ehe ich mich herunterbeugte, um es mir näher anzusehen. Was ich für Fettflecken gehalten hatte, waren tatsächlich sechs oder sieben kleine Batterien. Aber ich sah weder ein Radio noch eine Taschenlampe. Das Handtuch sah klumpig aus. Ich hob es an einer Ecke an. Eine Rolle dickes, schwarzes Klebeband lag darunter.

Als ich mich aufrichtete, spürte ich plötzlich, dass jemand vor dem Unterstand war. Ich hörte kein Geräusch, sah nur eine kurze Verdunkelung des hellen Streifens auf dem Boden, als wäre jemand an der Schießscharte vorbeigegangen. Ich wirbelte herum, traute mich kaum zu atmen. Stille. Ganz langsam bewegte ich mich auf den Ausgang zu.

Ich sah mich um. Gras und Bäume auf der einen Seite, der Zaun und die Straße auf der anderen. In der Ferne Bäume und winzige Kühe, die die Hügel sprenkelten. Kein Mensch. Aber ich wusste es. Jemand beobachtete mich. Jemand war hier.

Ich schaute zu den Bäumen, die halb im Schatten lagen. Vielleicht war es ein Journalist? Besser als ein unbekannter Spinner, wenn auch nur geringfügig. Wieder schaute ich mich um. Das Feld war viel zu offen, der Himmel viel zu weit. Plötzlich kam ich mir winzig vor. Als könnte mich jeden Augenblick ein gigantischer Fuß zerquetschen. Aber diesmal war ich mir sicher. *Ich war nicht der einzige Mensch hier.* Ich rannte über das Feld. Ich war völlig außer Atem. Mir war schwindelig, und in meinem Mund sammelte sich Speichel, den ich immer wieder ausspuckte. Ich bekam Seitenstiche. Aber ich hörte nicht auf zu rennen, bis ich in Joans Wohnzimmer zusammenbrach.

Ich zog die Vorhänge zu und klemmte den Schreibtischstuhl unter den Türknauf. Doch was würde mir das nützen? Im Geiste sah ich die Axt schon vor mir, wie sie die Tür durchschlug und die Füllung zu Kleinholz machte, sah Jack Nicholsons Gesicht. Gallegeschmack im Hals, mir wird schlecht, ich brauche Wasser, mir wird schlecht, schwarzes Klebeband, Entführer, Lesley Whittle in dem verdammten Abflussrohr, und ich war allein, ich war *ganz allein.* Ich sah auf den Boden. Die Haare meiner Mutter waren immer noch da. Auf dem Teppich. Zusammengerollt wie ein schlafendes Tier. Unsere Haare sind tot, selbst wenn wir am Leben sind und sie auf unserem Kopf wachsen, sind sie tot. Aber er hatte es berührt, als Mum noch lebte, hatte es abgeschnitten. Ich konnte mich nicht überwinden, die Haare aufzuheben, und schob sie mit dem Fuß aus meinem Blickfeld unter den Schreibtisch. Das rote Licht des Anrufbeantworters blinkte; die Stimme, der Mann da draußen würde mich umbringen.

Ich konnte die Nachricht nicht abhören. Ich legte den Finger auf den Startknopf, konnte ihn aber nicht drücken. Ich weiß, wo du wohnst. London, das war in London. Aber wenn er hier war, wenn er mir gefolgt war ... Die inneren Türen im vorderen Teil des Hauses waren bereits abgeschlossen. Ich ging zur Hintertür und zog Stühle, den Dielentisch und alles, was in Reichweite stand, davor, dann hastete ich in die Küche und in die Spülküche, um die Fensterläden zuzumachen. Ich zerrte alle Mülltonnen vor die Tür zum Hof. Sie würden zwar niemanden daran hindern hereinzukommen, aber ich würde es wenigstens hören. Dann ging ich zurück in Joans Wohnzimmer und verbarrikadierte mich dort für die Nacht.

11

Irgendwann schlief ich ein. Ich muss ziemlich müde gewesen sein, denn ich wachte erst am nächsten Morgen um elf auf, als es an der Hinterveranda klingelte. Einen Augenblick lang geriet ich in Panik, aber dann hörte ich eine Frauenstimme draußen meinen Namen rufen. Joans Wohnzimmer liegt an demselben Flur wie die Veranda, deshalb hörte ich die Stimme ganz deutlich. Es war Carol Curtis. »Doe? Alles in Ordnung da drin?«

»Eine Minute.« Es dauerte eher fünf, bis ich mir einen Weg durch den hinteren Flur gebahnt hatte. Ich schob die Riegel zurück, aber der Schirmständer klemmte unter einem der Querbalken, so dass ich die Tür nur eine Handbreit aufbekam.

Carol Curtis' Gesicht zwängte sich in den Türspalt. »Was zum Teufel ist hier los, Doe?« Sie gab der Tür einen festen Stoß. Mit einem krachenden Geräusch zerbrach ein Bein des Schirmständers. »Herrje.« Carol schaute auf das zersplitterte Holz. »Ich hoffe, das war nicht irgendeine Antiquität. Glaubst du, wir können jetzt reinkommen?«

»Ja. Tut mir Leid. Hallo, Mrs. Curtis«, sagte ich, als hinter Carol ihre Mutter auftauchte.

»Hallo, meine Liebe. Wir wollten dich nicht wecken. Wir sind nur gekommen, um über die Beerdigung zu reden, aber wir können auch wieder gehen, wenn es jetzt nicht passt.« Sie betrachtete das Durcheinander der Möbel und schaute dann wieder mich an. »Alles in Ordnung? Hier sieht's aus, als wäre was passiert.«

»Alles in Ordnung, ehrlich. Es ist wirklich sehr nett von Ihnen, dass Sie vorbeikommen, Mrs. Curtis.«

Carol verschränkte die Arme. »Ich finde, es sieht überhaupt nicht aus, als wäre alles in Ordnung. Was ist passiert?«

»Carol!«, sagte Mrs. Curtis. Sie wandte sich an mich. »Wenn du nicht darüber reden willst, meine Liebe –«

»Schon gut. Es ist wegen gestern Abend. Ich dachte, ich hätte ein Geräusch gehört, das ist alles.«

»Du musst ja schreckliche Angst gehabt haben, wenn du dich so verbarrikadierst.«

»Sie wissen doch, wie das ist, wenn man allein ist, und draußen ist es dunkel –«

»In so einem großen Haus ist es bestimmt nicht besonders schön so allein«, sagte Mrs. Curtis. »Ich habe immer zu Joan gesagt, ich weiß nicht, wie du –«

Carol unterbrach sie und verdrehte die Augen: »Blühende Fantasie, das ist das Problem. Apropos, wir haben Jimmy auf dem Weg getroffen. Er wird jede Minute hier sein.«

»Oh. Genau. Gut. Warum geht ihr nicht in die Küche? Ich ziehe mich schnell an.«

»Ich kann das hier aus dem Weg räumen, wenn du willst«, bot Carol an, »so lange du dich hübsch machst.«

Als ich gewaschen und angezogen in die Küche kam, waren alle Fensterläden geöffnet. Mrs. Curtis und Carol saßen am Tisch, und die Sonne beschien ihre Haare, Carols braunen Krauskopf neben dem weißen von Mrs. Curtis. Mrs. Curtis ist mollig und gemütlich, hat strahlend blaue Augen wie ihre Zwillingstöchter und eine glänzende, rote Nase wie Rentier Rudolph Rüssel.

»Jimmy ist da drin«, sagte Carol und nickte in Richtung Spülküche. »Er macht Kaffee. Geh schon, begrüß ihn.«

Jimmy hielt kopfschüttelnd Joans Kaffee-Ersatz in der Hand.

»Hi«, sagte ich. Ich weiß nicht, warum, sonst sage ich nie »Hi« zu irgendjemandem, aber ich war so glücklich, dass Leute im Haus waren. Und ich war glücklich, dass Tag war und nichts geschehen war, dass die Sonne schien und die Sicherheitsleute kommen würden – wahrscheinlich jedenfalls. Doch ich freute mich auch, Jimmy zu sehen. Das streite ich gar nicht ab. Und ich streite nicht ab, dass ich mit dem Gedanken spielte, Jimmy zu fragen, ob er über Nacht bleiben wollte, aber ich kam nicht im entferntesten so weit, es auszusprechen. »Brauchst du Hilfe?«

»Nein, danke.« Er lud Tassen und Untertassen auf ein Tablett.

»Tut mir Leid wegen des Kaffees. Ich hätte welchen mitbringen sollen. Ich will heute Nachmittag einkaufen gehen.« Plötzlich spürte ich eine Welle von – was? Tapferkeit? Wohl eher Dummheit. »Also, ich dachte ... Hast du Zeit zum Mittagessen?«

»Ja. Ein Freund von mir hat gerade ein neues Lokal unten am Fluss aufgemacht. Da wollte ich sowieso hin. Wenn du Lust hast, rufe ich ihn an.«

»Warum nicht?« Gar nicht so schwer, sagte eine Stimme in meinem Kopf. Eigentlich kinderleicht. »Ich hole nur einen Aschenbecher.« Ich öffnete einen Schrank und holte einen der zweihundert Aschenbecher heraus, die darin aufbewahrt wurden. Was sollte ich mit so vielen? Wir gingen zurück in die Küche, um uns zu den anderen zu gesellen, und Jimmy stellte das Tablett auf dem Tisch ab und tätschelte Carols Krauskopf, als er an ihrem Stuhl vorbeiging. Sie hob einen Arm, um ihn zu verscheuchen.

»Lass das.«

»'tschuldigung, konnte einfach nicht widerstehen.« Carol machte ein grimmiges Gesicht, dann lächelte sie ihn an. Offensichtlich waren sie sich sehr vertraut. Vielleicht hatten sie miteinander geschlafen. Dass es nicht an der Wand im Bunker stand, hieß noch lange nicht, dass es nicht passiert war. Carol liebt Jimmy, dachte ich. Aber Dodie geht mit Jimmy essen.

»Blumen brauchst du«, verkündete Mrs. Curtis. »Kleine Töpfe. Das macht alles gleich ein bisschen freundlicher. Ich habe schon zu Joan gesagt, jetzt, wo du allein bist, solltest du dir ein paar hübsche Pflanzen vom Markt besorgen, aber sie wollte nicht. Nur noch was, um das man sich kümmern muss, hat sie gesagt.« Ich sah mich in der Küche um. Auf der Kommode lag die Katze, sonst waren alle Oberflächen leer. Mrs. Curtis beugte sich vor. »Ich habe Joan sehr gern gehabt, weißt du? Wir alle mochten sie. Wir wollen uns ja nicht einmischen, aber du wirst uns doch erlauben zu helfen, oder?«

»Ich glaube nicht ...« Ich spürte Jimmys Blick auf mir. *Sie wollen helfen.* »Also, da ist die Kapelle. Sie muss sauber gemacht werden, aber ich weiß nicht mal, wo die Schlüssel sind.«

»Hast du in dem Schränkchen hinter der Tür zur Spülküche nachgesehen?«, fragte Mrs. Curtis. »Da hat Joan alle Schlüssel aufbewahrt, die sie nie brauchte.«

»Ich wusste gar nicht, dass hinter der Tür überhaupt ein *Schränkchen* ist.«

»Sieh nach.«

Ich sah nach und fand einen kleinen Holzschrank, der an der Wand hing. Darin waren ungefähr zwanzig Haken. Außer an einem hing an jedem ein Schlüssel mit einem Schild. Dachboden 1, Dachboden 2, Dachboden 3, Dachboden 4, Abstellraum 1, Abstellräume 2, 3, 4, 5. Einer davon muss in die Tür zu meinem alten Zimmer passen, dachte ich, aber ich ließ sie hängen. Ich wollte mein Zimmer so in Erinnerung behalten, wie es war, als ich noch darin wohnte, nicht als ein Durcheinander von staubigen Möbeln und alten Koffern. S's Zimmer. S? Susans Zimmer. Ich war nicht oben gewesen. Hatte es nicht gewollt. Wurde es nicht verschlossen, nachdem sie verschwunden war? Oder es war Virginias Zimmer geworden … ich konnte mich nicht erinnern. Offenbar hatte Joan einfach nie das Schild ausgewechselt.

Carol steckte den Kopf um die Ecke. »Schon gefunden?«

»Warte.« Kapelle. Neben Susans Zimmerschlüssel. Ich nahm sie beide herunter, machte das Schränkchen zu und stopfte den Schlüssel zu Susans Zimmer in meine Tasche. »Hab ihn!«

An dem Ring hingen zwei identische Schlüssel, also gab ich einen davon Mrs. Curtis, die versprach, bevor sie ging, einen Blick in die Kapelle zu werfen, um zu schauen, was getan werden musste. Wir diskutierten eine Weile darüber, was für Putzmittel gebraucht wurden, ob die Seitenschiffe ein wenig

Glanz vertragen konnten, und ich erklärte, wo die Blumen stehen sollten. Mrs. Curtis machte sich in einem Spiralheft Notizen und sagte, ich könne alles ihr und dem Pfarrer überlassen.

»Danke, Mrs. Curtis. Ich bin wirklich ausgesprochen dankbar.«

»Wie ich schon sagte, wir alle mochten Joan sehr gern. Und außerdem muss man sich als Nachbarn helfen, das ist doch der Sinn der Sache, oder?« Sie nippte an ihrem Kaffee-Ersatz. »Es ist lange her, seit ich so was getrunken habe. Wenn ich es mir recht überlege, schmeckt es gar nicht so schlecht. Mrs. Bright hat ihn immer extra für Joan bestellt. Es ist wirklich eine Schande, dass es den Laden nicht mehr gibt. Natürlich bin ich immer einmal in der Woche zum Großeinkauf in den Supermarkt gefahren, aber ich vermisse es trotzdem, dass man nicht mehr schnell was im Laden holen kann. Norma Bright hat es das Herz gebrochen, als sie schließen musste, aber –«

Jimmy sah von den Faxen mit den Menüvorschlägen auf. »Ist das ihr Name? Norma?«

»Ja, so hießen die Leute damals. Norma. Und Joan. Und Shirley natürlich, das ist mein Name. Der ist auch aus der Mode gekommen. Aber sie werden wiederkommen. Wahrscheinlich werden eure Enkelinnen so heißen, Carol. Joan, Jean, June, all diese Namen …«

»Oh Gott, ich hoffe nicht.« Carol verzog das Gesicht. »Ich muss schon sagen, Doe, dieser Muckefuck …«

»Ich weiß. Komm nächste Woche wieder. Dann habe ich anständigen Kaffee.«

»Na gut. Aber kauf Nescafé, ich mag dieses edle Zeug nicht.«

»Bauerntrampel«, sagte Jimmy.

»Ach, halt die Klappe, Mr. Cordon-Bleu-Henessey.«

Mrs. Curtis ignorierte die beiden und redete weiter. »Norma – Mrs. Bright – hat keine Kinder, deshalb gab es niemanden, der den Laden übernehmen konnte, als sie sich zur Ruhe setzte. Kein Mensch kauft heutzutage so einen Laden, damit kann man kein Geld mehr machen. Aber früher war er der Mittelpunkt des Dorfes. Es gibt natürlich den Pub, aber der ist doch eher für die Männer, oder? Die älteren Frauen gehen nicht in den Pub, so wie es die jungen heute tun. Kannst du dir uns alte Damen da beim Dominospielen vorstellen?«

»Domino?« Carol schnitt eine Grimasse. »Du gehst doch nie in den Pub, oder, Mum? Es sei denn, Dad führt dich aus, was er einmal im Jahr tut …«

Das nächste Stück bekam ich nicht mit, weil ich anfing, darüber nachzudenken, ob Mrs. Curtis wohl meinte, ich solle einen neuen Laden im Dorf gründen. Ich *könnte* es in Erwägung ziehen, ich meine, ich würde etwas für die Dorfgemeinschaft tun, und es ist so traurig, dass all die kleinen Läden schließen müssen – es war jedenfalls besser als die Bettelbriefe. Nach dem Tod meines Vaters bekam ich jede Woche einen Müllsack voll davon, weil die Leute dachten, ich hätte alles geerbt, doch jetzt hat es Gott sei Dank ein bisschen nachgelassen. Aber ich habe sie alle aufgehoben, obwohl ich nie einen aufgemacht habe. Tony hält mich für verrückt. Er fragt immer wieder, warum ich sie nicht wegschmeiße, aber mir kommt es unfreundlich vor, sie einfach zu vernichten. Könnte Unglück bringen. Oh Gott, dachte ich plötzlich, vielleicht ist einer von meiner Mutter dabei, und ich habe ihn nicht gesehen. Ich muss sie hierher holen und durchsehen. Ich werde Des bitten müssen, einen Kurier zu schicken. Es sind Hunderte, Tausende von Briefen. Ich werde sie alle lesen müssen. Gerade wollte ich Mrs. Curtis unterbrechen und sagen, dass ich einen dringenden Telefonanruf erledigen müsse, als ich hörte, wie sie etwas über Ärger mit Mrs. Blackstock sagte.

»Was für Ärger?« Es kam wie eine Maschinengewehrsalve heraus.

Mrs. Curtis' Augen weiteten sich. »Nicht deine Mutter, meine Liebe«, sagte sie besänftigend. »Es war Virginia Blackstock.«

»Was war mit Virginia Blackstock?«

Mrs. Curtis sah aus, als wünschte sie, sie hätte den Mund gehalten. »Na ja, ich dachte, du wüsstest es. Ich dachte, Joan hätte es dir erzählt.«

»Was erzählt?«

»Dass Virginia immer ... na ja, sie hat immer Sachen genommen. Im Laden. Gestohlen.«

»Hat Joan Ihnen das erzählt?«

»Oh, *nein*. Joan hätte es mir nie erzählt. Sie war deinem Vater gegenüber immer sehr loyal, Dodie. Norma Bright hat es mir erzählt, erst gestern. Sie sagte, dass Virginia immer Sachen genommen hat, sich aber nicht besonders schlau dabei angestellt hat. Mrs. Bright dachte, sie hätte eine Erscheinung, als sie es das erste Mal gesehen hat – wie Mrs. Blackstock etwas in ihre Tasche stopft –, aber natürlich hatte sie nur sehr wenig auf Lager, so dass sie immer wusste, wenn eine Tüte Zucker fehlte –«

»Das hat sie gestohlen? Zucker?«

»Also, ich weiß nicht so genau, ob es Zucker war, aber es waren immer Lebensmittel. Fertigprodukte, Dosen, solche Sachen. Mrs. Bright hat immer aufgeschrieben, was fehlte, und am Ende des Monats hat Joan die Sachen bezahlt.«

Kein Wunder, dass Joan Mrs. Brights neue Hüfte bezahlt hat. »Wusste noch irgendjemand im Dorf davon?«

»Nein! Kein Mensch. Ich weiß es ja selber erst seit gestern. Norma sagte, wie traurig es sei, dass Joan tot ist, weil sie immer so gut zu ihr war. Und dann erzählte sie mir von Virginia, und dass Joan immer alles wieder in Ordnung gebracht hat. Sie meinte, jetzt könne sie darüber reden, wo doch beide nicht mehr unter uns weilen. Ich dachte, du wüsstest es, sonst hätte ich nichts gesagt …« Sie bewegte ihre Hand über den Tisch auf mich zu. Ich sprang auf. Ich hätte es nicht ertragen, von ihr getätschelt zu werden. Die Sache mit Virginias Klauerei war an sich völlig uninteressant. Seien wir ehrlich, was geht mich Virginia an?

Ich lehnte mich an die Kommode und versuchte, ein unbeteiligtes Gesicht zu machen. »Na ja, ich wusste natürlich, dass Virginia krank war, aber …« Was hatte Mrs. Curtis über Joan gesagt? *Sie war deinem Vater gegenüber immer loyal.*

»Sie hat nie einen besonders glücklichen Eindruck gemacht, oder?«, fragte Carol. »Bei all dem Geld sollte man meinen …« Sie sah mich an. »Also, für dich ist es anders, Doe. Du bist damit geboren worden.« Es klang, als wäre es eine Missbildung.

»Gibt es noch mehr, was ich wissen sollte?«

Carol hob die Hände, als hätte ich eine Waffe auf sie gerichtet. »Hör mal. Doe, wir sind nur gekommen, um dir unsere Hilfe anzubieten.«

»Das meine ich nicht. Seid ihr sicher, dass da nicht noch mehr ist, was alle außer mir wissen? Ich komme mir vor wie der Dorftrottel. Warum stelle ich mich nicht einfach vor den Pub, damit alle mit Kokosnüssen auf mich schmeißen können? Damit alle was zum Lachen haben.« Als ich es sagte, wusste ich, dass es nicht fair war. Sie wollten bloß helfen, aber mir war alles nur zu viel. Ich betrachtete die drei am Tisch. Jimmy kritzelte mit gesenktem Kopf Notizen an den Rand der Menüvorschläge. Carol und Mrs. Curtis starrten einander an. Carol hatte die Augenbrauen hochgezogen und nickte leicht mit dem Kopf, na los, erzähl schon, und Mrs. Curtis' Augenbrauen waren zusammengezogen, und sie schüttelte beinahe unmerklich den Kopf, nein, auf keinen Fall, und wag es ja nicht.

»Was?«, rief ich. Beide sprangen auf. Mrs. Curtis war die Erste, die etwas sagte: »Ich wasche schnell die Tassen ab, und dann gehen wir.«

»Was ist los?«

»Es ist nicht wichtig. Du hast doch bestimmt genug zu tun.« Mrs. Curtis nahm drei Tassen auf einmal mit den Fingern an den Henkeln und stellte sie aufs Tablett.

»Ich finde, wir sollten es ihr sagen, Mum«, sagte Carol.

»Mir was sagen?«

»Wir wissen nicht einmal, ob es stimmt.« Mrs. Curtis goss ein wenig Milch in den Aschenbecher und schwenkte ihn hin und her, um sicherzugehen, dass Carols Zigaretten richtig aus waren.

»Ich hab's gesehen, Mum. Ich habe es mir nicht ausgedacht!«

Jimmy sah auf. »Was hast du gesehen?«

»Den Mann«, sagte Carol. »Ich hab ihn gesehen. Mum wollte es nicht glauben, als Albert sagte, er hätte ihn gesehen, und als ich ihn sah, meinte sie, ich würde mir das nur ausdenken, um mich wichtig zu machen.«

»Warte mal«, sagte ich. »Welchen Mann?« Beinahe hätte ich gefragt, ob es der Mann war, der hier herumlungerte, aber ich hielt mich gerade noch zurück. Ich weiß nicht, warum, aber ich hatte das Gefühl, ich sollte ihnen nicht zu viel verraten.

»Es ist schon lange her«, sagte Mrs. Curtis. »Ein paar Monate, bevor deine Mutter – du weißt schon …«

»Ende 1975?«

»Wahrscheinlich. Also, Albert hat damals immer wieder gesagt, er hätte einen Land Rover auf dem Weg hinter dem Wald gesehen, spätnachts, mit einem Pärchen drin. Einem Liebespaar, so hat er es genannt. Na ja, am Anfang haben wir gesagt, na und? Aber er sagte, er wüsste, wer sie sind, und machte eine Riesengeschichte daraus. Wir haben ihn nur ausgelacht. Haben geschimpft, weil er mitten in der Nacht anderen Leuten nachspioniert, der alte Dreckskerl. Denn das war er. Aber er blieb dabei und trieb meinen Fred beinahe die Wände hoch. Er erzählte es praktisch jedem im Dorf, und am Ende dachten wir, er muss es sich ausgedacht haben, sonst würde er doch sagen, wer es ist. Chalky, das war der andere Mann, der damals für uns gearbeitet hat, ein Riese, hat den alten Albert über den Wassertrog gehalten und gesagt, wenn er nicht sofort ausspuckt, wer es ist, taucht er ihn unter. Es war Mitte Dezember und ganz schön kalt, deshalb hat Albert es ihm gesagt. Chalky sagte: ›Du lügst‹, und hat ihn untergetaucht. Weil er gesagt hat, es wäre deine Mutter, verstehst du? Deine Mutter mit einem Mann hinten in diesem Land Rover.«

»Welcher Mann?«

»Das wusste Albert nicht. Aber die Sache war die, keiner glaubte ihm. Wir alle kannten deine Mutter, und sie war nicht so. Albert wurde ganz schön damit aufgezogen, aber er nahm es nicht zurück, obwohl wir ihm ins Gesicht sagten, er würde uns auf den Arm nehmen. Egal, dann hat Madame …« Sie zeigte auf Carol. »Ich dachte, sie wüsste überhaupt nichts von der ganzen Geschichte, aber sie muss gelauscht haben. Und prompt sagt sie, sie hätte sie auch gesehen.«

Ich sah Carol an. »Hast du das?«

»Ja.«

»Ich dachte, sie redet Unsinn«, sagte Mrs. Curtis. »Ich sagte zu ihr: ›Um Mitternacht schlaft ihr tief und fest, da habt ihr im Wald nichts zu suchen‹, aber Carol sagte, der Land Rover hätte auf unserem Weg geparkt, sie hätte ihn vom Fenster aus gesehen, und die beiden hätten geknutscht.«

»Ich hab dafür ’ne ganz schöne Tracht Prügel bezogen«, sagte Carol.

Jimmy grinste sie an. »Und mit Recht.«

»Ach, halt die Klappe.«

»Ich glaube immer noch, du hast es geträumt, Carol«, sagte Mrs. Curtis. »Du hast Alberts Gerede gehört und dann davon geträumt. So einfach war das.«

»Nein«, sagte Carol. »Ich hab's gesehen.«

»Und warum hat Jackie es dann nicht gesehen? Ihr macht doch auch heute noch immer dasselbe. Was die eine hat, muss die andere sofort auch haben.« Mir schoss durch den Kopf, dass das Jimmy einschließen konnte.

»Ich hab dir doch erzählt, dass Jackie geschlafen hat. Ich bin aufgewacht und habe aus dem Fenster geguckt, das ist alles.«

Mrs. Curtis schnaubte. »Und da war nichts zu sehen. Es war stockfinster.«

»Nein, da war der Mond, keine Wolken. Wie geschaffen für Liebespaare.«

»Wie sah der Mann aus?«

»Viel konnte ich nicht sehen. Deine Mutter habe ich nur an ihren Haaren erkannt. Er hatte allerdings so einen langen Bart. Und lange Haare, bis auf den Kragen, wie man sie damals hatte, dunkelbraun oder schwarz. Mehr konnte ich wirklich nicht sehen.«

»Groß? Klein?«

»Er saß, deshalb konnte ich nicht erkennen, wie groß er war oder ob er dünn oder dick war.«

»Waren sie –«

»Sie hatte den Kopf zurückgelegt, und er beugte sich über sie und hat sie geküsst. Für mich war es das Romantischste, was ich je gesehen hatte.«

»Und es war definitiv meine Mutter?«

»Ja, Ehrenwort.« Carol warf ihrer Mutter einen Blick zu, die mit dem Löffel in der Zuckerdose herumstocherte. »Ich lüge nicht, da kann sie sagen, was sie will.«

»Warum hast du mir das nicht erzählt, Carol?«

Sie zündete sich noch eine Zigarette an. Das Streichholz zischte, als es in die Milch im Aschenbecher fiel. »Ich konnte nicht – so was – ich war erst elf, Doe, vergiss das nicht. Erst wollte ich es dir erzählen, weil es ein großes Geheimnis war, das größte, was ich je hatte, aber als ich es Mum erzählte, sagte sie, ich soll keine dummen Geschichten erzählen.«

»Aber später, nachdem sie entführt worden war? Hast du es da irgendjemandem erzählt?«

Mrs. Curtis legte den Löffel weg. »Ich werd dir sagen, was passiert ist, Dodie. Wie gesagt, ich glaubte Carol nicht, aber sie beharrte darauf, und weil sie noch nie gelogen hat, begann ich mich zu fragen, ob etwas dahinter stecken könnte. Und als das alles passierte, die Entführung und so, dachte ich mir, ich erzähle es lieber Fred. Also redeten wir darüber, überlegten, ob wir es Joan oder der Polizei sagen sollten, und beschlossen, dass es besser war, nichts zu sagen. Wir fanden, es würde niemandem etwas nützen, Dodie. Es hatte nichts mit der Entführung zu tun, und wir dachten, die Presse könnte davon Wind bekommen. Es ist nicht richtig, schlecht von den Toten zu sprechen, und außerdem hätte es alles nur noch schlimmer gemacht, besonders für deinen armen Vater.«

»Sie meinen meinen armen Vater, der sich geweigert hat, das Lösegeld zu bezahlen?«

»Also dazu kann ich nichts sagen, Dodie. Vielleicht war es nicht richtig, dass wir niemandem davon erzählt haben, aber wir wollten dich schützen – euch alle –, deshalb haben wir es getan.« Sie griff nach dem Löffel und begann, wieder im Zucker herumzustochern.

Dezember 1975, dachte ich, lange, dunkle Haare. 1975 war die halbe Welt von Männern mit langen Haaren und Bärten bevölkert. Wie auch immer, Mums Entführung ist politischer Natur gewesen, nicht persönlicher. Es ist eine Gang gewesen, nicht die Tat eines traurigen Einzeltäters. Ich meine, alle Elefanten sind grau, aber nicht alles, was grau ist, ist ein Elefant.

12

Es ist nicht richtig, schlecht über die Toten zu sprechen. Besonders, wenn die Toten noch am Leben sind, Mrs. Curtis. Ich hatte nur Des von Mum erzählt. Ich musste es den Leuten langsam sagen, aber ich konnte nicht. Alle würden dieselben Fragen stellen, und ich wusste auf keine einzige eine Antwort. Außerdem war ich mir immer noch nicht klar darüber, wie es für mich war. Ich war gleichzeitig wütend, traurig und wie betäubt, was eigentlich zu nichts führte.

Ich dachte über den Mann nach, den Carol gesehen hatte. Den Mann mit den langen, dunklen Haaren und dem Bart. Mum musste freiwillig mit ihm gegangen sein, wenn sie mitten in der Nacht in seinem Auto saß und sich hatte küssen und liebkosen lassen. Musste in einem Ossie-Clark-Kleid und passenden hochhackigen Sandaletten durch eine warme Brise die Auffahrt entlanggeschlichen sein. Doch es war Dezember, also musste sie gefroren haben. Und das Ossie-Clark-Kleid hatte sie in der U-Bahnstation verschenkt. Dann eben in einem Pelzmantel. Sie zieht sich den Kragen um den Hals, mit einer leicht bläulichen Hand, die ihr Geliebter wärmend in seine Hände nimmt. Große Hände, warm und trocken. Das Heizungsgebläse macht Lärm. Er hatte den Land Rover extra für sie sauber gemacht, und wenn er eine Zigarette rauchen wollte, kurbelte er die Scheibe hinunter. Sie würden ihren Pelzmantel auf der Ladefläche ausbreiten und sich lieben und danach nebeneinander liegen, auf die Ellbogen gestützt, sich ansehen und miteinander reden. Sie würde kichern und sich beschweren, dass sein Bart kitzelte. Er würde ihr anbieten, ihn abzurasieren, aber das würde sie ablehnen. Wie war sie zurückgekommen? Hatte er sie bis zum Tor gefahren? Das war gefährlich. Jemand aus dem Dorf hätte den Wagen hören und am Fenster auftauchen können. Oder war sie dort, wo es parkte, aus dem Auto gesprungen und hat sich noch einmal zum Fenster hineingelehnt, um ihn zu küssen, ehe sie durch die Dunkelheit davonlief? Er hätte geflüstert: »Sei vorsichtig«, und sie hätte gesagt: »Ich liebe dich«, und er hätte geantwortet: »Ich dich auch«, und dann hätte er hinter dem Lenkrad gesessen und beobachtet, wie sie verschwand, und sich gefragt, ob sie überhaupt da gewesen war.

Wer war er? Langer Bart. Dunkle Haare bis auf den Kragen. Ich hatte immer wieder Jason King vor Augen, nur dass das in den frühen Siebzigern gewesen war. Keine Ahnung, warum ich an ihn dachte, denn ich habe die Serie nur einmal bei den Zwillingen gesehen. Ich hatte zu wenig Erfahrung mit dem Fernsehen, kannte keine Filme, so dass ich nie wusste, was los war und ihnen mit meinen Fragen auf die Nerven ging. Wenn der Mann Mums Geliebter gewesen war, war sie vielleicht mit ihm durchgebrannt. Oder vielleicht hatte er sie aus den Händen der Entführer gerettet, und sie wollten nicht zugeben, dass sie das Lösegeld verloren hatten. Vielleicht war er mit seinem Land Rover gekommen, hatte sie abgeholt und war mit ihr in den Sonnenuntergang davongefahren. Wahre Liebe bis in alle Ewigkeit. Wahre Liebe ohne mich. Aber warum stand dann *mein* Name in ihrem Adressbuch und nicht seiner?

Das ergab alles keinen Sinn. Ich wollte am liebsten immer wieder mit dem Kopf auf den Tisch schlagen. Vielleicht *glaubten* Albert und Carol nur, meine Mutter in dem Wagen gesehen zu haben, und in Wirklichkeit war es nur eine Frau gewesen, die ihr ähnlich sah. Schließlich sind wir in England, dachte ich. An jeder Straßenecke gibt es Frauen mit roten Haaren und blasser Haut.

Carol und Mrs. Curtis verabschiedeten sich. (»Es tut mir Leid, Dodie. Ich wollte dich nicht aufregen. Man weiß ja nie, vielleicht lernt Carol eines Tages doch noch, ihre große Klappe zu halten.«) Als ich von der Tür zurückkam, dachte ich, Jimmy würde etwas dazu sagen, aber er zeigte nur auf die Menüvorschläge und fragte, was ich von seinen Verbesserungen hielt. Anschließend gingen wir in Joans Wohnzimmer, um seinen Freund wegen des Mittagessens anzurufen.

Jimmy legte auf. »Er erwartet uns um halb eins, machen wir, dass wir loskommen.«

»Ich muss mir nur noch die Nachricht anhören.« Ich deutete auf das blinkende, rote Licht.

»Gut. Ich warte draußen.«

»Nein. Warte –« Jimmy blieb an der Tür stehen. »Kannst du einen Moment hier bleiben? Nur solange ich zurückspule.«

Er zuckte die Achseln. »Wenn du willst.«

Es war Des. »Tut mir Leid, dass ich dich verpasst habe. Die Leute vom Sicherheitsdienst kommen morgen Abend. Schneller ging es nicht. Ich habe ihnen gesagt, dass es ein großer Auftrag ist. Ich muss jetzt weg, aber wir reden morgen darüber. Mach dir keine Sorgen, sie haben die Sache in null Komma nix im Griff.«

Morgen hieß heute, dachte ich. Heute Abend. »Super.«

»Eine gute Idee.« Jimmy nickte in Richtung Anrufbeantworter. »Vor allem, wenn du das Haus behalten willst.«

»Das weiß ich noch nicht. Ehrlich gesagt, habe ich keine Ahnung, was ich machen soll. Tut mir Leid, Jimmy, aber macht es dir etwas aus, wenn wir nicht darüber reden?«

Danach hatte ich eigentlich einen sehr schönen Tag. Das Restaurant von Jimmys Freund war klasse. Die Sonne schien, und wir saßen im Garten und beobachteten, wie die Schwäne über den Fluss glitten, und Jimmys Freund kam heraus, und sie redeten über Gedecke und Köche und solche Sachen. Als der Freund mich fragte, was ich machte, erzählte ich ihm, ich hätte mich gerade um einen neuen Job beworben. Ich fühlte mich seit einer Ewigkeit zum ersten Mal wieder entspannt. Ja, ich erzählte sogar einen Witz. Auf dem Weg zum Auto legte Jimmy den Arm um mich.

»Danke, dass du ihm nichts erzählt hast«, sagte ich.

»Du meinst, wer du bist? Nach dem, was du vorher gesagt hast ... Ich dachte, du hättest etwas dagegen.«

»Es ist einfach so, dass sich die Leute anders benehmen, wenn sie wissen, wer ich bin. Entweder versuchen sie, mir zu schmeicheln, oder sie geben beißende Kommentare ab, um zu zeigen, dass sie völlig unbeeindruckt sind.«

»Das würde John nicht tun. Er ist in Ordnung.«

»Du würdest dich wundern.«

»Du traust den Menschen wirklich nicht, oder?«

»Du würdest auch niemandem trauen, wenn du ich wärst.«

»Wenn ich du wäre, wer würde dann heute Abend für achtundfünfzig Leute kochen?«

»Achtundfünfzig? Musst du dann nicht langsam mal anfangen? Ich könnte dich absetzen.«

Jimmy sah auf die Uhr. »Ich bin nicht ganz so unentbehrlich. Ich könnte noch mit dir einkaufen gehen – nur wenn du willst, natürlich.«

Ich war dankbar, dass Jimmy mich zur Abwechslung einmal etwas ganz Normales tun sah. Was Supermärkte betrifft, bin ich ein Spätentwickler – erst mit neunzehn habe ich das erste Mal einen betreten –, aber seither habe ich eine Menge Übung. Im Gegensatz zu Tony. Ich weiß noch, wie ich ihn einmal in New York besucht habe, wo er versuchte, für sich selbst zu sorgen. Er vergaß regelmäßig, sich Einkaufslisten zu machen, und tat einfach das Gleiche in den Einkaufswagen wie die anderen Leute. Wenn er dann nach Hause kam, stellte er fest, dass er die Hälfte nicht mochte und die andere Hälfte keine anständige Mahlzeit ergab, so dass er alles wegwarf und sich stattdessen Essen liefern ließ. Seine Vorräte bestanden aus Nudeln, vergammeltem Salat und Grapefruits, die er in der Mikrowelle explodieren ließ.

Als wir den Einkauf hinter uns hatten, fühlte ich mich richtig gut – ich hatte sogar daran gedacht, Katzenfutter zu kaufen –, aber dann vermasselte ich es. Wir tranken an der kleinen Kaffeebar ein Mineralwasser und beobachteten Mütter, die versuchten, sich über das Geheule ihrer Kleinkinder hinweg zu unterhalten, während die Kinder sich in ihren schmutzigen Buggys hin und her warfen, soweit es die Gurte erlaubten, und den zur Beruhigung angebotenen Orangensaft verweigerten.

»Warum nehmen sie nur die Kinder mit zum Einkaufen?«, fragte ich. »Sie hassen es doch ganz offensichtlich, die armen, kleinen Dinger.«

»Weil sie keine andere Wahl haben.« Gut gemacht, Dodie.

»Verachtest du mich?«

»Nein, warum sollte ich?«

»Weil ich nicht weiß, wie es ist, wenn man keine andere Wahl hat, als sein Baby mit in den Supermarkt zu nehmen.«

Er zuckte die Achseln. »Jeder hat Probleme. Deine sind nur anders, das ist alles.«

»Aber so einfach ist es nicht, oder?«

Jimmy seufzte. »Dodie, es tut mir wirklich Leid, aber ich kann jetzt nicht darüber reden, ich muss zur Arbeit.« Auf dem Weg zum Auto sagte er kein Wort, und ich dachte, er wäre sauer. Aber ich wollte nicht fragen, was das Problem war, weil es ein so kindisches Spielchen ist. Ich wusste es sowieso. Ich. Er machte daraus kein Thema, ich tat es. Des hat mir einmal erzählt, dass die Amerikaner während des Krieges eine Abkürzung hatten: SNAFU. Was bedeutete: *Situation normal, all fucked up.* Des sagte damals *all fouled up*, aber er wusste mit Sicherheit, dass ich mir denken konnte, wofür das F eigentlich stand.

Doch auf dem Weg zur »Artischocke« wurde es besser. Jimmy fragte mich, ob ich etwas wegen der Fingerabdrücke gehört hätte.

»Das habe ich völlig vergessen. Wahrscheinlich haben sie nichts Bemerkenswertes gefunden. Das hat er gleich gesagt.«

»Aber sie haben mich immer noch nicht um eine Zeugenaussage gebeten.«

»Na ja, der Einbrecher hat ja eigentlich nichts getan. Jedenfalls glaube ich das.«

»Das klingt nicht besonders überzeugt.«

Das war ich auch nicht. »Jimmy? Wenn du viel zu tun hast, ist es egal, ich meine, keine Sorge, es ist nicht so wichtig, aber –«

»Was? Spuck's aus.«

»Kannst du heute Abend vorbeikommen? Ich möchte gerne etwas mit dir besprechen.«

»Ich werde nicht vor halb eins fertig …«

»Du könntest doch auf einen Absacker vorbeikommen. Wenn du nicht zu müde bist, meine ich.«

Jimmy dachte nach. »Okay, mache ich. Kannst du mich an der Ecke rauslassen?«

Ich hielt an der Hintertür zum Restaurant. Jimmy lehnte sich herüber und streifte meine Wange mit den Lippen, ehe er ausstieg. Ich fuhr nach Hause und war viel glücklicher, als ich es unter den gegebenen Umständen sein dürfte.

Die Leute von Habitat kamen mit dem Doppelbett, was sich als eine Art Himmelbett mit langen Musselinvorhängen entpuppte. Sie erklärten sich bereit, es in den Ballsaal zu schaffen und aufzubauen. Ich wollte nicht mitten in der Nacht zwischen all den zugedeckten Möbeln aufwachen, deshalb nahm ich die Schonbezüge ab und stopfte sie in einen der Schränke auf dem Flur. Das Bett war wirklich kein besonders edles Möbelstück, und inmitten der vielen Chaiselongues und dem Heuschreckenschwarm aus Notenständern wirkte es bizarr, aber es war auf jeden Fall besser als ein Bett aus Kissen auf dem Boden.

Danach rief ein Beamter der örtlichen Polizei an. Ihnen sei zu Ohren gekommen, dass vor kurzem bei mir eingebrochen worden sei, und ob ich etwas dagegen hätte, wenn im Laufe des Tages jemand vorbeikäme, um mit mir über Sicherheitsmaßnahmen zu sprechen. Es hörte sich an, als wüssten sie noch gar nicht, dass Joan tot war. Ich überlegte, ob ich ihnen das hätte mitteilen müssen. Ich hätte gedacht, dass es Aufgabe des Krankenhauses ist, jedenfalls hatte mir niemand gesagt, dass es meine Aufgabe war. Obwohl ich mich an diesem sonnigen Nachmittag in Joans Wohnzimmer vor dem Herumtreiber sicher fühlte, hatte ich doch immer eine Hand am Telefon. Er würde in der Nacht auftauchen, sich seinen Weg durchs Gebüsch suchen, nasse Blätter würden an den Sohlen seiner Turnschuhe kleben. Er versteckt sich hinter den Büschen, damit man ihn nicht sieht. Dunkler Anorak, die Wollmütze tief über die heimtückischen Augen gezogen, schmutzige Jeans, eine Taschenlampe, ein Messer und das schwarze Klebeband in den Händen, das auf den Lippen brennt, wenn er es abreißt und dir sagt, du sollst ja nicht schreien, sonst bringt er dich um.

Gott sei Dank rief Tony an, ehe ich mich vollends in meine Paranoia hineinsteigerte. »Süße, es tut mir so Leid. Warum hast du mir nichts erzählt?«

»Du meinst von Joan? Das habe ich. Ich habe dir eine Nachricht hinterlassen.«

»Nein, ich meine, vorher. Du hättest mich anrufen sollen, Dodie. Ich wäre sofort gekommen.«

»Schon gut. Ich hab's überlebt.«

»Wirklich, oder sagst du das nur? Normalerweise läufst du weg, Dodie, und siehst den Dingen nicht ins Gesicht.«

»Ich bin hier, oder? Und ich habe alle Vorbereitungen für die Beerdigung getroffen.«

»Warum denn, um Himmels willen? Lass das doch jemand anders machen.«

»Ich will es aber selber tun. Joan hätte es auch getan.«

»Ich bin ihr einmal begegnet. Gehörte sie der Frauengewerkschaft an?«

»Fast. Nur ohne Zigarre. Dem Women's Institute.«

»Ach ja, natürlich. Ich wusste doch, dass es irgendwas mit Marmelade und Rückgrat zu tun hatte.«

»Kommst du zur Beerdigung? Sie ist am Samstag in einer Woche.«

»Natürlich komme ich. Wenn du willst, kann ich auch ein paar Tage bleiben und dir helfen. Allerdings muss ich den Chauffeur mitbringen.«

»Wen? Ach so, dein Führerschein.«

»Du kannst ihn doch irgendwo unterbringen, oder? Das Haus muss ungefähr hundert Schlafzimmer haben.«

»Nein, nur fünfundzwanzig.«

»Also, klein kann man das wohl nicht nennen.«

»Wie ist er denn?«

»Dominic? Wunderbar. Er hatte einen Bürojob in der City, aber das ist in die Hose gegangen, deshalb arbeitet er jetzt für mich. Hast du eine Satellitenschüssel?«

»Im Augenblick habe ich nur einen Schwarzweiß-Fernseher. Aber ich lasse mir einen anderen liefern. Im Pub gibt es einen. Warum denn? Du hasst doch Sport.«

»Dominic ist verrückt danach. Wenn man ihn lässt, würde

er den ganzen Tag fernsehen. Er ist natürlich absolut hetero, aber man kann nicht alles haben. Ich überlege wirklich, ob ich nicht hetero werden sollte. Neulich hat eine Frau gesagt, es wäre so ein Verlust.«

»Bitte nicht. Das wäre schrecklich verwirrend.«

»Das ist es! Ich könnte sagen, ich bin verwirrt. Eine grandiose Idee.«

»Aber das wäre, als würde ich sagen, ich bin ab jetzt lesbisch.«

»Du könntest eine Lippenstiftlesbe sein, oder ... Nein, nein, nein. Zu dir würde der Vampir-Look passen – leichenblasse Haut, blutrote Fingernägel und schwarze Kleider. Eine Art rothaarige Morticia. Du weißt schon, die aus der Addams Family.«

»Quatsch. Ich bin sowieso davon abgekommen. Und ich habe überhaupt keine schwulen Gene oder was man sonst dafür braucht.«

»Schwule Gene, so ein Unsinn. Du glaubst den Mist doch nicht wirklich, oder? Egal, wenn ich hetero würde, könnte ich mich mit Dominic zusammentun. Ich könnte eine Art Männerhimmel für uns beide schaffen. Poster von Melinda Messenger, ein Kühlschrank voller Bier, ein Dartboard, Fußballkalender an den Wänden, wir würden uns über Rugby unterhalten ... Ach, vergiss es. Hör mal, Dodie, ich muss los und die Metropole unsicher machen. Grüß mir den Landfrauenverein, ja? Und noch was, wenn ich irgendetwas tun kann, greif einfach zum Telefon. Okay? Egal, wie spät es ist. Ruf mich an. Wenn ich nicht da bin, rufe ich zurück, sobald ich zu Hause bin. Tust du das?«

»Du klingst wie Claire Rayner.«

»Hör mal, Süße, ich *bin* Claire Rayner. Also, versprichst du es mir?«

»Ja. Danke, Tony.«

»Jederzeit. Ich umarme dich. Pass auf dich auf.«

Als ich auflegte, fragte ich mich, warum ich Tony nichts von Mum erzählt hatte. Tony ist wahrscheinlich mein bester Freund. Ich weiß, dass er es verrückt findet, zu versuchen vom eigenen Geld zu leben – das hat er mir oft genug gesagt –, aber wir kommen gut miteinander aus. Wir haben sogar darüber diskutiert, ob wir heiraten sollen. Nicht die schlechteste Idee. Tony ist sehr nett, und ich weiß, dass er es nicht darauf anlegt, weil er a) mindestens so viel Geld hat wie ich und b) so schwul wie sonst keiner ist. Ich weiß nicht, warum ich es ihm nicht erzählt habe. Oder Jimmy. In meinem Kopf habe ich es immer wieder durchgespielt. Wahrscheinlich kann ich es einfach nicht ertragen, alles wieder aufzuwärmen.

Aus dem Faxgerät quoll eine lange Papierschlange vom Weinhändler, und ich wollte sie gerade abreißen, als zwei lächelnde Männer von der Sicherheitsfirma erschienen. Einer, offensichtlich der Wortführer, schwenkte ein Klemmbrett. »Wir nehmen an, früher ist Ihnen lieber als später«, sagte er.

»Oh, unbedingt. Soll ich Ihnen alles zeigen?«

»Wir würden gerne im Haus anfangen, wenn Ihnen das recht ist. Wir kommen im Auftrag eines …«, er warf einen Blick auf sein Klemmbrett, »… Mr. Haigh-Wood. Ist er überhaupt hier?«

»Nein, aber ich wollte ihn sowieso gerade anrufen, wenn Sie mit ihm sprechen wollen.«

»Wenn es geht, gerne.«

Ich führte sie in Joans Wohnzimmer und ging hinaus, um die Einkäufe wegzuräumen, während sie mit Des über Wachpatrouillen und solche Dinge sprachen. Als ich wieder ins Zimmer kam, sagte der Mann mit dem Klemmbrett gerade: »… und ich glaube, die junge Dame würde gerne noch mit Ihnen sprechen.«

»Des? Könntest du mir einen Gefallen tun?«

»Kommt darauf an, was, mein Kind.«

»Könntest du mir meinen Fernseher mit einem Kurier hierher bringen lassen? In einem Lieferwagen?«

»Fernseher? In Camoys Hall? Ich sehe schon, von jetzt an wird sich einiges verändern.«

»Joan hatte immer einen kleinen Schwarzweiß-Fernseher in ihrem Zimmer. Wusstest du das nicht?«

Des schwieg einen Augenblick lang, dann sagte er bedächtig: »Doch, ich glaube, ich wusste es.«

»Und ein paar Briefe. Bettelbriefe in Müllsäcken. Könntest du mir die auch mitschicken?«

»Dodie.« Des seufzte. »Ich habe dir doch schon mal gesagt, dass es nicht so einfach ist, dein Geld wegzugeben.«

»Ich will sie nicht deswegen haben. Ehrlich.«

»Na gut. Wenn du willst, kann ich Angelina jetzt gleich in deine Wohnung schicken. Was ist mit dem Schlüssel?«

»Meine Nachbarin hat einen. Sie heißt Liza. Sie arbeitet zu Hause und ist normalerweise da. Ich rufe sie an und beschreibe ihr Angelina, damit sie Bescheid weiß. Dann rufe ich dich noch einmal an.«

»Gute Idee.« Die Männer vom Sicherheitsdienst waren jetzt außer Hörweite, so dass ich Des von dem Päckchen mit den Haaren erzählen konnte.

»Gestern Morgen? Du meinst, jemand hat es nach Camoys Hall geschickt?«

»Nein, es kam in meine Wohnung.«

»Was stand auf dem Poststempel?«

Ich holte den Umschlag aus Joans Papierkorb. »Kann ich nicht lesen. Er ist zu verschmiert.«

»Dann hilft uns das auch nicht weiter. Ich glaube, es ist durchaus möglich, dass einer der Entführer deiner Mutter ihn geschickt hat. Ehrlich gesagt weiß ich nicht recht, was ich denken soll.«

»Da war noch etwas …« Ich hielt inne.

»Du musst es mir schon erzählen.«

»Ich habe dir doch erzählt, dass neulich Abend jemand draußen war –«

»Ich dachte, wir haben uns darauf geeinigt, dass es eine Horde Jugendlicher aus dem Dorf war.«

»Kann sein, aber ich bin mir sicher, dass gestern auch jemand hier war.« Ich erzählte ihm von dem alten Unterstand.

»Hör zu, Dodie. Ich weiß, dass du durcheinander bist, mein Liebes, aber es könnte ein Farmer gewesen sein. Es kann irgendjemand gewesen sein.«

»Du warst nicht dabei.«

»Das stimmt. Aber bei allem, was geschehen ist … Du hast eine schwere Zeit hinter dir, und da verschieben sich die Proportionen leicht einmal. Der Mann von der Sicherheitsfirma sagt, er kann morgen Abend seine Notfalltruppe schicken, um auf dem Gelände Streife zu gehen, und übermorgen können sie alles andere installieren.«

»Morgen Abend?«

»Ja. Glaubst du, du kommst bis dahin zurecht?«

Ich erwähnte nicht, dass Jimmy kommen würde. »Ja, sicher, Des. Wirklich, ich komme zurecht.«

»Braves Mädchen. Es ist ja nur für eine Nacht. Danach wirst du es gemütlich haben.«

Ich rief meine Nachbarin Liza an, beschrieb ihr Angelina und erklärte ihr, warum sie den Schlüssel zu meiner Wohnung brauchte. Angelina stammt von den Philippinen. Aber keine Sorge, sie bekommt ein anständiges Gehalt, Urlaubs- und Weihnachtsgeld, und ihre Rentenbeiträge werden bezahlt. Sie arbeitet seit über zwanzig Jahren für Des, und er hat bisher nicht versucht, ihre falschen Zähne zu konfiszieren. Von all dem sagte ich natürlich nichts zu Liza. Stattdessen erklärte ich ihr, Angelina sei eine Kollegin und dass sie ein paar Dinge holen solle, während ich bei einem Foto-Shooting in Irland sei. So konnte sie keinen Hinweis auf Camoys Hall geben, falls jemand fragte.

Ich hatte kaum aufgelegt, da klingelte das Telefon wieder.

»Hallo?«

»Miss Blackstock?«

»Am Apparat.«

»Hier ist Inspector Halstead. Es war besetzt.«

»Ja. Tut mir Leid.« Plötzlich hatte ich das Gefühl, als wäre die Temperatur im Zimmer um zehn Grad gesunken. So steht es immer in Romanen, aber es geschah tatsächlich. Draußen war es glühend heiß, doch ich hatte eine Gänsehaut an den Armen.

»Wir haben weitere Informationen über Ihre Mutter, Miss Blackstock.«

»Ja?«

»Wie Sie wissen, konnten wir sie anhand ihrer Zahnarztakten identifizieren ...«

»Und?«

»Also, wir haben weitere Tests gemacht. Toxikologie ... Ich habe die Berichte vor mir. Sie kamen schon heute Morgen, aber leider hatte ich bis jetzt alle Hände voll zu tun.« Er machte eine Pause und räusperte sich. Was auch in den Berichten stand, er wollte anscheinend nicht derjenige sein, der es mir mitteilte. Ich sagte nichts.

»Miss Blackstock?«

»Ich bin noch dran.«

»Also, wie es scheint – das heißt, die Berichte deuten darauf hin –, dass Ihre Mutter an einer Überdosis Heroin starb.«

»Sie *deuten* darauf hin?«

»Ja. Das heißt, sie sagen es ziemlich deutlich.«

»Ich verstehe. War sie eine ...« Das Wort fiel mir nicht ein. »Ich meine, war sie ... süchtig?«

»Wir sind nicht ganz sicher. Wenn sie regelmäßig Heroin genommen hat, hat sie es jedenfalls nicht gespritzt. Es gibt natürlich andere Möglichkeiten. Man hat nur eine Einstichstelle gefunden, vielleicht war es das erste Mal. Es ist allerdings oft der Fall, dass die Leute nicht besonders pingelig sind, wenn sie süchtig sind. Man hat weitere ... chemische Substanzen gefunden. Ihre Mutter scheint Temazepam genommen zu haben. Wir haben unter ihren Sachen Tabletten gefunden, und ich fürchte, manchmal ist die Kombination ... Und sie hatte einen hohen Alkoholspiegel, was sich auch nicht gerade günstig ausgewirkt hat. Es wird eine Untersuchung geben, Miss Blackstock, und sie wird öffentlich sein. Ich fürchte, so sind die Vorschriften. Aber in solchen Fällen lautet das Urteil für gewöhnlich auf Unfall mit Todesfolge. Ich fürchte, Menschen, die so leben wie Ihre Mutter, sind, nun ja, sagen wir mal, anfällig für solche Dinge.« Damit wollte er mir sagen, dass man nichts weiter in der Sache unternehmen würde. Tod durch Unfall. Das war's.

»Aber sie hat kaum getrunken!« Inspector Halstead antwortete nicht. Und was sollte er auch dazu sagen? Meine Mutter und die Frau, deren Leiche man in Hackney auf dem Baugrundstück gefunden hatte, mochten denselben Körper gehabt haben, aber in Wirklichkeit waren es zwei völlig verschiedene Menschen. Die Frau, die ich gekannt hatte, hätte Temazepam nicht mit der Feuerzange angefasst, geschweige denn Heroin. Sie hatte nicht mal Kaffee getrunken, es sei denn, er war aus Butterblumen gemacht.

»Miss Blackstock, haben Sie in den letzten Jahren Kontakt mit Ihrer Mutter gehabt?«

»Nein, ich dachte, sie wäre tot, das habe ich Ihnen doch gesagt.«

»Sie haben sie nicht gesehen? Mit ihr telefoniert?«

»Nein, ich dachte, sie wäre tot. Wir alle dachten das.«

»Alle?«

»Mein Vater, Joan – äh, Miss Draycott, alle.«

»Sie haben nie gehört, dass jemand über Ihre Mutter gesprochen hat?«

»Nun, natürlich habe ich –«

»Haben Sie je gehört, dass jemand gesagt hat, sie könne noch am Leben sein?«

»Nein, wir hatten keine Ahnung.«

»Ich fürchte, das kann nicht sein, Miss Blackstock.«

»Was meinen Sie damit?« Maggie Hill. Sie musste herausgefunden haben, dass meine Mutter noch lebte, und es Joan erzählt haben. »Nun, es scheint so … oder besser gesagt, es gibt Hinweise, dass Miss Draycott tatsächlich *wusste,* dass Ihre Mutter noch am Leben ist. Man hat einen Brief gefunden. Von Miss Draycott. Bei den Sachen Ihrer Mutter. Er war in ein Kleidungsstück eingenäht.«

»Wie bitte … War er datiert?«

»Ja. Im August 1976.«

»Was haben Sie gesagt?«

»August 1976. Das Datum. So stand es auf dem Brief.«

»Sind Sie sicher?«

»So steht es da, Miss Blackstock.«

»Aber das war keine zwei Monate, nachdem man die Kidnapper verhaftet hat.«

»So ist es.«

»Aber das kann nicht stimmen. Die Trauerfeier war im September.«

»Wissen Sie das genau? Es ist schließlich sehr lange her.«

»Ja. Ich weiß es noch, weil ich das ganze Gemüse und Obst vom Erntedankfest aus der Kirche räumen musste –« Ich hielt inne. *Joan wusste, dass Mum noch lebte, als sie die Trauerfei-*

er organisierte. Inspector Halstead schwieg. Mir war schlecht.

»Wenn das Datum auf dem Brief stimmt ... welcher Tag war es genau?«

»Ich habe den Brief nicht vor mir liegen. Er ist bei den persönlichen Sachen Ihrer Mutter.«

»Kann ich ihn sehen?«

»Im Moment brauchen wir ihn leider noch. Möglicherweise gibt es weitere Untersuchungen im Fall der Entführung.« Er räusperte sich wieder. »Miss Blackstock, der Brief von Miss Draycott weist darauf hin, dass Ihr Vater ebenfalls –«

»Mein *Vater?*«

»Es sieht so aus, als hätte er ebenfalls gewusst, dass Ihre Mutter noch lebt. Deshalb möchten wir, so schnell es geht, Miss Draycott vernehmen.« *Mein Vater wusste es.*

»Aber das geht nicht.«

»Ich fürchte, wir müssen es tun, Miss Blackstock.«

»Ich meine, es geht wirklich nicht. Sie ist tot.«

»Wie bitte?«

»Joan ist tot. Sie hatte einen Herzinfarkt.«

»Wann war das?«

»Vor ein paar Tagen. Am Sonntag.« *Mein Vater wusste es.*

»Warum haben Sie das nicht bei unserem letzten Gespräch gesagt?«

»Es hatte nichts damit zu tun.« *ER WUSSTE ES. VERDAMMT NOCH MAL, ER WUSSTE ES.*

»Ich verstehe.«

Inspector Halstead erging sich in vagen Andeutungen über die Schwierigkeiten, das Ganze zu untersuchen, man müsse sich beraten und Schritte in die Wege leiten, doch ich nahm nichts davon auf. Irgendwann muss ich mich wohl verabschiedet haben, denn als die Männer vom Sicherheitsdienst ihre Köpfe durch die Tür steckten, um Bescheid zu geben, dass sie fertig seien und morgen wegen ihres Angebots mit

Mr. Haigh-Wood Kontakt aufnehmen würden, telefonierte ich nicht mehr. Da starrte ich einfach die Wand an – besser gesagt, ich schaute in die Richtung der Wand, ohne sie zu sehen. Mein Gehirn war wie leer gefegt, ich konnte weder Wände anstarren noch denken oder weinen. Mein Vater hatte gewusst, dass sie noch lebte. Dieser eine Satz nahm allen Raum ein. Wie Hochwasser, das in einem geschlossenen Raum immer höher steigt, rauschte er in meinen Ohren.

13

Zehn Millionen Pfund. Keine Polizei oder sie stirbt. Mit blauem Leuchtstift auf ein liniertes Blatt Papier geschrieben, das aus einem Spiralheft herausgerissen war. Es war um Mums American-Express-Karte gewickelt und in Finchley abgestempelt.

Zwei Tage, ehe irgendjemand bemerkte, dass sie vermisst wurde. Sie wollte das Wochenende mit Irene des Voeux verbringen, und bis Sonntagabend dachten wir, sie wäre bei ihr. Es war Januar und schneidend kalt, und Des und ich spielten Rommé an einem mit grünem Filz bezogenen, zusammenklappbaren Kartentisch vor dem Kamin in Joans Wohnzimmer, als Joan den Kopf hereinstreckte und sagte: »Dessie? Kann ich dich kurz sprechen? Draußen?«

Ich fing an zu meckern und zu maulen, weil Des mir schon seit einer Ewigkeit versprochen hatte, mit mir Karten zu spielen, und wir gerade erst angefangen hatten, aber er lachte nur und sagte: »Hör auf zu schmollen. Ich bin gleich wieder da.«

Die Tür war nur angelehnt. Ich nutzte die Zeit, ein paar Karten zu vertauschen und mir ein besseres Blatt zu verschaffen, so dass ich dem Gespräch vor der Tür keine besondere Aufmerksamkeit schenkte, aber ein paar Gesprächsfetzen fing ich auf. »Sagt, sie war nicht da … Unmöglich, dass sie nicht angerufen hat … Seltsam … In letzter Zeit … Mache mir Sorgen … Will Wolf damit eigentlich nicht behelligen …« Solche Gespräche gab es in Camoys Hall die ganze Zeit, für gewöhnlich bauschte jemand irgendwas auf und gab sich schrecklich besorgt, um bei meinem Vater ein paar Punkte zu machen. Ich streckte der Tür die Zunge heraus und rief ein paarmal: »De – es! Komm endlich!« Aber er kam nicht. Ich hörte, wie sich seine Schritte auf dem Flur entfernten.

Stattdessen steckte Joan den Kopf zur Tür herein und sagte, ich müsse eine Weile Patience legen, weil »Des kurz mit deinem Vater sprechen muss«.

Ich weiß noch, dass Joan später gesagt hat, wie merkwürdig sie es fand, dass Irene nicht schon am Freitag in Camoys Hall angerufen habe, und dass Angela erwiderte, sie solle nicht absichtlich naiv sein, in ihrem Alter sei das lächerlich. Joan sagte: »Ich weiß nicht, was du meinst.« Angela warf mir einen bedeutungsvollen Blick zu und verzog das Gesicht, und Joan sagte, sie solle nicht vulgär sein. Ich hatte keinen Schimmer, worüber sie sprachen. Später versuchte ich, naiv im Wörterbuch nachzuschlagen, konnte es aber nicht finden, weil ich nicht wusste, wie man es schreibt. Vielleicht wollte Angela andeuten, dass Mum nichts Gutes im Sinn hatte und Irene sie deckte. Vielleicht meinte sie, dass Mum sich mit dem Mann im Auto traf.

An jenem Abend legte ich eine Weile Patiencen, dann döste ich im Sessel ein. Ich muss ungefähr eine Stunde geschlafen haben. Als ich aufwachte, musste ich dringend aufs Klo, aber als ich versuchte, die Tür von Joans Wohnzimmer aufzumachen, war sie abgeschlossen. Ich schrie und hüpfte herum, aber es kam niemand, also zog ich den Sessel ans Fenster und kletterte raus auf den Hof. Es war stockfinster, der Wind war eisig, und ich stieß mich mit der Innenseite meines Beines am Fensterriegel, doch ich hatte das Gefühl, ich würde platzen, wenn ich nicht in den nächsten fünf Sekunden pinkeln konnte. Ich stolperte herum, bis ich einen Busch fand, das nasse Gras pikste mich am Po, als ich mich mit klappernden Zähnen dahinterhockte. Dann hörte ich Motorengeräusche und sah Scheinwerfer um die Ecke biegen und an der Kapelle vorbeifahren, ehe die Autos vor der Hinterveranda zum Stehen kamen. Dann ging das Licht auf der Veranda an, und ich konnte erkennen, dass es Streifenwagen waren, aus denen uniformierte Polizisten stiegen. Ich hörte Joans Stimme – sie murmelte irgendwelche Entschuldigungen und was für schreckliches Wetter wir hatten –, und dann verschwanden sie alle im Haus, und die Tür fiel hinter ihnen zu.

Ich rannte hinterher und versuchte, die Hintertür zu öffnen, aber Joan hatte abgeschlossen, also lief ich ums Haus zum vorderen Wohnzimmer, wo Licht brannte. Ich hoffte, dass Des dort war, aber leider war es Joans Gesicht, das hinter den Vorhängen erschien. Sie bedeutete mir, zur Haustür zu kommen, ließ mich hinein und explodierte fast (»Was um alles in der Welt machst du da draußen?«), als Des erschien und sagte: »Ich weiß zwar nicht, was du getan hast, Dodie, aber du bist ja ganz blau. Sieh zu, dass du in der Küche etwas bekommst, das dir wieder Farbe ins Gesicht zaubert.«

Als ich davonlief, hörte ich ihn zu Joan sagen: »Beruhige dich, altes Haus. Sei nicht zu streng mit ihr.«

Ich wollte meinen Kakao im Wohnzimmer trinken, aber da waren Joan und Des und redeten mit drei Polizisten. Joan scheuchte mich hinaus und befahl mir, auf dem Sofa in der Diele zu warten, sie würde gleich kommen. Sie kam auch ein paar Mal heraus, um Fotoalben zu holen, und einmal hatte sie etwas in der Hand, das wie ein Pass aussah, aber als ich sie fragte, was los war, schüttelte sie nur den Kopf und beschwichtigte mich. Schließlich gingen die Polizisten, und sie kam heraus, setzte sich neben mich und sagte, dass es ein dummes Missverständnis gegeben hätte, meine Mutter hätte sich verlaufen, aber jetzt sei alles wieder in Ordnung und morgen früh sei sie wieder da. Dann tat sie ganz geschäftig, klatschte in die Hände und sagte: »Und jetzt ab ins Bett und sofort schlafen!« Ich weiß noch, dass ich mich an der Sofakante festgehalten habe, damit sie mich nicht hochziehen und die Treppe hinaufschieben konnte. Ich wusste, dass sie nicht die Wahrheit sagte. Zum einen hatte sie alles viel zu schnell erklärt, und als ich sie fragte, warum Mum nicht einen Polizisten nach dem Weg gefragt hatte (wieder das Video in der Schule), antwortete Joan, sie hätte keinen gefunden. Das glaubte ich nicht, denn in der Straße in London, wo wir wohnten, hatte immer ein Polizist Dienst, und ich glaubte, dass man in London keine hundert Meter gehen konnte, ohne auf einen Polizisten zu stoßen. Schließlich kam Des und versprach, mir eine Geschichte zu erzählen, wenn ich ins Bett ging. Natürlich war ich einverstanden. Ich hatte zwar Angst, dass Joan mich wegen Mum angelogen hatte, aber eine Geschichte war sogar noch besser als ein Kartenspiel. An diesem Abend hörte ich zum ersten Mal *Albert und der Löwe.* »Es war mal ein Ort namens Blackpool, bekannt für gut Wetter und Spaß ...« Ich habe nie die berühmte Version von Stanley Holloway gehört, nur Des', und ich nehme an, seine Interpretation war nicht besonders gut, aber ich kann immer noch jeden Vers des Gedichts auswendig aufsagen. Des saß auf meiner Bettkante, ein Glas Whisky in der Hand, und sagte, er würde bei mir bleiben, bis ich eingeschlafen war. Ich erinnere mich noch daran, wie er das Glas in der Hand schwenkte und hineinstarrte, als ich ihn fragte, wo Mum seiner Meinung nach wohl war und ob er glaubte, dass die Polizei sie finden würde. Er dachte einen Augenblick nach und sagte, ja, ich solle mir keine Sorgen machen, allzu weit könne sie nicht sein. Ich fand, das hörte sich an, als sei sie ein entflohener Sträfling.

»Ist es, weil sie so seltsam geworden ist?«, fragte ich.

Er antwortete: »Manchmal regen sich Menschen über irgendwas schrecklich auf, und dann müssen sie allein sein, um wieder zur Ruhe zu kommen. Ich bin sicher, das ist es, was deine Mutter tut, aber es ist besser, auf Nummer sicher zu gehen.«

»Weiß *er* es?«

»Ja, wir haben es ihm gesagt. Er sagt, du sollst dir keine Sorgen machen.«

Der Erpresserbrief kam am nächsten Morgen. Er war an meinen Vater adressiert. Zehn Millionen Pfund. Keine Polizei oder sie stirbt. Laut Poststempel war er am Freitag abgeschickt worden, es war ein Erste-Klasse-Stempel, eigentlich hätte er also am Samstagmorgen ankommen sollen und muss irgendwo stecken geblieben sein. Als Joan mir den Brief zeigte, bin ich total durchgedreht. Ich weiß noch, dass ich auf sie losgegangen bin, auf ihre Brust und ihre Arme eingeschlagen und geschrien habe: »Warum habt ihr nicht versucht, sie zu finden? Du hast mich angelogen. Sie haben bestimmt die Polizei gesehen. Jetzt bringen sie sie um. Das ist deine Schuld, du hast gelogen, du hast die Polizei gerufen. Du wolltest, dass sie sie umbringen.« Ich dachte, wahrscheinlich versuchen sie in diesem Augenblick, sie umzubringen, und niemand tut etwas.

Dann marschierten ein paar Männer durch die Hintertür, und ich hörte jemanden sagen: »Hallo, Officer.«

Ich raste schreiend durch den Flur auf sie zu: »Geht weg, geht weg, sie werden sie umbringen.«

Einer versuchte, mich hochzuheben, und ich wand mich und strampelte in seinem Griff und versuchte, ihm das Gesicht zu zerkratzen. »Lass mich los! Sie werden sie umbringen! Ich hasse dich!«, schrie ich.

Eine Polizistin namens Rosemary bugsierte mich in die Küche und machte die Tür hinter uns zu. Sie war so sicher, so fest und ruhig. Schließlich hörte ich auf zu weinen, und sie hielt meinen Kopf, als ich mich über einem der Spülbecken erbrach, wischte mir das Kinn ab und fragte mich, ob ich lieber Apfelsaft oder Milch wollte. Als ich mich für Milch entschied, sagte sie: »Wie gut, dass Humphrey nicht hier ist«, was ich nicht verstand. Humphrey war irgendeine Figur aus dem Werbefernsehen, die ich nie gesehen hatte. Ich dachte, Humphrey wäre der Name von einem der Entführer und dass die Polizisten Mum retten konnten, wenn sie den Namen wussten. Mir ging es gleich besser, bis mir klar wurde, dass Rosemary etwas ganz anderes gemeint hatte.

Rosemary sagte, ich solle mir keine Sorgen machen, die Polizei sei da, um zu helfen, und dass ich zuschauen dürfe, wie sie ihre Einsatzzentrale einrichteten, wenn ich mich beruhigt hätte. Ich war ein bisschen enttäuscht, als sich herausstellte, dass es sich dabei nur um das Wohnzimmer handelte, in dem einfach ein paar Geräte aufgebaut wurden. Die Polizei arbeitete mit drei Teams: dem roten, dem blauen und dem grünen. »Wie in der Schule«, sagte Rosemary. Die Roten waren in unserem Haus stationiert, und sie waren diejenigen, die mit meinem Vater und Des besprachen, was zu tun war. Die Blauen durchsuchten das Gelände. Ich weiß nicht mehr, was die Grünen taten. Was es auch gewesen sein mag, wir sahen sie nie.

Die Roten hatten eine lange Unterredung mit meinem Vater und Des, und dann versammelten sich Joan, Angela und ich im Zimmer, und sie erteilten uns eine Art Lektion, was geschehen würde. Das vordere Wohnzimmer war eigentlich zu klein für zwölf Personen, und Angela bestand darauf, im Schneidersitz zu Füßen meines Vaters zu sitzen, dessen Stuhl mitten im Zimmer stand, so dass die Leute immer wieder über ihre Knie stolperten. Joan hockte auf der Lehne, und Des und ich quetschten uns mit Rosemary auf ein Zweisitzersofa. Alle tranken Tee aus zarten Porzellantassen, die auf den Untertassen klapperten, wenn man sie abstellte.

Es ist komisch, ich kann mich an jedes Detail der Wohnzimmereinrichtung erinnern, als hätte ich ein Foto vor mir liegen, aber ich weiß kaum noch, was gesagt wurde. Hauptsächlich redete der Detective Chief Inspector von den Roten. Seinen Namen habe ich vergessen, wenn ich ihn überhaupt je kannte. Als Erstes sagte er, dass die Rettung des Opfers höchste Priorität habe – so nannte er es, höchste Priorität – und dass wir alle Ruhe bewahren müssten. Ich war erschöpft, wie benommen. Da saß ich und hörte diesem Polizisten zu, der über Telefone anzapfen und Nachrichtensperre und Maßnahmen zur Rettung meiner Mutter redete, aber er hätte genauso gut über – ich weiß nicht – Badesalz reden können. Ich versuchte, mich zum Zuhören zu zwingen, aber ich verstand so viele Worte nicht, und dann ertappte ich mich dabei, dass ich irgendwas im Zimmer anschaute, zum Beispiel, wie weit Rosemarys Dauerwelle herausgewachsen war. Oder Angelas Armbanduhr, die sie mit dem Zifferblatt auf der Innenseite ihres Armes trug, oder das alte, staatsmännische Profil meines Vaters vor dem goldenen Hintergrund der Sessellehne – und dann stellte der Polizist Fragen.

»Weißt du das, Dorothy?«, fragte Joan.

»Was?«

»Was deine Mutter anhatte, als sie am Freitag wegfuhr.«

Ich hatte Angst, den Mund aufzumachen, wegen all der Polizisten. »Ja.«

Einer der Polizisten sagte: »Und könntest du es uns bitte sagen.« Es klang, als würde ein Lehrer sagen: »Vielleicht erzählst du uns den Witz auch, damit wir mitlachen können.«

»Einen grünen Pullover. Einen langen Wollmantel. Braun. Braune Stiefel. Mit hohen Absätzen. Der Pullover hatte einen großen Kragen.«

»Rock? Hosen?«

»Das konnte ich nicht sehen, wegen dem Mantel, aber sie hatte einen Hut auf. Er passte zum Mantel.«

»Was für einen Hut?«

»Einen braunen. Sie hatte ihn tief über ihre Haare gezogen.«

»War es ein Clochardhut?«, fragte Rosemary.

Ich wusste nicht, was ein Clochardhut war. »Ich weiß nicht. Wie eine Pudelmütze. Nur ohne Bommel.«

Rosemary beugte sich vor und tätschelte mein Knie. »Gut gemacht. Das wird uns weiterhelfen.«

Dann fragte der Detective Chief Inspector, ob Joan Mum am Freitag gesehen hatte.

»Kurz. Wir haben nur ein paar Worte gewechselt. Über ihr Wochenende.«

»Wie würden Sie ihren Gemütszustand beschreiben?«

»Ich weiß nicht. Mir kam sie absolut zufrieden vor.«

Mein Vater sagte: »Sie freute sich auf das Wochenende. Miss des Voeux war eine gute Freundin.« Er sagte »war«, als wäre Mum bereits tot. Dann fügte er hinzu: »Ich glaube, es ist Zeit, dass Dorothy ins Bett geht, Joan.«

Während ich mir an all den Knien und Teetassen vorbei den Weg zur Tür bahnte, herrschte absolute Stille, und niemand wünschte mir eine gute Nacht. Ich sah Des an, aber er hatte den Kopf gesenkt. Joan folgte mir hinaus und brachte mich nach oben ins Bett. Sie wartete, während ich mir die Zähne putzte und mein Nachthemd anzog, dann deckte sie mich fest zu. »Du brauchst dir keine Sorgen zu machen. Alles wird wieder gut.« Dann machte sie das Licht aus und segelte hinaus, um die Zimmer für den Detective Chief Inspector und Rosemary herzurichten, weil sie bei uns übernachten würden.

Ich kann nicht beschreiben, wie die Nacht war. Die Leute sagen immer: »Es muss ein Albtraum gewesen sein«, aber das beschreibt es nicht annähernd. Aus einem Albtraum kann man aufwachen. Als Erwachsener kann man sich tröstliche Dinge sagen, wenn man nachts um drei wachliegt, wie zum Beispiel: »Morgen früh sieht alles ganz anders aus«, aber wenn jemand entführt wird, nützt all das überhaupt nichts. Außerdem war ich nicht erwachsen, ich war acht Jahre alt und lag ganz allein in einem stockfinsteren Zimmer in meinem Bett. Mum war von diesen … diesen schrecklichen Leuten entführt worden, und niemand tat etwas, um sie zurückzuholen. Natürlich weiß ich heute, dass die Polizei nach ihren Spezialmethoden handelte, und ich glaube, sie leistete sogar gute Arbeit, bis die Kollegen in Suffolk auf der Randall-Farm das Feuer eröffneten und alles zunichte machten. Aber damals erklärte mir niemand etwas. Rosemary war nett zu mir, genau wie Des und Joan auf ihre Art, aber niemand setzte sich zu mir und redete mit mir, und aus Angst, dass man mir sagen würde, ich werde meine Mum nie wiedersehen, traute ich mich nicht zu fragen.

Die ersten vier Tage, das Warten darauf, dass die Entführer Kontakt aufnahmen, waren die schlimmsten. Der Detective Chief Inspector sagte immer wieder: »Solange sie keinen Kontakt aufnehmen, können wir nichts tun. Ich fürchte, wir können nur warten.« Rosemary sagte zu mir: »Sie werden deiner Mutter nichts tun. Dafür ist sie für sie viel zu viel Geld wert, und wenn etwas viel Geld wert ist, muss man gut darauf aufpassen, nicht wahr?«

In meiner Erinnerung stehe ich andauernd an irgendwelchen Türen in Camoys Hall und versuche herauszubekommen, was vor sich geht, ehe mich jemand entdeckt und verscheucht. Ich stehe da und gucke und gucke. Beobachte die Polizisten, wie in diesem Song von Elvis Costello, nur dass ich weit davon entfernt war, süß zu sein. Eher gespenstisch mit meiner bläulich-weißen Haut und den glanzlosen Augen, die hinter meinen neuen, dicken Brillengläsern nie so richtig in dieselbe Richtung zu gucken schienen, weil ich schielte.

Männer in Jeans und Pullover erschienen mit Koffern voller Schraubenzieher und lagen auf der Seite unter georgianischen Tischen, entrollten Kabel und fummelten mit Telefondosen herum. In kleineren, zweifarbigen Koffern, die wie Plattenspieler aussahen, waren große Rollen mit Bändern – Spulen nennt man sie, glaube ich. Steinzeitmodelle verglichen mit dem, was es heute gibt. Am Anfang versuchten die Männer, mit mir zu reden, mich aufzuheitern, aber ich schaffte es einfach nicht, ihnen zu antworten, und nach einer Weile gaben sie auf. Einmal hörte ich, wie einer von ihnen die anderen fragte, ob sie glaubten, dass ich »ganz dicht« sei. Sie saßen beim Essen um den Küchentisch und merkten nicht, dass ich vor der Tür stand.

Der Mann, der antwortete, hieß Dave Cook. »Lass sie in Ruhe, das arme, kleine Ding. Wie würde es dir gefallen, wenn es deine Mutter wäre?«

»Kein Mensch würde meine Mutter entführen, die würde ihnen die Hölle heiß machen. Aber soll ich dir was sagen, Cookie, ich hätte nichts dagegen, wenn meine Alte gekidnappt würde. Von mir aus könnten sie sie behalten.« Darauf kam schallendes Gelächter, gefolgt von Rufen wie: »Lass das«, und »du blöder Hund«, als einer anfing mit zerbröselten Chips zu werfen. Dann sah mich der, der das über seine Frau gesagt hatte, an der Tür stehen und stieß den Mann neben sich an, und einer nach dem anderen verstummte. Sie starrten mich an, und ich starrte zurück.

Dave Cook streckte mir ein Dreieck aus Weißbrot mit

Schinken entgegen. »Willst du ein Sandwich?« Ich schüttelte den Kopf. »Ein Stück Kuchen?« Ich schüttelte wieder den Kopf. »Sehr vernünftig. Zwischen den Mahlzeiten soll man ja auch nicht essen. Sonst endest du wie er.« Er zeigte auf einen dicken Polizisten am Ende des Tisches. Dann wandte er sich wieder an die anderen. »Habt ihr vor, etwas wegen des kaputten Mikrofons zu unternehmen?«

Von da an war Dave Cook mein Held. Ich glaube, ich habe während der sechs Monate kaum sechs Worte mit ihm gewechselt, aber jedes Mal, wenn er nach Camoys Hall kam, um die Abhör- und Aufnahmeausrüstung zu überprüfen, folgte ich ihm auf Schritt und Tritt. Einmal hörte ich jemanden sagen, dass er Geburtstag hatte, also bastelte ich eine Karte für ihn. Ich malte mit Filzstiften ein Bild von ihm und seiner Ausrüstung und schrieb darunter: »Von Ihrem Schatten«, weil er mich immer so nannte. Wenn ich aus irgendeinem Grund mal nicht auftauchte, sagte er immer: »Wo wohl mein Schatten heute war.« Wahrscheinlich machte ich ihn wahnsinnig, aber er zeigte es nie.

Mums roter Mercedes wurde einen Tag vor dem Anruf der Kidnapper gefunden. Er parkte in der Elgin Avenue, nahe Maida Vale. Irgendjemand meldete es, weil einige Scheiben zerbrochen waren und der Wagen zu schick für die Gegend war. Heute sind die Häuser dort ein kleines Vermögen wert, aber damals waren sie mit vier oder fünf Familien vollgestopft und heruntergekommen, die Säulen an den Eingängen waren knallrot oder giftgrün oder schreiend rosa gestrichen, die Farbe blätterte ab, und vor den Fenstern hingen schmuddelige Stores oder Batiktücher.

Die Polizei sagte, wegen der zerbrochenen Scheiben könne man unmöglich sagen, ob etwas aus dem Wagen gestohlen wurde. Mums Reisetasche war weg, aber im Kofferraum stand eine Kiste Chateau Margaux, die sie als Geschenk für

Irene mitgenommen hatte. Die Polizei schleppte den Wagen ab und führte einige Untersuchungen durch, doch man fand nichts Besonderes.

An dem Abend, als der Wagen gefunden wurde, sah ich gerade Dave Cook zu, wie er die Abhöranlage im Wohnzimmer testete, als ich plötzlich von den Stufen vor dem Haus die wütende Stimme meines Vaters hörte. Ich stand gleich hinter der Haustür und wich ein paar Schritte zurück in die Diele, damit ich ihn hören konnte, aber nicht gesehen wurde.

»Das ist Diebstahl, nichts anderes. Erpressung und *Diebstahl*! Das werde ich nicht dulden«, hörte ich meinen Vater sagen.

»Es könnte echt sein, Wolf.« Des' Stimme, sehr ruhig. »Das meint jedenfalls die Polizei, und sie haben so etwas schließlich schon öfter erlebt.«

»Die Polizei! Sie haben keine Ahnung, wie diese Frau funktioniert. Ich werde mich nicht zum Narren machen lassen. Sie kriegt keinen einzigen Penny.«

»Nun, die Polizei denkt, du solltest den Entführern mitteilen, dass du das Lösegeld nicht zahlen kannst. Dann werden sie mit ihrer Forderung heruntergehen, und je länger es dauert, desto größer ist die Chance, sie zu finden.«

»Entführer! Sie hat nicht die Absicht, gefunden zu werden. Das ist alles auf ihrem eigenen Mist gewachsen. Du kennst die Frauen nicht.«

»Wolf, es gibt keinerlei Beweise –«

»Ich *brauche* keine Beweise! Du hast gesehen, wie sie sich benommen hat. Da hast du deinen Beweis. Was brauchst du noch?«

»Warum sollte sie das tun?« So kontrolliert hatte ich Des' Stimme noch nie gehört. »Sie liebt dich, Wolf.«

»Sie hat dich um den kleinen Finger gewickelt, genau wie die anderen. Alle benehmen sich wie ein Haufen Narren und tanzen nach ihrer Pfeife. Ich werde mich nicht von einer Verrückten bestimmen lassen.«

So erfuhr ich, dass mein Vater dachte, alles sei getürkt und meine Mutter stecke dahinter. Rosemary hatte zu mir gesagt, dass man auf Dinge, die viel Geld wert waren, gut aufpassen musste. Wenn die Entführer herausfanden, dass Mum meinem Vater keinen Penny wert war, war sie nicht mehr sicher. Doch ich war Des nicht böse, weil er meinem Vater nicht widersprochen hatte. Ich wusste, warum er es nicht getan hatte. Ich meine, ich war schließlich auch nicht rausgelaufen und hatte geschrien: »Das ist nicht wahr. Du musst ihr helfen, sie ist meine *Mutter*!« Ich wollte es tun, aber ich tat es nicht. Niemand tat so etwas in diesem Haus. Stattdessen schlich ich zurück ins Wohnzimmer. Dave Cook schaute von seinen Zangen und Drähten auf, sah, dass ich weinte, und bot mir einen Schokoladenriegel an.

Bald darauf stieß mein Vater mit dem Detective Chief Inspector wegen der Frage zusammen, ob die Entführung echt war. Dies wurde unten von Angela berichtet, die immer wieder ins Arbeitszimmer meines Vaters eilte, um ihn zu trösten, und regelmäßig hinausgeworfen wurde. Natürlich war es Wasser auf Angelas Mühle, dass meine Mutter ihre eigene Entführung inszeniert haben sollte, um Geld aus meinem Vater herauszuholen, und sie gab Joan immer wieder mit ausschweifenden Gesten über meinen Kopf hinweg zu verstehen, dass sie mit vor die Tür kommen sollte, weil sie brandneue Nachrichten von oben hatte. Meistens ignorierte Joan sie, und wenn es nicht anders ging, sagte sie, sie solle sich nicht einmischen. Ich war mir ziemlich sicher, dass Joan nicht an eine vorgetäuschte Entführung glaubte, denn ich platzte oft in verstohlene Unterredungen zwischen Joan und Des, und ich wusste, dass er die Entführung für echt hielt.

In Camoys Hall gab es drei Telefonleitungen, und vor dem

ersten Anruf wusste niemand, welche Nummer die Entführer benutzen würden, deshalb leitete Dave Cook alle Anrufe ins Sekretariat und gab der Sekretärin strikte Anweisung, die Leitungen frei zu halten. Sie sollte den Leuten sagen, dass wir ein neues Telefonsystem bekamen und ob sie bitte nächste Woche wieder anrufen könnten, weil es noch Probleme gäbe.

Als die Entführer das erste Mal anriefen und versuchten, meinem Vater zu sagen, wo er das Geld hinterlegen solle, schrie er die ganze Zeit: »Holen Sie Susan ans Telefon! Ich will mit meiner Frau sprechen!«, und ließ sie nicht zu Wort kommen, so dass sie auflegten.

Zwei Tage später riefen sie wieder an. Sie weigerten sich, mit meinem Vater zu sprechen, und bestanden darauf, dass alle Verhandlungen über Des liefen, sonst würde meine Mutter erschossen. Ich war gerade im Flur, und es gelang mir, Des und Joan zu belauschen, die sich hinten auf der Veranda unterhielten. Ein Gutes hat es, in einem so großen Haus wie Camoys Hall zu leben: Es gibt jede Menge Verstecke. Diesmal hatte ich mich hinter die Tür zur Schmutzkammer gequetscht, in der die Gummistiefel aufbewahrt wurden und wo Joans Jack-Russel-Terrier, Malcolm, seinen Korb stehen hatte. Sie müssen auf und ab gegangen sein, während sie miteinander sprachen, denn ich konnte nur Bruchstücke verstehen: »Hat einen Wutanfall bekommen … Will es immer noch nicht glauben … Hat gefragt, ob es sie in Gefahr bringt … Kann man noch nicht sagen, jetzt, wo sie sie haben, werden sie wahrscheinlich versuchen, alles rauszuholen … Wenn wir nicht bezahlen … Ich habe es versucht, aber er ist unerbittlich … Habe ihn noch nie so wütend gesehen … Reden von jetzt ab mit mir …«

»Sollten wir nicht irgendwas zu Dodie sagen?« Das war Joans Stimme. »Ich muss ihr etwas sagen.«

»Nein. Wir haben keinerlei Beweis, dass Susan noch am

Leben ist. Sie lassen mich nicht mir ihr sprechen. Wir haben darum gebeten, dass sie uns eine Kassette schicken, auf der sie die Schlagzeile der heutigen *Times* liest, aber die werden wir frühestens am Freitag bekommen.«

Ich wollte die ganze Zeit fragen, ob Mums Kassette angekommen war, aber das ging nicht, weil ich es ja eigentlich nicht wissen durfte. Sie kam dann einen Tag zu spät, und Joan setzte sich mit mir in das vordere Wohnzimmer, um sie anzuhören. Wir standen alle im Kreis um den Kassettenrecorder und lauschten auf Mums Stimme, die sehr ruhig das Datum und die Schlagzeilen über die Concorde-Fabrik vorlas, und das war's, doch der Detective Chief Inspector schaffte es nicht rechtzeitig, den Recorder auszuschalten, so dass ich eine Männerstimme sagen hörte: »Jetzt hör mir mal –«, ehe er den Knopf fand.

Schweigen. Dann sagte Rosemary: »Siehst du, es geht ihr gut.«

»Was hat der Mann gesagt?«

»Das war eine Nachricht für deinen Vater.«

Ich sah meinen Vater an, der in einem Ohrensessel am Kamin saß. Ich glaube, wenn ich ihn Dad genannt hätte, wäre das Haus zusammengebrochen. Er sagte: »Komm her, Dorothy«, beugte sich vor und gab mir einen Kuss. »Ab mit dir.«

Während der nächsten Wochen hörte ich Mum Schlagzeilen über Angola, die Tate Gallery, Harold Wilson und Jim Callaghan vorlesen, über Rhodesien, die Trennung von Prinzessin Margaret, den Tod von Howard Hughes und die Wahlen in Portugal. Ich weiß mehr über das, was in jenen wenigen Monaten in der Welt geschah, als über den Rest der siebziger Jahre. Mehr sagte Mum nie. Immer nur das Datum und die Schlagzeile. Nie fragte sie, wie es mir geht, nie sagte sie, wir sollten bitte das Geld schicken. Kein persönliches Wort. Jedenfalls habe ich nie etwas gehört.

Das Anhören dieser Kassetten wurde zu einem gespenstischen Ritual. Unglücklicherweise überzeugte die Tatsache, dass die Entführer nur mit Des verhandeln wollten, meinen Vater nur noch mehr davon, dass alles ein Schwindel war, obwohl die Polizei ihm versicherte, dass die Kidnapper Mum nur nach dem Namen eines engen Freundes der Familie fragen mussten. Ich hörte, wie er den Detective Chief Inspector anschrie, dass Mum den Entführern vertrauliche Informationen über seine Geschäfte und seine Bankkonten gäbe. Später hörte ich Des zu Joan sagen: »Wie soll Susan ihnen etwas über Blackstock sagen? Sie weiß nicht mal, in welcher Farbe die Sessel bezogen sind. Wirklich, Joanie, so wie Wolf sich benimmt, wäre ich nicht überrascht, wenn er als nächstes *mich* der Entführung beschuldigt.«

Mein Vater blieb dabei, dass unter keinen Umständen ein Lösegeld gezahlt werden sollte, so dass Des und die Polizei versuchten, die Entführer hinzuhalten, indem sie sagten, es sei unmöglich, zehn Millionen aufzutreiben, ohne Verdacht zu erregen, und Gegenangebote machten. Der Detective Chief Inspector erklärte Des, dass die Chance, Mum zu retten immer größer wurde, je länger sich die Verhandlungen hinzogen. Er schrieb mit dickem, schwarzem Leuchtstift Notizen auf große Zettel für Des' Telefonate mit den Entführern. Sie wurden während des Gesprächs an die Wand im vorderen Wohnzimmer gepinnt, damit Des sie problemlos sehen konnte. Manchmal ließen sie sie dort hängen.

HIER IST KEINE POLIZEI
BESORGT UM SUSAN
WEITERE BEWEISE – WIE VORHER
HIMMEL UND ERDE IN BEWEGUNG GESETZT, UM GELD ZU BESORGEN
SECHS MILLIONEN – MEHR KÖNNEN WIR NICHT BIETEN

Solche Sachen standen auf den Zetteln.

Es war immer derselbe Mann, der anrief. Ich hörte nur noch einmal seine Stimme. Ich hatte ein Buch im Wohnzimmer vergessen, nachdem wir mal wieder Mum beim Vorlesen der Schlagzeile zugehört hatten, und als ich es holen wollte, war niemand da, aber der Kassettenrecorder mit der Kassette stand noch auf dem Tisch. Ich drückte PLAY und hörte eine Männerstimme sagen: »Wir haben die Schnauze voll von deinen Spielchen, Blackstock. Wir wissen, dass du das Geld hast. Jetzt fangen wir an, ihr die Finger abzuhacken. Jede Woche einen, bis du zahlst. Keine Angst, du kriegst deinen Beweis. Schau in den Briefkasten.«

Danach nichts mehr. Ich konnte mich nicht bewegen. Die Welt um mich herum blieb irgendwie stehen, und ich war wie eingeschlossen in mich selbst. Ich stand da und starrte auf die kleinen Räder im Kassettenrecorder, die sich immer weiter drehten. Ich weiß nicht, wann Des hereinkam. Er sagte nichts, zog mich nur neben sich aufs Sofa und legte die Arme um mich. Ich hörte, wie jemand die Tür aufmachte, und spürte Des' Kinn an meinem Haar, als er den Kopf schüttelte. Jetzt nicht. Die Tür fiel wieder zu.

»Es tut mir Leid, dass du das gehört hast, Dodie.«

»Sie werden ihr die Finger abhacken.«

»Nein, das werden sie nicht tun.«

»Doch. Er hat gesagt – er sagte –«

»Ich weiß, was er gesagt hat, aber es wird nicht geschehen. Bis jetzt geht es deiner Mutter gut, oder?«

»Wahrscheinlich.«

»Wenn sie ihr etwas antun wollten, hätten sie es schon längst getan. Sieh mal, wenn du sehr lange mit Leuten zusammen bist, lernst du sie gut kennen. Wie du und ich, wir kennen uns, oder?«

»Ja, aber –«

»Kein aber. Wenn du jemanden gut kennst, kannst du ihm nicht wehtun. Du könntest mir doch nicht den Finger abhacken, oder?«

»N-nein, natürlich nicht.«

»Siehst du. Ihr wird nichts geschehen.«

Ich *musste* ihm glauben. Als man Paul Getty das Ohr abschnitt, war ich erst fünf, so dass ich Gott sei Dank nichts darüber wusste. Ich weiß nicht, was mit den Kassetten geschehen ist, wahrscheinlich hat die Polizei sie mitgenommen.

Obwohl mein Vater nicht an die Entführung glaubte, nahm er mich aus der Dorfschule, als die Polizei ihm erklärte, sie könnten möglicherweise versuchen, sich auch mich zu schnappen. Ich verpasste ein ganzes Halbjahr und kam im Herbst auf ein Internat. Joan sagte der Schulleitung nicht, warum ich die Schule verließ, nur so viel, dass mein Vater mich zu Hause unterrichten wollte. Ein Lehrer zeigte sich nie, was mir viel Freizeit bescherte. Ich verbrachte Stunden damit, Fotos meiner Mutter anzuschauen. Modefotos, Portraits, Schnappschüsse von der Familie, egal was. Ich saß mitten in meinem Zimmer auf dem Fußboden und legte sie vor mir auf dem Teppich aus. Joan fragte mich, ob ich sie in ein Album kleben wollte, aber das lehnte ich ab. Ich wollte sie alle auf einmal nebeneinander sehen.

Manchmal setzte sich Des zu mir, oder wir gingen in die kleine Küche meiner Mutter, tranken Tee und aßen gelbe und rosafarbene kleine Kuchen. Wir stießen mit unseren Bechern an, und er sagte: »Zum Wohl.«

Einmal fragte ich ihn: »Des, wie war ich, als ich klein war?«

»Na ja, du hast viel gequakt, aber ich nehme an, das tun alle Babys.«

»Ja, aber später?«

»Als kleines Kind, meinst du? Also, du hattest ein rotes Nilpferd namens Timothy. Du hast es überall mitgeschleppt, und wenn irgendjemand versucht hat, es dir wegzunehmen, gab es schreckliches Protestgeheul.«

»Wie alt war ich da?«

»Drei oder vier, glaube ich. Du bist mit diesem *abscheulichen* Tier unter dem Arm und einem Strahlen auf dem Gesicht immer splitterfasernackt durch den Garten gelaufen.«

Ich hatte Timothy vergessen. Der arme Des musste mir diese Anekdote mindestens fünfzehn oder zwanzig Mal erzählen. Joan erinnerte sich auch noch an Timothy. Schließlich tauchte er ganz hinten in einem Schrank wieder auf, und sie setzte ihn auf mein Kissen.

Und Des und ich sangen miteinander. Lauter Lieder, an die er sich aus seiner Jugend erinnerte. »Two Little Girls in Blue«, »The Stately Homes of England«, »Lily of Laguna« und so weiter. Ich kenne sie auswendig wie andere Menschen in meinem Alter die Songs von den Beatles. Es ist komisch, weil sie eigentlich ein Teil von Des' Vergangenheit sind, aber sie wurden auch ein Teil meiner Vergangenheit, obwohl ich noch nicht mal geboren war, als sie Hits waren. Wir standen auf der Veranda und sangen aus vollem Hals, und Des tat, als wäre er betrunken. Ich lachte Tränen, und manchmal kam Joan heraus und schimpfte, wir sollten nicht so viel Krach machen. Doch das war, bevor sie die Übergabe verpatzten.

Die Drohung, meiner Mutter die Finger abzuhacken, schien meinen Vater zu überzeugen, dass die Entführung echt war, wahrscheinlich, weil er sich an die Getty-Entführung erinnerte, und er willigte ein zu bezahlen. Inzwischen hatten wir Anfang Juni, und Des war es gelungen, die Lösegeldsumme auf sechs Millionen zu drücken. Die Entführer wollten ganz bestimmte Geldscheine, die Dave Cook auf Mikrofilm ablichten ließ. Dann wurden sie in einen Koffer gepackt, der mit einem Spezialgerät ausgerüstet war, damit man ihn lokalisieren konnte. Es gab einen Riesenstreit, weil mein Vater nur für die oberen Geldscheine echte nehmen wollte, aber der Detective Chief Inspector sagte ihm, dass Mum womöglich ihre Finger verlieren könnte, wenn die Kidnapper merkten, dass man sie ausgetrickst hatte.

Auch Des wurde wütend. Ich hörte ihn schreien: »Herrgott noch mal, Wolf, du *willst* sie doch in einem Stück zurück, oder?«

Die Entführer wollten, dass Des den Koffer trug und dass er um Mitternacht in einer Telefonzelle an einer Raststätte an der A 12 auf weitere Instruktionen warten sollte. Der Mann sagte, dass einer von ihnen jede Bewegung Des' beobachten würde und dass sie Mum sofort umbringen würden, wenn er versuchte, sie auszutricksen. In jener Nacht gab es einen unvorhergesehenen Sturm, und es regnete in Strömen. Die Entführer zwangen Des, auf eine Art total verrückte Schatzsuche zu gehen, er musste durch halb Suffolk fahren und nach Telefonzellen mit weiteren Anweisungen suchen, auf denen dann stand, zu welcher Telefonzelle er als Nächstes fahren sollte, und so weiter, bis er endlich erfuhr, wo er das Geld lassen sollte. Ich sehe ihn vor mir, wie er im Regen aus dem Auto steigt und irgendeine aufgeweichte Böschung hinaufklettert, bei brennenden Scheinwerfern, damit er nicht in einem Loch landet, in einem durchnässten Regenmantel, und über die Krempe seines Hutes läuft das Wasser, als er sich hinunterbeugt, um in einer nach Pisse stinkenden Telefonzelle die mit Filzstift geschriebenen Instruktionen zu lesen. Es war stockdunkel, und Des kannte die Gegend nicht, so dass er sich in einem Gewirr von Landstraßen, die kaum mehr als Trampelpfade waren, verirrte. Ein Polizeiwagen sollte ihm unauffällig folgen, aber sie verloren immer wieder das Signal des Koffers, und als Des um vier Uhr morgens endlich an der tatsächlichen Übergabestelle ankam, waren sie meilenweit entfernt.

Die Übergabe sollte in einer verlassenen Baptistenkapelle

stattfinden, und Des hatte die Anweisung, drumherum zu gehen und den Koffer unter dem hinteren Vordach abzustellen. Doch er kam von der falschen Seite, und er sagte später, es wäre totaler Zufall gewesen, dass er die Kapelle überhaupt gefunden hatte. Er wollte den Koffer gerade am gegenüberliegenden Gebäude, einer Katzenpension, stehen lassen, als er auf deren Schild stieß – eine eineinhalb Meter hohe, gelbe Katze aus Holz – und seinen Fehler bemerkte.

An diesem Punkt wurde das Ganze zu einer Farce. Das blaue Team begab sich auf Beobachtungsposten an der Kapelle, doch niemand kam, um das Lösegeld abzuholen. Die örtliche Polizei war nicht informiert worden, so dass der Dorfpolizist natürlich sofort dachte, er hätte eine Bombe der IRA vor sich, als er den Koffer unter dem Vordach der Kapelle entdeckte. Es war 1976. Achtzehn Monate nach den Guildford-Urteilen. Seine Vorgesetzten waren derselben Meinung, sperrten das Gebiet ab, riefen die Armee zu Hilfe und versuchten, unser Team zu verhaften, als es unter dem Rhododendron hervorkroch, um alles zu erklären.

Das war eigentlich der Anfang vom Ende. Der Regen verhalf uns zu einem Vorteil, denn die Blauen stießen zufällig auf einen Lieferwagen, der auf einem schlammigen Weg ein paar Meilen von der Kapelle entfernt stecken geblieben war. Auf der Ladefläche lag Mums brauner Mantel. Der Wagen war mit Haaren, Fusseln und Fingerabdrücken übersät, so dass die Polizei vermutete, dass jemand darin gelebt haben musste. Im Aschenbecher fanden sie sogar abgeschnittene Zehennägel. Einige der Fingerabdrücke passten zu Steven Joseph Moody, Laden- und Gelegenheitsdieb.

Die Inhaberin der Katzenpension hatte sich bei der örtlichen Polizei über den Wagen beschwert. Sie sagte aus, sie habe das Pärchen gesehen, das den Wagen abgestellt hatte, und gab der Polizei eine Beschreibung von Mick Martin und Maggie

Hill. Suffolk war 1976 eine von den verschlafenen Gegenden, in denen man immer ein Fremder blieb, es sei denn, der Urgroßvater war bereits im Dorf geboren, so dass sie einer ganzen Menge Leuten aufgefallen waren, und nach einer Woche entdeckte das blaue Team die Randall-Farm, die ungefähr fünf Meilen von der Kapelle entfernt lag.

Das blaue Team fand auch heraus, dass es auf der Randall-Farm kein Telefon gab, also zapften sie, als Handwerker getarnt, die Telefonzelle im nächsten Dorf an. Das war das Telefon, von dem aus Mick Martin ein paar Tage später Des anrief und schrie, dass wir ein Haufen Lügner und Schweine wären und er Mum wie ein Schwein abstechen würde, denn das war es, was sie – und wir – verdienten.

Ich weiß, dass er das sagte, denn ich hörte, wie Des es Joan erzählte. Die Blauen saßen in einem Wäschereiwagen auf der anderen Straßenseite der Telefonzelle und hörten jedes Wort. Ich habe nie verstanden, warum sie Mick Martin nicht auf der Stelle verhaftet haben, als er die Telefonzelle verließ, aber wahrscheinlich wussten sie zu dem Zeitpunkt noch nicht, mit wie vielen Kidnappern sie es zu tun hatten, oder dass Steven Moody noch in London war. Vielleicht dachten sie, dass Mum umgebracht werden würde, wenn Mick Martin nicht zurückkam, aber ... Sagen wir einfach, wenn sich die Dinge anders entwickelt hätten, hätte *selbst dann noch* alles wieder gut werden können.

Schließlich entdeckte einer der Dorfpolizisten – die zu dem Zeitpunkt mit dem blauen Team wie Hund und Katze waren – Mick Martin auf dem Weg zur Randall-Farm, dachte, das könnte der Mann sein, der das Auto bei der Kapelle abgestellt hatte, und versuchte, ihn in Gewahrsam zu nehmen. (Ich schwöre, so hat er es vor Gericht ausgedrückt.) Mick Martin sah ihn kommen, geriet in Panik, schubste ihn in die Hecke und rannte ins Haus, um Maggie Hill zu warnen. Natürlich holte der Polizist über Funk sofort jeden verfügbaren Mann in Suffolk zur Verstärkung. Innerhalb von zwanzig Minuten war die Randall-Farm von bewaffneten Polizisten umstellt.

Auf dem Nachrichtenvideo heißt es, die Entführer hätten den ersten Schuss abgegeben, aber es herrschte ein derartiges Durcheinander, dass es genauso gut ein schießwütiger Scharfschütze der Polizei gewesen sein konnte. Egal, wer die Schießerei auslöste, als die Blauen ankamen, war bereits ein Miniaturkrieg im Gange. Randall-Farm klingt schrecklich hochtrabend und nach großer Landwirtschaft, aber ich glaube, sie war nicht mal in ihren besten Zeiten ein großer Betrieb, und 1976 gab es dort nur noch ein verfallenes Farmhaus, einen völlig zugewucherten Garten und eine verlassene Scheune. Auf dem Nachrichtenvideo sicht man eine Reihe Scharfschützen hinter einer bröckelnden Mauer zum Vorgarten hocken, die Waffen auf die Fenster im oberen Stockwerk gerichtet, weil sie die des unteren Stockwerks hinter lauter Gras und Unkraut nicht sehen konnten. Als die Polizei schließlich das Haus stürmte, kletterten einige durch diese Fenster ins Haus, und die Fensterbänke brachen unter ihrem Gewicht zusammen. Sie brachten Mick Martin in Handschellen heraus und weigerten sich, sie ihm abzunehmen, obwohl sein rotes Hemd blutgetränkt war und es offensichtlich war, dass er sterben würde. Sie breiteten eine karierte Decke auf dem Weg aus und zwangen ihn, sich daraufzulegen. Das kann man auf dem Video nicht sehen, weil der Weg zum Teil von der Steinmauer verdeckt wird, aber es wurde in den meisten Zeitungen erwähnt. Doch man sieht, wie sie anschließend Maggie Hill herausbringen, und man sieht, wie sie anfängt zu schreien, als ihr klar wird, wer da blutend auf der Decke liegt. Maggie Hill trug ein blaues Trägerkleid, und man sieht sehr deutlich das Blut an ihrem Arm, aber es war nur eine Fleischwunde, die ziemlich schnell geheilt sein muss, denn beim Prozess trägt sie keine Schlinge oder so was. Als die Polizei sie abführt, schaut sie sich immer wieder um und schreit: »Helft ihm! Ihr Schweine, warum hilft ihm denn keiner?« Und als endlich ein Krankenwagen kam, waren alle Wege von den Autos der Journalisten blockiert. Der Gerichtsmediziner sagte aus, wenn der verletzte Polizist, Tim Corrigan, schneller ins Krankenhaus gekommen wäre, hätte er überlebt. Des ging an Stelle meines Vaters zu seiner Beerdigung.

14

Während sie sich in Suffolk gegenseitig abschlachteten, spielten wir Monopoly. Ich war schon im Bett, aber Joan kam herauf, weckte mich, und ich durfte im Nachthemd herunterkommen, um mit den anderen im Wohnzimmer auf Neuigkeiten über die Freilassung meiner Mutter zu warten. Rosemary schlug vor, ein Spiel zu spielen. »Bei uns zu Hause sind alle verrückt auf Brettspiele. Und es ist doch schön, wenn es etwas gibt, das man zusammen tun kann.«

Einen Augenblick lang dachte ich, mein Vater würde explodieren. Wenn Joan oder Angela das gesagt hätten, wäre er in die Luft gegangen. Stattdessen sagte er: »Es ist Jahre her, dass ich Monopoly gespielt habe.« Es klang so absurd, als würde Professor Stephen Hawking seine Physikprüfung in der Schule noch mal machen wollen.

»Aber Wolfie, wir haben kein –«, setzte Joan an.

»Sie haben doch eins, oder?« Mein Vater lächelte Rosemary an. »Warum holen Sie es nicht, und wir machen alle zusammen ein Spiel?« Selbst als wir auf die Nachricht warteten, ob Mum tot oder am Leben war, konnte er es sich nicht verkneifen, Rosemary zu seiner Favoritin des Abends zu küren und sie gegen Angela und Joan auszuspielen.

Angela machte ein großes Tamtam daraus, Rosemary Platz zu machen, damit sie das Spiel holen konnte. Sie war dazu übergegangen, sich auf dem Dach in die Sonne zu legen, damit die Journalisten sie nicht sehen konnten, und sie war beinahe schwarz. Ich weiß noch, wie sie auf dem Teppich hockte, gegen die Knie meines Vaters gelehnt, in einem weißen Gewand, mit Ledersandalen an den Füßen und einem Dutzend klimpernden Armreifen an den Armen, das glänzende, tief schwarze Haar zu einer Hochfrisur aufgetürmt.

Rosemarys Dauerwelle war in den fünf Monaten seit der Entführung so weit herausgewachsen, dass ihre braunen Haare ganz glatt herunterhingen und sich nur noch unten kringelten. Sie trug einen Jeansrock und gemusterte Hausschuhe aus Nylon mit einem blassblauen Fellbommel obendrauf.

Als sie weg war, sagte Angela: »Ich weiß nicht, wie sie solch grauenhafte Pantoffeln tragen kann. Kunststoff ist doch abscheulich. Da kann die Haut nicht atmen.« Und sie streckte ein dunkelbraun gebranntes Bein aus ihrem Kleid heraus, um uns zu zeigen, wie hübsch ihre Haut atmen konnte.

Mein Vater legte eine Hand auf ihre Schulter. »Willst du uns nicht einen Tee kochen?«

»Das Küchenpersonal hat bereits Feierabend, Wolfgang, und ich weiß nicht, wo alles ist.«

»Dann finde es heraus. Mach dich zur Abwechslung einmal nützlich.« Er versetzte ihr einen nicht besonders sanften Schlag auf den Hintern, als sie aufstand. Einen Augenblick lang dachte ich darüber nach, ob er Angela vielleicht loswerden wollte, damit Rosemary ihren Platz einnehmen konnte. Es kam mir nicht in den Sinn, dass Rosemary das vielleicht gar nicht wollte. Ich dachte, dass es viel netter wäre, mit ihr zusammen zu sein als mit Angela, weil sie eine Spezialausbildung darin hatte, wie man Menschen daran hinderte, sich anzuschreien. Vielleicht fand sie es ja ganz normal, in Stress-Situationen Monopoly zu spielen. Man sollte allerdings meinen, sie hätte sich zu dem Zeitpunkt bereits denken können, dass Monopoly für uns unter jenen Umständen so normal war wie eine Reise zum Mond.

In regelmäßigen Abständen steckte der Detective Chief Inspector den Kopf zur Tür herein und bedeutete Des, in die Diele zu kommen. Wenn Des wieder ins Zimmer kam, sah mein Vater ihn an und zog die Augenbrauen hoch, und Des schüttelte ganz leicht den Kopf, und wir anderen taten so, als hätten wir nichts bemerkt. Am Ende gewann mein Vater beim Monopoly, obwohl Rosemary ganz schön hinter seinem Geld her war. Des war auch nicht schlecht, nur dass er immer wieder rausgehen musste, um mit dem Inspector zu reden, und vergaß, dass er rot hatte, und stattdessen mit meinen blauen Stein spielte.

Rosemary tätschelte meine Hand. »Ich wette, du freust dich darauf, deine Mum wiederzusehen.«

»Hoffen wir einfach, dass sie wieder auftaucht, in Ordnung?«, sagte Des. Er hatte alle seine Zigarren aufgeraucht und begonnen, bei Dave Cook Zigaretten zu schnorren, aber Joan runzelte nicht mal die Stirn.

Als das Spiel zu Ende war, gingen Des und ich hinaus und versuchten zu singen, aber irgendwie gelang es uns nicht.

Ich sagte zu Des: »Sie wird doch zurückkommen, nicht wahr? Sie bringen sie zurück?«

Er sah mich an, und ich merkte, dass er drauf und dran war, so etwas wie: »Natürlich kommt sie zurück« zu sagen, doch dann änderte er seine Meinung und sagte: »Ich weiß es nicht, Dodie. Ich weiß es wirklich nicht. Ich hoffe es.«

Wir standen zwischen den Säulen und quälten uns durch

das eine oder andere Lied, bis ich anfing zu weinen und er den Arm um mich legte und sagte: »Es tut mir so Leid, meine Süße.«

Dann hörten wir Reifen auf dem Kies, und Angela winkte mit ihrem weißen Ärmel aus der Tür und zischte: »Journalisten! Kommt rein!«

Als wir wieder ins Wohnzimmer kamen, machte Joan die Fensterläden zu. Ich weiß nicht mehr, wie lange wir danach dasaßen und auf die Geräusche lauschten, die die Journalisten draußen machten. Niemand sagte etwas. Joan begann, eine Liste zu schreiben, und Rosemary las *Woman's Realm,* ein Frauenmagazin. Ich schlief irgendwann ein, den Kopf an Dave Cooks Schulter gelehnt. Niemand weckte mich, um mir zu sagen, dass Mum gerettet war, weil sie nicht gerettet wurde.

So habe ich es in Erinnerung. Aber so war es nicht, oder? Oder vielleicht war es damals so, aber nicht später, als sie nach Mum suchten. Weil mein Vater wusste, dass sie noch lebte. Er wusste es, doch er sagte es der Polizei nicht, sonst hätten sie die Jagd abgeblasen. Und er sagte es *mir* nicht.

Und Joan. Ich dachte, sie liebt mich. Sie hätte mir doch bestimmt erzählt, dass Mum noch lebt, wenn sie mich liebte. Aber sie liebte *ihn* mehr. Wieder hörte ich Mrs. Curtis' Stimme in meinem Kopf: Joan war deinem Vater gegenüber immer loyal. Das Wissen war das ultimative Geheimnis, das sie mit ihm teilen konnte. Ich konnte mir die ganz speziellen, kleinen Unterredungen vorstellen, die es gelegentlich mit sich brachte. »Ich habe etwas Wichtiges mit Wolfie zu besprechen. Unter vier Augen, wenn du nichts dagegen hast.« Und sie konnte Angela mit Fug und Recht die Tür vor der Nase zumachen. Ihr ewiger Trumpf.

Ich rannte so schnell, dass ich praktisch die Hintertreppe zu Joans Schlafzimmer hinauffiel. Ich stieß mit beiden Händen die Tür auf, so dass sie gegen den Schrank krachte, der dahinter stand. Ich zog die Kissen von den Stühlen, zerwühlte das Bett und fegte die Bücher von den Regalen. Innerhalb von dreißig Sekunden war der Teppich mit einem Gewirr aus Leintüchern, offenen Taschenbüchern, geplatzten Lavendelsäckchen und der typischen, fleischfarbenen Unterwäsche alter Damen übersät, und über allem lagen Joans Listen verstreut, wie riesige, weiße Schneeflocken. Als ich mich hinkniete, um das Chaos zu sichten, stieß ich mit dem Knie in die Borsten einer Haarbürste, die ich nicht gesehen hatte. Sie flog beinahe aus dem Fenster, als ich sie wegwarf. Ich wühlte mich durch Nadelkissen, kleine Flaschen mit Yardley's Lavendel, lederne Schmuckkästchen, Chiffontücher, bestickte Brillenetuis und Pakete mit riesigen Binden mit Bändern. Es musste Jahre her sein, seit sie die gebraucht hatte. In einer braunen Papiertüte verpackt war der dazugehörige Gürtel.

Aber es gab keine Briefe, keine Postkarten, nichts, was darauf hinwies, dass Joan gewusst hatte, dass meine Mutter noch lebte. Ich hob eine ihrer Listen auf. *Fensterputzmittel. Warum Fr. keine Lebensmittel? Batterien für das Radio. Termin für Pediküre für W., so bald wie möglich. Knopf an blaue Jacke annähen.* Sie tat nur, was auf der Liste stand. Irgendwo würde stehen: *Susan schreiben.* Oder eher: *S. schreiben,* falls Angela es sah. Ich musste sie alle lesen. Ich fing an, die Listen mit beiden Händen aufzusammeln und in eine leere Schublade zu stopfen.

Joan hatte Angela oft beschuldigt, in ihrem Zimmer herumzuschnüffeln, wenn sie nicht da war. Wenn Mum ihr geschrieben hatte, hatte sie die Briefe vielleicht woanders versteckt. Dieses Haus ist voller Mist, dachte ich. Und riesig. Ich konnte tagelang suchen und nichts finden. Ich betrachtete das Chaos auf dem Boden. Wenn Joan das sähe, wäre sie außer sich. Doch es würde ihr recht geschehen, weil sie so eine

Heuchlerin gewesen war, getan hatte, als sei sie immer so gut, obwohl sie die ganze Zeit eine große Lüge gelebt hatte.

Ein Dutzend Bücher lag vor mir ausgebreitet, von einer zerbrochenen Puderdose eingestäubt. Joan hatte nicht viel gelesen. Sie hielt es für Zeitverschwendung. Ich las die Buchrücken. Agatha Christie, Ngaio Marsh, Margery Allingham. Nur ein Buch von Dorothy L. Sayers. Ich verstecke manchmal Sachen in Büchern. Ich nahm *Tod auf dem Nil* in die Hand und schüttelte es aus. Dasselbe tat ich mit *Mord braucht Reklame, Die besten Pater Brown Geschichten* und *Die Pickwickier.* Nichts.

Darunter fand ich eine Ausgabe von *Mystik* von Evelyn Underhill, die gar nicht zu Joan zu passen schien, eher zu Angela, obwohl sie sich immer eher zu östlichen Religionen hingezogen fühlte als zu christlichen Mythen. Vielleicht hatte Joan es aus Angelas Zimmer stibitzt, um sie zu ärgern. Angelas Bücherregale waren voller solcher Sachen. Nicht dass ich sie diese Bücher je habe lesen sehen. Sie ließ sie aus reiner Effekthascherei auf den Tischen liegen. Der schwarze Buchrücken sah aus wie neu – so als hätte noch nie jemand hineingeschaut. Ich schüttelte es aus wie die anderen, aber es fiel nichts heraus. Ich blätterte das Buch durch und überlegte, wo ich als Nächstes suchen sollte, da fiel mir der gezackte Rand einer Schwarzweiß-Fotografie ins Auge, die zwischen den Seiten steckte.

Ich muss es mindestens eine Minute angeschaut haben, ehe ich begriff, dass es ein Hochzeitsfoto war. Ein Mann und eine Frau standen nebeneinander, sie lachend, in einem hellen Kostüm mit Corsage, er in einer Art Uniform, das Weinglas zum Toast in Richtung Fotograf erhoben. Nur der Blumenstrauß in der Hand der Frau verrät den Anlass. Während des Krieges? Danach? An jeder Ecke des Fotos waren kleine Markierungen, wo es einmal in einem Album geklebt hatte.

Die Menschen kamen mir irgendwie bekannt vor, wie Fernsehschauspieler aus einer Serie, man hat das Gefühl, sie persönlich zu kennen, obwohl … Es war Joan. Doch der Mann sah nicht aus wie mein Vater. Er war blond, nicht dunkel, und mein Vater war nie in der Armee gewesen, es sei denn, das war auch etwas, was ich nicht wusste. Ich kniff die Augen zusammen, damit das Bild klarer wurde. Weniger Knitterfalten, aber die Gestalt blieb dieselbe: Des. Er musste ihr Trauzeuge gewesen sein. Er hatte heute noch dieselbe altmodische Frisur, wie gefrorene Wellen. Komisch, dachte ich, dass er 1950 noch Uniform trug, er musste doch schon längst aus der Armee entlassen sein. Ich drehte das Foto um. Da stand ein Datum. 16. März 1946. Und darunter war gekritzelt: Mr. und Mrs. Desmond Haigh-Wood!

Ich starrte die verschnörkelte Schrift an. Joan war mit Des verheiratet gewesen?

15

Eigentlich hätte ich es mir denken können. So wie sie miteinander umgegangen waren. Wie Des mich gefragt hat, ob er Joans Adressbuch haben könne, und wusste, welche Lieder sie mochte. Sie haben 1946 geheiratet, aber 1950 heiratete Joan meinen Vater. Was war geschehen? Kam er des Wegs und hat sie Des ausgespannt? Aber wenn er *das* getan hat … Also, man bleibt doch nicht mit jemandem befreundet, der einem die Frau weggenommen hat, oder? Ich konnte mir auch nicht vorstellen, dass Joan Ehebruch begangen hatte. Es ergab einfach keinen Sinn.

Noch etwas, das ich Des fragen musste. Ein weiteres Thema für das Gespräch unter Erwachsenen, das er mir versprochen hatte. Ich werde ihn nicht direkt fragen, dachte ich, ich halte ihm einfach das Foto unter die Nase und warte ab, was er dazu sagt. Es konnte nichts Gutes bedeuten, sonst hätte er es mir schon früher erzählt. Oder Joan. Oder Angela, wenn sie es gewusst hatte.

Irgendwie gab mir das alles das Gefühl, schrecklich unwichtig zu sein. Offensichtlich hatte ich Mum so wenig bedeutet, dass sie sich zwanzig Jahre lang nicht die Mühe gemacht hatte, mich zu sehen. Sie hatte sich nicht einmal verabschiedet. Ich weiß noch, wie ich in der hinteren Diele stand und zusah, wie sie ihren Mantel anzog. Dann hatte sie mir einen Kuss gegeben und gesagt, ich dürfe nicht mit rauskommen, um ihr zu winken, weil es zu kalt sei. Und das war's. Und jetzt Des. Was hatte er doch noch gesagt? »Ich bin froh, dass du noch mit mir reden willst.« Nun, ich bin verdammt *überrascht.* Am liebsten wäre ich aus dem Haus gelaufen und hätte den Schlüssel weggeworfen. Vor allem davonlaufen – all den Geheimnissen, all den Lügen – und es verrotten lassen. Ich stand in dem Chaos in Joans Zimmer und schrie: »Und was ist mit mir? Was ist mit *mir*?« Einen kurzen Augenblick lang war Ruhe, dann hörte ich die Glocke an der Hinterveranda.

Es war ein onkelhafter Police Constable namens Russell. »Das mit Miss Draycott tut mir so Leid, Miss Blackstock.«

»Woher wissen Sie denn das? Der Polizist, der mich angerufen hat, wusste es nämlich nicht.«

»Ja, das stimmt. Aber das Krankenhaus hat uns benachrichtigt. Der Einbrecher ist durch das Fenster in diesem Flur gekommen, nicht wahr?« Ich führte ihn zu dem reparierten Fenster, und wir standen davor und betrachteten es wie ein Kunstwerk in einer Galerie.

»Sie haben es reparieren lassen?«

»Ja.«

»Hier hat Mr. Henessey Miss Draycott gefunden, stimmt's?«

»Ja. Der Mann hat sie überrascht. Als er eingebrochen ist. Das heißt, wenn es ein Mann war.«

»Ganz schön große Füße für eine Frau. Wir haben hier einen Fußabdruck gefunden.« Er zeigte auf den Tisch.

»Können Sie irgendwas daraus schließen?«

»Eigentlich nicht. Es war eine Art Turnschuh. Billigware. Na ja, eigentlich sind die verdammt teuer. Ich habe gerade ein Paar für meine Tochter gekauft.« Er seufzte. »Hören Sie, Miss Blackstock, wie ich schon sagte, das mit Miss Draycott tut mir schrecklich Leid, aber viel können wir nicht tun. Wir haben nur den Fußabdruck, und ich fürchte, das reicht nicht.«

»Aha. Das war's dann wohl, oder?«

»Um ehrlich zu sein, Miss Blackstock, hier in der Gegend sind es oft Jugendliche, die solche Einbrüche verüben. Meistens aus Jux. Für die jungen Leute in den Dörfern hier gibt es nicht viel Abwechslung, meistens hängen sie herum und kommen in Schwierigkeiten. Sie wissen doch sicher, was ich meine.«

Ich dachte an den Unterstand. »Ich glaube schon.«

»Wenn sie einmal rausgefunden haben, dass Sie keine Alarmanlage haben … Ehrlich gesagt, Miss Blackstock, ich bin überrascht, dass Sie nicht schon früher solchen Ärger hatten.«

»Vielleicht gab es ja früher schon Ärger. Ich wohne seit Jahren nicht mehr hier.«

»Uns ist nichts bekannt. Wenn ich Sie wäre, würde ich so ein großes Anwesen sofort sichern lassen. Schon allein wegen der Versicherung. Ich glaube nicht, dass Ihre Hausratversicherung zahlt, wenn das Haus weit offen steht.« Ich teilte ihm mit, dass ich dabei sei, das Grundstück in Fort Knox zu verwandeln, was ihm offensichtlich gefiel. Ich sagte ihm allerdings nicht, dass Camoys Hall und sein Inhalt möglicherweise gar nicht versichert waren. Ich weiß noch, wie der Detective Chief Inspector meinen Vater fragte, ob wir irgendeinen Versicherungsschutz für Entführungen hätten, und mein Vater daraufhin anfing, alle Versicherungsgesellschaften als Verbrecher zu beschimpfen. Joan hatte seine Meinung zweifellos geteilt.

»Sind Sie allein hier?«

»Im Augenblick ja.«

»Ist bestimmt ein bisschen einsam, oder?«

»Ich bin es gewohnt. Ich habe allerdings Geräusche gehört. Ich meine, ich glaube, da ist jemand –«

»Haben Sie jemanden gesehen?«

»Nein, aber ich bin mir sicher, dass jemand da war. Draußen.« Ich klang wie eine alte Jungfer, die einen Einbrecher unter ihrem Bett vermutet. »Vielleicht habe ich es mir nur eingebildet, aber eigentlich glaube ich das nicht.«

»Wahrscheinlich nur Jugendliche, wie ich schon sagte. Ich würde mir keine Sorgen machen. Sie erschrecken Sie vielleicht ein bisschen, aber sie werden Ihnen nichts tun. Es wäre gut, wenn draußen ein Licht brennen würde. Ihre Sicherheitsfirma wird Sie bestimmt gut beraten.«

Ich begleitete PC Russell hinaus, ging wieder nach oben in Joans Schlafzimmer und betrachtete das Chaos, das ich angerichtet hatte. Dann hob ich einen Krimi von Agatha Christie auf, ging nach unten, mixte mir einen gigantischen Wodka Tonic und nahm beides mit in mein neues Schlafzimmer im Ballsaal. Es war erst sechs, aber für heute hatte ich genug. Ich wollte nicht mehr wach sein. Ich hatte gehofft, Agatha Christie wäre das Richtige zum Einschlafen, aber ich hatte vergessen, wie sehr ich Miss Marple hasste. Wenn ich in einem dieser Bücher mitspielen würde, würde ich sie umbringen und anschließend sagen: »Und jetzt lös den Fall, du alte Schachtel.«

Nach einer Weile legte ich das Buch weg und dachte über alles Mögliche nach. Irgendwann schlief ich ein.

Ich wachte auf, weil es klingelte. Ich war noch angezogen. Meine Augen klebten zusammen, weil ich die Kontaktlinsen nicht rausgenommen hatte. Draußen war es dunkel. Mitternacht. Von einem Fenster im Flur konnte ich einen Mann im Licht der Veranda erkennen. *Jimmy.* Ich konnte nicht fassen, dass ich ihn vergessen hatte. Er versuchte, mir irgendwas mit Gesten zu sagen. Ich öffnete das Fenster. »Soll ich mir selbst aufschließen?«, rief er. Der Schlüssel. Mist, ich muss ihn ihm wegnehmen, dachte ich.

»Ich bin gleich unten. Warte in der Küche auf mich.« Ich schoss ins nächstgelegene Bad und starrte mein Konterfei im Spiegel an. Meine Kleider waren zerknittert, und auf meiner Wange war ein roter Abdruck von der Matratze. Ich zog mein T-Shirt aus und spritzte mir Wasser unter die Achseln, dann stöberte ich in den Schränken nach einem sauberen Kamm, mit dem ich mir durch die Haare fahren konnte. Ich wusch mir das Gesicht. In der Unterhose, den Rest meiner Sachen in einem Bündel an den Bauch gepresst, raste ich zurück in den Ballsaal. Ich wühlte ein Kleid aus meiner Tasche, suchte vergeblich nach Schuhen und ging barfuß nach unten. Jimmy stand mit einem Dosenöffner in der Hand in der Küche.

»Hübsches Kleid.«

»Danke. Es ist von *Ghost.*« Wie konnte ich nur so was Blödes sagen. Jimmy machte ein verwirrtes Gesicht. Kein Wunder.

»Hast du die Katze gefüttert?«, fragte er.

»Nein, ich habe geschlafen.«

»Sie muss halb verhungert sein. Komisch, dass sie nicht da ist.« Er öffnete die Hintertür.

»Shaanti! Futter! Shaanti!« Er gab mir den Dosenöffner. »Mach schon mal die Büchse auf. Ich gehe sie suchen.«

Ich holte eine von den Dosen mit Katzenfutter, die wir im Supermarkt gekauft hatten, und hielt mir die Nase zu, als ich sie aufmachte und den Inhalt in Shaantis Napf schüttete. Ich hörte Jimmy draußen herumlaufen und rufen: »Komm schon! Leckere Fleischstückchen aus der Retorte. Verdammte Katze, wo bist du?«

Beim Händewaschen erhaschte ich einen Blick auf mein Spiegelbild in der Fensterscheibe. Des würde sagen, ich sehe spitz aus. Ich überlegte mir gerade, ob ich Zeit hatte, nach oben zu laufen und ein bisschen Make-up aufzulegen, als Jimmy zurückkam. Ohne Katze. »Lass nur«, sagte ich. »Sie kommt bestimmt, wenn sie Hunger hat.« Ich wollte die Schüssel neben die Tür stellen. »Wie kann man das Zeug nur fressen? Es riecht widerlich.«

»Dodie ...«

»Sie wird schon kommen. Lass uns was trinken.«

»Wird sie nicht.«

»Was meinst du damit?«

»Sie wird nicht kommen. Ich habe sie gefunden.«

Ich schaute mich um. »Wo?«

»Du willst sie bestimmt nicht sehen. Ich kümmere mich darum.«

»*Was* sehen? Was ist passiert?«

»Na gut. Ich zeig's dir. Aber du wolltest es so, okay?«

Ich folgte ihm durch den Küchengarten ums Haus herum zum Haupteingang und lief auf dem Rasen, weil der Kies unter meinen Fußsohlen wehtat. Shaanti lag auf der Seite vor der großen Eingangstür. Es war nicht besonders hell, und zuerst dachte ich, sie sei ein Teil der Fußmatte. Ihr graues Fell war mit Schmutz und kleinen Steinen verkrustet, als hätte man sie über die Auffahrt geschleift.

Seite an Seite standen wir da und sahen auf die Katze herab.

»Sieh mal.« Jimmy zeigte mit der Schuhspitze auf den Kopf der Katze.

Er sah aus, als würde er gleich platzen; die Augen quollen

hervor und das Maul stand offen, als hätte man ihr vom Kopf her das Fell über die Ohren gezogen. Als ich mich hinunterbeugte, sah ich, dass eine Art Kordel, schwarzweiß gemustert wie das Kabel eines altmodischen Föhns, um ihren Hals gewickelt war. Die Schnur war so eng zugezogen, dass man sie unter dem Fell kaum sehen konnte. Die Katze war erwürgt worden.

16

Jimmy machte alles. Ich stand nur zitternd daneben. Als wir wieder in der Küche waren, fing ich an zu weinen.

»Warum holst du nicht den Kognak aus dem Esszimmer?«, sagte er.

Als ich zurückkam, legte Jimmy die Schachtel von der Kaffeemaschine, die er aus dem Mülleimer geholt hatte, mit Zeitungspapier aus. Er ging damit raus, tauchte einen Augenblick später wieder auf und trug sie in die Spülküche.

»Was hast du mit ihr gemacht?«, fragte ich, als er wieder in der Küche war.

»In einen der leeren Kühlschränke gelegt. Ich kann sie später begraben.« Er stellte zwei Kognakgläser auf den Tisch, machte eine Handbewegung in Richtung Flasche und sagte: »Na los, schenk ein.«

»Du klingst wie Des.«

»Wer ist Des?«

»Er ist –« Ich wollte sagen, ein alter Freund, aber dann dachte ich, scheiß drauf. »Komisch, dass Joan ihn nicht erwähnt hat. Er war ihr erster Mann.«

Jimmy sah mich stirnrunzelnd an. »Ich wusste gar nicht, dass sie einen ersten Mann hatte.«

»Ich auch nicht. Bis vor sechs Stunden.«

»Ich verstehe gar nichts.«

»Eigentlich ist es reine Ironie, weil ich immer gedacht habe … na ja, irgendwie haben Des und Joan sich mehr wie Eltern benommen als meine richtigen Eltern. Und jetzt stellt sich heraus, dass sie verheiratet waren.« Ich lachte. »Ich dachte gerade … ich hätte ihre Tochter sein können. Sein *sollen.* Sie hätten zusammenbleiben und mich haben sollen.« Jimmy machte ein gefährlich mitfühlendes Gesicht. Ich verstummte, bevor ich wieder anfing zu weinen. »Dumm, nicht wahr?«

»Wie hast du es herausgefunden?«

»Ich habe ein Hochzeitsfoto gefunden. In Joans Zimmer. Kurz bevor der Polizist kam. Er hat gesagt, es waren bestimmt nur Jugendliche, aber das kann nicht sein, oder? Warum sollten sie die Katze umbringen?«

»Warte mal. Er hat gesagt, es waren Jugendliche?«

»Wer auch immer hier herumgelungert hat. Er glaubt, es waren Jugendliche.«

»War jemand hier?«

Und dann erzählte ich ihm alles. Von den Männern, die Mums Leiche gefunden hatten, von Maggie Hill, dass Joan es gewusst hatte und mein Vater auch, von der Stimme am Telefon, dem Päckchen mit den Haaren und dem Erlebnis in dem alten Unterstand. Alles.

Als ich schließlich stotternd am Ende angelangt war, sagte er: »Gehen wir frische Luft schnappen.« Also steckten wir unsere Köpfe zur Hintertür hinaus. »Tut mir Leid«, sagte er, »aber mir ist irgendwie schlecht.«

»Vom Kognak?«

»Nein, von deiner Geschichte. Himmel noch mal.«

»Kannst du noch mehr vertragen? Von der Geschichte, meine ich.«

»Leg los.«

»Die Sache mit der Katze. Shaanti war ja nicht meine Kat

ze. Aber angefangen hat alles damals mit der anderen Katze, die überfahren worden ist.«

Jimmy machte ein verständnisloses Gesicht. »Aber das kann dein Vater nicht getan haben, oder? Ich meine, er kann doch die Katze nicht dazu bringen, genau in dem Augenblick die Straße zu überqueren, wenn –«

»Nein, *das* meine ich nicht, aber später hat er vielleicht herausgefunden, wer diese Leute waren, und sie auf Mum angesetzt, und –«

»Aber du hast mir doch erzählt, dass er zu – wie heißt er noch mal – Des gesagt hat, er hält die Entführung für einen Schwindel.«

»Ja, aber vielleicht wollte er ihn damit nur ablenken oder so was. Ach, ich weiß nicht, ich bin total durcheinander, mehr nicht. Wahrscheinlich ist es wirklich ein bisschen weit hergeholt.«

Jimmy legte den Arm um mich. »Hör mal«, sagte er sanft. »Ich weiß, dass dein Vater reich war und Macht hatte, aber er war nicht Gott. Und warum sollte er das tun? Wenn er die Ehe beenden wollte, warum hat er sich dann nicht scheiden lassen? Von Joan hat er sich schließlich auch scheiden lassen, oder?«

»Das war etwas anderes. Joan ist geblieben. Mum hat sich innerlich von ihm entfernt, sie hatte einen Liebhaber, sie wurde seltsam, und ... Vielleicht wollte er sie irgendwie bestrafen. Das klingt doch plausibel. Er wollte ihr Angst einjagen. Ich hab dir doch gesagt, dass er ein richtiges Schwein war.«

»Das kann ich mir nicht vorstellen.«

»Er war so. Du hast ihn nicht gekannt! Wenn Mum ihn verlassen hätte, wäre sie frei gewesen und hätte einen anderen heiraten können, und dann –«

»Aber von seiner ersten Frau hat er sich doch auch scheiden lassen, oder? Sie hat wahrscheinlich auch wieder geheiratet, warum hatte er da nichts dagegen?«

Betty Carroll. Ich hatte sie nicht erwähnt. Ich schoss aus seinem Arm. »Woher weißt du von ihr?«

»Aus dieser Fernsehsendung über ihn. Sei doch nicht immer so paranoid.«

»Du wärest genau so beschissen paranoid, wenn du die ganze Zeit –«

»Hör auf, hör auf. Schhh ... Komm her.« Er legte beide Arme um mich und erstickte mich förmlich an seiner Brust. »Ich weiß. Ich wäre auch paranoid. Es war dumm von mir, das zu sagen. Ich mache dir keinen Vorwurf, weil du dich so benimmst, aber du musst ruhiger werden. In Ordnung?«

Ich grunzte nur.

Jimmy strich mir über den Kopf. »Nicht grunzen, Dodie. Alles in Ordnung, Süße?« Er trat einen Schritt zurück, um mich zu betrachten. »Ich kann in dem Licht nicht richtig sehen. Gehen wir wieder in die Küche.«

Ich folgte ihm nach Luft schnappend. »Es geht mir gut, ich hab nur keine Luft gekriegt.«

»Du hättest was sagen sollen.«

»Ich konnte nicht.«

»Tut mir Leid. Ich wollte dich nicht zerquetschen. Vielleicht brauchst du noch einen Schluck Kognak.«

Er schälte sich aus seinem riesigen Pullover und stülpte ihn mir über den Kopf. »So ist es besser, du zitterst ja.« Er setzte sich mir am Tisch gegenüber und begann, meine Hände zu reiben. »Also, wo waren wir stehen geblieben?«

»Die erste Frau. Betty Carroll. Ich weiß nicht, was aus ihr geworden ist. Vielleicht hat mein Vater sie umbringen lassen und unter einem Rosenstrauch begraben. Wahrscheinlich hat er das getan, und Joan wusste auch darüber Bescheid.«

»Und warum hat er dann deine Mutter nicht auch umbringen lassen? Willst du damit sagen, für ihn hatte das Gesetz keine Gültigkeit?«

»Er wollte sie bestrafen, das habe ich doch schon gesagt. Und weißt du was, Irene des Voeux hat es vielleicht auch gewusst. Mum war auf dem Weg zu ihr, und sie wohnte in Knightsbridge, das ist nicht sehr weit von der Stelle entfernt, wo man das Auto gefunden hat. Vielleicht hat sie Mum gebeten, einen der Entführer abzuholen –«

»Warum?«

»Keine Ahnung. Um ihn irgendwohin zu fahren. Vielleicht hat sie gesagt, es sei der Sohn eines Freundes oder so. Vielleicht hat sie die Polizei angelogen –«

»Aber warum sollte sie das getan haben? Ich dachte, sie war die beste Freundin deiner Mutter.«

»Sie wollte unbedingt bei meinem Vater landen. Dafür hätte sie alles getan, Jimmy, Irene des Voeux war eine Goldgräberin. Für Frauen wie sie sind andere Frauen immer Rivalinnen, keine Freundinnen. Du musst wissen, dass Mum sehr naiv sein konnte. Damals habe ich das noch nicht so genau erkannt, aber sie kaufte den Menschen alles ab. Egal, der Punkt ist, sie hielt Irene für ihre beste Freundin, aber vielleicht war sie es ja gar nicht.« Ich hielt inne. Mum dachte, Irene sei ihre Freundin. Ich dachte, ihr wäret meine Freunde, Joan und Des. Oh Gott, Des. Er hat es doch bestimmt nicht gewusst. All die Abende, an denen wir zusammen auf der Veranda standen, Lieder gesungen haben. Hat er mir die ganze Zeit etwas vorgespielt? Mich angelogen und so getan, als wäre er betroffen, obwohl er genau wusste, dass sie nicht wiederkommen würde? Vielleicht hatte mein Vater es ihm und Joan gesagt, damit sie sich genauso schuldig machten wie er. Oh Gott. Ich hatte das Gefühl, als hätte jemand in meinem Kopf auf die Taste »Vorspulen« gedrückt. Immer schneller drehten sich die Räder. Ich schloss ganz fest die Augen und schüttelte den Kopf, in dem Versuch, den Irrsinn zu stoppen.

»Alles in Ordnung?«

»Ja, ich ...« Ich machte die Augen wieder auf. Jimmy sah mich besorgt an. »Ist noch Kognak da?«

Er beugte sich vor und schüttete genug in mein Glas, um einen Elefanten zu betäuben.

»Eins verstehe ich nicht«, sagte er. »Selbst wenn dein Vater sie bestrafen wollte, dann hat er sich auf gewisse Weise doch selber bestraft, oder? Als die Geschichte ans Licht kam, war das Bild deiner blendend aussehenden Mutter in jeder Zeitung, und es gab jede Menge Artikel darüber, was dein Vater für ein Schwein war, weil er das Lösegeld nicht bezahlt hatte. Und übrigens, du siehst aus wie sie.«

»Er wollte sie auch deshalb bestrafen, weil sie so überspannt war. Er hasste Verrücktheit. Sehe ich wirklich wie sie aus?«

»Ja.«

»Warum hast du das gesagt?«

»Weil ich plötzlich an etwas gedacht habe.«

»Woran?«

»Na ja«, Jimmy sah auf den Tisch, dann schaute er mich an. »Ich weiß, dass jetzt eigentlich nicht der richtige Zeitpunkt ist, aber ich dachte ... wie gern ich mit dir ins Bett gehen möchte.«

»Oh ... Hör zu ...« Ich merkte, wie ich rot wurde. »Ich bin furchtbar in solchen Situationen. Und ich bin sowieso nicht gut im Bett.«

»Ist das nicht romantisch?« Er beugte sich vor und tat so, als wollte er mir einen Klaps auf die Hand geben. »Der Pullover hat mich ein Vermögen gekostet. Hör auf, ihn aufzurebbeln.«

»'tschuldigung.« Ohne es zu merken, hatte ich an den Ärmeln herumgezupft.

»Und ich glaube nicht, dass du nicht gut im Bett bist. Es sei denn, du willst nicht, natürlich.«

»Das ist es nicht, aber ich bin wirklich nicht sehr –«

Jimmy sprang praktisch über den Tisch und hielt mir den

Mund zu. »Genug. Komm.« Er riss mich so schwungvoll vom Stuhl in seine Arme, dass ich mit einem Knie gegen die Unterseite des Tisches schlug, was, wenn man die Situation bedachte, nicht das Schlimmste war. »Uups, tut mir Leid.«

»Mach dir keine Gedanken, meine Beine sehen sowieso schon aus wie überreife Bananen, ein blauer Fleck mehr oder weniger macht da auch nichts mehr.« Ich lehnte mich zur Seite, griff nach meinem Kognakschwenker und hob das Glas. »Warte mal, ich habe einen Schluckauf.«

»Wie wunderbar. Es wäre nett von dir, wenn du mir nicht den Kognak über die Hose schütten würdest, ja?«

»Gehen wir jetzt nach oben?«

»Das war eigentlich die Idee. Wenn du möchtest.«

»Ja.«

»Bist du sicher?«

»Ja, ich will. Ich möchte es.«

17

Da saß ich also in meinem neuen Doppelbett im Ballsaal. Die Morgensonne warf breite Streifen durch die weißen Musselinvorhänge des Himmelbetts auf das weiße Piquémuster des Bettüberwurfs und brachte die Sommersprossen an meinen Armen und Schultern richtig zur Geltung. Ein Bild zum Sterben. Es gab da nur ein kleines Problem, abgesehen von meinen Kopfschmerzen. Ich war die einzige Person im Bett. Jimmy war weg.

Ich werde das Erlebnis mit Ihnen teilen, wenn Sie wollen. Wir haben uns ausgezogen und sind ins Bett gegangen, und alles war wunderbar. Aber dann, ich weiß nicht, warum, vielleicht lag es am Kognak oder an Shaanti, oder vielleicht ist es einfach mein Schicksal, dass ich alles verderbe, jedenfalls fing ich an zu weinen und konnte nicht mehr aufhören. Jimmy war wunderbar. Er lag da, nahm mich in die Arme und sagte so nette Sachen, wie dass es nichts mache und dass ich mir keine Gedanken machen solle, aber so sollte es eigentlich nicht ablaufen, oder? Als ich merkte, dass er weg war, dachte ich, jetzt werde ich ihn nie wiedersehen. Deprimiert wickelte ich mich in ein Laken und wanderte auf den Treppenabsatz, um einen Blick auf Onkel Lawrence zu werfen.

»Wir haben überall das Licht angelassen.«

Ich wirbelte herum, meine Füße verfingen sich im Laken, und ich fiel hin.

Da stand Jimmy mit einem Frühstückstablett. »Bleib, wo du bist, bis ich das hier abgestellt habe«, sagte er.

Ich zappelte herum, aber meine Füße waren so in das Laken verwickelt, dass ich nicht aufstehen konnte, ohne es loszulassen, und ich wollte nicht, dass Jimmy mich bei Tageslicht nackt sah. Ich meine, Lampenlicht und Kognak sind eine Sache, aber Sonnenschein und ein Kater … Außerdem war mir ein bisschen schlecht.

»Eine weiße Leinenmade.«

»Oh, vielen Dank.«

»Halt still!« Er schlug mit einem Geschirrtuch auf meine Beine. »Du wirst es noch kaputt machen.« Er wickelte einen Fuß aus. Er war so bleich, dass ich mich fragte, wie Jimmy erkannte, wo das Laken endete und ich anfing.

»So ist's besser. So siehst du ziemlich hübsch aus«, fügte er hinzu, als ich herumkrabbelte und versuchte, mich zu bedecken. »Zu schade, dass ich zur Arbeit muss.«

»Kannst du wenigstens noch zum Frühstück bleiben?«

»Leider nein. Ich muss wirklich los, Dodie. Ich rufe dich an, okay?«

Ich rappelte mich auf. »Tut mir Leid wegen letzter Nacht.«

»Das macht doch nichts.«

»Ich hab dir ja gesagt, dass ich ein hoffnungsloser Fall bin.«

»Es macht wirklich nichts. Und du bist absolut kein hoffnungsloser Fall.«

»Wirklich nicht?«

»Wirklich nicht. Mach dir deswegen keine Sorgen.« Er küsste mich auf die Stirn. »Ich habe übrigens die Katze begraben.«

Ich beugte mich über das Geländer und sah ihm nach, wie er die Treppe hinunterging. Bevor er um den nächsten Absatz bog, blieb er stehen und warf mir eine Kusshand zu. Wahnsinn, dachte ich, kein Sex, und er begräbt trotzdem am Morgen danach die Katze. Der Mann muss ein Heiliger sein. Oder er ist komplett geistesgestört.

Ich war kaum angezogen, da kreuzte der Lieferwagen mit meinem Fernseher und den Bettelbriefen auf. Sechs randvolle Müllsäcke. Mehr als ich in Erinnerung hatte. Der Fahrer zerrte sie in die hintere Diele.

»Kann ich Ihnen etwas zu trinken anbieten?«, fragte ich.

»Nein danke, Süße. Dann muss ich nur auf der Autobahn anhalten. Ah, eh ich's vergesse, bitte sehr.« Er reichte mir einen braunen Umschlag. »Der lag auf Ihrer Fußmatte.«

Miss D. Blackstock. Camoys Hall. Persönlich. Ich winkte dem Fahrer, als er abfuhr, und ging in die Küche, um mir einen Tee zu kochen. Die Adresse war mit der Hand geschrieben. Ich öffnete ihn mit einem Obstmesser und warf einen Blick auf den Brief, in der Erwartung, er wäre vom Pfarrer. Es waren zwei Blatt blassrosa Briefpapier mit kleinen Teddybären in jeder Ecke. Also nicht vom Pfarrer. Die Handschrift kippte nach hinten. Vielleicht von Carol Curtis.

Er war nicht von Carol.

Du hältst dich wohl für sehr schlau, aber du bist ein Parasit, der das Blut der Arbeiterklasse aussaugt, wie deine Mutter und der Rest deiner Familie. Ich hab sie gekriegt und jetzt krieg ich dich. Ich dachte, dass sie mich liebt, aber sie hat die ganze Zeit für die Kapitalistenschweine gearbeitet. Aber ich hab's ihr gezeigt. Deine Familie hat die Schweine dafür bezahlt, dass sie auf uns schießen. Sie dachte, ich bin zu blöd, aber ich hab's ihr gezeigt, oder? Mehr schreibe ich nicht, ich sag nur noch eins: DU WIRST BEZAHLEN.

P. S. Ich weiß, dass ich nicht schreiben kann, aber das kommt von der schlechten Bildung. Das haben die Kapitalisten schlau eingefädelt, damit die Arbeiter denken, sie sind dumm, dabei sind sie gar nicht dumm. Diesmal kein Wort zu den Schweinen, nicht wie das letzte Mal. Du dachtest, du kannst mir entwischen, aber ich weiß, wenn du quatschst, weil ich hier bin.

Ganz intuitiv hatte ich den Brief in vier Teile zerrissen, ohne zu bedenken, was ich da tat. Ich ertrug nicht mal den Anblick der Schnipsel. Ich warf ein Geschirrtuch darüber, fischte den Umschlag wieder aus dem Müll, dann wickelte ich das Ganze in Alufolie und verstaute es in dem kleinen Schlüsselschrank hinter der Tür zur Spülküche. Ich überlegte, was ich tun sollte. Wenn ich PC Russell anrief, würde er mir wahrscheinlich nur wieder sagen, es sei ein Scherz von Jugendlichen. Jimmy hatte das Haus durch diese Tür verlassen. Da konnte der Umschlag noch nicht dort gelegen haben, sonst hätte er ihn bemerkt. Herrgott noch mal, Dodie, reiß dich zusammen. Es ist heller Tag, die Sicherheitsleute sind auf dem Weg, es ist alles in Ordnung. Alles ist in bester Ordnung! Tee. Eine schöne Tasse heißen Tee. Beruhig dich. Setz Wasser auf. Zucker. Viel Zucker. Die Tüte mit dem braunen Zucker rutschte mir aus der Hand und zerplatzte auf den Fliesen.

Ich hockte mich auf einen der Abtropfschränke, starrte auf

den alten Kohlenschuppen hinaus und versuchte, nicht zu weinen. Dann hüpfte ich mit meinen bloßen Füßen über den verschütteten Zucker und ging in Joans Wohnzimmer, um Tony anzurufen. Ich erwischte den Anrufbeantworter. »Tony, heb ab, wenn du da bist, bitte, hier ist Dodie. Tony, du musst da sein, ich muss mit dir reden, geh an das verdammte Telefon –«

Seine Stimme schnitt mir das Wort ab. »Ich bin da, Schätzchen, was gibt's?«

»Kommst du heute Abend?«

»Heute?«

»Bitte, Tony, komm einfach. Ich kann einfach nicht allein sein. Ich ertrage es nicht, zum Teufel noch mal.«

»Ich bin gerade erst aufgewacht, zum Teufel noch mal, ich muss in meinen Kalender gucken.«

»Vergiss den Kalender, Tony, *bitte ...*«

»Vergiss den Kalender? Mein gesellschaftliches Leben mag dir ja nicht viel bedeuten, aber es ist alles, was ich habe. Außerdem muss ich es den Leuten doch sagen, wenn ich sie versetze, oder?«

»Danke, Tony. Ehrlich, ich würde dich nicht bitten, aber ich bin einfach ... ich habe Angst, Tony. Ich habe so schreckliche Angst. Ich –«

»Hör zu. Bleib ganz ruhig. Ich ziehe mich an und komme sofort.«

»Die Leute –«

»Ich kann sie vom Auto aus anrufen. Und jetzt hör auf zu flattern. Hast du Alkohol im Haus?«

»Ich glaube, es ist noch Kognak da.«

»Gut. Trink einen. Ich bin schon auf dem Weg.«

Danach fühlte ich mich ein bisschen besser. Ich befolgte zwar nicht Tonys Rat, was den Kognak betraf, aber es gelang mir, die meisten Zuckerstückchen aufzusammeln, ehe die Frauen von der Reinigungsfirma kamen. Sie waren zu fünft, in bunten Overalls, die Staubsauger geschultert wie Rucksäcke, gewaltige Bohnermaschinen hinter sich herziehend. Ich bat sie, oben anzufangen, wenn sie nichts dagegen hatten, und ging zurück in die Küche, um mir endlich eine Tasse Tee zu machen.

Ich musste die ganze Zeit an den Brief denken. Schließlich holte ich das Päckchen wieder aus dem Schlüsselschrank, schüttelte die Teile auf den Küchentisch und klebte sie mit Klebeband wieder zusammen.

»Entschuldigen Sie, dass ich störe«, sagte eine Frauenstimme. Eine der Putzfrauen. Ich hatte sie nicht kommen hören. »Ich wollte nur fragen, ob wir hier hereinkommen dürfen. Wegen des Dampfreinigers. Wir müssen das Wasser wechseln.«

»Ich verstehe nicht?«

»Für den Teppich.« Sie lachte. »Davon haben Sie hier ja etliche Meilen. Geht das? Können wir das Wasser hier unten wechseln?«

Meine Mutter ist weggelaufen, wollte ich schreien. »Ja, machen Sie nur.«

»Danke.« Die Frau verschwand.

Das Zelt im Garten. Plötzlich fiel es mir wieder ein. In dem Sommer, bevor sie entführt wurde, hatte Mum angefangen, in einem Zelt auf dem Rasen zu schlafen. Es wäre ein Leichtes gewesen, sich aus dem Zelt zu stehlen, um einen Liebhaber zu treffen. Ich weiß, dass es im Sommer war, weil ich mich selbst noch sehe, wie ich neben dem Zelt in meiner Schuluniform auf einem Liegestuhl sitze, Walnüsse knacke und die Schalen in meinen Strohhut werfe. Manchmal ließ sie mich auch dort schlafen. Es war nur ein kleines Zelt ohne Fenster oder so was. Sie hätte unmöglich mitten in der Nacht aufstehen und weggehen können, ohne dass ich es gemerkt hätte, oder? Albert und Carol haben sie erst Monate später mit dem Mann im Auto gesehen, aber im Winter hätte sie nicht draußen geschlafen; das wäre zu kalt gewesen. Ich weiß noch, wie sie mich einmal in der Dämmerung aufgeweckt hat, damit ich eine Igelfamilie anschaue. Eine Mutter mit sechs Babys. Wir saßen am Zelteingang, sie hatte die Arme um mich gelegt, und wir sahen den Igeln zu, wie sie über den Rasen liefen ... Oh, Mummy, ich hab dich so lieb. Warum hast du mich verlassen?

Ich hörte die Putzfrau kommen, schnappte mir den Brief, flitzte damit in den alten Anrichtenraum und wartete, bis sie wieder weg war. Dann setzte ich mich wieder an den Küchentisch und schaute mir den Brief noch einmal an. Zwei der Entführer waren Männer gewesen: Mick Martin und Steven Moody. Mick Martin war tot. Blieb noch Steven Moody. Mick Martin und Maggie Hill waren damals Studenten gewesen, doch Steven nicht. Wenn er wirklich ihr Liebhaber gewesen war, hatte sie mich wegen eines armseligen Möchtegern-Baader-Meinhof im Stich gelassen, der kaum zwei Worte richtig herausbrachte. Der Mann, der im Wagen auf sie wartete, dessen Hände die ihren wärmten, dessen Bart sie kitzelte und zum Lachen brachte – war er das gewesen? Hatten sie damals im Auto die Entführung zusammen geplant, weil sie mit ihm weggehen, ein anderer Mensch werden und keinen von uns je wiedersehen wollte? Wenn es so gewesen war, musste sie ihr eigenes Verschwinden, ihren Tod, geplant haben. Zusammen mit Steven Moody. Der sie umgebracht hatte und jetzt mich umbringen würde. Doch er war 1987 entlassen worden, warum war er dann nicht schon früher aufgetaucht? Carol Curtis hatte gesagt, der Mann in dem Land Rover hätte einen Bart und braune oder schwarze schulterlange Haare gehabt. Es war doch sicherlich zu dunkel gewesen, um die Farbe richtig zu erkennen. Bei der Gerichtsverhandlung hatte Steven Moody keinen Bart gehabt, aber er hatte ihn natürlich leicht vorher abrasieren können ... *Deine Familie hat die Schweine dafür bezahlt, dass sie auf uns schießen.* Ich schloss die Augen. Wie ein scheußliches Karussell drehten sich die Gesichter vor mir: Steven Moody, Maggie Hill, Mick Martin, Mum, Joan, Des, mein Vater, schneller und schneller ...

»Alles in Ordnung?«

Ich machte die Augen auf. Die Putzfrau stand vor mir, die mit der Strickjacke, die so mütterlich aussah und gefragt hatte, ob sie das Wasser wechseln durfte. »Sie haben sich hin und her gewiegt. Ist es der Magen?«

»Nein, nein. Ich –«

»Sicher? Sie sahen aus, als hätten Sie Schmerzen.«

»Ich –«

»Kann ich etwas für Sie tun? Ich könnte Ihnen eine heiße Milch mit Honig machen. Das beruhigt den Magen.«

Ich nickte, einfach nur, damit sie den Raum verließ, und hielt den Kopf gesenkt, damit sie meine Augen nicht sehen konnte. Ich hörte sie in der Spülküche das Wasser aufdrehen und mit Töpfen klappern. »Das habe ich für meine Kinder auch immer gemacht, wenn sie krank waren.«

Sie kam wieder in die Küche und stellte einen Topf auf die Kochplatte. »Ich hoffe, Sie nehmen es mir nicht übel, wenn ich das sage, aber Sie sehen aus, als könnten Sie eine anständige Mahlzeit gebrauchen. Sie machen doch nicht etwa eine von diesen törichten Diäten, oder? Diese Models sehen alle halb verhungert aus, wenn Sie mich fragen. So wollen Sie doch nicht aussehen. Sie wären so hübsch, wenn Sie nicht so blass wären. Bitte sehr. Das wird Rosen auf Ihre Wangen zaubern.« Sie stellte einen Becher mit Milch vor mich auf den Tisch. »Ich gehe lieber wieder nach oben, ehe die anderen einen Suchtrupp losschicken. Ich an Ihrer Stelle würde das jetzt trinken und mich dann ein bisschen hinlegen.«

»Danke.«

»Schon gut. Und jetzt passen Sie auf sich auf.«

Ich schaute auf die Milch, bis sie gegangen war. Auf der Oberfläche bildete sich eine Haut. Die glänzende, runzlige Fläche und der Geruch nach warmer Milch verursachten mir Übelkeit. Rosen auf meine Wangen zaubern. Englische Rosen. Mum …

Ich hielt mir die Nase zu und trank die Milch, und nach einer Weile ging ich auf das Klo neben der Abstellkammer und erbrach mich. Nachdem ich gespült hatte, schüttelte ich eine Flasche WC-Reiniger hinterher, damit die nette Putzfrau nicht merkte, dass ich mich übergeben hatte.

Ich ging nach oben und stand vor der Tür zum Zimmer meiner Mutter. Ich lauschte eine Weile auf meinen Herzschlag, ehe ich die Tür aufschloss. Bis auf eine Kommode unter einem der Fenster war das Zimmer leer. Eine viktorianische Kommode aus solider Kiefer mit runden Porzellanknöpfen als Griffe. Ich erinnerte mich nicht an sie. Auf der Oberfläche lag eine dicke Staubschicht, und die Fensterbank war ein Fliegenfriedhof. Das Zimmer sah aus, als wäre es seit zwei Jahrhunderten nicht benutzt worden und nicht erst seit zwei Jahrzehnten.

Die Kommode war leer. Bis auf die unterste Schublade. Und da lag, einsam und verlassen, Timothy, das rote Nilpferd aus Wildleder. Ich hob es hoch, pustete und klopfte den Staub ab. Die wildlederne Haut war schäbig, aber die Nähte hatten gehalten, und auch sein schiefes, rundum zufriedenes Nilpferdlächeln war noch da. Vielleicht konnte ich ihn wieder herrichten. Seine Ohren mit Q-Tips reinigen. Ihn zu einem Lederspezialisten bringen. Vielleicht konnte mir die nette Putzfrau einen empfehlen.

Oh Gott, dachte ich. Ob es so ist, wenn man langsam verrückt wird? Wenn es nichts Wichtigeres auf der Welt gibt, als ein Spielzeugnilpferd sauber zu machen? Ich tätschelte Timothys Kopf, und wir schauten zusammen aus dem Fenster in den Garten, bis ich hörte, wie die Hintertür zuschlug und Tony meinen Namen rief. Ich sah auf meine Uhr. Seitdem ich mich erbrochen hatte, waren vier Stunden vergangen. Ich hörte seine Schritte auf dem Flur näher kommen.

»Komm hinab zum Garten, Maud. Die Fledermaus, die schwarze Nacht, flog schon herein. Komm hinab zum Garten, Maud. Ich warte hier, am Tor, allein ...«, sang er.

Ich hatte nicht die Kraft, ihm entgegenzugehen, deshalb blieb ich an die Kommode gelehnt stehen und wartete, bis er mich fand. Beinahe wünschte ich, ich hätte ihn nicht gebeten zu kommen.

Er blieb wie angewurzelt an der Tür stehen, die Arme voller Blumen. »Hier steckst du also. Was ist los? Überall liegen Kabel, ich habe mir auf der Treppe beinahe den Hals gebrochen.« Er kam näher und sah mich durch eine Unmenge von Lilien prüfend an. »Oh-oh, Dorothy, sieht so aus, als wären wir nicht mehr in Kansas.«

»Das sind die Putzfrauen. Für die Beerdigung.«

»Alles in Ordnung?«

»Danke. Dass du gekommen bist.«

»Nichts ist in Ordnung, oder? Du bist voller Spinnweben, deine Kleider sind schmutzig, und deine Füße sind schwarz. Was hast du gemacht? Dich im Dreck gewälzt? Du siehst aus wie ein richtiger Schmutzfink. Du musst sofort ein Bad nehmen.«

Ich ließ mich von ihm auf der Suche nach einem sauberen Badezimmer durch den Flur führen und setzte mich auf die Matte, während er die Blumen ins Waschbecken legte, die Hähne der Badewanne aufdrehte und in den Schränken nach Badesalz suchte.

»Sieh mal, Badedas. Erinnerst du dich noch an die Werbung? *Hinein ins Nass mit Badedas.* Ob es das heute überhaupt noch gibt?« Er roch an der Flasche. »Ich hoffe, es ist noch gut, jetzt habe ich es reingeschüttet. Ja, wenigstens schäumt es.« Er zog mich hoch. »Na komm, weg mit dem Laken.« Ich ließ los. »Hast du diese Woche überhaupt schon was gegessen?«

»Du sagst doch immer, man kann gar nicht dünn genug sein.«

»Das ist dir gelungen. Na los, steig rein. Ich werde dich heute Abend in ein Restaurant ausführen, und du wirst essen, bis du umfällst, und wenn ich es dir persönlich in den Hals stopfen muss.«

»Geht es auch morgen, Tony? Ich bin viel zu müde.«

»Na gut. Aber ich werde Dominic beauftragen, einen Tisch zu bestellen. Du bleibst jetzt da drin und lässt dich einweichen, und ich kümmere mich um alles. Wer sind all diese Leute noch mal?«

»Putzfrauen.«

»Ich gehe nach unten, um unsere Zimmer anzuschauen. Dominic kann die Sachen reinbringen. Wo sollen wir überhaupt schlafen?«

»Ich habe noch nicht darüber nachgedacht. Wo ihr wollt.«

»Schön. Dominic kann das Zimmer neben meinem haben. Ich will bereit sein, falls er doch nicht hetero ist. Schließ nicht die Tür ab. Ich bin gleich wieder da.«

Er kam mit einem Bademantel, einer Zeitung, einem Joint und einem Gin Tonic zurück. »Bitte sehr. Wir müssen ihn teilen. Zwei konnte ich nicht tragen.«

»Die Blumen sind wunderschön.«

»Unten sind noch jede Menge. Ich habe die Leute beauftragt, sie zu versorgen. Was ist das?« Er klopfte Timothy mit einer Stranddistel auf die Nase.

»Das war mein Kuscheltier, als ich klein war. Er braucht dringend eine Reinigung.«

»Schade, dass er nicht mit dir baden kann.« Er reichte mir den Joint. »Hinein ins Nass mit Badedas«, sang er.

»Ich bin froh, dass du da bist, Tony.«

»Nur weil ich dir Drogen gebe. Hast du das gesehen?« Er hielt mir die Zeitschrift vor die Nase und zeigte auf eines der Fotos. »Oben links.«

»Was ist das?«

»Der *Tatler.* Du denkst, du hast Probleme. Ich sehe aus wie eine verrückte Tunte, und das ist eine Tatsache. Glaubst du, ich kann sie verklagen?«

»So schlecht ist es doch gar nicht.«

»Ist es doch. Es ist völlig verzerrt. Egal, darüber können wir uns später den Kopf zerbrechen. Du musst mir erzählen, was hier vorgeht, Dodie. Als du angerufen hast … So habe ich dich noch nie gehört. Du warst so fertig. Du hast wie eine Jungfrau auf einem Truppentransporter geklungen.«

»Männlich oder weiblich?«

»Egal. Beides. Und du siehst beschissen aus.«

»Herzlichen Dank.«

»Und ich lasse dich nicht aus dieser Badewanne, ehe du mir erzählt hast, was los ist.«

18

Also erzählte ich es ihm. Die ganze Geschichte. Als ich endlich aus der Badewanne stieg, war ich ein bisschen aufgeweicht und hatte rote Augen, aber ich fühlte mich viel besser. Ich zog saubere Sachen an und nahm Tony mit hinunter in die Küche, um ihm den zusammengeklebten Brief zu zeigen, den ich wieder in das Schränkchen hinter der Tür gestopft hatte. Die Putzfrauen waren nach Hause gegangen, aber Dominic, Tonys neuer Chauffeur und Mädchen für alles, saß mit dem Wachmann von der Sicherheitsfirma am Küchentisch, und unter dem Tisch lag hechelnd dessen langhaariger Schäferhund, der uns aus gierigen, schwarzen Augen anstarrte.

Dominic entpuppte sich als richtig netter Typ. Tony sucht sich immer Männer aus, die wie der junge John Kennedy aussehen – schwere rote Wangen und fettige blonde Haare. Nicht unbedingt mein Fall, aber was soll's. Dominic holte uns etwas zu essen vom Chinesen, während der Wachmann – sein Name war Dave – unsere Automarken und die Farben unserer Wagen notierte. Zu seinem Entsetzen wussten wir beide unsere Autonummer nicht. Ich stellte eine Liste aller Leute zusammen, die in den nächsten Tagen nach Camoys Hall kommen konnten. Danach gingen Dave und sein Hund auf ihren abendlichen Kontrollgang, und Dominic machte sich in den Pub auf, während Tony und ich zusammen zu Abend aßen.

Tony bestärkte mich darin, mit Des ein ernstes Gespräch über die Vergangenheit zu führen, und sagte, wenn ich mich *wirklich* mit Maggie Hill treffen wollte, sollte ich jemanden mitnehmen. Für alle Fälle. Dann sprachen wir Gott sei Dank über andere Dinge. An Schlafen war gar nicht zu denken. Das Karussell der Gesichter ließ mich nicht in Ruhe. Jedes Mal, wenn ich die Augen schloss, waren sie wieder da und starrten mich an, einzelne Gestalten, die sich auf mich stürzten, als wollten sie sich in meinen Kopf eingraben. Gegen zwei ging ich in Tonys Zimmer, um ihn um Schlaftabletten zu bitten, und er sagte, ich solle mit unter seine Decke kriechen. So fand uns Dominic, als er am nächsten Morgen für Tony den Tee brachte. Wenn er schockiert war, verbarg er es gut.

Wir verbrachten beinahe den ganzen Tag im Esszimmer.

Tony saß am Tisch, von Müllsäcken umgeben, und las die Bettelbriefe, ich lag auf dem Boden in einem Sonnenflecken unter einem der großen Fenster und arbeitete mich durch Joans Listen. *Friseur, Blumen Mi. nicht Do., Wurmkur, Wäscherei 15 Pfund.* Fesselnd.

»Hier schreibt ein armes altes Ding, das seit fünfzehn Jahren keinen Urlaub hatte ... Mein Mann ist schrecklich launisch. Er hat mich die Treppe hinuntergestoßen, und ich habe mir die rechte Schulter gebrochen. Mein Sohn schreibt für mich, weil ich die Hand nicht benutzen kann ... Oh, sie hat ein Foto von ihrem Sohn dazugelegt. Er sieht ziemlich gut aus. Kann ich es behalten?« Er wedelte mit dem Foto in der Luft herum.

»Herrgott noch mal, Tony, er ist höchstens zwölf.«

»Fünfzehn. Steht auf der Rückseite. Inzwischen sechzehn. Man sollte das Volljährigkeitsalter sowieso herabsetzen. Der Vater scheint ein richtiges Schwein zu sein. Du solltest ihr einen Scheck schicken, Dodie.«

»Warum tust du das nicht? Du bist doch hinter ihrem Sohn her.«

»Sie könnte mich für pervers halten.«

»Du *bist* pervers.«

Tony wollte gerade ein Halleluja anstimmen, als Dominic den Kopf durch die Tür steckte.

»Ich habe das Restaurant erreicht.« Er lächelte mich an. »Es war alles reserviert, aber kaum habe ich Ihren Namen erwähnt, hatten sie wie durch Zauberei einen Tisch frei.«

»Welches Restauant?«

»Die ›Fette Henne‹.« Tony machte ein selbstgefälliges Gesicht.

»Woher wusstest du –« Ich hatte auch daran gedacht, dort einen Tisch zu reservieren, um es für mein Treffen mit Des auszuprobieren.

»Ich habe Des versprochen, es auszukundschaften.«

»Was soll das heißen, du hast es Des versprochen?«

»Ich habe ihn angerufen.«

»Warte mal. Du hast Des angerufen?« Des und Tony sind nicht unbedingt seelenverwandt. Für gewöhnlich spricht Des von Tony als »dieser Schwuchtel«.

»Gestern Abend, nachdem du im Bett warst. Mach nicht so ein überraschtes Gesicht.«

Kaum hatte Dominic die Tür hinter sich zugemacht, sagte ich: »Worüber hast du mit Des gesprochen?«

»Ich habe ihm von dem Brief und der Katze erzählt. Dodie, das hier ist eine ernste Angelegenheit, ich musste es ihm sagen. Ach ja, und ich habe Della Ewart angerufen. Sie kommt morgen früh. Ich habe ihr gesagt, es geht um Leben und Tod.«

»Ich glaube es nicht.« Della Ewart ist meine Friseurin.

»Du willst doch für Joan hübsch aussehen, oder? Es geht sowieso auf mich.«

»Ja, aber … ach, egal. Danke.«

»Keine Ursache.«

»Tony?«

»Ja?«

»Hat Des gesagt, dass er die Polizei verständigen will? Wegen des Briefs?«

»Ich glaube nicht.«

»Dann … heißt das nicht, dass er von der ganzen Sache wusste? Er würde kaum wollen, dass die Polizei nach diesem Mann sucht, wenn der sagen könnte, dass Mum mit ihm gegangen ist, weil das Ganze eine Verschwörung war oder weil mein Vater ihn angeheuert hatte oder … Oh Gott, ich weiß nicht.«

»Wir wissen nicht, ob irgendetwas in der Art passiert ist, Dodie. Und ich weiß sowieso nicht, wozu die Polizei gut sein sollte. Sie würden wohl kaum alle Kräfte mobilisieren, um das ganze Grundstück zu bewachen, oder? Und wegen der Drohungen können sie gar nichts unternehmen, so lange du nicht tatsächlich ermordet wirst oder wenigstens ein bisschen verletzt. Weißt du nicht mehr, wie Coralie immer diese Anrufe von ihrem zweiten Mann bekommen hat, nachdem sie sich getrennt hatten? Sie haben nicht mal den kleinen Finger gerührt. Deshalb ist der Wachmann da. Wie auch immer, sobald die Untersuchung abgeschlossen ist, werden Millionen von Journalisten auf deiner Schwelle stehen, ob es dir gefällt oder nicht. Das sollte deinen Briefschreiber abschrecken, selbst wenn er ein absoluter Irrer ist. Wenn die Journalisten hier sind, wird er kein Risiko eingehen, geschweige denn irgendwelche Possen mit Ex-Gefreiten und deren Kampfhunden treiben.«

»Wie klang er?«

»Des? Beunruhigt. Er macht sich Sorgen um dich. Ich auch. Hast du daran gedacht, selber zu dem Gerichtstermin zu gehen?«

»Ich muss nicht, oder?«

»Nein. Und ich finde, du solltest es auch nicht tun. Sie würden dich nur anpöbeln.«

»Irgendjemand sollte allerdings hingehen.«

»Des wird gehen. Das hat er mir gesagt. Er wird deinen Anwalt bitten, in deinem Namen einen Antrag auf Ausschluss der Öffentlichkeit zu stellen.«

»Als ob mir das etwas nützen wird.«

»Es ist einen Versuch wert. Ich finde immer noch, du solltest dieser Frau mit dem prächtigen Sohn ein bisschen Geld schicken. Wo bleibt deine weibliche Solidarität? Du solltest Mitleid haben. Dein Vater war doch auch ein Wichser, oder?«

»Deiner auch.«

Tony verdrehte die Augen. »Danke, dass du mich daran erinnerst. Ich muss nächsten Monat nach Schottland fahren. Er wird durch die Heide marschieren und alles zerreißen, was ihm in die Quere kommt. Reine Übertragung natürlich. In Wirklichkeit bin ich es, den er zerreißen möchte. Weißt du, dass er sich noch ein Schloss gekauft hat?«

»Noch eins? Er hat doch schon zwei.«

»Ich weiß. Es ist lächerlich. Vor sechs Monaten konnte er einen schottischen Laird noch nicht von einem Hochlandrind unterscheiden, und heute stolziert er im Kilt herum und wirft mit Holzpfählen um sich. Ich verstehe nicht, warum meine Mutter ihn geheiratet hat.«

»Wie ist sie?«

»Spielt Cowboy und Indianer in Arizona. Vielleicht besuche ich sie zu Weihnachten. Macht auf jeden Fall mehr Spaß als Schottland. Sie ist allerdings ein bisschen faltig geworden. Zu viel Sonne. Ich sage ihr immer wieder, dass sie sich liften lassen muss, aber ihr ist es egal. Was haben wir denn hier? Examen in moderner amerikanischer Literatur. Bringt kein Geld ein. Das überrascht mich nicht. Der hier ist von einer Frau, deren Sohn ein neues Footballhemd braucht.«

»Tony?«

»Hhmm?«

»Hast du irgendwas gefunden, was von meiner Mutter sein könnte?«

»Nichts. Da ist der letzte Sack. Oh, Süße, es tut mir Leid. Aber es war schon eher unwahrscheinlich, oder?«

»Ich weiß.« Ich ergriff eine Hand voll von Joans Listen und ließ sie auf den Fußboden flattern. Ich hatte versucht, sie nach dem Datum zu ordnen, aber es war unmöglich. Auf der Hälfte stand gar kein Datum, nur Mittwoch oder Freitag oder irgendein anderer Tag. *Reinigung, Driscoll's fragen, wann die Vorhänge fertig sind. Annie wegen Blumen für die Kapelle zurückrufen, Paracetamol.* Ich drehte das Blatt um, in der Erwartung, auf der Rückseite eine weitere Liste zu finden. Doch da war keine. Auf der Rückseite stand der Entwurf eines Briefes. Keine Anrede, einfach nur: *Es tut mir Leid, dass es dir nicht gut ging. Ich hoffe, du passt auf dich auf. Vor kurzem habe ich zufällig einen Freund von Dodie getroffen, der mir erzählt hat, dass es ihr sehr gut geht und sie glücklich ist. Er gab mir dieses Foto, das ich dir dazulege. Ich werde dir Geld an die übliche Adresse schicken.* Mum. Joan hatte Mum geschrieben. Ihr Geld geschickt. Ich stand auf und ging zum Tisch.

»Tony? Hast du Joan ein Foto gegeben? Als du sie getroffen hast? Hast du ihr ein Foto von mir gegeben?«

»Ja, stimmt, habe ich. Ich weiß, dass es dir nicht gefallen hätte, aber sie wollte es so gerne haben. Es war von meiner Weihnachtsparty. Paul Ackroyd hat seine Fotos bei mir vergessen. Ich weiß nicht mehr, warum ich sie dabei hatte. Ich habe nur die behalten, auf denen Raoul war.« Raoul war ein männliches Model, in das Tony Weihnachten verliebt war.

»War auf dem, das du Joan gegeben hast, auch Raoul drauf?«

»Muss wohl. Den Rest habe ich weggeschmissen. Eigentlich war es seltsam. Ich meine, wir haben uns ein bisschen unterhalten, und plötzlich fragte sie, ob ich ein Foto von dir hätte. Hast du es gerade gefunden?«

»Joan hat es meiner Mutter geschickt. Es war eins von denen, die mir die Polizei gezeigt hat. Als ich die Fotos sah, wusste ich, dass es wirklich meine Mutter ist.«

»Jedenfalls haben wir jetzt ein Rätsel gelöst.«

»Das ist kein *Spiel,* Tony.«

»Ich weiß. Tut mir Leid.«

Ich las Joans Brief noch einmal. Er war sehr formell, nicht liebevoll, als wäre Mum jemand, den sie nicht besonders gut kennt. »Die übliche Adresse« klang, als würde sie Geld auf ein Bankkonto überweisen, aber die Polizei hatte kein Konto erwähnt. Vielleicht hatten sie gar nicht danach gesucht.

»Tony? Hast du Joan erzählt, dass es mir gut geht und ich glücklich bin, als du sie getroffen hast?«

»Kann sein. Na ja, das stimmte doch, oder?« Er wischte die letzten Bettelbriefe zurück in den Müllsack und stand auf. »Auf geht's, es wird Zeit, dass wir uns für die ›Alte Henne‹, oder wie der Laden heißt, aufbrezeln. Wir könnten ja so tun, als wollten wir es für eine Sonntagszeitung ausprobieren.«

19

Sobald Tony und Dominic am nächsten Morgen aus dem Haus gegangen waren, rief ich Des an, um ihm über die »Fette Henne« zu berichten. Das Restaurant hatte sich überhaupt nicht verändert. Das Essen war so ziemlich genau wie früher, und das Personal war im Großen und Ganzen noch das Gleiche. Ich war seit mindestens sieben Jahren nicht dort gewesen, aber alle erinnerten sich an mich. Der neue Besitzer kam sogar an unseren Tisch und bestand darauf, dass die Getränke aufs Haus gingen, was sehr nett von ihm war.

Ich sagte zu Des, dass es auf der Haigh-Wood-Skala mindestens eine Acht erreichte (die Skala geht von eins bis zehn), und er antwortete: »Dann werde ich für morgen Abend einen Tisch reservieren. Wollen wir uns dort treffen?«

»Ja. Du weißt, dass ich mit dir reden will?«

»Ja …«, sagte er vorsichtig.

»Es sind noch ein paar Punkte dazugekommen. Punkte, über die ich mehr wissen muss.«

»Ich werde versuchen, dir zu helfen –«

»Nicht versuchen, Des, du *musst* mir helfen. Ich muss es wissen. Herrgott noch mal, ich habe ein Recht –«

»Dodie?«

»Was ist? Bitte mach jetzt keine Ausflüchte.«

»Das tue ich nicht. Es kann nur sein, dass ich dir nicht so viel sagen kann, wie du glaubst. Das ist alles. Ich weiß nicht alle Antworten.«

»Aber ein paar.«

»Ich habe in letzter Zeit viel nachgedacht, und ich glaube nicht, dass ich auf alles eine Antwort habe. Ich bin nicht besonders gut im Reden, Dodie. Ich habe nicht viel Übung. Aber ich werde mein Bestes tun.«

»Versprochen?«

»Versprochen.«

»Weil nämlich eine Menge passiert ist. Außer dem Brief meine ich.«

»Das kann ich mir vorstellen. Dieser Freund von dir hat es mir kurz geschildert.«

»Tony?«

»Genau.« Des kennt Tonys Namen, doch er kann sich nicht überwinden, ihn zu sagen. »Ist dir acht Uhr recht? Es gibt doch noch eine Bar, oder?«

»Natürlich.«

»Man weiß nie, was die Leute mit solchen Restaurants anstellen. Machen eine Diskothek draus oder –«

»Nein, alles in Ordnung. Die ›Fette Henne‹ ist genauso, wie du sie verlassen hast. Bis morgen, Des.«

Als Della ankam, brannte die Sonne vom Himmel, so dass wir, nachdem sie mir die Haare gewaschen hatte, einen Stuhl vors Haus trugen und sie mir dort die Haare schnitt. Als wir halb fertig waren, kamen Jimmy und Carol.

»Ich dachte, ich schaue mal, wie es dir geht«, sagte Carol. Sie wandte sich an Jimmy. »Hol mir einen Stuhl von drinnen.«

»Woran ist dein letzter Lakai gestorben?«

»Daran, dass er nicht getan hat, was ich sage. Oh, mach schon.« Als Jimmy weg war, sagte sie: »Ich hab ihn auf dem Weg getroffen. Wie läuft's?«

»Wie läuft was?«

»Mit dir und ihm.« Della sagte nichts, aber ich konnte förmlich hören, wie sie die Ohren spitzte.

»Gar nichts läuft.«

»Vor allen Dingen! Wer's glaubt, wird selig.«

»Warum? Stimmt etwas nicht mit …« Mir fiel der Name nicht ein. »… deinem Zauberer?«

»Greg? Er kreuzt ein paar Tage nicht auf, und ich denke, na ja, es war nett, aber das war's dann wohl, und dann kommt er wieder, und alles ist, du weißt schon … Ich gehe überall mit dir hin, Carol, wir machen dies, wir machen das, und wenn ich mich umdrehe, ist er wieder weg. Ehrlich gesagt, fange ich langsam an, mich zu fragen, ob er mich verarscht. Ich meine, was ist mit der Farm und den Kids –«

»Bitte sehr, meine Dame.« Jimmy stellte einen Stuhl für Carol ab und wandte sich an mich: »Hallo.«

»Hallo.« Ich spürte, wie eine schrecklich heiße Röte mein Gesicht überzog, und wünschte, er würde aufhören, mich anzusehen.

»Hast du etwas dagegen, wenn ich mir etwas zu trinken hole, Dodie?«, fragte er.

Ich schüttelte den Kopf, und Della seufzte und rückte ihn wieder zurecht.

»Ich nehme ein Bier, wenn du eins hast«, sagte Carol.

»Noch jemand?«

»Nicht während der Arbeit«, sagte Della steif.

»Es gibt auch Mineralwasser.«

»Danke. Ohne Eis.« Ich hörte beinahe, wie Della die Frage durch den Kopf schoss: »Woher weiß er, was im Kühlschrank ist?«

»Dodie?«

»Für mich nichts, danke.«

Della gab meiner Wange einen kleinen Schubs mit der Handfläche. »Den Kopf nicht bewegen.«

»Entschuldigung.«

»Und noch was«, fuhr Carol fort. »Erinnerst du dich an George Day? Wir nannten ihn immer Daisy. Er ist ein paar Monate mit Jackie gegangen.«

Ich erinnerte mich nicht. »Ich glaube schon.«

»Also, sein Bruder, Wonky –« Ich hörte Della hinter mir schnauben. »Wonky war mit Dave in der Army. Dave ist mein Ex«, sagte sie zu Della. »Jedenfalls war Wonky im Pub, und Greg war auch da, und sie fingen an über die Army zu reden, wie es war und so was, und er meint, dass Greg Mist erzählt hat. Er glaubt nicht, dass Greg in der Army war. Jimmy sagt, wahrscheinlich hat er es sich wegen Dave ausgedacht.«

»Wie meinst du das?«

»Na ja, er dachte, ich mag Soldaten und würde eher mit ihm ausgehen, wenn er auch einer war. Eigentlich sehr schmeichelhaft, findest du nicht?«

»Er muss doch gewusst haben, dass es rauskommt.«

»Ja. Aber an solche Sachen denkt er nicht. Er macht eigentlich keine Pläne, verstehst du? Er sagt immer, wir fahren hierhin oder dahin, aber wir machen es nie. Sogar wenn wir ins Kino gehen, muss ich alles organisieren. Jedenfalls ist es nicht so, dass er zu mir sagt: ›Carol, ich liebe dich, lass uns heiraten.‹«

»Oh, Carol, ich bin ja so ein Na-a-arr«, sang Jimmy. Er kam auf die Veranda und jonglierte meisterhaft ein Tablett zwischen Della und Carol durch.

Della war sichtlich beeindruckt. »Wo haben Sie das gelernt?«, fragte sie.

»Ich war mal Kellner.«

»Oh.« Es klang enttäuscht. Beinahe hätte ich gefragt: »Wo soll er es denn sonst gelernt haben? Bei einem Foto-Shooting in Marokko?« Aber ich wollte nicht, dass die anderen auf noch mehr dumme Gedanken kamen, wenn ich ihn verteidigte.

Carol zeigte Jimmy den Mittelfinger und betrachtete argwöhnisch ihre Bierflasche. »Wahrscheinlich sollte ich dankbar sein, dass du nicht so ein affiges Stückchen Orangenschale hineingetan hast.«

»Limone.«

»Ich *weiß.* Ich wollte dich nur ärgern.« Carol wandte sich wieder zu mir. »Zu dumm, dass es mir völlig egal ist. Ich meine, man mag doch den Menschen, oder? Nicht seinen Job oder das, was er hat.«

Zum Glück schob Della genau in dem Augenblick meinen Kopf runter, so dass ich Jimmys Gesichtsausdruck nicht sehen konnte, und, was viel wichtiger war, er auch nicht meinen.

Ein paar Sekunden herrschte Stille, dann sagte Carol: »Na ja, jedenfalls denke *ich* so.« Jimmy saß auf dem Boden ihr gegenüber. Sie stupste ihn mit dem Fuß an. »Dreh uns eine Zigarette, Jimmy, ich hab keine mehr.« Sie wühlte in ihrer Plastiktüte und kramte ein sehr flaches Portemonnaie heraus. »Mal nachsehen, ob es für eine Schachtel Rothmans reicht. Ein Pfund zwanzig, dreißig ... Scheiße. Irgendwo muss doch noch mehr sein.« Sie stellte die Tüte auf den Kopf, und eine Rolle Klopapier fiel heraus, trudelte auf den Weg und entrollte sich zu einer rosa Spur. »Dad hat nie welches auf der Farm. Es ist widerlich.«

Jimmy hob ein schmuddeliges, ebenfalls rosafarbenes Pony aus Plastik auf. »Spielen deine Kinder mit so was?«

»Natürlich nicht, Blödmann, es sind *Jungs.* Muss einem von Jackies Kindern gehören. Na bitte.« Sie hielt einen angebissenen Kaubonbon hoch, an dem ein Fünfzig-Pence-Stück klebte. »Wer den Penny nicht ehrt …« Sie kratzte das Bonbon von der Münze und schob es in den Mund.

»Igitt«, murmelte Della in meine Haare.

»Komisch, ich hätte schwören können, ich habe ein Foto von Greg dabei. Ich wollte einen Rahmen dafür besorgen. Eins der Kinder muss es weggenommen haben. Auch egal.« Sie stand auf und stopfte ihre Habseligkeiten wieder in die Tüte. »Ich muss los. Ich bin später im Pub.« Sie stieß Jimmy wieder mit dem Fuß an. »Kommst du auch?«

»Geht leider nicht. Zu viel zu tun.«

»Schade. Bis bald, Doe.«

Als Della hineinging, um ein Verlängerungskabel für ihren Föhn zu suchen, sagte ich zu Jimmy: »Bist du mal mit Carol *gegangen*?«

»Sozusagen.« Er spielte mit seinem Zigarettenpapier und sah mich nicht an. »Nicht richtig.«

»Ihr seid so … du weißt schon.«

»Es ist schon lange her. Außerdem war ich nicht der Einzige. Viele Jungs aus dem Dorf waren mit ihr zusammen. Ich meine, Carol war nichts Besonderes oder so.«

»Eine Teenager-Orgie, meinst du?« Ich klang wie Robert Robinson. Kaum war es heraus, wünschte ich, ich hätte den Mund gehalten. Jimmy machte ein verlegenes Gesicht.

»Nein! Du weißt schon … Das musst du doch auch erlebt haben. Man geht mit jemandem, dann mit jemand anderem, und jeder kennt jeden. Es ist wie ein Spiel.«

»Habt ihr es je in dem Unterstand getrieben?«

»Nein. Da hat es gestunken.« Er stand auf. »Hör mal, ich muss zu meinem Bruder. Ich habe ihm versprochen, auf die Kinder aufzupassen.«

»Wann sehen wir uns?«

»In den nächsten Tagen bin ich ziemlich beschäftigt. Ich

rufe dich an.« Er ging, ohne mir einen Kuss zu geben. Dodie Blackstock, die Frau, deren Vater den Lehrstuhl für Kommunikationswissenschaften an der Aberystwyth University gesponsert hat. Ein guter Witz.

Als Della weg war, ging ich zu Mr. Molloy, um ihn zu bitten, Blumen zu bestellen und das Gelände um die Kapelle für Joans Beerdigung ein bisschen zu verschönern. Mr. Molloy war früher der erste Gärtner. Heute ist der Arme der einzige Gärtner, und kein Setzling in Sicht.

»Es ist nicht richtig, dass die Gärten nicht mehr rund ums Jahr gepflegt werden. Aber wir können es uns eben nicht aussuchen.«

»Nein, das können wir nicht.«

»Besser so, sonst würden manche von uns gar nichts mehr zu tun kriegen. Keine Sorge, Miss Blackstock, ich werde für Miss Draycott alles hübsch herrichten. Ist mir eine Freude.« Ich wollte gerade gehen, als er hinzufügte: »Wollen Sie das Haus behalten?«

»Ich weiß es noch nicht.«

»Es ist nur wegen dem Cottage, Miss Blackstock ...«

Ich versicherte ihm, dass ich ihn nicht rauswerfen würde, und fragte, ob er für die nächsten Monate ein Hilfe einstellen wollte. Er ließ sich darüber aus, dass die jungen Leute heutzutage nichts mehr lernen, schien aber ziemlich erfreut.

Mr. Molloys Häuschen liegt beinahe eine Meile vom Haupthaus entfernt. Wahrscheinlich wollten die Erbauer nicht, dass der Anblick und Geruch von Armut ihre ausschweifende Lebensweise störte. Auf dem Rückweg machte ich einen kleinen Umweg, weil es so schön war und die Sonne schien und weil ich wusste, dass ich mich sowieso nicht auf etwas anderes konzentrieren konnte. In meinem Kopf herrschte so ein Durcheinander – Joans Beerdigung, Mum,

Steven Moody, die Ereignisse der letzten Tage, die Frage nach dem Warum –, es war wie ein Klagen im Hintergrund, wie ein Hund, der ein paar Zimmer weiter winselt. Und ich war niedergeschlagen wegen Jimmy. Er war nicht einmal so lange geblieben, bis mein neuer Haarschnitt fertig war.

Wenn ich doch nur schlafen könnte, dachte ich. Dann könnte ich alles wenigstens für ein paar Stunden ausblenden. Aber ich hatte schon in allen Schlafzimmern nach Schlaftabletten gesucht und keine gefunden. Vielleicht hatte Tony sie verschwinden lassen. Ich lief über ein paar Wiesen und einen zugewachsenen Pfad entlang. Am Ende stand ein kleiner Wellblechschuppen, dessen Wände von Brombeersträuchern beinahe völlig verborgen waren. Daneben lag in einem Gewirr aus Nesseln eine alte Waschmaschine. Vor der Hütte war ein schmaler, von Moos überwucherter, gepflasterter Streifen. Die baufälligen Holztüren waren mit orangefarbener Paketschnur gesichert und voller Graffiti. Die einzigen Worte, die ich entziffern konnte, waren *Motörhead* in gestochener, gotischer Schrift, und *Achtung, P. Graham ist schwul.* Das ganze Gebäude sah aus, als würde es jeden Augenblick im Erdboden versinken.

Wahrscheinlich kannte ich den Schuppen, aber ich konnte mich nicht daran erinnern, dass er benutzt wurde, als ich klein war. Ich glaube, ich habe ihn nie betreten. Wenn ich das Anwesen verkaufen wollte, würde ich Mr. Molloy bitten müssen, ihn abreißen zu lassen. Mr. Molloy war über sechzig, und die neuen Besitzer würden ihn bestimmt nicht beschäftigen wollen, sollte ich Camoys Hall verkaufen. Ich sah Mr. Molloy vor mir, wie er in der Tür seines hübschen Häuschens steht, eingerahmt von Geißblatt und den ordentlichen Beeten mit seinem geliebten Gemüse, und dann stellte ich ihn mir mit seiner Frau am Fenster eines dieser unverputzten Häuser aus rotem Backstein auf einem Grundstück der Gemeinde vor, wie sie voller Entsetzen und Abscheu auf gestutzte Bäume und mit Kot bedeckten Rasen blicken.

Ich spähte in die Waschmaschine. In der Trommel lag ein altes Hufeisen. Ich fischte es heraus. Das Pferd, das es einmal getragen hatte, musste riesig gewesen sein. Ein Zugpferd, wie Boxer in *Animal Farm.* Der schwer arbeitende Boxer, zuverlässig und ehrlich, dessen Belohnung eine Reise ohne Wiederkehr in die Leimfabrik war. Die Molloys in einer Sozialwohnung. *Du wirst bezahlen!* Das hatte in dem Brief gestanden. *Weil ich hier bin.* Ich schreckte auf, als wäre plötzlich jemand hinter mir, und verlor beinahe das Gleichgewicht auf den rutschigen, grünen Steinen. Der Gedanke, dass ich mich schmutzig machen würde, machte mich wütend. »Wenn du hier bist, du Schwein, dann ist es illegal«, murmelte ich vor mich hin. »Das ist mein Haus, mein Land und mein Schuppen. Ich kann hingehen, wo ich will.« Aber die Stille war unheimlich. Ich wünschte, Malcolm, Joans Hund, wäre bei mir. Würde fröhlich und wachsam auf drei Beinen umhertollen, wie es Jack Russels so tun. Er war weiß gewesen, mit schwarzen Ohren und einem schwarzen Fleck über einem Auge, und er hatte einen runden, rosigen Bauch. Ich weiß nicht, warum ich an Malcolm dachte. Wahrscheinlich wollte ich einfach jemanden bei mir haben, der warm und lebendig war. Nur dass Malcolm tot war. Das hatte Joan mir in einem der Briefe geschrieben, die ich nie beantwortet habe.

Ich fing an, die Paketschnur abzuwickeln. Ich dachte, die Türen würden sofort aufgehen, wenn ich einmal den Knoten gelöst hatte, aber sie sackten ab und hingen zwischen den holprigen Pflastersteinen fest, so dass ich sie nur ein kleines Stück aufbekam. Schließlich stellte ich mich seitwärts zu den Türen, atmete tief ein und quetschte mich durch den Spalt. Völlige Dunkelheit. Zögernd tat ich einen Schritt vorwärts. Mein Knie stieß an etwas Hartes. Ich streckte die Hände aus und tastete blind herum. In Augenhöhe war nichts zu spüren, aber ganz unten fühlte ich etwas Großes und Festes, das von einem schweren Tuch verdeckt wurde. Ich lehnte mich mit meinem ganzen Gewicht gegen eine der Türen und fiel beinahe hintenüber, als sie plötzlich aufging und Sonnenstrahlen, auf denen der Staub tanzte, in den Schuppen fielen.

Es war ein Auto. Ich ging in die Hocke und hob das Tuch an. Das Nummernschild war weg, aber über den Kühlergrill verlief eine vertraute Linie. *Oh Gott, das kann nicht sein.* Meine Hände zitterten. Die Mitte, du musst die Mitte finden. Da war er, der dreizackige Stern. Mein Herz raste, wie nach einem Wettrennen. Bitte, bitte, bitte. Ich schob das Tuch beiseite und sah einen stumpfen, roten Schimmer. Ein roter Mercedes. Es war das Auto meiner Mutter.

Ich schob mich durch die schmale Lücke an der Fahrerseite, das Tuch schleifte hinter mir her und zerrte am Griff. Die Tür war nicht abgeschlossen. Ich schleuderte das Tuch über das Auto, eine Staubwolke stieg auf, und kletterte auf den Fahrersitz. Die Sprungfedern ächzten, aber das wunderschöne, cremefarbene Leder roch noch wie früher. Im Innern des Wagens war es dunkel, weil das Dach geschlossen und die Windschutzscheibe so schmutzig war, dass ich kaum hindurchsehen konnte.

Ich legte den Kopf zurück und schloss die Augen. Wenn man in einem Auto Selbstmord begehen wollte, wäre das hier der Wagen der Wahl. Nicht um damit gegen eine Mauer zu fahren oder so was, dann wäre er ruiniert. Sondern mit Abgasen. Kohlenmonoxid. Dazu brauchte man einen Schlauch oder so etwas Ähnliches. Ich beugte mich vor und tastete nach dem Zündschloss. Kein Schlüssel. Ich öffnete das Handschuhfach, um nachzusehen, ob er vielleicht dort lag, aber ich fand nur eine Schachtel Zigaretten. Gitanes, die mit dem wirbelnden blauen Mädchen. Es waren noch drei drin.

Mum hatte nicht geraucht. Vielleicht waren es *seine* Zigaretten. Warum hatte die Polizei sie nicht als Beweisstück mitgenommen? Ich schüttelte eine aus der Packung, schlitzte mit dem Daumennagel das Papier auf und zerkrümelte den Tabak zwischen meinen Fingern. Er war weder trocken noch krümelig und roch frisch. Ich konnte mich nicht daran erinnern, dass das Auto zurückgebracht worden war. Vielleicht war ich gerade im Internat gewesen. Ich drehte mich um und steckte auf Knien Kopf und Schultern zwischen die Vordersitze, um dahinter den Boden abzutasten. Meine Fingerspitzen berühten Schmutz und Sand und Strohhalme auf den Fußmatten aus Gummi.

Ich war gerade dabei zu versuchen, meinen Rock aus der Handbremse zu befreien und mich wieder umzudrehen, als ich etwas hinter mir spürte. Ich wirbelte herum und erhaschte einen Blick auf ein Gesicht zwischen den Türen des Schuppens. Durch die verschmierte Windschutzscheibe sah es aus wie das Turiner Grabtuch, beige und faserig, mit haselnussbraunen Umrissen und Haaren, die beinahe die Farbe von Rauch hatten. Es war so schnell verschwunden, dass ich fast glaubte, es mir nur eingebildet zu haben. Aber das hatte ich nicht.

Weil ich hier bin.

20

Er machte überhaupt keine Geräusche. Ich wusste nicht, ob er tatsächlich weg war oder vor dem Schuppen auf mich wartete. Ich wusste nicht einmal, ob er mich durch die verschmutzte Windschutzscheibe überhaupt gesehen hatte. Wenn er mir gefolgt war, hätte ich das doch bestimmt gemerkt. Ich rutschte vom Sitz und rollte mich in dem engen

Raum unter dem Armaturenbrett zusammen. Ich war mit Schmutz und Sand bedeckt, und meine Waden klebten an den Rückseiten meiner Oberschenkel. Mein Kopf klemmte zwischen meinen Knien, und meine Schultern fühlten sich an, als würden sie brennen, aber ich rührte mich nicht von der Stelle.

Er konnte zurückkommen und mich aus dem Wagen zerren. Wenn er mich gesehen hatte. Wenn er der Briefschreiber war, konnte er mich umbringen. Mir blieb nichts anderes übrig, als zu warten. Ich zitterte vor Anstrengung am ganzen Körper.

Als ich endlich aus dem Schuppen stolperte, ging die Sonne unter. Ich sah den Schlüssel sofort. Silbern glänzte das Mercedessymbol zu meinen Füßen in der schwächer werdenden Sonne. Ihr Schlüssel. Er hatte ihren Autoschlüssel verloren. Oder mit Absicht hier liegen lassen. Meine Knie gaben nach, ich sackte in mich zusammen und versuchte, halb liegend, halb kniend, wieder Leben in meine Beine zu bringen. Ihr Autoschlüssel, ihre Haare.

Ich dachte an all die Menschen, die diese Dinge haben konnten. Die Entführer – Mick Martin, Maggie Hill, Steven Moody. Sowohl mein Vater als auch Joan hätten den Schlüssel und die Haare haben können – konnte es sein, dass sie sie jemandem *gegeben* hatten? Joan hatte schließlich Kontakt mit Maggie Hill. Aber warum sollte sie ... Mick Martin war tot, also konnten es nur Maggie Hill oder Steven Moody sein. Margaret Susannah Hill und Steven Joseph Moody. Das waren ihre vollen Namen, wie ich aus der Verhandlung wusste. *Du wirst bezahlen.* Steven Moody würde dafür sorgen, dass ich bezahlte – wenn er derjenige war, der den Brief geschrieben hatte.

Plötzlich wurde ich ärgerlich. Nicht wütend. Was habe ich denn getan? Ich kann nichts dafür, dass ich Wolf Blackstocks

Tochter bin, oder? Ich habe mir die Familie nicht ausgesucht. Ich rappelte mich auf und probierte, ob ich stehen konnte. Wer auch immer beschlossen hatte, hierher zu kommen und mich umzubringen – weglaufen kam nicht in Frage. So viel zu einem Wachmann mit Hund. Aber bald würde Verstärkung kommen. Doch das Seltsame war, dass ich keine Angst hatte. Ich war irritiert, verärgert. Aber hauptsächlich war ich einfach nur sehr müde.

Als ich endlich wieder im Haus war, schleppte ich mich die Treppe hinauf in mein Lieblingsbadezimmer und nahm erst einmal ein langes, heißes Bad. Am Ende saß ich im dunkelgrauen Wasser, das einem Burggraben glich, mit kleinen, roten Kratzern, die von den Stellen herrührten, an denen ich auf dem Rückweg mit den Sträuchern kollidiert war. Dann saß ich auf dem Badewannenrand, tränkte einen Wattebausch mit Jod, das ich in einem der Schränke gefunden hatte, tupfte es auf meine zerschundenen Beine und zuckte vor Schmerz zusammen. Ich beförderte meinen ruinierten Rock mit den Zehen in den Abfalleimer. Wenigstens war nur der Rock zerfetzt und nicht ich.

Danach ging ich ins Bett. Ich hatte gehofft, sofort in Tiefschlaf zu fallen, aber natürlich klappte das nicht. Ich versuchte, den Krimi von Agatha Christie weiterzulesen, den ich aus Joans Zimmer mitgebracht hatte, aber ich ärgerte mich nur, und nach einer Weile stand ich auf, um mich auf die Suche nach einer anderen Ablenkung zu machen.

Ich ging an dem grünen Vorhang vor der Tür, die zu den ehemaligen Räumen meines Vaters führte, vorbei. Ich war nicht in seinen Zimmern gewesen, seit ich zurückgekommen war, und ich wollte es auch nicht. Er hatte Romane verabscheut, nichts als Träume, hatte er immer gesagt. Deswegen mag ich sie wahrscheinlich so sehr.

Ich blieb vor Joans Schlafzimmer stehen, doch ich konnte

den Gedanken an das Chaos auf dem Boden nicht ertragen. Ein Teil von mir wollte hineinstürmen und auf allem herumtrampeln, doch der andere Teil hatte Mitleid. Joan hatte Unordnung gehasst. Sie wäre direkt da hineingegangen, hätte die Ärmel hochgekrempelt und alles wieder in Ordnung gebracht. Des nannte sie manchmal die kleine, rote Henne. Das stammte aus einer Geschichte, die er mir vorgelesen hatte, als ich drei oder vier war. Keines der Tiere, die in der Geschichte vorkamen, wollte irgendwas tun, und am Ende jeder Seite stand immer: »Nun gut«, sagte die kleine, rote Henne, »dann tue ich es selbst.« Und mich nannte er immer das garstige Kaninchen, wenn ich unartig war. Das stammte aus einer Geschichte von Beatrix Potter. Das garstige Kaninchen schnappte den anderen Kaninchen immer die Karotten weg. »Es nimmt sie sich einfach und sagt nicht einmal danke.« Hübsche, sichere Erinnerungen. Ich stand vor Joans Tür und versuchte, die Erinnerungen festzuhalten, doch meine Gedanken wanderten immer wieder zu Mum und all den anderen Dingen, an die ich nicht denken wollte.

Mein altes Zimmer war abgeschlossen. Die lange Reihe Schlüssel in dem Schränkchen hinter der Tür zur Spülküche fiel mir ein. Ich überlegte, ob ich die fünf Schlüssel zu den Abstellräumen holen und versuchen sollte, ob sie passten, aber wozu? Mums Zimmer zu betreten war schon schlimm genug gewesen – bis auf die Tatsache, dass ich Timothy, das Nilpferd, gefunden hatte. Die Erinnerung an mein Zimmer sollte etwas Schönes bleiben, wie Beatrix Potter.

Die Tür zu Angelas früherem Zimmer war nicht abgeschlossen. Nach ihrem Tod hatte Joan die meisten Bücher in den Sue Ryder Shop gebracht, bis auf zwei, die noch im Regal standen. Eins war ein Lexikon, das andere *Magie in Theorie und Praxis* von Aleister Crowley. Joan musste bei sich entschieden haben, dass die beiden sich nicht für einen Wohltätigkeitsladen eigneten. Vielleicht hatte Angela irgendwelche Zauber angewandt, damit mein Vater sie liebte. Oder damit meine Mutter verschwand. Ich sah sie vor mir, wie sie im Schneidersitz auf dem Bett saß. Umgeben von Weihrauch und Schmuckkästen, teuren Hippieschmuck um den gebräunten Hals und die Handgelenke gewickelt, und beinahe tat sie mir Leid.

Neben Angelas Zimmer war eine Tür zu einer der Treppen, die auf den Dachboden führten. Abgeschlossen. Vielleicht hatte man die Sachen aus Mums Zimmer da hinaufgebracht, als sie nicht wiederkam. Aber wann? dachte ich. Wenn Joan und mein Vater wussten, dass Mum am Leben war, hatten sie doch bestimmt erwartet, dass sie wenigstens ihre Sachen abholen würde. Wie auch immer, dachte ich, ist doch egal. Ich wollte nur noch ins Bett gehen.

Am Ende des Flurs, an dem Angelas Zimmer lag, war die Blinde Treppe. Eine kurze Stiege, die nach unten führte und vor einer Wand endete, wie auf einem Gemälde von Escher. Der Rest der Treppe war bei Umbaumaßnahmen am Haupthaus abgerissen worden. Die Maurer zogen zwar die Mauer hoch, aber die Treppe wurde nie ganz abgerissen. Das Geländer ist noch da, und ein massiver Bücherschrank aus Mahagoni versperrt den Weg, damit niemand aus Versehen hinunterfällt. An diesem Ende des Flurs gibt es kein Fenster, und sogar mitten am Tag ist es hier dunkel, so dass Joan eine Lampe auf den Schrank gestellt hatte. Ich knipste sie an, schob den Schirm zur Seite und leuchtete damit die Bücherreihen ab. Hauptsächlich meine Texte fürs Abitur. *Othello, Tess von D'Urbervilles, Mansfield Park.* Und da, ganz am Ende, einsam und ohne Buchrücken, stand *The Diary of a Nobody* von George Grossmith. Des hatte es mir geschenkt. Er hatte über die schlechten Witze gejammert, aber seine waren auch nicht viel besser. Ich nahm es mit ins Bett. Beim Lesen war ich sicher, so lange ich mich konzentrierte. Als würde ich auf einem Drahtseil die Niagarafälle überqueren. Ein falscher Gedanke, die kleinste Unsicherheit, und du stürzt ab. Ich stellte mir vor, dass Des auf meiner Bettkante saß und mir vorlas. Immer langsam, altes Haus. Keine Panik.

Nach ungefähr zehn Minuten gab ich auf und überlegte mir nur noch, wie ich aus dem ganzen Chaos wieder herauskommen konnte. Mums Wagen ging mir nicht aus dem Kopf, und ich fragte mich, ob er wohl anspringen würde. Ich dachte nicht wirklich an Selbstmord, jedenfalls nicht im emotionalen Sinn. Es war eher … die Logistik eines solchen Unternehmens, die mich faszinierte. Es ließ mich nicht los. Würde das Auto anspringen? Könnte ich einen Gartenschlauch benutzen oder hätte er den falschen Durchmesser? Ich wusste nicht mehr, ob man durch das Kohlenmonoxid ganz rosa wurde oder durch das Benzin. Immer wieder versuchte ich, meine Gedanken in vernünftige Bahnen zu lenken, aber dann dachte ich, schlimmer, als es jetzt ist, *kann* es gar nicht werden. Ich konnte sowieso nicht wieder zu dem Schuppen gehen, weil *er* vielleicht dort war. Als ich an dem Punkt angelangt war, setzte ich mich auf und lachte. Weil wir beide genau das gleiche Ziel hatten: mich umzubringen. Die Moral ist, lerne zu delegieren, dann ersparst du dir eine Menge Ärger, dachte ich bei mir. Dann muss ich eingeschlafen sein, denn um halb zehn am nächsten Morgen weckte mich der Lärm der Putzfrauen auf dem Treppenabsatz.

Ich verbrachte die meiste Zeit des folgenden Tages in Joans Zimmer am Telefon, bestellte Möbelpolitur, organisierte das Essen und den Service und alles Mögliche. Über meinem Kopf zogen die Frauen von der Reinigungsfirma ihre riesigen Maschinen mit lautem Getöse um die Ecken und stiegen mit Staubwedeln in den Gürteln Leitern rauf und runter.

Die nette Putzfrau steckte den Kopf durch die Tür, ihre leuchtend blaue Wolljacke biss sich scheußlich mit den Farben des Overalls, grün und orange. »Ich wollte nur mal sehen, ob es Ihnen gut geht.«

»Danke, ja.«

»Weil ich mir am Freitag wirklich Sorgen um Sie gemacht habe. Ehrlich gesagt, war ich mir nicht sicher, ob Sie heute noch hier sein würden, Sie waren so niedergeschlagen.«

»Es geht mir gut, danke.«

»Sicher?«

»Ja, bestimmt. Ein Freund hat mich besucht.«

»Das ist schön.« Sie sah mich zweifelnd an. »Kann ich Ihnen wenigstens etwas bringen? Eine Tasse Tee? Macht überhaupt keine Arbeit.«

»Danke.«

Danach brachte sie mir, ohne zu fragen, noch sechs weitere Tassen Tee. Ich habe noch nie gehört, dass jemand an einer Überdosis Gerbsäure gestorben ist, aber als ich nach oben ging, um mich für Des umzuziehen, hatte ich das Gefühl, ich wäre die Erste. Doch es war schön, so umsorgt zu werden. Ich dachte daran, Mrs. Fürsorglich zu fragen, ob sie meine Haushälterin werden wollte. Das wäre besser als Putzfrau. Vor allem müsste sie sich nicht in dieses Clownskostüm zwängen. Und ich könnte ihr mehr bezahlen. Sie hätte nichts anderes zu tun, als ein paar Dinge zu organisieren und nett zu mir zu sein, und sie müsste ... *Joan sein.* Herrgott noch mal, was soll das denn?, dachte ich dann. Ich weiß doch noch nicht mal, ob ich das verdammte Haus überhaupt behalten will.

Ich bestellte ein Taxi für den Weg zur »Fetten Henne«, wählte ein Kleid, von dem ich hoffte, dass es Des gefallen würde, und steckte das Hochzeitsfoto in meine Handtasche. Als ich ankam, war er schon da und schwatzte mit dem Barkeeper über Cricket. Des liebt Restaurants. Früher hat er höchstens zweimal im Jahr zu Hause gegessen, und selbst dann holte er sich einen dieser Chefköche, damit sie ihm ein Drei-Gänge-Menü kochten, und ließ den Tisch mit feinem Leinen und Silber decken, damit er so tun konnte, als wäre er im »La Gavroche«. Ich glaube eigentlich nicht, dass Des Wert darauf legt, in ein schniekes Restaurant zu gehen, Hauptsache das Essen ist gut. Plötzlich fiel mir wieder ein, wie er mich mit sieben oder acht Jahren immer in den »Jade Palace« in Cambridge ausgeführt hat, wenn mein Vater verreist war, und wie wir Schweinefleisch süßsauer für Joans Hund in unseren Servietten hinausschmuggelten.

Als er mich sah, sagte er: »Hübsches Kleid. Sehr gesittet.«

»Danke.« Ich umarmte ihn.

»Man kann sich direkt mit dir zeigen, so zivilisiert siehst du aus. Ich könnte dich sogar auf einen Drink einladen. Was möchtest du? Ich habe einen sehr schönen blauen Gin.«

»Für mich sieht der nicht besonders blau aus. Wie viele hast du schon gehabt?«

»Bombay Sapphire«, sagte der Barkeeper. »Die Flasche ist blau. Ich kann ihn jedem empfehlen, der Gin trinkt.«

»Klingt gut.«

»Hör auf, auf einem Bein herumzuhüpfen.« Des klopfte auf den Barhocker neben sich. »Du kommst noch ganz außer Atem. Setz dich. Ich weiß, dass im Augenblick ein Typ von der Sicherheitsfirma da ist, aber ich komme morgen früh mit dem Chef vorbei, um den Bericht durchzugehen. Wegen der Beleuchtung und der Alarmanlage und so weiter. Es wird nur ein paar Stunden dauern, aber ich habe daran gedacht, einige Tage zu bleiben. Der Kerl, der mich da angerufen hat, scheint zu glauben, dass du Gesellschaft brauchst.«

»Meinst du Tony?«, fragte ich unschuldig.

Des runzelte die Stirn. »Du weißt ganz genau, dass ich Tony meine. Und ich will mir den anonymen Brief anschauen. Gott weiß, dass man die Polizei nicht gern einschaltet, aber ... Nun, egal, warten wir es ab, einverstanden? Wenn es etwas zum Abwarten gibt. Die Journalisten werden natürlich kommen. Nach der gerichtlichen Untersuchung werden sie wie der Blitz vor der Tür stehen. Die Sicherheitsleute werden helfen, sie in Schach zu halten, aber ich fürchte, das wird kein Zuckerschlecken. Ich werde Mittwoch früh zu der Anhörung nach London fahren, aber ich glaube, du musst nicht kommen. Es ist deine Entscheidung, doch es wird ziemlich schmutzig. Genieß lieber die Ruhe und den Frieden, so lange es geht.«

»Ich werde Maggie Hill treffen.«

»Wann?«

»Morgen Nachmittag.«

»Kommst du anschließend wieder hierher? Ich finde, du solltest am Mittwoch möglichst weit von London entfernt sein, Dodie.«

»Ich komme direkt zurück. Ich nehme Tony mit.« Des hob die Augenbrauen. »Sein Chauffeur kommt auch mit, du brauchst dir also keine Sorgen zu machen.«

»Gut so. Was ich dich fragen wollte, hast du immer noch das alte Rundfunkgerät in der Küche?«

»Rundfunkgerät!« Des nennt den John-F.-Kennedy-Flughafen immer noch Idlewild, ob man es glaubt oder nicht. »Ja, du wirst das Unterhaltungsprogramm des *Home Service* hören können.«

»Sehr komisch. Es gibt ein Testspiel, mehr nicht.«

»Des, ich will dir etwas zeigen.«

»Verstehe.« Er schaute mich nicht mehr an und starrte stattdessen in seinen Gin Tonic. Ich holte das Hochzeitsfoto aus meiner Tasche und legte es auf die Bar neben sein Glas.

»Mr. und Mrs. Desmond Haigh-Wood, 1946«, sagte ich.

Er sah es einen Augenblick lang sprachlos an. »Wo hast du das gefunden?«

»In Joans Zimmer.«

Des stützte sich mit einer Hand auf dem Tresen ab und drehte sich auf seinem Hocker, so dass er mir direkt in die Augen sah. »Hör mal, Dodie, es gibt viel …« Sein Blick schweifte von meinem Gesicht auf den Boden. Ich sagte nichts. »Dodie. Das ist nicht … Es ist nicht so … Du darfst das nicht missverstehen …« Aus dem Augenwinkel sah ich, wie eine taubenblaue Weste auf uns zukam.

Der Kellner, der darin steckte, sagte: »Wenn Sie mir bitte folgen wollen, Sir. Ihr Tisch ist fertig.«

Keiner von uns sagte noch etwas, bis wir das Essen bestellt und unsere Servietten vorgelegt hatten. Wieder fiel mir das Schweinefleisch süßsauer aus dem »Jade Palace« ein, und ich fragte mich, warum wir uns damals nicht den Schoß mit Sauce bekleckert hatten, denn die Servietten waren aus Papier gewesen.

Des hüstelte ein wenig, um sich warm zu laufen, dann sagte er: »Ihr jungen Leute seid immer so eloquent, aber mehr als reden scheint ihr auch nicht zu können. Wir haben es einfach getan.« Er kicherte und schüttelte den Kopf. »Und ich nehme an, wir reden jetzt darüber, wie wir es getan haben. Während des Krieges und so. Alles muss heute …« Er machte eine unbestimmte Handbewegung, suchte nach dem richtigen Wort. »… durchgekaut werden. Ich habe mir in den kleinen Finger geschnitten, lass uns darüber sprechen. Jeder. Die ganze Zeit geht es quak, quak, quak. Aber wahrscheinlich ist es für deine Generation schwerer. Weiß Gott, wie die Welt sein wird, wenn du in meinem Alter bist. Ehrlich gesagt bin ich verdammt froh, dass ich das nicht mehr erleben muss. Entschuldige, ich schweife ab. Nein, eigentlich nicht. Ich meine nur, dass manche Dinge … dass es manchmal besser ist, nicht zu viel zu wissen. Leichter. Es hat keinen Sinn, Staub aufzuwirbeln. Man muss praktisch denken –«

»Du klingst wie Joan.«

»Ja, das liegt an meinem Alter, nehme ich an. Und Joan war immer vernünftig.«

»Erzähl mir nichts von Vernunft und Staub aufwirbeln.« Plötzlich war ich wütend. »Du – ihr alle – habt einen verdammten *Sandsturm* aufgewirbelt. Alles unter den Teppich kehren, Lügen erzählen, oder noch besser, den Mund halten, gar nicht drüber reden. Deswegen stecke ich bis zum Hals in diesem Chaos und habe keine Ahnung, worum es geht. Und du sitzt da und willst mir weismachen, dass es die Dinge leichter macht. Nun, ich habe eine Neuigkeit für dich. Es macht die verdammte Geschichte nur schwerer.«

»Wahrscheinlich hast du Recht.«

»Ich weiß, dass ich Recht habe. Des, als ich dich angerufen habe, keine Ahnung, wann das war, das erste Mal, hast du zu mir gesagt, du wunderst dich, dass ich immer noch mit dir spreche. Da musst du doch eine Ahnung gehabt haben, wie ich mich fühle –«

»Hör zu, ich werde mein Bestes tun, Dodie. Ich kann nicht alles erklären, aber ich werde versuchen, keine Ausflüchte zu machen. Und wenn du dann beschließt, dass du nicht mehr mit mir reden willst, dann …«

Über meinem Kopf hörte ich jemanden husten, und ich sah die schwarzen Hosenbeine des Kellners neben dem Tisch. »Der Wein, Sir.«

Des trank einen Schluck. »In Ordnung.« Er sah zu dem Kellner auf. »Sehr schön. Schenken Sie ein.« Ein anderer Kellner servierte uns schwungvoll einen Brotkorb. »Nur zu«, sagte Des. »Nimm dir. Dann hast du etwas, das du nach mir werfen kannst.«

Ich hielt den Kopf gesenkt, bis der Kellner sich zurückgezogen hatte. »Das ist nicht lustig.«

»Das weiß ich, meine Liebe. Es tut mir Leid.«

»Erzähl mir von dir und Joan.«

»Wir haben uns während des Krieges kennen gelernt, als ich auf Heimaturlaub war. Dann kam ich in Gefangenschaft und steckte für drei Jahre in Deutschland fest. Sie hat mir immer ihre Schokoladenration geschickt. Und sie hat wunderbare Briefe geschrieben. Sehr humorvoll.«

»Ich habe sie nie für humorvoll gehalten.«

»Nun, sie war es. Sie hatte einen wundervollen Sinn für Humor. Ich kam ein oder zwei Monate nach Kriegsende nach Hause, und wir haben ungefähr ein Jahr später geheiratet.« Er zog das Foto aus der Tasche und drehte es um. »Im März, ich dachte, es war später. Es war ein sehr warmer Tag, das weiß ich noch. Eher wie im Juni als im März. Offen gesagt, habe ich oft gedacht, ob es an der Entfernung lag; ob wir zusammengeblieben wären, wenn wir uns öfter gesehen hätten. Ich weiß es nicht.«

»Wolltest du nicht heiraten?«

»Ich wusste nicht, was ich wollte. Ich hatte gerade drei Jahre Kriegsgefangenschaft hinter mir. Wahrscheinlich dachte ich, ich muss einfach wieder am Leben teilnehmen. Drei Jahre lang habe ich im Lager nur daran gedacht, nach Hause zu kommen, aber als ich wieder da war, war alles so eine Enttäuschung. Die Leute redeten vom Wohlfahrtsstaat und all dem, aber es war verdammt schrecklich. Alles war grau: graue Gesichter, die ewige Rationierung, und alles schien so … klein geworden. Oder zerstört. Jedes Leben schien ausgelöscht. Ich glaube, ich habe mir England so vorgestellt, wie es in den dreißiger Jahren gewesen war, und es war nicht mehr dasselbe Land für mich.«

»Gab es in den dreißiger Jahren nicht eine Depression? Arbeitslosigkeit?«

»Ja, aber –« Des hielt inne und sah auf seinen Teller. »Aber ich war ein kleiner Junge, und meine Familie war sowieso nicht davon betroffen. Darauf läuft es wohl hinaus. Jeder Mensch erinnert sich an die guten Zeiten, oder? Und ich dachte wahrscheinlich, nun, dass Joan den Krieg in London erlebt hatte und wusste, was uns erwartete, und irgendwie würde mir das helfen, und zusammen würden wir es schaffen. Also heirateten wir, und alle wünschten uns Glück, wir richteten ein Haus ein, und die ganze Zeit hatte ich das Gefühl … als wäre ich unter etwas sehr Schwerem gefangen. Ein großer Fels oder so etwas. Ich konnte nie ganz darunter hervorkriechen.« Er machte eine Pause, als der erste Gang serviert wurde. »Ich werde nie verstehen, warum sie das tun«, sagte er, als der Kellner sich zurückgezogen hatte. »Ein Riesenteller mit einem winzigen Häuflein Essen genau in der Mitte. Was haben sie da auf deinem Teller verstreut?«

»Petersilienwurzel. Willst du probieren?«

»Nein danke.« Er schüttelte sich theatralisch. »Lass es dir schmecken.«

Wir aßen ein paar Happen, und ich dachte, er würde nicht mehr weiterreden, deshalb fragte ich:«War mein Vater bei eurer Hochzeit?«

»Nein. Damals kannte ich ihn kaum. Ich habe Ende 1946 angefangen, für ihn zu arbeiten. Im Dezember. Ein glücklicher Zufall. Man trifft jemanden, der jemanden kennt. Er suchte einen Mitarbeiter, der sich im Rechnungswesen auskannte, und das tat ich. Wir unterhielten uns, verstanden uns auf Anhieb und, nun, du weißt, was draus geworden ist.« Ich wollte ihn unterbrechen, aber er winkte ab und fuhr fort. »Du musst wissen, dass das die aufregendste Zeit meines Lebens war. Da war natürlich der Krieg – jedenfalls, bis ich in Gefangenschaft geriet –, aber die Arbeit für Wolf … Wir wollten das Land wieder aufbauen, verstehst du. Keine Slums mehr, keine viktorianischen Monstrositäten, alles sauber und neu und viel, viel besser als früher. Viele Menschen hatten kein Bad und keine Toilette. Es gab eine bestimmte Sorte Häuser, Reihenhäuser ohne Hintertür. Wenn man auf die Toilette wollte, musste man aus der Haustür gehen und zweihundert Meter weit laufen. Und man musste die Toilette mit mindestens dreißig Leuten teilen, so dass man immer warten musste, wenn man da war. Da waren alte Leute, Invaliden. Man hatte diese winzigen Häuser, eins neben dem anderen, große Familien lebten auf engstem Raum zusammen, nicht mal eine Katze hatte da noch Platz, durch die Wände kam das Wasser, es gab Flöhe. So war das Leben damals für viele Menschen. Davon hast du einfach keine Ahnung. Für Leute, die das nicht mehr kennen gelernt haben, ist es leicht, zurückzublicken und schlaue Bemerkungen zu machen, aber damals … Das war die Zukunft. Es war aufregend. Ein neuer Anfang. Ein besseres Leben. Das hat der Krieg fertig gebracht. Die Menschen dachten, wir haben das alles doch nicht umsonst mitgemacht.«

»Aber mein Vater hat das alles doch nicht getan, weil ihm die Menschen Leid taten, oder?«

»Nein, so funktioniert die Welt nicht, das weißt du. Es gab große Aufträge, Geld kam rein, langsam am Anfang, aber dann – ja, dein Vater ist zu Geld gekommen. Wir alle sind zu Geld gekommen, und es hat Spaß gemacht, das leugne ich nicht. Ich versuche nur dir zu erklären, wie belebend es war, nicht nur die neuen Häuser, sondern auch Büros, ganze Städte. Orte, wo man leben und arbeiten konnte. Wir blieben lange auf, wir redeten, machten Pläne … Was ich vorhin über das schwere Gewicht gesagt habe, es war verschwunden. Wolf – dein Vater – inspirierte die Menschen, Dodie. Man spürte, dass er eine Vision hatte, etwas, wofür es sich lohnte zu arbeiten. Sich anzustrengen. Das hier ist gut.« Er prüfte seine Kalbsleber mit der Gabel. »Joan hat mir immer Brote gemacht. Zum Mitnehmen. Hat sie in meine Aktentasche getan. Das habe ich vermisst. Weiß Gott, warum, denn ich ging meistens zum Mittagessen. Geschäftsessen. Die Herren wollen immer mit dir in ein Restaurant gehen, und natürlich hat man sich darüber nicht beschwert. Aber die Brote haben mir gefehlt.«

»Du und Joan. Was geschah damals?«

Des seufzte. »Wahrscheinlich hast du ein Recht, es zu erfahren.«

»Ich finde schon.«

»Natürlich hast du das. Entschuldige mich einen Augenblick, ja?« Er stand auf und ging auf die Toiletten zu. Er blieb eine lange Zeit verschwunden. Ich sah ihn vor mir, wie er in den Spiegel schaute, während er sich die Hände wusch, sie immer wieder einseifte, vorsichtig, damit nichts an seine Manschetten kam, und sich fragte, wie er mir das, was es zu sagen gab, sagen sollte.

Er kam gleichzeitig mit dem nächsten Gang zurück, und wir saßen uns schweigend gegenüber, während der Kellner die Teller abstellte und die Gläser auffüllte. Als er weg war, sagte Des: »Was weißt du über die erste Frau deines Vaters?«

»Sie hieß Betty Carroll. Sie haben 1948 geheiratet und wurden einige Jahre später geschieden. Dann heiratete er Joan. Mehr nicht.«

»Du hast nie jemanden über sie reden hören?«

»Des. Ich wusste nicht einmal, dass sie existiert, bis ich es in einem der Nachrufe gelesen habe.«

»Sie hatte rote Haare, wie du und deine Mutter. Na ja, nicht richtig rot, das wäre zu grob. Erdbeerblond hat man es früher genannt. Sie war recht hübsch. Hatte jede Menge SA, wie man so sagte.«

»Was ist das denn?«

»Sex-Appeal. Sie war noch sehr jung, aber sie war während des Krieges Sängerin in einer dieser Tanzkapellen gewesen, die nur aus Mädchen bestanden. Sie gingen auf Tournee. Ich glaube, einmal waren sie sogar in Afrika.« Des räusperte sich. »Betty hatte – nun ja, eine Vergangenheit. Es hatte eine ganze Menge anderer Männer gegeben. Dein Vater war schrecklich in sie verliebt. Ich bin mir nicht sicher, wie viel er wusste, aber ich nehme an, er dachte, sie würde ruhiger werden, wenn sie erst einmal verheiratet waren.«

»Meinst du, sie hatte Affären? Nach der Hochzeit?«

»Ja.« Des sah auf seinen Teller. Er hatte noch nicht einmal das Besteck in die Hand genommen.

»Des?«

Er schaute auf. Er machte ein Gesicht, als würde er gleich zur Schlachtbank geführt. »Ja?«

»Hatte sie eine dieser Affären mit dir?«

»Ja.«

»Warum? Warst du in sie verliebt?«

»Nein, mit Liebe hatte es nichts zu tun.«

»War sie in dich verliebt?«

»Gott, nein. Betty mochte die Spannung, und sie mochte Sex. Damals hätte man es promisk genannt. Für sie war es aufregend. Ich glaube nicht, dass sie verstand, wie viel Schmerz ihr Verhalten auslöste – jedenfalls damals nicht. Sie, nun, so war sie eben.«

»Warum hast du es dann getan?«

»Weil ich dumm war, nehme ich an. Ich habe einen Fehler gemacht. Es war spannend. Wenn ich darüber nachgedacht hätte, dass ich Wolf betrüge, hätte ich es nicht getan, aber sie ließ es wie einen Scherz aussehen, einen Streich. Man wurde mitgezogen. Hör mal, Dodie, ich habe gesagt, ich mache keine Ausflüchte, und das tue ich auch nicht. Es war nicht Bettys Schuld, es war meine Schuld. Ich hätte es nicht tun müssen. Aber ich habe es getan, und es, nun, es tut mir sehr Leid.«

»Hast du es wegen Joan getan? Hast du sie nicht geliebt?«

Des seufzte. Es klang seltsam, fast wie ein Rasseln. »Ich war sehr gerne mit ihr verheiratet. Sie hat sich immer so nett um andere gekümmert, aber auf den Rest war sie nicht besonders scharf. Ich glaube, sie hat einfach nicht verstanden, warum die Menschen an Sex interessiert sind. Aber ich werfe Joan nichts vor.«

»Wirklich nicht, oder?«

»Ich hoffe es. Es war nicht meine Absicht.«

»Des, lass uns essen. Der Kellner schaut schon.«

Wir aßen ein paar Bissen, dann sagte Des: »Weißt du, dein Vater hat es nie erfahren.«

»Aber er –«

»Nicht die Geschichte mit mir. Er hat sie mit einem anderen erwischt. Joan wusste Bescheid. Ich habe es ihr erzählt, aber ich glaube, da wusste sie es schon. Sie und Wolf ... Wir waren alle immer zusammen. Bei sozialen Anlässen natürlich, und manchmal kam sie ins Büro ...« Er ließ den Satz in der Luft hängen, und ich dachte wieder an das, was Mrs. Curtis gesagt hatte: *Joan war deinem Vater gegenüber immer loyal.*

»Wurden Joan und mein Vater ein Liebespaar?«

»Ich weiß es nicht. Es war eher so, dass sie sich gut verstanden. Er tat ihr Leid. Als sie sagte, dass sie mich verlassen würde, um mit Wolf zu leben, habe ich nicht versucht, sie zurückzuhalten. Ich war so unglücklich. Ich habe oft gedacht, wenn ich nicht so dumm gewesen wäre, hätten wir es geschafft.«

»Wolltet ihr keine Kinder?«

»Doch. Leider hat es nicht geklappt. Doch Betty hatte einen Sohn. Sie hat immer gesagt, er sei Wolfs Kind, aber Wolf glaubte es nicht. Er wollte nichts mit dem Jungen zu tun haben, und sie bestand nicht darauf. Ich habe sie ein paar Mal gesehen, nachdem –«

»Lebt sie noch?«

Des schüttelte den Kopf. »Sie starb 1974. Sie ist nicht alt geworden. Sie hat nie wieder geheiratet.« Er lächelte. »Bis zum Schluss gab es sehr viele Tanzpartner. Wolf wollte nicht, dass man ihren Namen erwähnte. Ich glaube, als er die Gerüchte über deine Mutter hörte, dachte er, die Geschichte wiederholt sich.«

»Hat er das gesagt?«

»Nein. Er sprach nie über diesen Abschnitt seines Lebens. Ich glaube, er dachte, wenn er nicht darüber redet, kann er es irgendwie auslöschen. Als hätte es Betty und ihre Affären nie gegeben. Aber er wurde es nicht los. Er hat sie sehr geliebt.«

»Aber du warst auch eine ihrer Affären, oder?«

»Ich bin nicht stolz darauf, Dodie. Ich habe deinen Vater sehr bewundert. Wenn ich bei Blackstock arbeiten und in seiner Gesellschaft sein wollte, war das der Preis. Das Wissen, dass ich ihn betrogen hatte.«

»Ich habe einmal eine Unterhaltung zwischen euch belauscht, als Mum entführt wurde. Er hat nur davon geredet, dass Frauen alles durcheinander bringen und Mum an allem Schuld ist.«

»So was sagte er wegen Betty. Er hatte ihr vertraut, und als sie ihn betrog, war es aus. Ich verstehe diese ganzen Beziehungsgeschichten nicht, die heutzutage diskutiert werden, aber so viel kann ich dir sagen: Es läuft alles auf Vertrauen hinaus. Wenn du jemandem nicht vertrauen kannst, nun, dann kannst du es genauso gut lassen. Als Joan von der Geschichte mit Betty und mir erfuhr, war die Sache gegessen.«

»Und als sie meinen Vater heiratete, hast du es einfach hingenommen?« Des schien plötzlich von dem Essen auf seinem Teller fasziniert zu sein, und eine frische Röte überzog sein sonnengebräuntes Gesicht.

»Des? Alles in Ordnung?«

Er legte die Gabel weg und sah mich direkt an. »Ich kann es dir genauso gut sagen, Dodie. Sie waren nicht verheiratet.«

»Aber die Nachrufe –«

»Die Menschen glauben, was man ihnen erzählt. Sie fragen nicht nach einer Urkunde. Joan und ich wurden geschieden, und sie wollte Wolf heiraten, aber er wollte nicht. Ich dachte damals, es läge daran, dass er nicht genug für sie empfand, aber heute glaube ich, er hatte Angst. Ich glaube, er wollte eine Frau, die ihn *bedingungslos* liebte. Aber nach Betty hatte er den Glauben daran verloren. An das Ideal und die Realität. Ich glaube, das war der Grund, warum er sich zu deiner Mutter hingezogen fühlte. Sie war natürlich schön, aber sie war vor allem jung, das war der Grund. Ihre Unschuld. Sie hatte keine Vergangenheit.«

»Sie hatte auch nicht viel Gegenwart. Oder Zukunft.« Ich schob meinen Stuhl zurück. »Tut mir Leid, Des. Entschuldigst du mich einen Augenblick?« Meine Beine waren steif, und ich stakste über den Teppich, als ginge ich auf Stelzen. Meine Schulter fühlte sich wie ein großer, tauber Felsblock an, als ich die Tür zur Damentoilette aufstieß. Ich ließ kaltes Wasser in eines der Waschbecken laufen, hing über dem Beckenrand und starrte ich den Spiegel. *Diese Miene, die du trägst.* Ich erkannte sie kaum. Irgendwas muss ich doch fühlen, dachte ich. Irgendwas. Aber da war nichts.

Als ich zum Tisch zurückkam, war mein Hauptgericht, das ich kaum angerührt hatte, abgeräumt. »Ich habe Kaffee bestellt. Oder wolltest du einen Nachtisch?«, sagte Des.

»Nein danke.«

Er tätschelte über den Tisch hinweg meine Hand. »Mach nicht so ein Gesicht, Kleines.«

Als der Kaffee kam, sagte ich: »Ich verstehe das nicht. Er war umgeben von all diesen Frauen, die ihn anbeteten, um ihn kämpften.« Ich hielt inne, als ich daran dachte, wie es immer gewesen war. »Es war ein ständiger Wettkampf. Und Joan besaß immer diesen Trumpf über Angela, selbst wenn Angela sie ausstach, Joan war mit ihm verheiratet gewesen und Angela nicht.«

»Ich weiß. Joan nannte sich ja auch Mrs. Blackstock – natürlich nur, bis Wolf deine Mutter heiratete. Danach nahm sie wieder ihren Mädchennamen an. Ich weiß, dass die Leute heute oft einfach so zusammenleben, und kein Mensch nimmt Anstoß daran, aber in meiner Generation … Ich fand es nie richtig. Nicht dass ich in meiner Lage etwas dagegen hätte tun können. Manchmal habe ich mich allerdings gefragt, ob Joan nicht inzwischen selber glaubte, dass sie tatsächlich geheiratet hatten. Angela wusste mit Sicherheit nicht, dass sie nicht verheiratet waren.« Des kicherte. »Sie hätte es Joan immer unter die Nase gerieben, wenn sie es gewusst hätte.«

»Ich dachte, er wollte Angela nicht heiraten, weil sie Jüdin war. Joan hat gesagt, das war der Grund, warum sie nicht auf dem Familienfriedhof beigesetzt wurde.«

»Das glaube ich nicht. Ich wusste nicht, dass Angela Jüdin war. Wenn es stimmt, hat sie es gut verborgen.«

»Weil er Juden nicht mochte.«

»Es stimmt, dass er nicht viel für sie übrig hatte. Aber einige Mitarbeiter in der Firma waren Juden, und er hat sie nicht diskriminiert. Nicht im Büro.«

»Warum? Weil seine Mutter Deutsche war? Ich meine, war sie Antisemitin?«

»Keine Ahnung, aber ich bezweifle, dass es ihn beeinflusst hätte. Eher das Gegenteil, wenn überhaupt. Dein Vater und dein Onkel Lawrence wurden kurz vor Ausbruch des Ersten Weltkriegs geboren, vergiss das nicht. Damals waren die Deutschen nicht besonders beliebt, und oft waren es irrationale Gründe. Man verbot Wagner und trat nach Dackeln, solche Sachen. Und in der Zeit bestand deine Großmutter darauf, sie ausgerechnet auf die Namen Ludwig und Wolfgang zu taufen. Das hat ihr bestimmt eine ganze Menge unangenehmen Spott eingebracht. Man fragt sich wirklich, was für eine Frau sie war.« Er machte eine Pause und schob den Teller mit Petit Fours in meine Richtung. »Nimm dir.«

»Nein danke. Ach übrigens, ich habe das Auto gefunden.«

»Welches Auto?«

»Mums Mercedes. In einem Wellblechschuppen auf dem Grundstück.«

»Wie kommt er dorthin?«

»Ich hatte gehofft, dass du mir das sagen kannst.«

»Ich fürchte, da kann ich dir nicht weiterhelfen. Vielleicht wollte die Polizei es einfach loswerden. Wahrscheinlich hat man es irgendwann zurückgebracht, aber ich weiß es nicht mehr.« Des schob seinen Stuhl zurück. »Ich glaube, es ist Zeit für meine Zigarre.«

Hinter der »Fetten Henne« gibt es einen riesigen Kräutergarten, der nachts von Lichterketten beleuchtet wird, die über Hecken und Bäume drapiert sind. Die Wege sind von großen Lavendelbüschen gesäumt, die unsere Beine streiften und ihren Duft verströmten, als wir auf und ab gingen.

»Es gibt kein Geheimnis, Dodie. Dein Vater hielt die Entführung für einen Schwindel, aber sie war echt. Am Ende musste sogar er das zugeben. Das Seltsame war nur, dass wir über die Möglichkeit einer Entführung geredet hatten, als das mit dem jungen Getty passierte. Ich hatte versucht, Wolf dazu zu überreden, eine Versicherung abzuschließen, aber er wollte nicht. Wir dachten, *du* könntest das Opfer einer Entführung werden, nicht deine Mutter.«

»Oh, super. Und wahrscheinlich hätte er dann genauso beschlossen, dass ich mir einen Scherz erlaube, und hätte auch nichts unternommen.«

»Nein, hätte er nicht, Dodie. Das weißt du.«

»Weiß ich das? Die Polizei hat einen Brief von Joan bei Mums Sachen gefunden Er war vom August 1976. Das war ungefähr sechs Wochen, nachdem man die Kidnapper verhaftet hatte, nur falls du dich nicht erinnerst.«

»Ja, dein Freund Tony hat es mir erzählt.«

»Hat er dir auch erzählt, dass aus dem Brief klar hervorgeht, dass mein Vater ebenfalls Bescheid wusste? Und mach dir nicht die Mühe, mir weismachen zu wollen, das stimmte nicht, weil ich dir nämlich nicht glauben werde.«

»Ich kann dir dazu nichts sagen, Dodie, weil ich es *nicht weiß*. Ich schwöre, das ist die Wahrheit, ob du es glaubst oder nicht. Ich habe dir gesagt, dass ich am liebsten alles wieder gutmachen würde, aber ich kann nichts erfinden. Ich weiß nicht, was geschehen ist. Sei vernünftig.«

»Vernünftig!« Ich wollte nicht wütend werden, aber ich konnte nichts dagegen tun. »Oh, klasse. Ihr könnt tun und lassen, was ihr wollt, ohne Rücksicht darauf, dass dabei das Leben der anderen kaputt geht, und ich soll das alles wie ein Lamm hinnehmen und *vernünftig* sein? Ich meine, schauen wir den Tatsachen doch ins Auge, es ist schließlich nicht so, als hätte ich mein Leben in der Umgebung von lauter Vorbildern verbracht. Oder bist du der Meinung?«

»Ich weiß nicht, was ich sagen soll. Außer, dass es mir sehr, sehr Leid tut.« Des hielt seine Zigarre von sich weg und schnippte mit Daumen und Zeigefinger dagegen, aber die Asche fiel nicht herunter. »Ich habe darüber nachgedacht, was dein – was Tony über Joans Briefe an deine Mutter gesagt hat. Und ich glaube, du hast Recht. Wenn Joan es wusste, wusste dein Vater es auch. Joan war ein bestimmter Typ Frau, Dodie. Altmodisch, wenn du so willst. Frauen wie sie müssen … Nun, sie müssen ihre Loyalität, ihre Sorge irgendjemandem geben. Das können ihre Kinder sein, ein Wohltätigkeitsverein, die Kirche oder – eigentlich alles. Joan hatte keine Kinder. Ich glaube, das war ihre Tragödie. Und irgendjemand musste das Objekt ihrer Fürsorge sein, und dieser Jemand war dein Vater.«

»Aber sie hat es nicht einmal *mir* gesagt.«

»Das überrascht mich. Wie ich schon sagte, Loyalität an der falschen Stelle. Das ist die einzige Erklärung, die ich dir bieten kann, Dodie.« Er hielt inne. »Als du mir erzählt hast, dass man Susans Leiche gefunden hat, dachte ich, du meinst, na ja, ein Skelett. Ich hatte keine Ahnung, dass sie noch so lange gelebt hat.«

»Aber du wusstest von dem Liebhaber, oder?«

»Wir hatten Gerüchte gehört, mehr nicht. Wolf glaubte sie.«

»Und du?«

»Nein, ich nicht.«

»Warum nicht?«

»Nun ...« Des dachte einen Augenblick nach. »Wenn Susan einen Liebhaber hatte, hatte sie eine merkwürdige Art, es zu zeigen. Ich meine, nicht dass man es unbedingt merken würde, aber sie schien so gedankenverloren. Abwesend. Sie war einfach so *seltsam.*«

Ich nickte und dachte an die seltsamen Mahlzeiten, die wir hatten. »Na ja, das hätte ja auch bedeuten können, dass sie an jemand anderen denkt.«

»Wahrscheinlich. Aber es war eher so, als zöge sie sich in sich selbst zurück.« Des seufzte. »Wenn du die absolute Wahrheit wissen willst, ich glaube, sie war einfach sehr unglücklich.« Wir liefen durch einen Laubengang aus weißen Rosen auf einen runden Teich zu. Als wir dort waren, setzte Des sich auf das Mäuerchen, das den Teich umrandete.

»Ich mochte deine Mutter sehr gerne, weißt du. Du bist ihr sehr ähnlich.«

»Meinst du verrückt?«

»Ich meine, du siehst ihr ähnlich.« Er lächelte mich an. »Du bist ganz ansehnlich, weißt du.«

»Aha.« Ich setzte mich neben ihn.

Er schob seine Manschetten hoch, lehnte sich vor und stützte sich mit den Ellbogen auf den Knien ab. Ich spürte, dass er das tat, um mich nicht ansehen zu müssen. »Weißt du, Dodie, dein Vater … am Ende war er einsam. Das Haus war voller Angestellter, aber er sah nur uns beide, Joan und mich. Du hast ihm gefehlt.«

»Ich kann mir nicht vorstellen, warum. Er hatte mir nie viel Aufmerksamkeit geschenkt. Du schon, aber er nicht.«

»Er hat es bedauert. Dass er nicht erreichbar war. Dich nicht kannte. Joan bot ihm immer an, dich anzurufen, dich zu fragen, ob du herauskommst. Aber er lehnte immer ab. Ich glaube, er hatte Angst, dass du dich weigerst.«

Ich wusste nicht, was ich sagen sollte. Die Wahrheit ist, dass ich mich wahrscheinlich wirklich geweigert hätte. Ich konnte nicht verhindern, dass sich meine Augen mit Tränen füllten. Ich hatte kein Taschentuch. Ich schniefte, um sie zurückzuhalten, aber es funktionierte nicht.

»Es ist immer gut, solche Dinge zu besprechen … ehe es zu spät ist.« Des' Stimme klang gedämpft. Ich warf ihm einen Blick von der Seite zu und sah, dass er den Kopf in den Händen hielt.

»Des?«

»Hmm …«

»Kann ich dein Taschentuch haben?« Er sah nicht auf, streckte nur seine Hand aus. Das Taschentuch war zu einem ordentlichen Rechteck gefaltet, aber eine Seite war nass. Ich tupfte mir so vorsichtig wie möglich das Gesicht damit ab, trotzdem hatte es einen schwarzen Fleck von meiner Wimperntusche, als ich fertig war. »Danke.«

Des griff danach, breitete es vor seinem Gesicht aus und machte ein schreckliches, ersticktes Geräusch. Ich saß da und starrte auf das Fischgrätmuster der Steine zwischen meinen Füßen. Nach ein paar Minuten putzte er sich die Nase und richtete sich auf. Er lächelte mich schief an. »Alles wieder in Butter?«

»Ja. Und bei dir?«

»Auch, danke.«

»Lass mal sehen, ob du mein Make-up im Gesicht hast. Mir fehlt was davon.«

»Oh, Gott, unbedingt. Die Leute sollen nicht denken, ich sei eine Schwuchtel.«

Ich fasste ihn unters Kinn und drehte sein Gesicht zum Licht in den Bäumen. »Alles in Ordnung. Eigentlich ganz ansehnlich.«

Wir machten uns auf den Weg zurück ins Restaurant. Ich berührte im Vorbeigehen einen Rosmarinstrauch und hielt ihm meine Hand unter die Nase. »Riechst du das?«

»Hat überhaupt keinen Sinn. Mein Zinken ist reine Zierde, wie du mal gesagt hast. Zu viele von denen hier.« Er wedelte mit seiner Zigarre in der Luft herum.

»Wann habe ich das gesagt?«

»Als du klein warst.« Er tätschelte meinen Kopf.

»Hör auf.«

»Kindermund tut …« Er hake mich unter und hielt mit der anderen Hand meinen Arm. Leise begann er zu singen. *»Ein Hut, ein Stock, ein Regenschirm …«*

»Wir können hier nicht singen«, sagte ich. »Man wird uns rauswerfen.« Aber ganz automatisch fiel ich in seinen Schritt ein, zwei Schritte vor, dann ein kleiner Hüpfer, so wie wir es getan hatten, als ich klein war. »Des?«

»Ja, mein Kind?« *Ich wünschte, du wärst mein Vater.* »Danke fürs Abendessen.«

21

Als wir wieder auf die Terrasse kamen, wartete bereits ein Kellner, um zu sagen, dass der Wagen da war, den ich bestellt hatte. Des winkte mir nach. Ich sank in die weichen Lederpolster, schloss die Augen und ließ mich nach Hause fahren. Des und ich hatten nicht das Gespräch geführt, das ich mir vorgestellt hatte, und ich hatte kaum etwas von den Dingen gesagt, die ich schon so lange in Gedanken geübt hatte, aber das machte nichts. Irgendwie war es sogar besser. Nichts von dem, was ich erfahren hatte, brachte Klarheit. Es waren einfach irgendwelche Dinge. Es hätten Geschichten über Leute sein können, die ich nicht kenne. Es war, als schaute ich in die Fenster eines völlig fremden Hauses.

Nur eins war wichtig. Ich musste alles über Mum herausfinden. Als Des mir erklärte, er habe nicht gewusst, dass sie noch am Leben war, hatte ich ihm geglaubt, und ich glaubte ihm immer noch, als ich nach Hause kam. Er ist kein Lügner. Es gab Dinge, von denen er nichts erzählt hatte, aber wohl eher, weil es ihm nicht wichtig war. Und warum sollte er jetzt noch lügen?

»*Oje!* Was ist das denn?« Der Ausruf des Taxifahrers schreckte mich auf. Einen Augenblick lang blendete mich eine Taschenlampe, dann wurde sie ausgeschaltet, und ich sah Dave, den Wachmann, am Tor zu Camoys Hall. Sein haariger Schäferhund hatte die Vorderpfoten an die Fahrertür gelegt und streckte seine Nase durchs offene Fenster. »Nimm den Hund von meinem Lack.«

Der Hund bellte. »Er mag den Geruch von dem Frischluftspray nicht besonders«, sagte Dave. »Entschuldigen Sie, Miss Blackstock, ich habe Sie nicht erkannt.«

»Ich mag seinen Mundgeruch auch nicht besonders, Kumpel. Mach schon, runter da.« Der Fahrer wedelte mit den Armen. Der Hund leckte seine Hand. Er sah aus, als würde er lächeln.

»Wie heißt er?«, fragte ich.

Dave machte ein verlegenes Gesicht. »Sirup. War die Idee von meiner kleinen Tochter. Weil er Kinder so gerne mag.«

»Aber eigentlich ist er doch ein Wachhund, oder? Ich meine nur, er sieht nicht gerade Furcht erregend aus.«

»Der beste Hund, den ich je hatte. Er sieht vielleicht wie eine Schmusekatze aus, aber ein Wort von mir, und er tut, was er soll.« Er fuhr sich vielsagend mit dem Finger über den Adamsapfel.

»Oh, gut. Ist sonst alles in Ordnung?«

»Ja, alles ruhig. Wir sind jetzt zu viert, und morgen fangen sie mit den Toren und den anderen Sachen an, Sie brauchen sich also keine Sorgen zu machen.« Er schnipste mit den Fingern, damit Sirup Ruhe gab, und klopfte aufs Wagendach. »Ab mit Ihnen, und schlafen Sie gut, Miss.«

Ich gab dem Taxifahrer ein Extra-Trinkgeld, um ihn für die Sache mit dem Hund zu entschädigen, und schloss die Tür auf. Dann wanderte ich eine Weile durchs Haus und dachte nach. Ich hatte keine Angst mehr. Nicht nur wegen der Wachmänner. Vielleicht, weil ich mehr wusste. Irgendwie verleiht Wissen Macht. Als ich auf die Uhr schaute, war es Viertel vor zwei. Ich überlegte, ob ich Tony anrufen sollte, um ihm zu erzählen, was ich erfahren hatte, aber vielleicht war er nicht zu Hause. Und wenn er da war, würde er längst schlafen. Morgen würde ich ihn sowieso sehen.

Auf dem Weg ins Bett beschloss ich plötzlich, den alten Räumen meines Vaters einen Besuch abzustatten. Ich weiß nicht genau, warum. Ich stand eine ganze Weile vor der ersten Tür, die Hand auf dem Türknauf. Ich hatte alle Lichter ausgemacht, aber der Mond schien durch die großen Fenster auf dem Treppenabsatz, und ich konnte die Silhouette des Waldes sehen. Ich dachte an die vielen Male, die ich hier gestanden, auf die knorrigen Bäume geschaut und darauf gewartet hatte, hereingerufen zu werden, um einen Bericht über mich abzuliefern; über meine Zeugnisse – ich hatte gute Noten, aber sie waren nie gut genug. Einmal hatte ich eine Eins minus in einer Lateinarbeit, und alles, was er sagte, war: »Warum ist es keine Eins?« Ich dachte daran, wie ich gezittert hatte und mir jedes Mal geschworen hatte, diesmal nicht zu weinen, doch es gelang mir nie; ich dachte an Joan, die vor der Tür wartete und rosa Papiertaschentücher aus dem Ärmel ihrer Jacke zog, um mir die Nase zu putzen. Das friedliche Gefühl, das sich in meinem Innern ausgebreitet hatte, zerbrach in tausend Stücke. Scheiße, Scheiße, Scheiße! Ich ballte die Hände zu Fäusten. »Er ist nicht da drin«, sagte ich laut. »Er ist *tot.*« Ich drehte den Knauf und öffnete die Tür.

Es dauerte eine Ewigkeit, bis ich den Lichtschalter fand. Ich hatte erwartet, dass Joan die Möbel mit Schonbezügen abgedeckt hatte, aber so war es nicht. In seinem Wohnzimmer war alles wie immer, die Sessel und Tischchen, die Kommoden mit den Fotos: fünfzig, nein, Hunderte von Fotos von meinem Vater, in Farbe und Schwarzweiß, wie er Henry Kissinger, Edward Heath, François Mitterand, Margaret Thatcher, Charles Clore, Pablo Casals, Charlie Chaplin, Viv Richards, den Großen, den Guten, den Berühmten die Hände schüttelt. Auf dem polierten Walnusstisch in seinem privaten Esszimmer standen immer noch die Kerzenleuchter, und die silberne Bonbonniere war mit Nüssen gefüllt, der Nussknacker lag griffbereit daneben. Alles war so, als wäre er noch am Leben.

In seinem Schlafzimmer roch es muffig. Auf dem Nachttisch stand eine Vase mit verwelkten Levkojen, Rittersporn und Fingerhut. Joan musste sie letzte Woche noch hierher gestellt haben. Ich trug sie ins Badezimmer, warf die Blumen in den Abfall und leerte das stinkende, gelbe Wasser aus. Ob sie nach seinem Tod oft hier heraufgekommen war? Wahrscheinlich war es einfach ein weiterer Punkt auf ihrer Liste gewesen: *Frische Blumen für W.s Zimmer*, der einzige Unterschied war nur, dass er nicht mehr da war, um sie anzuschauen. Einmal in der Woche, immer am gleichen Tag, war Joan mit frischen Blumen durch sein Schlafzimmer gelaufen, die Strickjacke lose über den Schultern, die Ärmel baumelten wie ein Paar überzähliger Arme herunter. Sie entfernt die alte Vase, platziert eine neue an deren Stelle, rückt sie noch ein wenig hierhin und dorthin, ehe sie wieder geht. Sie würde nicht verweilen und aus Sentimentalität Gegenstände berühren oder weinen; sie würde es erledigen und zum nächsten Punkt übergeben, denn so war sie. Oh Gott, dachte ich, sie war so stark. Sie war der Motor des Hauses, sein Herz, der stärkste Muskel in seinem Körper, der alles in Betrieb hält. Loyalität an der falschen Stelle hatte Des es genannt.

Neben der Vase stand ein Foto von meiner Mutter und mir, beide in den gleichen blauweiß gestreiften Matrosenhemden. Mums Haare wehen ihr in das schöne Gesicht, und sie umarmt mich. Hinter uns blauer Himmel. Wir müssen glücklich gewesen sein, denn wir lachen. Ich konnte mich nicht daran erinnern. Ich konnte mich auch nicht an den Nachttisch erinnern. Er war klein und quadratisch, aus billigem, schwarzem Holz, mit geraden, zierlichen Beinen und geschwungenen Kanten. Er passte nicht zu den restlichen Möbeln des Schlafzimmers. Auch das Bett passte nicht. Es war nicht bezogen, sah aus wie ein Krankenhausbett mit einem Stahlrahmen und einer dünnen Matratze, die mit einem khakifarbenen, undurchlässigen Stoff bezogen war. Am Kopfende lagen ordentlich nebeneinander drei Kissen neben einem Stapel rosafarbener Decken mit Satineinfassungen.

Mein Vater muss in diesem Bett gestorben sein. Ich bohrte den Finger in die Matratze. Sie federte sofort zurück. Unter dem Bett stand ein Nachtstuhl, ein hässlicher grüner Kasten auf weißen Beinen. Ich sah meinen Vater vor mir, wie er mit schmerzverzerrtem Gesicht seine alten, grauweißen Beine über den Bettrand manövrierte, Joan immer in der Nähe, falls er Hilfe brauchte. Er hätte nie zugelassen, dass eine Krankenschwester ihm hilft.

Ich hatte gedacht, er sei der Mächtigste gewesen, aber das stimmte nicht. Der kleine Junge mit dem deutschen Namen, der schützend die Hände vors Gesicht hielt, damit die Steine ihn nicht trafen. Der betrogene Ehemann. Der Mann, der sich vor Zurückweisung fürchtete, vor Verrücktheit, davor, was die Menschen über ihn herausfinden konnten. Ich würde meinen Vater nie einen Feigling nennen, aber er hätte niemals den Mut aufgebracht, das zu tun, was Des heute Abend getan hatte: mir all die Dinge zu erzählen und zuzugeben, dass er einen Fehler gemacht hatte.

Als ich mich vom Bett abwandte, fiel mein Blick wieder auf das Foto. Mein Gesicht war im Profil zu sehen, halb an Mums Brust gelehnt, und der Wind zauste meinen Pferdeschwanz. Wenn meine Mutter wirklich einen Liebhaber hatte – ich war mir nicht sicher, ob ich Des' oder Carol Curtis' Geschichten Glauben schenken sollte, aber wenn sie einen Liebhaber hatte –, hatte mein Vater sie ihm in die Arme getrieben. Und er hatte ihr nicht vergeben. Weder, dass sie ihn betrogen hatte wie Betty Carroll – wenn es das war, was sie getan hatte –, noch dafür, dass sie verrückt geworden war. Er hatte alle Frauen an Betty gemessen. Am Ende sogar mich.

»Du Schwein!«, schrie ich. »Du schuldest mir eine Erklärung!« Ich rannte ins Wohnzimmer. Die silbernen Bilderrahmen zersplitterten krachend auf dem Boden, als ich sie von den Kommoden fegte. Die Schränke bebten auf ihren zierlichen Füßen, als ich eine Tür nach der anderen aufriss. Ich wusste nicht, was ich suchte. Ich riss den Dielenschrank auf, den Sekretär, den Medizinschrank im Bad, sogar die Standuhr. Nichts. Joan hatte alle ausgeräumt.

Zurück im Wohnzimmer, starrte ich auf den Haufen Bilder mit den strahlenden Zähnen und Lächeln, die ausgestreckten Hände, die Schultern klopften, die Herren im Smoking, umgeben von hübschen Frauen und den Resten von teuren Mahlzeiten. Wahrscheinlich waren sie alle genauso verdorben wie er, mit ihren Frauen und Geliebten und Intrigen und Lügen. Ich hatte mich so gut gefühlt, als ich durchs Haus ging. Schwebend. Losgelöst. Frei. Nicht mehr wütend. Und jetzt war alles wieder da. Ich stieß mit dem Fuß gegen die Fotos und spürte, wie meine Wut sich verhärtete und erstarrte, bis mein Körper sich wie ein Stein anfühlte. Ich kann ihm nicht vergeben, dachte ich, niemals.

Ich schnappte mir das Foto von seinem Nachttisch, knallte die Tür zu und rannte über den Flur in mein Zimmer.

22

Ich konnte vor Wut nicht schlafen. Auch *The Diary of a Nobody* half nicht. Irgendwann schlief ich ein, wachte um vier wieder auf und machte mir Sorgen wegen des Treffens mit Maggie Hill. Ich stand auf, ging zu dem großen Fenster des Ballsaals und sah zu, wie die Sonne aufging. Mein Herz klopfte, und mein Magen fühlte sich an wie ein kleiner Ball, der von der Hand eines Riesen zerquetscht wird. Ich beschloss, Maggie Hill anzurufen und abzusagen. Ich machte mein Handy an und wollte gerade ihre Nummer wählen, da fiel mir ein, wie spät es war.

Als Des kam, war ich angezogen und bereits bei meiner

vierten Tasse Kaffee. Ich überließ ihn seiner Tasse Tee und der netten Putzfrau und ging nach oben, um die Sachen zusammenzusuchen, die ich mit nach London nehmen wollte.

Des kam mit vor die Tür, um mir zu winken. »Heute Abend bist du wieder da, nicht wahr?«

»Ja, keine Sorge, Des, es geht mir gut.«

Das hatte wohl nicht besonders überzeugend geklungen, denn er sagte: »Nun, ich bleibe hier. Ich will sichergehen, dass du heil zurückkommst. Dieser Chauffeur, den Tony da hat, ist er gut?«

»Ja, ist er, wirklich.«

»Und sie werden beide auf dich warten, wenn du mit der Frau sprichst?«

»Ja.«

»Hast du ein Telefon?« Ich hielt es hoch, damit er es sah. »Geht es? Ist es aufgeladen?«

»Ja.«

»Gut. Also, pass auf dich auf.«

»Ich werde mein Bestes tun.«

»Dodie?«

»Ja?«

»Sei vorsichtig, ja? Diese Maggie Hill … Man weiß nicht, wozu sie fähig ist.«

»Ich weiß, Des. Aber Tony und Dominic sind die ganze Zeit da.«

»Gut so, aber was die Frau dir erzählen wird, muss nicht unbedingt stimmen. Sie hat ihre eigene Wahrheit. Du wirst dich wahrscheinlich nicht mehr daran erinnern, aber sie waren schon eine seltsame Truppe, und was sie da vor Gericht erzählt haben, war ganz schöner Unsinn. Kapitalistische Verschwörung und Gott weiß was alles. Ich weiß, dass du herausfinden willst, was wirklich geschehen ist, aber sie hat bestimmt ihre eigene Sichtweise. Sie hatte viel Zeit, um nachzudenken und sich das Ganze zurechtzubiegen. Sie war ziemlich lange hinter Gittern, und solche Leute schieben anderen die Schuld dafür in die Schuhe. Sie haben kein Geld, keinen Job, und immer sind die anderen daran Schuld oder das System. Ich will nur sagen, dass du nicht alles glauben sollst, was sie dir erzählt. Es ist vielleicht nicht die einzige Wahrheit.« Er hielt den Umschlag aus Alufolie mit dem anonymen Brief in die Luft. »Vielleicht stammt der ja sogar von ihr. Ich sage nicht, dass es so ist, aber es ist eine Möglichkeit.«

»Ich weiß.«

»Also dann, denk an meine Worte. Hast du genug Benzin?«

»Der Tank ist voll.«

»Alles klar. Fahr vorsichtig.« Mit einer kleinen Verbeugung hielt er mir die Wagentür auf. »Rein mit dir.«

Ich stieg ein, ließ den Motor an und kurbelte die Scheibe herunter. »Des?«

»Ich bin noch da.«

»Ich hab dich wirklich sehr lieb, weißt du das?« Ich wartete seine Reaktion nicht ab, sondern löste die Handbremse und fuhr los.

Auf dem Weg nach London war mir die ganze Zeit schlecht. Jedes Mal, wenn ich an eine Kreuzung kam, musste ich mich zwingen, nicht umzukehren und auf der Stelle zurück nach Camoys Hall zu fahren, und je mehr ich mich London näherte, desto schlimmer wurde es. Einmal hielt ich an, lief auf dem Seitenstreifen auf und ab und versuchte, nicht darüber nachzudenken, wo ich hinfuhr und was ich sagen würde, wenn ich da war. Schließlich rief ich Tony an.

»Wo bist du?«

»Auf einem Parkplatz. Tony, ich weiß nicht, was ich zu ihr sagen soll.«

»Du musst das nicht tun. Du kannst sie anrufen und sagen, dass du es dir anders überlegt hast. Wenn du willst, rufe ich sie an. Wie ist ihre Nummer?«

»Ich weiß nicht.«

»Hast du sie nicht dabei?«

»Doch, aber –«

»Wenn du ihre Adresse hast, kann ich nachschauen. Du hast sie doch, oder? Dodie? Dodie? Bist du noch da?«

»Ja, ich habe nur das Telefon fallen lassen.«

»Hast du ihre Adresse?«

»Im Auto.«

»Also hol sie, und ruf mich noch mal an.«

»Nein. Ich gehe hin. Ich muss, Tony. Ich bin in einer … dreiviertel Stunde bei dir.«

»Gut, aber mach dich nicht verrückt.«

»Ist Dominic da?«

»Ja, er hat seine kugelsichere Weste an und holt gerade den gepanzerten Wagen. Das wird das *Fegefeuer der Eitelkeiten*, Süße. Wir *leben* es.«

Tony machte mir die Tür auf, eine Baseballkappe verkehrt herum auf dem Kopf.

»Das macht dich auch nicht schöner.«

»Oh, danke, ich habe auch eine für dich. Und für Dominic. Macht uns unauffälliger. Komm rein.« Ich folgte ihm durch den Flur in den Hof, wo seine Autos standen. Dominic saß hinter dem Steuer eines grauen BMW.

»Ist das deiner?«

»Nein, Dominics. Er besteht darauf. Damit kommt man schneller weg, sagt er. Im Falle eines Falles.«

»Ach, hör auf damit.«

»Entschuldigung. Willst du vorne sitzen?« Er hielt mir die Tür auf und stieg hinten ein.

»Alles klar?«, fragte ich Dominic. »Hast du einen Stadtplan? Ich meine, wir können dort niemanden nach dem Weg fragen und …«

Dominic warf einen Blick auf den Zettel mit der Adresse, den ich ihm gegeben hatte, dann sah er mich an. »Kein Problem.« Er ließ den Motor an und fuhr rückwärts über das Kopfsteinpflaster aus der Garage.

»Wenigstens einer, für den es kein Problem ist.«

Vom Rücksitz sagte Tony: »Dodie, ich habe dir doch gesagt, dass du das hier nicht tun musst.«

»Ich will aber.«

Er seufzte. »Deine Sache. Wir können jederzeit anhalten. Sag einfach Bescheid.«

»Können wir über etwas anderes reden?«

»Was du willst. Willst du meinen James-Bond-Schlitten?«

»Den DB 5? Willst du ihn verkaufen?«

»Ich hab ihm gesagt, er spinnt«, sagte Dominic. »Er ist wunderschön.«

»Ich weiß gar nicht mehr, warum ich ihn gekauft habe. Er ist abscheulich hetero. Vermittelt einen völlig falschen Eindruck.«

»Ich würde mir an deiner Stelle keine Sorgen machen, Tony. Kein Mensch würde dich für heterosexuell halten, selbst wenn du im Panzer aufkreuzt.« Dominic lachte.

»Egal«, sagte Tony. »Er fährt sich wie ein Ackergaul. Kein Wunder, dass James Bond immer alles vermasselt. Ich bin sicher, dass Schwule weniger Unfälle verursachen als Heteros.«

Dominic grinste mich an. »Hör nicht auf ihn. Er fährt sich traumhaft. Wenn du willst, bringe ich ihn für dich nach Camoys Hall.« Wir fuhren Richtung Osten und entfernten uns von den Teilen Londons, die ich kannte. »Hier in der Nähe habe ich mal gewohnt.«

Tonys Kopf schoss vor. »Wirklich? Wo?«

»In Islington.«

»Aber hier ist doch nicht Islington?«

»Nur die Straße da runter. Als ich in der Stadt gearbeitet habe.« Dominic zeigte auf die Häuserblocks. »Proletarierställe. So hat man sie in Russland getauft.«

»O Gott.« Tony schüttelte sich. »Ich bin jetzt schon völlig verängstigt.« Er hielt mir einen Flachmann unter die Nase. »Willst du einen Schluck?«

»Nein danke.« Auf beiden Straßenseiten waren Zäune aus verrostetem Eisen. Ich erhaschte einen Blick auf das brache Land, das hinter mit Ketten gesicherten Toren lag. Rechteckige Betonruinen, mit Graffiti beschmiert, in einer Steinwüste. Eine Revolution im öffentlichen Wohnungsbau. Des' Hoffnung für die Zukunft. Vielleicht war das der Ort, wo sie die Leiche meiner Mutter gefunden hatten. Im Geiste hatte ich das Bild aus dem Artikel *English Roses* vor Augen.

»Ich hab die Augen zu«, sagte Tony. »Warum halten wir?«

»Die Ampel ist rot«, sagte ich. An einer Ecke der Kreuzung war ein kastenförmiger Ziegelbau, ein Pub, mit verrammelten Fenstern. Jemand hatte das Wort STRIPPER auf die Sperrholzpatten gesprüht und darunter: MEGA TITTEN MITTEN INS GESICHT.

»In wessen Gesicht?«, fragte ich Dominic. »Hier ist doch niemand.«

Er zeigte über die Straße. »Da drüben ist ein Laden.« Er hatte keinen Namen, und vor den Fenstern waren Metallgitter. Dahinter erkannte ich Stapel von Getränkedosen und geschnittenem Weißbrot. Eine dicke Frau in einem schmuddeligen Jogginganzug schob einen Buggy um die Ecke und ging hinein. »Vielleicht ist sie gemeint«, sagte er.

Die Ampel wurde grün, und wir fuhren an Wohnsilos mit Plastikdächern vorbei; an riesigen, wütenden Hunden, die auf winzigen Balkons eingesperrt waren; zerfallenen Ladenfronten, die mit so vielen Plakatschichten gepflastert waren, dass sie von den Scheiben abblätterten wie die Kruste von altem Brot; eine ausgebrannte Mülltonne, dessen geschmolzener Plastikkorpus sich vorwölbte; Inderinnen, die in hochhackigen Sandaletten durch Berge von leeren Zigarettenschachteln, Zeitungen, weggeworfenen Verpackungen und Bierdosen auf dem Bürgersteig gingen.

»Stell dir mal vor«, sagte Tony, »du würdest hier leben.«

Ich antwortete nicht. Meine Mutter hatte hier gelebt. Hier oder an einem Ort, der nicht viel anders war.

»Hier müsste es sein.« Dominic bog zwischen zwei Wohnblocks, die auf massiven Betonpfeilern ruhten, links ab. »Wie heißt das Haus?«

»Kann ich nicht erkennen, Shelley, glaube ich.«

»*Ozymandias*«, sagte Tony. »In tausend Jahren stehen hier nur noch vier Betonbeine in einer Wüste aus geschmolzenem Asphalt. Der Rest wird verschwunden sein. Das ist euer Werk, ihr Mächtigen und Verzweifelten.«

»Welches Haus suchen wir, Dominic?«

»Byron. Es kann nicht weit von hier sein. Versuchen wir's hier.« Er bog auf einen Parkplatz ein. Im Schatten der gigantischen Wohnblocks wirkte der Platz düster und kalt. Eine Gruppe Jugendlicher in Kapuzensweatshirts kam aus einem Eingang heraus und starrte das Auto an. Einer kam auf uns zu.

Tony beugte sich vor. »Oh Gott. Fahr weiter. Er hat eine Kette in der Hand. Er wird uns umbringen.«

»Das ist eine Hundeleine.«

»Ist mir doch scheißegal, was es ist, Dominic. Ich will nur nicht sterben, verdammt noch mal, mehr nicht. Um Himmels willen, gib Gas.«

»Dann überfahre ich ihn.«

»Ich hab dir gleich gesagt, dass das hier eine Katastrophe wird, Dodie. Ich habe dich gewarnt. Oh Gott.«

Der Junge stand mit erhobenen Armen, die Handflächen zu uns gedreht, direkt vor dem Wagen.

Dominic hielt an. Tony fasste ihn an der Schulter. »Egal, was geschieht, mach bloß nicht das Fenster auf.«

Der Junge kam an das Fenster auf Dominics Seite und klopfte dagegen.

»Mach nicht auf. Fahr einfach weiter«, zischte Tony.

Der Junge versetzte der Scheibe einen leichten Schlag mit der offenen Handfläche und bedeutete Dominic mit einer Geste, das Fenster runterzukurbeln.

»Dominic, wenn du weiter für mich arbeiten willst, denk nicht mal drüber nach.«

Der Junge schlug wieder gegen die Scheibe. Dominic kurbelte das Fenster ein wenig herunter.

»Oh Gott.« Tony verkroch sich in seinen Rücksitz.

»Was sucht ihr?« Der Junge war weiß – na ja, eher gräulich-rosa –, aber seine Stimme klang wie die eines Schwarzen. Er war ungefähr sechzehn und sah total abgeklärt aus.

»Byron House. Kennst du das?«

»Warum?«

»Wir wollen zu einer Frau namens Maggie Hill.«

»Williams.« Ich lehnte mich zum Fenster. »Maggie Williams.«

»Entscheidet euch«, sagte der Junge. Er musterte das Auto und sagte: »Nie von ihr gehört. Byron House ist auf der anderen Seite. Da hinten links.«

»Danke.«

Er zuckte die Achseln und trat zurück. »Und tschüs.«

Schweigend fuhren wir an Wordsworth, Coleridge und De Quincy vorbei. Byron House war gleich am Ende der Straße. Der Parkplatz war leer. Dominic hielt neben einem der schmutzigen, vollgeschmierten Aufgänge, in denen eine bedrohliche Dunkelheit herrschte.

»Was hast du vor?«, fragte ich.

»Hier warten«, sagte Dominic. »Es sei denn, du willst, dass ich mitkomme.« Ich warf Tony über die Schulter einen Blick zu. Er starrte in seinen Schoß.

»Nein, ich schaffe es schon allein.« Ich machte die Tür auf.

Tony sah auf. »Warte mal. Mach die Tür zu. Ist dein Telefon an?«

Ich nickte, öffnete erneut die Tür und wollte aussteigen.

Tony beugte sich blitzschnell vor und hielt mich am Handgelenk fest. »Gib mir deine Uhr.«

»Was soll das? Dein erster Überfall?«

»Es ist eine Patek Phillippe, Herrgott noch mal. Gib sie mir, bevor sie jemand sieht.«

Ich fummelte am Armband herum und ließ sie auf den Sitz fallen. »Jetzt zufrieden?«

»Komm her.« Er drückte seine Lippen auf meine Wange. Unbeholfen und gar nicht der Tony, den ich kannte. »Sei einfach vorsichtig, okay?«

23

Der Lift war kaputt. Auf dem Weg in den elften Stock begegnete ich einem gebeugten Rentner mit rotem Gesicht und blauen Lippen, der sich keuchend von einer Stufe zur nächsten schleppte. Vielleicht hatte er auch, wie Des, im Krieg gekämpft und auf eine bessere Welt gehofft. Würde Mr. Molloy auch so enden, wenn ich ihn aus seinem Häuschen warf? Eingesperrt in einen Betonblock, in dem er kaum Luft bekam?

Eine Neonröhre ging über meinem Kopf flackernd an und aus, als ich in dem fensterlosen Gang stand und darauf wartete, dass Maggie Hill die Tür aufmachte. Maggie hatte Wohnung D. Ein Schild an der Wand wies den Weg zu A bis H, aber auf halbem Weg war der Flur zugemauert, so dass man nur bis Wohnung E kam. Es gab nur einen Ausgang, nämlich den Weg, den ich gekommen war. Ich sah mich schon eingekesselt zwischen Wohnung E und der Mauer, schreiend einem Messer gegenüber. Keiner würde aus diesen Türen kommen, um mich zu retten. Wenn ich hier umgebracht werde, dachte ich, bin ich selber schuld. Ich sollte überhaupt nicht hier sein.

Maggie Hill brauchte so lange, um die Tür zu öffnen, dass ich dachte, sie wäre nicht zu Hause. Ich wollte gerade wieder die Treppe hinuntergehen, als ich Schritte hörte. Ich sah rechts und links den Gang entlang, während sie hinter der Tür mit Riegeln und Ketten hantierte, und als sie schließlich die Tür aufmachte und vor mir stand, erschreckte ich mich beinahe zu Tode.

Ich hatte mir nicht überlegt, wie sie aussehen würde. Wahrscheinlich hatte ich ein junges Mädchen in einem braunen Hosenanzug aus Samt erwartet, das sich mit einem Bleistift den gelben Krauskopf kratzte. Natürlich war sie älter geworden. Sie hatte immer noch krause Haare, aber sie waren grau. Wangen und Nase waren gerötet, als hätte sie einen Spaziergang in kaltem Wind gemacht, und um ihre Augen, die mir viel größer als in meiner Erinnerung vorkamen, waren hundert Fältchen, blau gepudert und mit schwarzem Kajal durchzogen. Und sie waren freundlich. Ihre Augen waren freundlich.

»Ich hätte nicht gedacht, dass Sie kommen«, sagte sie.

»Beinahe wäre ich auch nicht gekommen.«

»Nun, jetzt sind Sie da.« Sie winkte mich herein und verriegelte die Tür hinter uns. Sie trug ein enges, türkises T-Shirt und einen langen, verschlissenen, schmalen Rock. Sie hatte kaum zugenommen. An den Füßen gestreifte Flip-Flops mit dicken Sohlen. Silberne Ringe an den Zehen und Fingern.

»Gehen Sie ruhig durch. Ich setze Wasser auf.« Sie verschwand durch eine halb offene Tür. Der Flur war dunkel und leer, auf dem rotweißen Linoleum lagen Zeitungen verstreut. Ich ging ein paar Schritte und spähte durch die einzige offene Tür.

Ein Wohnzimmer, ein winziger Raum mit einem dicken, lachsrosa Teppich in einem Muster aus halbrunden Abdrücken, die aussahen wie Kornfelder aus der Luft, über die über Nacht der Wind gefegt war. In der Mitte stand eine Chaiselongue in einem verblassten Blumenmuster, die beinahe ganz unter einer riesigen orangefarbenen Katze verschwand, die mich aus gelben Schlitzaugen anstarrte. Die Beine der Chaiselongue waren von den Katzenklauen zerkratzt, und unten hingen Klumpen von grauer Polsterwolle heraus. Gegenüber standen zwei dunkelbraune Kordsessel voller oranger Katzenhaare, und an der Wand war ein elektrischer Ofen angebracht, der von hellgrünen Fliesen eingerahmt war. Auf dem Boden davor stand ein Radio in einem Lederkoffer, das wahrscheinlich der teuerste Gegenstand im ganzen Zimmer war. Es gab keinen Fernseher, kein Bücherregal und keine Bilder an den Wänden. Der einzige Schmuck waren Usambaraveilchen, Begonien und Geranien, die in Töpfen entlang der Fußleiste standen.

Ich beugte mich gerade hinunter, um sie zu betrachten, als Maggie Hill mit zwei Bechern voll Tee erschien. »Nehmen Sie Milch?«, fragte sie.

»Ja.«

»Gut, ich habe schon welche reingetan. Zucker?«

»Nein danke.« Ich nahm den Becher. »Schöne Pflanzen.«

»Ich kaufe sie in der Columbia Road. Sonntagmorgens. Bisschen voll, aber wenn man lange genug wartet, kriegt man sie billiger.«

»Wie schön«, sagte ich und merkte, dass sie glaubte, das sei ironisch gemeint, doch sie sagte nichts, beugte sich nur zur Seite und verscheuchte mit der freien Hand die orange Katze von der Chaiselongue, bevor sie in einen der Sessel sank.

»Das ist übrigens Napoleon. Ignorieren Sie ihn einfach. Setzen Sie sich.« Die Katze stolzierte beleidigt an mir vorbei zur Tür.

»Er hat eine hübsche Farbe.« Ich setzte mich vorsichtig in den anderen Sessel und versuchte verstohlen, die orangen Haare beiseite zu schieben.

»Die gleiche Farbe wie der Schnurrbart von Arthur Lowe. Deswegen heißt er Napoleon.«

»Wie bitte?«

»In *Dad's Army*. Bill Pertwee nannte ihn immer so. Wissen Sie nicht mehr? Der Luftschutzwart.«

Nein. »Ach ja.«

Maggie bedachte mich mit einem fragenden Blick: Von welchem Stern sind *Sie* denn?, und schüttelte den Kopf. »Warum sind Sie gekommen?«

»Weil ich wissen will, was damals geschehen ist. Ich war so jung, und niemand hat mir etwas gesagt. Ich will es einfach wissen, das ist alles.«

Maggie starrte in ihren Becher.

»Wieso stand Ihr Name in Joans Adressbuch?«

»Sie hat sich mit mir in Verbindung gesetzt. Ungefähr vor sechs Monaten. Ich glaube, sie hat einen Privatdetektiv beauftragt, mich zu suchen, weil ich inzwischen verheiratet war und einen anderen Namen hatte. Nicht einmal meine Eltern wussten, wo ich war. Na ja, sie wollten es auch nicht wissen. Nicht, nachdem ich verhaftet worden war.« Sie machte eine Pause. »Es tut mir übrigens Leid, dass sie tot ist, ich mochte sie.«

»Danke.«

»Sie war nett. Ich dachte, sie würde auf mich losgehen, wissen Sie. Ich meine, ich hätte es ihr nicht übel genommen. Und Ihnen auch nicht.«

»Ich werde nicht auf Sie losgehen. Hören Sie, Maggie ...« Ich brach ab. »Darf ich Sie so nennen? Nennen die Leute Sie so?«

Sie schien überrascht. »Ich denke schon. Wie soll ich Sie nennen?«

»Dodie.« Es war lächerlich, aber ich hatte das Gefühl, als hätten wir uns die Hände gereicht.

Maggie sagte: »Williams hieß ich nach meiner Heirat, wie ich schon am Telefon gesagt habe. Wir sind geschieden, aber ich habe den Namen behalten. Es war leichter.«

Ich überlegte, ob sie damit meinte, dass die Leute sie unter ihrem Mädchennamen erkannten. »Erzählen Sie den Leuten manchmal, was ...« Ich wollte sagen, was Sie getan haben, doch ich sagte: »Was passiert ist?«

»Nein.«

»Sie wissen, dass meine Mutter tot ist?«

Sie sah mich verwirrt an. »Ja, ich meine, ich *wusste* es nicht, aber ich dachte immer ... Ich dachte, Mick war es. Ich dachte, er hätte es arrangiert, bevor wir in das Farmhaus gefahren sind –«

»Sie dachten, Mick hat sie umgebracht?«

»Na ja, ich war mir nicht sicher, aber wahrscheinlich habe ich das gedacht. Ich habe ihn nie gefragt. Ich konnte nicht. Und ich hatte Angst, dass es stimmen könnte, deswegen wollte ich es nicht wissen. Nachdem wir verhaftet worden waren – Steve und ich –, durften wir nicht mehr miteinander reden. Ich wusste, dass sie verschwunden war, aber mehr nicht. Und ich wollte es für mich schließlich nicht noch schlimmer machen.«

»Sie ist vor zwei Wochen gestorben.«

»Sind Sie sicher?«

»Ganz sicher.«

»Oh Gott, ich hatte keine Ahnung.« Maggie starrte wieder in ihren Becher. »Arme Susan.«

»Man hat sie hier in der Nähe gefunden.«

Sie hob ruckartig den Kopf. »Was?«

»Ihre Leiche wurde hier in der Nähe gefunden.«

»Herrje. Keine Ahnung, was Sie denken, aber ich habe nichts damit zu tun. Deswegen sind Sie hier, oder? Ich habe Ihnen doch schon gesagt, ich dachte, es war Mick. Die ganzen Jahre im Gefängnis habe ich immer wieder damit gerechnet, dass jemand kommt und mir erzählt, dass man ihre Leiche gefunden hat, und ich habe gedacht, dann müssen sie ja denken, dass ich etwas damit zu tun habe. Weil Mick tot ist, müssen sie die ganze Schuld mir und Steve in die Schuhe schieben. Ich dachte immer, wenn das passiert, bleibe ich für den Rest meines Lebens hier drin, bis ich sterbe, weil mir kein Mensch glauben wird –«

»Sie ist an einer Überdosis Heroin gestorben.«

Maggie sah mich direkt an, aber sie konnte die Worte nicht erfasst haben, denn sie sagte: »Und jetzt geht alles wieder von vorne los, und wir sind schuld.«

»Haben Sie Steve gesehen? Seit Sie draußen sind, meine ich?«

»Nein. Und ich will ihn auch nicht sehen. Ich kann das alles nicht glauben. Ich wollte das Ganze immer nur vergessen, heiraten, Kinder haben. Ich wollte so gerne Kinder. Wollte einfach ein normales Leben führen.«

»Ich kann kein normales Leben führen.«

»Hören Sie, was wollen Sie mir sagen? Wenn ich könnte, würde ich alles anders machen, natürlich würde ich das, aber jetzt geht es nicht mehr, oder?« Maggie stand auf und quetschte sich hinter den Sessel, um ans Fenster zu kommen. Ihre ungezielten, tapsigen Bewegungen erinnerten mich an

Joans Hund, Malcolm, bei einem Gewitter, wenn er sich verängstigt hinter der Waschmaschine verkroch.

Ich sagte: »Ich will nur, dass Sie mir erzählen, was passiert ist, mehr nicht.«

Sie stand vor dem Fenster. Sie kehrte mir den Rücken zu, aber ich konnte ihre Wangenknochen durch das krause Haar sehen und beobachtete, wie sie mit dem Daumennagel gegen die getrockneten Farbtropfen auf der Fensterbank schnippte.

Nach einer Weile sagte sie: »Sie wollten uns getrennt den Prozess machen, aber wir hatten vorher schon abgemacht, dass wir nur als Gruppe auftreten würden, falls etwas passierte – wenn man uns kriegt. Ich habe es eigentlich wegen Mick getan, wir mussten es ihm versprechen. Mein Anwalt sagte, ich hätte weniger gekriegt, wenn ich allein gewesen wäre. Vielleicht hätten sie mich dann nicht wegen Verschwörung angeklagt.« Sie beugte sich hinunter, um ihren Becher auf dem Boden abzustellen, und als sie sich wieder aufrichtete, sah sie mich direkt an. »Und ich hätte die Wahrheit sagen können.«

24

»Angefangen hat alles, als ich in die Wohnung gezogen bin, in der Sie waren«, sagte Maggie. »Am Anfang wohnte ich mit einem Mädchen namens Maureen zusammen, aber wir brauchten noch jemanden, weil wir sonst die Miete nicht bezahlen konnten. So haben wir Steve Moody kennen gelernt. Er passte eigentlich nicht zu uns, weil er kein Student war. Er hatte seltsame Jobs auf Baustellen. Aber manchmal ist er auch stempeln gegangen. Arbeitslosenunterstützung.«

»Ich weiß, was stempeln gehen ist.«

»Und über Maureen habe ich Mick kennen gelernt. Auf einer Party. Als ich ihn das erste Mal sah, war ich total verblüfft.

Er war so, na ja, so schön. Ich dachte nur, *mein Gott.* « Sie hielt inne, als sei ihr gerade wieder eingefallen, mit wem sie redete. »Tut mir Leid.«

»Schon gut.«

»Wenn ich Ihnen erzählen soll, wie es war, muss ich offen sein. Ihnen sagen, wie ich mich gefühlt habe. Es darf ... nicht anders klingen, als es war. Ich darf nicht lügen.«

»In Ordnung. Erzählen Sie weiter.«

»Ich fing an, mit ihm auszugehen, und dann lernte Maureen jemanden kennen und wollte mit ihm zusammenziehen, also zog Mick bei mir ein. Das muss ungefähr ... ja, ungefähr drei Monate vor der Geschichte mit der Katze gewesen sein. Die Politik kam eigentlich über Mick. Er studierte Politologie, Steve ist total darauf abgefahren, und sie redeten über nichts anderes. Marxismus, die Black Panther, die Revolution, Sie wissen schon. Ich hatte nie viel darüber nachgedacht. Ich studierte Musik, und da redeten wir eigentlich nicht über solche Sachen, aber ich war ein paar Mal bei irgendwelchen Versammlungen und Demonstrationen gewesen. Es gehörte einfach dazu. Alle machten es.«

»Haben Sie daran geglaubt?«

»Woran?«

»Die Welt zu verändern. Wir werden siegen. Was weiß ich.«

»Wahrscheinlich. Damals war das anders. Es schien einfach ... es war möglich, verstehen Sie? Dass wir die Dinge verändern können. Die ganzen Geschichten über die Arbeiterrevolution. In Russland ist es schließlich passiert, oder? Aber ich habe eigentlich nicht darüber nachgedacht, was es bedeuten würde, wenn es in diesem Land tatsächlich geschehen würde. Wahrscheinlich dachte ich nur, dass alles besser wäre, wenn die Welt ein bisschen gerechter wäre.« Sie machte eine Pause und sah mich an. »Denn so, wie sie ist, ist sie nicht gerecht, oder?«

»Nein. Aber was ist gerecht? Was mit meiner Mum geschehen ist, war auch nicht *gerecht.*«

»Nein, das war es nicht.« Sie lehnte sich an den Sessel und drehte ihn ein wenig zu sich. Mir fiel auf, dass ihre Oberarme bereits schlaff wurden. »Ich denke oft darüber nach. Jeden Tag. Sie bestimmt auch.«

»Ja.«

»Soll ich weiterreden?«

Ich nickte.

»Also, Mick erzählte mir immer eine Menge Zeug. Hauptsächlich über Politik. Ich hörte ihm zu und dachte: Wahnsinn, er ist so *wirklich.* Wenn er über den Kapitalismus redete und darüber, dass die herrschende Klasse die Menschen zwingt, für einen Hungerlohn in ihren Fabriken zu arbeiten, nur damit sie dann ihren Lohn für den Mist ausgeben, den sie herstellen müssen. Er war so leidenschaftlich. Das habe ich geliebt. Ich dachte immer, wenn ich nur einen Bruchteil davon in meinem Spiel hätte – beim Cello, wissen Sie ... Weil die großen Meister das haben, dieses Wahnsinnsgefühl. Wie Paul Tortellier. Der hat vor einer Ewigkeit im Fernsehen Meisterklassen gegeben.« Sie sah, dass ich mich im Zimmer umschaute. »Früher hatte ich einen, aber ich habe ihn weggegeben. Zu viel Gewalt. Wahrscheinlich finden Sie es seltsam, dass ausgerechnet ich das sage.«

»Viele Leute denken so.«

»Egal, ich hatte sie nicht. Die Leidenschaft. Ich spielte gut, ich meine, rein technisch gesehen war es okay, aber ich tat nur so. Ich hatte in Wirklichkeit kein Gefühl, und ich –« Sie brach ab und ließ den Kopf hängen, dann ließ sie so abrupt den Sessel los, dass er mit einem Knall auf dem Boden aufkam. »Entschuldigung«, flüsterte sie und stürzte in den Flur. Ein paar Minuten später kam sie mit einer Schachtel Kleenex zurück. »Tut mir Leid. Meine Notration.« Sie ließ die Taschentücher auf die Chaiselongue fallen. »Möchten Sie noch einen Tee? Ich setze Wasser auf.«

Ich saß da und betrachtete die Pflanzen, während Maggie in der Küche mit dem Geschirr klapperte. »Früher standen sie auf der Fensterbank, aber der Rahmen ist verzogen.« Sie stellte die Becher mit dem Tee mitten auf den Teppich und setzte sich auf die Chaiselongue. »Bedienen Sie sich. Das Holz fault wegen der Feuchtigkeit. Im Winter ist es hier eiskalt. Jedes Jahr sterben mindestens zwei Rentner – an Rippenfellentzündung, Lungenentzündung, Unterkühlung. Die Stadt tut nichts. Zu teuer. Auch eine Methode, die Bevölkerungsdichte zu senken, oder?« Sie beugte sich hinunter und griff nach ihrem Becher.

Ich ignorierte die Herausforderung in ihrer Stimme. »Sie haben gerade über die Musik geredet …«

Maggie runzelte die Stirn. »Eigentlich war es dumm. Mick hasste klassische Musik. Wenn ich Elgar oder so spielte, sagte er immer, er könne nicht glauben, dass ich so naiv war, mein Leben damit zu verbringen, diese bourgeoise Scheiße zu spielen, nur damit die Herrscherschweine sich der Arbeiterklasse überlegen fühlen.«

»Herrscherschweine?«

»So hat er geredet. Herrscherschweine, Chefschweine, Oberschweine.«

»Er hat uns auch Schweine genannt. Auf einer der Kassetten.«

»Wirklich?«

»Haben Sie die nicht gehört?«

»Nein. Mick hat sie immer allein gemacht. Na ja, er und Susan. Er sagte, ich würde klassische Musik nur deshalb lieben, weil man es mir beigebracht hatte.«

»Aber Sie müssen doch gewusst haben, dass das Quatsch ist.«

»Ich war in ihn verliebt, Dodie. Ich wollte nicht, dass er sauer wird, also habe ich in den Übungsräumen der Hochschule gespielt, aber das bedeutete, dass ich das Cello im Bus mitnehmen und einen Raum reservieren musste, was ein ganz schöner Aufwand war, und nach einer Weile habe ich einfach aufgegeben. Es schien irgendwie nicht mehr wichtig.« Die orangefarbene Katze wand sich um die Tür, sprang auf Maggies Schoß, drehte sich und streckte die Beine aus. »Okay, aber nicht kratzen. Als die Polizei das Farmhaus stürmte, ging der Bogen kaputt. Durchgebrochen. Das war die Polizei. Es war ein teurer Bogen, aber ich habe nie eine Entschädigung dafür bekommen.«

»Haben Sie noch ein Cello?«

»Nein. Ich habe seit Jahren nicht gespielt. Früher habe ich immer CD gehört, aber bei einem Einbruch wurden sie geklaut. Jetzt höre ich nur noch Klassik im Radio.« Sie zuckte zusammen, als die Katze ihre Klauen in ihren Oberschenkel grub. »Aua. Verdammte Katze. *Hau ab.* Hören Sie«, sie klang verärgert, »es ist kein großer Verlust für die Menschheit. Ich wäre bestimmt keine zweite Jaqueline du Pre geworden.« Sie schubste Napoleon auf den Teppich, legte die Arme auf die Knie und beugte sich in meine Richtung. »Sie denken wahrscheinlich, ich war nur ein Fußabstreifer, aber Sie müssen das verstehen. Da, wo ich aufgewachsen bin, in meiner Familie, hieß es immer nur: ›Sei nicht so laut, ärgere deinen Vater nicht, reg deine Mutter nicht auf.‹ Man durfte sich über nichts freuen, nicht schreien, nicht weinen, nicht die Arme hochwerfen, weil es zu laut oder zu chaotisch gewesen wäre. Als ich Mick kennen lernte, war es, als hätte plötzlich jemand lauter gedreht, und ich konnte endlich richtig hören.«

»Aus was für Verhältnissen kam er?«

»Mittelklasse, wie ich wahrscheinlich. Er redete nicht viel darüber. Das tat keiner von uns. Ich glaube, seine Eltern waren tot. Er hatte ein bisschen Geld geerbt – nicht viel, aber genug zum Leben. Er hat uns immer erzählt, er wäre knapp bei Kasse, aber wenn er etwas haben wollte, hat er es sich gekauft.«

»Was zum Beispiel?«

»Na ja, wenn er was Neues zum Anziehen wollte, hat er nicht einfach eine Jacke oder eine Jeans gekauft, sondern vier oder fünf, und zwar ziemlich teure Sachen. Er hat mir gegenüber jedes Mal behauptet, er hätte sie geklaut, aber einmal kam er mit irgendwelchen Sachen wieder, die noch in der Tüte waren, zusammen mit den Quittungen, und einmal habe ich gesehen, wie er in einem Laden bezahlt hat, deswegen glaube ich, dass er alles gekauft hat. Er hat auch die Randall-Farm gemietet und die Kaution bezahlt. Da habe ich zum ersten Mal geglaubt, dass er es ernst meint. Als er mir erzählte, dass er es getan hat.«

»Dass er das mit der Entführung ernst meinte?«

»Ja. Das war ungefähr einen Monat vorher. Er hatte schon die ganze Zeit davon geredet, aber als er sagte, er hätte die alte Farm gemietet, dachte ich, mein Gott, er meint es wirklich ernst. Doch manchmal sagte er auch das eine und tat das andere. Wie bei den Klamotten. Und beim Essen.« Sie schüttelte lächelnd den Kopf. »Bei uns um die Ecke gab es einen Chinesen, und jede zweite Woche lud Mick Steve und mich dorthin ein und bestellte schrecklich viel zu essen, wir konnten nie alles aufessen, und er bezahlte. Er und Steve behaupteten immer, dass alles eine Verschwörung sei und man versuche, unser Essen mit Chemikalien zu vergiften, damit wir zu schwach für den Kampf gegen die herrschende Klasse werden. Sie sagten, eigentlich sollten wir Vegetarier werden, weil wir die Tiere ausbeuteten, aber beide haben das Hühnchen mitsamt Glutamat und all dem Zeug verschlungen. Oder sie sind zu Wimpy gegangen und haben sich Hamburger gekauft. Steve hat alles gegessen. Wir nannten ihn unseren Mülleimer. Susan hat ihm immer ihr Essen gegeben.«

Ich schaute in meinen Becher, und für einen Augenblick wurde aus dem braunen Tee Wasser, auf dem Kresseblätter schwammen wie Wasserlilien. »Mum hatte Probleme mit dem Essen. Das fing allerdings erst ein paar Monate vor der Entführung an. Es kam ganz plötzlich. Über Nacht ist sie sozusagen Vegetarierin geworden. Und sie fing an, Sachen zu trennen. Ich dachte immer, wozu soll das gut sein, im Magen kommt doch alles zusammen, aber sie sagte, man müsse die verschiedenen Geschmacksrichtungen trennen.«

»Ja, sie war ein bisschen seltsam.«

»Mein Vater glaubte, dass sie verrückt wurde. Sie hat noch andere Sachen gemacht. Einmal ging sie mit einem Koffer voller Kleider in die U-Bahn und fing an, alles an die Leute zu verschenken.«

»Oh Gott, dann hat sie das also tatsächlich getan.«

»Ich war dabei. Sie hat auch ein paar von meinen Sachen verschenkt. Aber woher wissen Sie davon?«

»Steve hat es uns erzählt.«

»Steve?« Steven Moody, der Liebhaber. *Der Mann, der den Brief geschrieben hat.* »War er ... war er derjenige, welcher?«

»Ja.«

»Er war bei unserem Haus auf dem Land. Die Leute im Dorf haben sie zusammen in seinem Land Rover gesehen.«

»Der gehörte Mick. Wenn Steve von seinen Ausflügen nach Hause kam, erzählte er uns immer davon. Was sie gemacht hatten, was sie gesagt hatte, Sie wissen schon ...«

Ich stellte mir vor, wie sie in der schmutzigen Küche herumhingen und über meine Mutter lachten. Geile, reiche Schlampe. »Dann hat er sie also nicht geliebt. Es war alles ... geplant.«

»Nein, war es nicht.«

»Wir kommen zufällig in Ihr Haus, und sechs Monate später hat meine Mutter eine Affäre mit jemandem, den sie dort kennen gelernt hat, und weitere sechs Monate später wird sie von genau diesem Mann entführt – und Sie wollen mir weismachen, das sei alles Zufall?«

Maggie seufzte. »Ich versuche ja, es zu erklären. Es war wirklich nicht geplant – jedenfalls nicht so, wie Sie denken.« Sie hob die Hand. »Es stimmt, dass es Micks Idee war. Jetzt denken Sie bestimmt, was soll sie sonst sagen, oder? Aber als Mick bei uns einzog, hat er sozusagen das Ruder übernommen. Als wäre er der Boss.« Sie zuckte die Achseln. »Hatte wohl eine starke Persönlichkeit. Heute denke ich, er hat das alles mit Absicht getan, um seine Stellung zu stärken. Wenn wir zum Chinesen gegangen sind und er für alle bezahlt hat, zum Beispiel. Und er war der Einzige, der ein Auto hatte. Er hatte Steve ganz schön unter seiner Fuchtel. So viel zu Klassenunterschieden. Es ist komisch, wenn man darüber nach denkt. Da waren wir, redeten über nichts anderes, als dass die Klassenunterschiede weg mussten, und Steve hatte Achtung vor Mick, weil der durch seine gute Erziehung redegewandt und vertrauenswürdig war und Steve nicht, weil er in einer Sozialwohnung groß wurde und in einer staatlichen Schule war. Er hat allerdings immer mit Mick diskutiert. Hatte sich eine ganze Menge selber beigebracht, hauptsächlich durchs Fernsehen. Manchmal war er wie besessen von etwas. Das habe ich im Gefängnis bei Leuten, die ihre Bildung aus dem Fernsehen haben, oft erlebt. Steve war besessen von dem Mord an Kennedy. Von seinem Mörder. Er konnte stundenlang darüber reden, aber wenn Mick dabei war, hielt er meistens den Mund, weil der sich darüber ärgerte. Auf einer Party haben sie schrecklich gestritten, weil Mick sagte, wer auch immer Kennedy erschossen hat, hätte einen Orden verdient, weil Kennedy ein Kriegstreiber und ein Schwein war und die

Amerikaner in den Krieg nach Vietnam geschickt hat, damit die Schwarzen getötet werden und so das Rassenproblem gelöst wird. Steve drehte total durch. Wenn ihn nicht jemand festgehalten hätte, wäre er auf Mick losgegangen. Aber meistens hat Steve getan, was Mick gesagt hat. Wie mit Sus – mit Ihrer Mutter.«

»Dann hat er also Steve befohlen, mit ihr Kontakt aufzunehmen? Woher wusste er, wo sie zu finden war?«

»Sie hat uns ihre Adresse gegeben.«

»Wirklich? Daran kann ich mich gar nicht erinnern.«

»Wir waren in der Küche. Vielleicht waren Sie gerade draußen.«

»Es muss gewesen sein, als Steven mir die Geschichte über die Schaufensterpuppe erzählt hat.«

»*Das* wissen Sie noch? Ich hab das Ding gehasst. Ich bin immer über ihre Füße gestolpert.«

»Was geschah, als wir weg waren?«

»Mick war unterwegs, und als er zurückkam, erzählte ich ihm von Ihnen und Ihrer Mutter, damit er ein Auge auf die Katze hatte, falls sie zum Tierarzt musste. Ich sagte ihm, dass ich den Zettel mit der Adresse in mein Tagebuch gelegt hätte, da bewahre ich so was immer auf. Und das war's eigentlich. Ein paar Wochen später hat er in dem Tagebuch nach einer Nummer gesucht und den Zettel gefunden. Er kam in die Küche gerannt und schrie: ›Weißt du denn nicht, wer das ist?‹ Ich sagte ihm, dass ich keinen Schimmer hatte, wovon er redete, und er sagte: ›Schau dir doch den Namen an! Sie ist mit dem größten Schwein von allen verheiratet. Wolf Blackstock ist ein Feind des Volkes, und sie ist seine *Frau.*‹ Er drehte total durch, lief in der Küche hin und her, tippte immer wieder auf den Zettel und schrie: ›Ich fasse es nicht!‹ Dann lud er uns zum Essen ein. Während des Essens sagte er andauernd: ›Ich kann es nicht glauben. So eine Chance werde ich mir nicht entgehen lassen.‹ Aber er hat nicht von einer Entführung geredet. Da noch nicht. Ich dachte, er hätte irgendeine Betrügerei im Kopf. Wollte behaupten, wir hätten den Tierarzt wegen der Katze holen müssen, damit sie Geld locker macht. Ungefähr zwei Wochen lang sprach er nicht mehr davon, aber er behielt den Zettel. Das weiß ich, weil er in der Tasche seiner Jeans steckte, die ich mit in den Waschsalon genommen hatte. Er ist beinahe durchgedreht. Er stürmte herein und versuchte, die Waschmaschine aufzureißen, obwohl sie lief. Man konnte die Schrift Gott sei Dank gerade noch lesen. Dann fing er an, auf Steve einzureden: ›Warum rufst du die Frau nicht mal an? So eine süße Mutter wär doch nicht schlecht für dich.‹ Am Anfang wollte Steve nichts davon wissen, aber Mick ließ nicht locker, und ich glaube, Steve muss einmal gesagt haben, dass Susan hübsch ist oder so was, weil Mick dann anfing, Sachen zu sagen wie: Frauen, die so jung sind und so reiche, alte Knacker heiraten, sind scharf wie sonst was und treiben es immer mit dem Chauffeur, weil ihr Mann es ihnen nie besorgt –« Sie brach ab und sah mich abwehrend an. »Entschuldigung, aber ich wiederhole nur, was er gesagt hat.«

»Schon gut. Erzählen Sie weiter.«

»Also, Mick hat nicht locker gelassen. Es wurde so schlimm, dass Steve sagte: ›Hör mal, warum rufst du sie nicht selber an, wenn du so scharf auf sie bist.‹ Ich hatte Angst, dass er es tun könnte, aber er redete immer weiter auf Steve ein. Es war komisch, ich meine, ich merkte, dass Steve eigentlich nicht wollte – keiner von uns wollte –, aber er war so geschmeichelt, weil er so viel Aufmerksamkeit von Mick bekam; dass Mick dachte, er, Steve, könnte diese fantastische Frau haben.

Ich glaube, deswegen hat er sie schließlich angerufen. Er hat es uns erst hinterher erzählt. Wahrscheinlich hatte er

Angst, dass sie ihn zum Teufel schicken würde, aber das tat sie nicht. Und dann fing er an, mit der Geschichte anzugeben. Sagte, er hätte Einfluss auf die Frau. Daher weiß ich von der Geschichte mit den Kleidern. Angeblich hatte er sie dazu gebracht, darüber nachzudenken, was für ein privilegiertes Leben sie führt, und dass andere Leute dringend Kleidung brauchen. Er wollte, dass Mick sah, wie schlau er war.«

Mir war schlecht vor Wut. »Dann war es sein Vorschlag, die Kleider zu verschenken?«

Maggie nickte. »Und Vegetarierin zu werden. Aber das mit der Trennung nach Geschmacksrichtungen kam nicht von ihm. Ich meine, er machte sich zwar Gedanken über die Politik, die hinter der Produktion von Nahrungsmitteln stand, aber er interessierte sich nicht für … Diäten. Das war einzig und allein ihr Ding.«

»Aber er hat sie behandelt wie einen dressierten Pudel! Er war wie ein … *Dompteur,* und ihr beide habt jedes Mal geklatscht, wenn sie ein Stück Würfelzucker auf der Nase balancierte. Wie konntet ihr sie so behandeln? Sie wussten, was für ein Mensch sie war. Sie *kannten* sie.«

Ich hatte geschrien, und einen Augenblick lang schwieg Maggie. Dann reichte sie mir die Schachtel mit den Taschentüchern und sagte nichts, während ich mir die Nase putzte und die Tränen zurückzwang. »So war es nur am Anfang, Dodie. Und es war nur Mick, der Steve anstachelte, nicht ich. Er stellte andauernd Fragen über Susan, was hatte sie an, was für eine Frisur hatte sie, solche Sachen. Ich dachte, er fragt Steve das alles, weil er auch in sie verknallt ist. Sie war schön, reich – seien wir doch mal ehrlich, sie hatte einfach alles. Und ich nicht. Ich war nicht gut genug. Ich lag nächtelang wach und dachte, ich würde Mick verlieren, weil ich nicht gut genug war. Aber darum ging es gar nicht.« Sie beugte sich vor, die Ellbogen auf den Knien. »Ich war so blind!« Sie legte die Hände an die

Schläfen und schüttelte den Kopf. »Ich meine, was hab ich für eine Scheiße gedacht. Das ganze Zeug, was Mick über die gerechte Verteilung des Reichtums gefaselt hat, war kompletter Quatsch. Er hat sich einen Dreck um die unterdrückten Massen gekümmert, er wollte nur selbst *reich* sein. Das hat ihn total fasziniert – das Geld, das Leben, alles. Ich will Ihnen was sagen, Dodie. Später, als Ihre Mutter ... bei uns war, unterzog Mick sie immer so genannten ›Befragungen‹.«

»Hören Sie auf!« All die Bilder von Folter, die ich so gut verdrängt hatte, standen mir plötzlich wieder vor Augen. »Sie wollen sagen, dass Sie ihr wehgetan haben, nicht wahr? Er – Mick – hat sie gequält, oder? Er –«

»Nein!« Maggie schrie es heraus. »Nein. Wir haben ihr nicht wehgetan, Dodie, das müssen Sie mir glauben. Hören Sie mir zu. Bitte. Niemand hat ihr wehgetan. Selbst wenn Mick es gewollt hätte, was nicht der Fall war, hätte Steve es nicht zugelassen. Er hat sie geliebt.«

»Aber Sie haben gesagt, er hat es nur getan, weil –«

»Später hat er sich wirklich in sie verliebt. Also, diese Befragungen. Mick erzählte uns, dass er Ihre Mutter darüber ausfragte, wie viel Geld Ihr Vater hatte, wie viele Aktien ... Meistens fragte er sie am Nachmittag, sie gingen zusammen in ein Zimmer, nur die beiden, und redeten. Wir wohnten damals in der Alfriston Road in Cricklewood. Es war nur ein kleines Haus, so dass wir gehört hätten, wenn er sie angeschrien hätte oder so was. Die Tür war zu, man konnte nicht verstehen, was sie redeten, nur ihre Stimmen hören, und es klang wie eine ganz normale Unterhaltung. Sie blieben eine Ewigkeit in dem Zimmer. Einmal, als Steve nicht da war, habe ich an der Tür gelauscht. Ich war eifersüchtig, weil Mick so viel Zeit mit ihr da drin verbrachte. Wissen Sie, worüber sie geredet haben? Über ein Hotel in Paris. Sie erzählte ihm von diesem berühmten Hotel, in dem sie oft mit Ihrem Vater war –«

»Das *Georges Cinq*?«

»Genau, es muss das Teuerste sein. Sie beschrieb ihm, wie es da drinnen aussah, die Zimmer und alles, und er stellte ihr Fragen über die Einrichtung und das Essen. Es kam mir vor wie eine Klatschspalte in einem Magazin. Das waren die ›Befragungen‹. Er brachte sie dazu, ihm über Hotels und Yachten und Autos zu erzählen, über die berühmten Leute, die sie kannte und … wer die Schuhe Ihres Vaters machte. Und Mick saugte es auf! Er *liebte* es. Und ich hab's immer noch nicht kapiert. Ich hab's einfach nicht begriffen.« Sie lachte plötzlich. »Wahnsinn!« Sie schüttelte sich.

»Alles in Ordnung?«

»Geht gleich wieder. Ich habe hundertmal darüber nachgedacht, und jetzt, wo ich es Ihnen erzähle, das erste Mal darüber spreche … verstehen Sie? Nein, Sie verstehen es nicht, oder? Warum sollten Sie überhaupt versuchen, es zu verstehen, nach allem, was passiert ist. Mein Gott, Dodie, es tut mir so Leid. Ich weiß gar nicht, wie ich es sagen soll. Es tut mir einfach alles so Leid!« Sie schluchzte. Ich stand auf und legte die Schachtel mit den Kleenextüchern in ihren Schoß. Sie machte keine Anstalten, sich eins zu nehmen oder aufzuhören zu weinen, so dass ich mich neben ihren Sessel hockte und den Arm um sie legte. War ich deswegen gekommen? Um zu triumphieren, weil sie zusammenbrach? Aber ich triumphierte nicht. Ich war nur verwirrt. Nach einer Weile sagte sie: »Wollen wir was trinken? Ich glaube, ich habe noch Gin. Und Orangensaft.«

»Soll ich ihn holen?«

»Ich komme mit.« Sie stand auf und ging voraus in die Küche, wo wir uns, an die Einbauschränke gelehnt, gegenüber standen. Unsere Zehen berührten sich beinahe in dem schmalen Raum.

Ich steckte die Hand in die Tasche und fühlte den anonymen Brief in der Alufolie. »Wie meinten Sie das, als Sie sagten, später hat sich Steve in meine Mutter verliebt?«

»Wie ich es sagte. Am Anfang kam er von seinen Treffen mit ihr zurück und redete darüber, und Mick stellte Fragen, aber dann, nach einer Weile, hörte er auf, uns davon zu erzählen. Ich dachte, es läge daran, weil er sich über Mick ärgerte, aber es war nicht nur das. Er wollte es für sich behalten. Ihre Treffen. Er wollte sie nicht mehr mit uns teilen, weil sie etwas Besonderes für ihn waren. Romantisch.« Maggie starrte auf ihre Füße.

Romantisch. Steven Moody und meine Mutter.

»Es passt überhaupt nicht zu ihr. Ich weiß, dass er Ihr Freund war, aber es ist schwer für mich nachzuvollziehen, was sie in ihm sah.«

»Also, zum einen hatte er Mitgefühl. Hat sie beachtet. Sie hatte nicht viel Selbstvertrauen.«

»Das stimmt.«

»Sie hatte das Gefühl, als hätte sie nie etwas Eigenes zu Stande gebracht. Sie sagte, ihre Mutter habe sie in diese Modelgeschichte getrieben, und auch später habe es immer Menschen gegeben, die ihr sagten, wohin sie gehen oder was sie tun sollte. Sie hatte ganz schöne Angst vor Ihrem Vater, Dodie. Sie dachte wirklich, dass sie ihn liebte, als sie heirateten, aber später wurde ihr klar, dass sie ihn zum Teil deswegen geheiratet hatte, weil sie dann kein Model mehr sein musste, das hat sie nämlich gehasst. Sie erzählte mir, dass sie es nicht aushielt, wie die Leute sie anstarrten. Ich glaube, sie wollte irgendeinen Sinn im Leben haben. Sie sagte, Ihren Vater interessierte es nicht, was sie dachte, er redete nie mit ihr, und sie hatte das Gefühl, langsam zu verschwinden. Sie sah keinen Sinn in ihrem Leben.«

»Das hat sie Ihnen alles erzählt?«

»Ja. Wenn wir uns die Haare gewaschen haben. In dem Badezimmer in Cricklewood gab es keine Dusche, deshalb haben wir uns gegenseitig im Waschbecken die Haare gewaschen. Meistens waren wir hinterher beide völlig durchnässt.«

»Das klingt, als wären Sie Freundinnen gewesen.«

»Waren wir auch. Als sie keine Angst mehr hatte, war sie super.«

»Was meinen Sie mit Angst? Irgendwas verschweigen Sie mir, Maggie. Ist meine Mutter freiwillig mit Steve gegangen? Aber wenn es Micks Idee war, wie Sie sagten, wie kommt es dann –«

»Es *war* Micks Idee. Er hat es nur mir gesagt, nicht Steve. Wir hatten eines Nachts ein Gespräch, kurz nachdem Steve angefangen hatte, sich mit Ihrer Mutter zu treffen, und Mick sagte, das Ganze wäre das perfekte Beispiel dafür, wie das System funktioniere. Tausende von Menschen müssten leiden, nur damit dieser Mann Millionen scheffeln konnte. Ehrlich gesagt, hatte ich langsam genug von seinen Sprüchen, deshalb fragte ich: ›Und was willst du dagegen tun? Eine Bombe auf ihr Haus schmeißen?‹ Mick ging mir wirklich auf die Nerven, und ich wurde ironisch und sagte: ›Vielleicht helfen uns deine Freunde von der ›Angry Brigade‹, weil Mick andauernd –‹«

»Moment mal. Die ›Angry Brigade‹?«

»Entschuldigung. Das war eine Gruppe von Anarchisten Anfang der siebziger Jahre. Sie haben Bombenattentate auf die Häuser von Polizeichefs und Ministern und so verübt. Gegen die Unterdrückung durch den Staat.«

»Und Mick kannte sie?«

»Er *behauptete,* einen von ihnen zu kennen. Ich glaube nicht, dass es stimmte, er hat nur einmal einen Typen getroffen, der mit diesen Leuten zu tun hatte. Aber er redete dauernd von diesen Leuten oder von der SLA, das waren die, die Patty Hearst in Amerika entführt haben.«

»Hat ihn das auf die Idee gebracht?«

»Kann sein. Aber ein Bombenattentat fand Mick bescheuert. Er sagte, das würde nicht helfen, den Reichtum gerechter zu verteilen, weil Ihr Vater sich einfach ein noch größeres Haus kaufen würde, wenn wir ein Bombe auf sein altes Haus schmeißen. Da hat er den Vorschlag mit der Entführung gemacht. Er sagte es so, als wäre es ihm in dem Augenblick eingefallen, aber ich glaube, er hatte es von Anfang an im Kopf. Ich habe es nicht ernst genommen, doch er war Feuer und Flamme. Er wiederholte immer wieder, dass dies der perfekte Weg wäre, das Gleichgewicht wieder herzustellen und den Menschen zurückzugeben, was ihnen rechtmäßig gehörte. Er sagte, wir könnten das Geld dazu benutzen, eine revolutionäre Arbeiterbewegung zu gründen. Immer wenn Steve nicht da war, redete er darüber, und eines Tages kam er nach Hause und erzählte, er hätte das Farmhaus in Suffolk gemietet; und dann hatte er plötzlich einen fix und fertigen Plan.«

»Und Sie haben nie versucht, ihn davon abzubringen?«

»Zum Teil dachte ich, wenn ich ihn einfach ignorierte, würde er es nicht tun, dachte, mit der Zeit würde es ihn langweilen und er würde über was anderes reden.«

»Und der andere Teil?«

Maggie zögerte einen kurzen Augenblick. »Ich hätte alles getan, was Mick wollte. Aber es war nicht nur das, Dodie. Dieser Plan erschien mir so unwirklich. Sogar als es dann tatsächlich passierte, war es, als wäre ich nicht beteiligt, als würde ich nur zusehen.«

»*Wie* passierte es?«

»Wir haben sie nicht überfallen oder so was. Steve versuchte bereits, sie zu einem Besuch bei uns zu überreden. Das Haus in Cricklewood war schöner als das in Muswell Hill, obwohl es kleiner war. Wahrscheinlich hat Mick Steve die Idee in den Kopf gesetzt – dass sie uns besuchen sollte, meine ich –, obwohl ich mich nicht daran erinnere, dass er je so was gesagt hat. Dann kam Steve eines Tages von einem Treffen mit ihr wieder und sagte, sie würde nächstes Wochenende kommen. Der Plan war, dass sie sagen sollte, sie würde eine Freundin besuchen, aber anstatt am Freitag würde sie erst am Sonntag zu ihr fahren und übers Wochenende bei uns bleiben.«

Ich nickte und dachte an Irene des Voeux. An das Interview im Fernsehen. *Wolfgang und ich hatten eine ganz besondere Beziehung.* Nicht, wenn er gewusst hätte, dass sie Mum ein Alibi für ein Wochenende mit ihrem Liebhaber verschafft hatte. Vielleicht war er später darauf gekommen und hatte Virginia nur geheiratet, um es Irene heimzuzahlen.

Maggie fuhr fort: »Ich fing an aufzuräumen, und Mick sagte: ›Warum staubsaugst du für diese reiche Schlampe? Sie ist keinen Deut besser als wir.‹ Gut, dachte ich, er hat Recht, und ließ es sein. Aber es war so seltsam, als sie an unserem Küchentisch saß. Wir waren alle da, haben Tee getrunken, und es war so, als wären Mick und ich Steves Eltern, und er brachte zum ersten Mal seine Freundin mit nach Hause. Es war richtig steif. Susan versuchte, Konversation zu machen, aber mir fiel einfach nichts ein. Ich starrte sie die ganze Zeit an und dachte, Mick wird doch nicht Ernst machen. Obwohl ich Susan schon kannte, hatte ich ein bestimmtes Bild von ihr im Kopf, so selbstsicher, verstehen Sie … Aber so war sie überhaupt nicht. Sie sah so *jung* aus. Sie trug einen wunderschönen grünen Pullover aus Mohair, passend zu ihren Augen, und ihre Haare fielen offen über ihre Schultern. Steve hielt unter dem Tisch ihre Hand. Mick hat Steve erst am nächsten Tag von seinem Plan erzählt – am Samstag, nachdem wir den Brief abgeschickt hatten. Steve und Ihre Mutter hatten …« Plötzlich war sie verlegen.

»Den ganzen Tag im Bett verbracht?«, fragte ich. Es war so lächerlich, dass ich beinahe lachen musste.

»Ja, genau. Den ganzen Tag. Tut mir Leid. Egal«, fuhr sie eilig fort. »Steve kam gegen acht aus dem Zimmer. Wir waren alle im Wohnzimmer. Mick sagte: ›Wo ist Susan?‹, und Steve antwortete: ›Sie schläft‹, und dann machte Mick irgendeinen Witz darüber, wie müde sie sein musste, und Steve sagte, er solle den Mund halten. Ich wusste, was kommen würde, ich war mir sicher, dass es einen schrecklichen Streit geben würde, und das wollte ich nicht miterleben, deshalb sagte ich, ich würde den Abwasch machen, und überließ sie sich selbst. Als ich in der Küche war, dachte ich, jeden Augenblick würde einer von beiden aus dem Haus stürmen und die Tür hinter sich zuknallen, aber es wurde immer später, und nichts geschah. Ich fing an, alles Mögliche sauber zu machen – nicht, dass es nicht nötig gewesen wäre –, aber Sachen, die ich sonst nicht putzte, nahm die Dosen vom Regal und wischte sie ab und so was. Ich war mir so sicher gewesen, dass es nicht passieren würde, aber als Steve mit Mick immer länger da drin blieb, fing ich an zu denken, oh, *Scheiße,* es wird passieren. Machen wir uns endlich was zu trinken, okay?« Sie begann, Schränke zu öffnen, wahllos Sachen herauszuziehen und Grimassen zu schneiden. Ich wusste, dass sie mir das, was als Nächstes kam, nicht erzählen wollte.

»Maggie?«

Sie drehte sich um, eine Flasche Gin in der Hand. Ihr Gesicht glühte. »Das scheint alles zu sein, was ich habe. Was wollten Sie sagen?«

»Ich werde nicht wütend, das verspreche ich.«

»Ich weiß. Na ja, eigentlich weiß ich es nicht, es ist nur … Im Kühlschrank ist Orangensaft, oder wollen Sie ihn lieber pur? Was anderes habe ich nicht.«

»Kein Problem.«

»Gut.« Sie ging um mich herum, fischte zwei Gläser aus dem Spülbecken und trocknete sie mit dem Rücken zu mir ab. »Ich habe daran gedacht, in Steves Zimmer zu gehen und Susan zu wecken, aber gleichzeitig dachte ich, man weiß ja nie, worüber sie da drin sprechen. Sie hätten auch über Fußballergebnisse reden können … Mick wäre fuchsteufelswild geworden, wenn ich sie aufgeweckt hätte, richtig wütend. Also suchte ich mir immer neue Arbeiten. Schließlich kochte ich Tee. Vielleicht wollte Susan ja Tee, dachte ich. Ich holte sogar zwei Becher raus und legte die Teebeutel rein, so weit bin ich immerhin gekommen. Draußen war es stockdunkel, wir hatten keine Vorhänge oder so was, und ich konnte mein Spiegelbild in der Scheibe sehen, wie ich da vor dem Spülbecken stand, den Tee in der Hand. Als Mick in die Küche kam, drehte ich mich nicht um. Ich konnte ihn in der Scheibe sehen. Er sagte nur: ›Alles klar.‹ Er sah so gut aus, und ich wusste, ich *wusste* einfach, dass ich mitmachen musste, wenn ich mit ihm zusammenbleiben wollte. Also machte ich mit. Ich bin nicht stolz darauf.« Maggie drehte sich um und schenkte den Gin ein. »Sagen Sie doch etwas, Herrgott noch mal.«

»Ich bin froh, dass Sie ehrlich zu mir sind.«

»Ja.« Sie trank einen Schluck von ihrem Gin. »Ich weiß nicht, was genau Mick zu Steve gesagt hat, aber es war so, als würde Steve denken, na ja, dass er Susan vor Ihrem Vater rettete. Ein Ritter auf einem weißen Pferd. Sie würden einfach in den Sonnenuntergang davonreiten und bis an ihr Lebensende glücklich miteinander sein. Er saß da und erzählte uns, dass er mit ihr in einer Höhle auf einer griechischen Insel leben und Orangenbäume pflanzen würde –«

»Einen Moment, Maggie. Wollen Sie sagen, meine Mutter war mit der Sache einverstanden? War es so?«

»Nicht ganz. Sie war sehr verwirrt. Wir waren alle ganz schön angespannt und wussten nicht, was geschehen würde.«

»Und was war mit dem Erpresserbrief? Dem ersten?«

»Davon wusste sie nichts.«

»Sie muss es doch herausgefunden haben. Ihr habt uns ihre Kreditkarte geschickt. Zusammen mit dem Brief. Das muss sie doch gewusst haben.«

»Nein. Steve sagte mir, sie wäre einverstanden, noch ein paar Tage zu bleiben. Sie wollte darüber nachdenken, was sie tun sollte. Ich dachte, er hätte ihr erklärt, was wir vorhaben, aber das hatte er nicht, und ich bin mir sicher, dass Mick auch nicht mit ihr gesprochen hat. Hat er bestimmt nicht, denn zwei Tage später suchte sie etwas in ihrer Tasche und entdeckte, dass ihre Kreditkarte verschwunden war, und da kam alles raus. Mick hatte sie aus ihrem Geldbeutel genommen, als sie nicht im Zimmer war.«

»Aber hat sie da nicht ... hat sie nicht ...«

»Es war schrecklich. Sie fing an zu weinen und sagte: ›Warum tut ihr mir das an? Warum hasst ihr mich so? Was habe ich euch getan?‹ Niemand sagte etwas darauf, nicht einmal Steve. Wir saßen nur da und sahen sie an. Ich wollte ihr sagen, dass alles in Ordnung ist, dass wir ihr nichts tun würden, aber Mick schickte mich in die Küche, um ihr eine Tasse Tee zu machen, und ich dachte, na gut, vielleicht hilft ihr das auch. Ich stand vor der Tür und lauschte. Sie hatte ein bisschen Geld dabei, zwanzig Pfund oder so, und bot sie Mick an, versuchte, sie ihm zu geben. Er erklärte ihr immer wieder, dass wir nicht ihr Geld wollten, sondern das Ihres Vaters. Sie war so erregt. Sie saß auf dem Sofa, und als ich ihr den Tee geben wollte, zuckte sie richtig vor mir zurück und verkroch sich in die Ecke. Ich werde nie vergessen, wie sie mich angesehen hat, sie konnte einfach nicht glauben, was ihr geschah, was wir ihr antaten. Mick fragte mich, ob ich sie nach oben in mein Bett bringen könne. Ich streckte ihr die Hand entgegen, wie einem Kind, und sie nahm sie und versuchte gar nicht erst, sich zu wehren. Als wir in meinem Zimmer waren, setzte sie sich aufs Bett und rührte sich nicht. Ich musste sie ausziehen. Ich hatte Angst, dass sie sich wieder aufregen würde und Mick sie hörte, deshalb sagte ich, ich würde ihr eine heiße Milch holen, was mir einen Grund gab, wieder runterzugehen. Als ich zurückkam, war sie im Bett. Sie fragte mich, wo Steve war, und ich sagte, ich wüsste es nicht. Dann sagte ich: ›Ich muss die Tür abschließen‹, weil Mick das gesagt hatte. Sie sah mich nur an. Ihr Gesicht auf dem weißen Kissen war so blass. Als hätte sie kein Blut mehr im Körper. Sie sagte immer wieder dasselbe: ›Ich verstehe das nicht.‹«

»Oh Gott, meine arme Mutter.«

»Es war einfach … *bizarr.* Im Nachhinein – ich habe so viel darüber nachgedacht, und es war alles so irre. Sie sagen ›meine arme Mutter‹, aber es war nicht so, dass sie *die ganze Zeit* Angst hatte. Gut, sie war unsere Gefangene, und sie konnte nicht weggehen oder so was, aber oft war es eher so, als wäre sie ein Schulmädchen, das die Nacht bei ihrem Freund verbracht hatte und Angst hatte, ihre Eltern könnten es herausfinden. Die Art von Angst.«

»Was war mit den Kassetten?«

»Sie hat von den Drohungen nie was mitbekommen. Da war sie nicht dabei. Am Anfang dachte ich, sie würde uns was vorspielen, damit wir ihr trauten und sie abhauen konnte. Ich meine, das hätte ich getan, aber als sie es –«

»Sie hat versucht zu fliehen?«

»Na ja, sozusagen. Ich war vorne im Wohnzimmer und hörte die Tür. Und als ich aus dem Fenster schaute, sah ich sie den Weg hinunterlaufen. Ich sagte es Mick, und er ist ihr hinterhergelaufen. Am Ende der Straße hat er sie eingeholt – ich hab's vom Vorgarten aus beobachtet –, sie redeten ein paar Minuten miteinander, und dann kam sie mit ihm zurück. Er hatte den Arm um sie gelegt, aber es sah nicht so aus, als würde er sie zwingen oder so was. Es war niemand in der Nähe, doch sie hatte die Hand vor dem Gesicht, als wolle sie nicht, dass man sie erkannte, und sie rannte direkt nach oben, als sie hereinkamen. Ich fragte Mick, was er ihr gesagt hatte, und er tat so, als wäre es eine Kleinigkeit gewesen, Sie wissen schon, aber später erzählte er, dass er ihr erklärt hatte, wenn sie zurückging, würde sie verhaftet werden, weil die Polizei denken würde, das Ganze sei ein abgekartetes Spiel wegen Steve gewesen. Danach sagte er ihr immer wieder, dass sie ins Gefängnis müsste, und redete von Patty Hearst, die man wegen des Bankraubs schuldig gesprochen hatte, obwohl es gar nicht ihre Idee gewesen war. Sie werden mir das wahrscheinlich nicht glauben, aber bis zu dem Zeitpunkt bin ich überhaupt nicht auf die Idee gekommen, dass ich im Gefängnis landen könnte, wenn man uns schnappt.

Ungefähr zwei Wochen später fuhren wir auf die Randall-Farm. Steve und Susan kamen mit, aber dann kam Mick die Polizei in Suffolk verdächtig vor, und als wir nach Cricklewood zurückfuhren, um unsere restlichen Sachen zu holen, blieben Steve und Susan dort. Wir waren sicher, dass Susan viel zu viel Angst hatte, um zur Polizei zu gehen, und Steve hätte sie sowieso nicht gelassen. Er war die meiste Zeit in einem Wolkenkuckucksheim und redete nur über gefälschte Pässe und Griechenland. Susan hatte ein Postsparbuch mit ein paar tausend Pfund, die sie aus ihren Zeiten als Fotomodel gespart hatte, und Steve machte die ganze Zeit verrückte Pläne, wie es möglich wäre, das Geld in Drachmen zu wechseln, ohne dass man ihre Spur zurückverfolgen konnte. Ich erklärte ihm ständig, dass er bei dem Versuch, an das Geld zu kommen, auf der Stelle verhaftet werden würde, aber er wollte es nicht hören.«

»Sie haben doch gesagt, dass Sie dachten, Mick würde sie umbringen.« Ich gab mir Mühe, meine Stimme fest klingen zu lassen.

Maggie schlug die Hände vors Gesicht. »Ich weiß nicht

mehr, was ich dachte. Alles geriet außer Kontrolle. Nachdem Mick Susan erklärt hatte, dass sie im Knast landen könnte, redete sie praktisch mit keinem mehr. Steve merkte es gar nicht, er schwebte auf einem anderen Planeten mit dem ganzen Mist über Griechenland und Orangenbäume, und Mick war besessen von dem Lösegeld und völlig paranoid wegen der Polizei.« Maggie redete immer schneller. »Er hatte diese Waffe! Kam eines Tages nach Hause und wedelte mir damit vor dem Gesicht rum. Erzählte, dass ein Mann von der ›Angry Brigade‹ sie ihm gegeben hätte, dass die Leute uns helfen würden, so wie sie den Basken geholfen hatten, als der spanische Botschafter niedergeschossen wurde, sie würden uns Rückendeckung geben und ich weiß nicht was alles. Ich habe ihm nicht geglaubt. Sogar ich wusste, dass die ›Angry Brigade‹ 1972 auseinander gebrochen war und die Hälfte ihrer Mitglieder im Gefängnis saß. Wir stritten die ganze Zeit deswegen, und ich wusste nicht, was ich tun sollte. Mick schrie mich an, ich sei ein bourgeoiser Wendehals. Er drehte mir jedes Wort im Mund um, und ich dachte nur noch, was mache ich eigentlich hier? Ich dachte oft an meine Eltern, die für meine Cellostunden bezahlt hatten, damit ich aufs College gehen konnte, und wie ich sie betrogen hatte. Aber selbst da – selbst da liebte ich Mick noch.« Maggie rutschte an den Küchenschränken herunter, bis sie auf dem Boden hockte. Sie legte den Kopf zurück und schloss die Augen. »Die Randall-Farm war ein Schweinestall. Die Toiletten waren verstopft, und wir mussten in den Garten gehen. Es gab keinen Kühlschrank, und das ganze Essen wurde schlecht. Wissen Sie noch, wie heiß es war? Direkt neben dem Haus war ein großer Teich. Das Wasser war abgestanden, und es wimmelte von Mücken, aber Mick zwang mich, alle Fenster aufzulassen, damit er schießen konnte, falls die Polizei kam. Ich war völlig zerstochen und musste mich die ganze Zeit kratzen – ein paar

Stiche haben sich sogar entzündet. Ich habe immer noch Narben an den Beinen. Da!« Sie schob den Rock hoch, um sie mir zu zeigen. Sie zitterte.

Ich auch. Meine Beine waren wie Gummi. Ganz langsam ließ ich mich neben sie auf den Boden sinken, ganz vorsichtig, damit ich sie nicht berührte. Auf dem winzigen Stück Linoleum war gerade genug Platz für uns beide.

»Maggie?« Sie hatte die Arme auf die Knie gelegt und hielt den Kopf gesenkt. Ich konnte ihr Gesicht nicht sehen. »Maggie? Ich bin Ihnen dankbar, dass Sie mir das alles erzählen. Ich bin froh ..., dass ich es weiß ... Aber eins verstehe ich nicht. Eine Sache.« Sie sah auf. »Wenn meine ... wenn Susan in London war und Mick die Geldübergabe in Suffolk plante, wie wollte er sie dann zurückgeben? Wenn es funktioniert hätte?«

»Er wollte Anweisungen geben, wo sie zu finden war. Wo das Haus ist.«

»Aber Sie haben doch gesagt, Steve wollte mit ihr nach Griechenland. Wenn er nun mit ihr weggefahren wäre?«

»Mick sagte, das wäre egal, weil wir dann das Geld hätten. Ich weiß nicht, was passiert ist, Dodie. Ich weiß es wirklich nicht.« Sie klang erschöpft. »Sie müssten Steve fragen.«

Steve fragen. Steve, der gesagt hatte, er hätte meine Mutter getötet. Der mich töten wollte. *Du wirst bezahlen.*

»Wie hat die Polizei das Haus in Cricklewood gefunden?«

»Bei der Durchsuchung unserer Sachen haben sie die Adresse gefunden. Das war nicht besonders schwierig.«

»Ich verstehe.« Ein paar Minuten saßen wir schweigend nebeneinander, dann sagte ich: »Wir dachten, es wäre eine politische Geschichte, aber das war es nicht, oder?«

»*Ich* dachte auch, es ginge um Politik. Ich weiß, das klingt dumm, aber für mich ging es um, na ja, um Liebe. Im Grunde. Und Sie sehen ja, wo es mich hingebracht hat.« Maggie rappelte sich auf und reichte mir die Hand, um mir hoch zu helfen. »Kommen Sie«, sagte sie, »Zeit, nach Hause zu gehen.«

Ich stand in dem schmalen Flur, und Maggie sammelte Fussel und Katzenhaare von meinem Rücken.

»Es ist wahrscheinlich eine dumme Frage«, sagte ich, »aber Sie haben mir nicht zufällig Sachen geschickt? Mit der Post?«

Maggie ging um mich herum und sah mir in die Augen. Sie schien verwirrt. »Nein. Warum sollte ich? Außerdem habe ich Ihre Adresse gar nicht.«

»Natürlich nicht. Egal. Sie wissen nicht, wo Steve ist, oder?«

»Keine Ahnung. Vielleicht ist er nach Australien gegangen, aber ich weiß es nicht. Er wollte immer reisen. Hören Sie, Dodie, ich weiß, dass es mich nichts angeht, und natürlich ist es Ihre eigene Entscheidung, aber –«

»Was?«

»Na ja, ich finde, Sie sollten nicht versuchen, mit Steve Kontakt aufzunehmen. Das mit Ihrer Mutter tut mir wirklich Leid, und ich weiß, dass Sie herausfinden wollen, wo sie war und was geschehen ist, aber sie war nicht bei Steve. Ich meine, er war doch im Gefängnis. Und ehrlich gesagt, Steve war immer eher ein Loser. Er lebte in seiner eigenen Welt. Ich weiß, ich sollte so nicht reden, aber ich finde einfach, es führt zu nichts, das ist alles.«

»Ja, gut ... Eine letzte Sache noch. In ein paar Tagen wird man die Einzelheiten über den Tod meiner Mutter der Öffentlichkeit mitteilen. Es wird in den Zeitungen stehen. Aber wenn Ihnen noch irgendetwas einfällt, würden Sie es mir sagen?« Ich suchte in meiner Tasche nach einem Zettel und einem Stift und schrieb die Adresse und die Telefonnummer von Camoys Hall auf.

»Ja. Aber ich habe Ihnen alles gesagt.« Sie schaute auf den Zettel. »Da hat Joan gewohnt, ich erinnere mich an die Adresse. Als sie hier war, hat sie mir dieselben Fragen wie Sie gestellt.«

»Und haben Sie ihr erzählt, was Sie mir erzählt haben?«

»So ungefähr.«

»Sie wollte Sie anrufen. An dem Tag, an dem sie starb. Wissen Sie, warum?«

Maggie schüttelte den Kopf. »Sind Sie sicher, dass ich es war? Wir hatten eigentlich keinen Kontakt, wie ich schon sagte.«

»Es bleibt ein Geheimnis.«

»Ja.« Wir sahen uns an. »Sie müssen nach Hause.« Sie ging an mir vorbei, um die Tür aufzumachen. »Da vorne links und dann die Treppe hinunter.«

»Auf Wiedersehen, Maggie. Und danke. Danke für … Sie wissen schon.«

Sie lächelte. »Passen Sie auf sich auf, Dodie. Genießen Sie das Leben.« Ich ging hinaus, und sie schloss die Tür hinter mir.

Steve war immer eher ein Loser. Ich war viel zu müde, um noch Angst zu haben. Ich ging die Treppe hinunter und setzte mich auf die unterste Stufe. Es vergingen ein paar Sekunden, ehe ich die Schrift an der Wand bemerkte. Ein Stück unter den Graffitis stand in weißen Druckbuchstaben: TROCKENE STEIGLEITUNG. Und daneben auf einer kleinen Plakette: ENTWORFEN VON CLAUSEN & PARTNER, GEBAUT VON BLACKSTOCK LTD, 1961.

Mein Vater hatte Maggies Wohnung gebaut.

Als ich das nächste Mal aufsah, rannten Tony und Dominic über den Parkplatz auf mich zu.

25

Dominic setzte Tony zu Hause ab und fuhr mich in seinem BMW zurück nach Camoys Hall. Ich schlief auf der Fahrt die meiste Zeit. Keiner von beiden hatte mir Fragen gestellt, und ich erzählte freiwillig auch nicht viel. Ich musste über das, was Maggie mir erzählt hatte, erst mal nachdenken. Mein Kopf war voller Bilder von Männern mit langen, braunen Haaren und hängenden Schnurrbärten, die in braun und orangefarben gestrichenen Räumen die Welt verbesserten, fluchten, Parolen verbreiteten und in Unterhemden Verschwörungen ausheckten. Und mittendrin meine wunderschöne, verwirrte Mutter.

Es fiel mir schwer, meine Gedanken zu ordnen, aber zwei Dinge schienen klar. Erstens: Weder meine Mutter noch mein Vater oder Joan hatten irgendwas mit der Entführung an sich zu tun, und zweitens: Steve Moody war höchstwahrscheinlich die Person, die mich umbringen wollte. Es erschien mir nicht besonders wichtig. Einfach etwas, das man im Auge behalten sollte. So erschöpft war ich.

In der Küche in Camoys Hall wartete Des auf mich. Ich setzte mich an den Tisch und versuchte, wach zu bleiben und eine Tasse Tee zu trinken, während Dominic und Des sich hinter mir bewegten und über meinen Kopf hinweg versuchten, leise miteinander zu reden, ohne dass ich es mitbekam.

Als Dominic die Küche verließ, sagte Des: »Er bleibt über Nacht. Scheint ein netter Kerl zu sein. War früher in der Army, bei einem Wachbataillon, den *Coldstream Guards.*«

»Tony sagte, er hätte im Büro gearbeitet.«

»Davor.« Das passt zu Tony, dachte ich und lächelte, einen Wachsoldaten einzustellen. »Ich kenne seinen Vater. Ein anständiger Mann«, sagte Des missbilligend.

»Da bin ich mir sicher.«

»Ich habe mit den Sicherheitsleuten geredet. Alles bestens. Sie sagten mir, dass du einem ihrer Männer eine Liste mit den Namen von Leuten gegeben hast, die vielleicht hierher kommen könnten, so dass so weit alles in Ordnung ist. Wenn es Zweifel gibt, können sie dich jederzeit fragen. Ach ja, sie haben neben deinem Bett einen Alarmknopf installiert. Er macht einen höllischen Lärm.«

»Es war wirklich seltsam, Des. Ich mochte sie.«

Des schüttelte den Kopf über mich. »Erzähl mir morgen davon – das heißt, nur wenn du willst, natürlich. Ich treffe mich nach der Verhandlung mit Bennington, aber gegen acht müsste ich zurück sein. Du siehst fertig aus. Wie wär's, wenn du schlafen gehst?«

»Gut.« Ich zog mich hoch und trottete auf die Tür zu.

»Ach, und Dodie.«

»Ja?«

»Ich werde Benny bitten, einen Antrag auf Wahrung der Privatsphäre zu stellen, aber an deiner Stelle würde ich ein paar Tage nicht ans Telefon gehen.«

Als ich im Bett lag, war ich, wie immer, plötzlich hellwach, den Kopf voller Bilder. Maggie in grau-weißer Unterwäsche in einem schmuddeligen Badezimmer, wie sie mit einem Zahnputzglas Mums Haare ausspült; ein Waschbecken von kaputten, avocadogrünen Fliesen eingerahmt, schwarzer Schimmel im Abfluss, ein Stückchen rosa Seife mit ein oder zwei krausen Haaren daran; Mum und Maggie, die sich lachend nass spritzen; Steven Moody, der in einer schlecht beleuchteten Küche unter einem wackeligen Tisch Mums Hand hält; Mum, aufgeregt und ernst zugleich, mit riesigen Augen, wie ein kleines Mädchen, dann zusammengerollt in stummem Elend in einem Knäuel von braunen Laken aus Polyester. Maggie hatte gesagt, dass Steven Moody viel zu sehr mit seinen Fantasien über die griechischen Inseln beschäftigt war, um zu bemerken, dass Mum nicht mehr sprach. Sie hatte Maggie gebeichtet, dass sie Angst hatte zu verschwinden. Diese Ängste hatte sie auch schon in Camoys Hall gehabt, aber in Cricklewood verschwand sie wirklich. Für die nächsten zwanzig Jahre löste sie sich in Luft auf.

Ich fragte mich, ob es wirklich so gewesen war wie die Bilder in meinem Kopf. Alles hat sich so verändert, obwohl nur zwanzig Jahre dazwischen liegen. Nicht nur das Aussehen, auch die Meinung der Menschen, ihr Denken. Es hat keinen Sinn, die Uhr zurückzudrehen.

Ich werde Mum nie wiederbekommen, dachte ich. Und ich werde meine Kindheit nie wiederbekommen. Ich sah mich als Achtjährige, dünn und blass, für immer auf der Schwelle eines Zimmers hockend, darauf wartend dazuzugehören. Wenn ich nur mit ihr reden könnte. »Alles wird wieder gut.« Das hätte ich gesagt.«Keine Angt, alles wird wieder gut.« Ich starrte in die verschwommene Dunkelheit und wünschte, ich könnte mir glauben.

26

Des und Dominic waren längst verschwunden, als ich endlich auftauchte. Die Putzfrauen machten gerade Frühstückspause, als ich in die Küche kam. Sie drängten sich um eine Zeitung, die auf dem Küchentisch ausgebreitet lag. Als sie mich sahen, ließen sie die Zeitung schnell verschwinden, doch sie waren nicht schnell genug, so dass ich die Worte GEHEIMNISVOLLER TOD neben einem über die dreiviertel Seite gehenden Abdruck des Fotos von meinem Vater und meiner Mutter, das ich im Leichenschauhaus identifiziert hatte, nicht übersehen konnte. Vielen Dank, Inspector Halstead. So viel zu dem Versuch, die Sache herunterzuspielen. »Bitte bleiben Sie sitzen«, sagte ich, aber die Overalls stammelten Entschuldigungen und suchten, ihre Gerätschaften hinter sich herziehend, das Weite.

Nur die nette Putzfrau mit der Wolljacke blieb. »Gehen Sie doch in das hübsche, kleine Wohnzimmer, meine Liebe. Dort ist es ruhiger als hier.« Sie machte eine ausladende Bewegung mit ihrem rot bestrickten Arm in die jetzt leere Küche. »Haben Sie schon gefrühstückt?«

»Nein, noch nicht.«

»Dann bringe ich Ihnen etwas. Und jetzt ab mit Ihnen.«

Ich tat, wie mir geheißen. Auf dem Fußboden kringelte sich wieder eine lange Papierschlange aus dem Fax, aber ich brachte es nicht fertig, sie durchzusehen. Ich spulte den Anrufbeantworter zurück. Die erste Nachricht war von Tony. »Du wirst diese Nachricht wahrscheinlich erst morgen früh abhören, Dodie. Falls du gestern Abend nicht mehr mit Des gesprochen hast – wir haben ausgemacht, dass ich euch Dominic für ein paar Tage leihe. Wir machen uns beide Sorgen und finden, du solltest nicht allein sein. Hör mal, ich komme heute Abend mit dem Zug raus. Ich nehme mir ein Taxi vom Bahnhof. Uns wird schon was einfallen. *Ruf mich an.*«

Dann eine Nachricht von Des aus dem Gericht. »Wir gehen jetzt rein. Das Gericht ist ein Tollhaus. Journalisten, wohin man schaut. Dodie, meine alte Liebe, ich hoffe, du hast nichts dagegen, aber ich habe Helen Bain gebeten zu kommen. Du erinnerst dich wahrscheinlich nicht mehr an sie, sie war meine Sekretärin bei Blackstock. Sehr effizient. Du brauchst dir keine Gedanken um ihre Unterbringung zu machen. Ich habe ihr gesagt, sie soll sich ein Zimmer in der ›Fetten Henne‹ nehmen. Irgendjemand muss das Telefon übernehmen, und sie kann sich um Joans Angelegenheiten kümmern.«

Oh Gott, die Beerdigung. Ich hatte sie beinahe vergessen. Ich warf einen Blick auf meine Liste. *Ein Kleid für Joan aussuchen* war mit dicken roten Strichen eingerahmt. Ich konnte Helen Bain wohl kaum bitten, das für mich zu tun.

Dann rief ich Liza, meine Nachbarin in London, an. Sie war völlig hysterisch. »Ich wusste, dass die Geschichte mit Irland Quatsch ist. Was soll ich tun, Dodie? Alle Journalisten Londons campieren auf deiner Schwelle und fragen mich, wo du bist. Was soll ich ihnen sagen?«

»Es tut mir Leid, Liza. Weißt du, was los ist?«

»Ich weiß nur, dass ich meine Wohnung nicht verlassen kann. Woher soll ich wissen, was los ist? Ich wusste nicht mal, dass es deine Familie ist, bis sie heute Morgen deinen Namen im Radio gesagt haben. Übrigens, danke, dass du mir Bescheid gesagt hast.«

»Es tut mir wirklich Leid.«

»Das glaube ich dir gerne, aber was soll ich mit diesen Schmierfinken vor meiner Tür machen? Ich bin schließlich nicht diejenige, die weiß Gott wie viele Millionen geerbt hat. Ich *brauche* meinen Job noch, weißt du?«

Am liebsten hätte ich gesagt, »ich auch«, aber schließlich entschuldigte ich mich ein ums andere Mal. Ich versuchte, sie zu beruhigen, und dachte dabei die ganze Zeit, wenn du wüsstest, wie gerne ich du wäre.

Ich wollte gerade Tony anrufen, als das Telefon klingelte. Ich hielt mich noch rechtzeitig zurück und wartete, bis der Anrufbeantworter ansprang.

»Doe? Hier ist Carol. Mum ist gerade mit der Zeitung gekommen, und –«

»Carol, hier ist Dodie.«

»Hast du die Zeitungen gesehen, Doe? Sie sind voll von deiner Mum.«

»Ich weiß. Ich hätte nicht gedacht, dass es so schnell geht.«

»Ärgern sie dich schon?«

»Noch nicht, aber das ist nur eine Frage der Zeit.«

»Ist irgendjemand bei dir?«

»Nur die … nein, eigentlich nicht.«

»Soll ich vorbeikommen? Mum hat nur zwei Zeitungen gekauft, aber ich finde, du solltest – bleib dran. Was? Oh, Mum fragt, ob sie irgendetwas tun kann.«

»Das ist sehr nett von ihr, aber im Augenblick fällt mir nichts ein.«

»Hör mal, ich bin in zehn Minuten bei dir.«

»Gut. Ich bin zu Hause.«

»Mum sagt, es ist abscheulich. Zehn Minuten, okay?«

»Bis gleich. Ach, übrigens, Carol –« Ich wollte sie wegen der Sicherheitsleute warnen, aber sie hatte schon aufgelegt.

Die nette Putzfrau steckte den Kopf zur Tür herein. »Ich bin's nur.« Sie stellte ein Tablett mit Tee und Toast auf den Schreibtisch. »Ich will Sie nicht weiter stören.«

»Danke. Entschuldigen Sie, aber ich weiß Ihren Namen nicht.«

»Vera.«

»Danke, Vera.«

»Sie müssen versuchen, etwas zu essen, meine Liebe. Ich bin in der Küche. Wenn Sie noch etwas brauchen, rufen Sie einfach.« Sie schloss die Tür hinter sich.

Ich starrte die Teekanne und die braunen Dreiecke in dem silbernen Toasthalter an und überlegte, was ich damit sollte. Ich aß ein Stück Würfelzucker. Wann würden die Journalisten bei Maggie auftauchen? Vielleicht waren sie schon da. Ich war mir beinahe sicher, dass ihre Überraschung echt war, als ich ihr von Mums Tod erzählte. Ich versuchte, mir ihre Reaktion ins Gedächtnis zu rufen, aber ich konnte mich nicht genau erinnern. Ich suchte ihre Nummer in Joans Adressbuch und wählte, doch sie hob nicht ab. Ich hinterließ eine Nachricht auf ihrem Anrufbeantworter, erklärte, dass ich wegen der Journalisten nicht ans Telefon ging und sie zurückrufen würde, wenn sie mir eine Nachricht hinterließ. Erst als ich auflegte, kam mir der Gedanke, dass sie es vielleicht genauso machte.

Ich konnte jedes Angebot, das sie von den Zeitungen bekam, überbieten. Ich musste es nur zuerst erfahren. Ich überlegte, ob ich sie nach Camoys Hall einladen sollte, bis die Aufregung sich gelegt hatte. So wäre sie vor der Presse in Sicherheit, und ich würde auf jeden Fall erfahren, ob man versuchte, mit ihr Kontakt aufzunehmen. Auch wenn sie am Telefon gesagt hatte, dass sie kein Geld wollte, wenn ich ihr genug anbot, würde sie es nehmen. Ich sah sie in dieser schrecklichen Wohnung vor mir. Sie musste wissen, dass mein Vater das Haus gebaut hatte, doch sie hatte es mir gegenüber nicht erwähnt. Vielleicht hatte sie angenommen, ich wüsste es.

Ich war drauf und dran, Maggie noch eine Nachricht auf Band zu sprechen, als mir plötzlich klar wurde, dass ich wie ein reicher Mensch dachte. Glaubte, ich könnte sie kaufen. Wie mein Vater wollte ich das Geld dazu benutzen, Menschen zu kontrollieren. Wenn Maggie zulässt, dass ich ihr Geld gebe, habe ich die Macht über sie, dachte ich. So wie ich Macht über Mr. Molloy hatte, weil mir sein Haus gehörte, oder über Blackstock Ltd, weil ich die Mehrheit der Anteile besaß. Wenn man meinem Vater seine Macht vorgehalten hätte, hätte er Verantwortung und Dienstleistung dagegengehalten. Aber machen wir uns nichts vor, er hat es *genossen.* Je mehr Macht, desto besser. Und er kontrollierte die Menschen nicht nur über das Geld, sondern auch über die Liebe. Denn die größte Macht hast du über Menschen, die dich lieben. Und er benutzte sie, um Joan und Angela und auf gewisse Weise sogar Des zu kontrollieren. Lag es daran, dass Betty Carroll ihn verletzt hatte? Ich würde es wohl nie wissen. Wahrscheinlich hatte er es selbst nicht gewusst.

Veras Kopf tauchte an der Tür auf. »Hier ist jemand für Sie.«

»Wer ist diese Frau?« Carol Curtis stemmte die Tür mit der Schulter auf und ließ ihre Zeitungen auf Joans Kaffeetisch fallen.

»Willst du einen Tee?«

»Ja.« Sie befühlte die Teekanne. »Den hier allerdings nicht. Der ist ja eiskalt. Ich mache frischen Tee, okay?«

»Vielleicht macht Vera es, wenn du sie nett bittest.«

»Das bezweifle ich. Rechthaberische Kuh. Ich habe sowieso meinen eigenen Tee mitgebracht. Deiner schmeckt abscheulich.« Sie kramte in den Taschen ihrer abgetragenen, alten Wachsjacke herum und förderte zwei zerknitterte Teebeutel zu Tage. »Siehst du?« Sie wandte sich zum Gehen, und ich sah, dass ihr Rücken voller Heu war.

»Was hast du denn gemacht? Du siehst aus wie ein Heuhaufen.«

»Das möchtest du wohl gerne wissen, wie? Greg ist wieder da. Er war letzte Nacht richtig nett.« Sie grinste mich an, dann runzelte sie die Stirn. »Ehrlich, Doe, was sie da schreiben, ist richtig schlimm. Üble Verleumdungen. Du könntest klagen.«

»Erst mal muss ich es lesen.«

»Ja, natürlich. Mit welcher willst du anfangen?«

»Mit der oberen.«

Sie nahm die *Sun* in die Hand. »Du wirst nicht glauben, was da drin steht. Diese Leute sind das größte Stück Scheiße, das auf dieser Welt rumläuft.« Sie gab mir die Zeitung. Die Schlagzeile lautet: LEICHENFUND: LAUT POLIZEI SUSAN BLACKSTOCK. Daneben ein Foto von meiner Mutter im Abendkleid. Ich konnte meinen Blick nicht davon lösen.

»Doe? Ich bin gleich wieder da, okay? Das sind Schweine, richtige Schweine.«

Die Zeitung lag vor mir auf dem Schreibtisch. Ich wollte sie nicht anfassen. Mir war schlecht, und ich hatte Angst, als ich darauf lauschte, wie Carols Schritte sich durch den Flur entfernten. Dann begann ich, ohne es zu wollen und beinahe ohne zu wissen, was ich eigentlich tat, zu lesen.

Susan Blackstocks Leiche wurde gefunden – Zwanzig Jahre nachdem sie für tot erklärt wurde, tauchte sie gestern Abend auf. 1976 wurde das schöne Ex-Model und die Frau von Multimillionär und Baulöwe Wolf Blackstock von links-extremen Terroristen entführt. Nach einer Schießerei, bei der ein Polizist und einer der Entführer ums Leben kamen, wurden sie gefasst. Doch Mrs. Blackstock blieb verschwunden wie Lord Lucan. Nach einer landesweiten Suche wurde sie für tot erklärt. Bis die Polizei vor zwölf Tagen ihre zwei Tage alte Leiche im Londoner East End fand.

EHEMANN WUSSTE ES

Neue Beweise zeigen, das Wolf Blackstock die ganze Zeit wusste, dass seine Frau noch am Leben war. Der Geschäftsmann weigerte sich, das Lösegeld von zehn Millionen Pfund zu bezahlen. Er handelte die Entführer auf sechs Millionen herunter, hatte jedoch nie die Absicht, auch nur einen Penny auszugeben, um das Leben seiner Frau zu retten.

GRAUSAM

Blackstock, bekannt für seinen Hang zu schönen Frauen, heiratete 1980 wieder. Als er 1995 starb, hinterließ er sein Vermögen seinem einzigen Kind, Susans Tochter, Dorothy, »Dodie« Blackstock.

Blackstock wurde 1989 von Ehefrau Nummer vier geschieden. Virginia Blackstock starb Anfang dieses Jahres an Magersucht. Ein Freund der Familie sagte gestern: »Er war so grausam. Sie starb an gebrochenem Herzen.« Die letzten Jahre seines Lebens verbrachte er allein auf seinem weitläufigen Anwesen in der Nähe von Cambridge. Dort lebte er faktisch als Gefangener seiner schweigsamen zweiten Frau, Joan Draycott, und seines langjährigen Geschäftspartners Des Haigh-Wood und erlaubte seiner Tochter nicht, ihn zu besuchen.

VERSCHWUNDEN

Dodie Blackstock, 29, die sehr zurückgezogen lebt und nicht verheiratet ist, identifizierte die Leiche. Dodie wurde von der Polizei über ihre Mutter befragt, die entführt wurde, als die Tochter acht Jahre alt war. Unsere Reporter waren gestern bei ihrer Wohnung in London, doch Tochter Dodie ist verschwunden.

DIE ENTFÜHRUNG Untreue Ehefrau musste gehen, Seite 16

WIE KONNTE ES GESCHEHEN? Die Tragödie eines stümperhaften Polizeieinsatzes, Seite 18

ARMES REICHES MÄDCHEN Das tragische Leben der Dodie Blackstock, Seite 20

WARUM ICH MEINEN VATER IMMER NOCH VERMISSE Der Sohn des erschossenen Polizisten, S. 22

Ich blätterte zu Seite zwanzig, um mehr über mein tragisches Leben herauszufinden. Ein undeutliches Foto von mir. Behauptete jedenfalls die Überschrift. *Die kamerascheue Dodie. Wusste sie es?* Hinter der schützend vors Gesicht gehaltenen Hand und der dunklen Sonnenbrille hätte es jeder sein können. Es hätte ein Mann in Lumpen sein können. Ein unscharfes Foto von meiner Wohnung und daneben das Bild von mir als kleines Mädchen, das Inspector Halstead bei den Sachen meiner Mutter gefunden hatte. *Dieses Foto wurde in einer Plastiktüte gefunden, in der die arme Susan ihre verbliebene Habe aufbewahrte,* lautete der Untertitel.

Ich blätterte zurück zu dem Artikel über die Entführung auf Seite sechzehn, aber ich konnte ihn nicht lesen. Die Buchstaben verschwammen vor meinen Augen, ich nahm nur einzelne, fett gedruckte Worte wahr. ***Eifersucht. Liebhaber, Schwindel.*** Am Ende der Doppelseite war ein Kasten mit der Überschrift: DIE VIELEN FRAUEN DES WOLFGANG BLACKSTOCK mit Fotos von jeder einzelnen, inclusive Betty Carroll. Ich hatte noch nie ein Bild von ihr gesehen. Hoch gesteckte Locken, ein Joan-Crawford-Mund und glänzende, nackte Schultern, schmachtend vor einem altmodischen Mikrofon. *Ehefrau Nr. 1, Soldatenliebling Betty, Zu sexy für Wolf?* Daneben Joan mit einem Regenkopftuch aus Plastik, alt und griesgrämig aussehend. *Ehefrau Nr. 2, Joan: Wollte sie Susan loswerden, um Wolfs Liebe zurückzugewinnen?* Rechts neben ihr Mum, strahlend, in einem Nerz. *Ehefrau Nr. 3, die tragische Susan. Ein Mordopfer?* Und schließlich Virginia, mit schelmischem Blick in einem Peter-Pan-Hemd. Sie kann höchstens fünfzehn gewesen sein, als das Bild gemacht wurde. *Ehefrau Nr. 4, Kindfrau Virginia, starb an Anorexie. Freunde behaupteten: »Wolf machte sie krank«* Daneben, unter der Überschrift GELIEBTE waren Fotos von Angela, Irene des Voeux und einer Amerikanerin namens Kitty Jarrell Gardner, von der ich noch nie gehört hatte und die behauptete, 1957 in Singapur mit meinem Vater ein Verhältnis gehabt zu haben.

Ich legte die Zeitung beiseite. Mehr wollte ich nicht lesen. Es ist immer dieselbe, alte Geschichte. Man serviert den

Menschen vereinfachte Versionen ihrer selbst: Man nimmt hier ein wenig weg, damit sie in eine Form passen, tut da ein wenig dazu, um sie zu karikieren, so lässt sich ihr Verhalten mit wenigen, treffenden Worten beschreiben.

Ich fühlte mich schrecklich. Unloyal. Meinem Vater gegenüber, meiner Mutter, Joan, Des – allen, selbst Angela gegenüber. Weil sie meine Familie waren, mein Leben – eigentlich alles, was ich hatte. Ich war entsetzt über mich, weil ich die Zeitung gelesen hatte, weil ich Carol gebeten hatte, sie mitzubringen. Ich meine nicht, dass ich meinen Vater plötzlich zu einem Heiligen machte. Ich hatte einfach dieses unterschwellige Gefühl, dass ich sie beschützen wollte. Wenn es noch einen Funken Würde oder Persönlichkeit gab, ich wollte es schützen. Ich dachte an das Chaos, das ich in Joans Schlafzimmer angerichtet hatte. Auf einmal wollte ich hingehen, ihre Kleider zusammenfalten und alles wieder in Ordnung bringen. Sie würde es nicht mehr sehen, aber ich konnte ein bisschen wieder gutmachen, was man über sie geschrieben hatte. Und die Fotos, die ich im Zimmer meines Vater heruntergerissen hatte. Ich würde sie alle wieder aufreihen und frische Blumen neben sein Bett stellen.

Das Telefon klingelte, und Des' Stimme begann, auf den Anrufbeantworter zu sprechen. Ich griff nach dem Hörer. »Sind sie fertig?«

»Ja.«

»Was haben sie gesagt?«

»Es war ein Unfall mit Todesfolge. Was anderes konnten sie nicht sagen. Hast du die Zeitung gesehen?«

»Ja. Carol hat sie mir mitgebracht. Ich habe einen Teil gelesen.«

»Nun, mehr würde ich nicht lesen. Ich bringe heute Abend Benny mit, damit wir alles besprechen können. Wir werden versuchen, die schlimmsten Spekulationen zu stoppen.«

»Aber sie werden mich finden, oder? Camoys Hall wurde irgendwo erwähnt. Nicht der Name, aber irgendwo war von dem Anwesen in der Nähe von Cambridge die Rede. Eigentlich bin ich überrascht, dass sie noch nicht da sind.«

»Ich glaube, ein paar Stunden Ruhe bleiben dir noch. Und du hast die Sicherheitsleute, aber ich an deiner Stelle würde im Augenblick trotzdem im Haus bleiben. Ist das Mädchen, das die Zeitungen mitgebracht hat, noch da?«

»Carol? Ja, ich glaube, sie ist in der Küche.«

»Frag sie doch, ob sie noch eine Weile bleibt. Sie hat bestimmt nichts dagegen.«

»Mache ich. Des, es wird doch alles wieder gut, oder?«

»Keine Sorge, wir schaffen das schon. Und wir kommen auf der anderen Seite wieder raus. Es gibt Schlimmeres.«

»Mir fällt nichts ein.«

»Nein, tut mir Leid, war eine dumme Bemerkung. Aber Benny wird wissen, was zu tun ist.«

»Ich hoffe es.«

»Dafür wird er bezahlt. Wir kümmern uns drum, das verspreche ich. Ich weiß noch nicht, wann wir kommen, wir müssen hier noch ein paar Dinge erledigen, aber ich rufe dich an.«

»Gut. Bis später.«

»Halt die Ohren steif, Kleines.«

Er legte auf, und ich ging in die Küche, um Carol zu suchen. Sie saß mit einem Mann im Kampfanzug am Küchentisch. Es war heiß draußen, doch er trug einen haarigen, braunen Pullover unter seiner Tarnjacke, der aussah, als wäre er aus seinem Bart gestrickt. Ich wollte schon fragen, ob er von der Sicherheitsfirma war, als Carol aufsprang.

»Ich wollte gerade nachschauen, ob mit dir alles in Ordnung ist, Doe. Das ist übrigens Greg.«

»Hallo, Greg.« Greg machte ein Geräusch, das sich anhörte wie »Ähmp«, und nahm eine Hand von seinem Becher.

»Für seine Freunde auch Catweazle«, sagte sie und blies einen Kuss durch die Luft. »Schon gut, Greg, Doe hatte keinen Fernseher, als sie klein war.«

Greg sah mich überrascht an. »Wirklich nicht?«

Ich schüttelte den Kopf.

»Du hast doch nichts dagegen, dass er hier ist, oder?«, fragte Carol. »Der Aufpasser wurde richtig eklig, aber dann war es okay. Sie hatten meinen Namen auf einer Liste. Hast du ihnen den gegeben, Doe?«

»Ja. Sie wollten wissen, wer alles hierher kommen könnte.«

»Ach so. Ich hab Greg nur mitgebracht, weil ich ihn sonst bis nächste Woche nicht sehe. Er fährt nach Bristol.«

»Wie schön«, sage ich mechanisch. »Geschäftlich oder zum Vergnügen?«

»Um meinen Bruder zu besuchen.«

»Kann er ein bisschen bleiben?«

»Klar«, sagte ich. »Je mehr, desto besser. Eigentlich wollte ich dich sowieso fragen, ob du noch eine Weile hier sein kannst. Ich mache mir ein bisschen Sorgen wegen der Leute, die kommen könnten – Journalisten.« Und Mörder, dachte ich.

»Keine Angst«, sagte Carol. »An uns kommen sie nicht vorbei. Greg wird sie für dich vertreiben, nicht wahr, Greg?«

Greg nickte, zeigte die Zähne und gab ein knurrendes Geräusch von sich.

»Hast du die Zeitungen gelesen?«, fragte Carol.

»Genug.«

»Dass sie das Zeug überhaupt drucken. Diese Schweine. Du musst sie verklagen, Doe. Das dürfen sie deiner Familie nicht antun und so davonkommen.«

»Nein, wirklich nicht«, sagte ich so überzeugend wie möglich. »Hör mal, ich muss oben in Joans Zimmer ein bisschen aufräumen. Wenn das Telefon klingelt, ignorier es einfach.«

»Kein Problem. Wir sind hier unten. Jimmy lässt übrigens ausrichten, dass er vielleicht später vorbeikommt.«

»Ach, wirklich?«

»Er war gestern Abend im Pub.« Sie zog eine ihrer struppigen Korkenzieherlocken lang und schielte einen Augenblick nach oben, ehe sie sie zurückschnellen ließ. »Er mag dich wirklich, Doe.«

Greg rettete mich vor einer Antwort.

»Ich muss pinkeln.« Er löste sich von seinem Becher, legte beide Hände auf den Tisch und machte eine Art vertikalen Liegestütz, um sich vom Stuhl zu wuchten.

»Nächste Tür rechts, am Ende des Flurs.«

»Na dann tschüs.«

Carol wartete, bis er weg war, dann sagte sie: »Er ist klasse, oder?«

»Er wirkt ... sehr nett.«

Sie schnitt ein Gesicht. »Nur weil er nicht Cedric oder Humphrey oder so heißt.«

»Ich kenne niemanden, der Cedric oder Humphrey heißt, Carol.«

»Du weißt schon, was ich meine. Egal, *ich* finde ihn klasse.« Sie fing wieder an, mit ihren Haaren zu spielen. »Hast du wirklich niemanden in London?«

»Nein, ehrlich nicht.«

»Jimmy ist ein netter Kerl.«

»Ich weiß. Kann ich dich hier unten allein lassen?«

»Du sagst es mir nicht, oder?«

»Es gibt nichts zu sagen, Carol, ehrlich. Ich bin in Joans Zimmer.«

»Was soll ich machen, wenn Jimmy kommt?«

»Sag ihm, wo ich bin.«

Carol schenkte mir ein wissendes Lächeln. »Gut, wenn du willst. Tu nichts, was ich nicht auch tun würde.«

Ich floh, bevor Carol noch was sagen konnte. Ihr fehlten nur noch Pfeil und Bogen, ein Paar Flügel und eine Augenbinde. Maggie Hill hatte gesagt, dass meine Mutter Steven Moody geliebt hatte; obwohl er das nicht so sah, wenn man dem Brief glaubte. Und jetzt Jimmy und ich. Ich fragte mich, wie Des Jimmy finden würde. Mein Vater hatte gesagt, ich – oder Frauen überhaupt – wollte nur auf die Universität gehen, um einen Mann zu kriegen, aber das stimmte nicht. Die Leute reden doch immer darüber, wie sie herausfinden wollen, wer sie sind. Nun, ich wollte herausfinden, dass ich *jemand anders* war. Ich hoffte die ganze Zeit, dass es einfach geschehen würde, und als es nicht geschah, wurde ich depressiv. Das dauerte ungefähr drei Jahre, bis ich den Streit mit meinem Vater hatte. SNAFU. Situation normal, all fucked up. Wie Des *nicht* sagen würde.

Ich stand an der Tür zu Joans Zimmer und betrachtete das Chaos auf dem Boden. Wenigstens wussten die Journalisten nicht, dass sie und mein Vater nicht verheiratet waren. Das wäre furchtbar für sie gewesen. Nach einer Weile kniete ich mich an den Rand des Teppichs und begann das Durcheinander zu sichten, faltete Sachen zusammen, machte kleine Stapel und konzentrierte mich auf meine Arbeit, damit ich nicht dauernd darüber nachdachte, was Des tat, was Maggie Hill tat, was Steven Moody tat … Und ich dachte die ganze Zeit an Jimmy, ob er kommen würde und was ich zu ihm sagen sollte, falls er kam. Jimmy war so nett gewesen, als das mit der Katze passiert war und ich geweint hatte. Es wäre alles so viel leichter, wenn es jemanden gäbe. Obwohl ich Des und Tony hatte – und unten war natürlich Carol –, aber nachts waren sie nicht da, und wenn man allein ist, ist es am schlimmsten.

Nach einer halben Stunde hatte ich es geschafft, alles in sechs Stapel zu ordnen, mit einem Berg Lavendel und getrockneten Rosenblättern in der Mitte. Ich kniete vor Joans Kommode, zog die unterste Schublade heraus und wollte gerade ihre Blusen zurücklegen, als ich eine Beule in dem Auslegepapier sah. Ich hob es an einer Ecke hoch und fand drei kleine Säckchen, oben mit rosa Schleifchen zugebunden, alle zusammen in Zellophanpapier verpackt. Sie waren mit Bildern von viktorianischen Hausmädchen mit gestärkten Schürzen und Häubchen bemalt, eine mit einem Teetablett, eine mit einem Topf und die dritte mit einem Staubwedel in der Hand. Joans Vorrat an Lavendelsäckchen für den Notfall.

Nun, dachte ich, für Joan wäre das hier ein Fünf-Sterne-Notfall. Das Zellophanpapier war nicht versiegelt. Ich schüttelte die drei kleinen Mägde auf eine Spitzenbluse und beugte mich hinunter, um daran zu schnuppern. Der Lavendel roch immer noch. Ich hatte Joan plötzlich so lebendig vor Augen, dass ich mich tatsächlich umdrehte, um zu sehen, ob sie ins Zimmer gekommen war.

Dabei fiel mir etwas Glitzerndes unter der Kommode auf. die unterste Schublade war höchstens fünf Zentimeter vom Boden entfernt, aber hinter einem der runden Füße glitzerte etwas. Ich dachte, es musste aus Joans Schmuckkasten gefallen sein, als ich alles verwüstet hatte, und beugte mich vor, um es aufzuheben.

Es war ein Schlüssel. Ich hob ihn auf. Er hatte ein weißes Plastikschild, wie die Schlüssel in dem Schränkchen hinter der Tür zur Spülküche. *D's Zimmer.* Da lag der Schlüssel in meiner Hand, und ich dachte, es ist, als ob ich ihn finden sollte. Als würde Joan immer noch auf mich aufpassen.

27

Dann war mein Zimmer also doch nicht in einen Abstellraum verwandelt worden. Ich schloss einen Augenblick lang die Augen, um es mir in Erinnerung zu rufen: die Sprossenfenster, das scheckige, graue Schaukelpferd mit den wunderschön gemalten Augen; der rote Teppich mit den Streublümchen, extra für mich bei Sanderson's ausgesucht; der weiße Korbstuhl von Lloyd Loom. So hatte mein Zimmer ausgesehen, als Mum entführt wurde. Aber als ich von meinem ersten Semester an der Universität zurückkam, hatte Joan es neu eingerichtet. »Ich dachte, es gefällt dir besser, wenn es ein bisschen erwachsener ist«, hatte sie gesagt. Es hat mir gefallen, Joan. Es war nur nicht mehr mein Zimmer.

Konnte es sein, dass dort etwas war? Ich nahm den Schlüssel, sprang auf die Füße, machte die Tür von Joans Zimmer auf und flog direkt in Jimmys Arme.

»Wie geht es –«, setzte er an.

Ich hob die Hände, um ihn zu unterbrechen. »Frag mich ja nicht, wie es mir geht«, sagte ich. »Bitte.«

»Gut, dann nicht. Aber Carol hat gesagt –«

»Ich habe einen Schlüssel gefunden. Hier!«

»Super. Wofür ist er?«

»Für mein Zimmer. Das ich früher hatte.«

»Warum sollte es abgeschlossen sein?«

»Keine Ahnung! Das müssen wir jetzt herausfinden.«

»Halt. Warte mal. Warum sollte –«

»Hör mir einfach zu. Ja? Nur eine Minute.« Ich versuchte, ihm die Ereignisse der letzten drei Tage so klar wie möglich zu schildern, aber ich war so aufgeregt, dass ich alles durcheinander brachte. Als ich endlich fertig war, machte Jimmy ein total verwirrtes Gesicht. Ich griff nach seiner Hand und zog ihn hinter mir her durch den Gang.

»Immer langsam!«

Er hielt mich fest, und ich trat einen Augenblick lang auf der Stelle, wobei ich seine Hand nicht losließ.

Er lachte. »Du siehst aus wie eine Comicfigur.«

»Ich *fühle* mich wie eine Comicfigur. Jetzt *komm*!«

»Darf ich dir erst einen Kuss geben?«

»Oh ... Ja, na gut, wenn du willst.« Plötzlich verlegen wandte ich ihm das Gesicht zu. »Ich will nur herausfinden, ob da etwas ist, was ich wissen muss. Da draußen läuft ein Mann rum, der mich umbringen will, Herrgott noch mal.«

»Keine Chance. Du hast mehr Leibwächter als die Queen, Dodie. Ehrlich, dir fehlen nur noch ein paar Leute mit Bärenfellmütze.« Ich dachte an Dominic, der bei den *Coldstream Guards* gewesen war, und lächelte. Jimmy beugte sich vor und küsste mich auf die Wange. »Ich dachte, du bist völlig durcheinander – deprimiert, Carol hat gesagt –, die Zeitungen und all das? Aber du bist ja richtig albern.«

»Du klingst wie Des.«

»Ist das schlecht?«

»Nein. Eigentlich sogar ganz nett.«

Jimmy küsste mich auf die andere Wange. »Jetzt bist du symmetrisch. Gehen wir.«

Vor der Tür zu meinem Zimmer zögerte ich, und Jimmy sagte sehr sanft: »Dodie, vielleicht ist da nichts –«

»Ich weiß. Wenn da nichts drin ist ... Alles, was ich dir erzählt habe, über den schrecklichen Brief, das, was Des mir erzählt hat, das Treffen mit Maggie Hill ... Vielleicht ist alles einfach nur ein riesiges Durcheinander. Und wenn –« Ich dachte, wenn Mum nun nicht zurückgekommen war, weil sie glaubte, wir hätten sie alle im Stich gelassen, und weil sie uns hasste, und wenn ich auch daran Schuld hätte! »Es ist einfach alles zu *viel*. Es ist wie auf der Achterbahn, und ich ertrage den Gedanken einfach nicht –«

»Dodie, du warst acht Jahre alt. Es war nicht deine Schuld.«

»War es auch nicht, oder?«

»Natürlich nicht.«

Einen Augenblick lang schwiegen wir. Dann sagte Jimmy: »Es tut mir Leid, dass ich nicht eher wiedergekommen bin.

Aber dich vor diesem großen Haus zu sehen, zu wissen, es gehört dir, und dann diese Friseurin, die extra deinetwegen hier war … Mir ist plötzlich klar geworden, wie anders dein Leben ist. Und dann alles, was passiert ist. Aber als ich Carol im Pub getroffen habe und sie über dich geredet hat wie –«

»Wie über einen ganz normalen Menschen?«

»Ja.«

»Nun, mehr bin ich auch nicht. Tut mir Leid, wenn ich dich enttäuschen muss.«

Jimmy sagte: »Du bist sehr schön, weißt du das?«

»Nein. Ich meine, ich bin nicht schön.«

»Doch, das bist du. Ich glaube, ich gebe dir noch einen Kuss. Ganz schnell.«

Diesmal dauerte der Kuss länger. Als Jimmy mich losließ, sagte er: »Ich finde, du machst das sehr gut. Und du *bist* schön.« Er legte seine Hand auf meine Wange und rieb mit dem Daumen meine Nase. »Ich liebe Sommersprossen.«

»Davon habe ich mehr als genug.«

»Gut. Und jetzt schließ die Tür auf, bevor du explodierst.«

Ich drehte den Schlüssel, und die Tür schwang auf.

»Was für ein schönes Zimmer«, sagte Jimmy. Und das war es. Die Sonne schien auf die weißen Lloyd-Loom-Stühle, die weiß gestrichene Kommode und das Messingbett mit dem Überwurf in Pastellfarben. Mein Pyjamakissen, ein weißes Pferd mit einem Reißverschluss auf dem Bauch, lag auf dem Kissen. Das Schaukelpferd war verschwunden, und der rote Teppich war durch mehrere Läufer ersetzt worden, aber das Zimmer war weniger verändert, als ich es in Erinnerung hatte. Ich hatte doch ein anderes Bett, andere Stühle gehabt. Joan musste die alten Möbel wieder hineingestellt haben.

»Es überrascht mich, dass du nicht schon eher hier reingegangen bist«, sagte Jimmy. »Ich weiß, dass du in keinem der alten Schlafzimmer schlafen wolltest, aber –«

»Ich glaubte, Joan hätte einen Abstellraum draus gemacht.«

»Das hat meine Mutter tatsächlich gemacht. Ich dachte, sie würde traurig sein, wenn ich von zu Hause weggehe, aber sie sagte nur: ›Prima, dann kann ich dein Zimmer haben.‹ Allerdings hat dies Haus ein paar mehr Zimmer als unseres.«

Ich berührte die Oberfläche des Bücherregals. Kaum Staub. Die Messingknöpfe des Bettgestells glänzten, als wären sie gerade erst poliert worden. Die Putzfrauen konnten es nicht gewesen sein, weil sie keinen Schlüssel hatten. Und auf der Kommode standen Blumen, ein großer Strauß Alstroemerien. Sie sahen frisch aus. »Joan muss hier gewesen sein«, sagte ich. »Sie muss die Blumen hier hineingestellt haben. Im Zimmer meines Vaters waren auch Blumen. Levkojen, die halten sich nicht so gut.« Ich stellte mir Joan vor, wie sie jede Woche frische Blumen in leere Zimmer stellte.

Auf dem Kaminsims stand ein einziges Foto. Jimmy nahm es herunter. »Das hier hat sie mir gezeigt.«

»Das ist Malcolm, Joans Hund.« Ich muss ungefähr dreizehn oder vierzehn gewesen sein – jedenfalls schielte ich nicht mehr, Gott sei Dank. Ich stand vor dem Haus, der Jack Russel lag unbequem, aber ergeben in meinen Armen. Ich dachte an Joan, sah sie in ihren klobigen Schuhen an seinem kleinen Grab stehen, mit dem Spaten in der Haut schaut sie auf die glatte, frisch umgegrabene Erde, in die sie Blumenzwiebeln einsetzen wird. Ich zwinkerte, aber es funktionierte nicht. Ich drückte Jimmy das Foto in die Hand und ging ans Fenster. Er sagte nichts, aber gleich darauf legte er mir den Arm um die Schulter.

»Oh Gott, Jimmy, sie muss so einsam gewesen sein.«

»Ja, das glaube ich auch.«

Einen Augenblick lang schauten wir stumm aus dem Fenster. Ich sah die beiden neuen Helfer von Mr. Molloy die Rampe eines riesigen Lastwagens herunterstolpern, auf dem ein ausgewachsener Baum zu stehen schien. Ein Sicherheitsbeamter beobachtete sie und erstattete, den Kopf schief gelegt wie ein Papagei, Bericht in sein Funkgerät. Die Kirchenbänke waren auf dem Rasen verteilt, als wollte der Pfarrer einen Open-Air-Gottesdienst halten. Auf der vordersten Bank saßen sechs ältere Frauen in geblümten Kittelschürzen und tranken Tee aus Thermoskannen.

»Was machen die hier?«, fragte Jimmy.

»Das ist die Putzbrigade. Für die Kirche. Es ist wirklich nett von ihnen. Ich muss runtergehen und mich bedanken.«

Jimmy drückte leicht meinen Arm. »Sieh mal, da ist Mrs. Curtis. Und Mrs. Bright. Sie haben dich gesehen. Na los, wink ihnen.«

»Ich komme mir vor wie die Queen.« Alle sechs Frauen winkten zurück.

»Geht's dir jetzt ein bisschen besser?«, fragte Jimmy.

»Ich glaube schon.«

»Sollen wir uns umsehen?«

Das taten wir. Der Schrank war leer, der Schreibtisch war leer, und die Kommode war ebenfalls leer.

»Mehr ist hier nicht.« Ich setzte mich aufs Bett. Jimmy schaute unter den Bettüberwurf. »Und?«

Er richtete sich kopfschüttelnd auf.

»Na gut.« So viel dazu, dass Joan auf mich aufpasste. Ich konnte meine Enttäuschung nicht verbergen. »Ich dachte wirklich, ich würde etwas finden.«

»Ja, ich weiß, es tut mir Leid für dich.«

Jimmy setzte sich neben mich aufs Bett. »Hallo Pferd«, sagte er zu dem Pyjamakissen. »Wie süß von Joan, dass sie das aufgehoben hat.«

»Es heißt Hector. Des hat es mir geschenkt. Als ich zwölf war. Wir haben in der Schule die trojanischen Kriege durchgenommen, ich muss ihm davon erzählt haben, denn er packte seine alten Zinnsoldaten in Hectors Bauch und sagte, jetzt sei es das trojanische Pyjamakissen. Ich fand das lustig. Joan nicht. Sie musste es hinterher waschen.«

Jimmy gab mir das Kissen. »Na los«, sagte er. »Mach es auf.«

Ich legte Hector auf meinen Schoß. Kopf, Hals und Beine waren fest gestopft und hart, doch sein Bauch war flach und leer. Als ich ihn zwischen meinen Fingern rieb, hörte man ein schwaches, knisterndes Geräusch. »Oh Gott, Jimmy!« Ich zog den Reißverschluss auf und steckte die Hand hinein. »Komm schon, Hector, zeig mir dein Geheimnis.«

Ich zog ein flaches, in Zeitungspapier gewickeltes Paket heraus. Ich wollte es gerade aufreißen, da sagte Jimmy: »Halt, warte mal. Dreh es um. Sieh nach, was für ein Datum drauf steht.«

»Freitag, 14. Juni 1996. Das war der Tag, an dem sie die Leiche meiner Mutter gefunden haben. Zwei Tage, bevor ich hierher kam.« In dem Päckchen war eine braune Obsttüte, auf der mit schwarzer Tinte DOROTHY geschrieben stand. Die Tüte war mit Klebeband versiegelt.

Ich wollte es mit dem Fingernagel öffnen, aber Jimmy sagte: »Ich glaube, du solltest dir das allein anschauen. Es könnte … du weißt schon.«

»Etwas Schreckliches sein? Wenn das der Fall ist, wäre ich lieber nicht allein.«

»Nicht unbedingt etwas Schreckliches, aber etwas über deine Familie. Da steht dein Name drauf. Ich wette, Joan wollte nicht, dass es jemand anders sieht. Vielleicht hat sie es deshalb in Hector versteckt. Sie war ein sehr stiller Mensch, nicht wahr?«

»Das stimmt.«

»Pass auf, ich habe meinem Bruder versprochen, ihm zu

helfen, ein paar Möbel umzustellen. Er renoviert gerade, und ich wollte es eigentlich heute Nachmittag machen, aber ich kann es genauso gut gleich erledigen. In der Zwischenzeit kannst du Hectors Geheimnis lesen, und ... du weißt schon. Die Möbel aus dem Weg zu schaffen dauert höchstens eine Stunde, dann komme ich wieder, falls der Mann am Tor mich durchlässt.«

»Du stehst auf der Liste.«

»Ich sage ihm, dass ich wiederkomme. Sollte eigentlich kein Problem sein. Und dann koche ich für dich.«

»Ich glaube, es ist nichts zum Kochen da.«

»Dann improvisiere ich eben. Ich weiß, du brennst darauf, das Zeug zu lesen, also los.« Jimmy schob mich zur Tür hinaus, küsste mich auf die Stirn und trabte singend die Treppe hinunter. Allerdings klang sein Gesang eher wie das Heulen eines Wolfs.

Ich schloss die Tür ab und ging in die Küche. Auf dem Tisch lag ein Zettel. *Hi!!! Bin nach Hause gegangen. Muss die Kinder ins Bett bringen. Keine Sorge, komme später wieder. Carol. P. S. Du hast keine Milch mehr.* Von Vera war nichts zu sehen. Die Putzfrauen mussten ebenfalls gegangen sein. Ganz vorsichtig öffnete ich mit der Küchenschere die Papiertüte, wobei ich mir vorstellte, wie Joan die Tüte glättete, ordentlich zusammenfaltete und unter das breite Gummiband zu all den anderen Tüten schob. Ich konnte fast hören, wie sie sagte: »Es mag dir dumm vorkommen, Dodie, aber manchmal braucht man sie.« Vielleicht hatte sie das, was in der Tüte war, vernichten wollen, doch dann war die Gewohnheit, alles aufzuheben, zu stark gewesen. Obwohl mein Name auf der Tüte stand, hatte ich das Gefühl, sie um Erlaubnis fragen zu müssen, ehe ich hineinschaute.

Ich schüttelte den Inhalt auf den Tisch. Es waren sieben Blatt Papier, mit einer Büroklammer zusammengehalten. Zuoberst lag ein liniertes Blatt, das aus einem Spiralblock herausgerissen war. Die Schrift meiner Mutter. Mit Bleistift geschrieben und ganz verblasst.

Bitte hilf mir, Joan. Ich weiß, ich habe kein Recht, darum zu bitten, aber ich will mein Kind wiedersehen. Ich denke immer an sie. Vielleicht dachtest du, ich sei tot. Vielleicht hast du es ja sogar gehofft. Sicher hat die Polizei euch erzählt, was geschehen ist, dass sie zu dem Haus in der Alfriston Road kamen und ich nicht da war. Steve hat mich rausgebracht. Er stieß mich aus der Hintertür und befahl mir zu rennen. Hinter dem Haus ist eine Gasse, und die bin ich hinuntergelaufen. Es war so leicht. Ich habe mich nicht mal umgesehen. Wir hatten meine Haare abgeschnitten und gefärbt, damit mich niemand erkennt. Ich dachte, es würde nicht klappen. Steve und die anderen sagten, die Polizei würde mich verhaften, wenn sie mich dort finden. Das klingt alles so dumm, aber wenn ich mit dir reden könnte, um dir zu erklären, wie es passiert ist – ich kann es nicht schreiben. Du würdest es nie verstehen, und ich bin sowieso nicht gut im Schreiben. Wenn ich alles ruiniert habe, ist es allein meine Schuld, und das akzeptiere ich. Ich möchte Wolf fragen, ob er mir verzeiht. Ich weiß, dass es nicht mehr so sein wird wie früher, und irgendwie will ich das auch gar nicht. Aber ich will meine Tochter. Ich hatte noch ein wenig Geld, so dass ich ins Blue Bird Hotel in Bayswater gegangen bin. Von da schreibe ich dir. Es ist schrecklich, nur Prostituierte, aber sie stellen keine Fragen. Joan, wenn du mir nicht helfen willst, schreib mir wenigstens, wie es Dodie geht. Bitte. Sie fehlt mir so sehr.

Susan

P. S. Ich habe gesagt, ich heiße Susan James.
P. P. S. Du fehlst mir auch.

Darunter lag noch ein Brief, diesmal mit Kugelschreiber geschrieben.

Liebe Joan,
danke, dass du mir das Geld geschickt hast. Ich werde woanders hinziehen, wo es besser ist. Ich schicke dir die Adresse. Ich verstehe nicht, was du damit meinst, dass Wolf sagt, er weiß, wer Mick Martin ist. Das ist der Mann, der mich entführt hat. Mehr weiß ich auch nicht über ihn. Bitte sag mir, was ihr mir vorwerft. Ich sehe ein, dass alles meine Schuld ist, aber ich habe die Wahrheit gesagt. Ich war nie daran beteiligt. Ich verstehe nicht, was ihr von mir wollt. Du hast nicht ein Wort über Dodie geschrieben. Wie geht es ihr? Bitte, bitte schreib es mir. Ich verstehe, wenn Wolf nichts mit mir zu tun haben will. *Aber ich will wissen, wann ich meine Tochter wiedersehen kann.* Bitte Joan, sei nicht böse auf mich. Ich bin so verzweifelt, es ist, als ob ich lebendig begraben wäre. Ich weiß nicht, was ich tun soll. Gestern war ich bei Irenes Haus. Ich wollte sie besuchen, aber als ich dort war, konnte ich es nicht tun. Sie ist auf Wolfs Seite. Ich weiß, dass du das auch bist, aber bitte hilf mir. Es gibt niemanden, an den ich mich sonst wenden kann.

Susan

Warum hatte sie *mir* nicht geschrieben? Vielleicht hatte sie es ja getan. Vielleicht war ich im Internat, und Joan hatte den Brief angenommen. Vielleicht hatte sie ihn zerrissen oder verbrannt. Ich nahm den nächsten Brief in die Hand. Wieder von Mum an Joan, diesmal auf Hotelbriefpapier geschrieben.

Canberra Lodge, Kenniston Road, London N 19. Er war datiert. *3. September 1976*

Liebe Joan,
ich kann nicht glauben, dass Wolf mir das antut. Dodie ist mein Kind genauso wie seins. Ich muss sie sehen. Ich kann es einfach nicht glauben. Wenn er es mir persönlich sagen würde, vielleicht. Hast du ihm wirklich von mir erzählt? Ehrlich? Ich habe dir nichts getan, Joan, und trotzdem kannst du mir in aller Seelenruhe drohen, dass Wolf Dodie enterben wird, falls ich versuche, sie zu sehen? Ich glaube, du lügst, jedenfalls möchte ich das denken, aber ich kenne Wolf auch und weiß, wie grausam er sein kann. Ich war arm, und es war weiß Gott kein Spaß, sondern ein ewiger Kampf ums Überleben, und Wolf weiß, dass ich das unserer Tochter niemals antun würde. Ehe ich deinen Brief bekam, habe ich in der Zeitung gelesen, dass Patty Hearst zu sieben Jahren Gefängnis verurteilt worden ist. Wenn es das ist, dachte ich – denn das hier ist wie Gefängnis für mich. Ein richtiges Gefängnis wäre nicht schlimmer. Aber als du mir geschrieben hast, dass Wolf Dodie enterben wird, wusste ich, dass ich das nicht tun kann. Sie fehlt mir so sehr. Kannst du nicht ein Treffen arrangieren? Nur ein einziges Mal? Du musst es ihm ja nicht sagen. Ich kann nur noch an Dodie denken. Ich kann mir nicht vorstellen, dass sie im Internat glücklich ist. Ich wollte nie, dass sie weggeschickt wird. Wolf tut es bestimmt nur, um sich an mir zu rächen, denn er weiß, dass ich es nicht wollte. Ich weiß, dass du ihn liebst, Joan, aber du liebst auch Dodie, und du tust ihr das genauso an wie ich, schickst sie durch diese Hölle. Warum willst du dich nicht mit mir treffen? Dann könnte ich dich überzeugen. Ich weiß nicht, was ich tun soll.

Vielleicht sollte ich mich einfach umbringen. Am liebsten würde ich es tun. Ich bin sicher, für euch alle wäre es eine Erleichterung, wenn ich es täte oder wenn ich gestorben wäre. Ich könnte genauso gut tot sein. Aber was würdest du dann Dodie sagen? Das wäre dann dein Problem, nicht meins. Aber alles wäre immer noch MEINE SCHULD.

Susan

Danke für das Babyfoto von Dodie. Versuch mir noch eins zu schicken, wenn du kannst. Ein Neueres.

Ein abgegriffener, brauner Umschlag mit schnell hingekritzelter Schrift war an den Brief geheftet. Das Datum lautete: 30. 9. 1976

Joan,
ich habe in der Zeitung über meine Trauerfeier gelesen. Was willst du von mir hören? Vielen Dank, dass du so nette Dinge über mich gesagt hast? Jetzt weiß ich, was es wirklich bedeutet, was ich vorher geschrieben habe –, dass ich mich lebendig begraben fühle. Du hast mir mein Leben genommen. Jetzt existiere ich nicht mehr.

S.

Ich kann nicht einmal versuchen zu erklären, was es für mich bedeutete, diese Briefe zu lesen. Es war überwältigend. Ich saß nur da und schaute auf meine Hände, die die Briefe hielten. Diese Worte waren alles, was mir geblieben war. Ich hatte das Gefühl, als würde mein Herz herausgerissen, und gleichzeitig war es so, als hätte jemand das Licht angemacht. Ein helles, klares, schreckliches Licht, und plötzlich verstand ich. Mum hatte ihr ganzes Leben lang nie etwas selbstständig getan. Immer waren andere Menschen da gewesen, die die Entscheidungen für sie trafen, so wie sie es Maggie erzählt hatte. Erst ihre Mutter, dann die Modelagentur, dann mein Vater und Joan und dann Steve und Mick und Maggie; und dann waren auf einmal alle verschwunden. Sie hatte niemanden mehr. Sie war ganz allein, verging vor Sehnsucht nach mir, und ich … ich wusste es nicht. Sie hätte zur Polizei gehen können und sagen: »Da bin ich, ich lebe noch.« Jeder hätte das getan. Aber sie war nicht jeder, sie war *Mum.* Maggie hatte gesagt, dass sie ihr erzählt hätten, man würde sie verhaften, und später dachte sie, mein Vater würde mich enterben. Oh Gott, warum hast du es nicht getan, Mum? Warum bist du nicht zurückgekommen? Ich wäre ohne das Geld zurechtgekommen. Das ist die Ironie. Ich kann ohne das Geld leben. Verdammt noch mal, ich weiß inzwischen, dass ich es kann.

»Meine Schuld« hatte sie in Großbuchstaben geschrieben. MEINE SCHULD. Das hatten Joan und mein Vater ihr eingeredet, und sie hatte gedacht, die Polizei würde ihnen glauben. Als sie entführt wurde, war meine größte Sorge gewesen, dass sie gefoltert wird oder hungern muss, aber das hier war noch schlimmer. Weil nicht andere ihr das antaten, sondern weil sie es sich selbst antat. Sie dachte, sie wäre eine Kriminelle, ausgestoßen. Sie konnte nicht einmal zu mir kommen. Und Joan. All die Briefe, die sie mir ins Internat geschrieben hatte, das Geplapper über den Garten, den Hund und das verdammte *Women's Institute*, und nie auch nur *ein einziges Wort.* Ich konnte es nicht glauben. Wie konnte ein Mensch, der so gut war, so hart sein. Sie hatte mir diese Briefe hinterlassen, also musste sie gewollt haben, dass ich es erfahre, aber erst, als es zu spät war. Des wusste bestimmt nicht, dass sie das hier getan hatte. Auf keinen Fall.

Da war noch ein weiterer Brief von Mum an Joan. Ein Blatt Papier aus einem linierten Din-A4-Heft, das am linken Rand gelocht war. Keine Adresse, aber ein Datum, 2. Dezember 1995. Fast einen Monat nach dem Tod meines Vaters.

Joan,
ich habe einen Entschluss gefasst. Ich will nicht, dass du Dodie von mir erzählst. Vor allem nicht von den Drogenproblemen. Ich habe ihr genug wehgetan. Ich will nicht, dass sie mich so sieht. Ich bin dir dankbar, dass du mich hier untergebracht hast, alle sind sehr nett zu mir, aber mein Leben ist unmöglich. Steve war hier. Ich weiß nicht, wie er herausgefunden hat, wo ich bin, aber er hat behauptet, ein Verwandter zu sein, so dass sie ihn reingelassen haben. Er hat mich die ganze Zeit angeschrien, bis einer der Praktikanten ihn hörte und rausgeworfen hat. Er sagt, er weiß jetzt, wo ich wohne. Ich weiß, dass ich nicht für immer hier bleiben kann, aber ich habe Angst zurückzugehen. Seinetwegen. Joan, ich bin an einem Punkt angekommen, wo man nicht mehr fragt, warum das alles geschieht, und man genauso gut tot sein könnte. Das ist mein Weg. Ich habe dem Psychologen gesagt, am liebsten würde ich in den weißen Fleck auf dem Bildschirm des Fernsehers kriechen und vom Nichts verschluckt werden, nur dass da kein weißer Fleck ist. Ich habe immer wieder danach gesucht, aber er ist nicht da. Ich kann nicht mehr schlafen. Steve ist weg, doch ich höre seine Stimme immer noch in meinem Kopf. Er hat Dinge wachgerufen, an die ich mich nie mehr erinnern wollte. Ich wünschte, ich könnte schreiben, sag Dodie, dass ich sie liebe, aber du weißt, warum das nicht geht. Ich war ein- oder zweimal bei ihrem Büro. Ich habe die Adresse aus dem Magazin, für das sie arbeitet. Ich bin nicht hineingegangen. Ich habe draußen an der Ecke gewartet, bis sie herauskam. Sie hat mich nicht gesehen,

aber ich wusste sofort, dass sie es ist. Sie ist mir so ähnlich. Ich bin stolz auf sie. Aber sie hat ihr eigenes Leben, Joan, und ich werde meinen Entschluss nicht ändern. Wenn Dodie irgendwelche guten Erinnerungen an mich hat, ist das besser als das, was sie jetzt sehen würde.

Susan

Oh, Mum. Dieser Tag, das Bild von ihr in meinem Kopf, das Gefühl, dass sie wirklich *da* war ... Sie hat sich von mir verabschiedet.

28

Es waren noch mehr Blätter. In einem hellen Blau. Joans Schrift, datiert vom 2. Januar 1996.

An meine liebe Dodie,
ich schreibe dies in der Hoffnung, dass du es nie lesen wirst, alles andere wäre gelogen. Aber wenn du das hier liest, wirst du auch die anderen Briefe gelesen haben. Es klingt dumm, wenn ich schreibe, ich hoffe, sie haben dich nicht allzu sehr aufgeregt, aber ich finde, du hast ein Recht darauf zu erfahren, was passiert ist. Mein ganzes Leben lang habe ich gewollt, dass alle miteinander auskommen. Es ist nicht immer so gekommen, aber ich habe getan, was ich konnte, und ich glaubte wirklich, dass ich nur zu deinem Besten gehandelt habe. Ich weiß, dass du wütend und verwirrt gewesen sein musst – und immer noch bist –, und ich möchte versuchen, es zu erklären, wenn ich kann.

Der Mann, der die Entführung geplant und durchgeführt hat, nannte sich Mick Martin, aber das war nicht sein richtiger Name. Vielleicht weißt du nichts darüber, aber die erste Frau deines Vaters, Betty, hat einen Sohn geboren, nachdem sie geschieden waren. Der Grund für die Scheidung war Bettys Untreue, und obwohl sie behauptete, es sei sein Kind, glaubte dein Vater es nie. Meines Wissens hat Betty nie Druck ausgeübt, aber dein Vater erhielt einige Briefe von einem jungen Mann namens Brian Carroll, in denen er Drohungen ausstieß und Geld forderte. Dein Vater hat diese Briefe nicht beantwortet. Während der Untersuchungen bei der Entführung gab er sie der Polizei, und man fand einige Fingerabdrücke, die zu denen von Mick Martin passten. Dein Vater bestand darauf, dass diese Information nicht an die Öffentlichkeit gelangte, und beim Prozess war es irrelevant, weil Mick Martin nicht vor Gericht stand. Wir hatten Gerüchte aus dem Dorf gehört, dass deine Mutter mit einem Mann gesehen worden war. Dein Vater war davon überzeugt, dass es Bettys Sohn war und dass er und deine Mutter gemeinsam den Plan hatten, deinen Vater um sein Geld zu bringen. Du sollst wissen, Dodie, dass ich das niemals geglaubt habe, aber ich war nicht in der Lage, es deinem Vater auszureden. Ich habe bei verschiedenen Gelegenheiten versucht, ihm die Briefe zu zeigen, die du gelesen hast, doch er weigerte sich, sie zu lesen. Ich habe nicht darauf bestanden, weil ich ihn nicht verärgern wollte. Heute denke ich, ich hätte es tun sollen.

Es gibt keinen Beweis, dass Mick Martin der Sohn deines Vaters war. Er glaubte es jedenfalls. Ich hörte manchmal von Betty, und sie mag Fehler gehabt haben, aber im Großen und Ganzen war sie ein ehrlicher Mensch. Wie auch immer, sie starb, bevor das alles geschah. Mick Martins Leiche wurde eingeäschert, so dass es keine Möglichkeit mehr gab, die Vaterschaft zu beweisen. Selbst wenn es die Möglichkeit gegeben hätte, bezweifle ich, dass dein Vater einem Test zugestimmt hätte.

Ich möchte dich um einen Gefallen bitten, Dodie. Es betrifft Desmond Haigh-Wood. Er weiß von all dem nichts. Dein Vater sprach nach der Scheidung nie wieder über Betty. Selbst mir gegenüber erwähnte er sie kaum. Ich habe ihm versprochen, nie mit einem Menschen darüber zu reden, deshalb habe ich es nicht getan, aber es gibt noch einen anderen Grund dafür, und ich werde ihn dir nennen: Ich schäme mich für das, was ich getan habe. Es hat lange gedauert, bis ich das zugeben konnte, Dodie, aber es ist wahr. Als ich älter wurde, wurde mir bewusst, dass ich einiges zu klären hätte, wenn du so willst, um es loszuwerden – bevor ich sterbe. Ich bitte dich darum, Des nicht zu erzählen, was in diesem Brief steht.

Letztes Jahr habe ich mit Maggie Hill gesprochen. Ich habe einen Privatdetektiv engagiert, der sie gefunden hat, und dann bin ich zu ihr gegangen. Ich fürchtete mich, weil ich nicht wusste, was mich erwartete, doch sie war sehr freundlich, und es tat ihr wirklich Leid, dass sie bei der Entführung mitgemacht hatte. Maggie erzählte mir, dass sie Mick Martin geliebt hatte. Sie glaubt immer noch, dass er Mick Martin hieß. Ich habe ihr nicht gesagt, wer er wirklich war. Aber unsere Unterhaltung bestätigte mir zweifelsfrei, dass dein Vater sich geirrt hatte. Es stimmt zwar, dass deine Mutter mit dem Entführer Steven Moody etwas hatte, aber sie war ein Opfer der Umstände und nicht die Komplizin der Entführer. In ihren Briefen schreibt sie, dass es ihre Schuld war, aber das stimmt nicht. Dein Vater und ich haben mehr Schuld auf uns geladen als sie. Wolf machte einen schrecklichen Fehler, den ich wider besseres Wissen unterstützte, indem ich nicht alles tat, um ihn wieder gutzumachen. Inzwischen wirst du wissen, warum deine Mutter nach dem Tod deines Vaters nicht versucht hat, mit dir Kontakt aufzunehmen. Ich fürchte, Dodie, auch ihre Sucht ist unsere Schuld, vor allem meine. Susan brauchte Hilfe und Unterstützung, und wegen meiner Gefühle für Wolf war ich nicht in der Lage, sie ihr zu geben. Ich glaube, deswegen hat sie Hilfe in Drogen gesucht. Vergiss nicht, Dodie, sie hat dich nie als erwachsene Frau kennen gelernt. Ich glaube, sie dachte, du wärst wie dein Vater geworden, und dass auch du ihr nicht vergeben kannst. Bitte glaub mir, dass ich versucht habe, sie vom Gegenteil zu überzeugen. Sie wollte ihre Meinung nicht ändern, aber sie hat dich sehr geliebt, und das ist es, was am Ende zählt.

Ich hatte Angst um dich, Dodie, und um Wolf. Angst, dass er dich auch verlieren würde, wie er alles verloren hat. Ich weiß, dass das, was ich getan habe, falsch war. Wenn ich mir selbst und den anderen gegenüber ehrlich gewesen wäre, hätte es vielleicht eine Versöhnung zwischen dir und deinem Vater geben können. Wolf war ein sehr stolzer Mensch, und in vielerlei Hinsicht war das seine Stärke, doch er konnte es sich niemals erlauben, Schwäche zu zeigen. Einige Tage vor seinem Tod sagte er mir, wie sehr er dich liebte. Seine Worte waren: »Ich wünschte, wir hätten Freunde sein können.«

Ich hoffe, dass du mir mit der Zeit vergeben kannst, Dodie. Ich habe deinen Vater geliebt, und was du auch denkst, ich liebe auch dich. Ich wünsche dir alles Gute.

Joan

Darunter war ein post scriptum vom 14. Juni

Ich habe in letzter Zeit merkwürdige Anrufe erhalten. Wenn ich abhebe, ist niemand am Apparat. Und ich glaube, heute Nacht war jemand im Garten. Ich bin nicht besonders schlau, aber ich fange an, mich zu fragen, ob diese Dinge etwas mit deiner Mutter zu tun haben könnten. Manche Leute könnten jetzt sagen, wer anderen eine Grube gräbt, fällt selbst hinein.

Ich starrte den Brief sehr lange an. Ich zitterte. Ich konnte nicht aufhören. Es war mit Sicherheit nicht kalt, wahrscheinlich war es der Schock. Nach einer Weile dachte ich, Jimmy kommt. Er kocht. Und Carol. Carol kommt wieder. Vielleicht will sie mit uns essen. Und Des. Des kommt. Und Tony. Alle. Ich war erschöpft, es war alles zu viel. Ich konnte nicht mal darüber nachdenken. Was soll ich jetzt tun, dachte ich. Sie dürfen mich hier nicht so finden. Und die Briefe. Sie dürfen die Briefe nicht sehen. Ich muss mich umziehen, dachte ich. Nach oben gehen. Ein Bad nehmen. Umziehen. Mich wieder fassen.

Ich sammelte die Briefe ein, packte sie wieder in die Papiertüte und nahm sie mit nach oben ins Badezimmer. Ich drehte die Hähne auf, setzte mich auf die Matte und wartete, dass die Wanne voll lief. *Wenn Dodie irgendwelche guten Erinnerungen an mich hat …* Wenn ich sie hätte sehen dürfen, hätte ich ihr all die Dinge, all die guten Erinnerungen erzählen können, und selbst zum Schluss, als sie nicht mehr wollte, dass ich sie sehe, hätte ich ihre Hand halten und einfach mit ihr reden können. Ihr von meinem Leben erzählen. Joan hatte geschrieben, dass Mum dachte, ich wäre wie *er* geworden. All die Jahre hatte sie nichts gesagt, hatte nicht zugelassen, dass ich meine Mutter sah … Plötzlich dachte ich an Des, an unser Essen in der »Fetten Henne«. An das, was er über Joan gesagt hatte. Wie er über sie gesprochen hatte. Sie hatte mich gebeten, ihm nichts zu sagen, was sie getan hatte.

»Ich werde es ihm nicht sagen, Joan«, sagte ich laut. »Aber ich tue es ihm zu Liebe, nicht dir zu Liebe.«

Des hatte eine Affäre mit Betty gehabt. Er hatte gesagt, mein Vater wusste es nicht. Aber Joan wusste es. Vielleicht war das auch ein Grund, warum sie nicht wollte, dass ich Des alles erzählte. Sie hatte geschrieben, es gäbe keine Beweise für die Vaterschaft, vielleicht war ja Mick Martin – oder Brian Carroll oder wie auch immer er hieß – Des' Sohn. Hatte mein Vater so etwas vermutet? Die Fotos in den Zeitungen – darauf sah man nie, wie die Menschen wirklich aussahen. Aber wenn nun Bettys Sohn meinem Vater ein Foto von sich geschickt hatte, ein gutes, und er die Ähnlichkeit gesehen hatte? Als ich Des gefragt hatte, ob er keine Kinder gewollt hatte, hatte er geantwortet, dass es ihnen nicht möglich gewesen war. Aber es konnte an Joan gelegen haben. Vielleicht hatte mein Vater einfach nicht zugeben können, dass er von seinem besten Freund betrogen worden war. Oder vielleicht – *nur vielleicht* – hatte er Des nie mit der Tatsache konfrontiert, dass der Mann, der meine Mutter entführt hatte, der Mann, der letztendlich für ihren Tod verantwortlich war, sein Sohn war. Oh Gott, dachte ich, das kann nicht wahr sein. Es *darf* nicht wahr sein. Ich darf nicht einmal denken, dass es sein könnte. Ich sah auf und bemerkte, dass die Badewanne beinahe überlief. Ich zog mich aus und kletterte hinein. Steven Moody hatte gewusst, wo Mum wohnte. Es wäre ein Leichtes für ihn gewesen, sie umzubringen. Der Polizist hatte gesagt, es war Heroin und noch eine andere Substanz, doch er hätte nichts anderes gebraucht. Wenn der Stoff reiner war als der, den sie normalerweise nahm, oder wenn es einfach nur mehr gewesen war … Steven Moody hätte es ihr nicht einmal selber geben müssen, er hätte es einfach irgendjemandem geben können, der es an sie weiterreichte. Drogensüchtige wollen nicht wissen, wo das Zeug herkommt. Plötzlich fiel mir das garstige Kaninchen aus der Geschichte von Beatrix Potter ein, das sich die Karotten schnappt. »Er sagt nicht danke, er nimmt sie sich einfach.«

Mums letzter Brief hörte sich an, als sei er aus irgendeiner Klinik geschrieben worden. Sie war bei einem Psychologen in Behandlung, doch sie hatte aufgegeben. Wegen Steve? Seinetwegen hatte sie an Dinge gedacht, die sie lieber vergessen wollte, das hatte sie geschrieben. Schreckliche Dinge.

Ich musste vergessen haben, die Tür abzuschließen. Ich hörte nicht, wie sie geöffnet wurde, spürte nur den Luftzug im Nacken. Ich war in einem der kleinen Gästebäder, in denen die Badewanne eine ganze Längsseite einnimmt, so dass die Tür direkt am Kopfende der Wanne ist. Ich lag mit geschlossenen Augen in der Wanne. Ich dachte, die Tür wäre durch den Luftzug von selbst aufgegangen, und wollte sie mit einer Hand wieder zustoßen, doch mein Arm traf etwas Festes. Nicht die Tür, sondern Stoff. Und darunter Fleisch.

Mein Herz blieb stehen. Ich machte die Augen auf und wollte mich aufrichten, doch ich rutschte aus und schlug mit dem Kinn auf dem Porzellanrand der Wanne auf. Nur zwei Finger breit vor meinem Gesicht sah ich eine Wand aus einer fleckigen, khakifarbenen Tarnjacke. Hose. Beine.

»Nur wir beide.« Die Stimme des Mannes schien von weit über meinem Kopf zu kommen. »Außer uns ist niemand im Haus.«

Ich sah auf. Es war Carols Freund, Greg. Er stand an der Tür. In der Hand hielt er ein Messer.

29

Er setzte sich auf den Rand der Badewanne, sein Hintern war direkt neben meinem Kopf, und sah auf mich herab. So nah, dass ich ihn riechen konnte. Stechender, scharfer Schweißgeruch. Mir schoss ein Bild durch den Kopf: Verklebte Achselhaare unter dem haarigen Wollpullover. Mir wurde schlecht.

Mit seinen dicken Fingern hielt er das Messer neben seinem Oberschenkel. »Das ist ein Krummdolch, ein *kukri*. Die Gurkhas benutzen ihn. Es gibt ein Gesetz bei ihnen: Du legst es erst weg, wenn Blut fließt.«

»Aber Sie sind kein … kein Gurkha.«

Den Bruchteil einer Sekunde lang herrschte gespannte Stille, dann explodierte er. »Halt die Fresse!« Er fuchtelte mit der Messerklinge vor meinem Gesicht herum, ich wich zurück und stieß mir den Ellbogen an der gefliesten Wand. Ich presste den Ellbogen an meine Brust, wiegte mich vor Schmerzen mit geschlossenen Augen hin und her und versuchte, nicht zu weinen.

»Gib dir keine Mühe, du hast nichts zu verstecken«, sagte er verächtlich. Ich hörte, wie das Messer klappernd auf den Boden fiel, und spürte – so schnell, dass ich nicht mehr ausweichen konnte –, wie seine Hände auf meinen Kopf und die Schultern drückten und mich nach unten zwangen. Mein Kopf schlug gegen die Fliesen hinter der Badewanne, und mein Körper schoss in einer Welle aus grauem Seifenwasser nach vorn. Ich versuchte, mit den Füßen Halt am anderen Ende der Wanne zu bekommen, doch sie war einfach zu lang, und kurz sah ich aus den Augenwinkeln, wie das Wasser vor meinem Gesicht zusammenschlug. Dann, ehe ich Luft holen konnte, war ich unter Wasser. Sein Handballen bohrte sich in meine rechte Augenhöhle, und einen Moment lang dachte ich, mein Kopf würde platzen, dann wurde ich wieder an die Oberfläche gezerrt, wo ich nach Luft schnappte und mich an einem brennenden Wasserfall aus Seifenwasser und Rotz verschluckte, der mir aus Nase und Mund lief.

Meine Augen fühlten sich an, als wären sie fest zugeklebt. Ich drückte darauf und spürte eine Bewegung seitlich unter einem Augenlid, als meine Kontaktlinse herausrutschte und in die Badewanne fiel. Die andere war immer noch an Ort und Stelle, und als es mir gelang, die Augen zu öffnen, sah ich Gregs Gesicht direkt vor mir. Ich konnte nichts hören, aber der Mund mit den gelben Zähnen ging in dem Bart auf und zu, die rosa Zunge in der Mitte bewegte sich. In meinen Ohren war ein Rauschen, und dann Worte, und dahinter irgendwie eine Stimme in meinem Kopf: Das Wasser, lass das Wasser raus. Ich schaute ans Ende der Badewanne und sah, über den Heißwasserhahn drapiert, ein paar Zentimeter der Kette, die eigentlich … Ich sah etwas Rundes in dem schmutzigen Wasser. Der große Stöpsel aus Messing.

Ich legte die Hände auf den Rand und versuchte, mich vorzuziehen, doch ich zitterte, war zu schwach, und Gregs Hände umklammerten plötzlich meine Arme und wirbelten mich herum. Ich rutschte aus, trat um mich, meine Füße donnerten ziellos gegen die Seitenwand der Wanne, das graue Wasser schlug über mir zusammen und spritzte auf den Boden.

Greg zerrte mich an den Haaren zurück. »Du kapierst es immer noch nicht, oder?«

Ich konnte kaum sprechen. Er riss meinen Kopf nach hinten, so dass die restliche, beißende Flüssigkeit aus meiner Nase in meinen Hals floss. »Bitte –« Das Wort kam wie eine leise platzende Seifenblase heraus. »Bitte, sagen Sie mir einfach, was Sie wollen.«

»Du hast den Brief gekriegt, du blöde Schlampe.«

»Sie haben den Brief geschrieben?«

»Ja.«

»Die Haare? Der Anruf?«

»Das war ich.«

»Ich habe Ihre … Stimme nicht erkannt.«

»Wie solltest du auch. Für euch klingen wir doch alle gleich, oder?« Er zog schmerzhaft an meinen Haaren. »Weißt du, wie wir euch immer genannt haben? Schweinefamilie. Susan hat von dir geredet. Sie wollte, dass ich dich kennen lerne. Ich hab ihr erklärt, dass sie ihre Schweinefamilie und ihre Schweinetochter nicht braucht. Vergiss sie. Aber das konnte sie nicht, oder?« Seine Augen waren fest zugekniffen, und er schüttelte heftig den Kopf. »Sie hat gesagt, dass sie mich *liebt.* Ihr Schweine! Ihr versteht nicht, was Liebe ist! Ihr versteht nur Geld!« Er riss an meinen Haaren und bellte in mein Gesicht, und ich schluckte, als mein Hals sich wieder mit Wasser füllte, und konnte kaum atmen. Dann ließ er mich los, und ich würgte und würgte, mein Körper bäumte sich unter den Krämpfen auf. Ich konnte nicht aufhören.

»Schau dich doch an«, sagte er. »Das ganze Geld. Was nützt es dir jetzt noch? Es kann dir auch nicht helfen, oder? Ich hab dich was gefragt.« Ich schüttelte den Kopf, und er packte mich am Kinn und drehte mein Gesicht zu sich. Die gelben Zähne schienen mich anzufallen. »ODER?«

»N-nein.«

»Ich hab sie *gerettet.*«

»Entschuldigung … ich verstehe nicht.«

»Entschuldigung, ich verstehe nicht«, äffte er mich nach. »Klar verstehst du das nicht, du dumme Kuh. Ihr haltet euch alle für klasse, mit eurem Geld, euren Häusern, euren Autos und euren Flugzeugen, aber ihr seid alle *tot.* Ihr verfault, vom Geld verdorben, ihr *stinkt* danach. Ihr habt keine Gefühle.« Sein Gesicht war unmittelbar vor meinem, und sein Atem schien meinen Kopf wie eine Kapuze einzuhüllen, als er seine Stimme zu einem Flüstern senkte. »Ihr könnt nicht mal ficken.« Seine Hand packte mich im Nacken, und er drehte mein Gesicht zu sich. Ich spürte seinen Bart an meinem Kinn, seine Zähne an meinen Zähnen, und dann wand sich seine Zunge in meinem Mund. Ein warmes, nasses Netz aus Speichel rann durch meine Kehle, so dass ich würgen musste. Er wich zurück, und ich rang hustend und spuckend nach Luft.

»Gott, guck dich an.« Er kniete sich auf den Boden, legte die Arme auf den Badewannenrand und ließ eine Hand ins Wasser gleiten, als würde er ein Baby baden. Plötzlich dachte ich an Carol, die ihre Kinder ins Bett brachte. Hatte sie die ganze Zeit gewusst, wer er war? »Frigide«, sagte er. »Wie die Mutter, so die Tochter. Was für eine Überraschung.«

Ich zog die Knie an die Brust, schlang die Arme um die Unterschenkel und versuchte, aufzuhören zu zittern. Tränen liefen mir über das Gesicht, vereinten sich mit dem Rotz aus meiner Nase und bedeckten mein Kinn mit einer dünnen Schleimschicht. Ich legte die Hände auf die Augen und spürte, wie meine zweite Kontaktlinse, die durch das Wasser verrutscht war, herunterfiel. Gregs – Steves – Gesicht wurde plötzlich unscharf, und die Umgebung verschwamm vor meinen Augen.

Er darf es nicht merken, dachte ich. Er darf nicht merken, dass ich nichts sehe.

Er redete wieder. »... als die Polizei das Haus gestürmt hat, habe ich ihr gesagt, sie soll weglaufen. Die Bullen waren überall, doch ich habe sie abgelenkt, damit sie weglaufen konnte. Ich dachte, sie würde zu mir zurückkommen. Die ganze Zeit, bis zum Prozess, dachte ich, sie kommt zurück, sie liebt mich. Sie kommt zu mir zurück. Ich dachte, sie würde der Polizei erzählen, dass sie von alleine mit mir mitgekommen ist, weil wir zusammen sein wollten, würde sagen, dass es überhaupt keine Entführung war. Wenn sie das getan hätte, hätten sie mich gehen lassen müssen. Es wäre so leicht für sie gewesen, aber sie hat es nicht getan. Ich habe sie *gerettet,* und sie hat mich einfach verlassen und so getan, als würde sie mich gar nicht kennen. Das hat sie *mir* angetan! Und ich dachte, ich hätte ihr die Augen geöffnet. Es war egal, dass sie dazugehörte, weil sie sich ändern konnte. Ich hätte ihr geholfen, sich zu ändern. Ich habe sie vor dieser ganzen kapitalistischen

Scheiße gerettet. Ich habe sie *befreit*! Diese blöde, wertlose Schlampe. Weil sie am Ende genauso korrupt und verfilzt und widerlich war wie der Rest von euch. Wir wollten zusammen leben. Wir wollten nach Griechenland gehen und in einem Haus am Strand leben. Davon versteht ihr nichts. Ihr fliegt in euren Privatflugzeugen herum, verpestet die Atmosphäre, und wir können nicht mehr atmen, aber euch ist das scheißegal, weil ihr euch ja euren privaten Sauerstoffvorrat kaufen könnt. Das würde dir gefallen, was? Wenn dir die Luft, die wir atmen, gehört. So seid ihr eben. Ihr könnt alles hinschmeißen und total radikal tun, und dann geht ihr zurück in eure sicheren, hübschen Häuser, mit Wächtern an den Toren, damit ja keine armen Leute reinkommen! Damit wir euch ja nicht zu nahe kommen. Wie deine Haushälterin – umgefallen wie ein Stein ist sie, als sie mich da durchs Fenster kommen sah, die arme Kuh. Ich hab ihre Tasche durchsucht und deine Adresse gefunden. Weil ich nämlich hinter dir her war – wenigstens hab ich dich jetzt. Neunzehn Jahre hab ich auf Susan gewartet – elf davon im Knast, und den Rest hab ich versucht, sie zu finden. Ich konnte es nicht fassen, als ich sah, in was für einem Zustand sie war. Sie war in diesem Obdachlosenheim. Ich brauchte einen Platz zum Schlafen, und als ich reinkam, saß sie da. Ich hab sie fünf Minuten angeschaut, bevor ich kapiert habe, wer sie ist. Sie war viel zu fertig, um mich zu erkennen. Ich hab nicht mit ihr gesprochen, aber ich hab mit ein paar anderen Leuten geredet, und die haben gesagt, dass sie erst einen Tag da ist und dass sie aus ihrer Wohnung geflogen ist. Eine Frau hat gesagt, dass Susan versuchen will, einen Entzug zu machen – sie hat ihr erzählt, dass sie in so eine teure Klinik in Gloucestershire geht. Die Frau dachte, Susan wäre genauso ein Junkie wie alle andern und würde Blödsinn reden, aber ich dachte, nein, und bin in die Bücherei gegangen, um die Adresse herauszufinden – hat verdammt lange gedauert, bis ich die richtige gefunden habe, aber dann … Also bin ich hingefahren. Von außen sieht es aus wie eine teure Kurklinik, aber drinnen wimmelt es von Verrückten und Junkies. Ich hab gesagt, ich bin ihr Bruder, und weißt du was?« Er lachte. »Sie haben mir geglaubt. Sie haben mir den Scheiß einfach geglaubt. Als ich bei ihr war, hab ich zu Susan gesagt: ›Ich hab für dich gesessen, du Schlampe.‹ Ich sagte: ›Ich muss nicht ganz dicht gewesen sein, als ich geglaubt habe, dass du mich liebst.‹ Sie hat geweint und gesagt: ›Lass mich in Ruhe‹, und die ganze Leier, von wegen, selber genug gestraft, aber das hat sie nur gesagt, um mich loszuwerden. Man brauchte sie nur anschauen, um zu sehen, dass die teure Behandlung nichts nützen würde; sechs Monate war sie da drin und nach einer Woche wieder drauf. Ich hab gut aufgepasst, dass sie kriegt, was sie braucht. Irgendwie komisch, oder? Wenn man drüber nachdenkt, wäre sie viel besser dran gewesen, wenn sie bei mir geblieben wäre.« Seine Stimme steigerte sich zu einem süßlichen Winseln. »Findest du das nicht auch verdammt komisch?« Er packte mich an den Schultern und riss mich an sich. »Ist das nicht ver-dammt ko-misch?« Er stieß mich ruckartig unter Wasser. »Ist das nicht ver-dammt ko-misch?«

Ich versuchte, mich am Wannenrand festzuhalten, um mich zu wappnen, aber er schmetterte seinen Ellbogen auf mein Handgelenk, so dass ich vor Schmerzen aufschrie, und dann schien ich ganz die Kontrolle zu verlieren, er tauchte mich unter Wasser, meine Hacken, meine Oberschenkel und mein Hintern rutschten weg und schlugen gegen das harte, weiße Porzellan, das Wasser schlug große Wellen, lief über den Rand und schwappte auf den Boden. Ich machte den Mund auf, um Luft zu holen, doch es war zu spät, und als er mich untertauchte, lief mir das schaumige Wasser in den Hals, meine Ohren dröhnten, und ich konnte nicht atmen, alles schlug über mir zusammen, und das Letzte, an das ich mich erinnere, ist, dass ich dachte: *Ich werde sterben.*

30

Ich keuchte, mein Körper krümmte sich, ich erbrach literweise dicke, zähe Flüssigkeit aus Nase und Mund. Schleimfäden hingen mir ins Gesicht und verklebten sich mit dem Vorhang aus verklumpten Haaren, der, jedes Mal, wenn ich würgte, vor mein Gesicht schlug. Das Innere meines Brustkorbs stand in Flammen. Es hätte mich nicht überrascht, wenn die kleinen verzweigten Äste aus meiner Lunge wie entwurzelte Bäume aus meinem Mund geschwemmt worden wären.

Mein Hintern fühlte sich an, als wäre er festgeklebt. Ich sah an mir hinunter. Blaue Handtücher bedeckten meine Beine und meinen Bauch, und da, wo sie aufhörten, ragte zu beiden Seiten, weiß und glänzend, die Badewanne auf. Panik durchfuhr mich. Ich war immer noch in der Badewanne. Das Wasser, gleich würde das Wasser über mir zusammenschlagen … Etwas Weiches presste sich in meinen Nacken, über meine Schultern und drückte mich nach unten.

»Nein!« Ich bäumte mich auf und schlug mit den Armen um mich.

»Dodie! Alles in Ordnung, Süße. Beruhige dich. Alles in Ordnung. Schhh, schhh.« Tonys Stimme. Ich spürte, wie das Ding – ein Handtuch, es war ein Handtuch – über meine Schultern gelegt wurde und eine Hand durch den Stoff meinen Rücken massierte.

»Das Wasser … Lass es raus … Hilf mir.« Meine Kehle fühlte sich wie Schleifpapier an, meine Stimme war kaum zu hören.

»Da ist kein Wasser mehr. Alles draußen.«

Jemand drückte ein paar Blatt Toilettenpapier in meine ausgestreckte Hand.

»Versuch, dir die Nase zu putzen. So besser? Nick einfach, wenn du Ja meinst.« Ich nickte. »Na komm, ich streich dir die Haare aus dem Gesicht. Jetzt kannst du sehen, was vor sich geht.«

Ich konnte Tonys Gesicht einigermaßen deutlich erkennen, aber der Raum dahinter war verschwommen. In der Tür, vor dem dunklen Hintergrund, war eine Ansammlung von Farben in Menschengröße.

»Wer ist das?«

»Es ist nur Dominic. Du kannst nicht richtig sehen, oder? Oh Gott, wahrscheinlich hat sie eine Gehirnerschütterung. Dodie, weißt du, wie unser Premierminister heißt?«

»Meine Kontaktlinsen sind rausgefallen.«

»Herrje, und jetzt bist du völlig blind, oder?«

»Wo ist deine Brille?«, fragte Dominic von der Tür. »Ich hole sie dir.«

»In meinem Schlafzimmer – im Ballsaal.«

»Ich hole sie, bin gleich wieder da, okay?« Die undeutliche Säule verschwand aus meinem Blickfeld.

»Was macht er hier?«, fragte ich.

»Er war bei Des, erinnerst du dich? Des ist auch hier, und dein Anwalt. Sie reden unten mit der Polizei. Jimmy ist bei ihnen.«

»Jimmy?«

»Er hat dir das Leben gerettet, Dodie. Er hat dem Typ eine Bratpfanne von Le Creuset über den Kopf gezogen. Das hat ihn umgehauen, dann hat Dominic sich auf ihn gesetzt, und Des hat die Polizei gerufen. Ich habe mich um dich gekümmert. Ich dachte, du atmest nicht mehr – du warst leichenblass, und deine Lippen waren blau. Ich hab mir das mit der

Vampirlesbe noch mal überlegt, Süße. Es passt überhaupt nicht zu dir.«

»Danke für den Hinweis. Ich werd's nicht wieder versuchen.«

»Tut mir Leid, dass du immer noch in der Wanne bist. Der Arzt ist auf dem Weg. Wir hielten es für besser, dich da drin zu lassen, bis er da ist. Meinst du, du hast dir was gebrochen?«

»Ich glaube nicht. Mir tut nur alles weh. Haben sie ihn?«

»Den Mann, der dich umbringen wollte? Ja, mein Schatz. Er kommt nicht wieder.«

»Er heißt Steven Moody.«

»Er hat diesen Brief geschrieben, nicht wahr? Herrgott, Dodie, es tut mir Leid. Wir hätten die Polizei einschalten sollen.«

Dominic kam mit meiner Brille und einem riesigen Stapel Kissen zurück. »Damit du es bequemer hast. Beug dich ein bisschen vor.« Er stopfte sie hinter meinen Rücken. »Besser so?«

Ich nickte und setzte die Brille auf. »Ich muss völlig verrückt aussehen.«

»Du könntest eine berühmte Exzentrikerin sein. Edith Sitwell oder so. Schade, dass du nicht Schriftstellerin bist. Du könntest in der Badewanne schreiben, und alle Zeitungen würden Fotos von dir bringen.«

»Gab es nicht einen berühmten Schriftsteller, der in der Badewanne geschrieben hat?«, fragte Dominic. »War das nicht Proust?«

»Das war im Bett«, sagte Tony. »Die Badewanne ist viel origineller. Der Arzt müsste jeden Augenblick da sein.Ich würde dir ja einen Kognak geben, aber das gibt nur Ärger.«

»Tony?«

»Was ist, mein Lämmchen?«

»Nicht mehr reden, ja?«

Er tätschelte meine Schulter. »In Ordnung.«

Nach einer Weile kam der Arzt. Er schaute mir in den Hals und in die Augen, stellte Fragen und fühlte, ob etwas gebrochen war, dann sagte er, ich solle versuchen aufzustehen, also wurde Dominic nach meinem Bademantel geschickt, und dann entstand allgemeine Verlegenheit, weil alle Handtücher runterfielen und jeder versuchte, höflich zu sein und nicht hinzuschauen, aber mir war alles egal, ich wollte nur noch aus dieser Badewanne heraus.

Ich schlurfte durch den Gang in mein Zimmer. Tony stützte mich. Ehrlich gesagt war ich irgendwie überrascht, dass das Haus unbeschadet war und noch stand. Was mir passiert war, bezog sich nur auf diesen einen Raum. Während es geschah, war alles andere im Haus unberührt geblieben. Es wäre auch dann noch so, wenn Steven Moody mich umgebracht hätte. Das ganze Zeug, das immer da gewesen war, die Fußbodendielen, die Wände, die Heizung, die Möbel. Alles sah ganz normal aus. Als wir zum Ballsaal kamen, kroch ich ins Bett, der Arzt gab mir ein Schmerzmittel, und dann schlief ich ein.

Ich wachte auf, als es an der Tür klopfte. Ich hörte, wie die Tür einen Spalt geöffnet wurde und eine Stimme fragte: »Darf ich reinkommen? Ich bin's, Jimmy. Ich dachte, du willst vielleicht ein Frühstück.«

»Warte einen Moment!« Ich setzte mich schnell auf, griff nach meiner Handtasche, zerrte meine Puderdose heraus und spähte in den staubigen Spiegel. Mein rechtes Auge war ein geschwollenes Etwas in Rot und Violett, der Bluterguss breitete sich über meine Wange und bis zum Haaransatz aus. Meine Haare hingen strähnig und verworren hinunter. Ein Sumpf. Nichts zu machen. Ich spielte kurz mit dem Gedanken zu versuchen, eine Kontaktlinse einzusetzen, doch dann griff ich lieber nach meiner Brille. »Komm rein!«

Jimmy schrie weder, noch ließ er das Tablett fallen. Er schob einfach mit dem Fuß die Tür hinter sich zu und stellte mein Frühstück aufs Bett. Räucherlachs, Rührei, Arme Ritter.

»Tut mir Leid, aber ich sehe schrecklich aus.«

»Du siehst sehr viel besser aus als gestern Abend. Wie fühlst du dich?«

»Furchtbar. Hauptsächlich mein Kopf. Aber wenigstens lebe ich noch. Das habe ich dir zu verdanken.«

»Ja, also ...«

»Tony hat mir erzählt, dass du mir das Leben gerettet hast. Mit einer Bratpfanne.« Mein Hals tat zu weh, um zu lachen.

»Um die Wahrheit zu sagen ...« Er brach verlegen ab.

»Ja?«

»Das wollte ich schon immer mal machen. Das, oder einem Glatzkopf eine Suppenkelle über den Schädel ziehen. Weil es ein so befriedigendes Geräusch gibt. Klong!« Er tat so, als würde er jemandem eine Suppenkelle auf den Kopf hauen.

»Du spinnst, weißt du das?«

»Wahrscheinlich. Kennst du die Serie *Fawlty Towers*? Comedy. Da gibt es eine Szene, in der Basil das mit Manuel macht. Mit einem Löffel. Er reibt mit dem Löffel in Manuels Gesicht herum, und dann, peng!, haut er ihn auf seinen Kopf. Ich wollte das einfach auch mal machen.«

»Also, ich bin froh, dass du deinen Ehrgeiz befriedigen konntest, ein Glück für uns beide.«

»Ist es dir recht, wenn ich ein bisschen hier bleibe?«

»Wenn du meinen Anblick aushältst.«

»Red keinen Unsinn.« Er setzte sich auf den Bettrand. »Willst du Tee?«

»Ja, bitte.«

»Es ist Earl Grey. Mr. Haigh-Wood nennt ihn ›Schwuchtel-Tee‹. Er hat es mir ins Ohr geflüstert, damit Tony es nicht hört. Er ist nett, oder?«

»Ja, das ist er.«

»Gestern Abend war er brillant. Jetzt ist er unten mit der Sekretärin und kümmert sich um die Presse und das ganze Zeug. Ich habe gerade mit meinem Bruder telefoniert. Er sagte, als er heute Morgen die Tür aufgemacht hat, haben sie seinen Garten fotografiert.«

»Um Himmels willen.«

»Keine Sorge, es waren Japaner. Aber er sagte, er konnte dein Tor vor lauter Kameras und Mikrofonen nicht sehen. Aber sie kommen nicht rein.«

»Die Sekretärin … sie heißt Helen sowieso, oder?«

»Helen Bain. Es ist beängstigend, wie tüchtig sie ist. Sie hat diesen wilden Blick, als wäre dein Hosenstall offen. Tony findet das auch. Mr. Haigh-Wood lässt dir ausrichten, du brauchst dir keine Sorgen zu machen, sie kümmern sich um alles. Eigentlich soll ich ihn Des nennen, aber daran habe ich mich noch nicht gewöhnt.«

»Klingt, als wär's die Hölle. Wie spät ist es eigentlich?«

»Ungefähr elf. Wir wussten nicht, ob wir dich wecken sollten.«

»Ich bin froh, dass du mich geweckt hast. Das sieht alles ganz toll aus, Jimmy, aber macht es dir was aus, wenn ich erst mal nur den Tee trinke? Ich habe schrecklichen Durst.«

»Klar, wie du willst. Die armen Ritter sind leider von gestern Abend. Müssten aber noch gut sein. Ich habe sie mit Brioche gemacht.«

»Du hast sie gestern Abend gemacht?«

Jimmy zuckte die Achseln. »Die Polizei war mit mir fertig, Tony war oben und hat sich um dich gekümmert, und alle anderen waren mit irgendwas beschäftigt, also dachte ich mir, irgendwann müssen wir ja was essen. Wir haben in der Küche gegessen. Eigentlich war es sehr lustig – bis auf die Sorgen um dich; aber der Arzt hatte gesagt, du brauchst nur Ruhe, dann geht es dir wieder gut.« Er hielt inne und sah mich an. »Carol ist noch mal da gewesen, Dodie. Sie hat die Polizei durchs Dorf rasen sehen. Der Sicherheitstyp wollte sie nicht reinlassen. Es war ein neuer Mann, und der andere hatte ihm beim Schichtwechsel die Liste nicht gegeben. Also hat Carol ihren Vater geholt. Du weißt, was für ein Riese er ist. Er stürmte in die Küche und hatte sich den Sicherheitstyp um die Taille gewickelt wie einen Gürtel. Als sie hörte, was passiert war, regte sie sich schrecklich auf. Sie sagte, sie hätte dir einen Zettel dagelassen, dass sie die Kinder ins Bett bringt –«

»Hat sie. Ich dachte, sie hätte Greg mitgenommen.«

»Anscheinend hat er gesagt, er wartet hier auf sie und passt ein bisschen auf. Sie fand die Idee gut, weil er dich kennen gelernt hatte und so weiter. Ich glaube wirklich, dass sie keine Ahnung hatte, Dodie. Ich meine, ich hatte ihn ja auch ein paar Mal getroffen und fand nichts Seltsames an ihm. Na ja, wahrscheinlich war er ein bisschen merkwürdig, aber ich hätte nicht gedacht, dass er … du weißt schon.«

»Nicht ganz dicht ist?«

»Ja. Er war ein wenig still, mehr nicht.«

»Sehr zurückhaltend. Das sagen sie immer, wenn irgendein Irrer mit einer Pistole um sich ballert.«

»Du solltest mit Carol reden. Ihr sagen, dass es nicht ihre Schuld ist.«

»Aber nicht heute.«

»Mr. Haigh – Des, meine ich, kommt später rauf, und die Polizei will irgendwann mit dir reden.«

»Ja, vermutlich. Oh Gott, Jimmy, mir fällt gerade etwas ein. Die Tüte, die wir in dem Kissen gefunden haben. Ich habe sie im Badezimmer liegen lassen –«

»Alles in Ordnung. Ich habe sie.«

»Sonst hat sie niemand gesehen, oder?«

Jimmy schüttelte den Kopf. »Sie lag auf dem Boden, und ich habe sie in die Tasche gesteckt. Sie ist leider ein bisschen zerknittert, aber es ist noch alles da.« Er legte sie aufs Bett. »Ich habe nichts gelesen.«

»Danke.«

»War er in Ordnung? Joans Brief oder was es war?«

»Es klingt seltsam, aber wahrscheinlich kann man sagen, dass er in Ordnung war. Ich bin froh, dass wir die Tüte gefunden haben.«

»Gut.« Jimmy lächelte mich an. »Brauchst du noch irgendetwas?«

»Nein, ich muss mich nur noch mal bedanken. Dass du mir das Leben gerettet hast. Du und deine Bratpfanne.«

»Jederzeit. Der Bratpfanne kannst du später danken. Also, wo kann ich dich küssen? Das, was von dir zu sehen ist, scheint nur wehzutun.«

»Du könntest es auf meiner Nasenspitze versuchen.«

Also küsste er meine Nasenspitze. Dann nahm er die Hand, die nicht verbunden war, und sagte: »Die sieht ganz gesund aus«, und küsste sie auch.

»Jimmy?«

»Hmm.«

»Es wird alles wieder gut, oder? Ich habe einfach das Gefühl, dass ich an einem Stoppschild angekommen bin. Eine Art Schlusspunkt. Ich will nur, dass alles wieder gut wird. Oh Gott, jetzt rede ich schon wie Joan.«

»So schlimm ist das auch nicht, oder?«

»Nein, wahrscheinlich nicht.«

»Ich glaube, alles wird wieder gut. Ich weiß, dass du eine Menge zu tun haben wirst, aber gestern Abend, als ich in dieses Badezimmer kam und du da im Wasser lagst und ich dachte, jetzt ist alles zu spät, sie ist tot, und du so *weiß* warst – abgesehen von den Blutergüssen ... Und als du anfingst zu husten, war das ... es war ... das Beste, was ich je erlebt habe.« Er spielte verlegen mit dem Deckenzipfel.

»War es ... besser als dein bestes Soufflé?«

»Ja, war es. Obwohl ich vor ein paar Wochen ein fantastisches Schokoladensoufflé gemacht habe. Wenn du willst, mache ich es für dich. Wenn es dir wieder besser geht.«

»Wirklich? Wirst du ... wiederkommen?«

»Klar. Ich meine, wenn du willst.«

»Ja, ich will. Sehr sogar.«

»Gut. Und was muss jetzt noch geküsst werden?«

31

Um fünf vor elf standen Jimmy, Tony und Dominic in der Diele und bewunderten ihre schwarzen Anzüge. Ich stand vor dem Spiegel und rückte meinen Hut zurecht.

Jimmy tauchte hinter mir auf und küsste meinen Nacken. »Hübsche Beine, das Gesicht ist allerdings scheußlich.«

»Ich sehe immer noch aus wie Quasimodo, oder?«

»Dein Benehmen ist etwas besser. Nein, ehrlich, so schlimm ist es nicht.«

»Doch«, sagte Tony. »Sie hat sich den ganzen Morgen Schminke ins Gesicht geklatscht, schlimmer als eine eitle Tunte. Ich hätte beinahe den Gärtner um einen Spaten gebeten.« Er reichte mir ein Glas Sherry. »Na los, kipp das runter. Und setz um Himmels willen deine Sonnenbrille auf. Da draußen könnten kleine Kinder sein.«

»Oh, deine vielleicht?«

Des steckte den Kopf zur Tür herein. »Seid ihr fertig?«

»Besser wird's nicht.«

»Es sind alle da, also kommt.«

Ich habe die Kapelle nie so schön gesehen. Der Steinboden war weiß geschrubbt, die Bänke frisch poliert, man konnte sich in dem Messing spiegeln, und die Blumen waren spektakulär und hätten sogar Joans Maßstäben genügt. Es gab keinen einzigen leeren Platz. Das ganze Dorf war da, die Frauen vom Women's Institute und viele, viele Menschen, die ich vor zwanzig Jahren das letzte Mal gesehen hatte – mit mehr Falten im Gesicht und grauen Haaren, aber immer noch aufrecht und hübsch angezogen. Als ich mich umsah, dachte ich, das sind die Männer und Frauen, die den Krieg gewonnen haben, wie Joan und Des. Da musste ich beinahe weinen. Stattdessen sang ich, so laut ich konnte. Alle sangen, und das wirklich gut, und die Orgel klang besser denn je. Während wir »Ein feste Burg ist unser Gott« sangen, fing ich Des' Blick auf, und er lächelte mich schief an.

Als der Pfarrer anfing über Joan zu sprechen, was sie für die Gemeinde getan hatte, dass die anderen immer zuerst kamen, dachte ich daran, wie sie sich die Schuld für das gegeben hatte, was mit meiner Mutter geschehen war. Ich kann sie und meinen Vater für den Rest meines Lebens hassen, dachte ich, aber das bringt mir Mum auch nicht wieder. Als Des mich gefragt hatte, wie ich mir Mums Beerdigung wünschte, hatte ich gesagt, nur er und ich und der Pfarrer. Ich will keinen großen Rummel mit Blumen und Journalisten und Leuten, die Mum kaum kannten und von der schrecklichen Tragödie sprechen. Das hatte sie vor zwanzig Jahren bei ihrer Trauerfeier. Sie verdient etwas Würdevolles, das ist das Einzige, was ich noch für sie tun kann. Sie ist mir jetzt näher als je zuvor, aber es ist kein *neues* Gefühl. Nicht wie eine frische Wunde. Wahrscheinlich ist das nicht überraschend. Schließlich hatte ich zwanzig Jahre Zeit, mich daran zu gewöhnen, dass sie mir fehlt.

Ich schaute in all die alten Gesichter und dachte an den Rentner, der sich mühsam die Treppe in Maggie Hills Haus hochgeschleppt hatte. Vielleicht konnte ich etwas für ihn tun oder für Menschen wie ihn. Das klingt wie der heilige Paulus auf dem Weg nach Damaskus – der beschließt, von jetzt an ein besserer Mensch zu sein –, aber so war es eigentlich nicht. Ich hatte viel nachgedacht, während ich das Bett hüten musste. Die Polizei verhörte mich wegen Steven Moody, und Helen Bain ließ eine Wagenladung schwarzer Kleider aus London schicken, damit ich mir etwas für die Beerdigung aussuchen konnte, aber abgesehen davon lag ich nur da und dachte nach. Ich kann die Vergangenheit nicht einfach vergessen und wie im Film in die Zukunft segeln, doch wenigstens weiß ich jetzt, was geschehen ist. Und das weiß ich, weil Des und Maggie Hill und Joan da waren. Weil sie den Mut hatten, mir die Wahrheit zu sagen.

Es war glühend heiß, als wir auf den Friedhof kamen. Keine Wolke weit und breit. Nach der Beerdigung gingen wir zurück ins Haus zum Essen. Die Caterer hatten in der großen Halle ein Buffet aufgebaut, und die Menschen wanderten grüppchenweise nach draußen und setzten sich zum Essen auf den Rasen.

Des und ich standen mit unseren Getränken auf der Veranda und sahen ihnen eine Weile zu.

»Es ist schön, nicht wahr?«, sagte ich. »Wenn die schwarzen Kleider nicht wären, wüsste man gar nicht, dass es eine Beerdigung ist.«

Des tätschelte meine Schulter. »Ich bin sicher, dass es Joan gefallen würde. Hast du etwas gegessen?«

»Noch nicht. Ich habe keinen großen Hunger. Ich glaube, ich gehe noch mal auf den Friedhof. Kommst du mit?«

»Wenn du willst.«

Joans Grab war neben dem meines Vaters, wie ich es gewollt hatte. Wir stellten uns davor.

»Danke, dass du dich um alles gekümmert hast.«

»Das war Helen, nicht ich. Ich hab dir doch gesagt, wie effizient sie ist. Joan mochte dich sehr gerne, weißt du das? Wirklich, sehr gern.«

»Ich weiß. Sie hat mir einen Brief geschrieben.«

»Ich dachte mir schon so was.«

»Des, weißt du noch, als wir in der ›Fetten Henne‹ zum Essen waren? Und du gesagt hast, du würdest alles wieder gutmachen, wenn du könntest? Nun, Joan hat das auch gesagt. Deswegen hat sie mir den Brief geschrieben. Und ich bin froh. Dass sie es mir gesagt hat und dass du es mir gesagt hast. Ich kann mich nicht mein ganzes Leben lang selbst bemitleiden, den Dingen aus dem Weg gehen. Ich muss weitergehen und … entschuldige, ich kann es nicht besonders gut erklären.«

»Klingt doch ganz gut. Einmal hat Joan etwas zu mir gesagt, als wir noch verheiratet waren. Ich glaube, es kam von ihrer Mutter – egal, sie sagte, man darf die Sonne nie über seiner Wut untergehen lassen. Und sie hatte Recht. Wir haben das beinahe vergessen. Aber du hast Glück, Dodie. Die meisten Menschen begreifen das erst, wenn sie so alt sind wie ich, und dann ist es zu spät.« Er lächelte. »Das ist das Schlimmste am Altwerden, weißt du? Alle sterben. Hör mal, egal, was Joan dir geschrieben hat, es bleibt unter euch, aber wenn du mich noch irgendetwas fragen willst, dann tu es. Und überleg es dir lieber schnell, bevor ich den Löffel abgebe.«

»Du kannst gar nicht sterben, du bist viel zu wichtig. Aber danke. Ich muss noch viel nachdenken, das weiß ich.«

»Nun, denk nicht zu viel. Ich glaube, da ruft jemand nach dir.«

Wir drehten uns um und sahen Jimmy am Tor stehen, ein

Glas Wein in der Hand. »Alle fragen, wo du bist. Ich hab was für dich. Soll ich es dir bringen?«

»Nein, ich komme.«

»Ab mit dir, mein Kind.« Des klopfte mir auf den Po.«Ich bleibe noch eine Weile.«

»Bist du sicher?«

»Sicher bin ich sicher. Nun geh schon.«

Ich gab ihm einen Kuss und ging durch die Gräber auf Jimmy zu.

Danksagung

Für ihre Ermutigungen, Ratschläge und Unterstützung danke ich Judith Amanthis, Harriet Brittain, Hugh Davis, Tim Donnelly, Ruth Gavin, der gesamten Belegschaft von Gregory & Radice, Nigel Osborne, Derek Rimmer, Selina Walker, meinen Eltern June und Williams Wilson und Jane Wood.

JOY FIELDING

Spannende Psychothriller von der amerikanischen Erfolgsautorin Joy Fielding.
»Wahrhaft meisterlich spielt Joy Fielding mit unseren geheimsten Erwartungen und tiefsten Ängsten!«
The Washington Post

42852

43087

42869

42870

GOLDMANN